KB237132

1950년대 비평의 이해 I

1950년대 비평의 이해 I

1950년대 비평의 이해 Ⅰ

남원진 엮음

도서출판 **역락**

책을 내면서

"유토피아적 오아시스가 말라버리면, 진부함과 무력감의 황폐한 사막이 펼쳐진다." 이 황폐한 사막에서 ……

1950년대 비평 자료들을 정리하던 그 2년의 세월은 내겐 가장 힘든 시기였고, 달리 말할 수 있다면 외로움과 열정 그 자체였는지도 모르는 것. 그 외로움과 열정의 심연에서 인간의 위안이 되는 것이 있을까. 아마 존재하지 않는 것. 잠 안 오는 밤, 아니 끊임없이 반복되는 저 불면의 밤에 시달리며 나를 고통스럽게 했던 그 밤, 나를 투명하게 했던 것들. 시가 그렇고, 술이 그렇고 …….

세계가 엉망진창이기 때문에 나는 여유를 사랑한다. ……… 소설을 쓰는 것이 돈이 잘 벌린다는 것을 알면서도 시를 쓰는 사람들의 여유를 그러므로 나는 사랑한다. ……… 니체가 말하듯 사람이란 허무의 심연 위에서 줄을 타는 광대에 지나지 않는다는 것을 나는 알고 있다. 이러한 것들 때문에 나는 여유를 사랑한다. ……… 나는 이런 자의 행복을 사랑한다. ……… 다만 사람들은 때때로 행복하고 때때로 행복하지 않을 따름이라는 말을 나는 믿는다. 사람이란 다만 그러할 뿐이다. 그러한 사람의 여유를 나는 가장 사랑한다.

그것들은 모두 아련히 저 추억 속에 떠오르는 둘째누님의 교과서 속의 세계 그것이기도 하였다. 나는 다만 까치와 메뚜기와 벗하던 강변 버드나무집의 어린 소년이 되어 있었다. 그 순간 내 글쓰기의 기원이 이 외로움이었음을 나는 깨달을 수 있었다.

"우리가 갈 수 있고 가야만 할 길을 하늘의 별이 지도가 되어 주는 시대란 얼마나 행복한가"라고 시작되는 이 책을 완역한 원고가 지금도 내 서랍 속 깊숙한 곳에 있어, 잠 안 오는 밤이면 이를 꺼내 쓰다듬곤 하기를 마지 않는다. 내 젊음의 외로움과 열정이 거기 배어 있는 것이다.

"소설을 쓰는 것이 돈이 잘 벌린다는 것을 알면서도 시를 쓰는 사람들의 여유를 그러므로 나는 사랑한다." 이런 글이 창백하게 밀려오는 나의 밤을 달래곤 했으며 때론 나를 투명했던 것. 과연, 내 외로움의 기원은 무엇일까. 아마, 너가 없으면 내 삶은 공허하고 내 영혼은 황폐해진다는 것, 그 이상도 그 이하도 아닌 것. 내 외로움과 열정이란 것은 실상 '너 찾기'의 다른 이름에 불과한 것. 길은 끝도 없고 보이지 않는 것, 단지 긴 시간과의 싸움이 있을 뿐이라는 것을 나는 너무나 잘 알고 있다. 내 외로움과 열정은 달리 "젊음의 고뇌와 방황 …… 그 원천이 어디에 있으며 그 출구가 어디에 있는지 도무지 알 수 없었던 그 깊고 찐득찐득하고 질편하던 심연!"과 닮아 있는지도 모르지만. 깊고 찐득찐득하고 질편한 심연을 견디는 방법이란 아마도 오기 그 이상도 그 이하도 아닌 것. 그 심연을 스스로 달래는 길이 바로 글읽기와 글쓰기가 아닐까. 글이란 자기 심연의 고백의 일종이 아닐까.

그 심연과 함께 한 것이 저 선생들의 글이었으며, 그 언저리에 1950년대 비평 자료들 정리하기가 놓여있는 것. 그 50년대 비평 자료를 정리하고 읽기가 바로 그것. 이것이 스스로 힘내기며 스스로 견디기의 일종이었던 것. 그래서 애착이 가고 사랑스러운 것 …….

1950년대 비평은 전반적으로 근대성의 파산에서 연유한다. 따라서 1950년대 비평은 새로운 근대성 창조의 신화라고 말할 수 있다. 이어령으로 대표되는 화전민의식과 저항의 논리, 민족문학, 실존주의, 뉴크리티시즘, 전통론이 1950년대 중심축을 형성하는 비평론이라고 말할 수 있을 것이다. 이를 중심으로 하여 세대론이나 중요한 평론들을 『1950년대 비평의 이해』에 수록했으며, 많은 평론들을 싣고자 했으나 여러 가지 문제로 싣지 못한 것을 정말 아쉽게 생각한다. 이 평론들은 원문을 최대한 살리는 범위 내에서 수정을 한 것에 불과하다.(「I. A. 리챠즈의 비평과 그 방법」, 「작품평가의 기준」은 김용권 선생님께서 직접 수정하신 것이다.) 그리고 1950년대 비평의 이해를 돕기 위해 보잘 것 없고 엉성한 글을 싣게 되어서 무척 부끄럽고 무거운 마음이 앞선다. 여러 사람에게 조금이라도 도움이 되었으면 하는 마음에 1950년대 비평 목록과 작가 연구 목록을 함께 싣는다.

보잘 것 없는 책에 글을 실을 수 있도록 허락해 주신 여러 선생님들과 함께 김용권 선생님의 자상한 말씀에 진심으로 감사 드린다. 참 감사해야 할 분들이 너무 많다. 어머니! 당신의 날개가 되어드리고 싶었는데. 홀로 외롭게 늙으신 어머니와 항상 내 곁에서 말없이 나를 지켜주시는 병곤, 진태, 진모 형에게 이 자리를 빌어 감사드린다. 못난 제자를 항상 기억해 주시고 배움의 길로 인도해 주신 강인숙 선생님, 정창범, 김현룡, 김영철, 조오현, 정운채, 김일근, 조평환 선생님 그리고 서영화, 이현모, 김백현, 한석환, 박양자, 이호근 선생님께 진심으로 감사드린다. 어려운 출판 사정에도 불구하고 보잘 것 없는 책을 출판해 주신 역락 이대현 사장님께도 감사를 드린다. 그리고 ……

2001년 그 길고 춥던 어느 서울에서
남원진

차례

차례

차례

제2권

차례

Ⅰ. 1950년대 비평

1
한국전쟁과 한국문학

- 체험의 기록과 경험의 형상화 -

조 연 현

문학이 현실의 반영이요, 인생의 재현이라면 전쟁만치 적절한 문학적 소재는 그렇게 흔하지 않다. 그것은 전쟁만치 격렬한 현실의 전쟁이 그리 흔할 수 없고, 전쟁만치 심각한 인생의 비통이 그리 많지 않기 때문이다. 어떻게 보면 전쟁은 현실의 가장 요약된 최고의 축도며 인생의 유일한 절정의 표현일지도 모른다. 이러한 의미에 있어 전쟁은 우리의 가장 거대한 문학적 소재의 하나이다.

그러나 전쟁이 아무리 현실의 가장 요약된 최고의 축도며, 아무리 인생의 유일한 절정의 표현일지라도 이것이 문학상의 한 소재에만 그칠 때 그것은 가장 무가치해 보이는 다른 어떠한 소재와 마찬가지로 그렇게 큰 뜻을 가질 수는 없는 것이다. 그것은 어떠한 좋은 소재일지라도 그것이 작가의 내부적인 의욕과 무관계한 것일 때 그 소재는 하나의 사물(死物)과 마찬가지이기 때문이다. 우리는 한 포기의 꽃이나 연애하는 조그만 감정의 하나가 현실의 가장 요약된 최고의 축도며 인생의 유일한 절정의 표현이 된 경우를 얼마든지 보아 왔다. 이것은 그 아무 것도 아닌 지극히 징징(徵徵)한 한 소재가 그것을 소재로 삼은 작가의 주관적인 의욕 여하에 따라서는 얼마든지 거대한 의미를 가질 수 있었다는 것을 증명해 주는 것이 아닐 수 없다. 그러므로 문학에 있어 중요한 것은 소재가 아니라 작가의 주관적인 능력 여하가 문제인 것이다.

　전쟁이라는 거대한 한 소재가 옳은 문학적 표현을 얻는데에는 그것이 작가의 내부적인 경험과 일치되는 것이 필요하다. 즉 전쟁이 객관적인 소재로서가 아니라 자기의 주체적인 인생이요 현실이어야 한다는 뜻이다. 이러한 의미에서 바라볼 때 6·25사변이라는 이 불행하고도 참혹한 한 전쟁은 우리 민족에게는 도리어 좋은 문학적 소지(素地)를 조성해 주었다고도 볼 수 있다. 그것은 전쟁이라는 가장 거대한 소재를 우리는 직접으로 체험하면서 있는 민족의 하나가 된 때문이다.

　그러나 문학에 있어 체험이라는 것은 외부적인 체험생활을 말하는 것이 아니라 내부적인 의식생활을 말하는 것이 아닐 수 없음으로 아무리 격렬한 전쟁의 체험도 그것을 바라보는 제3자의 객관적인 관찰보다 무의미한 것이 될 수도 있다. 일 외국기자의 종군기가 우리 나라 작가들의 전선 취재의 작품보다 더 훌륭한 문학적인 감흥과 예술적인 가치를 보여준 예도 그 때문이다. 그러나 어떠한 내적 경험도 외부적인 체험을 떠나서는 이루어질 수 없는 것임으로 경험의 최초의 과정인 체험 자체만으로서 따진다면 한국전쟁의 체험은 어떠한 제3자도 우리 민족만치 절실한 것이 되어 질 수는 없다.

　한국전쟁을 가장 격렬히 그리고 가장 주체적으로 체험하고 있는 것은 물론 우리 민족이다. 그러나 그렇다고 왜 우리 나라에서는 깊은 감명을 줄 만한 전쟁문학이 하나도 나오지 않느냐 하는 우리 문단에 대한 일반적인 요망과 비난은 반드시 옳은 판단이 아니다. 이러한 초급(焦急)한 요구와 성급한 비난은 물론 정당한 것이지만 반드시 정확한 것은 못된다. 그것은 우리의 전쟁체험이 곧 작품으로서 나타나 주기를 요구하는 것은 성급한 희망은 될 수 있으나 문학의 생리적인 과정을 무시한 것이 되어지기 때문이다.
　어떤 외부적인 체험이 어떤 내적 경험을 형성시키는 데에는 상당한 시간이 요구된다. 그것은 어떤 외부적인 체험이 반드시 그대로 곧 그의 내부적인 경험을 형성시켜 주지는 않기 때문이다. 체험이란 그 성질상 진행 중인 미완료의 어떤 상태라면 경험이란 이미 완료된 어떤 상태가 아닐 수 없다. 즉 체험이 행동의 상태라면 경험은 반성의 상태이다. 이것은 경험이라는 것이 체험의 기억인 동시에 체험의 요약된 의미라는 것에서도 명백한 것이다. 이것이 진정한 의미에 있어서의 경험이다. 문학은 어느 편이냐 하면 체험의 기록이기보다는 경험의 형상화이다. 이것이 하나의 체험이 작품을 낳게 되는 정상적인 문학의 생리적 과정이다.

지금 이 땅의 문학인들이 현재 우리 민족이 체험하면서 있는 한국전쟁에 대해서 무엇인가 할 수 있다면 그것은 이 전쟁에 대한 체험의 기록이지 이 전쟁에 대한 경험의 형상화일 수는 없다. 그것은 이 전쟁은 아직도 우리 민족이 체험하면서 있는 한 내용이지 경험으로서의 이미 남겨진 과거의 내용이 아니기 때문이다. 여기에 이 땅의 모든 문학인들이 훌륭한 전쟁문학을 창조해 보려는 많은 의욕과 노력을 가졌음에도 불구하고 누구나 만족할만한 이에 대한 작품이 나와 주지 못한 비밀이 숨겨져 있다. 그러므로 이 땅에서 훌륭한 전쟁문학이 나오지 않아서는 아니 된다고 생각하는 모든 사람들은 한국전쟁에 대한 우리 민족의 현재의 체험이 우리의 민족적인 경험으로서 형성될 때까지 인내로서 기다려 주지 않으면 아니될 것이다.

어떤 사람들은 곧잘 전쟁의 체험 속에서도 훌륭한 전쟁문학이 나왔다는 말들을 하고 있다. 이러한 말들은 모두가 정확하지 않다. 물론 전쟁과 함께 때를 같이 하여 전쟁의 여러 풍모를 그대로 반영시켜 보여준 작품들이 사실상으로 없었던 것은 아니다. 그러나 그 대부분은 예술적인 형상을 갖추기보다는 애국심이나 전투의식의 강조라든지 민족의 위기를 호소하는 구국적인 열망의 형식에만 그쳤을 뿐이다. 소수의 성공한 작품들이 전혀 없는 것은 아니나 그러한 것은 양적으로나 질적으로나 세계문학사상에 지극히 적은 일부를 차지했을 뿐이다. 잘 알지 못하는 사람들이 곧잘 '카롯사'의 「루마니아 일기」을 인용해 오기도 하지만 전쟁 중에 쓰여진 이

희유(稀有)한 문장이 그러나 '카롯사'의 다른 작품들에 비해서 얼마만치 떨어진 작품인가를 그들은 잊어 버리고 있는 것이다.

역사상에 남겨진 고전이 될만한 훌륭한 작품들은 모두가 그것이 전쟁이나 자민족의 위기 속에서 취재된 것일지라도 그러한 전쟁이나 위기가 해결되었거나 혹은 일반 완료된 후에 쓰여진 것이었다. 사상(史上)에 남겨진 대부분의 명작들은 거의 그 대부분이 전쟁 속에서 혹은 어떤 사상적 정신적 혁명적 위기 속에서 쓰여 졌을는지는 모르나 전투의 과중(過中)에서 쓰여진 것은 아니었다. 가까운 예로 1차대전에서 취재된 '레마르크'의 「서방전선 이상 없다」도 1차대전 종결 후에 쓰여진 것이며 2차대전의 체험에서 나온 「25시」나 「나체와 사자」 같은 것도 모두 2차대전이 종결된 후에 쓰여진 것이다. 이것은 모두가 하나의 체험이 하나의 경험으로서 형성될 때 비로소 그것이 작품으로서 결실될 수 있다는 증명이기도 하다.

인류의 자랑스러운 시인 '릴케'는 한 편의 시가 이루어지는데 10년이나 20년의 긴 세월이 소용되는데 대해서 젊은 사람들의 주의를 환기시킨 일이 있다. '릴케'는 "소년시절에 보고 느낀 어떤 조그만 인상이나 감정이 그것을 전혀 잊어버리고 있은 10년이나 20년 후에 자기도 모르게 홀연히 한 줄의 시구로서 나타나는 경우가 있다. 시는 이렇게 쓰여져야 하는 것이다" 라는 의미의 말을 하였다. 이것은 어떤 체험 하나가 하나의 경험으로서 성열(成熱)하는데 10년이나 20년의 긴 세월이 걸렸다는 뜻을 말하는 것이기도 하다. 지금 우리 민족이 체험하면서 있는 이 한국동란이 우리 민족에게 잊혀지지 않는 기억과 의미를 가지는 것이라면 이 전쟁은 반드시 어느 누구보다도 우리 민족의 손을 통하여 훌륭한 문학적 결실을 가져다 줄 것이다. 나는 이것을 믿고 있다. 모든 사람이 죄다 이것을 믿어도 좋을 것이다.

[『전선문학』, 1953. 5]

2

여백의 존재성

고 석 규

L에게!

 시간에 뒤쫓기며 살아가는 우리들은 가끔 정지된 공간을 눈여겨 봅니다. 그것은 볼수록 움직여가는 어떤 내재의 화면이올시다. 그 화면에는 무수한 물상들이 위치하고 있습니다. 구름과 비둘기와 시내와 과수원들이 그리고 방카와 보초와 철망과 주검들이 무슨 필요가 있어서가 아니라 각기 마련된 자리에 머물러 있는 것입니다.

 그들은 말할 수 없는 정적에 싸여 있습니다. 정적! 그렇습니다. 지금은 아무런 음운도 들을 수 없는 것이나 사실 그들의 침묵은 우리에게 무엇인가 전하고 있는 것입니다.

 그들의 고독한 위치와 경건한 자세를 바라볼수록 정적이란 다만 들을 수 없는 소리에 절로 상태한 것입니다. 그들은 저마다 소리와 같은 파문을 던지며 저 무한한 공백 속에서 스스로의 위치를 떠나기 위하여 울고 있는 것인지도 모릅니다. 분명히 들려올듯한 그들의 환한 울림, 그것은 차라리 이름할 수 없는 빛깔이라고도 할 것입니다.

 보일 수 없는 내부에서 자꾸 흘러가는 빛깔의 고민이 있을지언정 왜 빛깔은 저 여백의 하찮은 부면(部面)에 자기를 물들이는 것입니까. 한결같이 밝은 빛과 보염하게 울리는 빛과 또는 얼룩진 빛과 그 밖의 많은 빛문(紋)을 생각할 수 있습니다. 이 빛깔이란 우리들 눈으로 가리지 못할 조화 속에 이루워진 것입니다. 한 마디로 말하여 그것들은 모두 괴로워하는 표현이라 할 수 있습니다.

정적은 하나의 표현이올시다. 그리고 그것은 하나의 빛이올시다. 빛은 아름다운 것입니다. 무한한 것입니다. 저 많은 빛깔의 아름다움은 얼마나 직관적이며 신비적이며 또 원시적인 것입니까. 이 화면의 여백에 엷고 강한 감동을 남기면서 몸부림치는 그들의 자세를 열심히 볼 것입니다. 그리고 그들의 주변에 일어나는 '정적의 소리'를 그들의 영원한 흐느낌으로 들을 것입니다. 날이 갈수록 처참하여지는 공간에 저마다 그리고 있는 이 밝고 어두운 고뇌를 우리는 또 다른 눈으로 바라보아야 합니다. 그 눈이란 독실한 영혼의 창이며 광야에 일어나는 여명과 같습니다.

L여! 이것은 릴케가 나에게 알린 사상이올시다. 나는 릴케의 존재성이 얼마나 이 '들리지 않는 소리'를 위하여 괴로워하였는가를 먼저 알게 되었습니다. 그는 이렇게 말하고 있습니다. "어데 아름다움이 따로 있다고 남과 같이 말할 순 없습니다. 스스로를 넘으려는 유용의 힘을 위한 충동에 따라 자기 작품에 아름다움이 걸어 올 수 있는 어떤 조건의 존재를 믿을 따름입니다. 나의 사명이란 이 조건을 밝히는 것과 그러한 조건을 내기 위한 힘을 기르는데 있습니다."

어렴풋한 부유의 인상이 떠오릅니다. 빛깔같은 선조(線條)가 그 부유되는 층적간에서 가끔 비쳐 나올 듯 합니다. 그는 흥미와 경악의 단계에서 다시 모순의 발견으로 자기의 주시를 확대시킵니다. 마노(瑪瑙)빛 선조는 적어도 '이당티떼'를 가진 것이며 일층 명확한 원근의 위치와 영상의 고정을 위하여서만 한 초점에서 눈을 버리지 않습니다. 층적의 주변이 풀려가는 오랜 고뇌 속에 폐쇄된 채, 백광과 같은 폭상의 전망을 이어나가는 그것은 차라리 원상에의 '불가시적 동기'이며 영원의 이주가 아니겠습니까.

이렇듯 릴케의 시는 아름다움을 모셔오는 최고의 순결이였습니다. 마음대로 지울 수 없는 감동의 파문을 조심히 엿듣는 일이였습니다. 릴케는 그러한 파문을 내는 물상의 주변을 하나의 심연이라고 생각하였습니다.

심연은 두려운 것입니다. 어두운 것입니다. 그러나 그 어둠은 얼마나 밝은 어둠이였던 것입니까. 심연은 절망과 같은 것입니다. 그러나 형상에 가까운 절망은 어찌 절망일 수 있겠습니까. 마침내 심연의 신비로운 음률을 릴케는 놓치지 않았습니다. 모든 본질은 이 외연의 빛깔 속에서 더 또렷한 것이였습니다. 따라서 릴케의 절망은 절망에서 떠나는 것이였습니다.

　'없는 것'에서 '있는 것'으로 릴케의 시선은 말할 수 없이 투명해졌습니다. 그리하여 그의 '물상'(Ding)은 있는 물상이 아니라 변하는 물상으로 되었습니다.

　L여! 나는 여기서 또 가장 귀중한 인식을 배웠습니다. "결정적인 것은 끊임없는 기적과 같이 하나의 무에 하나의 날랜 윤곽 속에 …… 너무나 미묘하고 귀한 까닭에 자연 스스로가 벗어 놓은 것과 같은 윤곽의 또 다른 윤곽 속에 짙은 것입니다." 거장 로댕의 찬란한 정복을 말함에 있어서 릴케의 눈은 얼마나 부시게 떠 있는 것입니까. 사실 로댕의 '면(面)'(Oberfläche)은 처신(處神)의 고독이였습니다. 그것은 공간 속에 비공간을 마련하는 그의 엄숙한 의지였던 것입니다. '다나이드'와 '카데드랄'과 '사상'과의 그 숭고한 배경을 우리는 먼저 생각하여야 할 것입니다. 릴케는 이러한 '협력상태'를 아래와 같이 말하였습니다. "세계경험의 전영역을 오늘날 우리들의 경험범위를 넘고 있는 영역까질 포함하여 그 모든 권상(圈相)에 따라 표상한다 할 것 같으면 우리들이 닿을 수 없는 범위로 나타난 저 어두컴컴한 문짝꼴(扉形)의 부분은 우리들 감각의 탐조등에 적합하도록 가지런치 못하게 밝으레히 도려낸 부분과 비하여 얼마나 크나큰 것인가를 알게 될 것입니다." 이미 알려진 것과 이미 알려지지 못한 것이 한 점에 모일 수 있는 그러한 마당에서 그는 모든 개별성을 포기한 것입니다. 그 내부에 있어서 "관계가 실재인 것과 같은 존재"를 그러한 변전을 동양의 노자는 또한 95언의 「시지불견」(視之不見)으로 말하고 있습니다.

視之不見, 名曰夷. 聽之不聽, 名曰希. 搏之不得, 名曰微. 此三者不可致詰,
故混爲一. 其上不皦, 其下不昧. 繩繩兮不可名, 復歸於無物, 是謂無狀之狀,
無象之象, 是謂惚恍. 迎之不見其首, 隨之不見其後, 執古之道, 以御今之有.
能知古始, 始謂道紀.[1]

대개 이념의 선택을 위한 동양화의 배경은 이 사상에서 비롯한 것이였습니다. '무명'(無明)이란 한결 즉자(即自)로부터 대자(對自)로 옮겨갈 그 실현적 과정에서 더욱 완전한 유(有)의 체계입니다. 의미의 체계입니다. L여! 무엇이 우리에게 남을 것입니까. 나는 전장에서 공포를 제압하던 침묵의 기간을 지금 생각할 수가 있습니다. 그것은 생사직전에 있었던 우리를 굴복시키던 위대한 강요였습니다. 그것은 평온한 대기기간에도 우리들의 피로와 권태를 사정없이 박탈한 것이였습니다.

나는 전쟁보다 이 여백의 지배를 사실 불가피하였던 것입니다. 진실로 진실로 하늘에 대한 우리들의 전망이란 무엇이겠습니까. 남과 같이 피살되지 않은 경우가 어찌하여 나에겐 그다지 신랄한 것이였던지. 죽음보다 더 어려운 목숨의 체험이란 ……

"우리는 전쟁 속에 전쟁을 하고 원인 속에서 찾아 헤매었다." 칼 샤필로는 「시인의 심판」의 주제를 이것으로 하였습니다.

이제 나는 또 무엇을 이야기 할 것입니까. 이와 같은 샤필로의 '레카프

---

1) 道는 그것을 보려 해도 보이지 않는지라, 이름하여 빛깔 없는 것이라 말하고, 그것
   을 들으려 해도 들리지 않는지라, 이름하여 소리 없는 것이라 말하고, 그것을 잡으
   려 해도 잡히지 않는지라, 이름하여 형체 없는 것이라 말한다. 이 세 가지로는 道
   의 본체를 파악할 수 없다. 그러므로 道란 이 세 가지가 뒤엉켜서 하나가 된 것이
   다. 道는 그 위라고 하여 밝지 않고, 그 아래라고 하여 어둡지 않으며, 끊임없이 계
   속되어 오건만, 무어라 이름붙일 수도 없다. 다시 아무것도 없는 無로 돌아가는지
   라, 이를 일러 '형체 없는 형체요, 형상 없는 형상'이라 하며, 이를 일러 '없는 듯하
   며 있고, 있는 듯하며 없는 것'이라 한다. 道는 그것을 앞에서 맞이해도 그 머리가
   보이지 않고, 그것을 뒤따라 가도 그 꼬리가 보이지 않는다. 태고 때의 道를 잡고
   서 지금의 만물을 다스리는지라, 능히 태고의 시초임을 알 수 있거니와, 이를 일러
   道의 근본이라 한다.(노자, 『도덕경』, 박일봉(역), 육문사, 1986. 46면. - 엮은이)

트 레이숀!' 로댕의 피비린 감동의 역사, 노자의 허무적 도기(道紀)를 그리고 나의 기적만을 이야기 할 것입니까. 아닙니다. 나는 다만 나의 공간으로 나보다 먼저 살아 있는 나보다 뒤에 살아 있을 그 공간으로 돌아가야 합니다. 그리고 거기에 남은 거기에 이지러진 물상들의 무명한 주변에 그 눈물겨운 여백의 저항에 나의 눈과 입과 귀와 신체의 모든 부분을 더 가까이 닿을 수 있어야겠습니다. 아! 나는 그들이 염원한 그리고 그들이 부정한 부재의 공간에서 어떻게 떠날 것입니까. 그들의 부재적 아름다움! 그들의 부재적 울음을 …… 그것은 릴케가 생각한 물상의 정적, '소리없는 소리'와 서로 하나의 의미였습니다. 발레리는 "아름다움의 이데에는 아름다움이 존재치 않는 것이 더 확실한 것이라" 하였습니다. 「악극 암피웅」에 나타난 뮤즈들의 이야기 …….

> 나는 보노라, 지금에 없는 것을
> 나는 아노라, 일찍이 없는 것을
> 나는 만드노라, 또 있어지는 것을

　이리하여 나는 그들이 배제한 것을 그들이 부르는 것을 그들과 동일한 것을 어찌 합니까. 그때 여백은 그들의 영원한 갈망의 표적입니다. 여백이란 부재의 존재를 말하는 것이 되므로 입니다.

　L여! 이 젖어내리는 얼굴을 누구에게도 나는 보일 수가 없습니다. 다만 우리들의 월식과 로댕의 면과 릴케의 전진은 …… 내가 분명히 말할 것 같으면서도 뜻되지 않는 이것은 대체 무슨 까닭입니까. 나와 그리고 당신이 달려가는 이 공간의 전면에 보면 볼수록 익어오는 소리와 같은 저 위대한 물결을 우리는 어떻게 전하여야 할 것입니까. 저 물상의 주변에서 주변과 주변의 교착에서 불가시로 인식되는 여백의 진동을 나는 정녕 거절할 수가 없는 것입니다. 그것은 차라리 반한 혈전의 모습이올시다. 그것은 신과 인간의 아득한 지대일 것입니다. 나는 여기에서 내가 보지 못한 그리고 느끼지 못한 모든 것을 다시 발견해야 합니다. 동양의 하늘에 뼈저리게 낡아오는 우리들 크나큰 고민도 결국은 이 아득한 지대에서 그

대로 혼미해진 것이 아니겠습니까.

T. S 엘리어트의 「칵테일 파티」에도 부재의 저항이 나타나 있습니다. '의인적 알리바이의 상태!' 엘리어트는 신을 증명하기 위한 유일한 방법으로 이것을 택한 것입니다. 여백은 존재를 증명하기 위한 부재의 표현에 지나지 않습니다. 우리들 부정 속에 내재되는 새로운 긍정을 위하여 L여! 우리는 다만 진실한 우리들의 작업을 멈추지 않아야 할 것입니다.

나의 이 글은 내가 생각하였던 단편에 불과합니다. 나는 나의 여백을 한동안 믿어야 할 것입니다. 그것이 이 절박한 시간을 극복하는 나의 안정이라 할 것 같으면 나는 나의 불투명한 여백과 부재의 사고에서 새로운 투명과 새로운 존재를 다시 발견할 것이 아닙니까.(1954. 1. 20)

[고석규·김재섭, 『초극』, 삼협문화사, 1954]

3

신세대적인 것과 문학

백 철

1

작년의 하반기와 금년 초에 걸쳐서 신인작가의 문제가 문단의 주요한 화두를 짓고 있다. 이것은 우리의 문단적인 개편과 발전을 위하여 주목되는 일이요, 또 경하할 사실이다. 이 기회에 우리는 그 신인의 의미를 좀 더 정확하게 구체적으로 규정함으로써 금후 신문단의 동태에 대한 어떤 기조적인 것을 파악하게 될 것이라 믿는다. 오늘 우리 문단의 신인 문제는 단순한 신인 이야기보다도 하나의 신세대적인 논의로 돼야한다고 생각한다. 말하자면 현재 우리 문단에 하나씩 등장해 나오고 있는 신인작가들은 단순히 개인적인 신인작가의 등장이 아니라 그 뒤에 그 개인들에 대한 어떤 공동적인 지반 혹은 환경을 상정하게 된다는 것이다. 이것이 오늘 우리 문단의 신인작가를 보는데 있어서 기본적인 거점으로 돼야한다고 생각된다.

그러면 그 신세대적인 것이란 무엇이냐, 여기서 우리는 세대론을 처음부터 시작하고, 그것의 원론적인 뜻을 캐면서, 족보적인 또는 생물학적인 해석 등을 거쳐서 통론할 필요는 없을 것이다. 그보다도 나는 직접 근년 10년간 내외의 문단사적인 그리고 작가들의 생활체험적인 현실적 변성(變成) 위에서 그 개념을 파악하고 싶다.

2

　먼저 1945년의 민족해방의 역사적인 지점에 서서 우리 문단사의 전환과 변성을 고찰하는 것이 큰 방법론이 될 것이다. 문단사의 전환, 나가서는 신세대적인 것도 모두 여기에 기한 것이요 여기서부터 시작된 것이기 때문이다. 우리들은 해방 뒤에 문단이 역사적인 신출발을 한 사실과, 자랑스럽게 민족문학의 수립을 표방한 사실에 누차 언급된 일이 있기 때문에 그 문단사실을 반복해서 추구하지 않기로 한다. 중요한 일은 그 역사적인 전환과 그 뒤에 있어서, 우리 문단 위에 어떠한 문학사적인 신발전이 형성되었는가 또는 이제부터 정말 신문학사적인 것이 발생하겠느냐 하는 사실을 재파악해 보는 일이다.

　나는 작년 8월 「서울신문」 지상(紙上)에 해방 뒤 10년간의 문학을 보고 기술하는데 있어서 그 10년간은 하나의 견습기에 불과했다는 말을 한 일이 있는데 우선 이 말에 대한 책임을 져야 하겠다. 거기서 내가 지적하고 있는 것은 먼저 그 10년간의 문학은 주로 기성인들에게 의하여 담당되여왔다는 사실을 내용에 둔 것이다. 말할 것도 없이 해방 뒤 10년간에 있어서, 우리 문단에는 문학과 관련된 여러 가지 신사태가 발생되고 거기 따라서, 문학적으로도 여러 가지 색다른 사실이 나타난 것을 알고 있다. 그러나 결과로 봐선 문학상에 나타난 새로운 사실들이란 것이 표면적으로 그와 같이 역사적으로 새로운 것임에 불구하고, 실지 문학적인 경지에선 의외로 해방 전의 문학과 유사성의 것이요 연장이었다는 사실이다. 또한 그 수준으로 봐서도 해방 뒤의 문학이 해방 전의 문학보다 약진된 것이 아니고 차라리 일반적으론 그 질이 저하된 사실까지도 지적되어야 하는 것이다. 여기엔 물론 그렇게 될 수 밖에 없는 여러 가지 외부적인 이유는 있기는 하다. 누차 이야기된 것이지만 해방 뒤의 그 정치적 사회적 혼란 때문에 문학계의 혼란 분산 대립, 뒤이어 민족 국토의 분단과 함께 문학역량의 분화 반멸(半滅)의 사실, 다시 뒤에 6·25의 동란에서, 문학운동 중단 파괴, 그리고 전후해서 우리 주위의 정치적 사회적 부패, 경제의 위기, 국민생활의 파탄 등 이러한 모든 외부적인 환경적인 문제는 문학으로 하여금 자유로운 발전을 갖게 못한 것이 사실이다. 해방 뒤의 우리 문학의 빈곤, 정체, 즉 질적으로 신약진을 하지 못한 문학사실에 대해선 우선 이런 면에서 일차 그 사실을 검토할 필요는 있는 것이다.

그러나 여기서 다시 돌이켜서 반성해 보면 역시 그 주요한 이유는 외부적인 것과 비교할 수 없이 더 문학적인 것이라 생각된다. 요즈음도 문학 예술의 부진에 언급이 되면 누구나 일차식은 국가적인 문화정책의 빈곤성을 지적하지만, 그러나 여기 대해서도 돌아보면 그 책임은 더 문학자 예술가(혹은 그 단체) 자신이 져야하는 것이다. 무엇보다도 이것은 현실적인 사실이다. 기대할 수도 없는 시책의 문제에 책임전가를 하는 것은 결국 아무 효과도 없는 안이한 도피적인 태도 밖에 될 것이 없는 대신 곤란한 일이지만 전력을 기울여서 문학 예술적인 주체조건을 개편하는데 큰 가능성이 있다는 것, 그 중에는 작가 시인의 개인적인 노력과 극복이 결국 전체적인 변성의 단위가 된다는 것을 포함해서 보고 있는 것이다.

3

그러나 여기서 내가 외부적인 조건들을 참조하면서 가장 중요하게 보는 것은 해방 뒤 10년 문단을 기성인들이 담당해 온 사실이다. 여기서 기성인이란 것은 해방 전에 기성지위의 작가 시인들 외에 해방 뒤 전반기에 등장한 문학인들을 포함해서 말한다. 해방 후 4·5년간에 등장한 신인들이란 해방 전에 벌써 신문 잡지에 습작품을 투고해 오던 사람들 적어도 문학적인 습득과 준비가 전시대에 되어진 사람들이기 때문에 그 신인들의, 문학인의 교양자격은 기성인들과 별로 큰 차이가 없는 사람들이다. 그래서 해방 후에 문학이 역사적인 신출발을 했음에 불구하고 그 10년간의 문학이 해방 전의 문학과 유사성이 것이요 연장적이었다는 것은 그런 기성인들의 작품활동과 관련되어 있다고 보는 것이다. 그 10년간에 있어서도 문학인들은 그 때마다 전환과 신출발을 위하여 민족문학을 구상하고 전쟁문학을 만들고 현대문학을 과제했으나 결국 10년을 놓고 총산(總算)을 해 보면 우리들은 소설에선 여전히 신변소설 풍속 시정소설 세태묘사 등에 머물었으며 평론은 의구한 시평 수감적(隨感的)인 형식을 답습했으며 시에선 예의 구태의연한 자연몰입과 묵상의 것은 예거할 것도 없고 현대시를 도입한 소장시인들의 모더니즘시에 있어서도 그 모더니티이는 결코 전기의 모더니즘시의 결론인 35년대의 소위 기교성과 사회성의 결합론을 평론이나 작품에서 뛰어넘은 것은 아니다. 나는 이번 일 신년 논문(一新年論文) 중에서 주로 소설을 대상하면서 현재 우리 문학은 그 면적의 삼분지이(三分之二) 이상을 자연주의적인 것이 차지하고 있다고 지적한 것도 그런 기성적인 사실을 가리킨 것이다.

　여기엔 문학의 메커니즘 문제가 있다고 본다. 문학이 움직여 지는 메커니즘은 구체적으론 작가의 개인적인 모든 기득조건, 예를 들면 그 생리적인 것, 재능, 교양, 작품기술 등의 모든 체험적인 내면적인 조건 위에 성립되는 것이다. 그 개인적인 내면적인 조건이 변질 개신되지 않고 문학은 전체적으로 움직여 질 수 없다. 그것은 정치적인 형식의 전환과 같이 단순하고 돌변될 수 있는 것이 아니고 본질적인 전환이요 재생적이기 때문에 좀처럼 쉽게 그 전환과 변성이 오게 되지 않는다. 해방 뒤의 10년간 문학이 그렇게 전기의 것과 달라지지 못한 것은 기성문학인들의 기득적인 조건이 기계적으로 곧 전환될 수 없는 문학적인 특유한 메커니즘의 조건과 상관되어 있기 때문이다. 물론 그것은 절대적인 조건이 아니다. 문학사상에서 우리들은 개인적으로 또는 전체적으로 기성조건을 극복하고 자기혁신과 문학사적인 전환을 감행한 사실을 기억할 수 있다. 따라서 해방 뒤 10년간 문학의 부진과 빈곤은 일면 문학인들의 혁신정신의 결여와 노력의 미급을 말하는 것 밖에 될 것이 없지만, 그러나 문제는 어디까지나 그것이 문학현실이라는 것, 10년간의 실적을 보나 현기성문학인들의 문학적 태도, 그 기득조건을 갖고서 현상을 타개 전환하는 것을 기대키 어렵다는 것, 그것과 비교하여 근래 등장하고 있는 신인작가들의 문학이 문학사적인 전환을 위한 유력한 신조건이 되면서 있다는 사실이다.

4

작금년(昨今年)에 걸쳐 유력한 신인작가들이 나와서 차츰 문단적으로 두각을 나타내고 있다. 주요한 신인으로서 지목되는 사람들 밖에, 그 배경에 더 많은 신인군이 등장할 차례를 대기하고 있는 기운을 파악하면 금년 들어와서는 상당한 수의 유력한 신인작가들이 추가 등장될 것을 예상하게 되는데 이것은 우리 문단이 이제와서 교체 전환을 하는 커다란 문단적인 기운으로 볼 수 있는 것이다. 그런데 이 신인들은 전항(前項)에서 언급한 바와 같이 단순한 신인이 아니고 신세대적인 사람들로 보는 것이 정당한 것이다. 여기서 나는 그 신세대적인 내용을 먼저 작가들의 시대적인 생활체험의 조건에서 보고 싶은 것이다. 해방 뒤 10년간은 비록 정치적으로 경제적으로 혼란 부패한 현상을 띠웠으나, 그러나 하여튼 그것은 일제하 30년간의 시대적 환경과 비교해서 민족적으로나 시대적으로 전연 딴 세계요 새로운 시대인 것이다. 지금 등장하는 신인 작가들은 말하자면 그 10년간의 신환경 속에서 키워진 사람들인데 그 일제적(日帝的)인 환경에서 지난 기성작가의 생활체험과 해방 뒤의 신세대적인 환경에서 가진 신인들의 생활체험과는 질적으로 전연 다르다는 것이다.

작가와 생활체험! 두 부류의 작가군이 대응되는데 있어서 그것이 전연 다르다는 것이 그 문학이 변질되는 가장 기본적인 조건이 될 것이다. 문학적인 메커니즘에 있어서 모든 근본적 내면적인 문제, 작가의 문명적 교양, 문학의 방법과 그 태도, 그 기술의 문제 나가선 작가의 체질적인 생리적인 특질 등까지도 결국은 그의 현실적인 생활체험 위에서 구체적으로 형성되는 것이다. 그 현실적인 생활체험은 문학을 위하여 하나의 대지와 같다. 그 대지가 불모적인데선 거기 생성하는 문학도 빈곤할 밖에 없고, 그 대지가 비옥한데선 그 문학이 새롭게 생기를 띠고 신흥할 수 있는 것이다.

생각해 보자. 그 일제시대와 같이 민족적인 인간적인 조건을 상실한 어두운 그늘 속에서, 항상 자기비하(自己卑下)의 구석진 생활태도, 문명적으로 세계적인 현대사조와 단절된 암흑 속의 편협한 시야와 편향 강요의 교양조건에서, 그 문학적인 태도와 기술이 이루어진 것과 비교하여 해방 뒤의 하여튼 독립된 민족의 긍지와, 문명적 세계적인 시야와, 불구적인 대로 그 신시대적이요 민주주의적인 신환경의 생활체험과는, 따라서 그 대척적인데서 오는 문학세계는 일연 달라지고 새로워질 것은 당연한 일인 것이다. 그 두 개의 대질적인 생활체험이 문학 위에 반영되는 특질은 필연적으로 현저해지고 있다.

첫째는 인간적인 태도인데 신인들의 이론과 작품태도에는 기성인에게서 볼 수 없는 자존심과 패기가 그 특질이다. 이것은 반드시 세계관적으로 인생관에서 낙관적이며 '해피엔드'적인 것을 의미하지 않는다. 말하자면 적극적인 것이다. 나가서 세계적인 것에 육박하고 기성에 대해선 남이 하지 않은 새로운 일에 착수하는 것, 이것은 정말 새로운 것을 창조하는 데 커다란 근원적인 동기가 되지 않을 수 없다.

둘째는 그 교양조건이 기성인의 것과 비하여 광범(廣汎)한 것과 본질적인 의미를 가지고 있는 사실이다. 가령 지적인 문제라 할 때에 그것은 단순한 학문 지식이 아니고 하나의 혈실파악의 역사관적인 역량으로 되어 있다. 기성인들은 사물을 파악하는데 있어서 말단 지엽을 근시안적으로 기계적인 접수를 한 것과 비하여 신인들은 그것을 전체적으로 파악 판단 비판을 하는 방향으로 나가고 있다. 문학태도로서 커다란 의미가 아닐 수 없다.

셋째는 작품적인 의미에서 신인들이 방법적인 기술체득의 태도가 특히 과거의 것과 비하여 새로운 특질을 제시하고 있다. 과거에는 문학수업이란 주로 언어적인 조치문장(措置文章)의 연마를 대상한 것이었다. 그 때문에 그 때의 신인작가의 작품들은 그저 기성인의 문장을 습득한 하나의 아류적인 지위의 것이었다. 이것은 해방 뒤에 얼마동안 등장한 신인들의 작품도 마찬가지였는데 그들은 정말 신인이 아니고 기성작가에 대한 아류 밖에 되지 못했던 것이다. 거기 대하여 근래에 나오는 신인들은 그런 문장적인데서 온 것이 아니고 이데아에서부터 출발하고 있다. 이데아를 떠나서 방법과 기술이 오는 것이 아니고 일정한 이데아가 있어서 그 위에 진정한 방법과 기술을 추구하는 것이다. 오늘의 신인작품에 나오는 그 신선한 지성과 감각, 대담하고 엉뚱한 표현력 등은 모두가 우연한데서 오는 것이 아니고 그런 기본적인 근본적인 것의 변성과 함께 와진 것이다. 결국 그것은 신세대적인 것이며, 이 신세대적인 것에서 우리 문단은 일대전환을 앞날에 기대할 수 있다. 또한 우리가 기성작가의 큰 전환을 바라는 것도 이런 신세대적인 것과 관련되는 신자극과 거기 따르는 극기적인 예술적 노력을 전제하지 않고서 생각할 수 없는 것이다.(1월 21일)

[『사상계』, 1955. 2]

4

현대 한국문학의 방향

곽 종 원

1

　나는 우리 나라의 현대문학이 어떤 방향으로 나아가야 되겠는가? 하는 과제를 앞에 놓고 여러 가지로 나대로의 생각을 해 보았다. 그러나 그것은 그리 쉽게 해답이 나올 문제는 아니었다. 사뭇 우리 나라의 문학전통과 오늘의 한국문학의 위치를 피악해 봄으로써 여기에 대한 하나의 대답이 스스로 추리되리라고 생각되었다. 그것은 우리 인류의 모든 역사가 돌발적이요 우발적인 사건들의 축적이 아니고, 발전 생성하는 과정으로서의 인과관계로서 이루어진다는 사실이 있기 때문인 것이다. 그것은 과거와 현재가 따로 따로 분리되어 있는 토막이 아니고, 현재와 미래가 전연 연관성 없는 별개의 것이 아니기 때문인 것이다. 다시 말하면 과거의 모든 사실과 인간의 행위는 그것이 현재를 이룩하는 원인이 되어 있는 것이고, 현재의 움직임과 모든 사태는 장래할 결과의 원인을 짓고 있다는 것이다. 그러므로 우리 나라의 현대문학이 장차 어떤 방향으로 나아가야 되겠는가 하는 문제도 우리 나라의 신문학이 어떻게 씨가 뿌려져서 오늘날 어떤 상태에 처해 있는가 하는 문학사적인 배경을 더듬고 거기에서 결론을 얻는 것이 가장 현실에 즉한 이야기가 되리라고 생각하는 것이다.

　"로마는 하루 아침에 이루어지지 않았다"는 말을 무슨 큰 진리처럼 떠들고 그저 가만히 앉아서 로마가 이루어지도록만 기다리는 어리석은 무리가 되어서는 안될 일이지마는, 그렇다고 갑자기 수소탄을 능가할만한 다른 무슨 탄을 일조일석(一朝一夕)에 만들어 낼만한 위대한 천재과학자가 우리 나라에서 당장 나올 것으로 믿는 것도 역시 어리석은 일임에는 틀림이 없을 것이다. 그러므로 반세기에 가까운 우리 나라의 문학전통을 우리는 어떻게 살려서 지름길을 잡아가느냐? 그리하여 외국작품 수준에 비한 후진성을 극복하고 어깨를 같이할 수 있느냐? 하는 것이 우리들의 주안목(主眼目)임에는 틀림이 없을 것이다.

주지하는 바와 같이 50년에 가까운 우리 문학사를 들추어 볼 때에 그 시간적인 면에 있어서 결코 짧은 기간은 아니었다. 그러나 이 동안에 우리들이 이어받은 문학전통의 유산은 그리 놀랄만한 것은 없는 것이다. 오히려 후진들이 영향을 받은 바가 있다고 한다면 그것은 우리 나라의 문학전통에서 보다는, 다른 나라의 작가들에게서 받은 바가 더욱 더 컸다고 보는 것이 타당성을 띠게 될 것이다.

이와 같이 반세기 동안의 족적이 전통의 유산을 남기기에 미약한 힘 밖에 못되었다는 것은 당시의 사회적인 현실이 여기에 제약하는 바가 너무나 컸던 것으로서 그것은 악독한 일제 36년간의 개재가 무엇보다도 큰 원인이 되어 있음은 두말할 여지조차 없는 것이다.

우리 나라 신문학의 발아가 국초(菊初) 이인직(李人稙)씨로 부터 출발되었다면, 현대문학의 길을 개척하기 시작한 분이 춘원(春園) 이광수(李光洙)씨라고 보는 것이 움직일 수 없는 사실이겠지마는, 춘원의 「무정」이나 「흙」이 문학사적으로 초창기적 어떤 의의를 가질 뿐 그 외의 문학작품으로서의 가치를 영구히 지속하지 못하는 것은 역시 당시의 현실이 작용하는 바 힘이 컸다고 보아야 옳을 것이다. 「무정」이 구각(舊殼) 속에 파묻혀 있는 어리석은 백성들에게 시대적인 각성을 촉구한 것이나, 「흙」이 민족의식을 고취하고 은연중에 일제에 대한 항거의식을 불어넣은 것이나 모두가 다 문학작품을 통한 민족운동이었다고 볼 때에, 문학작품으로서의 걸작을 창작해 낸다는 것은 부차적인 과제였던 것을 우리들은 규지(窺知)해 낼 수 있는 것이다. 따라서 여상(如上)의 작품들이 당시의 시대적인 배경을 전제로 하고서 의의만은 가지지마는, 작품으로서의 가치는 떨어지고 마는 것이다.

그리고 1930년대에 와서 제대로 자리를 잡고 이 나라의 문학이 정상적인 터전을 이룩하려던 때를 우리는 기억하지 않을 수 없다. 다른 나라들처럼 문학의 사조가 정상적으로 본궤도에 올라 선 것은 물론 아니었지마는, 그래도 당시까지의 잡다하게 한꺼번에 밀려들어온 로맨티시즘과 내츄럴리즘과 리얼리즘과 휴머니즘과 또 그 외의 모든 이즘들이 뒤범벅이 되어서 가지각색의 양상을 정하고 있던 문단이 1930년대에 와서 점차적으로 소화가 되고 정리가 되어서 한국적인 특수 형태의 문학이 싹터 오려는 찰나에 무참히도 서리를 맞고 만 것이었다. 그것은 40년대에 와서 일제의 압정(壓政)이 한국의 언어까지 말찰(抹刹)해 버리려는 소위 한국어로써 발표되던 신문 잡지 등을 일체 폐쇄시킴으로써 모든 문제는 완전히 결단이 났던 것이다.

2

그러나 그 간에 이루어진 동인(東仁), 횡보(橫步) 양 씨의 자연주의 문학은 그 작품 자체가 오늘날에 와서 위대한 걸작으로 남아 있지 않다 하더라도 우리 나라 문학이 초창기에 있어서 '리얼리즘'의 토대를 이룩하는데 공헌한바 컸던 것은 잊을 수가 없는 것이다.

사실 지금에 와서 후진들이 창작방법론으로서 '리얼리즘'을 누구나가 다 입에 걸게 된 것은 직접 간접으로 또는 의식 무의식간에 이 분들의 영향을 받은 바가 없다고는 할 수 없는 것이다. 그러므로 진정한 의미에 있어서 우리 나라에 올바른 문학의 터전은 여기서부터 출발되었다 하여도 과언은 아니라고 나는 생각한다.

자연주의 문학의 구경(究竟)이 있는 그대로의 인간과 있는 그대로의 현실을 묘사해 들어가는 나머지, 마지막에 가서 인간과 현실에 대한 악의 면만 천착하는 결과가 되고 말으므로, 그 내용과 사상에 있어서 더 깊이 발전해 나갈 수 없는 막다른 골목에 도달되고 말 것은 명약관화(明若觀火)의 사실이었지마는, 그로 말미암아 인간성의 새로운 형상화와 장래할 현실의 부조가 전혀 불가능하게 될 수 밖에 없고 따라서 문학작품으로서의 가치는 그리 높게 살 수가 없었던 것이다. 그러나 위에서 말한 바와 같이 자연주의 문학은 그 성격상 또는 지향하는 바 길이, 창작방법론으로서 '리얼리즘'을 채택하게 되므로 다음 세대 작가들에게 '리얼리즘'의 세례를 받아야 되겠다는 충격을 줄 수 있는 계기가 되었던 것이다. 그러나 오늘날에 와서 우리 나라의 모든 작가들이 저마다가 다 '리얼리즘'의 세례를 받았다고는 볼 수 없는 것이다. 창작에 있어서 가장 기초적인 이 문제가 아직도 소홀히 취급되고 있는 이유는 나변(那邊)에 있는 것인가? 나는 이 문제를 이렇게도 생각해 본다. 즉 8·15 해방을 전후한 10년간의 문단적인 블랭크가 모든 작가들로 하여금 작가적인 연마의 기회를 빼앗아 버리고, 그 반면에 연령만은 높아져서 인생을 보는 안목만을 높혀 놓지 않았는가. 그로 말미암아 '테마'만 큰 것을 잡을 줄 알고 작품을 다루는 기술적인 역량은 초보의 역(域)을 넘지 못하였다고—.

만일 이런 현상이 수긍된다면 오늘날의 우리 작가들은 '리얼리즘'에의 수련을 다시 한번 생각지 않을 수 없는 단계라고 나는 생각한다.

그리고 현재 우리 문단의 일부 작가들이 표방하고 있는 현실묘파나 현실 속에 파고 들어 가겠다는 주장은 어디까지나 작가의 개적(個的) 태도 표명은 될지언정 문학적인 주의는 되지 않는 것이다. 왜 그러냐 하면 전제주의 국가나 독재주의 국가에서와 같이 국가의 목적을 수행하기 위하여 작가를 동원시켜서 작품을 써 공리주의의 이(利)를 꾀하겠다는 선전문학이 아닌 이상 작가가 그리는 작품은 어느 것이나 현실이 아닌 것이 없는 때문이다. 다만 백 년간 현실이냐 오늘날의 현실이냐 하는 시대의 차이는 있을지언정 그 속에 담겨져 있는 것이 현실임에는 틀림이 없다. 이 일군의 작가들이 '앙드레 말로'의 행동주의 문학을 표방하는 것인지는 모르겠으나 '말로'의 문학은 어디까지나 선전의 문학이나 공리주의 문학은 아닌 것이다. 그리고 조국애의 슬로건 앞에 내세우지 않고 쓴 본격적인 작품이 오히려 몇 배의 애국혼을 불러 일으킬 수 있다는 사실을 잊어서는 안될 것이다.

한편 현재 우리 문단의 주류를 형성하고 있는 본격문학의 작가들은 그 근본 세계가 인간성의 탐구에 있고, 방법론이 리얼리즘에서 출발되고 있는 것이다. 인간성의 탐구는 개인의 의식 지성 상상력 타입의 형상화 등 이루헤아릴 수 없는 요소가 가로놓여 있는 것으로서, 원시림 속을 헤매는 것처럼 광대무변(廣大無邊)의 세계인 것이다. 따라서 이 속을 파헤치되 있는 그대로의 세계를 사실(寫實)하는 것으로만 능(能)으로 삼지 않고, 독자로 하여금 상상력을 뻗칠 수 있는 여유를 주고, 또한 상상력과 추리로써 스스로의 세계를 그 정신 속에 구축할 수 있는 데까지 발전시키는데 더 한층 묘미는 있는 것이다. 본격문학이 앞으로 개척해 가야 될 영야(領野)는 심각성의 추구와 비극의 심화에 있다고 나는 생각한다.

3

심각성의 추구와 비극의 심화는 비단 소재의 여하에 따라 결정될 문제만은 아닌 것이다. 아무리 심각성을 노리는 소재를 선택했다 하더라도 기술이나 수법이 부족하면 도저히 그 효과는 거양될 수 없기 때문인 것이다.

그러나 그 근본문제는 소재에 따라서 결정되는 것으로서, 한 편의 작품을 제대로 다룰 수 있는 기술과 수법을 체득한 작가라면 소재의 캐치 여하에 따라 감명 깊은 작품을 창작해 낼 수 있는 것이다.

그리고 심각성의 추구와 비극의 심화를 우리가 고대하는 이유는 오늘날과 같은 사회 현실이 그것을 강요하고 있다는 것이다. 즉 다시 말하자면 우리 눈 앞에 허다히 전개되어 있는 헐벗고 굶주리고 죽음의 일보 직전에서 허덕이는 군상이나 또는 무수한 생명들이 비명에 쓸어져 죽어넘어져 가는 것이다. 또는 온 지구 위에 뒤덮혀 있는 초조와 불안과 공포와 살육과 처참한 장면 등이 인간의 정신상태를 극도로 임비(麻痺)시킴으로 인해서 심각한 자극제와 비극의 심화 없이는 독자들에게 도저히 감명을 끼칠 수는 없다는 것이다. 더욱이 우리 나라와 같이 동란으로 인해서 강토가 잔해만 남고 또는 자기의 어버이나 혈육이 바로 눈 앞에서 총탄에 쓸어져 죽는 참상을 보아온 심경에는 인정의 기미나 시정(市井)의 세태 묘사 정도로는 아무런 쇼크도 주지 못할 것은 명확한 사실에 틀림이 없을 것이다.

뿐만 아니라 모든 인간들의 정신 속에 생에 대한 이념이 하나의 종교적인 구도정신을 희구하는 극단적인 절정에 다다랐다고 볼 때에, 여기에 응해 줄 수 있는 유일의 길은 다른데서 찾을 도리는 없을 것이다.

그러나 이런 중후감을 양성하는 심각성의 천착이나 비극의 심화가 풍토와 지리적인 조건으로 제래되는 예를 우리들은 기억한다. 북극의 야생적 저항의식에서 오는 러시아문학들의 예로 보나 또는 광대무변한 벅찬 자연조건 밑에서 시달릴대로 시달린 중국민족들의 문학작품의 예로 보나, 이런 풍토와 지리적인 조건으로서 심각성의 추구나 비극의 심화가 유리하게 형성되어 있는 것을 모르는바 아니나 우리 민족이 당해 온 저간의 체험은 이런 자연조건에 못지 않는 자극이 아닐 수 없다고 나는 생각한다.

흔히들 생각하기를 이 문제를 오늘의 현실과 결부시켜서 전장의 싸우는 모습이나 혹은 세태의 참혹한 정황을 묘파함으로써 해결되는 것으로 오인하고 있는 이들이 적지 않은 것 같으나, 문제는 거기에 있는 것이 아닌 것이다. 심각성의 추구나 비극의 심화가 소재의 신구에 의해서 좌우되는 것이 아니고, 백 년전이나 오백 년전이나 또는 오늘날의 사건이나 간에 그 사건 자체에 심각성을 노릴 수 있고 비극의 심화를 꾀할 수 있으면 그만인 것이다. 우리의 심경이 황폐해지고, 초조해지고 불안에 떨고 있다고 해서, 거기에 대한 응답이 오늘의 현실을 소재로 취하는 것만으로 해결되는 문제는 아니라는 것이다. 우리의 정신상태가 이만큼 각박해진 오늘에 있어서, 이 심경을 움직여 줄 수 있는 것은 오직 옛날의 사건이거나 오늘날의 사건이거나 심각을 노리고 비극의 깊이를 파고 들어가는 소재이어야만 한다는 그것 뿐인 것이다.

그리고 이 문제를 이룩하기 위하여서는 우리가 살고 있는 사회환경 속에서 생존과 생활의 충실한 진실을 추구하려하는 일념만으로는 불가능하게 되는 것이다. 작가가 가지는 이미지네이션이 최대한의 나래를 퍼뜨리는데까지 발전되지 않으면 도저히 바랄 수는 없는 것이다. 그러므로 사소설적인 형태의 창작으로서는 애당초 충족시킬 수 없는 것임을 우리는 생각지 않을 수 없다. 사소설이라고 해서 일률적으로 상상력이 결여되었다고 결정해 버린다면 약간의 무리가 있을지 모르나 우리 나라의 사소설은 그 대개가 진실을 추구하는 내성적 경향을 중시하는 나머지 상상의 세계가 소홀히 취급되어 있는 것만은 사실이다.

그러므로 당면한 우리 나라의 문학이 침체해진 작가정신의 타개를 위해서나 또는 한국적인 현실에 새로운 매스를 가하는 의미에서나 심각성의 추구와 비극의 심화는 하나의 필연적인 사태라고 보지 않을 수 없는 것이다.

〔『현대문학』, 1955. 3〕

5

실존문학의 총화적 비판
– 하나의 서론적 고찰 –

최 일 수

최근 젊은 작가들에 의하여 고개를 들기 시작한 실존적 경향의 작품을 비판하려면 먼저 불란서의 '사르트르'를 비판하게 된다. 또한 '사르트르'를 추구하기 위해서는 '후설'의 현상학의 영향을 받은 정신병과 의사였던 '야스퍼스'의 실존철학도 구명해야 한다. 그리고 한 걸음 나아가서 실존철학과 그 문학의 선구를 계시했던 '키에르케고르'와 '파스칼'까지 올라가지 않으면 안되는 것이다. 이래야만 문학사적인 위치에서 실존문학의 창조적 기능에 대한 총화적 비판을 할 수 있으리라고 본다.

전후 10년이 넘고 발상지인 불독(佛獨)에서는 이미 소약(消弱)해져 버린 오늘 새삼스럽게 이 문제를 들추어내는 것은 독자에게 시대적 착잡을 느끼게 할지도 모른다. 그러나 우리 문학에서는 이러한 경향의 작품이 지금에야 비로소 나오기 시작한 것이다. 이러한 사실에 비추어 우리가 여기서 이 실존문학의 이른바 말초적 대결과 거부 속에서 인간의 참다운 삶의 길이 계시될 수 있는가? 특히 국토가 분단된 환경 속에서 통일을 지향하며 있는 그러한 우리 민족에게 참다운 생활의 도표가 얻어질 수 있는가에 대한 현실적 위치에서 독자 대중과 더불어 이를 재검토하면서 총화적인 비판을 하려고 한다.

돌이켜 보건데 우리 문단에 실존주의라는 현대문학의 새로운 유파가 소개된지 어언 6·7년을 헤아린다. 그러나 우리 창작품으로서는 6·25

동란 후에야 나오기 시작했다. 그것도 불과 몇 편 밖에 안된다. 그럼에도 불구하고 우리 문단에 그러한 요소가 새로운 풍조로서 영향을 끼친 것만은 사실이었다. 그리고 또한 그것이 독자들 사이에 충분히 소화되지 못했다할지라도 무서운 힘으로써 도시 지식층과 또한 그러한 성분의 젊은 현대작가들에 의하여 병리적으로 영합되었다는 것만도 사실인 것이다.

그러나 우리 민족문학이 그 엄숙한 입체성의 확립을 위한 피어린 수난을 겪어온 오늘에 있어서 현실의 불안에 대하여 고민과 권태를 느끼기만 하면 그러한 정체적 몸부림과 잃어버린 세대를 피의 체험으로써 넘어선 오늘의 민족적 현실에 비추어 이 외래 유파를 비판하고 지양해야할 시기가 왔다고 보는 것이다.

이러한 결론은 실존주의가 주장하는 이른바 자기입법을 중심하는 거부와 결단과 행위와 선택을 위한 자유가 숨막힌 대결을 통해서 얻어진다는 그 자체가 생활의 전부이기에는 그것이 통일을 갈망하는 전 민족의 강인한 의식 앞에서는 너무나 무력한 존재였고 또한 그 정신의 궁극적 요소가 건전한 의식과 행동의 통일을 말초적 대결로서 이를 가로막고 민족통일을 위한 현실을 공포와 절망과 강박관념의 혼탁한 현상으로 대체해 버리고 있다는 사실을 알게 되고 이를 비판하게 된 우리 민족문학의 심연적(心然的) 전망의 요구에 의한 것이다.

원래 '야스퍼스'가 「현대의 정신적 상황」 속에서 말한 것처럼 인간성의 근저에는 반드시 전쟁과 혼란에 따르는 허무적인 요소가 있었다.

그리고 부조리한 모순이 횡행하는 환경에서는 의례 강박관념에서 나온 불안의식이 지배했던 것이다.

그러나 그것은 어디까지나 도시의 젊은 지식층에서만 볼 수 있는 이른바 창조적 기능이 정지되고 생활의 의식과 행동이 분열되어 버린 그러한 세계에서만 있을 수 있는 것이었지 결코 인류 전체 민족 전체가 '휴머니티'와 '레지스탕스'적 입장에서 객관적으로 느끼는 전형적인 공통관념은 아닌 것이다.

이러한 사실은 사회적 생활의 기능이 영(零)에까지 위축되어버린 우리

나라의 수많은 도시 지식청년들이 이른바 실존철학이 주장하는 인간정유(人間定有)의 호소를 허무적이며 자폭적인 상태에서 이를 영합하고 이미 체념기에 들어간 장년층에서는 이를 무관심해 버렸다는 것으로 미루어 보아도 충분히 알 수 있다.

뿐만 아니라 동란을 전후하여 같은 환경이었지만 도시의 젊은 지식층에서만 자살자가 속출했다는 사실로 보아도 그들이 농촌과 일반도시청년에 비하여 얼마나 그 자체가 허무적이며 실존적인지 이루 알 수 있는 노릇이다.

그러므로 나는 여기서 이 실존문학이 전쟁과 혼란을 계기로 도시지식층의 태반이 생활은 정체되고 사회적으로 무기능해져버린 그러한 상태에서 권태를 느낀 나머지 그것을 해결하고자 숨막힌 대결 속에서 말초적으로 자기의 위치와 행위를 찾으려고 하는 이른바 변형적인 자기 옹호를 위한 세계의 소산이라고 규정하면서 논리를 전개시키려고 한다. 즉 문학사적 위치에서 볼 때 이 실존주의 문학은 19세기말의 자연주의 문학 이후 신낭만주의 신고전주의 그리고 표현주의 신즉물주의로 흘러온 독일문학의 영향을 가장 많이 받았으며 또한 불란서에 있어서 '보들레르'를 대표로 한 상징주의와 특히 '앙드레 말로'의 행동적 휴머니즘(인간의 옹호)운동과 더불어 유미주의와 초현실주의를 거쳐 기계화해 가는 인간을 시정하려고 했던 인간성의 탐구를 시도한 한줄기 휴머니즘적 '레지스탕스' 문학의 영향하에서 발현된 문학적 유파인 것이다. 그리고 이 유파도 다종다양한 현대적 유파의 기복(起伏)의 뒤를 이어 개방과 혼란과 정체의 양상을 띠운 채 그 존적(存績)이 단명한 현대문학의 한 불과한 속성으로서 숙명적인 말초성을 지니고 2차대전을 전후하여 발생한 것이다.

이 실존문학의 논리적 배경으로서는 멀리 '키에르케고르' '니체'에서 엿볼 수 있으며 '후설'의 현상학에서 출발한 '하이데거'와 '야스퍼스'에 의해서 현대적인 형태로 발전시킨 이른바 실존주의 철학과 독일의 '인칼덴' '풍쓰'를 대표한 실존문예학이 있다.

이에 가장 영향을 많이 받은 사람들 중에 '사르트르' '까뮈' '아누이' 등의 작가들이 있는데 엄밀한 의미에서 '야스퍼스'와 '하이데거' 그리고 '사르트르'와 '까뮈'가 서로 실존적이기는 하지만 사회태도에 대한 실존의 자각내용이 다르다.

'하이데거'는 존재의 의미를 정유(定有)에서 해명하려는데 반하여 '야스퍼스'는 인간에게 정유를 얻을 수 있도록 호소하였다.

그리고 '까뮈'의 실존은 부조리에 반항하는 것이고 '사르트르'는 모순에 대하여 투기(投企)와 작용이 그 인간의 존재이며 그것이 유일한 자각적 내용으로 되어 있는 것이다. 이러한 실존적 기초의 사상적 연혁은 일찍이 '파스칼'의 유고인 「팡세」 속에서 찾아 볼 수 있다. '파스칼'은 신이 없는 인간의 비참을 계시하는 기독교변증론으로서 선구를 세웠던 것이다. '사르트르'가 1943년에 출판한 「존재와 허무」는 '파스칼'의 이른바 신이 없는 인간의 비참 속에 신대신에 하나의 실존철학을 제시함으로써 사회인습적 법칙에 대결하는 자기의 위치와 결단과 목표와 그 행위를 선택할 수 있는 그러한 자유 속에서 인간옹호의 인도주의적 요소가 있다고 인간의 개인의 존재를 해명하였던 것이다.

이런 의미에서 볼 때 '사르트르'의 실존문학은 일시적으로 발생된 유행현상이 아니라 멀리는 희랍비극에 기초하면서 300년 전의 '파스칼'의 사상에 대한 역설적인 부연이기도 한 것이다. 이 역설적 부연이란 다시 말하면 '파스칼'이 신과 더불어 있는 인간의 위대한 가능성을 교시하려는데 반하여 '사르트르'는 신이 없는 인간에게 존재에 관한 철학을 제시했던 것이다.

이와 같이 신에 대한 역설태도에 서서 출발한 '사르트르'의 실존문학은 2차대전 후 어찌할 수 없는 불안과 초조감으로 더욱 더 퇴락(頹落)해 가는 숨막힌 모순과 혼란한 상태 속에서 살고 있는 현대의 도시지식층 중에서도 특히 19세기 실증과학의 교육을 받고 무신론적인 경향을 가진 청년들의 심리적 풍습에 신경적으로 영합되었던 것이다.

그런데 이러한 풍조의 근본원인은 신의 세계로 돌아가기에는 너무나 비과학적이고 그렇다고 해서 혼돈하고 모순더미의 현실에는 더욱 만족할 수 없는 그러한 인간이 진정 자기의 생활의식을 잃어버린 채 공허한 자기분열 속에서 권태를 느끼고 자기를 부정하면서도 궁극에 가서는 최대의 자기옹호자로 돌아가버린 그러한 발전이 정체된 도시지식인의 허무적인 심리적 풍습에서 그 근원을 찾아볼 수 있는 것이다. 이 도시 지식인이란 다시 말하면 전환기에 처하여 혼란과 모순의 인습적인 제약으로 그 역사 창조의 기능이 정상적인 질서와 체계있는 발전형태에서 정체되고 분열되어 행위력은 극도로 위축되고 고민만이 확대된 그러한 무력한 상태에서 정체를 넘어서기 위하여 몸부림치면서 어떠한 결단과 목표를 공포관념 속에서 선택하는 이른바 그러한 자유만이라도 사념적으로 소유하자는 관념의 소유자인 것이다.

즉 뒷걸음칠 수도 없고 눈감아 버릴 수도 없이 꼼짝달싹할 여지조차 없는 그러한 숨막힌 대결의 첨단과 첩경에까지 사건을 이끌고 주인공에게 거기서 넘어설 수 있는 결단과 목표의 선택을 위하여 무(無)에서 유(有)를 찾아낼 수 있는 힘 이상의 행위가 사념적으로만 요구되고 있다.

이러한 의미에서 인간은 결국에 자기의 입법자이며 또한 인간성의 본질은 이러한 선택할 수 있는 행위에 대하여 책임을 질 수 있는 자유를 말하는데 있다는 것이다.

실에 있어서 이러한 개인행위의 자유에 대한 인간옹호는 극단적인 개인주의의 말초적 추궁이며 동시에 그 사상적인 근본이념은 그 자체가 일정한 가치체계에 근거를 두고 그 실현을 계획하고 끈기있게 실천하는 그러한 질서있는 역사창조의 정상적인 흐름에서 출발할 것이 아니라 이와 같은 영구적이며 정상적인 가치규정을 부정하면서 세계는 천위적(天爲的)으로 부조리와 모순의 조건 속에서 놓여있고 혼돈한 것이 절대적이고 지배적인 것이라고 등일적(等一的)으로 규정하고 있는데 있는 것이다. 그리하여 사람은 살고 있는 그 순간에 최선과 결단을 선택하고 그것에 향해서 노력하는 이른바 말초적인 직감이 문제되고 있다.

그러기 때문에 이것은 하나의 체계있는 목적 밑에서 세워진 방법에 의하여 구현된 행위가 아니라 일종의 순간적으로 포착된 목표 밑에서 발작적으로 일어난 착념(着念)이든가 그렇잖으면 극도로 위축되고 약해져버린 인간의 공포와 회의의 사색인 것이다. 이러한 사실들은 '사르트르'의 희곡 「밀폐된 실내」에서 '가르생'이라는 청년의 대사에서도 볼 수 있다.

—가르생 "단 하나의 행위에 의해서 사람 일생을 결정지을 수 있을 것인가" 뿐만 아니라 「구토」의 주인공 '로캉탱'이 공원의 마로니에의 나무뿌리를 보고 공포를 느끼며 거기서 발작적으로 계시를 받고 눈앞에 있는 그대로의 존재를 일면적 지양의 형태로서 이를 의식하고 있다.

이와 같이 문제를 극단적인 말초에까지 이끌고 나가 거기서 순간적으로 얻어지는 하나의 목표를 가질 인생의 전부를 결정하는 그러한 결정적 계기로서 이를 적극적으로 모색하고 있는 것이다.

그리고 단편 「벽」에서도 혼란 가운데 벌어지는 총살직전의 운명선상까지 이끌어 숨막힌 불안을 유일한 소재원천으로 삼고 있다. 그의 대저 「존재와 허무」가 발표된 1934년에 희곡 「파리」가 상연되었는데 그 작품도 희랍비극에서 취재하여 아버지의 원수를 갚기 위해서 어머니와 그의 정부를 죽일 것을 스스로 선택하고 신의 왕 제우스와 과감히 대결하는 주제인 것이다. 이 대결한다는 일종의 거부정신이 이른바 어머니를 죽이려는데 대하여 허무주의에 빠진 「햄릿」 속에서 감성적 휴머니티를 찾으려던 '셰익스피어'에 반하여 어머니를 죽이고도 스스로 택한 자유로운 행위를 하였다고 후회하지 않는 그 가운데서 휴머니티를 찾으려는 '사르트르'는 '셰익스피어'와 인권옹호 문제에 있어서 그 존재 의식에 대한 자각내용이 본질적으로 다른 것이다.

즉 현존의 낡은 세속적 법칙과 극단적으로 대결함으로써 그 순간에 얻어진 하나의 결단과 목표가 인생의 전부를 결정하고 그의 이른바 인간의 존재가 말초선상에 투기되어진 가운데서 비로소 발견되고 혼란과 죽음직전의 대결에서 사람이 하나의 의지를 가지고 모순을 거부해야 하는 그러한 자기의 위치와 처지를 선택하는 결단력을 가짐으로써 본연한 인간성을 찾아야 한다는데 그 실존적 휴머니티의 핵심이 내태(內胎)하고 있다는 것이다.

그런데 이러한 「파리」의 '가르생'이나 「구토」의 '로캉탱' 등 초기 작품의 주인공에는 실존의 실체를 마주보려 하지않고 회피하는 실패자들을 그것이 현실의 전부인 것처럼 취급하면서 현실을 현상으로 대체하고 있다.

'사르트르'에게 있어서는 세계는 모두가 질서없이 숨막힐듯한 혼란 뿐이며 거부되어야할 인습적인 사회 그 뿐인 것이다. 이 혼란과 거부될 인습의 연속이 현실이 유일한 개관적 단경(端境)이며 이러한 현실에서 그것이 말초적인 경우에까지 철저하도록 추궁되고 극적인 대결 속에서 인간의 자기의 처지를 선택하고 위치를 결정할 수 있는 것이 본래의 자유이며 이것이 실존의 본연한 실체라고 하였다. 이와 같이 인간존재의 투기성에서 모색되는 결단이기 때문에 실존문학이 그 주제 설정에나 소재 원천에 있어서 시간적인 제약을 스스로 감수하면서 어찌할 수 없는 그 말초성과 무와 추를 숙명적으로 내태하고 있는 것이다. 즉 목적에서 출발한 행위는 사건 이전에 이미 태세가 갖추어지고 또한 인식을 통한 세계관이 도달된 발현인데 비하여 '사르트르'의 이른바 결단과 목표는 위기와 공포의 시간에 터득된 시간적인 것인만치 행위의 정상성을 갖기 어려운 것이다.

이러한 사실들은 「구토」의 '로캉탱'이란 도시의 지식청년이 18세기의 이상한 인물인 '롤르봉' 후작을 연구하는 생활의 묘사과정에서도 볼 수 있다. 즉 그는 독신 청년으로서 하숙생활을 하며 진종일 담배와 커피와 농담으로 보내다 저녁이면 바에 가서 술을 마시고 성욕이 일어나면 바의 마담과 자는 이러한 지루하고 퇴락한 것의 되풀이 속에서 살고 있는 것이다. 그리하여 마로니에의 나무뿌리같은 초말적인 것에서 공포를 느끼고 말초적인 지양으로 흐르고 말았던 것이다. 끝으로 이러한 나의 이론이 앞으로 보다 많이 출품되어질 실존적 경향의 작품들을 봉쇄하는 것이 아니고 진정 오늘의 우리 민족적 현실에서 실존이 가지는 본질적인 요소를 지양하고 비판하는 기준이 되었으면 한다.

그리고 젊은 세대의 작품들이 그 시야를 도시 지식층의 협소한 테두리에서 넓고 웅대한 민족적이고 세계적인 영역으로 밀고 나가기 위해서라

도 이 실존문학의 정당한 비판적 섭취의 태도가 먼저 확립되어야 한다고
본다.

[『경향신문』, 1955. 4. 13~15]

6

현대정신과 카톨릭시즘
- 위기의식의 소재 -

정 창 범

"병든 영혼에 위기가 다가오려 한다. 임종에 처한 사람에게는 자신이 죽어가고 있다는 사실조차 모르고 있기는 하나 ……" (키에르케고르)

1

현대인의 위기의식이 과연 역사의식의 소산이냐, '뉴스'의식에서 나온 것이냐, 따져 볼 때 우리는 잠시 막연해진다. 어찌보면 현대의 착잡한 모습은 일상적으로 야기되는 사건 —'뉴스바아류'가 될 만한— 에 의해서 빚어진듯한 느낌을 주는 것이다. 이를테면 현대인의 생활의식이 은연중 무엇인가를 기대하는 바램, 즉 수동적인 자세를 취하면서 산적된 '뉴스'를 불안스럽게 받아드리고 있는 것을 볼 때 오늘날의 위기개념은 일상적인 시국의 진행 여하에 따라 가감될 수도 있는 것으로 여겨진다. '뉴스'에 시달려 기진맥진한 정신이기 때문이라고나 할까.

그러나 그러한 시국의 진행이라든가, '뉴스'적인 사건이 근본적으로 어디서 유래하였느냐고 할 때, 한 마디로 역사적인 것에 원천을 두는 것이라 하지 않을 수 없다.

현대의 위기의식이 보다 깊은 역사의식이 자아낸 것이 엄연한 사실이라면, 현대정신의 파탄을 역사적으로 구명할 수 밖에 없는 것이다. 따라서 현대의 '카톨릭시즘'의 관계를 더욱 명확히 하는 유력한 발판을 우리는 그 역사적 구명에 의뢰해야 할 것이다.

현대의 특질은 '크리스토퍼 도오슨'은 이렇게 말하고 있다.

"뭇 가치의 단계를 인정치 않을 뿐더러, 지적 권위라든가 사회적 종교적 전통을 부정한 채, 오직 극도로 혼돈된 순간적인 감각세계에 흠뻑 파묻히기를 원하는 새로운 사회가 찾아 오고 있는 듯 하다."

또 '아놀드 토인비'는 현대를 희랍문명의 쇠퇴기에 비유해서 말하고 있다.

"근대인은 자기 지혜와 기술력만을 숭상함으로써, 자신이 인정하는 유일한 신, 즉 '자기의 입(口)과 배(腹)'의 욕망을 충족시키면서 한결같이 자기에게만 예배를 올리고 있다. 이와 같은 우행과 자의적인 행위를 희랍인은 '오만'이라 일컬었고, 나라가 멸망할 무렵엔 의례 찾아드는 법이라 생각하였다. 허나 그들은 이 악덕의 유혹을 완전히 깨닫고 그 보상의 두려움에 몸부림 치면서도 또한 '오만'으로 해서 나락(奈落)의 밑창에 빠지고 말았다. 근대의 서구세계도 이와 동일한 죄를 얻은 것이지만은 과연 그들은 희랍인처럼 그 사실을 자각하고 있는 것일까."

이와 같은 것이 곧 현대의 특질이라고 한다면 우리는 먼저 왜 무엇 때문에 그렇게 되었느냐 하는 가장 초보적인 의문을 풀지 않을 수 없다.

오늘날 항용 만병통치의 약처럼 모시고 있는 이념이 있으니 그것은 곧 '휴머니즘'이다. 현대정신 형성의 주체로서 '휴머니즘'을 현대인은 지나치게 과신하고 있거니와 그 말을 할 때면 흔히 찬미와 엄숙감을 아울러 가슴에 간직하는 것이다. 이 사실을 빈정대기엔 현대인은 너무도 사모치게 '휴머니즘'이라는 이념에 사로잡혀 있는 것이다.

그러나 과연 '휴머니즘'은 그처럼 만병통치의 약이 되고, 비판을 가할 수 없는 금기의 것일까. '한스 피라이어'는 「20세기의 역사적 자의식」에서 20세기의 역사의식을 원근법적 착각을 꿰뚫고, 시간적으로 가장 가까운 19세기를 부정하여 망각된 먼 과거 속에서 보다 새로운 의미와 연계를 찾아 내야 한다고 말하였다.

현대위기와 아울러 '휴머니즘'의 정체를 구명하기 위해서는 보다 깊은 역사적 통찰을 기울여야만할 것이다.

2

'토인비'는 다음과 같은 질문을 발하고 있다.

"우리가 중세기적 유형에서 보는 바와 같은 기독교국에 대하여 근세가 행한 반항은, 과연 근대인이 생각하고 있는 것처럼 눈부신 승리로 그친 것일까. 혹은 그 반항은 인류를 불행 속에 빠뜨린 비참한 정신착란이 아니었을까."

근세의 반항이 승리를 뜻하든 정신착란을 의미하든 간에, 어쨌든 그것은 '교회의 포기'를 말하는 것임에 틀림없었다. 말할 것도 없이 '르네상스'와 종교개혁과 때를 같이하여 중세 부정의 정신, 즉 교회의 포기는 이루어졌던 것이다. 중세 부정과 교회의 포기는 인간성의 발견임은 이미 상식화된 사실(史實)이다.

이를테면 근대정신은 그 시발점에 있어서, 중세에 대한 반역으로 비롯된 것이며, 그런 의미에서 '르네상스'나 종교개혁은 서로 공통된 터전을 가지고 있는 것이다. 물론 이 두 운동은 이질적이며 별종의 것이기는 하나, 그 기원이 동일했고, 양자가 다 같이 중세를 부정하는데서 자체의 생존이유를 찾으려고 한 점에 있어선 어디까지나 공통된 생명을 지니고 있다. 곧 전자는 이교적 고대에 되돌아가려고 했으며, 후자는 원시기독교로 돌아가려고 한 것으로서, 모두 중세를 넘어 고대에 복귀하려고 했던 것이다. 이런 뜻에서 근대는 고대에는 연속될망정 중세와는 별 관련이 없는, 고대의 상속자라 해도 넘친 말은 아닐 것이다.

근대정신을 형성하는 '휴머니즘'은 중세의 신중심주의에 대치하는 인간중심주의임은 더 말할 것도 없다. 즉 신을 잃은 대신 사람을 얻은 것이다.

위와 같이 신의 반대개념으로서 인간의 정립에 '르네상스 휴머니즘'의 본질적 의의가 있음이 상식화된 사실이라면 그것으로서 만사가 해결될 수 있는 것일까. 바로 그 점에 현대정신에 대한 '카톨릭시즘'의 항의가 일어나는 것이다.

계몽주의자들에 의해서 중세는 이성이전의 무지, 광피(光被)의 반대개념으로서의 암흑, 문명의 반대개념으로서의 야만, 진보의 반대개념으로서의 정체에 불과한 것으로 여겨졌다. 그리하여 그들은 승려와 신학을 부정하고, 교권과 신학 아래 발달된 중세의 초합리적 문화를 혹평하여, 이성과 인간성을 거역한 오류의 결정이라고까지 말하였던 것이다. 비단 계몽주의자에만 한할 뿐더러 오늘날의 일반사조이기도 하다.

그러나 한편 '르네상스 휴머니즘'에 대한 '카톨릭시즘'의 견해는 어떠한 것일까.

즉 근대는 그 성립 당초에 있어서 신을 상실한 필연적인 결과로써 스스로 인간중심적 '휴머니즘' 그 자체의 파멸을 가져 왔다는 것이다. 16세기 이후 온갖 기회를 이용하여 그 세계관에서 신을 추방하고, 지상낙원의 건설에만 급급해 온 문명은 필경 신을 반동시하고 천국을 가리켜 대중을 미혹하는 유해한 신화라 생각해 온 것이다.

계몽시대에 있어서의 합리주의자와 백과전서가의 배출, 그리고 종교개혁 후 거의 1세기간이나 전개되었던 종교전쟁, 17세기에 이르러 군주와 사상가가 힘을 합쳐 그들이 표방하는 합리주의적 자연주의적 입장에서, 기독교적 전통을 일축하여 마침내 반기독교적 세속주의의 횡행을 용납한 사실(史實)을 보는 것이다.

산업혁명 이후 19세기 문명에 깊이 뿌리박은 "인간은 만물의 척도"라는 사상은 마침내 물질적 번영을 지향하는 19세기 자유주의적 '부르조아' 국가의 심리적 배경이 되었으며 그것은 곧 오늘과 같은 전투적 무신론을 빚어내고야 말았던 것이다.

20세기에 이르러서는 '부르조아'적 합리주의와 진보주의 사상은 보다 혼미로운 유물론의 모습을 취하여 혁명적 전체주의의 무시무시한 무기로 돌변하고 만 것이다. 오늘날의 전체주의자들은 기독교적인 신을 부정함으로써만 비로소 인간의 혼을 파악할 수 있으리라 믿고 있는 것이다. 무지한 대중은 그들이 약속하는 물질적 보증과 자기의 혼을 맞바꾼 나머지 결국에 가서는 혼과 자유를 빼앗기고, 어느새 완전히 비인간화된 대중들은 동시에 절망을 택하게 되는 것이다.

이상의 논리가 바로 '카톨릭시즘'이 지적하는 '르네상스 휴머니즘'의 말로이거니와, 그 근거는 도시 어디서나 나온 것일까.

말하자면 근대의 '휴머니즘'은 인간을 통일하는 원리가 될 수 없는데 비극이 있는 것이다. 중세의 본질은 무엇보다도 자연과 초자연, 차안(此岸)과 피안(彼岸)을 조화하고 통일시키는 통일적 질서에 있으나 '르네상스 휴머니즘'에는 그것이 결여되어 있는 것이다.

신은 유일한 것이지마는 인간의 거이 무수한 것이며 '인간' 일반이라는 개념은 난시 개념직 추상에 지나지 않는 것이다. 뿐더러 이 '인간' 일반으로서의 사람은 수 없이 많은 까닭에 또한 '인간'에 관한 무수한 개념이 있을 수 있는 것이다. 그러므로 '휴머니즘'은 사람들을 통일하는 원리가 될 수 없을 뿐더러 참다운 공동체를 조성할 선험적인 아무 근거도 없는 것이다.

근대문화가 이와 같은 '휴머니즘'에 의해서 형성된 것일 때, 근대인이 이룩한 생활의 통일화를 그 발판으로 삼은 것이 아니요, 보다는 외부적인 수단에 의한 것이었고, 내면적인 결합으로서가 아니라, 외부적인 강제에 의해서 보지(保持)되지 않으면 안되었던 것이다. 이 사실은 바로 '휴머니즘'이 내포하는 근본적인 결함이요 비극인 것이다.

'휴머니즘'과 함께 얻은 과학은 잃어버린 종교와 철학의 대용이 될 수 없는 것이다. 과학은 지적인 방법은 될지언정 윤리적 동기일 수는 없는 것이다.

요컨대 인간이 그 존재의 궁극목적을 오직 인간 그 자체에 둔다는 것은 공허한 여운 밖에 남기지 못하는 것이며, 아무런 존재론적 근거도 찾아볼 수 없는 것이다. 통일적인 질서를 간직한 중세를 거부했던 '르네상스'는 초인간적인 질서를 잃었을 뿐더러, 근대인으로 하여금 비인격적인 '아톰'적 존재에 몰아 넣은 채, 기계적인 평균화를 감수하게 하였던 것이다.

개인주의에서 민주주의로, 자본주의에서 자유주의로, 그것이 나아가서는 통제주의와 조합주의로, 다시 '파시즘'과 '나치즘' 그리고 유물론적 공산주의로 파생된 근대사조는 더 말할 것도 없이 통일 원리가 될 수 없었던 '르네상스 휴머니즘'의 편력을 웅변하고 있는 것이다. 다시 말하면 근대의 '휴머니즘'은 인간을 자유분방하게는 하였을망정 윤리적으로 무장시키지는 못하였던 것이다.

3

'카톨릭시즘'은 그렇다고 중세의 문화적 업적을 지나치게 '로맨틱'하게 이상화하고 있는 것은 아니다.

수직적인 것과 평면적인 것과의 상극피안적 사명과 그것을 운명지어진 인간적 성격과의 모순은 필연적으로 천상적인 것과 지상적인 것과의 비극적인 충돌을 일으켰음을 그들도 자인하고 있다. 또 중세사회가 정권과 교권과의 범위를 혼동함으로써 속인이 단순한 이기적 동기에 휩쓸려 이단자를 박해하고, 교회의 이익을 혜용(惠用)한 사실(史實)을 '카톨릭시즘'은 부정하지 않는다.

그러나 한편 중세문화를 정당히 평가하고, 또한 현대문화에 물려준 그 유산을 올바르게 구명할 때, 중세문화를 지배한 역사적 이상이 무엇인지를 알 수 있는 것이다.

우선 '세계와 육체와 악마'의 폭행에 대립하여 '신'을 역사 가운데 실현하려고 한 이상을 캐치할 수 있다.

중세시대의 유물, 성당, 대학, 조각, 회화, 그 중에서도 '단테'나 '토마스 아퀴나스'와 같은 문학적 철학적 종합 등은 교회가 과거의 연속과 미래의 창조를 여하히 교묘하게 종합할 수 있었는가 하는 것을 여실히 증명하고 있는 것이다.

따라서 중세에 있어서는 종교는 그야말로 문화의 원리였던 것이다. 정신생활의 원리였을 뿐만 아니라 사회 및 국가의 원리이기도 했다. 흔히 중세문화를 종교문화라 부르는 까닭은 단지 종교와 관계있는 문화, 또는 종교적 색채를 띠운 문화라는 한정된 의미가 아니라 종교를 창조적 원리로 삼아 왔다는 뜻이다.

'르네상스' 이후 환경적 물질문명과 내면적 정신과의 부조화, 그리고 문명의 외면과 정신의 내면과의 분열 등으로 흔히 위기니 불안이니 비극이니 하고 신음하는 사실은, 다름 아닌 위와 같은 중세의 종교적 통일원리를 '사보타지'한 '휴머니즘'이 결과한 것이다.

그리하여 '카톨릭시즘'은 현대 비극을 구제하는 길을, 현대의 '새로운 중세'화하는데서 찾으려고 하는 것이다. 다시 말하면 자아중심의 '르네상스 휴머니즘'을 '충족적 휴머니즘' 곧 '탁신(托身)의 휴머니즘'(L'humanisme de L'incarnation)으로 강화하자는 것이다.

'자끄 마리땡'은 탁신의 '휴머니즘'에서는 영원한 생명을 지향하는 수직적 운동과 현세에 있어서의 인간적 창조를 뜻하는 수평면 운동사이에는, 아무런 모순도 충돌도 있을 수 없다고 말한다.

탁신이란 문화가 종교에 의해서만 생명력을 얻을 수 있다는 뜻에서 문화의 올바른 방향을 가르치는 '카톨릭'의 교의인 것이다. 신은 인간을 구제하기 위해서 인간이 된 것이며, 신은 시간과 공간의 제약, 즉 역사 가운데 잠재함으로써 인간이나 자연을 보다 완전한 것으로 이룩하고자 노력하는 절대적인 존재인 바, 인간이 거기서 떨어져 역사의 수평운동만을 일삼는다면 찾아 올 것은 파멸 밖에 없는 것이다. 탁신은 요컨대 이와 같은 파멸을 미연에 방지하기 위한 영원한 정신적 방패라 할 만한 것이다.

중세는 우리에게 다음과 같은 교훈을 남기고 있거니와 즉 문화가 만약 가치의 질서와 역사적 목적성을 잃게 되면 미구(未久)에 곡예사의 인형처럼 죽은 혼이 되어버릴 것이라는 예언이다.

그러고 보면 현대의 오류는 미상불 이 예언의 현실적 구체적인 확증이 아닐까. 만일 그런 말이 허락된다면 현대의 오류를 근대적 방법 즉 자아 중심적 '휴머니즘'으로 청산할 수 있으리라 과신하는 현대인은 저도 모르게 자가당착(自家撞着)에 빠져 있다 해도 넘친 말은 아닐 것이다.

하기야 그러한 '휴머니즘'도 어느모로 목전의 구제는 될는지 모르나, 한편 나머지의 단층, 곧 궁극적인 해결을 어디서 찾아내야 할 것인가 할 때 우선 절망이 떠오르지 않을 수 없다.

바로 여기에 '탁신의 휴머니즘' 아니 '카톨릭시즘'이 방패를 들고 나서는 근본적인 의의가 있는 것이다.

그들은 무엇보다도 세계를 윤리적 도덕적으로 부활시켜야 한다고 주장한다. 현대의 근본적 질환이 먼저 윤리적 기초의 전무에 기인하는 이상, 수술요법은 어디까지나 윤리와 도덕에서 찾을 수 밖에 없다는 것이다. 윤리와 도덕, 바로 그것은 중세와 흡사히 자연법에 즉 응하여 신의 사명을 전면적으로 복종하는 생활에서만 나을 수 있다는 것이다.

합리주의적인 관점으로는 너무도 신비롭고 비합리적인 생활로 여겨지겠으나, 그러면 그럴수록 현대문화에 대한 윤리적 지도는 더욱 가능하다고 보는 것이다.

'엘윈 베반'은 일찍이 "순교의 선혈로써 장래할 과학주의적 합리주의적 세계국가를 정복하고야 말겠다"는 하나의 결의를 표명했는데, '오건니제이션'과 '메커니즘'으로 말미암아 내적 붕괴를 은연중에 잉태하지 않을 수 없었던 현대인으로서는 차라리 얼핏 수긍할 수 없는 비적적(秘蹟的)인 선혈이나마 복용하여 바라지 않는 사생아를 낙태시킬만도 한 것이다. 포로수용소를 원치 않는다면, 아니 값없는 죽음을 희망하지 않는다면 ······.

[『현대문학』, 1955. 5]

신인과 현대의식

- 본질은 찾아지고 있는가 -

백 철

금년도에 발표된 창작에 대하여 주로 기성인들의 작품을 시평(時評)한 일이 있다. 그 때 지면관계로 신인작품들엔 언급을 못했었는데 이 기회에 그 시평을 속편격으로 주로 신인들의 발표작품에 내하여 시감(時感)을 쓰려고 한다. 금년도에 발표된 신인작품들 그 중에서 내가 읽어 본 자료들을 여기 열거하면 다음의 작품들이다.

김성한(金聲翰)의 「제우스의 자살」(「사상계」, 신년호) 「오분간」(동, 6월호) 기타, 손창섭(孫昌涉)의 「혈서」(「현대문학」, 1월호) 「미해결의 장」(동, 6월호) 기타, 장용학(張龍鶴)의 「육수」(肉囚)(「사상계」, 3월) 「요한시집」(「현대문학」, 7월호) 기타, 곽학송(郭鶴松)의 「녹염」(綠焰)(「현대문학」, 2월) 기타, 정한숙(鄭漢淑)의 「전황당인보기」(田黃堂印譜記)(「한국일보」, 신년호) 기타, 오상원(吳尙源)의 「유예」(猶豫)(동상) 「구열」(龜裂)(「문학예술」, 8월), 전광용(全光鏞)의 「흑산도」(「조선일보」, 신년), 이어령(李御寧)의 「환상곡」(「예술집단」, 창간호), 이규헌(李圭憲)의 「포」(泡)(동상), 구혜영(具慧瑛)의 「안개는 거치고」(「사상계」, 7월호), 서윤성(徐允成)의 「사형수」(「현대문학」, 7월), 한영환(韓榮煥)의 「복귀」(「문학예술」, 8월), 김성원(金星源)의 「불안한 위치」(「문학예술」, 10월) … 등. 내가 여기서 기성인의 작품과 따로 신인작품을 이야기하는데 흥미를 느끼는 것은 이들의 작품세계에는 확실히 기성인의 것과 색다른 어떤 지하의식(地下意識)이 「푸른 꽃」(슐레겔의 작품)이 피어나고 있기 때문이다. 그 의식은 물론 상게(上揭)한 모든 신인작품에 전부 통용된 경향이 아니지만 적어도 그 태반의 것과 관련되어 있는 것이다. 이것을 현대의식이라 불러서 좋을는지 모르나 하여튼 그것은 20세기의 의식인데 틀림이 없는 그 일차전후적(一次戰後的)인 문학의식이 이제 우리 신인세계에 와서 군상의 시대적인 의미로 표현되고 있다. 말하자면 그 20세기적인 현대문학의 의식세계의 특질들이 훨씬 광범위하게 우리 문단 위에 반영을 보이고 있는 사실에 대해서 우리들은 하나의 가부론(可否論)을 말해야 할 시기인 것이다.

먼저 그 20세기적인 문학의식의 한 특징이 소위 잠재의식의 세계인 것은 모두 아는 사실이다.

'H. 월폴'은 영국문학(소설)이 19세기에서 20세기적인 전환의 한 특징을 다음의 수어(數語)로서 말한 것이 있다.

"한마디로 말하면 1890년에 「마담 보바리」에 의하여 차지되었던 장소에 1915년의 영국에선 「카라마조프」가 찾아 오게 되었다."(「조셉 콘래드론」) '월폴'이 그 뒤에 여기 대한 한층 더 명확한 의견을 발표했는지 나는 알지 못하거니와 분명코 그가 1930년 이후에 다시 소설론을 썼다면 거기선 그보다 더 구체적인 말을 했을 것이다. 왜냐하면 그 특징이 정말 구체적으로 작품상에 나타난 것은 모두가 '월폴'이 「콘래드」론을 쓴 1916년 이후의 일이 되기 때문이다. '프로이드'의 「꿈의 의미」가 발표된 것은 1900년이지만 '헨리 제임스'의 심리소설이 등장한 것이 1916년, '제임스 조이스'의 「청년예술가의 초상」이 동년, 그의 「율리시스」가 1922년, '로렌스'의 「무의식의 판타지」가 1922년, '버지니아 울프'의 「밤낮」이 1919년, 「제이콥의 방」이 1923년, 「세월」이 1937년의 순서로 된다. 다시 같은 경향의 작품들을 딴 나라에 본다 해도 '프루스트'의 「잃어버린 시간을 찾아서」가 1923~1927년이다. 물론 그 중엔 '카프카'의 「심판」 등이 1911년인 예도 있으나 아직 1916년까지는 그 경향이 주류적으로 밝혀진 것이 아니다. 말하자면 1차 세계대전을 전후하여 세계문학은 외부세계에 대한 결정적인 반전을 행한 것이다.

이 작가들은 특수한 문학공사대(文學工事隊)였다. 심해공사를 하였다. 19세기의 외부세계에 대한 인간의 내부세계 그 심연의 세계를 탐색 발견 추기(追記)해 갔다. 같은 의식의 세계라도 전에 있던 합리주의적인 상식 세계의 의식이 아니고 그 밑에 깊이 파묻힌 지하의식이었다. 잠재의식의 이름으로 불려진 이유이다.

그 의식의 문학은 어디까지나 지식인에게 과잉한 자의식의 세계를 역사적 바탕으로 한 특수의식의 표현인 것을 주목할 필요가 있다. 반드시 세계문학사적으로 전정통적(全正統的)인 위치가 아니며 따라서 일반 인간대지 위에 핀 꽃이 아니고 하나의 그늘진 특수지대에 피어난 '푸른 꽃'인 것이다.

그 특수의식의 문학은 우리 문단에서도 벌써 35년경에 이상(李箱) 등에 의하여 도입된 섯은 일려진 일이지만 이제 그 경향이 2차전후(二次戰後)의 실존주의적인 주관의식의 문학을 가하여 그 작품세계와 수법을 확대하면서 우리 신인들의 작품세계에 반영되어지고 있는 것이다.

결국 이 신인들이 그 의식의 문학을 공동영위하고 있는 것은 결코 우연한 일이 아니고 이들이 살고 있는 현실지반과 어떤 세대적인 관념의 반영이면서 동시에 그들은 사회와 인간의 본질을 파악하고 그리는데는 그 의식의 세계와 수법에서만 가능하다고 관념하는데서 취해지고 있는 것이다. 여기서 내가 그런 신인들의 작품에 주목하는 것은 정말 그 세계와 수법에서 사회와 인간의 본질이 찾아지고 있느냐 하는 점인데 그렇기 때문에 나는 이 경향들에 대하여 하나의 총평을 가하기 전 그 작품들에 대한 구체적인 인상을 적기로 할 것이다. 먼저 손창섭의 「혈서」를 보면 여기엔 불행의식이 작품주조인데 불행의식이란 현대의식의 공유한 색깔이다. 그 의식이 언제부터 생겨졌는지 '보들레르'인지 '랭보'인지 또는 '니체'에게서 왔는지 하여튼 19세기말에서 싹이 터가지고 1차대전 뒤에 성행되고 2차대전 뒤에 와서도 의연히 세계문학에 공유한 특색으로 되어있는 것을 우리는 알고 있다. '앙드레 말로'는 전후 프랑스의 문학을 말하는데 있어서

'심각한 페시미즘' 이것이 현 '프랑스' 문단의 공유한 주징(主徵)이라 하고 있는 것이다.

「혈서」의 일 주인공 달수(達壽)는 항상 "상제처럼" … 절망을 앞세우고 풀이 죽어서 걸어다니는 사람이다. 그는 이 세상에선 노력이라는 것이 허사라는 것을 잘 알고 있다. 그리고 "영원히 이렇게 불행할 것만 같았다. 대문없는 대문안에 들어스며 어쩔 수 없이 인제 나는 파멸인가보다 라고 신음소리 같이 중얼거려 보는 것이다. … 절해고도에서 혼자 헤매이다가 기진해 쓰러지는 것 같은 심정으로 달수는 아무데고 주저 앉아 버리는 것이다."

'달수' 혼자만이 절망하고 있는 것이 아니다. 그 절망할 수 밖에 없는 같은 방 안에 네 인물이 설정되었다. 다 같이 불행되고 절망적인 사람들일 수 밖에 없는 것이다. 본의 아니게 비틀어져버린 병적인 인물 '준석'(俊錫)이 천치요 지랄병이 있는 소녀 그래도 건전해야 할 '이홍'(李鴻)이 그도 절망처사(絶望處事)의 시를 쓰는 것이다. "모가지를 이 모가지를 뎅겅 잘라 내용 없는 혈서를 쓸가!"

손씨의 딴 작품 「미해결의 장」(「현대문학」, 6월)의 주인공 '나'와 그 가족이 사는 집안도 "마치 빛 없는 동굴"(p. 170)이었다. 거기서 주인공은 "주위와 자신의 중압감을 감당해 나갈 수 없는 것이다. 이 대가리가 동체가 팔다리가 그리고 먼지와 함께 방안에 배꼭 차 있는 무의미가 나는 무거워 견딜 수 없는 것이다"(동, p. 172)

절망을 지나쳐서 그 현실에 지쳐버리고 피로해 버리고 무력해진 인물이 '나'이다. 이상 이래 이런 자의식의 그늘진 방 안에서 뒹굴고 있는 나타(懶惰)하기만한 인물에는 도대체 세상 어느 것이나 병적인 것이요 무의미한 것인 극도에 퇴폐적인 혹은 전적으로 부정적인 의식이다. '나'의 아버지 '대장'을 비롯하여 일련의 늙은 정치적인 인물들은 속추(俗醜)한 퇴물들이며, 운동장에서 뛰놀고 있는 소년들의 모양들도 그 자의식적인 현미경에선 조그만 병균들의 소굴에 지나지 않는다. 그리고 물론 세상은 구원을 받을 수 없는 절망적인 것이다. "문 선생의 모친은 말없이 나를 쳐다보았다.

나는 그 눈을 보았다. 그 눈은 딸을 생각하는 눈이었다. 그것은 영원히 구원 얻을 수 없는 눈이라는 생각이 내게는 들었다.”(p. 180) 특히 「미해결의 장」은 이상의 「날개」와 거의 공통한 작품세계이다. 작자는 우리 현대문학은 이상의 것이 대표적이라 보는지 혹은 거기서부터 재출발해야 한다고 생각하는지 모른다. 적어도 「미해결의 장」에선 그 경지를 탈각(脫却)하지 못한 것으로 보여진다. 다만 그는 자의식의 동굴출구에서 빛깔을 그려 보고 있을 뿐이다. “광순이 광순이!” 이것은 「날개」 끝 장면과 대조될 만한 곳이다. “날개가 다시 돋아라 날자 날자 날자 한번만 더 날자꾸나 한 번만 더 날아 보자꾸나.”

손창섭에서만이 그러한 것이 아니라 이상의 작품세계는 일반 신인들에게 아직 유혹적인 세계이다. 「문학예술」 10월호에 추천된 신인 김성원의 「불안한 위치」란 작품도 읽으면 이 신인이 확실히 이상의 「날개」 등 근부(近附)에서 문학을 공부하고 있는 것을 살 일 수 있다.

아내와 어머니를 바꿔논 작품위치 거기서 주인공 ‘나’는 극도로 자기를 자조하고 자기 연인을 믿지않고 애정을 농락하고 세상은 무의미하고 나타(懶惰)만이 남은 윤리이며 현실은 어둠과 절망인 것이다. “밉다면 내 자신이 미웠다. 내 자신은 죽어 문질러 버리고 싶도록 미웠다.”

“난 아버지도 어머니도 누군지 모르겠다. 따라서 내가 어떻게 이 세상에 태어나게 되었으며 지금 무엇을 어떻게 하고 있고 또 장차 무엇을 어떻게 하려는지도 모른다──운운” 기타 손씨 작품의 분위기가 그렇기 때문에 그의 문장이 심리적인 ‘스타일’을 띠게 된 것은 당연하다. 하여튼 표현력을 갖고 있는 작가이다. 그러나 너무 ‘이었다’의 연속은 반드시 이 심리적인 문장에 적당하지 않고 단조한 인상을 주었다. 장용학의 「육수」「요한시집」 등의 세계는 손창섭의 문학세계보다도 더 현실을 격리시킨 순수한 관념세계로 설정하여 있다. 순수한 관념세계란 그만치 강하게 현실을 반응한 의미로 될는지 모른다. 내가 보기엔 결국 현실의 부조리 무의미에 대한 추상주의적인 파악이 그 작품들의 대전제로 된 것인데 여기선 첫째로 본질이라 하지만 그것이 대단히 주관적인 관념적인 파악이란 것이 내게 오는 인상이다. 그런 편벽한 관념이 이 작가의 작품의 주동력이다. 그가 인물을 설정하는데 있어서 항상 특수한 위기적인 '시츄에이션'을 부여해서 설정하는 것은 우연이 아니다. 가령 뇌병환자(賴病患者)라든가 절해와 파선된 배의 인간들이라든가 이번의 경우와 같이 포로 수용소와 포로 헤쳉이라든가 또는 실명한 인간이라든가 이것들은 모두가 작가의 그 관념세계를 위해서 일부러 마련된 것들이다. 그 관념을 육화하기 위하여는 인물과 행동을 통할 수 밖에 없는데 그 관념을 구현시키는데 인물들이 그렇게 밖에 움직여지지 않게 되는 어떤 특수한 환경 속에 잡아넣어 보는 것이다. "나는 독속에 든 쥐었다"고 「육수」의 인물은 말한다. 독 속에 쥐를 잡아넣을 때에 그 쥐는 무슨 행동을 시작할 것인가. 결국 작가를 보면 현실 전체가 하나의 감옥이요 인간과 죄인인 것이다. 「요한시집」의 자살한 주인공의 유서는 두 어줄 만에 다음과 같은 말을 한다. "이름지어지자 곧 호적에 올랐다. 이로서 나는 두터운 호적부의 한칸에 갇힌 몸이 된 대신 사망굴이라는 법적 수속을 밟지않고는 소멸될 수 없다는 엄연한 존재가 된 것이다. … 아홉 살이 됨에 소학교에 들어갔다. … 학교는 죄의 집이었다. …… 운운." 현실 그 자체를 하나의 죄의 집으로 한 그 결정관념, 그렇기 때문에 그것이 뇌병환자든 해쳉이든간에 그것들은 각각 자기 특징에서 이 일반관념을 말하고 있는 것이다. 장씨 작품은 상론한 두 작품에서 다 작품 허두에 신비로운 우화적인 이야기와 이상한 꿈이야기가 나와 있다. 그것도 작가의 어떤 관념세계를 요약해서 대변하고 있는 장면들이다. 말하자면 뒤에 오는 이야기를 먼저 상정해 두는 것이다. 상징비유는 이 작가의 작품수법에 있어서 특징적인 것이다.

　가령 「육수」에 나오는 '마루'라는 개는 단순히 개가 아니고 신과 인간의 중간에서 어떤 기적적인 비약을 매개하는 적어도 인간이상의 어떤 영적인 존재이다. 「요한시집」에 나오는 것은 고양이 "아웅! 쳐다보니 아까 저녁때 까마귀가 황혼을 울던 나무가지에 두 눈알이 켜져 있었다. … 나무가지에 오무리고 앉은 고양이의 윤곽이 까만 동화처럼 달속에 걸려들었다. 아웅 … 멀고 먼 해안선을 얼어붙이는 것 같은 싸늘한 울음소리 속에 한때 보이지않았던 파란 요기는 여전히 숨쉬고 있는 것이었다." 그리고 그 눈은 내일 아침해가 떠올라야 저 눈이 꺼지는 것이다. 그런데 내일 아침에 해는 동산에 떠 오를 것인가 알 수 없는 일이다. 까마귀와 고양이 이런 것은 '포우'에서 그러했던 것과 같이 그리고 우리의 기성관념에서도 어떤 불길과 암흑을 상징하는데 필요한 물건이다. 싱징적인 것은 현실 그 자체에 대한 타질적(他質的)인 파악의 수단이 된 것이다. 다음은 꿈인데 그 꿈의 '메커니즘'이 작품 전개의 '메커니즘'으로 되었다. 사실 그 꿈에 나오는 사물의 전도, 변모와 기타의 착도(錯倒)는 작품세계에 그대로 수법화되어 있다. 현실적인 것이 아니고 주관적인 의식의 세계이기 때문에 본질에 있어서는 꿈의 세계와 동질의 것이기 때문이다. 현실에선 안되지만 의식에선 암간(暗間)을 역행해서 무한한 역사의 공간을 독수리와 같이 비상할 수 있다. 거기선 밥이 쌀로 변할 수도 있고 노인이 어린애로 되어지기도 하는 것이다. 의식적으로 순서에 대한 교란 전도 비약 변모 등의 무질서와 착오와 무연속 등은 그런 꿈의 '메커니즘'의 반영이다. 그러나 세계가 정말 질서의 세계요 무질서 무의미 모순의 세계는 도리어 현실세계인 편으로 되는 것이다. 따라서 그것이 질서의 세계로 되기 위하여는 그 기존의 세계에서 해방되어 작가의 주관적인 관념이 지휘하고 있는 그 의식의 왕국에 들어올 때에 비로소 이루워진다. "사전에서 해방된 모든 나무들이 천천히 걸어 들어 온다. '캐피탈 레타'의 순서를 벗어던지고 자기가 원하는 곳에 가서 툭툭 선다. 서서는 그늘을 짓는다. 고요하다. 아주 고요하다. 낙원이다." 이것은 작가가 어떤 순수한 관념의 눈으로 볼 때에 그 모든 기성적인 사회현상이 모두 부조리 무의미한 것으로 보이는 현실반역의 의미로 되어 있는 것이다. 그런 기성현실에 대한 반발적인 장면을 독자는 도처에서 읽을 수 있다. "어느날 아침 조회때 천 명이나 되는 학생들의 가슴에 달려있는 단추가 모두 다섯 개씩이라는 것을 발견하고 현기증을 느꼈다. 무서운 사실이었다. 주위를 살펴보니 주위는 모두 그런 무서운 사실투성이었다. 어느 집에나 다 창문이 있고 모든 연필은 다 길음한 모양을 했다. 모든 눈은 다 눈섭아래 있었다."

그 의식의 눈 앞에는 사람들의 모든 생활 그 의복 윤리 나가선 1+2=3의 세계도 모두 거짓인 것이다. 차라리 1+2=5의 세계가 옳은 세계이다.

세계는 모두 어떤 오산에서 설계된 것이다.

"이 눈알과 저 휘파람은 어떤 관계 속에 놓여있는 것인가. 무슨 오산을 본 것만 같았다. 우리는 무슨 오산속에 살고있는 것이다." 결국 크게 보면 이 작가는 예의 '메커니즘'에 대한 반항을 기도하고 있는지 모른다. "사람들을 치어죽이는 수도 있는 자동차를 쳐부수는 것이 왜 이상한 것이어야하는가." "그 벽을 뚫어보기 위하여 나는 내 육체를 전쟁에 던졌다." 작가가 흔히 '컴뮤니즘'을 그 '메커니즘'의 대표적인 것으로 표시하는 이유도 그 점에서 설명될 것이다.

따라서 그 '메커니즘'에 대한 반항은 동시에 자유에 대한 요구이다. "그는 비단을 남기고 싶어한 것이 아니었다. 봉황새가 되어 용이 되어 저 푸른 하늘 저쪽으로 날아가 보고 싶어했다."

그러나 '메커니즘'에 대한 반항과 자유에 대한 희구가 현실적으로 가능하다고 보지 않기 때문에 주관으로 돌아와서 실존적으로 그것을 추구한 결과가 회의 부정 무시의 의식세계로 된 것이며 따라서 결국 그 해결은 육체적인데서 특수적으로 신생하는데서(「육수」의 경우) 어떤 극복과 비약을 꾀하거나 「요한시집」에서와 같이 자살에 의하여 최후의 기대를 실현시킬 수 밖에 없이 되는 것이다.

"자살은 하나의 시도요 나의 마지막 기대이다. 거기에서도 나를 보지 못한다면 나의 죽음은 소용없는 것이 될 것이오. 그런 소용없는 죽음이 기다리고 있는 것이 생이라면 나는 차라리 한시바삐 그 전신을 꾀하여야 할 것이 아닌가." 그는 이와 같이 '아프리오리'의 의식혁명을 감행하는 것인데 문제는 이것으로써 사실 그 자체가 해결될 것인가이다.

나중에는 그 작품들의 표현은 감각적인 것이 승한데 그것도 작품성질에서 부득이한 일인지 모른다. 그는 결국 '행방불명'이 된 의식들을 찾는 것이다. "이러한 행방불명이 아직 돌아오지않는 이러한 행방불명이 얼마나 많을 것인가 … 그것을 모두한테 모아놓으면 욱실욱실할 것이다."

행방불명이 된 의식을 탐색하는 데는 사냥개가 필요하며 그 사냥개는 감각이다. 구리(銅)와 같이 차지는 손과 팔 거기에서 작자는 "자꾸 청동 시대로 끌려드는 향수를 느낀다"(「요한시집」)는 것이다. 또는 "추억속에 잠겨왔던 초록빛이 저 교실 창가를 어른거리는 것"(「육수」)이다.

자연 감각적인 것이 표현수단일 수 밖에 없다. 그 관념을 혹은 찾아진 행방불명의 의식을 육화해 가는데는 감각의 의상을 빌릴 수 밖에 없기 때 문이다.

"골짜기에 들어서니 나무 사이로 새어 떨어지는 달빛이 요란한 북소리 처럼 나의 그림자를 두드린다" "그 소리는 내 얼굴에 우박처럼 튀겼다" 등. 이런 시각성의 표현은 우리 나라에서도 '모더니즘' 이래 많이 익은 수 법이지만 이 작가에게서도 사용되고 있다. 장씨 작품에서 이야기가 길어 졌지만 하여튼 그는 추상주의적인 파악과 상징적인 역설적인 재조직에 의하여 현작가 중 가장 난해한 노도(勞刀)를 내고 있는 신인이다. 나중 작품인상을 개괄하는데 다시 여기 언급하려 하지만 나는 이 신인이 문학 사적으론 길을 헛들은 어떤 심림(深林) 속에서 고투하고 있는 표징으로 보여지는 것이다. 이어령 군의 「환상곡」도 작가의 관념이 선행되어 인물 과 환경이 가정적으로 설정되고 따라서 그 의식적인 작품세계도 작가의 의식이 조종하고 있다. 우리가 기성의 인습적인 의식에서 탈출하여 자기 를 발견하는데 어떤 환경에 어떤 인물을 설정하는 것이 그것을 실험시키 는데 가장 적당할 것이냐 하는 그 적당한 경우의 하나로서 여기에 '판수' 인 '아버지'와 그 소년이 설정된 것이다. 소년은 조그만 울타리 안에서 살 아 왔다. 그 울타리란 판수 아버지에 대한 강압의식이다. 오랫동안 소년 은 그 울타리 안에서 살아 왔고 그 밖에 나가는 일체의 딴 의식을 범죄로 생각했다.

그러나 마침내 거기에 반항하는 의식을 갖게 된 것이다. 하늘을 본 때 문이다. 그리고 지금까지 자기가 맹목의식에 인습적으로 굴종한 것을 어 떤 기회에 반발하도록 마음에 준비되어 있었기 때문이다.

아버지라는 기성존재에 대하여 느끼는 그 개구리의 배때기와 같은 촉감과 색감, 그 개구리를 본 때문이다.

"개구리가 아버지와 같았기 때문인가 아버지의 말을 거역하고 싶은 생각이 늘 마음 한구석에 도사리고 있었다는 것일까." 사실 이 단편에서 이 개구리를 때려 죽이는 대목이 작품에서 가장 '리얼'한 장면으로 되어 있다. 소년은 왜 개구리를 때려 죽였는가. "그 눈먼 개구리의 행동을 대신한 내가 미워서 그랬을 것이다."

이 배반의 의식은 다시 제2단계 제3단계로 발전되어 가야만 한다. 그 병든 소녀의 흉운(凶運)을 아버지의 이지러진 입술에는 보았을 때 소년은 그러나 점괘와는 반대로 길운(吉運)을 발서(發書)하는 것이다. 드디어 "싫은 것은 싫은 것대로 가게 하라"의 결의에 나가게 되고 제3의 범죄의식 낭떨어지 끝에 "소용돌이가 흰 거품을 일고 감돌고" 있는 늪(沼) 속으로 개구리를 차던져 넣도록 아버지를 굴러 떨어뜨리는 순간을 환상해 보는 것이다.

그러나 이 환상의 장면은 다만 환상에 그칠 뿐이다. 여기서도 사실은 아무 것도 변혁되지 않고 소년은 그대로 아버지의 눈과 손에 감시되고 구속된 채로 서 있는 것이다.

오상원 군의 「구열」과 이규헌 군의 「포」는 제재를 다루는 수법에선 상통한 것이 있다. 행동을 그렸지만 그 행동의 부분은 작품의 십분지일(十分之一)의 면적도 되지 않고 그 태반이 주관적인 의식의 세계이다. 특히 「포」가 그러하다. 여기서 「구열」은 동작가의 「유예」(「한국일보」, 신년)와는 딴 인상을 받았다. 딴 작품을 더 읽지 않고서는 이 작품만을 갖고서 작자의 특색을 이야기하기가 어렵다. 오 군의 작품에 대해선 뒷 기회로 미루고 여기선 「포」에 대해서만 느낀 것을 말한다. 「포」의 작품 경향은 분명한 것을 갖고 있다. 「포」는 처음과 끝에서 또는 중간에서도 점점(點點)히 작가가 현실의식으로 돌아오지만 그 태반은 작가가 주관한 세계로 되어 있다. 그 잔재의식의 문학이 과거에 대한 탐색이라면 「포」의 의식은 미래를 예상하는 환상의 세계이다. 공산유격대의 야습(夜襲) 자기와 동서(同棲)하는 여인, 그 여인의 전 남편이 공산유격대의 일원이라는 것, 야습과 함께 자기가 어머니와 함께 유격대원에게 끌리어 가서 총살을 당하는 장면 등이 서로 운명적인 관련을 갖고 환상에서 환상의 장면들이 연속되어 있다. 이것은 단순한 환상이 아니고 그 총성이란 현실적인 것을 계기로 한 자유의 앞에 일어날 수 있는 현실적인 모든 장면을 예상하는 것으로 되어 있기 때문에 작품의 인상은 퍽 '리얼'한 것을 갖고 있다. 작품의 끝 장면은 '사르트르'의 「벽」의 끝 장면을 연상케 하는데가 있지만 사실에 있어서 이 작자는 실존주의적인 문학의 영향을 받고 있는 것이다. 결국 주관하는데 하나의 실존적인 의의를 생각한 것이다. 모든 것을 낡고 부조리하게 보는 점도 거기서 왔다. 그 상상의 장면, 공산유격대에게 붙들려 산으로 간 장면 어머니와 자기가 반동분자로 죄상이 선언되는 장면에서 다음과 같은 대목이 나온다.

"나는 낙동강을 바라보며 어린 시절을 회상할 것이다. 그들은 어머니를 향해 최후로 할 말이 없느냐고 할 것이다. … 다시 나를 향하여 최후로 할 말을 하라고 할 것이다. 나는 우습다고 할 것이다. 나는 왜 죽어야 하는지를 모르겠다고 할 것이다."

이것은 「이방인」의 주인공이 법정에서 한 말과 연(緣)이 있다. 하나의 신의식 앞에선 공산유격대의 반동론만이 아니라 일체의 기성적인 것이 무의미한 것이요 부조리의 것이다. 거기 반발하든가 냉연(冷然)히 무시해 버리든가 할 수 밖에 없다.

「포」는 우리 전후문학에서 분명하게 실존주의적인 문학방법을 적용하여 비교적 가능한 것임을 증명해 준 작품이다. 여기엔 어떤 '리얼리티'가 있어 보인다. 현실적인 것을 계기로 하여 상상과 심리적인 세계가 추구되는 것은 외계적인 것과 심리적인 것을 통일적으로 표현하는 수법으로서 작자 등에 의하여 좀더 발전시켜가면 좋을 것 같다. 물론 그렇게 하는데선 그 주관주의를 훨씬 비판적으로 수정해서 하나의 주체적인 문학으로서 가져가야 할 것이다.

금년도에 발표한 김성한씨의 작품들은 내가 읽은 범위에선 「제우스의 자살」이나 「오분간」이나 「개마고지의 전기」이나가 다 옛날에 있은 우화 또는 신화 혹은 전기 등의 어떤 기존했던 이야기의 세계에 가탁(假託)을 하고 있다. 이것은 김씨의 과거 작품의 계열에서 전연 벗어난 경향은 아니다. 역사소설은 그의 장기의 하나이기 때문이다. 그러나 그의 문학은 금년 들어서 확실히 도회(韜晦)하기 시작했다. 과거의 작품처럼 분명한 항변이 아니고 우화적인 암시와 간접적인 풍시(諷示)에 머루르고 있는 것이다. 이것은 그 경향 자체가 나쁘다는 것은 아니다.

그러나 작년과 비하여 금년의 작품들은 어딘지 안이해진 작품태도가 느껴진다. 우선 그처럼 우화나 이야기 자체에 의존을 해선 독자의 짐이 너무 무거워진다. 그 중에 「오분간」은 신선 대담한 작품시험을 했으나 그 지상편에 삽입된 모든 현실성의 재료들에 대한 문학적인 '어렌지'가 부족한 느낌이 있다. 이것이 박영준(朴榮濬)씨 등에게 현실자료 그대로의 나열을 억압케 한 면이 아닌가 생각된다. 그러나 이 작품은 고대의 그만치 인간을 옹호한 정의의 신 '프로메테우스'의 눈 앞에 이처럼 현대 인간의 부패타락상을 목격케 하는데 있어서 아연(啞然)하는 것은 '프로메테우스'가 아니라 독자인데 여기에 발랄한 '리얼리티'를 효과한 작품이다. 이 작가다운 실력을 시험하게 한 작품이다.

정한숙 곽학송 씨 등이 또한 신인으로서 활약했는데 신인들로선 너무 발표하는 작품이 수가 많은 것 같다. 수에 비하여 역작이 적다. 그 중 정한숙씨의 작품으로선 「한국일보」 신년지상에 익명으로 발표한 「전황당인보기」가 가작이요 직접 속풍(俗風)에 대한 공격 비판 폭로 대신에 그 대상을 거울에 반조(反照)시킨데서 그 방면과 일반 독자에게 '리얼'한 인상을 주는 일종의 온건한 풍자소설과 같은 이 작자의 한 '스타일'이 나타났다고 보았는데 작자는 그 방면을 더 추구하지 않고 너무 여러 가지 일을 각처에서 시험하고 있다. 좀더 자기가 할 수 있는 일에 집착할 필요가 있는 것 같다. 곽학송씨의 작품 중 「녹염」이 대상이 되어야 할 터인데 여기서도 너무 인물을 소묘했다. 이 작품에선 '유 선생'에게서 좀더 그 환경조건에 대한 인간적인 고민을 깊이 파고 갔서야 자연 그 영향이 주인공 '덕

보'에게 반응도 되고 작품의 중량도 무거워졌을 것이다. 전개되는 이야기가 너무 거침없이 흘러버린 것이 도리어 독자를 불안케 한다.

전광용씨의 「흑산도」는 신인작품 중 제재로 봐서 이채이요 또 작자가 신문학연구 등에 연공(年功)을 가진 사람이기 때문에 작품을 다루는 언어가 대단히 능숙했다. 하지만 표현이 청신하지 못한 점 이야기가 흔히 있는 평범성 그리고 단편소설로선 지방적인 민요 등을 용만(冗漫)하게 삽입하는 등에서 구성이 부족한 점 등 약점이 눈에 띠인다. 「주개권」(塵芥圈)(「문학예술」, 8월)도 추묘(追描)에 그친 감이 있다. 일보의 심도가 요구된다. 내가 읽은 또 두 개의 신인작품 서윤성의 「사형수」(「현대문학」, 7월) 한영환의 「복귀」(「문학예술」, 8월)가 있는데 아직 그 한 작품씩을 가지고는 이 신인들에 대하여 무어라 말하기 어렵다. 「사형수」는 북한의 형무소를 장면으로 하면서 사형수인 청년 주인공의 특수한 '시츄에이션'을 설정했으니만치 거기엔 자연 회상적인 심리적인 장면이 많아졌으나 이 신인은 반드시 그 현대적인 의식의 작가는 아니고 어느 편인가 하면 자연주의적인 수법으로서 그 추묘의 극명을 기하려고 했다. 나중에 형무소 운동장에서 '개아미'를 밟아 죽이는 장면의 운명관 그리고 '컴뮤니즘'의 '매커니즘'에 대한 반발도 있는 그대로의 솔직한 심리와 반항에 불과한 것이다. 딴 무리(無理)를 하지 말고 이 방면으로 더 나아가 볼 일이다. 「복귀」는 전선에서 취재, '휴머니스틱'한 효과를 기한 작품이지만 그 효과는 거의 실패에 가깝다. 작품 중에서 적군인 소년을 보고 있는 전후 "그들은 서로가 서로를 죽일 것에 얽매여진 숙명의 족속들이다." "사람이 사람을 사랑하고 아낀다"는 등의 장면, 그리고 우군의 비행기가 날으고 있는 전후에 공포 섞인 심리묘사 등은 상당히 예리한 편이지만 후반의 전사한 친구에의 심리전환은 무리한 것이었다. 문장에 있어서 말의 선택도 더 주의가 필요한 것 같다. 예를 들면 "긴장에 얽힌 시간이 흘렀을게다" "어떠한 작용이 영향을 가져왔어야 할 차례 …… 운운" 등의 구절을 보더라도 미숙성이 눈에 뜨인다.

그 밖에도 추천작으로 발표된 수인의 신인명이 눈에 띄었건만 읽지 못한 때문에 여기서 함께 감상을 적지 못하는 것을 유감으로 생각한다. 나중으로 신인들 작품에 대한 어떤 통일적인 인상을 말하고자 한다. 먼저 기성인들의 작품에 비교해서 신인들의 특색은 어떤 의미를 말하려는데 있다. 의미가 반드시 작품 전제로 되어 있는 점이다. 말하자면 과거의 자연주의적인 작품은 무조건에서 시작되었는데 신인들의 작품은 무조건에서가 아니다. 작품 전에 무엇을 이야기하고 싶은 아이디어를 갖고 있으며 그 아이디어를 위한 작품을 쓰는 것이다. 같은 '생활의 단편'이라 해도 여기선 그 자체의 의미에서가 아니고 그 아이디어가 적용될 수 있을 때에만 취재되는 것이다.

이것은 결국 신인들이 시대와 현실에 대하여 어떤 의미를 부여하고 있는 태도인데 그 점에 있어서 오늘의 신인들은 그 시대와 현실에 대한 어떤 가치를 설명하고 있는 것이다. 이것이 오직 현대의 본질이다. 우리는 그 본질을 그리는 노작을 하고 있는 것이다. 그러나 여기서 내가 우려하는 것은 그 의미와 본질이란 결국 신인들의 인생관이요 역사관으로 되는데 그 점에서 이 관점들은 정말 진실한 것이냐 건전한 것이냐 그만한 객관성을 띄고 있느냐 하면 반드시 그렇게 수긍되는 것만이 아니다.

첫째로 그들은 인물의 심리나 사회적인 사건을 추구하는데 있어서 어떤 필연한 '모멘트'에서 그것을 포착 발전시키지 않고 인위적 혹은 우연적인 의외의 현상으로 생성을 시키고 있다. 내겐 항상 그것이 불안하다.

물론 이것은 우리 나라 신인들의 책임이 아니고 차라리 선진한 서구국가의 20세기 문학이 책임을 져야 할 것이다. 먼저 작품평에서 말한 바와 같은 그런 꿈의 메커니즘을 작품의 메커니즘으로 하는 작품세계에서 우리가 정상적인 질서와 필연성을 요망할 수가 없는데 그래서 나는 여기서도 외국현대문학과 관련하여 그 문학관을 문제하고 싶은 것이다. 외국의 현대문학관과 그 방법을 기어이 우리가 도입하여 문학사적인 과정으로서 가져야 하느냐 여기에 우리의 독자적인 비판과 섭취의 태도가 있어야 할 줄 안다. 그것은 물론 20세기적인 커다란 사실인데 근대사적인 문명과 지식인의 근대사회적인 위치에서 뜻하지 않은 정신비대증의 기형적인 인

종이 생겨진 것은 사실이다. 하지만 그 사실이 옳은 것이냐 그른 것이냐
는 우리가 새로이 결정 판단할 문제이다. 또한 '프로이드'의 정신분석학의
출현은 그 근거도 확실하고 그 방법도 일차 현대학문 문학을 위하여 전용
될 의미가 있다. 그러나 여기서도 나는 생각한다. 그 정신분석학이 현대
의학상에 끼친 영향과 효과는 크고 유익했지만 거기 비교하여 그것이 문
학에 끼친 공적은 결코 과대 평가할 것이 아니다. 왜냐하면 문학에선 의
학에서와 같은 분석과 진단이상의 것이 요구되기 때문이다. 문학에서 인
간의 본질을 연구하고 탐구한다는 것은 그 인간의 가진 정신적인 현상을
분석하고 연구하는데 있는 것이 아니라 먼저 그 인간을 어떤 인류적인 혹
은 인류사적인 견지에서 하나의 현상 현실이면서 동시에 발전적인 윤리
적인 입장에서 파악될 필요가 있는 것이다. 내가 현대의 모든 주지적인
심리분석의 문학에 대하여 비판을 가해서 섭취해야 한다고 주장하는 것
은 그 때문이다. 물론 현대문학에선 인간심리에 대한 깊은 연구와 정확
세밀한 분석 탐색은 문학사적으로도 요구되는 일이다. 이것은 단순히 문
학사적으로 19세기에 반동해야 한다는 기계론의 의미가 아니라 사실에
있어서 내부세계는 외부세계와 필적할 인간의 또 하나의 본질적인 세계
인 것은 인류의 문명의 발전 고도화하는 역사적인 성질에서 발전적인 의
미에서 규정지을 수 있기 때문이오. 따라서 20세기 문학이 일차 그 심리
문학으로의 전환이 필요하고 정당했던 것이다. 그러나 그렇다 해서 내부
세계의 무엇이나 다 필요하다는 의미는 되지 않는다. 그것은 19세기의
자연주의문학이 그 외부세계의 모든 것을 어떤 부분도 빼지 않고 다 그리
는 것이 정말 심미문학이라 생각했던 것이 잘못인 것과 마찬가지로 인간
의 내부세계를 어느 하나 빼지않고 필요 불필요의 한계없이 다 그리는 것
이 그것의 사실이라는 것도 큰 과오로 된다는 것은 먼저 말한 바 우리가
인간 본질의 파악과 결코 맹목 무의식이 아니라 일정한 역사적인 방향에
어떤 논리성 위에서 파악되어야 하기 때문이다. 그래서 나는 현대문학이
분석 탐색한 그 잠재의식의 세계는 문학이 인간의 본질을 탐구하고 그린
다는 정통적인 입장에서 보면 거기엔 불필요한 부분이 많이 혼재한다고

보는 것이다. 우리가 외국의 현대문학을 받아 오는데 있어서 비판과 생략을 가할 것은 바로 이 점에 있다.

우리도 현대적인 인간본질의 탐구를 위하여 그 내부세계의 연구와 중요시가 필요하지만 그러나 우리는 반드시 그들과 같이 할 것이 아니라 필요한 정도에서 말하자면 그 내부세계를 특사(特寫)함으로써 현대적인 역사적인 과정에선 인간의 본질적인 표현의 리얼리티가 될 수 있는 한도에서 그 내부세계에 대한 큰 선택과 생략이 가해져야 하는 것이다.

그럼에도 불구하고 근래 우리 신인의 작품세계에는 그 외국문학의 정신분석적인 경향이 상당히 무의식적으로 추종되고 있는 경향이 아닐 수 없다. 20세기 문학에서 내가 경계하고 싶은 것은 그 잠재의식 신경과민적인 의식을 과잉하게 추술(追術)한 결과 거기 필연적으로 반수(伴隨)되어 온 작품적인 약질(弱質)은 태반이 병적인 의식세계로 나타난 것이오. 또 하나는 부분적인 것의 의미는 있지만 전후의 과정 또는 전체의 관련에서 볼 때는 거의 중요한 존재의미를 상실하는 경우인데 이러한 경향이 현재 우리 신인들 특히 손창섭 장용학 씨 등의 작품에서 산견되는 것이다. 한 두 가지 실례적인 장면을 들어 보면 손창섭의 「미해결의 장」에 다음과 같은 대목이 나온다.

"국민학교의 그 콘크리트 담장에는 사변통에 총탄이 남긴 구멍이 숭숭 뚫어져 있었다. 나는 오늘도 걸음을 멈추고 그 구멍으로 운동장을 들여다 보는 것이다.

마침 쉬는 시간인 모양이다. 어린애들이 넓은 마당에 가득히 들끓고 있다. 나는 언제나처럼 어이없는 공상에 취해보는 것이다. 그 공상에 의하면 나는 지금 현미경을 들여다 보고 있는 병리학자(病理學者)인 것이다. 난치(難治)의 피부병에 신음하고 있는 지구덩이의 위촉을 받고 병원체의 발견에 착수한 것이다. 그것이 '인간'이라는 박테리아에 의해서 발생되는 질병이라는 것은 알지만 아직도 그 세균이 어떠한 상태로 발생 번식해 나가는지를 밝히지 못하고 있는 것이다. … 나는 아이들을 들여다보며 한숨을 쉬는 것이다. 아직은 활동을 못하지만 그것들이 완전히 성장하게

되면 지구의 피부에 악착같이 달라붙어 야금야금 갉아먹을 것이다. '인간'
이라는 병균에 침범당해 그 피부가 는적는적 썩어 들어가는 지구덩이를
상상하며 나는 구멍에서 눈을 때고 침을 뱉었다."(p. 175)

　여기서 작가는 인간을 하나의 병균시하고 있는데 이것은 본질적으로
인간과 인간사회를 바라보는 태도일까. 운동장에서 싱싱하게 뛰놀고 있
는 국민학교 아이들을 바라보며 지구의 피부에 번식하는 병균을 상상하
는 것은 그 순간만이라도 작자는 확실히 자기도 인간이라는 것을 잊어버
리고 있는 것이다. 그만치 병적인 구원 받을 수 없는 퇴폐적인 징조인 것
이다. 그야말로 현대인의 심리를 병균이 파먹고 있는 것이다.

　또 하나 장용학의 「요한시집」엔 다음과 같은 대목이 있다.

　"시계가 가리키는 시간과 위치가 빚어내는 시간 … 공간 속을 시간이
흐르고 있는 것인지 시간의 흐름을 따라 공간이 분비(分泌)되어 나오는
것인지 알 수 없지만 지붕 위에 앉게 된 해를 보고 있노라면 시간은 공간
에 갇혀있는 것 같다. 이 관계위에 현재의 질서는 자리잡은 것 같다. 이
공간에 갇혀있는 시간이 가령 그 벽을 뚫고 저쪽으로 뛰어나가게 되면 세
상은 어떻게 될 것인가? 우리가 무엇을 본다는 것은 시선(視線)이 그리
로 가서 보는 것이 아니라 그 물체에서 반사된 광파(光波)가 망막에 비쳐
드는 것에 지나지 않는 것일진대 마치 음속(音速)보다 빠른 비행기를 타
면 아까 사라진 소리를 쫓아가서 다시 들을 수도 있는 것처럼 빛보다 더
빠른 비행기를 타고 날아오르면서 지상을 돌아다 보면 우리는 거기에 과
거를 볼 수 있을 것이 아닌가. 비행기는 자꾸 날아오른다. 지상에서 시간
이 거꾸로 흐르는 것이 보인다. 과거쪽으로 흘러가는 사건의 흐름이 보인
다. 거기서는 밥이 쌀이 된다. 입에서 나온 밥이 숟가락에서 그릇으로 내
려앉고 그릇에서 솥으로 그 솥이 끓어올랐다가 아주 식어진 다음 뚜껑을
열어보면 물속에 가라앉은 쌀이다. 뚝배기에 옮겨서 헤엄치고 나오면 게
가 붙어서 가게에 있는 쌀처럼 된다. 싸전에서 정미소로 가서 껍질을 붙
이고 밭으로 간다. 여럿이 모여서 벼이삭이 된다. 이렇게 해서 몇 달이
지나면 그들은 땅속 한 알의 씨가 된다. … 이렇게 보면 거기에도 하나의

생성은 있는 것이다. 하나의 세계가 이루어지는 것이요 역사가 생겨진다."(p. 54)

이것이 작자의 세계관이요 역사관인 것이다. 보다싶이 여기서는 모든 것이 가재걸음을 쳐서 과거로 역행을 하는 것이다. 이것도 과연 역사적인 것에 대한 본질적인 파악이 될 수 있을 것인가. 이상의 인증(引證)은 한 예에 불과한 것. 오늘의 신인들이 그 불행한 현대의식에서 파악하는 현실 역사의 본질이란 전체적으로 병적인 것이요 착각적인 것(왜냐하면 그때 그때의 보는 위치에 따라서 세계와 역사의 성질이 반대로 되고 역행도 하기 때문이다.) 궤변적인 것이 많다. 그렇다. 궤변적이란 것은 내가 공연히 하는 말이 아니다. 이상의 인증한 작품장면을 보더라도 그 부분만을 근시적으로 읽는 한 우리는 잠시동안 그 논변에 설복 같은 것을 느끼게 하는 것이 있기 때문이다. 그러나 이 부분과 전체적인 전후의 관계에서 볼 때에 또는 금일의 역사적인 방향을 의욕하고 인류의 장래와 그 행복을 희망하는 윤리에서 볼 때에 그것들은 단순한 그 현실에 대한 어린애들의 밥투정같은 불만불평에 불과한 것이요 실질상에선 아무 비판성도 수정적인 힘과 효과를 가질 수 없다는 것이다. 여기 대하여 나는 신인들에게 하나의 반성을 요망하는 바이다. 일전 일본을 다녀간 미국의 작가 '포크너'는 미국에 가서 발표한 일본 청년에게 주는 글(日本 大每紙 譯載)에서 보편적 진리를 위한 신뢰를 가지라는 뜻의 충고를 보내어 왔다고 한다. 즉 지금 일본의 청년들과 같이 '포크너'가 청년시대에도 그 남북전쟁 이후 커다란 황폐와 불행 속에 살았다. 그렇지만 고난 속에서 그들은 인류적인 보편적인 길을 찾는데 노력해 왔다.

금일의 일본 청년들은 현재의 특수한 고난을 너무 근시적으로 비관시하지 말고 인류적인 보편적인 진리를 찾는 방면에서 일들을 하라는 부탁인데 이 말은 오늘 우리가 현대를 상대한 문학에서도 큰 참고가 되는 의견이라 생각하는 것이다.

〔『조선일보』, 1955. 10. 18~28〕

8

현대의 지성과 신애의 접근
- 카프카의 경우 -

홍 사 중

"거기에는 대지도, 공기도, 계율도 없다. 이것들을 창조해내는 것이 나의 임무다. 그깃은 자기에게 결핍되어 있는 것을 포착하고자 하는 것이 아니고, 오히려 자기에게는 아무 것도 결핍되어 있지 않다고 스스로 말할 수 있기 위함이다. …… 어쨌던 이 시대는 내게는 가장 친근한 것이기는 하나, 내게는 이 시대를 이겨낼 힘은 없다. 그러나 어느 정도 이 시대를 대표할 수 있는 권리는 가지고 있다. 유순한 적극성에도, 또 종내는 적극성으로 전환될 극단의 부정성에도 나는 본래 알맞지 못한다. 나는 '키에르케고르'처럼 이미 조락(凋落)된 기독교의 손에 이끌리어서 인생에 들어간 것도 아니요, '지오니스트'들처럼 바람에 나부끼는 유태교 신도들의 목도리 끝을 잡고있는 것도 아니다. 나는 한 종극점이거나 혹은 시발점이다."

1

우리가 종교, 신앙의 상실을 영탄한지도 퍽이나 오래 된다. 위대한 기계와 기술이 베풀어 놓은 화려한 향연 가운데서 현대인이 발견한 것, 그것은 열두 갈래로 쪼개진 자아의 파편과 채 사라지지않은 인간의 존엄성의 연기뿐이었다. 착란된 세계의 '마신적'(魔神的)인 심층에서 우리가 본

것은 유괴(幽怪)한 절망이었다. 우리는 온갖 사물의 관계를 조소하고, 신앙을 저주하고, 인종을 거부하였다. 우리의 마음 속에 자리잡고 있는 이중인격을 겸허한 태도로 언제인가는 내려올 은총을 기다리는 한편으로, 광폭하게 전지전능의 정신을 거부하려 하였다. 이 세계의 근본원리에 대한 절망과 의혹의 거인적인 형식은 우리가 박탈한 신격을 다시금 초재적인(超在的)인 신에 부여하려는 현대인의 정신작업에 거오(倨傲)의 주름을 마련해 주고 있다. 아울러서 이 가장 비극적인 고뇌와 고통에 성자와 같은 경건한 옷차림을 하여주고도 있는 것이다.

좁아든 정신의 조작장에서 다시금 저 영원히 반복되는 '나'에 대한 물음. 이 물음 속에서 외포(畏怖)할만큼 거대한 세계의 중량과, 이 세계 속에서 끝없이 자기를 주장해야만 한다는 '나'의 비극성을 우리는 뼈저리게 의식하고 있다. 그리고 이 '나'와 외계전체와의 관계를 만들어 주고, 거기에 의미를 부어주는, 우리가 운명이라 부르는 불가지의 영역에 대하여 우리는 다시 한번, 우리에게 남은 협소한 윤리의 발판 위에 서서 긴장된 정신의 지속과 신종(信從)의 의식을 가지고 침투를 꾀하는 것이다.

2

이것은 건조한 공장지대에서 질식되지 않도록 새로운 환기를 시도한다기 보다는 차라리 'T. S. 엘리어트'의 이른바 '신의 질서'를 우리가 모색하고 있는 것인지도 모르거니와, 어찌보면 거기에 드러나는 '종교성'은 결국은 하나의 동경이거나, 지난 날에 가지고 있던 것에 대한 향수 어린 감상에 그치고마는 때가 적지않은 것이다. 20세기의 고도의 기술혁명은, 우리가, 오늘날 누리고 있는 문명의 대가로 우리의 정신 속에서 윤택하고 풍요한 영토를 마멸시키고 말았다. 물론 '헉슬리'는 '숭배의식'이 종교의 뒷자리에 앉아, 초재적인 신에서, 민족적인 제신으로 변형되었다고도 말하고 있으나, 여기서 문제되는 것은 오히려 현대가 숭배의식의 대상을 상실하였다는데 있는 것이 아니라, 오늘날의 숭배의식—그것은 어떠한 형태를 빌려서 발현되건 간에—바로 그것이 지난 날의 열도와 통일성을 잃게 되었다는 사실이다. 말하자면 '헉슬리'의 '숭배의식'도 원시적인 정신의 재세례를 제창하는 복고정신과 아울러서 현대의 문화, 가치에 대한 비판 혹은 부정에서 출발한, 좌절된 주지주의의 또 하나의 관용적인 '포즈'에 지나지 않았던가 생각된다.

3

내부적으로도, 외부적으로도, 파산에 빠진 '내'가 소유하고 있는 것은, 다만 혼란과, 불안과, 인생을 다시 한번 구책(構策)하여 나가겠다는 강직한 의지뿐이다. 이것은 '나'의 생명권내에 숨어있는 '심핵'(心核)의 비밀과, '나'와 '외계'사이에 가로막힌 신비경에 우리의 온갖 정신적 생명을 투사시키는 작업을 암시하고 있는 것이다. 비밀의 향연으로서 지금까지 간직하여오던 '나'의 전부를 노출하는 것은 '나'라는 인간을 창조한 신에 대한 모독임에는 틀림없다. 그러나 이미 신을 추방해버린 인간에게 있어 비극에 가까우리만큼, 잔혹한 자기부정의 회초리를 알몸에 휘두르는 행위는, 다시 한번 겸양과 진지를 찾은 인간의 신에 대한 외경의 표현이기도 한 것이다.

따라서 존재와 무의 극한에 서서 새로이 '나'의 내부세계를 구의에까지 탐험하려던 실존주의자들은 '키에르케고르'를 비롯하여 "정신의 새로운 '코스모스'를 창조"하려는 현대정신의 일종의 비통한 자세가 아닐 수 없다. 또한 그것은 현대정신의 위기적 증상에 대한 하나의 처방이기도 하다. 미국의 신학자 '폴 틸리히'는 다음과 같이 말하고 있다.

"모든 실존철학자들이 반대하고 있는 것은, 서구산업기구와 이의 철학적 대변자들에 의하여 발달된 불합리한 사고와 생활방식이다. 이 생활방식에 내포되어 있는 여러 가지 의미는 지난 100년간에 차츰 더 명확하여

졌다. 즉 그 의미란 개인의 자유를 파괴할 듯이 보여지는 논리적인 혹은 자연주의적인 '메커니즘', 생명력을 포괄하며 인간 자신을 포함한 모든 것을 계산과 통제의 대상으로 변형시키는 분석적 합리주의, 그리고 인간을 창조적 원천과 실존의 구극적 신비로부터 단절시키는 범속적인 '휴머니즘' 등이다."

'키에르케고르'에 있어 실존이란 분명히 종교적인 '카테고리' 안에서만 생각할 수 있는 것이었다. 실존자는 그에게 있어서는 신의 면전에서 결단을 내려야 하는, 고뇌하고, 원죄의식을 가진, 따라서 추상적인 사색보다는 윤리문제와 구제에 더욱 관심을 갖고 있는 피창조자였다. 그것은 초월신에의 새로운 길을 개척하고, 인간을 다시 한번 신 앞에 서게 하였으나, 그는 여전히 '외계'와는 격리된 고독자에 지나지 않았다.

'야스퍼스'와 '하이데거'는 '키에르케고르'의 사상의 종교적 내용을 철학적 개념 밑에서 재제시하고, 한층 더 세속화시키기에 힘썼다. 그리고, '하이데거'가 여기에서 출발하여 일종의 불가지론에 도달하는 한편, '사르트르'와 '까뮈'는 무신론적 결론을 얻었다. 그러나 이들의 철학적 어휘는 다시금 '가브리엘 마르셀' '니콜라스 베르쟈에프' '마틴 부버' 등에 의하여 종교적 의미를 갖게 되었다. 실존주의가, 기독교적이건, 무신론적이건, 종교적 요소의 현세복귀를 의미하는 것이라고 한 '임마누엘 무니에'의 말은 지나친 말일지도 모르겠으나, 실존주의의 도정이, 종교로부터 불가지론과 무신론을 거쳐 다시 종교로 이끌었음은 어길 수 없는 사실이리라.

신을 부정한 자리에서 다시금 신의 복위를 위하여 인간의 행위의 구의를 캐고 신과의 간격이 양성한 불안감을 꿰뚫어 보려는 의지, 단순히 광막하게 유동하는 종교의 대기에 대한 염두, 이를테면 소극적인 응시의 자세에 그치게 하지않고, 보다 더 조강(粗剛)한 의지의 추진력을 받아가며 현실과의 직접적인 교착면상에 신을 찾으려는 흐름이 곧 20세기의 정신적 풍토 바로 그것이라 해도 좋겠다.

「카라마조프형제」 가운데서 우리는 장로 '조시마'의 '성'(聖)을 감득한다. 그러나 그러한 소극적인 '성'이 작품인물들 사이에 전개되는 악의 갈등을 해결하여줄만한 자력을 갖지는 못하였었다. 인간에 내재하고 있는 악은 끝내 구제되지 못하는 것일런지도 모르겠다. 그러나 구제되지 못할 이 악의 상공을 흐르고 있는 청명한 종교의 '에텔'은 역시 하나의 부동의 해결점을 제시하여 주고 있는 것이라 말할 수 있겠다.

다만 신념의 소멸과 자아의 붕괴를 목격한 우리는 '도스토예프스키'보다도 더욱 가까운 거리에서 악에 육박하고, '결의'라는 완전히 자유로운 의지 밑에서 인수한 사명에의 관념과, 이해키 힘든 책죄의식(責罪意識) 속에서, '나'와 신 사이를 가교하려는 시도에 의해서만 '나'의 실재를 입증할 수 있게 되는 것이다.

4

'카프카'의 작품 「성」의 주인공 'K'는 신에의 접근을 꾀하는 순례자의 모습을, 그리고 존재의 신비를 발굴하려는 현대 지성의 가능성의 하나를 우리에게 제시하여 주고 있다. 그것은 비극이어도 좋고 희극이어도 좋다. 다만 이 측량기사 K의 노력은 '까뮈'의 말과 같이 "신을 부정하는 것을 통하여 신을 다시 찾아내는 것, 우리들의 선과 미의 범주에 의함이 아니고, 그 무관심 그 부정의, 그리고 증오의 공허하고 추악한 모습의 배후에 신을 인지하는 것"이었다.

「성」의 주인공 K는 마을에 정주하여 토지측량기사로서의 자기 직업을 갖고자 한다. 이 마을은 성의 지배하에 있고, 성내 관리들이 내려와서 촌민들의 생활을 통치한다. K는 토지측량기사로서 성의 임명을 받아왔다고, 주장하나, 성에서는 이를 부정하고 그 대신 소학교 문지기 자리를 제공한다. K는 마을의 여자 '푸리다'와의 결혼을 위한 잠시동안의 생활수단으로서 이 자리를 받아드린다. 동시에 그는 자기가 토지측량기사로서 임명받은 것의 진정성을 설명하려 성 관리들과의 끝없는 투쟁을 전개시킨다. K에게 있어 '마을'은 생활, 토지, 부르조아사회의 충족성과 안정 그리

고 은총을 대변하는 것이며, 토지측량기사로서의 자기 직업을 합법화시
킴으로서 '마을 사람'이 되고자 하는 그의 노력은, '성'과의 관계를 향상시
키는, 즉 신 그리고, 천혜(天惠)에 더욱 접근하고자 하는 노력을 의미하
는 것이었다.

「성」은 항상 눈 앞에 보이면서도 현세에서부터 영원히 떨어져 있는 신
의 혜지(慧智)의 상징이다. K에게 있어 신은 인식할 수 있는 것이고, 또
인식하기 힘든 것이다. 그것은 우리에게 지근(至近)한, 존재이며, 동시에
가장 유원(幽遠)한 것, 우리 내부에 있으면서 외부에 실재하고 있는 것이
다. 따라서 K에게는 신은 절대로 초절적(超絶的)인 것은 아니고, 세계와
생명과를 상징하는 것이다. 처음부터 K는 죄겁(罪劫)에 헤매는 원죄자로
서 신을 찾으려던 것은 아니었다. 신 속에 예지를 잃으면서 까지 자기를
몰입시키고 싶지는 않았다. 항상 K는 신의 묵시를 받는 듯한 예감에 광
열적으로 사로잡히곤 하였다. "그러나 당신에의 길은 어찌도 그리 먼 것
일까!"(릴케)

K는 모든 행위는 전혀 미래로만 지향하고 있었다. 토지측량기사로서
의 그의 모든 노력은 그저 개인적인 것일 뿐 아니라, 가능한 미래의 생활
을 뜻하는 것이었다. 말하자면 토지측량기사라는 직업은, 현세의 상황에
지선의 정신기준을 적용시키는 것을 암시하고 있다. 그러나 마을의 관리
자는 다음과 같이 말하고 있다.

"우리에게는 토지측량기사가 필요치 않다. …… 우리의 조그마한 소유
지의 경계선은 전부 획정(劃定)되고, 이미 정식으로 기록되어 있다."

현세의 모든 상황은 이미 새로운 가치평가를 요(要)치 않고 있다. 이
현존 질서의 승인과 K의 부정의 태도 가운데는 하나의 배리성(背理性)이
숨겨져 있기도 하거니와 「카라마조프형제」 속에 담겨진 '도스토예프스키'
의 사상으로부터의 상당한 거리를 우리는 발견하게 되는 것이다.

"혹 신이 존재하고 있다면, 모든 것이 신의에 따른다. 그리고 나는 신
의 뜻 밖에서는 아무 것 하나 하지 못한다. 혹 신이 존재치 않는다면, 모
든 것이 내게서 비롯된다. 그리고 나는 자기의 독립을 긍정해야만 한다."

　자기의 직업을 끝까지 행사하고자 하는 K의 태도에는 무한한 불안감이 암영(暗影)을 던져주나, 이와 함께 희망의 환희와 즐거운 미래에의 의식에 충만하여 있기도 하다. 그리고, 그의 행동은 기존 생활양식 속에 안주하고 있는 촌민사람들에게는 신의 모독같이 보일 뿐 아니라, 그의 광신적인 행동의 공허성은 "뜰위에 쌓인 눈위에 깊은 발자국을 남길런지는 모르나, 그 이상의 것도 못된다." 그러나 여기서 '카프카'는 전작 「심판」에서와 같이 그저 신과의 관계에 있어 부정적인 지침만을 던지는데 그치지 않고, 그 뒤에 잠재한 가능의 장려한 지대를 탐색하는 것이다. '카프카'에게 있어서는 '니체'와 같이, 외부에서 인간에 강제되는 도덕률이란 존재치 않으며, 인간에게 보편한 윤리도 없는 것이다. 그저 자유로이 구사할 수 있는 인간 가치의 능력에 존재하고 있을 따름이다. K가 이 마을에 들어올 때 그가 가지고 있던 것은 조그마한 배낭 하나뿐이었다. 그에게는 과거도 경험도 없다. 따라서 마을에 정주하고자 하는 그의 노력은, 기반없는 생활에서부터 탈출하려는 그의 정신의 또 하나의 '자각'을 의미하는 것이기도 했다. 이 때부터 K에게는 신앙을 위한 '연옥의 편력'이 시작되는 것이며, '죽음에 이르는 병'이 길게 우울한 꼬리를 물게 되는 것이다. K에게는 마을 여자 '푸리다'와의 안정된 생활의 가능성이 존재하고 있는데도 불구하고, 성에 접근하려는 그의 열정은 한층 더 세차게 그의 행동을 앞지르는 것이었다. 이 K의 세속적 생활에의 반감은 정신적인 죽음이나, 그러한 위험에의 경사를 보여준다. 또한 '니힐리즘'의 생리학적인 형태가 숨겨져 있다. '카프카' 자신이 실존의 단층 가운데 노정되는 절망의 심연 속에서 신의 계시를 겸손하게 받아드린다는 희망을 몰래 간직하고 있었던성 싶다. 마치 '키에르케고르'에 있어서 절망이 구제에의 대전제가 되듯이. 그리고 절망의 파멸적인 폭풍우로 인하여 '가능한 변화로부터 보호되었다는 감정'을 상실하게 되리라는 막연한 기대가 '카프카'로 하여금, 인간의 단절면의 암흑을 될 수 있느데까지 선예(鮮銳)하게 그리게 하였던 것 같다.

5

이러한 관계의 이중성은 K가 마을에 도착한 다음에 성으로부터 받는 편지에도 나타나 있다. 이 속에서 그는 "확연하기는 하나 성과 표면적인 것에 지나지 않는 관계를 맺는 마을의 일꾼이 되거나, 혹은 '발라바스'—성의 사자—를 통하여 직업이 결정되는 외면상이 마을 일꾼의 되거나" 하는 선택을 하도록 마련되었다.

전자의 경우는 현세의 정황과 전통적인 유한한 목표와 기준에의 완전한 순종을 의미하는 한편 섭리와는 그저 외면적인 관계만 맺게 된다. 후자는 단순히 성 관리의 은총에의 종속을 의미한다. 이것은 유한에의 종속이 아니고, 절대적인 조건에 의한 생활양식의 기반을 가능케 한다. 자유를 암시하고는 있으나, 동시에 그것은 불가지에의 굴종, 공허, 그리고 실의를 내포하고도 있다. 전자의 가능성은 세계에 의하여 결정되는 인간의 유한한 성격을 강조하고 있으며, 후자는 인간의 정신적 한정성과 초월적인 것에 대한 종속성을 강조하고 있다.

K는 이러한 신으로 부터의 '메세지'를 끝없이 기다리느니보다는 지상적인 것에 완전히 순종함으로서 신에의 도정의 가능성을 일찌감치 발굴하는 길을 택한다. 물론 그는 "낙망적(落望的)인 상황과 실망에의 인종, 그리고 순간마다 발현되는 감지할 수 없는 작위력 등"을 통해서 그의 유한한 성격을 띠운 운동과 목표가 결정적인 것으로 발효되고, 존재는 신을 인식하지 못한 채로 맹목의 정신 속에 매몰될 가능성이 있음을 열지(熱知)하고 있다. 그러나 마을에의 직접적인 순응을 통하여 성에의 도로를 닦겠다는 결의가 있음에도 불구하고, 마을을 다만 하나의 수단이자 과정으로서만 여기고 있는 K에게 있어 마을의 법률과 관습을 준수하기는 불가능한 노릇이었다.

'카프카'의 전작품을 통하여 무한히 반복되며 제기되는 가장 근본적인 '테마'의 하나는 이 실재가 2개 영역에 속하고 있다는 의식이다. '외계'에 있어서의 실재는 풍부한 사상(事象)과 불변의 법칙과 사정가능(査定可

能)한 목표 등을 가지고 있는 외적 생활이 직접적인 상태다. 이 외부로부터 규제되는 실재는 현실의 제현상에 만족치 못하는 내적 충동의 반대를 받는다. 이 양자, 즉 지상적인 것과, 영원성에의 정념이나, 사명감으로 표백되는 내적 충동은, 병존하면서 상극을 거듭하는 것이다. K에게 있어서는 마을 생활은 자기폐쇄적인 하나의 순환로에 지나지 않는 것이나, 성 역시 아무 현실성도 없는 절망적인 상징이 아닐 수 없다.

"나는 영원성을 반가워해야 한다. 그러나 그것을 찾아낼 때면 나는 비애를 느끼게 되는 것이다."

이때 영원성이란 꿈처럼 무한한 '내적 계율'로 나타난다.

이 두 영역의 혼합의 불가능성은 어느 의미에서 실존의 근거의 통일이자 종합을 이루어야 할 '자아'를 박탈하고 만다. 토지측량기사는 이 '자기내재성'의 의식과 마을과를 결부시키지 못하고, 다만 순수한 가능성의 외곽만을 배회한다. 그러나 신은 초설석인 존재이면서도 운명과 같이 편재하고 피조물속에 조현(照顯)됨으로써 피조물속에서 다시 창조되는 것이다. 그것은 다양성과 충일을, 현재와 미래를 합일한 표현인 것이다. K가 본―인식한 것이 아니고―신은 인간을 위하여 규정된 공간의 바로 뒤에 서서 실재를 덮고 한정하고 거절하는 무자비한 신이었다.

"우리들은 신의 마음에 떠오른 허무적인 사상이라네. 하나님 마음의 어딘가에 숨겨져 있는 자살의 욕망과도 같은 것일세."('카프카' 「성찰」)

그러나 이 거대한 "거절하는 역류하는 폭풍우" 속에서 무엇인지 미지에 대한 감미로운 우수를 느끼는 동시에 부단한 계시를 받도록 하는 '사명'을 예감하게도 되는 것이다. 보다 고차적인 세계에 대한 우리의 외포(畏怖) 가운데는 무한한 기대에 넘친 전율이 깃들어 있는 것이 아닐까?

신의 완전한 질량을 다루기에는 신은 너무도 위대하며, 너무도 이해를 초월한 것이다. 그것은 순수한 신앙의 위계(位階)에 서서만이 가능한 것이다. 신에 대한 소박한 '낙'(諾)으로 신은 세계의 창조자로서, 그리고 모든 윤리가치의 영역 밖에서 작위되는 운명의 손으로서 승인받게 된다. 그리고 신에의 결의를 품은 채 이 온갖 존재의 근원에 향하여 인종의 '낙'을 하는 자세에서 가장 아름다운 신앙의 방정식이 풀려나오는 것이다.

'키에르케고르'에 있어서는 지상적인 것에의 완전한 자기방기는, 그 종교적인 본질에 있어 무한과 접촉하고 있는 하나의 연결환(連結環)을 소유하게 된다. 풀길없는 숙명의 겸손한 수락을 역설적으로 실재의 구극적인 정화와 일치하는 것이다.

6

「성」의 완결되지 못한 장종장(長終章)은 K의 죽음으로 끝난다. 임종시에는 마을 사람들도 모였고 성으로부터는 K의 정주를 공식으로 승인한다는 통지가 온다. 그러나 이것은 정주에 대한 K의 주장의 합법성이 인정된 것이 아니라, "제반 부수조건을 참작"한 나머지의 처사였다.

"희망은 충분히 있다. 무한히 많은 희망이—. 그렇지만 그것들은 우리를 위해 있는 것은 아니다."
하는 '카프카'의 절망은 임종에 이르러서야 성에서부터 정주허가의 통지가 왔다는 풍자와 '아이러니'에도 엮여 있는 것이다. K는 죽는 순간에야 비로소 자기의 한계성을 인식하게 된 것이다. 바꿔 말하면 그의 죽음은 그의 정신성의 극단주의의 좌절을 의미하고 있다.

이 '아이러니'는 그러나 K의 임종에 마을 사람들이 모여왔다는 사실로 누그러지고 있다. 그의 생활이 이단시 되어왔다 하더라도, 이제 그는 한 사회의 일원으로 죽게 된다. 그러기 때문에 성에서부터 K에게 보낸 말은 허공에 떨어지지를 않고, 그 마을에 대한 '메세지'가 되어 버린다. 즉 무한한 반항의 정신에 사로잡힌 이 이단자가 그들의 일 성원으로서의 확증을 받는다.

자각존재자로서의 K가 예언과 기적의 밀림을 벗어나고, 현실생활 가운데 희열을 감지하게 될 때, 비로소 K를 엄습하던 위기의 해결이 희미하게나마 보여지는 것이다. 절대에의 투시와, 유일자—영원에 모든 것을 응집시키려는 정신작업은 인간생활의 풍요한 옥토에서 오히려 그 다양성 있는 여러 양상을 박탈해버리는 것이다. '카프카' 자신의 생활이 입증하고 있듯이, 현대의 정신적 풍토에서는 '릴케'의 '대화'가 불가능한 것인지도 모르겠다. 또 사실상 관계의 '실현'이란 현실적 제법칙을 수락하는 한편 내적 순수성을 상실할 위험을 수반하고 있는 것이다.

"종교가 있다는 사실은 개인이 항상 선을 지켜내지 못함을 증명하는 것일까? 그 창립자가 스스로를 선에서 일탈시키고 골육을 걸머지는 것은 타자를 위하여서, 혹은 '세계를 상실치 않으려면' 세계를 파괴해야만 하기 때문일까?"

계시에의 길에는 두 가지의 대립된 현상이 있다. 하나는 은총의 행위에 의한 공연적(空然的)이고 예기불가능한 것. "목표가 있을 뿐, 길은 없다. 우리가 길이라 부르는 것은 준순(逡巡)에 지나지 않는다"

또 하나는 꾸준히 승화되어가는 길이다. 내적 진실은 어느 '길'에 의하여 도달하는 것이 아니고, 신뢰에 넘치는 순종에서만 이루어진다. '성'은 눈앞에 보이기는 하나, 무한한 거리를 갖고 마치 미궁속을 헤매는 사람같이 모든 추리와 예지, 의지력이 소모될 때까지 그 구원의 열쇠를 보여주지 않는 것이다.

"당신은 당신의 방을 떠날 필요도 없다. 당신의 탁자에 머물러 앉아서 들어라. 듣고 있을 필요조차 없다. 그저 기다려라. 기다릴 것도 없다. 조용히 홀로이 있기만 해라. 세계는 홀가볍게 탈벗은 그 모습을 당신에게 바칠 것이다. 선택할 길없이 그것은 당신 발밑에서 황홀한 나머지 뒹굴 것이다."

이 이원적인 양극 사이를 왕래하는 진실은 항상 '카프카'의 투명한 안구에도 원근의 착종(錯綜)된 이중영상을 비쳐주는 것이었다.

"나는 신을 믿는다! 이것은 참으로 아름답고 상찬할만한 말이다. 그러나 신을 인식한다는 것, 신이 계시하는 장소와 방법을 밝히는 것은 지상에서의 참다운 행복이다."(「성찰」)

이 지복의 경지에 이르고자 '카프카'는 자기의 온갖 가능성과 진지성을 가지고 편력하였다. 그의 노력은 어찌 보면 무한히 뻗친 수평선상은 끝없이 달리는 것이었는지도 모른다. 현실속에서 인간이 구축한 여러 가지 색채의 지대를 떠나서 인간과 신, 존재와 무, 유한과 무를 통일한 "내면의 '드라마'"를 그리려 했는지도 모른다. 그러나 존재의 위대성에 커다란 희망을 품은 동시에 그 한계의 인식에서 끝까지 고뇌와 회의의 바탕에 젖어 들어 있던 것은 짤막한 그의 생애가 보여주고 있는 바다.

7

예술작품을 창조한다는 것은 어느 모에서는 암흑의 세계에 한걸음 접근하는 것을 의미하는 때가 있다. 그것은 우주의 생명권속에 인간을 위한 새로운 터전을 획득하는 것이기도 하다. 이때 경험적인 현실과는 본질적으로 다른 새로운 현실이 창조된다. 이것은 곧 새로운 혼의 현실을 말하고 있다. '외계'와의 대결을 거듭해 나가야 하는 '나'는 한편으로는 여기에 편굴(偏屈)되고, 왜곡된다. 그러나 또 한편으로는 넓은 한계를 얻고 고양되어 나간다. 동시에 혼미와 갈등이 엮은 위기에 놓인다. 이것을 자연의 본연의 법칙으로 환원시키는 것에 곧 예술이 싹트는 것이 아닐까 생각된다.

'카프카'의 작품은 두 가지 문제를 내포하고, 작가 자신도 그 속에서 아무런 해명을 얻지 못한 채 끝없이 혼의 편력을 거듭해 온 것이었다. 즉 '나'와 외적 세계, 꿈과 현실의 거리, 거기서 양성되는 인간의 비극성. 여기에 그는 모든 정력을 경주시켰다. '카프카'에게 있어 외적 세계는 그 자체가 하나의 공포이었고, 불안이자, 숙명적인 것이었다. 그것에 반항하면 할수록 비극만이 발생한다. 그러나 '카프카'의 인종은 단순한 굴복이 아니라, 종순(從順)에의 노력이었다.

현대인의 사상과 감정의 복잡성 다양성은 자연히 문학 자체까지도 복잡화한다. 현대의식에 충실한 '카프카'의 문학이 불가해한 '무드'의 다양성과 신비로운 사상적 복잡성을 내포하고 있음은 당연한 귀착이라 할 수 있다. 무지한 인간행위와 사상 묘사에 있어서의 상징적인 정교성은 역시 '리얼'한 박력을 갖고 전개되는 환상향(幻想鄕) 속에 투사되어, 거기에 불가시한 초절자(超節者)와 반투시적인 의식권을 조성하는 것이었다. 현실이 환상속에 투영되어 이루어진 '이미지'의 사실적 상징화가 신비로운 동양적 종교의식의 일을 쓰고 있는 만큼 그에게서 이상주의적 경향과 표현주의의 영향을 찾지 못하는 바도 아니다. 그러나 여기서의 표현주의는 "자연주의와 상징주의의 궁극에 서서 자기 자신의 적극적 주체성을 주장하는 것" 외의 아무 것도 아니다. 그는 가장 '리얼리스틱'한 내적 세계의 개척자이자 탐험가다. 다만 그가 추구한 '리얼리티'가 일상생활의 기존법칙과 일반작가가 지키는 정상개념과는 이질적인 따름이다. 비극은 그가 하나의 몽상향(夢想鄕) 속에 몰입하기에는 너무도 '리얼'한 작가이고 인간이었다는데 있다.

8

　유태민족의 토착문학과 교전속에서 자라난 '카프카'에게 있어, 원죄(原罪)와 책죄(責罪)의 '이데아'는 마치 고정관념처럼 그의 사상이나 생활면에 뿌리박혀 있다. 그리하여, 우리의 신비적 죄악은 영원한 초절적인 심판을 통하여 심문받게 된다는 속죄사상이 '심판'을 비롯한 일련의 작품에 깃들고 있다. 이러한 공포와 불안이 영원히 구제받지 못한다는 절망에서 '사르트르'의 「구토」과 함께 철저한 허무주의적 경향이 있다 하는 「변신」을 산출하기에 이르렀다.

　불란서의 N·R·F지는 이 소설을 '바로크'풍의 '꽁트'라 말하고 인간적 조건을 가지고는 불가능한 '카프카'적인 '커다란' '테마'가 전개되는 세계를 '파스칼'이나 '키에르케고르'의 세계와 비교하고 있다.

　'카프카'의 과격한 내세론적 성격과 불가시력에 대한 광기에 가까운 강박관념은 '스트린버그'와 '도스토예프스키'적인 상징성을 띠우고 있다. 하면 '카프카'는 이러한 혹란(惑亂)과 곤비(困憊)에서 이탈하려고 항상 자신의 경지를 꿈꾸었으며 이것이 후에 「아메리카」로 구상화되었다.

'카프카적' 세계의 신은 '여호와'와 같이 처절하다. 그는 너무나 '나'에 성실하였던 나머지에 혹은 교전이나 성서에서 받을 수 있었던 계시까지도 얻지 못하였고, 다만 선험적인 원죄의식을 지닌 인간은 어느 때이건 인생의 심판과 대결하지 않으면 안된다는 숙명론적 사상에서 인간과 운명 사이에 인간의 행위를 심판하는 어떤 옳은 규준이 있다고만 믿는 것이다. 이러한 보이지 않는 힘에 작위되는 인간의 책임과 자유에 대한 이율배반적인 추구가 그의 사상의 심핵을 이루고 있다.

'카프카'의 천성은 어디까지나 그의 평범성에 있다. 그는 그가 제시한 문제를 애써 어느 해답을 맺게끔 기존개념과 사상 내용으로써 재단하려 하지 않았으며, 다만 비길데 없이 심각한 진지성을 가지고 육박하였을 따름이다.

그의 독창적 '이미지'와 창조력은 독자 자신이 스스로 문제를 해명하도록 하나의 지침을 마련하여 주는 것이었다.

그가 일생을 걸쳐 추구한 문제는 혹은 영원히 풀려지지 않는 인간의 비밀의 권역인지도 모른다. 그러나 이러한 것을 추구하는 과정을 통하여 오히려 인간으로서의 존재가 가능하게 되는 것이 아닐까. 이것은 우리가 인간이기 때문에 겪는 불행이자 기쁨이지 그 외의 아무 것도 아니다. 우리에게 중요한 것은 그가 영원히 풀려지지 않는 문제에 해결을 내리지 못했다는데 있는 것이 아니라, "인간의 고독한 운명과 그 공동사회재건을 위한 싸움"—'오스카 바움'—을 끝까지 전개시킨 그의 성실한 자세에 있다고 본다.

「성」의 주인공 K가 죽을 때 획득한 것이 안주가 아니라 안주에의 '약속'이었다는 것이 우리에게 더욱 절실한 애정을 부어주는 것이다. 그리고 이 '약속'을 우리의 새로운 촉수로 삼아 신에의 접근을 시도하겠다는 것은 우리가 '카프카'에게서 물려받은 현대의 과제가 아닐까 생각한다.

[『현대문학』, 1955. 11~12]

9
우리 나라의 비평문학
- 그 회고와 전망 -

조 연 현

비평이 하나의 독립된 문학형태로서 그 존재를 주장하게 된 것은 현대에 들어서면서 부터가 아닌가 생각된다. 물론 고대에도 '아리스토텔레스'의 「시학」과 같은 것이 있었음으로 비평문학도 다른 문학형태와 마찬가지로 오래 전부터 존재해 있었다고 말할 수는 있으나, 고대나 중세에 존재했던 문학비평이라는 것은 엄밀한 의미에 있어 철학이나 종교로부터 독립된 것은 아니었다. '아리스토텔레스'의 「시학」만 하더라도 그것은 비평문학으로서 보다는 오히려 철학으로서 평가될 성질의 것이었다. 더욱이 중세에 있어서는 종교적인 교리가 그대로 문학평가에 적용되었을 뿐이다. 비평이 이와 같은 철학이나 종교로부터 독립하기 시작한 것은 르네상스 이후의 일이지만 19세기에 이르기 까지에도 아직도 진정한 의미에 있어서 비평문학이라는 독립된 일 문학형태가 확립된 것은 아니었다. 철학이나 종교로부터서는 독립되었지만 문학작품에 종속된 지위로부터 자립된 것은 아니었다. 작품과 비평과의 주종적인 관계는 오랫동안 지속된 비평의 전통적인 위치였다. 작품에 종속된 이러한 예속적인 지위로부터 비평의 독립이 예견된 것은 19세기의 인상주의자 및 탐미주의자들에 의해서였다. '티보테'가 "비평은 다른 문학적 제양식과 마찬가지로 그 창조의 요소에 의해서만 성장하며 잔존한다"고 말하고, '오스카 와일드'가 "비평은 예술이다"라고 주장했을 때 처음으로 비평문학이 독립적인 가능성이 엿보였기 때문이다. 그러나 진정으로 비평문학이라는 일 문학형태가 시나 소설과 같은 작품적인 성질로서 독립성을 갖게 된 것은 'J. M. 말리'에 의해서였다. "작품이 현실을 제재로 한 창작이라면 비평은 작품을 제재로 한 창작"이라는 것은 그의 처음부터의 주장이었지만 그의 「도스토예프스키론」은 그의 그러한 주장을 구체화한 그 일례가 되었었다. 그것은 그의 「도스토예프스키론」은 '도스토예프스키'에 대한 가치평가가 아니라 '도스토예프스키'라는 일 문학적인 거상을 소재로 한 '말리' 자신의 창조적인 일 우주였기 때문이다.

　이상과 같은 기반 위에서 나는 우리 나라 비평문학의 과거를 회고해 보면서 그 전망을 살펴보기로 한다.

　우리 나라에 근대적인 의미에 있어서의 문예비평 내지 문학론에 해당되는 형태의 글을 발표한 사람은 이광수(李光洙)가 그 최초이다. 물론 이광수 이전에 몇 사람의 신소설작가들에 의한 소설론 비슷한 단편적인 문자들이 없는 것은 아니나, 소설을 권선징악(勸善懲惡)의 한 방법으로 생각했던 점으로 미루어 보아, 그것은 근대적인 문학론이라고는 볼 수 없었던 것이다. "대저 소설은 권성징악을 위주하고 흥감(興感)을 기케하는 자"라는 것이 융희(隆熙) 연간의 신소설시대의 유일한 소설론이였다는 것은 아직도 그 당시에는 근대문학적인 자각이 없었던 것을 말하는 것이 된다. 문학의 이러한 권선징악적인 방법에 반기를 올린 최초의 사람이 이광수였다. 「청춘」지 12호(4251년 7월)를 보면 동지의 현상소설모집의 고선(考選)을 담당하던 이광수의 다음과 같은 그 선후평의 일절을 볼 수 있다.

　"(전략) 전습적(傳襲的) 교훈적인 구투(舊套)를 탈하며 예술적에 들어가는 기미가 있는 것이니 이것이 실로 신흥하는 문학의 핵심이외다. 자유도 소설이라 하면 반드시 악한 자를 징계하고 선한 자를 추장(推獎)하여 종교나 윤리의 일 방편을 작함에 불과하였습니다. 그러므로 문학을 평하려는 자는 먼저 그 문학의 교훈하는 바를 묻습니다. 즉 질투심을 징계한다든지 권면(勸勉)을 추장(推奬)한다든지 이런 것을 물어 그것이 없으면 그 문학의 가치가 없다고 여겼습니다. 이것은 문학이라는 신견해를 모르는 이의 흔히 빠지는 오해외다. 권선징악이 물론 좋지 아니함이 아니지오. 그러나 권선징악의 임무를 다 하기 위하여서는 수신서와 종교적인 교훈서가 있습니다. 문학은 결코 수신서나 종교적 교훈서도 아니요 그 보조는 더구나 아니오. 문학에는 뚜렷이 문학 그 자신의 이상과 임무가 있습니다. 질투를 재료로 하되 반드시 질투를 없이 하라는 목적은 아니오. 충효를 재료로 하되 반드시 충효를 장권(奬勸)하려는 의미로 하는 것이 아니라, 질투라는 감정이 근본이 되어 인생생활에 어떠한 희비극을 일으키는가, 충효라는 감정의 발로가 어떻게 아름다운 인정미를 발휘하는가를 여실하게 묘사하여 만인 앞에 내어 놓으면 그만이외다."

지금 보면 지극히 평범한 일 상식에 지나지 않지만 이것이 한국 최초의 근대적인 문학론이라는 것을 생각해 보면 이 발언의 역사적인 가치가 짐작되기도 한다. 이 짧은 단편적인 문장이 우리에게 보여주고 있는 것은 문학을 윤리나 종교로 부터 독립시켜 생각하고 있다는 점이다. "문학에는 뚜렷이 문학 그 자신의 이상과 임무가 있다"는 것은 분명히 르네상스 이후의 근대적인 문학의식이 아닐 수 없다. 이광수 그 자신은 그의 문학을 윤리적 종교적인 수단이나 방법으로 삼은 계몽주의적인 작가였지만, 근대문학에 대한 그의 인식은 이상의 인용에서 볼 수 있는 것과 같이 근대적인 기초 위에 서 있었다. 한국의 근대문학비평은 이러한 이광수의 근대적인 문학의식을 기초로 하고 출발된 것이었다. 전기한 이광수의 발언이 서기 1918년에 행하여진 것임을 생각할 때 한국의 근대문학 의식이 선진한 외국에 비하여 얼마나 뒤떨어져 있었는가를 가히 짐작해 볼 수 있다. 서기 1918년이면 그 전년에 영국에서는 'T. S. 엘리어트'의 「프루프록 기타의 노래」가 나오고 불란서에서는 '발레리'의 「젊은 파르크」와 그 다음 해엔 '앙드레 지드'의 「전원교향곡」이 나온 때다. 이것만 보더라도 동일한 시간성 위에 벌어져 있은 그 공간적인 차이를 알 수 있을 것이다.

한국의 현대문학이 3·1운동을 계기로 해서 부터 다각적인 전개를 보여준 것과 마찬가지로 비평적인 활동이 보여지기 시작한 것도 그 무렵이었다. 3·1운동을 전후해서 창간된 「창조」지를 보면 전 월호에 대한 작품평이 가끔 게재되어 있는 것을 볼 수 있다. 이것은 문학비평의 일 전조를 보여주는 것이 되었다. 그리고 동지 9호를 보면 김동인(金東仁)과 염상섭(廉想涉) 간에 비평에 대한 문제로 대단히 맹렬한 논전이 교환되었음을 볼 수 있다. 이것은 문학상에 대한 논전의 그 최초의 모습이 되었다. 문제의 발단은 김동인이가 어느 신문에 "비평가는 작가에게 대하여 아무 권리 의무도 없다. 따라서 재판관과 같이 작가를 탐힐(探詰)치는 못한다. 다만 활동사진 변사와 같이 진심히 경건한 마음으로 관객과 같은 민중에게 해작품(該作品)의 조화정도를 설명할 뿐이다"라고 발표한데 대하여 "신성한 문예비평을 활동사진 변사에 비하는 것은 문예비평에 대한 용서할 수 없는 중대한 모독이다"라는 반박문을 염상섭이 「폐허」지(4253년 창간) 2호에 발표함으로서 시작된 것이었다. 이를테면 김동인은 비평을 불신하는 입장에 서고 염상섭은 그것을 옹호하는 입장에 선 것인데 이 논전은 「창조」와 「폐허」을 통하여(김동인은 「창조」의 동인이요, 염상섭은 「폐허」의 동인이었다.) 제3자까지 등장시켜 상당한 논의를 거듭하게 하였던 것이다.

작품평과 문학상의 견해에 관한 논전이 이와 같은 모습으로 싹틀 무렵 문예사조에 대한 소개적인 문자와 문학에 관한 원칙론같은 것이 또한 싹터져 나왔다. 「폐허」 1호에 발표된 김안서(金岸曙)의 「스핑그스의 고뇌」는 데카탕티즘이나 상징주의를 소개한 것으로서 전자에 해당된 것이고, 「영대」지(4257년 창간) 3호의 야영(夜影)이란 필명의 「미의 절대성」은 탐미주의적인 문학론이었으나 사조의 소개가 목적이 아니라 일정한 원칙을 확립한 점에 있어 후자에 해당되는 논문이었다.

「창조」 「폐허」 「백조」 「영대」 등의 순문예 동인지들의 활동시기에 이상과 같이 싹트기 시작한 비평활동은 「폐허」와 같은 해에 창간된 종합지인 「개벽」이 4257년에 「조선문단」지가 창간될 무렵을 전후하여 문예란을 둠으로써 「개벽」과 「조선문단」을 통하여 좀더 적극성을 띠우게 되었다. 「조선문단」은 매월 작품합평회를 지상(誌上)에 발표했는데 이것이 문학좌담회의 그 효시였으며 일종의 성문화된 싸롱비평의 모습을 발견할 수 있는 것이었다. 「개벽」은 처음부터 계급주의적인 문학적 방향을 표시하여 김팔봉(金八峰) 박영희(朴英熙) 등의 프롤레타리아 문학론을 거의 매월 발표했으며 「조선문단」은 이광수 염상섭 박종화(朴鍾和) 등에 의해서 이에 항거하는 민족주의적인 입장을 견특(堅特)하는 태도를 표시했다. 이 양지의 이러한 이념적인 방향은 점차로 프로문학 대 민족주의문학이라는 이대 조류를 형성하게 되었고 비평활동도 이 문제로 인하여 본격적인 양상을 띠우게 되었다.

프로문학과 민족주의문학과의 대립적인 논전은 4263년(서기1930년)을 전후한 5·6년간이 가상 그 질정에 달했던 시기인데, 이 시기의 쌍방의 입론적인 근거는 주로 계급제일주의냐 민족제일주의냐 하는 것으로 요약될 수 있는 성질의 것이었다. 계급제일주의를 표방하는 논객으로서는 김팔봉, 박영희 등이 그 대표적인 인물이었고, 민족제일주의를 내세운 인물들로서는 이광수, 김동환(金東煥), 박종화, 김영진(金永鎭) 등을 들 수 있다. 그리고 민족을 떠난 계급은 존재하지 않으며 계급을 떠난 민족 역시 존재할 수 없다는 절충주의를 표방한 대표적인 논객은 양주동(梁柱東)과 염상섭이었다. 그러나 이 계급제일주의냐 민족제일주의냐 하는 논제가 문학의 내용과 형식에 관한 문제로 발전되자 프로문학의 내용편중주의와 정면에서 충돌을 일으킨 것은 민족제일주의자들이기 보다는 오히려 절충주의자들이었다.

문제의 발단은 프로문학의 총수격인 위치에 있었던 박영희가 「투쟁과 문예」(「조선지광」 8월호, 4261년) 「무산계급문예운동의 정치적 역할」(「예술운동」 창간호, 4261년) 「형식파와 맑스주의」(「조선문예」 3월호, 동상) 등을 통하여 문학의 형식적인 조건이나 가치를 부정하고 내용만능주의를 내세운데 부터서 시작되었다. 박영희와 함께 프로문예진영의 맹장이던 팔봉 김기진(金基鎭)은 일시는 "소설도 건축인 이상 그 형성적인 조건을 전혀 무시할 수는 없다"는 의견을 제출하였다가 박영희의 비판에 봉착되자, 자기의 과오를 인정하고 박영희와 보조를 맞추어 형식적인 조건의 부정과 내용만능설에 가담하고 나섰다. 이러한 계급제일주의자들의 형식의 경시와 내용편중주의에 정면의 적대적인 위치에 있었던 전기한 민족제일주의측에서는 김동환의 「애국문화론」 김영진의 「국민문학의 의의」(「신민」, 3월호, 4261년) 등으로 적극적인 자설(自說)을 표시했을 뿐 정면으로 부터의 대립을 회피하고 말았다. 이것은 문제가 계급제일주의냐 민족제일주의냐 할 때에는 민족제일주의를 내세운 이념적 이론적인 근거가 확고해 있었지만 문제가 형식제일주의냐 내용제일주의냐 하는 곳으로 발전되자 민족주의 그 자체가 형식보다 내용에 치중할 수 있는 요소를 가진데에서 오는 자가당착(自家撞着)의 약점을 의식했기 때문인지도 모를 일이었다. 어쨌든 프로문학의 형식경시와 내용편중에 정면에서 대항한 것은 절충주의자인 양주동과 염상섭이었다.

"프로문예는 ……을 앞두고 투쟁하는 문학이다. 현단계에 프로문학은 그저 선전의 문학이요 투쟁의 문학이다. 그러므로 우리는 문예상 형식적 조건이나 가치를 완비할 여유도 없고 그러한 무가치한 유한(有閑)에 시간을 소비할 필요도 없다. 그러므로 프로문학에 있어서 문제가 되는 것은 '무엇을 표현하느냐' 뿐이요 결코 '어떻게 표현하느냐'는 아니다."

이것은 당시의 박영희의 주장을 요약한 것인데(「문예공론」 2호, 4262년, 참조) 이에 대해서 양주동은 문학에 있어 형식과 내용은 서로 분리될 수 없다는 주장을 내세워 형식제일주의나 내용제일주의가 다 같이 인식상의 착오이며 문학상의 과오인 것을 지적하고 형식제일주의자에게는 '내용에의 복귀'를 종용(慫慂)하고 내용제일주의자에게는 '형식에의 복귀'를 권고함으로써 내용과 형식의 문제에 있어서도 계급과 민족의 문제에 있어서와 마찬가지로 절충주의적 조화주의적인 입장을 취했다. 이러한 그의 논지는 15회에 긍하여 「동아일보」(4262년 1월)에 연재한 장문의 논문인 「정묘평년총관」(丁卯評壇總觀)과 「문예상의 내용과 형식문제」(「문예공론」, 2호, 동상년)에 가장 잘 나타나 있다. 염상섭도 「토구비판삼제」
(討究批判三題)(「동아일보」, 동상년) 「조선문단의 현재와 장래」)(「신민」
1월호, 4261년) 등에서 양주동과 거의 같은 입장을 표시하였다. 프로문
학에 대한 반대의식은 염(廉)이 강한 편이었으나 그 이론적 전개에는 양
(梁)이 강했다. 그러나 중요한 것은 양주동과 염상섭을 대표로 하는 이
절충주의 및 조화주의가 그들 자신의 절충적 조화적 중간적인 의식에도
불구하고 근본적으로는 반프롤레타리아 문학론이었으며 본질적으로는 친
순문학론이었다는데 있다.

　"내용에 대한 인식은 인간활동이요 형식을 부여함은 작가활동이다. 내
용은 존재의 본체이며 형식은 존재의 표시인 동시에 가치의 양상이다. 따
라서 내용만으로는 예술이 성립될 수 없다. 왜냐하면 단순한 존재자체만
에서는 가치를 추출할 수 없음으로. 형식은 예술을 구성하는 제일의적 요
건이다. 왜냐하면 예술은 온전히 가치세계에 속하므로."(전게한 「문예상
의 내용과 형식문제」)

　"예술상 엄밀한 의미로 보아 인도주의 시회주의 등등은 주의가 아니다.
예술상의 주의는 오직 형식상(표현상) 의미에 한한다."(동상)

　이와 같은 그의 논지의 일부는 그가 자기의 소신과는 다르다고 생각한
형식제일주의의 소론을 실제에 있어서는 대변한 것이였기 때문이다. 이
것은 그 당시에 있어 실제적으로는 형식제일주의란 존재하지 않았다. 양
주동은 상게한 문장 속에서 "형식제일주의자는 특히 누구라도 지명될 수
는 없으나 종래의 예술지상주의가 이에 속한다"고 말했지만 그 당시까지
아직 예술지상주의라는 것이 이론적으로 구명되거나 주장된 사실은 없었
던 것이다. 다만 탐미주의적인 일 경향이 심정적으로 예술지상주의적인
심리적인 경향을 보여준 일이 있었을 뿐이다. 그러므로 그가 절충적 조화
적 중간적인 입장에 섰다는 자신의 발언은 실제에 있어서는 이론적인 형
태로서는 존재하지 않은 형식제일주의의 소론을 대변함으로써 자기의 반
프로문학적이며 친순문학적인 근거를 밝힌 결과가 된 것이었다. 그러므
로 박영희와 김기진으로서 대표되는 프로문학진영에서도 그들의 가상의

적인 형식제일주의에 향해서 보담도 중간적인 절충파를 자처하는 양주동에 향해서 그들의 공격을 집중했던 것이다. 이러한 프로문학진영의 집중공격 속에서 계급주의의 비민족성을 규탄하고 그들의 문학상의 착오와 과오를 정력적으로 지적 논평해온 이 무렵의 양주동의 공적은 아직도 분명히 언급되었거나 정당히 평가된 일이 없다. 이에 대해서는 금후 자연히 밝혀질 기회가 있을 것이지만 어쨌든 이 무렵의 박영희 김팔봉 등의 프로문학이론은 그 뒤 임 모(林和-엮은이)와 백철(白鐵) 등에게로 계승되고 양주동의 순문학적인 이론은 김환태(金煥泰), 이 모(李源朝-엮은이) 등으로 계승되어져 갔다.

 이상까지는 주로 이 땅의 비평활동이 작가를 중심으로 나타났던 시기이다. 즉 작가가 그들의 여기(餘技)로서 비평행동을 겸해 왔다는 뜻이다. 그러나 이러한 창작과 비평의 겸행(兼行)에 있어서도 역시 창작이 주가 되고 비평은 작품행동의 종속적인 행위에 지나지 않았다. 이러한 비평의 작품에의 종속성이 독립적인 영역으로서 나타나기 시작한 것은 4270년(서기 1937년)을 전후한 시기부터였다. 그것은 이 시기를 전후해서 임 모(林和-엮은이), 이○조(李源朝-엮은이), 김환태, 백철, 홍효민(洪曉民), 서인식(徐寅植), 김문집(金文輯), 최재서(崔載瑞) 등의 전문적 직업적인 평론가가 등장했기 때문이다. 이러한 직업적 전문적인 평론가의 진출로 인하여 이 땅에 처음으로 비평문학의 독립적인 기초가 준비되기 시작했다. 이러한 비평의 독립적인 기초에 작가와 비평을 겸한 역할로서 참가한 사람은 유진오(兪鎭午), 김기림(金起林), 김○천(金南天-엮은이) 등이었다. 이 사람들에게는 작품과 비평이 그 어느 것에의 종속적인 행위로서 보담도 그들이 제가끔 독립된 활동의 성질을 띠운 것이 그 이전의 작가들에 의한 비평행동과는 다른 요소를 지닌 것이었다. 이 밖에 이헌구(李軒求), 정인섭(鄭寅燮) 등의 해외문학파들에 의한 비평활동도 있었으나 그것은 외국문학 및 문학사조의 번역소개가 그 본령이였고 비평적인 역할은 단편적인 감상에 그친 정도에 지나지 않았다. 그러므로 비평의 독립적인 기초를 형성시킨 최초의 사람들은 역시 전기한 직업적 전문적인 평론가들의 진출과 역할에 의존된 것이라고 볼 것이었다.

전기한 전문적인 비평가들 중에서 과거의 김팔봉 박영희 등으로서 대표되는 프로문학이론을 발전시킨 사람은 임 모(林和-엮은이)였고 홍효민과 백철은 그 아류적인 위치에서 그들의 비평활동이 출발된 것이었다. 1928년에 발표된 백철의 「조선농민문학을 제창함」은 이미 그속에 계급적인 의식의 기초를 보여준 것이었으며 그가 카프에 가담한 것도 우연한 일이 아니었다. 「문학과 자유」(4268년간)로서 대표되는 홍효민의 비판적 근거 역시 계급적인 기초 위에 선 것이었다.

임(林), 백(白), 홍(洪) 등이 계급주의적인 입장에 선데 반해서 처음부터 예술지상적인 입장을 표방하고 나선 사람은 김환태였고 탐미주의적인 입장에 섰던 사람은 김문집이었으며 8·15이후의 반동과는 반대로 고전주의적인 순수문학 입장에 섰던 사람은 이○조(李源朝-엮은이)였다. 「폐허」 「백조」 「영대」 등의 시대부터 예술지상주의 내지 탐미주의적인 경향은 부절(不絶)히 이 땅의 현대문학의 중요한 일 저류로서 흘러내려 왔으나 이에 대한 이론적인 근거 위에서 이에 대한 소신을 대담하게 주장한 사람은 김환태와 김문집에서였다. 그리고 예술지상주의 및 탐미주의적인 경향과는 특성을 달리한 고전적인 순문학적인 입장은 이○조(李源朝-엮은이)의 전기한 두 사람과 다른 일 특성이었다. 박용철(朴龍喆), 김영랑(金永郎), 정지용(鄭芝鎔) 이 모(李泰俊-엮은이) 등을 중심한 전기 순수문학운동의 이론적인 배경이 되어진 것도 이 세 사람의 문학적 비판적인 입장이었다.

이상의 직업적 전문적인 비평가들 중에서 처음부터 아카데믹한 철학적 사고 위에서 문학비평에 참가한 사람은 서인식이었다. 「역사와 문화」(4273년간)로서 대표되는 그의 비평활동은 문예비평이라기 보다는 오히려 철학적인 논문에 가까운 것이었다. 문예비평 내지 비평문학으로서의 개성적인 요소와 창작적인 요소가 너무 결핍된 편이었다. 이것은 그의 장점도 되고 단점도 되는 것이었지만 어쨌든 그는 문학을 철학적인 대상으로 취급한 최초의 사람이었다. 만일 서인식의 이러한 특성은 전기한 임, 백, 홍, 김환태, 김문집 등과 비교해 본다면 그들은 좋게 말하면 개성적이며 창조적이라고 볼 수 있고 나쁘게 말하면 저널하다고도 볼 수 있었지만 이러한 양자의 중간적인 위치에 섰던 사람은 최재서였다. 김문집은 그를 "무감동한 서제비평가"라고 했지만 「문학과 지성」로서 대표되는 그의 비평적인 면모를 가진 것이었다. 그의 이러한 지성적인 면모는 김기림에게서는 모더니즘으로서 나타났다. 모더니즘의 대표적인 논객이었던 김기림은 또한 문명비평쪽으로도 상당한 활동을 하였었다.

또한 이 무렵의 특기할 사실의 하나는 김동인의 「춘원연구」(「삼천리」 게재)였다. 이것은 한국현대문학사상에 있어 최초의 본격적인 작가론이며 비평문학의 일 정상을 이루는 것이었다. 그러나 그는 이외에는 별로 평필을 들지 않았다.

이상과 같이 비평의 독립적인 기반은 점차로 준비되면서 있었으나 비평문학이라는 일 문학형태가 작품적인 성질로서 나타나는 징조는 아직 보이지 않았다.

4270년을 전후하여 종래까지 프로문학을 견지해 온 박영희가 "얻은 것은 이데올로기요, 잃은 것은 예술이다"라는 자기반성을 발표하자 그와 함께 김기진, 백철, 홍효민 등 다수의 프로문학계 평론가들이 사상적인 전환을 표백함으로서 문단의 주류적인 지향은 순수문학적인 방면으로 기울어지기 시작했다. 이러한 전기(轉機)에 따라 평단을 점령한 중요한 논제는 휴머니즘이었다. 평단이 이러한 전기에 가장 재빠르게 영합한 사람은 「웰컴 휴머니즘」을 부르짖은 백철이었다. 그는 「비애의 성사」라는 문장에서 종래의 계급적인 위치로부터 '순수한 인간'을 주장하고 다시 「인간탐구론」으로써 "문단의 주류는 휴머니즘밖에 없다"고 단언했다. 그러나 그의 이러한 비평적인 입장의 원칙적인 변경은 문단의 지지와 신뢰를 오히려 전기한 최초부터의 순수문학론객들에게 돌려주는데 영향됨이 더 컸을 뿐이었다.

"카프의 한 사람으로 프롤레타리아를 부르짖은 때 백철씨는 컴뮤니스트였고 스스로 컴뮤니스트인 것을 긍지하였다. 허나 우리로서 냉정히 생각하건대 그때의 백철씨는 확고한 문학적 이론적 근거에서 현실을 토대로 한 컴뮤니스트가 아니라. 다만 컴뮤니즘이라는 아름다운 꿈을 동경하는 정열의 범람을 이겨낼 수 없이 외부에 대하여 부르짖는 것이라고 보는 것이 타당하겠다. (중략) 평론가로서 절대적 요소의 하나이어야 할 냉정한 이성의 결핍은 씨에게 있어 치명적인 단처(短處)이다. 그 때문에 가장 보구(寶具)로운 거대한 정열도 단순한 저돌적 행동으로 결과되고 말게 되는 것은 씨를 위하여 가장 슬픈 사실이 아닐 수 없다. 씨는 자기가 깨달은 바 한 개의 사실을 열고(熱考)하는 일없이 동서사방에 선전 소훤(騷喧)한다. 「인간탐구론」이 그러하였고 휴머니즘이 그러하였다." 이것은 「풍림」 6호(4270년)에 발표된 정비석(鄭飛石)의 백철론의 일절로서 그 당시의 백철의 비평활동에 대한 문난적인 빈영을 대표하는 것으로 볼 수 있는 것이다. 프로문학이 신뢰와 지지를 상실하고 휴머니즘 및 순수문학적인 지향이 문단을 대표하게 된 이러한 새로운 전기 속에서 그러한 문단의 새로운 방향과 지향을 대표했던 평객은 역시 처음부터의 이 방면의 원칙 위에 서 있었던 전기한 김환태, 김문집, 이○조(李源朝-엮은이) 등이었다. 이(李)의 고전부흥적인 논문들은 문학의 정통적인 방향을 모색하는데 유익한 역할을 했던 것이며 김환태의 예술지상주의적인 경향은 문학에 대한 본질적인 이해 및 순수문학의 이론적인 전위를 조성하는데 유력했고 김문집의 탐미주의적인 경향은 그의 희롱적인 비평태도에도 불구하고 순수미학의 전조를 보여주는 것이 되었다. 이러한 평단의 방향이 4273년에 들어서서는 유진오(兪鎭午)와 김동리(金東里) 간의 순수에 대한 논전으로까지 발전되었었다. 그러나 중요한 것은 이 무렵에 있어서 처음으로 비평문학이 작품적인 의미에 있어서의 독립적인 가능성이 보여진 것이었다. 그것은 "가치의 창조가 작가의 생명이라면 가치의 재창조가 비평가의 혈혼(血魂)"(「비평예술론」의 일절)이라고 주장한 김문집의 비평활동을 통해서였다. 그의 이 말이 초두에서 인용한 'J. M. 말리'나 '오스카 와일드'의 태도와 얼마나 꼭 같은 것인가를 볼 수 있을 것이다. 그러나 중요한 것은 그의 이 말 자체가 아니라 그의 비평활동 그 자체이다. 이의 비평적인 문자들은 일부에서는 정중한 대우를 받을 수 없을만치 경솔하고 무궤도한 것이였지만 누구나 흥미와 매력을 가지고 읽었다. 그의 비평적인 문자가 가지는 흥미와 매력은 그의 이론적 근거나 비평적 표준에 대한 것이기 보다는 그것을 처리하는 그의 독특한 개성과 방법에 대한 것이었다. 이것은 그의 비평이 일종의 작품적인 성질로서 존재되고 있었다는 일 반증이기도 한 것이다. 이러한 의미에 있어 그는 불완전하고 미급(未及)한 대로 이 땅에서 비평문학이라는 일 문학형태를 작품적인 성질로서 행위했던 최초의 사람이었다. 이상이 주로 8·15해방 이전까지의 이 땅 비평문학이 걸어온 족적의 개요이다.

8·15해방은 다른 모든 것과 같이 비평도 거의 새로 출발되는 느낌을 주었다. 8·15해방 직후의 혼란기의 활동은 흡사 프로문학이 처음 대두되었을 때의 계급제일주의냐 민족제일주의냐 하는 소박한 좌우의 투쟁이론을 벗어난 것이 아니었다. 이러한 소박한 좌우투쟁이론이 김동리, 곽종원(郭鐘元), 조지훈(趙芝薰) 등에 의한 순수문학론에 까지 발전됨으로서 비로소 문학적인 과제가 되었다. 부역한 일부의 문인 및 평론가들이 민족문학이라는 이름아래 계급주의문학론을 전개시켰을 때 평필로서 이에 대항한 사람들은 주로 박종화 서정주(徐廷柱) 이헌구 김동리 곽종원 조연현(趙演鉉), 임긍재(林肯載) 유동준(兪東濬) 등이였으나 프로문학의 근본적인 모순과 민족문학 내지 순수문학의 이론적인 근거를 밝힌 사람은 김동리가 그 대표적인 사람이었다. 그의 「문학과 인간」은 이 무렵의 문학적 원칙을 결정하는데 가장 중요한 역할을 한 것이었다. 이 이론적인 계통은 그 이전의 예술지상주의자이었던 김환태의 계보를 계승 발전시킨 셈이었다.

이 시기에 있어 중요한 또 하나의 비평현상은 처음에 프로문학의 열렬한 신봉자였다가 나중에 휴머니즘 및 순수문학의 과격한 추종자이던 전기한 백철로서 대표되는 '제3문학관'의 대두였다. 이 백철의 제3문학관은 임긍재에 의하여 해부 분석된 일이 있지만 그 의식적인 근거는 사회주의적인 공리주의에 두고 현실적인 처리는 좌우의 중간에 선다는 논지로서 일종의 공리적인 절충주의라고도 볼 수 있는 것이었다. 그러나 문단의 주류는 프로문학과 함께 이러한 제3문학관적인 유령적 적당주의를 돌보지 않고 순수문학적인 기반 위에서 6·25를 겪어 나왔다.

지금 현역으로서 비평을 전공하고 있는 사람들은 홍효민, 백철, 곽종원, 임긍재, 이봉래, 천상병(千祥炳), 정창범(鄭昌範), 김양수(金良洙), 최일수(崔一秀) 등이다. 이외의 평객들은 월북한지 오래거나 그렇지 않으면 월평하나 제대로 못쓰게 노퇴(老退)했다. 물론 시인이나 소설가로서 비평에 참가해 있고 그러한 사람들 중에서 직업적 전문적인 평론가들인 전기한 사람들 보다도 더 기대되는 논객이 많으나 비평문학이 독립적인 지위를 회복 확립하는데에는 역시 부족한대로 전기한 전공가들에게 기대를 걸 수 밖에는 없는 것이다. 그러나 전기한 사람들 중에 현역으로 활동하고 있는 사람은 백철과 곽종원 정도에 지나지 않는다. 만일 홍효민까지 합친 이 세 사람이 지금까지의 기성평단을 대표한다고 본다면 이 땅의 비평문학에 대한 불신의 표백에 이 사람들은 대답해줄 책임을 져야할 것이다. 지금 평단에의 기대는 문단의 전체 경향이 그러한 것과 같이 이 신인들에게로 돌아가고 있는 것 같다. 그렇다면 최근에 등장한 김양수 정창범 최일수 등의 평단의 신예들이 그들과 함께 참가될 다른 신인들과 함께 이 평단의 무기력을 타개하고 비평문학의 독립적인 지위의 확립을 위한 책임을 져야 할 것이다. 그러나 중요한 것은 기성이건 신진이건 그의 비평에의 정열이나 포부를 단편적이며 지엽적인 것에서 떠나 본격적인데로 돌리는 일이며 그러한 그의 행동이 체계의 완성보다는 작품적인 창조성을 지니게 하는데 있다. 이 땅의 비평문학은 이러한 기초 위에서만 처음으로 독립된 일 문학형태로서의 의의를 가질 것이다.

〔『문학예술』, 1956. 1〕

10

위기의 해명과 그 극복

김 종 후

일제말기의 일이라고 생각된다. 그 놈의 '도토리'와 '시금치'가 어떻게도 굉장히 선전되었는지 모른다. 탄수화물, 담백질전분 '비타민' A, B, C … 등 영양가, 필요소 100퍼센트라고 해서 이것만 까먹고, 캐먹고 앉았으면 금시 하늘이라도 꿰뚫을 힘이 생긴다는 듯이 주식, 부식으로 삼으라는 것이다. 물론 '도토리'나 '시금치'에 영양가가 있기도 한데다가 당시 패전을 앞둔 식량난에서 그렇기도 했겠지만 그렇다고 누군들 1년 12달을 꼬박 '다람쥐'나 '토끼'모양 '도토리'나 '시금치'만을 먹고 지낸 사람은 없었을 것이며 또 설사 그것만 먹고 지냈던들 그의 몸이 제대로 건강을 유지하고 지냈을 수는 없는 것이다. 제아무리 값진 소고기만을 먹고 지냈어도 마찬가지 결과밖엔 얻지 못한다. 그러기 때문에 편식은 우리 신체건강상 주의해서 피하지 않으면 안되는 것이다.

그런데 오늘날 정신적인 영양을 편식하므로서 자멸의 길을 밟는 인간들이 있다.

철학 또는 과학 그 어느 한쪽의 일방적 편협적 감언에 매혹되고 이것만 포식하고 추종하는 인간들이 그것이다.

1

실은 역사적 사실에서 볼 때 과학과 철학과는 당초부터 뚜렷이 구별되어져 있지 않았다. 그럼에도 불구하고 오늘날에 와서 서로 독립되고 병립적 관계에 있는 것은 확실히 일종의 역사적 생성의 결과로 볼 것이어서 이것은 결코 보편적 항상적인 상태일 수는 없다. 과학은 원래 철학의 도움을 받으며 또 철학을 떠밀면서 생성되고 성장했다. 그러기 때문에 철학과 과학과를 발전의 단계적 위층적 차이로 보는 이를테면 '콘트'와 같이 과학의 성립을 어떤 구극적 단계로 볼 수는 없는 것이다. 과학은 철학을 떠나서 철학밖에서 생성한 것은 아니다. 예컨대 우리가 일반적으로 서구 철학의 원천으로 뿐만 아니라 그 전형이며 유형으로 보는 '플라톤'과 '아리스토텔레스'에 있어서도 유형으로서의 '아리스토텔리즘'(Aristotelism)은 일반적으로 현실주의적이며 내재적인 발전의 개념을 기초로 하는 생물학 또는 역사학과 연결되어 있었으며 '플라토니즘'(Platonism)은 이상주의적이며 '영원한 존재'에 관한 수학이나 천문학과 직접적으로 이어져 있었다.

자연은 다만 객관일 뿐만 아니라 또 이성에 대해서도 비이성적인 것이 아니었다. '아리스토텔레스'의 Phisika(자연학)는 '움직임'을 본성으로 하는 학이었다. 따라서 여기에는 물체뿐만 아니라 동물이나 식물 또 정신까지도 포함되어 있었다. 때문에 식물자체도 움직이는 것으로 자연학에 취급되었다.

여기에 기하학적 '공리'(Axion) 즉 공공적인 승인을 기초로 하는 연역적 논증이 동반되었던 것이다.

반대로 과학을 위주로 해서 본대도 마찬가지다. 제 아무리 과학이 현황(現況)에서 독존승세(獨尊勝勢)를 과장한다고 한들 그 생성의 지반은 철학에 있었음은 어찌할 수 없는 것이다. 예컨대 근세의 자연과학이 당초 중세적 '아리스토텔레스'적 '스콜라'적 철학에 대하여 반대적인 태도를 취하면서 나올 때 실은 동시에 다른 철학 '플라톤'적 혹은 '신플라톤' 철학이 그 지반으로 되어 있었던 것이다. 근세철학을 자연과학으로 특색 지우고 전형화 유형화 시킨 것은 이 시대의 형이상학에 의하여 발견되고 확립된 자연의 개념에 지나지 않았다. 그 근본범주는 확실히 근세의 형이상학이 처음으로 확보한 존재론에 유래했다. 이런 점으로 봐서 자연과학은 근세 철학의 성과이며 소산인 것이다. 19세기초에 있어서나 그 이전에 있어서의 과학은 아직 형이상학과 구별치 못할 자연과학이었으며 자연과학과 구별치 못할 형이상학이었다. 과학을 박차고 과학과 대립하여 과학과는 무연한 별도의 입장에 서는 철학 즉 '초월론적 철학'은 '칸트' 시대이후의 것이었다. 그러기 때문에 철학이나 과학에 대한 문제의 구명에 있어서는 언제나 일의적, 기계적으로는 규정지을 수 없으며 항상 철학사와 과학사와의 상관적인 경지에 까지 들어가지 않으면 안되는 것이다.

간혹 금일의 과학이 사회화되고 기술화되고 실용화된 점에서 오히려 기술화 실용화를 떠나서는 생각치 못하는 수기 있다.

"그러면 그 전 인류를 위협하고 있는 큰 위험이란 것은 무어냐 말이야?"

목사의 물음이다.

"기술노예란 것이야."

'드라이안 코루가'는 계속해서 말한다.

"자네도 알구 있을걸세. 죠루쥬, 기술노예는 우리들을 위해서 매일 무수한 봉사를 하는 심부름꾼 말일세. 우리들은 벌써 그것 없이는 한시도 살 수 없지. 그 심부름꾼은 우리들 때문에 자동차를 움직여준다. 광선을 준다. 얼굴 씻을 물을 보내준다. 맛사아지를 해준다. 라디오 단추를 돌리면 재미나는 이야기를 들려준다. 도로를 만들어 준다. 산을 헐어준다 …… 수 없는 봉사를 하거든."(게오르규의 「25시」의 말)

때문에 근세과학의 성립도 자본주의의 실리적, 공리적 정신의 소산같이 해석한다. 다시 강조해 두지만 과학을 결코 자본주의 정신의 소산이거나 또 단지 과학으로서 고립하여 성립하고 독립하여 존재한 것이 아니다. 그 기초개념은 실제로 생성적 성격을 갖고 일상적 개념이나 철학적 개념과 항상 떼칠 수 없는 내적인 관련과 교섭을 가진 과정적 성질을 가졌다. 과학은 어디까지나 철학에 의하여 생성했으며 철학의 소산이다. 반대로 철학은 항상 과학에 의해서 허탕한 이론화나 법외의 권위를 억제당했고 또 조정되어 왔다. 과학사는 철학으로 하여금 새로운 문제의 발견을 가능케 하였다. 이런 점에서 과학사는 발명 발견의 역사이기 보다 발견을 가능케 한 역사이기도 했다.

철학과 과학은 해로동혈(偕老同穴)을 계약한 부부였다.

그러나 이제 우리는 하나의 슬픈 사실을 발견한다.

철학이 과학을 버렸다. 과학이 철학을 떠났다. 이것이 근세과학과 근세철학에서 빚어낸 일대결함이다.

과학이 필연적으로 자기 제한성을 자각하고 인식의 체계를 조직하고 있을 때 철학은 자기의 무제한성을 과신하고 과학을 뛰어 넘어 과학과는 무연한 위치에서 방종의 길에 들어갔다.

과학이 본래의 의미로서 Physica(자연학)로 형성되는 때 철학은 Mataphysica(초자연학)로 되었다. 철학이 과학(자연)을 넘어 과학을 돌보지 않고 "승리자가 결코 있을 수 없는 전장"(칸트) 파수없는 전쟁터에 몸을 던져 이제 기진하고 있을 때 인간은 거기에서 무의지 절망 허무를 보고 또 과학은 과학대로 철학을 떠난 때문에 인간의 행복을 위한 의도에서 발전되어진 것이 인간정신을 궁핍케 하고 인간의 생명을 노리게끔 되었다. 따라서 이제와선 인류는 철학을 저주하고 과학의 공죄(功罪)를 논하고 있다. 실로 현대의 이와 같은 알력은 일방 철학인과 타방(他方) 과학자와의 사이에 있어서의 의견과 안계(眼界)의 상위(相違)에서 왔다. 쌍방이 서로 협량(狹量)하기 때문에 철학은 철학대로 과학은 과학대로 하나가 헤어날 수 없는 함정에 빠져 비명을 울리고 있을 때 하나는 아무런 마름 없이 비약적인 생장을 수행하고 있기 때문에 양자는 서로 질시하고 그 상거(相距)는 점차 증대하고 있는 데서 왔다. 현대의 위기는 실로 여기에서 왔다. 금일의 인간은 이 두 부부가 버리고 떠난 기아(棄兒)다.

2

기아에게는 매일매일 막대한 시간적 여유가 그한 육친(과학)의 유산으로 부여되고 있다. 이 여유를 선용하는 것은 이들 자신의 처분에 달린 일이다—이것을 선용할 수 없다고 해서 그 책임을 과학에 돌리면 안된다. 그러나 그들의 심성은 마치 지휘자없는 관현악이나 헝클어진 책상을 아무렇게나 모아 꿰매 놓은 책과 마찬가지로 개개의 심적 능력이 통일된 주관하에서 그 여유를 적당히 행사하는 능력을 쇠실(衰失)하고 말았다. 또한 육친(철학)을 따라 한때는 낭만주의에 심취하여 자아를 돌볼 겨를도 없다가도 마침내는 실증을 느끼고 짧은 스커트 드러난 허벅다리에 실증을 느끼고 …… 이렇게 한낱 관념유희에 몰두하고 있을 때 과학은 과학대로 또 인간에게 막대한 시간적 여유를 제공하는 것으로만 그치지 않았다.

과학의 우주성에로의 확대는 인간계를 한낱 초새로민 간괴한다. 여기에 인간생명에의 위협이 동반했던 것이다.

실망과 공포와의 양지간(兩之間)에서 지리멸렬(支離滅裂)하는 이상정신(異狀精神)의 소지자인 정신분열환자의 생태에 처하고 있다.

이쯤되면 우리는 Morel을 상기해도 좋을 것이다. 그는 정신병의 원인으로 '정신변질'이라는 개념을 제창한 자로서 인류는 문화의 발전과 더불어 그 복잡한 문화의 산물 때문에 도리어 여러 가지 독을 받아 차츰 정신의 병적 변화를 가져오기에 이르는 것이라고 말하였다.

2차대전전 독일의 정신병 학계에서의 통계에 의하면 독일 전인구의 0.5 내지 1.0%가 정신분열증에 이환(罹患)하는 개연성이 있으며 이 '퍼센테이지'는 연속 증가의 일로를 더듬을 것이라고 하였다.

정신분열병환자의 그 증세의 특징을 말하면 망상기분, 세계몰락감, 자아한계의 소실, 강박관념 등이 그것이다. 이 점 몇 가지 현대인의 이상정신상태와 비교해 보자. "나는 이야기 하고 싶었으므로 일어서서 그저 생각나는대로 '아라비아' 사람을 죽이려는 의도는 없었던 것이라고 말하였다. 재판장은 (중략) 내가 그러한 행동을 하게된 동기를 명확히 말해주면 좋겠다고 말하였다. 나는 빠른 어조로 말을 좀 뒤섞으며 자기가 우습게 보인다는 사실을 알면서 그것은 태양 때문이었다고 말하였다."(까뮈의 「이방인」 주인공 '뫼르소'의 말)

이것은 강박관념이 발현하는 상태인 것이다. 어떤 특정의 관념 표상 등이 끊임없이 뇌리(腦裡)에 떠올라서 만약 그것을 생각지않자고 억지하더라도 되지 않는 것이다.

"나는 주위와 자신의 중압감을 감당해 나갈 수 없는 것이다. 이 대가리가 동체가 팔 다리가 그리고 먼지와 함께 방 안에 배곡 차 있는 무의미가 나는 무거워 결딜 수 없는 것이다."(손창섭의 「미해결의 장」 주인공 '지상(志尚)')

망상기분의 발현이다. 외계의 사물이 어떤 의미가 있는 것 같이 불안한 색채를 띠고 느껴지고 객관적으로 그 느낌을 한정시킬 수 없는 상태인 것이다.

이와 같은 증상이 분열병적인 인격변화의 외계에의 투사로서 이상상(異常狀)인 것은 의심할 여지가 없다. 더욱이 그 초기에 있어서는 '세계 몰락감'도 일어나는 것이다.

"나는 흡사 마분지로 만든 장식에 둘러싸여 있는 것 같다. 숨을 죽이고 몸을 움츠리고서 세계는 기다리고 있었다. 요전의 '아시드' 씨와 같이 세계는 그 위기를 기다리고 있었고 그 '구토'를 기다리고 있었다."(사르트르의 「구토」의 주인공)

우리같은 평상인들도 지난 6·25사변의 경우와 같이 주위의 상태가 공변하고 커다란 변화가 일어나 자기의 존재가 무와 같은 상태에 놓여지면 그 당시에 "세계는 끝장이 나는구나"라는 느낌이 있는 것이다. 돌연 자기의 인견적 존재 그 깊은 생명층에 있어서의 변화를 느끼고 또 사고과정도 어느 정도 해체하고 있을 때 "세계는 멸망하는구나"에는 남달리 민감하여 여기에 자아한계의 소실도 초래되는 것이다. 피로, 권태, 잡념, 불안, 허무감, 우울, 이 모두는 분열병의 전주곡이다.

요컨대 분열병적 사고이상의 본질은 사고의 원래의 사명인 종합적 창조의 노력의 결핍과 사고상 능동성의 장애로 말할 수 있다.

자아는 그 속에 사회적 언어적으로 구성되어진 관념과 사고의 세계가 확립되어 이것이 현실의 세계와 대립하여 자아가 사회적 역사적인 배경을 갖는 인격적 존재로서 명확한 자각을 가짐에 이르러 처음으로 완성한다. 그런데 분열병환자에게 있어서는 이 능동성의 장애로 말미암아 자아가 차츰 그 통일성 합목적성을 잃고 인격상에 분열을 가져오고 그와 함께 자아를 구성하는 기능인 자기반성기능까지 소실당하고 마는 것이다. 여기에서는 모든 개념의 의미가 대단히 부동적이고 불안정하게 됨과 함께 상징적, 개인적으로 되고 언어는 그 사회성을 잃어 간다. 또 판단작용도 현실에 따르는 방향으로 행해지지 않고 개인적 주관에 의한 자의적, 우연적 요소가 현명한 것이다. 이 경향이 극도에 이르면 단어는 병자이외에는 적용되지 않는 의미를 갖거나 새로이 자가용 언어를 만들어 사용하게 되어 병자의 사고과정을 주체험하기가 짐점 곤란하게 되는 것이다. 그리하여 Erosting은 분열병자의 언어학적 표현의 구조를 분석하여 그것이 현실사회에 받아 드려지지 않는 성질을 갖고 있는 것을 발견하여 사회집단에는 수 천년이래 사회집단을 형성하는 개인사이의 승인에 의하여 획득되어진 인간문화의 축적으로서 객관적 의미구조가 있는데 분열병자의 자아는 이 객관적 의미체계에의 지향적 집주(集注)에 있어서 대향(對向)할 수 없게 된 것이라고 말하였다.

우리들은 때로 외계에 동화되어 그 영향하에 협조적으로 행동할 수 있다. 그러나 그 외계에의 동화로서의 존재양식도 차츰 윤곽이 명료해 가는 인격적 활동에 의하여 드디어 부정되어 우리와 외계와의 사이에 분열이 생긴다. 이 때 우리는 외계에 동화하여 순응치 않을 뿐만 아니라 우리들의 개성을 보다 명료하게 하여 심오(深奧)의 자아를 표현하여 외계에 개인적 족적을 남기고 자아와 세계와를 대립시켜 새로운 어떤 것을 창조하려고 한다. 그러나 이 활동성의 창조적 욕망의 결과가 제작 또는 업적으로서 객관화되기에 이르면 그것이 어떠한 가치를 갖고 있는 한 아무리 혁명적인 것이라고 하더라도 결국에는 현실 가운데 째어 들어가는 경향이 있는 법이다. 즉 말하자면 제작은 우리의 손으로부터 떠나면 처음에는 주위의 세계와 어느 정도 충돌하다가도 드디어는 평형을 취하면서 세계의 흐름에 동화되는 것이다. 여기에 인격적 활동성의 넘을 수 없는 어떤 한계가 있는 것이다. 인격적 활동성이 외계에 전연 등을 지고 절대적으로 개인적으로 밖엔 있을 수 없을 때 이 일은 혁명도 아니요 창조도 아니며 오히려 타락한 가엾은 병자의 몸짓에 불과한 것이다.

인격적 활동성이 세계와의 충돌과 또 이것이 세계에 동화하여 조화적으로 짜여져 가는 이 두 요소는 양자 서로 도우면서 세계와 인간과의 끊임없는 산 접촉의 과정을 형성하는 것이다. 다시 말하면 산 현실을 움직이고 있는 연결은 인격적 활동력을 모든 방면으로부터 침해하고 있기 때문에 자아와 세계와는 일시적이나마 대립상태에 있는 것 같음에도 불구하고 생적 일체성은 보존되고 있는 것이다.

문제는 여기에 있다. 이 일체성이 소실되어 세계와의 충돌적인 요소(이름지어 분열성 요소)가 인격의 전면을 점령하기에 이르면 그 언행은 세계로부터 유리되고 인간은 분열병적인 타락을 가져오는 것이다.

물론 앞에서도 말한 바와 같이 평상인에게 있어서도 이 분열성 요소는 발현되는 것이다. 그러나 평상인은 쉽사리 현실의 흐름에 도로 들어서는 가능성이 있다기 보다도 그들은 본질적으로 현실의 내부에 존재하고 있기 때문에 이 분열성은 분열성으로 부르기보다 '가공성'(加工性)으로 불려질 성질의 것이다.

불란서 심리학자 P. janet는 현대문화유물인 정신쇠약자의 심리특성에 대하여 관찰하고 그들이 갖고 있는 강박관념, 공포증, 회의벽 등 여러 가지 무용하고도 비현실적인 것을 들면서 이들에게는 인격적 통일과 자발성을 갖고 현실의 상황을 타개하고 이에 적응하는 행동은 불가능하다고 말하였다. 그들은 별다른 이해관계가 없는 일상행동에는 거의 평상인과 마찬가지로 당한다는 것이다. 산보하고 잡담하고 뜰을 소제(掃除)하고 그러나 막다른 골목에 들어가서 결단을 필요로 하는 행동, 현실에 작용하여 그것을 변경하고 또 거기에 적응하는 것같은 행동에는 나올 수 없으며 그들의 특징은 끊임없이 주저하고 열고(熱考)하고 무용한 사색에 잠기고 그리하여 불안의 위치에서 헤어날 수 없게 된다는 것이다.

그러나 이들에게도 간혹 예외로 순간적이기는 하지만 황홀경이 나타나는 수가 있는 것이다. '세계몰락감'으로 말미암아 '새로운 세계의 시작'이란 느낌에서 '우주합일성' '종교적 활홀경'이 발현되는 수가 있는 것이 그것이다. 최근 "종교에로 귀의하라"는 세계적인 '슬로건'도 결국 보면 이와 같은 일종의 분열병증세의 발현이 아닐까.

3

이들 젊은 정신이상자들에 대한 유일한 치료법은 모든 공리적 이용을 초월한 과학의 참다운 의미, 과학의 절학석 문화직 가치를 께닫게 하여 그들로 하여금 과학과 철학이 상호부조적(相互扶助的) 정신하에서 울어나는 영양을 섭취케 하는데 있는 것이다. 이를테면 두 부모의 이의(異意)를 조정 다시금 결합시켜서 그 부모의 슬하에서 안식하는데 있는 것이다. 이 점에서 우리는 서구 역사상에서 하나의 교훈을 얻을 수 있다. 중세의 기독교사상이 희랍사상에 대하여 취한 대결적인 태도에서 결국은 자기몰락을 초래하게 된 것이 그것이다. 그들은 희랍적인 자연적 이성주의의 정신과 초자연적 이성주의의 기독교 정신과는 융합할 수 없는 것으로 봤기 때문에 최초 희랍사상을 적극 부정해 왔다. 그러나 차츰 이들에게는 감당치 못할 이단과 이교의 내침으로 말미암아 이것에 대하여 자기를 지킬 필요가 절실해졌던 것이다. 따라서 지키기 위해서는 체계적인 신학의 조직과 자기의 논리학의 형성이 요구되었다. 이러한 필요하에서는 어쩔 수 없이 희랍철학의 일부나마도 용납치 않을 수 없는 처지에 처했던 것이다. 중세 기독교사상의 몰락은 실로 과학을 매개로 한 희랍철학에의 대결에서 초래된 것이며 근세의 여명은 희랍사상의 부흥, 발전에서부터 시작됐던 것이다.

확실히 현대에 있어서도 과학과 철학과는 독립하고 있다. 물론 이 철학과 과학과의 분리는 어쩔 수 없는 역사적 발전의 소산으로서 그 필연성을 인정치 않으면 안되지만 그렇다고 이들이 분리하고 독립한 것만으로 끝인다고 하면 그것은 일종의 퇴폐라고 할 수 밖에 없다. 또 그렇다고 이내 분리 독립한 철학과 과학과를 직접 통합시킨다는 것은 무의미할 뿐만 아니라 불가능한 일이다. 또 표면적인 통합이라고 하는 것은 결국 우연적인 일이다. 문제는 절충적인 통합이 아니라 구극적인 지양에 있는 것이다.

다시 되풀이 하지만 결코 과학은 당초부터 과학으로 독립했던 것이 아니라 형이상학을 내포하고 이것을 전제로 하여 성립했으며 오히려 각 시대의 과학은 새로운 철학으로 성립했다. 과학이 과학으로서 성립한 것은 철학이 Physik와 Metaphysik로 분리하여 과학이 Physik로서 자각함에 이르러서 철학은 이것을 넘은 Metaphysik로서 자기를 형성하게 된 데 있는 것이다. 과학으로서의 과학의 성립과 철학으로서의 철학의 성립과는 동시적이며 매개적이었다. 이와 같이 철학이 과학에 의하여 매개되고 반대로 과학이 철학에 의하여 매개되고 상호 독립하면서도 관련성을 갖는 체계적으로 형성해 온 전통적 성격이 기억되고 유지되지 않으면 안된다. '과학을 넘는' 철학을 가지지 않으면 안된다. 철학과 관련하는 과학을 가지지 않으면 안된다.

만약 모든 과학적 지식과 힘이 어떤 일군의 사람들의 수중에만 집중하고 모든 철학이 또 다른 일군의 사람들에게 장악됨이 오래 단속된다면 어떻게 될 것인가? 실제로 오늘날의 과학은 당초의 인간의 의도와는 떠나서 횡일(橫溢)하여 이제와선 과학 자신이 자기를 통제할 수 없게 되었다. 과학의 발전은 전쟁의 가능성을 조금씩 삭감시켜 간다고 한다. 그러나 전연 근절시킬 수는 없는 것이며 일방 그 파괴성과 그 범위와는 증대돼 가고 있는 것이다. 전쟁의 위험은 많이 감소했을런지 모른다. 그러나 한번 일어나기만 하면 그 격변은 더 말할 수 없이 폭학적(暴虐的)인 것이 될 것이다. 과학은 그 자신이 응용을 조절할 수 없다는 것은 명확한 것이다.

첫째로 그 응용은 아무런 과학적인 지식도 갖지 않는 사람들의 손에 쥐어지는 수가 있을 수 있다. 그렇게 되면 가령 대단히 큰 재화(災禍)도 낳을 수 있는 고속도의 차를 운전하기에도 아무런 수업이나 교육을 필요로 하지 않게 되는 것이 오늘날의 기계이다. 또 과학자라 하더라도 어떤 흥투(興套)된 상태에서 자신의 지식을 오용하는 일이 없다고도 할 수 없는 것이다. 그렇다고 과학이 폄출(貶黜)되는 것은 과학이 무력함에서가 아니라 오히려 과학이 지나치게 강하기 때문에 인간들이 품은 일종의 겁이며 또 과학이 이때에 끼치게 될 해독은 과학이 책임질 문제가 아니라 보다 과학의 비약적인 진보에 우리들의 철학이 추수(追隨)할 수 없는데 있는 것이다.

철학도 마찬가지다. 실제가 말하듯이 오늘의 인간은 분열병자화 했다.

과학과 철학 또 다른 문화 부문과 종합하는 수단을 발견하지 않으면 안된다. 과학으로 하여금 다른 부분과 관련없는 도구로써 발달시켜서는 안된다. 무엇보다도 과학으로 하여금 제마음대로 활동하고 지랄부리게끔 해서는 안되는 것이다. 과학의 기계화를 형이상학적 자각에끼지 인치(引致)하지 않으면 안된다. 그 자각은 철학적인 문제다. 이 형이상학은 소박한 유물론이다. 공리주의가 아니라 근세의 종교사상과도 상통하는 근세 철학이다.

과학은 별종의 힘 철학(종교 도덕 포함)에 의하여 도와지지 않으면 안된다. 철학은 과학에 의하여 촉진되어지지 않으면 안된다. 이를테면 과학은 철학의 육체로 되고 철학은 과학의 두뇌로 되지 않으면 안된다.

위대한 기능이란 본질적으로 종합적이다. 그들은 여러 곳에서 빌려 온 요소를 합성하여 다른 많은 기능에 의하여 준비된 건축을 완성하는 것이다. 이런 점에서 장래는 말할 나위없이 가능의 세계이며 특히 희망의 세계이다. 희망을 떠난 순수한 객관적인 장래란 있을 수 없다. 만약 있다고 하더라도 그것은 역사적 의미의 것이 아니라 자연적 미래일 뿐이다. 그러나 자연에는 원리적으로 미래란 없다. 자연에는 무시간적인 현재 밖에 없는 것이다. 때문에 장래에 관하여 생각한다는 것은 우리 자신의 희망이나 결의를 말함에 지나지 않는 것이다.

때는 왔다. 소수의 어찌 할 수 없는 고질배가 있다고 하더라도 우리(철학인, 예술인, 종교가, 역사가)는 그들의 방패를 걷어차고 방금 닥쳐오는 과학의 위세를 깨닫자 그 성장은 아무리 왕성하다고 하더라도 지금 갓 시작된 것이다. 닥쳐오는 폭풍에 창구멍을 때고 앉았는 옛적 규방색시의 전철을 밟아서는 안된다. 또 과학은 그렇게 피해야 할 성질의 것이 아니라 또 피할 수도 없는 것이다.

요는 현대위기란 과학을 회피하므로서 삼(芟)할 수는 없다. 회피는 해결점이 아니다. 회피가 아니라 그 내부 생명에로의 지양에만이 해결은 있는 것이다. 철학이 과학이 갖고 있는 결정적, 진보적 정신을 받아 드리는 데 있는 것이다.

정신병자들의 잠꼬대 같은 "종교에 귀의하라"만을 믿어서는 안된다. 김선달에게서 대동강을 사서는 안되는 것이다.(1955. 10. 14)

[『현대문학』, 1956. 3]

비평의 신세대

조 연 현

1955년도를 전후해서부터 우리 문단에 나타난 특별한 현상의 하나는 비평문학을 전공하는 신인들이 다수 진출하고 있다는 사실이다. 「현대문학」지의 추천을 거쳐나온 김양수(金良洙), 천상병(千祥炳), 정창범(鄭昌範), 홍사중(洪思重), 김종후(金鍾厚), 「조선일보」의 신춘문예모집을 통해 나온 최일수(崔一秀), 아직 추천이 완료되지는 않았으나 「문학예술」지에서 1회의 추천을 받고 있는 이환(李桓), 「현대문학」지에서 1회의 추천을 받고 있는 안동민(安東民), 윤병로(尹炳魯), 이석재(李錫宰), 그리고 그 전부터 평론을 써온 김성욱(金聖旭), 번역문학과 비평을 병행하고 있는 최근의 정하은(鄭賀恩) 등 10여명이나 되는 평단(評壇)의 신인들이 등장하면서 있다는 것은 우리 문단에 있어서는 거의 그 전례를 볼 수 없었던 특별한 현상의 하나이다.

이러한 현상은 적어도 다음과 같은 두 가지의 사정을 설명해 주는 것으로 볼 수 있다. 그 하나는 평단의 독립이 형성되면서 있다는 사실이요, 그 다른 하나는 신세대의 대변자가 준비되면서 있다는 사실이다.

지금까지 우리 문단에 있어서의 평단의 지위는 거의 보잘 것이 없었다. 그것은 현역 평론가가 불과 3·4명에 지나지 못했다는 것이 그 첫째의 원인이었다. 물론 백철(白鐵), 곽종원(郭鍾元) 등의 활발히 활동하는 현역들 이외에 김팔봉(金八峰), 홍효민(洪曉民), 손우성(孫宇聲), 이헌구

(李軒求) 등의 몇 사람의 비평적인 문인의 이름을 기억할 수 없는 것은 아니나, 이 사람들은 대체로 이미 평필에서 손을 떼었거나, 그렇지 않으면 그들의 발언은 이미 비평적인 권위나 문학적인 영향력은 상실한지 오래 되었다. 전자가 문학활동보다는 단체활동에 더 많은 취미와 정열을 가지고 있으며 후자가 비평에의 상실이나 정열보다도 역사소설의 번안이나 집필에 더 주력하고 있는 것은 결코 우연한 것이 아니다. 비평활동이 전혀 없거나 혹시 있어도 그 영향력이 전혀 없는 이러한 비평가의 존재를 제외한다면 우리 문단에 있어서의 평단의 존재는 불과 3·4명의 현역비평가들에 의해서 유지되고 있는 것이 된다. 그러나 이렇게 적은 소수의 사람들로서 일국의 평단이 구성될 수는 없는 노릇이다. 그러기 때문에 비평활동에 대한 작가나 시인들의 참여 속에서 이 땅의 평단은 겨우 그 명맥을 유지해 올 수 밖에는 없었다. 그러나 비평이 주가 아니고 창작이 주인 시인이나 작가들의 비평에의 참가는 자연적으로 비평을 그들의 일 여기로 삼게 한 것이 되었으며, 이러한 작가들의 여기가 3·4명의 비평전문가들과 합세되었다고 해서 평단의 불안전성이 면해질 수 있는 것은 아니었다. 이것이 평단이 무력했던 그 둘째의 이유이다. 이러한 평단의 불안전성에 비추어 볼 때 10여명의 새로운 비평전문가들이 일시에 진출되고 있다는 것은 문단의 일우(一隅)에 자리잡고 있었던 무력한 평단이 처음으로 그 자신의 지반을 준비하기 시작했다는 일증좌(一證左)로 볼 것이다. 즉 지금까지 시단이나 작단에 부수(附隨)되어 존재했던 일종의 문단의 부록과 같았던 평단이 제 자신의 능력으로서 독립하게 되어 간다는 전조가 그것이다. 비평이 그 어느 때보다도 중요한 역할을 담당하게 된 현대에 있어서 비록 때늦은 감이 없지 않으나 이러한 비평에의 강화가 시작되었다는 것은 무엇보다도 환영할만한 것이 아닐 수 없다.

   이상과 같은 비평의 강화 및 평단의 독립의 준비되는 과정이 기성평단에 의해서 출발된 것이라면 그것은 그렇게 중요한 것이 못 된다. 그것은 다음과 같은 두 가지 이유에서 그러하다. 그 하나는 우리는 기성평단 자

체에 의해서 우리의 외롭고 무력한 평단이 강화될 수 있는 방법을 상상해
볼 수 있다. 그 하나는 이미 붓을 던진 평론가나 방향을 전환한 평론가들
이 새로이 비평활동에 참가하는 일이며, 그 다른 하나는 3·4명 밖에 되
지 않는 현역들이 능히 우리 문단을 대표할만한 활동을 개시하는 일이다.
그러나 이 두 가지 일은 다 같이 불가능한 일일뿐 아니라(만일 가능하다
면 벌써 그렇게 했을 것이다.) 설사 가능하다 할지라도 그것은 평단의 현
실적인 강화는 될는지 모르나 비평정신의 강화는 되어질 수 없는 것이 된
다. 왜 그러냐 하면 현역이든 은퇴자든 우리 문단에 있어서 평론가라는
이름을 가진 사람들의 문학적인 식견이나 그 비평적인 능력이라는 것은
이미 그 전도가 예견되고 남을만치 시험제가 되어버린 까닭에서이다. 누
구나 현재의 우리 평단에 대해서 현재 이상의 것이 나오리라고 생각하는
사람들은 거의 없을 것이다. 그렇다면 우리의 기대는 오히려 미지수인 신
진층에 향해질 수 밖에는 없는 것이 된다. 이것이 다수의 신진 평론가를
요구하게 된 우리 문단의 현실적인 동기의 하나이다. 그러나 종요한 것은
이러한 다수의 신인의 진출은 반드시 기성평단에 대한 무력만이 그 진정
한 이유가 아니라는데 있다. 현재의 기성평단이 그대로 우리 문단의 비평
활동을 능히 대표할만한 것이 되어 있다해도 이러한 신진의 진출은 거의
필연적인 것이라는 것이 그것이다. 그것은 이 2·3년 내에 시에 있어서
나 소설에 있어서나 경이적인 수량의 많은 신인의 진출이 이를 설명해 주
고 있다. 우리들은 이 2·3년 내에 진출한 소설에 있어서 손창섭(孫昌
涉), 곽학송(郭鶴松), 권선근(權善根), 전광용(全光鏞), 정한숙(鄭漢淑),
오상원(吳尙源), 최일남(崔一男), 오유권(吳有權), 이범선(李範宣), 추
식(秋湜), 정병우(鄭炳禹), 이호철(李浩哲), 시에 있어서 이수복(李壽
福), 박희진(朴喜璡), 이철균(李徹均), 박재삼(朴在森), 김관식(金冠植),
이종각(李鍾覺), 신동집(申瞳集), 이석(李石), 정한모(鄭漢模), 송영택
(宋永擇), 한성기(韓性棋), 희곡에 있어서 노능걸(盧能杰), 임희재(任熙
宰) 등을 기억하고 있다. 그리고 이보다 조금 먼저 나온 사람들로서 장용
학(張龍鶴), 김성한(金聲翰), 김규동(金奎東), 전봉건(全鳳健), 김구용

(金丘庸), 송욱, 최인희(崔寅熙) 그밖에 여러 사람들을 또한 기억하고 있다. 이러한 범신인층의 존재는 그들의 문학이 비록 기성의 그것과 명백히 구별될 수 있는 것이 아니라 할지라도 뭔가 새로이 해석되기를 요구하는 안타까움을 가지고 있는 말하자면 신세대군의 일 성분들이다. 이러한 성분들이 그들을 설명해 주는 새로운 이해자를 기다리는 것은 당연한 일이다. 시단이나 작단이나 신인진출과 함께 평단에도 그와 꼭같은 현상이 일어나게 된 것은 결코 우연으로만 볼 수 없는 이유가 여기에 있다. 이것이 우리 평단에 신인을 요구하게 된 그 필연적인 이유의 하나라고 볼 수 있다.

이상과 같이 평단의 신진들을 일종의 신세대의 대변자로 보는 것은 그러나 반드시 정확한 것은 못 된다. 그것은 '신인'과 '신세대'라는 개념이 반드시 일치되는 것은 아니기 때문이다. 우리는 신인 중에서 그의 문학이 가장 수구적(守舊的)인 특질 위에 서 있는 것을 얼마든지 발견할 수 있을 뿐 아니라 기성 중에서 신인보다 오히려 신세대적인 것에 가까운 것을 발견할 수도 있다. 이와 마찬가지로 평단의 신진들이 그대로 신세대의 대변자라고 보는 것은 지극히 위험한 기계적인 해석일 수 밖에는 없다. 그러나 그 연령이나 그 사회적인 위치가 거의 동일할 뿐만 아니라 같은 시기의 문학적인 신인들인 그들의 속에서 어떤 공통적인 요소가 발견되어진다면 그것은 이 땅의 '신인들의 문학' 혹은 '신세대의 문학'에 대해서 약간의 설명이 내려지는 것이 될 것이다.

초두에서 지적한 평단의 신진들은 그들의 문단적인 경력이 아직 짧은 만큼 한 사람씩 분리해서 생각하면 많아서 4·5편 적게는 한 편 정도 밖에 발표된 문장이 없으니 그 전체의 수량을 종합하면 20여편의 논문이 발표 되어 왔다.

이 20여편의 논문들을 통해서 발견되는 첫째의 인상은 주로 기성적인 것을 비판하는데는 정열적이었으나 그들 자신의 세대를 설명하고 해석하는 방면에는 무관심했다는 점이다. 그들은 「청마론(靑馬論)」(김양수) 「서정주론(徐廷柱論)」(동상) 「김동인론(金東仁論)」(김종후) 「이광수론(李光洙論)」(안동민) 「허윤석론(許允碩論)」(천상병) 「현역대가론(現役大家論)」(동상) 「빙허론(憑虛論)」(윤병로) 등에 정열을 쏟았으나 그들과 같은 세대의 신인들에 대해서는 전혀 언급된 것이 없었다. 이것은 그들의 비평의식이 자기의 세대에 대한 관심에서 보다도 기성적인 것에 대한 관심과 비판으로부터 출발되었다는 증거이며 그들이 자기의 세대를 직접 설명하는 적극성보다도 상대적인 것을 통하여 그것을 설명하려는 간접적 소극적인 태도를 지니고 있었다는 설명이기도 한 것이다. 그 둘째는, 이와 직접으로 관련된 것으로서 기성적인 것을 비판, 거부하는데 있어서는 어느 정도의 공통적으로 구체적인 명확성을 가졌으나 그것을 초극하는 이념이나 방법에 있어서는 꼭 같이 추상적인 모호성을 면치 못하고 있었다는 점이다. 그것은 전기한 삭가론에 있어서는 그 작가에 대한 구체적인 특질의 일면을 어느 정도 명확하게 들어내어 보였으나 현대정신의 새로운 방향을 결정하는 「현대정신과 카톨릭시즘」(정창범) 「위기의 해명과 그 초극」(김종후) 「현대의 지성과 신에의 접근」(홍사중) 「문학에 있어서의 신인의 위치」(최일수) 등에 있어서는 그 논리적 근거가 구체적인 신념 위에 기초된 것이 아니라 불명확한 관념 위에 기초되어 있음을 볼 수 있기 때문이다. 이상과 같은 이러한 두 가지의 특징은 평단의 신인들이 아직도 자신의 신세대적인 내부세계를 확립하지 못하였다는 외부적인 일 반영으로서 수적으로는 다량이지만 아직도 그 다수가 통일된 신세대를 형성하지 못하고 있는 이 땅의 모든 신인군을 대표하는 논리적인 표현이기도 한 것이다. 그러나 중요한 것은 이상의 두 가지에 보다도 셋째의 그들의 공통성이 있다. 그것은 휴머니즘에 대한 그들의 열렬한 신뢰와 기대다. 현대정신의 위기를 카톨릭시즘으로 해결하려는 정창범의 「현대정신과 카톨릭시즘」(「현대문학」, 작년 5월호)은 그것이 거의 그대로 일종의 휴머니즘에의 복귀를 말한 것이었으며, 홍사중의 「현대의 지성과 신에의 접근」(「현대문학」, 작년 11월호)도 근본적으로는 인간의 내부에 저류되고 있는 휴머니즘에의 손짓이었으며 최일수의 「우리문학에 있어서 신인의 위치」(「문학예술」, 1월호) 속에서 주장한 결론 역시 메커니즘을 초극하는 휴머니즘에의 신앙이었고 김종후의 「위기의 해명과 그 초극」(「현대문학」, 2월호)도 메커니즘을 부정하는 휴머니즘에의 강렬한 기대였다. 신진평단의 사상적인 지향을 대표하는 그 중심적인 논거가 모두 이와 같이 휴머니즘에 대한 새로운 자각으로서 나타나 있다는 것은 무엇을 설명하는 것일까. 그것은 어떠한 시기에 있어서나 어떠한 환경에 있어서나 휴머니즘은 인류의 기본적인 노선이라는 것이 다시 한번 재인식되었다는 것에 지나지 않는다. 우리는 인류의 역사가 시작된 이래로 그 관념형태에 있어서나 그 수단방법에 있어서는 여러 가지 변천을 겪어 왔지만 그 기본적인 저류가 언제나 휴머니즘에 있었음을 알고 있다. 그러한 의미에 있어서 우리 평단의 신인들이 그들의 이념적인 지향을 휴머니즘에 두었다는 것은 인류의 부동한 대원칙과 합치되었다는 점에 있어 그것은 정당하고도 남음이 있다. 그러나 그것은 너무나 원칙적인 것이기 때문에 오히려 안이한 정신의 결론일 수도 있다는 점이다. 정창범은 '자크 마리땅'의 '충족적 휴머니즘'을 말하고, 김종후는 종합적인 휴머니즘을, 최일수는 서구적인 것이 우리의 민족전통과 융합되는 새로운 형태의 휴머니즘을 주장하고 있으나, 이것이 위에서 잠깐 언급한 것과 같이 구체적인 신념에 기초된 것이 아니라 추상적인 관념에 기초된 것인 이상, 누구나 추종하지 않을 수 없는 기본적인 원칙에의 안이한 투신과 다른 성질이라고 보기는 어려운 것이다. 그러나 어쨌든 인류생활의 기본적인 변동의 위험성이 세계를 지배하는 현대 메커니즘의 암흑기에서 휴머니즘에의 원칙이 우리 평단의 신인들에 의하여 공통적으로 다시 한번 재인식되었다는 것은 결코 무의미한 것이 될 수는 없을 것이다.

이상과 같은 우리 평단의 신세대는 기성적인 것에 대한 비판적인 관심을 떠나서는 신세대의 특징적인 특이성이 아직은 확립되어 있지 않은 것이 된다. 그러나 이것은 위에 잠깐 언급한 바와 같이 신진평단 자체만의 신세대적인 결함이 아니라 다른 신진작가나 시인들의 공통적인 결함의 일 반영에 지나지 않는다. 현재 우리 문단의 각 방면에 산재되어 있는 그 다량의 신인들이 그들의 공통적인 역사적인 사명에 통일되는 방향으로 그들의 활동이 확대심화되어 간다면 우리 문단의 신세대적인 성격은 자연히 그 면모를 들어내게 될 것이다. 최일수는 그의 「문학에 있어서 신인의 위치」에서 "신인의 출현을 우연한 기회의 소위라고 보는 것보다는 그 시대의 특수한 문학적 정황과 질적으로 새로운 세대를 지니고 당대를 비판하면서 필연적인 문학사조의 기운으로서 나오게 되는 것이라고 보아야 할 것이다. 이와 같이 신인은 어느 개인의 특출한 본질에 의해서 그 위치가 설정되는 수도 있겠지만 그보다는 한 시대가 낳아 준 문학사의 필연적인 창조과정의 주류적인 발현으로서 그 위치가 설정되는 것이라고 믿는다" 라고 말했는데, 이것은 신인 자신들의 숙제인 동시에 기성의 기대이며, 희망이기도 하다. 그러한 "문학사의 필연적인 창조과정의 주류적인 발현"인 신세대의 구체적인 세계를 확립하는 것이 신진작가와 및 시인들의 의무라면 그것을 이론직으로 추구하고 논리적으로 해명해 주는 것이 우리 평단의 신세대가 부하한 사명일 것이다.

[『문학예술』, 1956. 3]

12

신세대론
- 작가를 중심으로 한 시론 -

이 봉 래

어떤 세대가 문학적인 의미에서나 또는 사회적인 의미에서나를 막론하고, 하나의 문제로써 우리 앞에 제기될 때, 그 세대는 반드시 다른 세대와는 그 성격과 현실적 의의에 있어서, 많은 이질성을 내포하고 있어야 한다.

어떤 세대가 다른 세대와는 그 성격과 현실적 의의에 있어서 많은 이질성을 내포하고 있다는 것은, 그 세대가 지니고 있는 시대적 조건이 다른 세대와는 다르다는 것을 의미하는 것이다.

이른바 어떤 세대의 사고방식이나 시대감각이 다른 세대와는 다른 특이한 점을 가지고 있다는 것을 말함이다.

좀 유치한 이야기 같지만 우리들은 보통 세대를 연대의 동의어로써 해석하여 왔고, 따라서 세대의 구분을 10년이라는 시간적인 연령에 의거하여 구별하여 왔다. 그 시간적인 연령이란 것은 어디까지나 형이하적인 육체 연령을 의미하는 것이기 때문에, 흔히 논의되는 인간에 있어서의 정신 연령은 여기서 문제될 수 없는 것이다.

경험철학에서 오는 세대의 차이점은 그 세대가 놓여 있는 역사적, 정치적, 심리학적 경위(境位)를 떠나서 논할 수 없다.

왜냐하면 어떤 세대가 그 성격과 현실적 의의에 있어서 다른 세대와 이질적인 요소를 내포하고 있다는 것은 역사적 필연성에서 오는 현상이기 때문이다.

뒤집어 말한다면 어떤 세대의 특징적인 성격은 그 세대의 정신적 발육기에 있어서 형성되어 가는 것이라고 하여도 좋을 것이다.

요즈음 우리들은 '영거 제너레이션'(Younger generation)이란 말을 흔히 쓰고 있다. 이를테면 '젊은 세대' 또는 '신세대'라는 뜻이다.

신세대를 논하는데 있어서, 나는 우선 '신'(新)의 뜻 말하자면 '새롭다'는 개념에 대해서 약간의 해석을 가하지 않을 수 없다.

도대체 무엇을 가지고 '새롭다'고 하는 것인가? 문학상에 있어서 '신'이란 문자처럼 남용되고 있으면서도 그것에 대한 해석이 막연한 것은 없다.

'새롭다'는 개념을 해석할 때 대체로 세 가지 양식으로 나누는 것이 상례이다.

첫째로 종래의 문학에 없었던 어떤 색다른 요소가 부가되었을 때와, 둘째로 종래의 형식이나 내용을 계승하고 있으면서도 그것이 내포하고 있는 제요소를 '신화'(新化)하였을 경우와, 셋째로 종래의 모든 기성관념을 근본적으로 부정해 버린다는 세 가지 양식을 생각할 수 있다.

물론 이러한 공식적인 해석은 어디까지나 상식 정도의 것이지만 우리 나라에서는 왕왕(往往)히 '새롭다'는 개념을 어떤 유행성과 결부시켜서 생각하는 경우가 많기 때문에 우리들은 '새롭다'는 의미의 본질을 좀더 성실하게 논의하지 않을 수 없다. '새롭다'는 개념은 어떤 현상의 변화나, 또는 의미의 변질에서 이룩되는 것이 아니라, 그것은 차원의 진화에서 성립되는 것이다.

차원의 진화는 새로워야 할 역사적 필연성의 소산이다. 그러므로 그것은 결코 우연의 소산은 아니요 더욱이 현상적인 유행성도 아니다.

앞에서 나는 어떤 세대의 특징적인 성격은 그 세대의 정신적 발육기에 있어서 형성되는 것이라고 말하였다.

그러한 견지에서 나는 신세대의 특징적인 성격을 해명하는데 있어서, 신세대의 정신적 발육기를 뒤돌아 보기로 하겠다.

신세대라고 불리워지고 있는 20대, 30대의 세대는 그 정신의 발육기를 전쟁이라는 악몽의 계절 속에서 보내 왔다. 그네들이 국민학교의 교문에 발을 디뎠을 때, 또는 그네들이 모태로부터 인간의 세계에 고고지성(呱呱之聲)을 질렀을 때, 일본제국주의의 침략정책은 이미 만주사변을 일으키고야 말았던 것이다.

1920년으로부터 현재의 1956년에 이르기까지 신세대는 전쟁의 초연(硝煙) 속에서 그네들의 육체를 성장시켜 왔고 그네들의 청춘을 영위하여 왔다.

과거도 없고 또한 미래마저 아득한 농무(濃霧) 속에 잠겨버린 허탈적인 풍토 속에서 그네들은 파멸의 여감(予感)에 허덕이면서 상처받은 자아를 고독한 현실세계의 폐허 위에 확인하였다.

일제의 가혹한 식민지 교육을 그네들의 머리에서 민족·국가·자유·역사 등의 일체의 개념을 약탈하였고 심지어는 '한글'마저 빼앗아 버렸던 것이다.

그리하여 그네들의 사고방식은 점차 기형화하지 않을 수 없었다.

'세종'(世宗)은 몰라도 '메이지'(明治)는 알아야 하였고, 교회의 문을 두드리기 전에 '신사'(神社)의 계단을 밟아야 하는 운명적인 비극을 지니고 그네들은 성장하였다.

일제의 중국침략을 계기로 하여 우리의 민족문학은 소위 '국민문학'이라는 이름아래 완전히 질식하였다. 이러한 혼돈과 모순의 도정을 겪고 드디어 태평양전쟁을 절정으로 하여 신세대의 사고방식이나 생활양식은 거의 일본화하지 않을 수 없었다.

상처받은 자아는 미지의 세계에 대한 불안과 기존의 생활질서에 대한 시의(猜疑)와 불신으로 변하였고, 그리하여 그네들은 절망의 배설을 전장에 구하여 그 무거운 3·8총을 메야 하였던 것이다.

해외로 도피하였던지, 3·8총을 매였던지, 또는 일제의 대한 그 가냘픈 저항을 시도하였던지 간에, 30대의 청춘은 전쟁의 초연(硝煙) 속에서 여지없이 짓밟히고 말았다.

20대의 비극은 이보다 더 한층 심한 것이 있었다고 볼 수 있다.

일제의 식민지 교육은 일체의 대상을 객관화하여 이것을 분석하는 비평정신을 객납(客納)하지 않았고 우상에 대한 맹종을 그네들에게 강요하였다.

이러한 교육의 영향 때문에 그네들의 두뇌는 선악의 의식은 커녕 조국에 대한 관심조차 가질 수 없을만치 마비되고 말았던 것이다.

말하자면 20대는 노예와 다름없는 움직이는 인형에 불과하였다.

의지할 곳 없는 정신, 방황하는 정신을 두터운 현실의 벽에 적나라하게 비벼대던 30대나, 그러한 정신조차 가질 수 없었던 20대나 할 것 없이 그네들의 육체·피부를 지배하고 있는 생리의 기반은 거의 공통한 것이었다.

정신의 중압감과 육체의 고통에 있어서 그네들은 동일한 시련 속에 처하고 있었던 것이다.

그리하여 악몽의 계절은 가고 우리 앞에 '해방'이 나타났다.

급속히 치밀어 오는 '프래그머티즘'과 어느덧 첩첩이 숨어 드는 '컴뮤니즘'의 위협은 허탈한 그네들의 머리를 더욱 혼란시킬 뿐이었다. 자유, 민주, 평등, 이러한 술어의 난무와 정치의 혼란과, 또한 사회풍속의 퇴폐는 그네들에게 다시 현실에 대한 불신의 자세를 취하게 하였다.

더욱이 악독한 '컴뮤니즘'의 침략은 그네들로 하여금 다시 그 무거운 총을 메게끔 하였던 것이다.

이러한 역사의 흐름 속에 그네들이 얻은 신조는 무엇이였던가?

또한 이러한 불행한 정신의 발육기를 거쳐온 신세대가 오늘날 우리 문학에 어떠한 작용을 하고 있는가?

그네들이 얻은 신조—즉 인생관, 세계관을 해명한다거나, 또는 불행한 정신의 발육기를 거쳐 지금 우리 문단에 새로운 조류로써 등장한 그네들의 성격을 고찰한다거나 하는 것은 이러한 역사적 변천의 과정을 더듬어 보지 않고서는 충분한 확증을 얻을 수 없는 것이다.

20대, 30대의 신세대가 40대, 50대의 세대와 다르다는 것은 결코 시간상의 구획에서 하는 말이 아니란 것은 앞에서 언급한 바와 같다.

물론 40대, 50대의 세대도 신세대와 꼭같은 시간과 현실 속에서 꼭같이 쓰라린 체험을 겪어 온 것도 부정 못할 사실이다. 꼭같은 시간과 현실 속에서 꼭같은 쓰라린 체험을 겪어 왔는데, 왜 하필 신세대만이 이러한 체험으로 인하여 다른 세대와 판이한 특징적인 성격을 갖게 되었는가 하는 의문이 나오게 되는 것도 막연한 일이라 하겠다.

그것은 가장 감수성이 예민하고, 사고방식이 어떤 '카테고리'에 고정화되지 않은 정신의 발육기에 얻은 체험과 이미 인생관이나 세계관이 일정한 자리를 잡을 시기에 얻은 체험과는, 그것이 동일한 체험이라 할지라도 인간에게 작용하는 반응은 매우 다른 것이 있기 때문이다.

20세기의 시대사조는 불안, 공포, 절망, 부조리, 허무 등의 파멸적 요소로써 형성되어 있다는 것은 이미 우리들이 상식이다.

신세대의 사고방식은 이러한 파멸적 요소로써 형성되어 있기 때문에 그네들의 현실대결의 자세는 불가피 현실거부 또는 현실불신의 방향을 취하지 않을 수 없다.

이러한 현실거부, 현실불신의 자세는 불안, 공포, 절망, 부조리, 허무 등의 파멸적인 요소가 결코 새로운 시대사조가 아닌 것과 마찬가지로 그것 역시 새로운 자세는 아니다.

19세기의 시대사조였던 명절(明晳)한 이성에 의한 합리주의에 대해서 반기를 든 '세스토프'의 '불안의 철학'에서, 또는 '니체'의 '심리의 심연'과 광기에서 우리들은 얼마든지 앞에서 말한 파멸적 요소를 발견할 수 있고 현실거부, 현실불신의 자세를 확인할 수 있기 때문이다.

그러나 우리들은 '니체'나 '세스토프'가 살고 있던 시대와 지금 신세대가 살고 있는 오늘의 현실과는 여러 가지 의미에서 엄청난 차이가 있다는 것을 부정할 수 없을 것이다.

그것은 첫째 과학의 진보로 인하여 인간이 기계에 예속하게 되었다는 뜻에서 신세대가 살고 있는 오늘의 현실은 그 어느 시대보다 특징적이라 아니 할 수 없다.

둘째로 정치체제와 사회기구의 변혁으로 인하여 개인이 집단 속에 해소되게 되었다는 점에서 오늘의 현실은 그 어느 시대보다 절박한 것이 있다고 할 수 있다.

셋째로 '컴뮤니즘'의 위협이 인류역사상 그 어느 시대보다 절정에 달하고 있다는 사실로써 오늘의 현실은 그 어느 시대보다 특수한 경위에 놓여 있다고 할 수 있을 것이다.

원자과학이 비쳐 내는 전쟁의 공포와 이미 무력해진 '휴머니즘'과 행방조차 알 수 없는 신의 존재와—이러한 신세대의 지적 위기의 의식은 황무지에 살고 있다는 어려운 경험세계의 종말적인 환멸감에서 벗어 날 수 없는 하나의 고질로 화하고 말았다.

그러기 때문에 신세대가 부르짖는 허무와 절망의 의식은 결코 관념적인 유행어가 될 수 없다. 그네들은 허무와 절망의 의식을 두뇌에서 느끼기 전에 먼저 육체에서 느끼고 있는 것이다.

그리고 또한 '죽음'에 대한 의식처럼 그이들을 괴롭히는 것은 없다. 만약 내일이라도 다시 전쟁이 일어나게 된다면 그네들은 그 다른 어느 세대보다도 먼저 전쟁터에 나가 피를 흘려야 하는 것이다.

종교적 윤리적인 절대가치는 붕괴하고, '휴머니즘'은 무질서한 난혼(亂混)만을 가져 오고, 또한 전통에 대한 의식이 희박한 이러한 풍토 속에서 정신을 발육하여 온 신세대는 다른 어떠한 세대와도 같을 수 없다는 것은 이상으로써 이해할 수 있을 것이다.

그리고 또한 신세대가 절망과 허무의 시궁창 속에 안좌하지 않고, 오히려 그것을 정신의 기반으로 삼아 거기서 한줄기의 광선을 찾으려고 모색하고 있음을 알 수 있을 것이다.

지금 우리 문단에 이러한 신세대의 특징적인 성격을 그네들의 문학에 반영시키고 있는 작가로써 손창섭(孫昌涉)·김성한(金聲翰)·장용학(張龍鶴)·곽학송(郭鶴松)·정한숙(鄭漢淑) 등과 이들 뒤를 이어가는 작가로써 김광식(金光植)·오상원(吳尚源)·전광용(全光鏞) 등을 들 수 있다.

편의상 손창섭·김성한·장용학·곽학송 등을 제1차 신세대군이라고 한다면 김광식·정한숙·오상원·전광용 등은 제2차 신세대군에 속한다.

여기서 나는 신세대의 문학적 특징을 해명하기 위하여 우선 제1차 신세대군에 속하는 네 명의 작가를 검토하기로 하겠다.

제1차 신세대의 작가를 연령적으로 본다면 거의 모두가 30대에 속하는 사람들이다.

이 네 명의 작가는 그 작가적 자질에 있어서나, 또는 그 문학적 경위에 있어서 많은 상이점을 가지고 있으면서도 공통된 경향을 내포하고 있다.

그것은 실체적 자아와 자의식을 해체하고 그 해체한 장소에서 얻은 강렬한 반속정신(反俗精神)을 허무적인 철학성 위에 두고 있다는 점과 그네들의 문학적 수법이 소박한 '리얼리즘'을 거부하고 있다는 점에서다.

그네들은 '주체성을 확립'하기 전에 먼저 분열된 자의식을 혼란한 현실 속에 여지없이 분해하고 있다는 것이다.

모든 기성적인 정신적 권위와 질서가 실질적인 내용을 상실하여 형식화되고, 그것이 부질없이 공전만 되풀이 하던 저 일제의 침략전쟁 중에 그네들의 정신은 형성되었기 때문에 그네들에게 있어서 자아의 분해는 무엇보다 긴급한 작업이 아닐 수 없었다.

분열된 자의식을 혼란한 현실 속에 분해한 그네들의 문학정신은 결코 '무의지 무기력한 지식인들의 현실도피에서 오는 회의적 염세적 자조적 회색세계'를 향할 수는 없었다.

그네들에게 있어서의 현실불신 현실거부는 오히려 현실에 밀착하여 시도하는 현실 저항을 의미하는 것이기 때문에 그것은 무의지 · 무목적이 될 수 없을 것이다.

그 예로서 나는 손창섭이 그리는 비정한 비인간적 행위의 세계를 들 수 있다.

그의 작품 「사록기」(死綠記), 「미해결의 장」 「공휴일」 「생활적」 「혈서」 등에 등장하는 주인공들은 거의 모두가 병적인 인물들이다.

현실과 타협하거나 현실에 영합하거나 할 수 없는 인간의 운명과 극을 추구하는데 있어서 이 작가의 문학정신을 지배하고 있는 것은 현실증오의 '시니시즘'이다.

"동주(東周)에게는 이 일대의 주민이 온통 구더기처럼 보이는 것이다. 이 방대한 거름더미에서 무수히 굼틀거리고 있는 구더기 ……."

작품 「생활적」에 나오는 동주의 이러한 비정의 눈은 일견 '에고이스트'한 방관자의 태도같이 보이지만 그 실은 오늘의 현실을 좀먹고 있는 비정한 비인간적 행위에 대한 항의의 자세라고 볼 수 있다.

이 일대의 주민이 구더기같이 보이는 것과 마찬가지로 동주 자신이 자기를 구더기같이 보고 있는 강렬한 '시니시즘'은 현실에 대한 불신과 거부의 역설적 자세라고 아니 할 수 없었기 때문이다.

그는 결코 '에고이스틱'한 방관자도 아니요 무의지한 패배자도 아니다.

독을 제하는데 있어서 독을 쓴다는 논법과 마찬가지로 이 작가는 이미 병든 현실을 관조하는데 있어서 병든 인간을 등장시켜서 그 중화를 기도하고 있는 것이다.

「미해결의 장」에 있어서 "이 대가리가 동체가 팔다리가 그리고 먼지와 함께 방안에 배꼭 차 있는 무의미가 나는 무거워 견딜 수가 없다"고 외치는 나는 절망을 지나쳐서 모든 것을 부정해버리는 무의미한 나는 아니다.

무의미가 무거워 못 견딜 심리상태는 바꾸어 말한다면 의미있는 것에 대한 동경의 심리표현이다.

그는 일상적 체험을 소설적 현실로써 바꾸어 놓고, 차원이 다른 지반 위에 제2의 자아를 기르고 있는 것이다.

그러기 때문에 작가는 분석가가 되는 동시에 연출가를 겸하지 않을 수 없다.

「혈서」의 일 주인공 달수(達壽)는 "대문없는 대문 안에 들어서면 어쩔 수 없이 인제 나는 파멸인가 보다 라고 신음소리 같이 중얼거려 보는 것이다. ……"

달수의 이러한 독백은 파멸적 예감에 그냥 주저 앉아 버리는 절망의 상태는 아니다.

이것은 작가가 달수에게 강요한 연출의 한 토막에 불과하다.

왜냐하면 창섭이나 동주나 달수나 동식(東植)이나 할 것 없이 손창섭의 작품에 나타나는 모든 인물은 절망과 환멸을 건전성에의 일 단계로 삼아서 이것을 지양하는 것이 새로운 진리와 신념을 얻는 유일한 길로 알고 있기 때문이다.

물론 그의 문학에는 절망과 환멸을 극복하고 나아가서 구제의 사상을 구할려는 몸부림이 구체적으로 나타나고 있는 것은 아니다.

허나 좀 역설적인 이야기 같겠지만 "무의미가 무거워 못견디겠다"는 심리상태는 견딜 수 없는 무의미의 세계로 부터의 탈출을 희구하는 심적 표현이라고 볼 수 있을 것이며 "파멸인가 보다"라고 중얼거리는 독백 역시 파멸로 부터의 구제를 의미하는 것이기 때문이다.

만약 동주가 달수가 완전히 절망하고 무의지한 인물이라면 무의미의 중압감을 느낄 수도 없을 것이고 또한 느낄 필요도 없을 것이다.

손창섭이가 그리는 인간상은 거의 모두가 무표정한 얼굴의 소유자다.

그는 현실, 인간 사회와 또한 자기자신까지를 포함한 일체의 것을 마치 더러운 풍경과 같이 쳐다 보고 있다.

그는 절망과 환멸의 대가를 기대하지 않는다. 절망과 환멸의 대가를 기대하지 않는다는 것은 구제의 사상을 거부한다거나, 무의지 무목적, 무의식의 상태에 만족한다는 뜻이 아니다.

왜냐하면 그가 그리는 비정한 비인간행위는 현실을 불신하고 거부하는 '앙드레 지드'적인 '무상의 행위' 말하자면 절망과 환멸의 대가를 기대하지 않는 사상과 상통하는 점이 있기 때문이다.

병적인 세계를 병적 인물의 눈을 통하여 쳐다보는 무표정한 작가의 연출력은 그리하여 현실증오의 강렬한 '시니시즘'으로 변해 가는 것이다.

나는 이 작가의 경력이나 사생활에 대해서 일 편의 지식도 가지지 못하고 있다. 허나 어쨌던 현실과 타협할 수 없는 병적인 인물을 그의 소설에 등장시키지 않으면 안될 이 작가의 고독감—바꾸어 말한다면 인간에의 불신 또는 속된 현실에의 혐오의 정신에 깊은 동정을 가지지 않을 수 없다.

그의 문체는 정적인 동시에 논리적이다. 그는 사물의 형체를 설명하는

데 있어서도 좀처럼 비유의 형식을 취하지 않는다. 그것은 아마 비유의 형식은 인식의 형태를 의미하는 것이기 때문이라 생각된다. 그의 문학정신이 인식의 형태를 경멸하고 있는 것과 마찬가지로 그는 문체에 있어서도 자연주의적인 비유의 형식을 회피하고 있는 것이다.

그는 신세대군에 있어서 그 누구보다도 '소설의 의미'를 잘 알고 있다.

그러기 때문에 그는 자칫하면 안이한 '테크니샹'으로 떨어질 위험성도 내포하고 있는 것이다.

그러한 의미에서 그는 김성한, 장용학, 곽학송보다 더 빨리 작가적 위기에 봉착할는지도 모른다.

빈틈없는 구성력과 단정한 문장력을 오히려 이 작가로 하여금 능숙한 '알치잔'으로 만들 위험성이 충분히 있다.

앞에서 나는 신세대의 문학적 특징을 소박한 '리얼리즘'의 거부에 있다고 지적하였다.

소박한 '리얼리즘'이란 것은 바꾸어 말한다면 우리 문학의 주류를 형성하여 왔던 자연주의를 의미하는 것이다.

19세기의 시대사조라고 할 수 있는 명절(明晣)한 이성에 의한 합리주의가 문학에 반영된 것이 곧 서구에 있어서의 자연주의 문학이었다.

봉건적인 사회사조 속에서 '근대'가 '근대'로써의 뚜렷한 성격을 가지지 못한 채 왜곡되어 형성된 우리 사회에 있어서의 자연주의 문학은 한갓 '부르조아지' 문학에 불과하였다. 왜냐하면 서구의 자연주의 문학이 그 한계에 시대성을 가지고 있었고 또한 현실인식의 소설적 조형을 자아의 해부권 위에 설정한데 비하여 그것은 다만 자기자성(自己資性)의 평판한 토로에 그치고 있기 때문이다.

특히 일본 자연주의 문학의 결정적인 영향 밑에 생장한 우리 자연주의 문학은 머리 속에서는 심각한 관념을 농하고 있는 것 같이 보이지만, 그실 육체적인 심정은 천박한 충동적 감정에 지나지 못하였다는 사실을 부정할 수 없을 것이다. 따라서 이상도 없고 비극도 없는 것이 우리 자연주의 문학이라 할 수 있다.

사회화하지 못한 자아—뒤집어 말한다면 자기방기적 주정적인 자아가 자연주의 문학에 있어서의 자아의 형태였다면 이러한 자아를 지양하고 자아의 신장을 현실 속에 투영시켰다는 점에서 신세대의 문학은 반자연주의 문학이라고 할 수 있다.

자연주의 문학에 대해서 반기를 든 신세대의 작가 중에서도 자연주의 문학과 가장 대척적인 위치에 놓여 있는 작가가 장용학, 김성한이다.

지적 환상에 의한 관념의 세계를 상징의 세계까지 이끌고 가려는 장용학은 지금까지 우리 문학에 그 존재성이 희박하였던 사조성 또는 철학성을 그의 문학에 관념적으로나마 투영시킨 점에 있어서 몹시 이채로운 존재라고 볼 수 있다.

그는 어떤 절박한 '시츄에이션' 속에 인물을 집어 넣고 그 인물이 움직이는 반응을 감각적으로 쳐다 보고 있는 것이다.

절박한 '시츄에이션' 속에서 움직이는 인물이 관념적이라면 그것을 쳐다 보는 그 역시 관념적이다.

이 작가의 지적 환상은 그러한 의미에서 관념의 추상적 표현의 한 형태라고 볼 수 있다.

그런 까닭은 그의 문학에 반영된 사상성 또는 철학성은 앞에서 말한 바와 같이 관념적이 될 수 밖에 없다.

초현실주의시에 있어서의 사상성 또는 철학성이 구체적인 행동이나 사건을 가지지 못한 것과 마찬가지로 그의 작품에 나타나는 인물의 행동이나 사건에서 구체적 사상성, 또는 철학성을 발견하기 어렵다는 뜻에서 그의 문학은 초현실주의시와 유사한 점이 있다.

솔직히 말해서 관념적인 사상성이나 철학성은 그리 고귀한 것이 못된다.

관념이 육체화하고 그것이 추상의 세계로부터 구상의 세계로 이행하였을 때, 비로소 사상과 철학은 사회성을 띠게 되는 것이다.

「인간의 종언」「육수」(肉囚) 「요한시집」에서 그가 시도한 현실반항은 자기열등감—자아억압의 형태로써 나타나고 있다.

"자살은 하나의 시도요 (중략) 그런 소용없는 생이 기다리고 있는 것이

생이라면 나는 차라리 한시 바삐 전신을 꾀하여야 할 것이 아닌가 ……"

자살은 기도하다가 그것조차 기대할 수 없는 것이라고 생각하는 '나'가 도달하는 전신의 세계는 곧 자기열등감·자아억압의 세계에 다름없을 것이다.

그리하여 '프래그머티즘'에 대한 증오감은 그의 문학에 있어서 '나르시시즘'의 형태로써 나타나는 것이다.

감각적인 관념의 형태에서 벗어나지 못한 사상성이나 철학성은 자기열등감·자기억압의 독자적 형식을 통해서 표현하고 있는데, 그것은 좋은 의미에서의 자기도취에 가까운 것이라 할 수 있다.

자기도취에 가까운 자기열등감, 자기억압이 상징적 세계를 향하기 위해서는 '나르시시즘'의 형태를 취하지 않을 수 없다.

'나르시시즘'이란 말을 억지로 우리말로 옮긴다면 자기도취란 뜻이 된다.

허나 장용학에 있어서의 자기도취는 현실도피 또는 현실에 만족하는 그러한 자기도취가 아니다.

그것은 자기주시의 '나르시시즘'이다.

그 자기주시의 '나르시시즘'이 현실과 대결하였을 때, 관념적인 형태로 나타나게 되는 것은 그의 작품에 나타나는 인물이 개성적인 인물인 동시에 상징적인 인물이기 때문이다.

그가 그리는 인간은 심리적 메커니즘의 위악자(僞惡者)다. 그는 위선을 위악한다. 위선을 위악하는 반작용이 위악으로 반영되는 것이다. 위선이 현실과 자기를 미화함으로써 사회와 자기와의 유대를 위조하는데 비하여 위악은 자기를 현실이하로 추악화함으로써 사회와 자기와의 관계를 단절시킬려고 하는 것이다.

오늘날 부조리의 현실과 마주쳤을 때, 우리들은 가장 소극적인 반항의 자세로써 위악의 표정을 취할 수 있을 것이다.

그에게 있어서의 자기열등감·자기억압이 즉 자기주시의 '나르시시즘'이라면 자기주시의 '나르시시즘'은 위악의 표정으로써 그의 문학에 반영되고 있는 것이다.

그러한 견지에서 볼 때 그의 문학의 사상성 또는 철학성은 위악적인 것일지도 모른다.

윤리적 추상에 의거한 그의 문체는 손창섭의 문학이 정적인데 비하여 대단히 유동적이다. 그리고 그는 소설에 있어서의 구성을 거의 무시하고 있다.

허나 그 누구의 말과 같이 지금 장용학이 그리고 있는 소설의 세계는 결코 새로운 것이 아니다.

일본에서는 이미 5·6년 전에 이러한 주제와 수법에 의한 소설이 벌써 등장하고 있었다는 사실을 무시할 수 없기 때문이다. 椎名麟三, 安部公房, 中村眞一郎 등등의 관념의 세계가 바로 그것이다.

그리고 또한 '까뮈'가 말한 "소설은 철학에 접근해야 한다"는 의견에 대해시는 약간의 회의를 가지지 않을 수 없다.

왜냐하면 철학이 문학보다 우위하다는 이론적 근거가 없을 뿐 아니라, 현대의 철학이 점차 문학적 표현을 취하고 있기 때문이다.

전기한 일본의 관념소설가 椎名, 安部, 中村 등은 지금 그러한 관념의 세계에 질식하여 거의 붓을 놓고 있는 형편이다. 장용학이가 언제까지 관념의 세계에서 상징적인 추상을 찾을 것인가 하는 점에 대해서 나는 깊은 관심을 가지지 않을 수 없다.

관념작가란 뜻에서 김성한이도 장용학이와 같은 관념소설가의 한 사람이다.

「암야행」(暗夜行)에 있어서의 이 작가는 표현의 대상인 자기 자체를 이상적 인물상으로써 그려보자는 사소설적 창작심리의 소유자였다.

허나 그후 「선인장의 항거」를 거쳐 「바비도」 「제우스의 자살」 「오분간」에 이르러서는 그의 문학은 급속도로 변모해 갔다.

그의 문학에 일관하여 흐르는 것은 문명비평의 의식이다. 강렬한 진실 탐구의 의욕을 그는 신화와 우화에 의탁하여 역설적으로 해명하려고 한다.

그러기 때문에 그의 '알레고리'는 때때로 '서피스티케이션'(궤변)적인 형태로 나타나게 되는 것이다.

그의 '알레고리'에서 우리들은 일정한 행위의 규준을 찾아 볼 수 없다.

이것을 좀더 구체적으로 설명한다면 그가 우의(寓意)의 화신으로써 설정한 소설 속의 인물들이 일정한 행위의 규준을 갖고 있지 않다는 것과 마찬가지 뜻이다.

순교자 '바비도'나 '헨리 태자'나 할 것 없이 그의 소설에 등장하는 인물들은 거의 모두 인식과 행동의 분열 사이를 헤매이고 있는 것이다.

행위의 규준을 갖지 못한 인간은 어차피 행위를 포기하거나 그렇지 않으면 방관자로 화할 수 밖에 없다.

그의 '알레고리'가 신화나 우화의 현대적 장식에 그치기 쉬운 것도 아마 이러한 결함때문이라 생각된다.

이상한 촉각에 의하여 인간의 의식하의 세계를 여지없이 파고든 그는 인간의 의지나 행동의 세계를 '에드가 포우'적인 '광적 추리력'으로써 형상화해야 할 그러한 시기에 도달한 것 같다.

인식과 행동의 분열화 사이에 헤매이면서 그가 최후로 시도하는 저항은 풍자와 조소의 자세다.

그는 현실을 신화와 우화라는 색안경을 통해서 쳐다보기 때문에 자기 주장은 언제나 역설적이 될 수 밖에 없다.

풍자와 조소는 '아이러니' 또는 '파라독스'로써 표현되는 것이 일쑤다.

「바비도」에서 "인간을 폐업"한다는 것은 오히려 더욱 인간중심의 세계를 파악하겠다는 강렬한 진리탐구의 역설적인 표현인지 모른다.

신화와 우화의 세계를 소설의 주제로 삼고 그것이 현대의의를 가지자면 신화나 우화 속에 현대의 상징적 인간인 '정치인간'을 찾아야 할 것이다.

왜냐하면 동적이며 입체적인 '사회소설'은 신화나 우화의 '알레고리'를 거쳐서 풍자하고 야유하는 것이 더욱 '리얼리스틱'한 감을 줄 수 있기 때문이다.

허나 어쨌던 문명비평의 의의를 소설에 반영시켜서, 그것이 하나의 격조를 이루고 있다는 점에서 김성한의 위치는 확고부동한 것이라 아니 할 수 없다.

곽학송은 전기한 사람의 자각에 비하면 일정한 자기의 세계를 파악한 작가는 아니다. 허나 그는 강인한 육체의 점착력(粘着力)에 의하여 지속적으로 자기의 세계를 확대하고 그 대담한 야심을 항상 대담하게 표현하고 있다는 점에서 전기한 어느 작가보다 손색이 없다고 볼 수 있다.

「독목교」(獨木橋)로부터 「녹염」(綠焰)을 거쳐 최근의 「백치의 꿈」에 이르기까지 그는 항상 '변모의 과정'을 걷고 있다.

그러한 의미에서 지금 이 작가에 대해서 여기서 경솔한 예측에 비슷한 판단을 내린다는 것은 실례가 될는지 모른다.

나는 여기서 그의 작가적 성장을 좀 더 냉시(冷視)한다는 견지에서 그에 대한 구체적인 논평을 피하려고 한다.

허나 그가 그 누구보다 '자기변혁'의 의욕이 강하고 문체에 있어서 특이한 '스타일'을 가지고 있다는 것을 지적하지 않을 수 없다.

신세대를 논하는데 있어서 될 수 있으면, 김광식·정한숙·오상원·전광용 등까지 합해서 검토하고 싶었으나 지면관계상 다음 기회로 미루기로 하고, 끝으로 부기할 것은 신세대의 작가가 오상원을 제외하고 모두가 문학적 습작과정을 거의 10년을 거쳐왔다는 점에서 신세대의 작가의 역량과 또한 작가적 위치가 확고부동할 것이란 것을 강조하고자 한다.

[『문학예술』, 1956. 4]

13

우상의 파괴

- 문학적 혁명기를 위하여 -

이 어 령

혁명의 계절

1950년대—또 다시 '아이코노크라스트'의 깃발은 빛나야 한다. 무지몽매한 우상을 섬기기 위하여 그렇듯 고가(高價)한 우리 세대의 정신을 제물로 바치던 우울한 시대는 지났다.

그리하여 지금은 금가고 낡고 퇴색해버린 우상과 그 권위의 암벽을 향하여 마지막 거룩한 항거의 일시(一矢)를 쏘아야 할 때다.

우리는 조소한다. 고루와 편협을 자랑하는 '아나크로니스트'들의 가소로운 독백과 관중들의 덧없는 박수 속에 '자기'와 '트릭'은 상실해 버린 마술사의 비극을 조소한다.

눈도 코도 입도 없는 그 공허한 우상의 자태—그것은 우리 사색의 선혈을 흠씬 빨아먹고 교만한 웃음을 웃는 기생충의 모습이다.

그러나 구경(究竟) 낡은 유물은 그 낡은 구세대의 시간과 더불어 소진되기 마련이며 혹은 박물관의 진열장 속에 정좌한 골동품으로서의 운명을 지니게 되는 것이다.

이제 그러한 우상은 우리에게 있어 아무런 의미도 되지 않는다. 표피를 스치고 지나가는 일진의 광풍에 불과하다.

우리의 정체를 감추기 위하여 그 거추장스런 달팽이의 껍질을 등지고 다닐 필요는 없다. 혈혈단신 물려받은 유산도 없이 우리는 우리의 새로운 작업을 개시해야 된다.

50유년의 신문학시대 그것을 과도기나 초창기의 혼란이라 부르기엔 너무나 지루하고 긴 세월이었다.

우리는 이 문학 선사시대의 암흑기를 또 다시 계승할 아무런 책임도 의욕도 느끼지 않는다.

지금은 모든 것이 새로이 출발해야 될 전환기인 것이다. 낡은 것을 거부하는 혁명의 우상을 파괴하라! 우리들은 슬픈 '아이코노크라스트' 그리하여 아무래도 새로운 감격의 비약이 있어야겠다.

우상의 탄생

처음으로 한 작가가 '피에르'로서 분장하여 무대 위에 오르게 된다. 성실하고 수줍은 그 처녀 연기가 의외로도 많은 관중들의 절찬과 인기를 초래하게 되는 경우가 있다. 그러면 다시 두 번째 세 번째의 공연이 계속된다.

그가 설사 거기에서 약간의 실패를 범한다 하여도 관중은 그 전날의 그의 성공을 생각하여 박수 갈채를 아끼지 않는다.

새로운 관중도 혹은 한번도 그의 연기를 구경한 일이 없는 사람들까지도 군중의 찬사를 거부하는 일없이 그대로 부화뇌동하기가 일쑤다.

그리하여 애교 있는 그 배우(작가)의 '브로마이드'는 매진되고 '저널리즘'의 편리한 광고술에 의하여 그의 이름은 점차로 신격화하게 된다. 이때 작가는 독자를 비하하는 오만한 버릇과 사기술을 터득하게 된다. 여기에서부터 한 작가의 외도와 추락이 시작되는 법이다.

저명해진 대명사의 마술은 텅 빈 그의 작품 내용을 '컴플라쥬'해 주고 관록의 훈장은 그에게 안심입명(安心立命)의 평온한 은거처를 제공한다. 이리하여 그 작가는 안일과 나태와 허위 속에 안전히 탐닉해 버리고 스스로 자기의 정체에 화사한 도금을 입히기에만 분망(奔忙)한다. 그러면 거기에서 이윽고 하나의 거룩한 우상이 탄생하게 되는 것이다.

우리의 주변에는 이러한 우상들이 너무나 많이 존재하고 있다. 그러므로 대가니 중견이니 하는 대부분의 우리 위대한 작가들에게서 사실 그 명함의 권위와 훈장을 박탈한다면 과연 무엇이 남게 될 것인가? 무엇을 발견할 수 있을 것인가?

그러나 어쨌든 이 우상들의 힘은 전능하다. 그 서툰 야담이 창작 예술을 대신하며 유행가의 가사가 버젓이 시의 분야를 차지하고 있고 또한 외국 작가와 작품 '리스트'가 비평 문학의 당당한 구실을 하고 있는 오늘의 문단 현상이야말로 그들의 귀곡(鬼哭)할 마력에 의하지 않고는 도저히 생각도 할 수 없는 일이다.

그런가 하면 한편 20세기의 시대를 19세기의 구세대에까지 역류시킨 창조주 이상의 능력을 가진 것도 역시 그들이었다.

그러므로 이러한 우상들의 본체를 밝히기 위하여 몇 마디 췌언(贅言)을 부연할 작정이다.

그들은 성격적으로 대분(大分)하여 그 편련이나마 여기서 제시하여 삼가 우상 숭배자들의 또 다른 각성을 기대하려 한다.

이러한 우상들

A. 미신의 우상

이에 속하는 대표적인 우상으로 우선 우리가 항상 존경하고 싶어하는 김동리(金東里)씨를 들지 않을 수 없다. 물론 자신도 그렇게 생각하고 있겠지만 씨야말로 '휴머니스트'로서의 세계 제1인자의 위치를 차지하고 있는 위대한 작가인 것이다.

그럼에도 불구하고 나는 그를 이르되 미몽(迷夢)의 우상이라 하였으니 그 죄과가 얼마나 큰 것인가를 능히 짐작하고도 남음이 있다. 그러나 죄과는 여하튼 간에 김동리씨의 '네오휴머니즘'이라는 좀 수상한 사상은 솔직히 말해서 철없는 유치원 원아(園兒)의 단순한 사고과정의 이론에 불과함을 지적하지 않을 수 없는 것이다.

언제나 인생을 아름다운 '베일' 밖으로 내다보고 있는 씨의 정신세계를 일견 형이상학적인 것이라 오인하기 쉬우나 다행히도 '신비와 미신'이라는 어휘가 있기 때문에 굳이 그렇게 혼동할 필요까지는 없으리라 믿는다. 동리식 '네오휴머니즘'이란 인간 자체에 대한 철저한 미신과 우주에 대한 절대적 신비감에서부터 출발한 것이며 그 미신과 신비는 오로지 깨어나지 못한 그의 복된 미몽 속에서 이루어진 것이라 하겠다.

결코 동리씨가 생각하고 있는 것처럼 오늘날 처해 있는 '호모 사피엔스'의 문제가 그렇게 주먹구구로 풀 수 있는 단순하고 안이한 성질의 것은 아니다. 동리씨야 무슨 꿈을 꾸고 있든 무슨 별별 수사학을 내세우든 인간 해체의식, 즉 통일과 질서의 합리적 세계의 붕괴에서 오는 그 주체 상실의 현대적 인간학이 심각한 위기의 현애(懸崖)에서 방황하고 있다는 것은 감출 수 없는 사실이 되어버린 것이다.

'아프리오리'한 세계와 인간 긍정의 결론에서부터 시발한 이 용감한 '휴머니스트'의 선수가 슬프게도 20세기의 인간들과 동상이몽(同床異夢)을 하고 있었다는 것은 동리씨 자신의 '넌센스'만이 아니라 동시에 우리 '아나크로니즘'의 문학사적 비극이기도 한 것이다.

'피리를 불어도 춤을 추지 않는' 오늘의 인간들이 부동하는 인간상의 피상만을 그린 「실존무」(實存舞) 정도의 작품을 읽고 무슨 감명과 실감을 느낄 수 있을 것인가?(우상숭배자들을 물론 제외하고 말하는 것이다.)

그는 일찍이 '한니발' 장군의 초상을 그리되 그 얼굴의 정면을 그리지 않았다. 그리하여 그가 성한 눈의 편모만을 그려 애꾸눈의 '한니발' 장군으로 하여금 불구의 추태를 면하게 한 그 탁월한 기지와 자선심에 대하여서마는 다 같이 경의를 표하지 않으면 안 될 것이다. 그러나 한편 그 그림이 '한니발'의 얼굴이 아닌 것은 물론 그 아무의 초상도 아닌 허상의 소묘였다는 점에서 우리는 도리어 이 같은 불구의 초상을 그린 씨의 옹졸한 '카드'에 동정과 함께 조소를 보내지 않을 수 없다.

왕년의 자연주의 작가들이 '한니발'의 눈먼 부분의 편모만을 바라보던 과실과 동일한 또 하나의 오진을 범한 동리씨의 편시벽(偏視癖)은 기상천외한 세계적인 문학론까지 산출하고 있는 것이다.

서정의 세계만이 모든 문학의 본역(本域)이라고 생각하고 있으며 신과 인간을 동시에 상실해 버린 인간 존재의 비극을 전엔 서구인들만이 느끼고 있는 불행이라고 간주하고 있는 것 등이 모두 그것이다.

물론 그것은 생활하고 있는 세계의 차원에서(동리씨의 세계는 곤충들과 같은 2차원의 평면세계인 것이다.) 오는 씨 자신도 어쩔 수 없는 비극이겠지만 차라리 현대의 고차원의 세계를 이해하지 못할진대 스스로 「무녀도」(巫女圖)와 「황토기」(黃土記)의 우아한 상아탑 안에서 꿈만 먹고 사는 맥족의 생활을 설계하였으면 무관했을 것이 아닌가? 굳이 「실존무」를 쓰는 '김동리'의 우상이 될 필요가 어디에 있는가? 운운하고 동리식 '네오휴머니즘'의 이론을 내세워 우왕좌왕하는 이보다는 차라리 한 자리에 단좌하여 얼마 남지 않은 생을 앞에 놓아 두고 과거의 시대를 고요히 회상해 보는 것이 훨씬 그를 위하여서도 다행한 일이다.

왜냐하면 "'카이저'의 것은 '카이저'에게 주어라"는 명언이 있듯이 "동리의 시대는 동리에게 주어라" 라는 말과 함께 어쩌면 구시대의 '모뉴망'으로 남게 되는지도 모를 일이기 때문이다.

이미 지금 세대의 '카오스'는 그들의 우매한 미몽의 정열과 낙조에 우는 애상의 저편쪽 피안에서 일어나고 있다.

그러므로 현대의 고뇌란 그런 우상들의 이해의 손길이 미치지 않는 영원한 추상이며 실감없는 풍경일 것이다.

그러한 까닭으로 김동리씨를 중심한 대소 우상의 일군에게 원컨대 차라리 우울한 개구리가 되어 외계와 절연된 정적 속에 유영(遊泳)하는 풍류객이 될지언정 결코 우물 밖 넓은 세상의 이야기를 함부로 지껄이는 '시궁창의 올챙이'는 되지 말라는 것이다.

B. 사기사의 우상

이 부류에 속하는 사람으로 낙향한 시골의 무사 소위 20세기 후반기의 새로운 문학 '아이디어'를 모색한다는 '조향'(趙鄕)이라는 숭배할 만한 시인이 있다. 때때로 자기의 시와 정반대의 경향을 평론으로 쓰기도 한다. 그러나 자신은 그의 평론이 자기 시를 옹호해 주는 것이라고 믿는 모양이니 적지않은 이 '나르키소스'의 운명이 딱하다.

아무래도 그는 현대라는 말을 즉자적 생활에서가 배운 것이 아니라 현대 문예 사전과 얄팍한 유행물의 '팜플렛'에서 배워 온 것 같다. 나머지 1할은 또한 풍편(風便)에서 …… 그리하여 우리는 그의 시를 읽을 때마다 뒤늦게 유행하는 가요곡이나 재즈를 듣는 듯한 불쾌한 인상을 받을 뿐이며 아무리 노력해도 감동할 수 없으니 항상 그 시인에게 황송하고 미안한 생각뿐이다.

외국시인이 서툰 한글로 시를 쓴 것 같은 그의 시를 대할 때 누구나 처음에는 호기심을 갖고 몰려오는 것 같으나 실은 그 졸렬하게 만든 곧은 낚시에 걸려드는 둔한 고기가 적은 듯이 또한 씨를 위해 미안한 일이다.

그의 엄숙한 시에서 8할 이상을 차지하고 있는 기형적인 외국어와 신어(新語)의 수식학을 벗기고 나면 17·8세 소녀의 눈물 같은 세티만이 남는다. 그 때 우리는 문득 그 위대한 사기술에 찬탄하지 않고는 견딜 수 없다. 그러나 '이솝' 우화에서 보면 양이 사자 탈을 쓴 허세의 곡예가 그리 오래 가지 못하는 '트릭'인 듯 적이 걱정도 된다.

그는 '네로'에 못지 않은 폭군인 것이다. 단지 씨는 민중(독자)을 위하여 언어를 학대한 폭군이며 '네로'는 언어(시)를 위하여 '로마'에 불을 지른 폭군이라는 점만이 정반대일 뿐이다.

기이한 단어와 외국어가 곧 새로운 언어와 시가 될 수 있다는 언어 미학이나 시론이 존재하지 않는 한 조향씨의 시는 어느 신어사전의 찢어진 지편(紙片)보다도 값어치가 없는 것이다.

씨는 오로지 어리석은 독자를 사기하기에만 급급하지만 독자란 그가 생각하는 것처럼 그렇게 어리석음의 상징이 아니다. '아폴리네르' 'C. D. 루이스' 'E. E. 커밍즈' '엘류아르' 등의 시를 읽고 감동 그렇지 않으면 이해라도 할 수 있는데 어째서 한국의 '모더니스트' 조향씨의 시에선 이해조차 할 수가 없는지 참으로 이상한 일이다.

자기도 모르는 시를 타인에게서 이해받으려고 기대하는 것보다는 차라리 복권을 뽑아 백만원의 현상금을 바라는 것이 보다 양심적이며 확률이 많을 듯 생각한다.

비단 조향씨 뿐 아니라 '모더니스트'라고 자칭하는 대부분의 시인이 모두 사기사(詐欺師)의 우상들이다. 그러나 이들 우상의 신전에는 그나마 참례하러 오는 우상 숭배자도 적으나 적은 듯 다른 신전과는 달리 언제나 적적할 것을 생각하면 한편 측은한 마음까지 든다.

C. 우매의 우상

농촌문학가(?) 이무영(李無影)씨―씨는 무엇보다도 둔감한 데에 그 특징이 있는 분이다.

그러므로 우매(愚昧)의 우상 중에서 가장 높은 옥좌를 차지한다. 「향가」를 비롯한 그 많은 농촌소설을 읽어보면 그가 얼마나 외계의 사상(事象)에 대해서 둔감한가를 알 수 있다. 그의 평범성이라는 것은 '필립'의 단편소설에서 보는 것과 같은 그러한 유가 아니다. 그것은 평범이 아니라 건조다. 오로지 몽롱하고 둔탁한 시력 위에 반영된 건조한 영상인 것이다. 그의 소설엔 생의 철학도 미학도 혹은 단순한 인물과 풍경의 '레토릭'도 없다. 그저 '스토리'가 있을 뿐이다. 그러니까 '원스 어폰 어 타임'식의 옛날 이야기와도 방불한다. 그러한 작품 속에 나타난 농촌 이야기에서 우리는 소월(素月)이에게서 발견할 수 있는 그 신선한 향토감을 느낄 수 있을 것인가? 그 농부들의 생활 이야기에서 이상(李箱)의 「권태」에서 보는 것 같은 절실함을 느낄 수 있을 것인가? 그의 작품 속에 나타난 농촌이나 농부는 모두가 작자를 닮아 우둔 그것이다. 농촌은 그냥 단순한 시골 풍경일 뿐이다.

농부는 일종의 부르주아지같이 아주 여유있게 그려져 있을 뿐이다. 어쨌든 '마이다스'왕이 만지기만 하면 모든 물건이 황금으로 변한다고 하지만 씨가 소재로 하는 것이면 무엇이고 그 빛깔을 잃고 납덩어리처럼 되어버린다.

더구나 근일에 이르러 씨께서 평론에 손을 대고 도시에서 생활하는 현대인의 말초적 생활을 소재로 한 소설을 쓰시는 것 같으니 역도선수가 외발자동차를 타는 곡예를 보는 듯 심히 위태로운 마음 금할 수 없다. 씨에게 있어 이러한 모험은 만부당한 것이다. 사실 '둔감'하다는 것이 씨에게 있어선 '천부의 재능'이 될지도 모르기 때문이다. 그 둔감으로 인해서 여지껏 소설을 쓸 수 있었던 것이 아닌가 생각한다.

또한 그의 작품에서 우리가 아무런 감동과 충격을 느끼지 못하는 것은 시대에 예민하지 못한 '둔감'에서 온 것이지 결코 씨가 저간에 남의 작품을 혹평한 바로 그 '안이성'과는 관계되지 않는다는 변명을 위해서도 씨는 어쨌든 우물(愚物)이기를 고집해야 된다. 그렇지 않을진대 자기가 쏜 화살에 자기가 맞는 자승자박(自繩自縛)의 비통한 희극을 연출하게 될 것이다.

우리 문단엔 씨와 같은 우매의 우상들이 8할 이상이나 된다. 나머지 8할의 우상엔 매우 미안한 말이지만 그래도 씨는 가장 예민하고 박식한 분이다. 그러니 나머지 우물(愚物)들이야 말할 의욕조차 느낄 수 없다. 그러나 우리가 그러한 우물이 될 수 있다면 그렇게 되는 편이 좋을 것이다. 이유는 간단하다. 이웃집에서 불이 나도 안심하고 코를 골 수 있는 무딘 신경이 이 세상을 살아나가는데에 있어 보다 더 많은 편리성을 차지하고 있기 때문이다.

D. 영아의 우상

연륜이 많은 작가가 우상이 되어버린다는 것은 몰라도 아직 문단에 채

'데뷔'도 하지 못한 신진이 벌써부터 대가의식이 들어 우상의 영아(嬰兒)가 되려는 것은 참으로 믿을 수 없는 노릇이다. 몇 번 활자화된 자기 이름의 마술을 믿고 자중 없이 태작(駄作)을 연발하는 모모 제 씨의 예가 그것이다. 그러나 여기에선 도저히 반성할 기색이 보이지 않는 최일수(崔一秀)라는 신진 평론가에 대해서 몇 마디 언급해 보려 한다.

씨는 보건대 M자와 W자 정도의 구별이라도 하고 외국문학을 논하는지 적이 의심스럽다. 내가 씨에게 요구하고 싶은 것은 무엇보다도 비평태도에 있어서의 양심과 성실성이다. 즉 책임없는 글을 쓰지 말라는 것이다. 신인이 벌써부터 그렇게 독자와 동시에 자기를 속인다면 그 전도는 명약관화(明若觀火)한 일이다.

다음 일례만 하더라도 얼마나 무책임한 비평인가를 능히 짐작할 수 있을 것이다. 「노래하는 시와 생각하는 시」에서 '엘뤼아르' 'C. D. 루이스' '오든'의 제 시(諸詩)를 이중 번역해 놓고(그나마 인용도 이중 인용) 이 시는 운율에 의하지 않았느니 또 '완전히 운율에서 탈출하였느니'하고 운율을 논하고 있다. 항차(沆次) 운율 있는 시를 직접 탁월한 솜씨로 번역한다 해도 그 원시(原詩)의 운율이 파괴되어 그 잔형(殘型)을 찾아보기에도 힘이 들 터인데 하물며 그 졸렬한 이중 번역시를 앞에 놓고 어떻게 그 시의 운율을 논할 수 있을 것인가? 이 같은 경우를 보고 우리는 무지의 대담성이라는 것이 얼마나 놀랄 만한 힘인가를 다시 한번 깊이 깨닫게 된다. 대영(大英) 백과사전에도 없는 '모더니틱'(「문학예술」 4월호, 152면—아마 현대적이란 뜻을 말하는 것 같다)이란 말을 창안해 낸 일수씨는 그렇듯 기상천외한 외국어의 실력을 가지고 무려 영·독·불의 근간 시집들을 자유자재로 독파한 듯 싶으니 그 천재적인 공로에 대해서는 우선 깊이 경의를 표한다. 그러나 사실 프랑스어의 '나자레'의 발음이나 똑똑히 배워놓고 불란서 상징파 등의 운율을 논하는지 말하기 곤란하다. 여하튼 작품내용은 말할 것도 없으니 먼저 문학용어의 정확한 뜻과 또 문맥이라도 통하는 작문법이라도 배워놓은 다음에 평론하기를 충심으로 바란다. 어쨌든 지금 씨가 쓰고 있는 평론은 평론이라기보다 만화에 가까운 것이어서 식자층의 독자에게 이따금 폭소를 일으키게 하는 것은 아주 좋은 일이다. 그러나 아직도 씨와 같은 사람이 평론가란 칭호로 불리어지는 우리 문단의 형편을 생각할 때 이것은 씨 체면이 아니라 민족적 체면에 관계된 것이니 자중해 주기를 바란다.

앞길이 창창한 사람이 그러한 자살행위를 한다는 것은 더구나 동세대의 한 사람으로 서러워하지 않을 수 없다.

'르네상스'의 스펠링 하나 제대로 쓰는 사람이 드물었던 우리 선배의 무지를 우리 또한 그 전철을 되밟는다면 그것은 얼마나 비통한 운명이겠는가? 신문학사가 이인직(李人稙)으로부터 시작하여 이인직에서 끝나라는 법은 없다. 신인은 신인다운 '모랄'을 상실치 말아야 할 것이다.

우상들의 분노

내가 이 순간 '우상들의 분노'를 생각하지 않는 것은 아니다. 또한 이 거룩한 우상들에 의하여 '프로메테우스'와 같은 모진 형벌을 받을 것도 잘 알고 있다.

그러나 나는 소학교 시절부터 수신(修身) 점수에 59점의 낙제점을 받은 천재적인 악동이며 겸양의 동양 미덕을 모르는 배덕아(背德兒)다. 그러니 그만한 정도의 것은 이미 각오한 지 오래다. 다만 구세대의 문학과 새 세대의 문학이 반드시 교차되어야 할 문학적 혁명기가 왔음에 우리 위대한 대가들의 모습을 다시 한번 그리운 눈으로 바라보았을 뿐이다.

［『한국일보』, 1956. 5. 6]

민족문학론

– 개념규정을 위한 하나의 시고(試考) –

정 태 용

적당한 참고서나 또는 논거를 입증할 만한 자료를 갖지 못했기 때문에 독자는 이 글의 시발과 결점은 물론 어떠한 지점에서도 상식이외의 어떠한 다른 표찰(表札)을 발견하지는 못할 것이다. 그럼에도 불구하고 구태여 이 글을 쓰는 이유는 우리가 때로는 흔하게 쓰는 이 '민족문학'이란 용어에서 한 상식의 테두리 안에서도 개념의 통일성을 갖지 않고 제멋대로 있는 경우가 왕왕 있으며 그러한 사태가 우리들의 비평적 노작에 여러 가지 혼란과 장애를 가져오고 있기 때문이다.

허나 나는 이 문제를 확고부동한 규정에까지 끌어갈 수가 없을 것임으로 결국 이 글은 그러한 문제에 대하여 훨씬 기본적으로 애기할 능력이 있는 분들이 적극적으로 논구해 줄 한 계기가 되었으면 그 이상 바랄 것이 없겠다.

1

'민족문학'을 애기하자면 우선 '민족'이란 무엇이냐가 규정되어야 할 것이겠고, 거기에 따라 문화라든지 문학의 성격이 천명(闡明)되어질 것 같다.

우리들의 일반적 상식에 의할 것 같으면 '민족'이란 말은 근대 시민사회와 더불어 형성되어진 '민족국가'와 함께 등장된 개념인 것 같다. 그 이전에도 민족이라는 것이 전연 없지는 않았지만 그것이 오늘날 우리가 이해할 수 있는 정도의 개념상 구조와 문제로서 등장하게 된 것은 이 시기부터라고 할 수 있을 것 같다.

역사적으로 실례를 더듬으면 민족 안에 하나의 '순수한 혈통'을 찾는 일은 도로(徒勞)일 듯 싶다.

오늘날의 불란서민족이 전에는 북불(北佛)과 남불(南佛)에 각각 상이한 민족이 살았을 뿐 아니라, 지금의 미국은 각양각색의 민족들이 모여서 이룩한 국가인데도, 그들은 서구의 그 잡다한 여하한 민족과도 다른 어떤 통일적인 생활을 영위하고 있음을 이해할 수 있다. 또 현재에 아메리카민족이라는 것을 운위할 수 있을지 없을지는 모르겠으나 문화상으로 본다면 민족적인 독특한 무엇을 형성하고 있다고 보아 무방할 것이고 이것이 현 상태대로 몇 세기를 지나간다면 그것은 서구나 아주(亞洲) 기타의 여하한 곳에서도 발견할 수 없는 문화를 고유하게 지닐 것은 충분히 예상할 수 있을 상 싶다.

또 민족을 지역이라는 테두리에서 가능한 것으로 본다면 그러한 의미로서는 한국민족과 마찬가지로 아메리카 민족도 상정할 수 있는 일이겠으나, 우리들이 흔히 쓰는 유태민족이라는 것이 아직도 있는 것이라 하고 억지로 만든 이스라엘을 도외시한다면 지금 이 민족은 세계각국에 산재해 있기 때문에 도저히 지역으로서 민족을 규정짓기는 대단히 곤란한 것임에 틀림없다.

그렇다면 우리들은 민족이라는 것을 운위하기 위해서는 부득이 지역이라든지 혈통이라는 것을 떠나서 고려하지 않을 수 없겠다.

이 경우 우리는 민족을 다년간의 공동생활에서 습관이나 풍속이나 혹은 그 전통의 어떤 공통성, 그리하여 생활 또는 문화의 공통성, 나아가 운명공동체라는 것으로 상정할 수 있는데, 이 운명공동체와 문화공동체 사이에는 약간의 차이를 발견할 수 있겠다.

즉 서구의 어떤 곳에서는 한 국가 내에 그 언어나 생활 풍속을 전연 달리하는 이민족이 살면서 운명상으로는 공동성을 가지고 있음으로써이다. 이런 것으로 본다면 민족이란 운명을 같이 하는 것 즉 생활 환경이나 제도를 같이 하는 것 이상으로 그 언어나 풍속, 습관의 동일성이 주안점이 될 것으로 보여진다.

그러나 이러한 것을 오랜 시일 뒤에는 서로의 영향 속에서 결국은 하나의 언어와 새로이 동화된 풍속, 습관 속으로 통일될 수 있을 것이란 것은 우리들의 과거 역사가 입증하고 있는 바와 같다. 예(例)하면 만주족과 한족들처럼 서로 정복하고 정복당하고 하는 사이에 오늘날엔 거의 하나로 되어간 사실이다. 그리하여 민족은 점점, 지역적 양적으로는 확대되어가는 도중에 있음으로 오늘날과 같이 과학이 가속도로 발달하여가면 결말에는 이 지구상에 몇 개의 민족이 있거나 아니면 인종이라는 정도거나 그것도 결국은 인류라는 한 공동체로 결합되고 민족이라는 용어는 없어질런지도 모르는 일이다. 그러나 설사 과학의 발달로 인류가 한 국가체제 내에 살지라고 민족의 구분이 없어진다는 것이 한 세기 두 세기 안에 이루어질 가능성은 보이지 않음으로 우리들의 문제는 아닐 것 같다.

2

민족이라는 용어의 실태를 막연하나마 대개 이 정도로 해 두고 우리가 한민족이라는 하나의 공동체로서 생각할 수 있는 '민족문학'이란 것이 어떤 것일까를 생각해 보기로 하자.

'민족문학'이란 것을 고려하게 될 때 우리는 대체로 네 가지 구분에 의하여 생각할 수 있을 것 같다. 이것은 물론 '민족문학'이라는 용어의 실제상 실례에서 나타난 경향인 것이다.

첫째는 일반적으로 일컬어지는 '민족주의'라는 말의 용례에서 오는 개념이다.

이 민족주의라는 것은 일종의 선민개념(選民槪念)에 의하거나 아니 하거나 간에 배타적으로 나가는 경향으로서 그 실례를 들자면 한 개 주의로서 의식적으로 한 것은 아니지만 대원군(大院君)의 쇄국정책, 의식적인 '나치스'와 '피와 흙'의 정책 같은 것이 그 표본일 것 같다.

이 민족주의는 가령 일제시대의 우리의 처지와 같이 식민정책에 항거하고 침략적인 제국주의를 타도하면서 민족문화를 옹호하고 육성해 간다면 그런 경우에는 십분 그 존재와 주장의 타당성을 가질 수 있는 것이요 그러한 운동이야말로 민족의 명맥을 보전하는 유일한 길임을 말할 것도 없다.

그러나 그것도 일제이외의 다른 나라를 대하는 경우나 일단 독립된 나라에서 주장되고 실천되는 경우에는 극도의 보수주의로서 '우물 안 개구리'의 신세를 면치 못할 것이요 특히 오늘날과 같이 세계운명공동체적으로 움직이고 있는 경우에는 이러한 독선은 오히려 퇴보와 멸망의 첩경이 될 것이며, 민족자체의 무능력의 변호이외의 구실이 될 가능성은 없을 것임으로 문화나 문학에서 더욱이 우리들과 같이 후진된 처지에서는 도저히 용납될 수 없을 것임은 말할 필요조차 없는 일이다.

둘째로 우리가 생각할 것은 전자와 같이 적극적인 배타성은 없지마는 우리 이외의 제 외국의 장점과 미점(美點)을 전연 고려함이 없이 혹은 그에 대비 대항하여 자기 민족의 전통적인 것만을 고수하고 숭고(崇高)하려는 일종의 복고주의적 경향이라 하겠다.

가령 우리들이 의례준칙에 있어 제 외국의 이 시대적인 간단하고 편리한 것들을 일체 무시하고 동양적, 혹은 한국적, 예하면 유교적인 예절, 의복, 의식 등을, 그대로 고수한다거나 문학에 있어 향가나, 가사의 형식과 그러한 정신세계를 소요(逍遙)하려는 경향 등은 주로 이러한 것이라 하겠다.

해방 후 우리들은 일제에 대한 일종의 항거의식의 여파로서 관혼상제를 옛날 이조시(李朝時)의 그것으로 돌아가려는 풍조가 농후하게 있었고 외국의 것을 무조건 부화(浮華) 허식으로 돌리면서 신라, 백제의 의상 모방, 낡은 기질의 형식적인 재생 등을 꾀하여 혼란을 일으킨 일이 없지 않았음을 알고 있다.

문학 또는 어학자 중에도 이미 사어화한 말들을 추려 내여 현실적인 실감도 없으면서 사용하고, 완전히 외래의 사상이요 물건으로서 그것이 걸치고 온 이름이 이미 일상어로서 충분히 통용되고 있음에도 불구하고 이를 버리고 억지로 우리말로 조작하려는 무모를 감행한 것이 하나둘이 아니었다. 물론 우리들에게 과거에 있었던 것이지만 40년간의 일제 지배로 말미암아 파묻혀진 좋은 말들은 새로 살리는 것이 좋겠지만, 그런 것도 아닌 아주 옛날 말이나, 도무지 우리에게는 있을 수 없는 말들을 일부러 꿰어 맞추어 조어를 하는 따위는 민족문화를 위한다기보다도, 우리들의 민족문화의 이 시대적인 성격까지를 그르치는 결과를 초래할 것이다.

현재 일본에서 사용되고 있는 어떠한 말들은 그것의 어원이 분명히 우리들에게 있었음을 알 수 있으나 우리들에게는 이미 사용되고 있지 않는 종류의 것을 볼 수 있는데 이러한 점으로 보아 와전하여 그 원래의 발음이 나지 않는 것일지라도 우리들에게 일상어가 되어 버린 것은 그대로 사용하여도 무방할 것으로 우리는 보는 것이다. '입장'이라는 말이 우리말이 아니지마는('철학'이라는 말이 우리말이 아닌 것처럼) 이미 우리가 일상화시키어 통용하고 있는 것을 버리고 부족한 우리 말로 군색(窘塞)하게 살 필요는 없을 것이요 문학의 형식에서 이런 것을 취한다면 우리는 신문학이전이나 이후의 제 업적을 대부분 혹은 전부를 부인하는 망동(妄動)을 하게 될 것이다.

3

이상은 문학에 국한된 사태는 아닐 뿐 아니라 적어도 문학상에는 오늘날 이러한 고고학적 또는 국수주의적 재건을 꾀하는 사람들이 없음으로 그다지 문제가 되지 않으나 앞으로 얘기하는 두 가지 문제는 자주 혼돈되어 있음을 간과해서는 안될 것이다.

첫째는 우리가 우리 민족 내에 우리말로서 생산되는 모든 문학적 작품을 민족문학이라고 지칭하는 경우요 둘째는 그러한 작품 중에도 특수한 것만을 골라서 민족문학이라고 하는 경우다.

'몰턴'이 '세계문학'이라는 개념 중에 두 가지 해석이 있음을 지적하였는데 그 하나는 어떠한 시대에 이 지구상 '세계'라고 말하는 온갖 지역의 온갖 국민이나 민족들이 제작한 작품을 통틀어 세계문학이라고 하는 경우요, 다른 하나는 그러한 작품들 중에 특히 그 시대의 역사적, 정신적, 특성을 전형적으로 형성한 대표적인 작품만을 골라서 세계문학이라고 말하는 경우다.

전자의 경우에는 여하간에 만들어진 문학적 작품의 총칭임으로 해서 거기엔 역사적 시대적 특성이 있을 수 없다.

오늘날에는 교통이 편리하여 대번에 전달되고 모방될 수 있지만 예를 옛날에 취한다면 셰익스피어 작품과 그 연대의 우리 나라 작품을 대비해 볼지라도 여기엔 수 세기의 차이를 발견할 수 있음으로 같은 시기의 작품으로서 동일의 논이 될 수 없는 처지에 있음을 알뿐만 아니라 그것을 다 같이 세계문학이라고 논하기에는 대단히 난점이 있는 것이다.

구태여 영국과 우리 처지를 비교하지 않더라도 셰익스피어 시대의 셰익스피어 작품과 같이 동 시기의 같은 나라 다른 사람들의 작품이 오늘날까지 전해지지 못한 것을 가지고 우리는 세계문학이라고 하기가 어렵다는 것은 충분히 이해할 수가 있다.

물론 이러한 세계문학에 대한 해석을 그대로 민족문학에다 옮겨서 이해한다면 우리들의 작품은 시대적, 역사적인 가치나 우열은 여하간에 우리의 민족문학이라고 할만한 근거는 가지고 있다.

첫째는 다른 나라 작품에 비하여 언어와 문자를 달리 한다는 점이요, 둘째는 잘되었건 못되었건, 그 사고방식이나 의상이나 장소나 형식적 수단이나가 모두 미국이나 영국 것과는 다르다는 점에서다.

이러한 처지에서 본다면 우리말로 된 우리 나라의 작품을 대외적인 위치에서 애기할 때는 모조리 민족문학이라고 할 수 있을런지도 모른다. 세월이 흘러서 개중에는 허울도 자취도 없이 사라져 버리는 것이 허다할 것이요, 그것으로 말미암아 질적으로 우리 민족문학이 손실을 볼 것도 없을 것이며 이득을 볼 것도 없을 것이지만 통틀어 모두 민족문학이라 이렇게 부를 수도 있을 것 같다.

이를테면 우리나 혹은 중국의 어떤 작품이 그것으로 말미암아 그 시대의 세계문학이라는 개념에 아무런 변질이나 차이를 가져오지 않을 정도로 미미하지만 세계라는 그런 테두리에서 말하게 될 때에는 그런 작품도 결국은 여하간에 세계문학이라고 하지 않을 수 없는 사정과 같은 것이다.

또 만일 우리가 먼저 민족을 말할 적에 언급한 바가 있듯이 이 지구상의 인류의 생존에 있어서 각 민족의 차이가 언어나 습관정도로 그친다면 그런 경우에도 민족문학이라는 개념이 존재할 수 있을지 모르나, 있다면 그 경우도 이와 같지 않을까 한다.

그러나 우리가 민족문학을 말하게 되는 것은 그러한 몰가치의식에서 출발한 하나의 명칭을 갖자는 것이 아니라 일종의 이념이라도 좋고 혹은 의미의 통일이라는 견지에서라도 좋은 것이지만 여하간, 특별히 그것을 말하지 않으면 안될 경우에 도대체 민족문학이란 무엇이어야 할 것인가 이다.

4

오늘날 우리들은 세계문학이라는 말로서 이 지구상의 문학적 제 성과를 애기하고 있지만 과학의 발달로 화성과의 교통이 가능하고, (이러한 시기는 민족도 국가도 아니고 바로 인류 그 자체가 되겠고 원자력의 발전으로 그런 시기를 전연 몽상으로만 돌릴 수 없게 될 것 같지만) 거기에도 문학이 있어서 '지구의 문학' '화성의 문학'할 때에 우리들의 작품이 '지구의 문학' 어느 부분이라도 대변할 수 있는 위치에 오른다면 우리 문학은

'민족문학'이요 동시에 '지구(세계)문학'이 아닐까 한다.

다른 예로서 말한다면 '괴테'의 대표작인 「파우스트」는 그것이 곧 독일의 민족문학이요 세계문학이라고 하는 것과 같은 것이다. 그러나 우리의 어떠한 작품도 그것을 한민족의 대표작이라고 취급해 주는 경우는 있을지언정 세계문학의 테두리에서 말해주는 사람이 아직은 이 지구상에 없다는 것을 모른 체 할 수는 없다.

오늘이라는 현재와 대비되었을 경우에는 역사라는 말은 과거의 온갖 것을 다 지칭하게 될 것이요, 자연과 대립해서 말하는 경우에는 인류가 영위해 가는 사회적 생활은 모조리 역사에 속할 것이지만 우리가 인류의 과거 속에서 역사적 사건이라고 하는 경우에는 인류가 겪어온 온갖 것이 다 포함되는 것이 아니고, 인류 역사의 가장 핵심이 되는 사건 말하자면 종교개혁이나 산업혁명, 시민사회의 출현, 1, 2차대전 따위로 말하는 것과 같이 문학에 있어서도 이러한 비중과 가치의 구별은 있어야 할 것이다.

어느 특정한 시기의 세계문학의 성격은 '괴테'의 「파우스트」적인 것이기도 하고, '단테'의 「신곡」 같은 것이기도 하며, '조이스'의 「율리시즈」 같은 것이기도 하며, '뒤 가르' 「티보가의 사람들」 같은 것이기도 할 것이지만 이것저것 잡탕으로만 무색무미의 그런 것은 아닐 것이다. 또 이러한 말은 '조이스'의 「율리시즈」와 같은 작품은 어떤 민족적 특색을 가진 것이 아니라 세계주의적인 작품이니까 세계문학이요, 다른 것들은 민족적 색채를 가졌으니 민족문학이다라는 것이 아님은 말할 것도 없다.

어떠한 시대 어느 지역 혹은 나라의 작가들이 의식적이고 아니고간에 그 시간적 공간적 위치가 그 시대의 세계사적인 사건들을 짊어지고 해결해야할 운명을 지고 있는 민족이나 집단에 소속해 있으며, 그 작가 또한 의식, 무의식임을 막론하고 그 문제를 문학적 정신으로서 실천했다면, 그러한 작품들은 가장 민족적인 동시에 세계문학의 대표작으로서 능히 그 자리를 확보할 수 있을 것이다.

'괴테' '발자크' '트루게네프' '단테' '세르반테스' '셰익스피어' 등등 이루

말할 수 없는 세계적 대작가란 거의가 모두 당대의 세계사적 주체가 되는 생활과 정신의 실천과 관념자들을 취급하고 있음을 우리는 실제로 보고 있다.

우리 민족으로서 이러한 시츄에이션을 고려해 본다면 일제에 병합 당한 것이나 기전(其前)의 각국 세력이 침투하는 시기 동학란과 같은 것들은 전형적인 것이겠으나, 시대적 선험성을 가진 것이 아니므로 문제가 안 된다. 이러한 것들도 단지 민족적이라는 테두리에서만 볼 것 같으면 역사적인 사건들이요 민족문학의 소재로서 훌륭한 것이 될 수 있을 것이다.

오늘날에 와서는 세계사적 사건이란 강대국보다도 오히려 약소민족이 더 절실히 체험하고 있다.

강대국들은 대개 정책이나 외교홍정으로서 처리해 가는데 우리들 약소민족에게는 바로 생명적 육체적으로 온다.

8·15해방후의 남북의 분단과 기후(其後)의 혼란을 거쳐서 6·25사변에 이른 제 경과는 그것이 바로 민족사적인 것인 동시에 세계사적인 것이다. 이 일련의 사태는 이 시대의 정신적, 역사적 생활적인 시츄에이션의 가장 선험적이고 전형적인 것이었다. 지금 애급이 겪고 있는 것, 인지(印支), 싸이프러스도(島), 알제리아, 서장(西藏), 파란(波蘭) 등의 사건을 겪고 있는 것들을 세계사적인 의의를 가진 것이나, 대국들은 별반 육체적 절실감을 느끼지 못하는 것들이다. 우리의 문제가 하나의 테스트케이스에 불과하던 아니던 간에 우리가 통일을 이루는 날이나 그 과정은 6·25사변이나 기타에 못지 않게 이 시대의 역사적 주체로서의 전형적인 생활을 체험하게 될 것이지만, 과연 민족문학이요 동시에 세계문학이라고 할만한 어떠한 작품이 생산될 것인지 두고 볼 일이다. 우리 문학인들이 6·25사변에서 세계적으로 내놓을 작품 하나 이룩하지 못했다면, 우리 민족이나 문학자들이 가장 아우성을 치고 지성적이고 주체적이고 자율적이고 또 기타 허다한 미사어구로서 수식하고 있음에도 불구하고 우리는 우리의 생활 현실을 전연 생각할 자유가 없거나 능력이 없거나 그렇지 않으면 생각지 않는 것을 모토로 하는 안이한 소일자들이거나 할밖

에 달리 해석할 도리가 없다. 자기의 생활 체험 하나라도 진실하게 정리하지 못하면서 무슨 대문학자연(大文學者然)을 뽐내느냐고 문학 외부에서 꾸중을 받드래도 허는 수 없는 노릇이 아닐까?

이상야릇하고 신기한 것만이 문학의 새로움이나 가치가 아니고 이러한 현실들을 진정 시대적으로 올바르게 살려는 정신의 문제로서 체험하고 생활해 가는 작품이 실로 새롭고 존귀하고 민족적이며 역사적인 작품이 될 것이다. 추상적인 절망의식이나 불안의식이나를 상징화시킨다는 것은 우화보다도 싱거운 일이거니와 우리들의 문학은 이 현실의 구체적인 의미나 생활을 형상하지 않고, 무슨 불안이요 고민(苦憫)이요 지성이요 감성이요를 운위하는 것인지 이해하기에 극히 곤란하다. 문학자들은 세상 고민은 혼자 도맡아 놓고 하는 것처럼 떠들면서 실제, 가장 이 시대적, 민족적, 국가적인 문제에 대해서는 남이 갖다준 도식에 따르거나 내가 생각할 일이 아니라는 태도를 취하여 문학상 극도의 빈혈증을 일으키고 있는 것이다.

무엇이나 다 민족문학이 될 수는 없다. 우리 문제를 주체적으로 행동하고 체험하고 사상하고 해결해 가는 산 인간의 감정과 이성과 지성의 바탕을 옳게 조직하고 형상한 작품만이 민족문학일 것이요 또 그것이 우리 문학자가 수행해야 할 문학상 임무가 아니고 다른 어디에 있을 것인가? 인간적으로나 민족적으로나 위기에 직면했다고 느끼면 느끼는 그만치 어떠한 방법으로도 도피하거나 회피할 수 없이 맡아서 해내야 할 일이 바로 민족문학이란 명제 속에 들어 있는 것이다.

문학자들이 이러한 생활의 문제들을 정치선동가들이 주장하는바 도식을 기계적으로 이용함으로서 간단하게 얽어매어 버린다면, 이미 그것은 할 필요도 없겠지만, 또 그 이상의 테두리를 벗어나지 못할 것이라는 전제에서 점점 이런 것에서 멀어져 간다면 기술적으로도 진경(進境)이 없는 지금 우리 문학은 외국의 조박(糟粕)이나 씹어서 문학사의 한 공백시대를 이룰 위험도 있다 할 것이다.

그러나 문제는 반드시 세계사적 의미를 갖는 정치적, 군사적, 대사건에만 있는 것이 아니라, 오히려 이러한 것을 시대의 중축으로 하고 사조로 한 속에 사는 일상적 생활의 바탕일 것이니, 그러한 감동이나, 행동이나 사상이나 생활을 거짓 없이 조직하고 구축하는 데서 오늘 우리 문학의 역사적 특징과 그 새로움이 우리 앞에 발굴되어 전개될 것이다.(56. 9. 15)

[『현대문학』, 1956. 11]

15
우리문학의 현대적 방향
- 전통의 올바른 계승을 위하여 -

최 일 수

피어린 수난을 통하여 후반기를 맞이한 우리 민족문학은 현대의식과 전통계승과의 통일 문제를 그 어느 때보다도 심각하게 자각하면서 절박한 현실과 자아의 부조리한 상태에 대하여 내면으로만 편향히면서 고민만 하던 시대를 넘어섰다.

이와 같이 자각하는 시대로의 이향은 작가들 자신의 마음의 준비와 문학적 터전이 마련되었던 안되었던 고사하고 현대사의 한 줄기 흐름으로써 이러한 문학적 현실의 조류가 역사적인 명제를 우리 민족문학 앞에 직접적으로 제시하고 있는 것이다.

따라서 우리의 작가관은 고민보다도 절박한 불안을 극복하기 위한 강인한 의식이 앞서야 했고 또한 이론과 밀착되는 실질적인 생활의 행동성이 한결 요구되면서 안이한 인간성의 관념적인 감성보다는 행동적이며 당위적인 방향으로 지향하면서 있는 그러한 터전에서 발현되는 민족정신의 창현이 무엇보다도 오늘 우리 문학 예술의 당면 과제가 되어야 한다고 믿는다.

이 민족정신의 창현이란 무엇보다도 분단된 국토 위에서 영위하는 우리 민족이 통일을 갈망하는 데서 소산되고 또 역사적으로 요청된 상태의 것이며 또한 그것은 주체의 부조리성을 극복하고 통일을 창현해 낼 수 있는 행동적인 감성이 과학적인 이지 속에서 계기적으로 성장해가는 형태의 것을 말하는 것이다.

이러한 문제들은 오로지 1950년대 일어난 6·25동란이 그 계기가 되어 역사적 시대의 한 분수령을 이루면서 조성되었다고 믿는다.

참으로 1950년대 이 해는 20세기 후반기라는 특수한 역사적인 시대의 첫 출발일 뿐만 아니라 세계적으로는 현대라는 시대적인 특질에 커다란 변화가 있었으며 국내적으로는 민족이라는 개념에 결정적인 변혁을 일으켰던 해이기도 하다.

이러한 사실은 피비린내나는 2차대전의 악몽이 채 가시지 않던 1950년대 또다시 3차대전의 위기를 고했던 6·25동란이리는 커다란 역사적인 사건의 발발이 그 직접적인 요인이 되고 또 비약의 계기가 되었다.

그리하여 서구의 지성은 2차대전때 '파시즘'과의 직접적인 포화 속에서 겪으며 얻어진 '레지스탕스' 정신 밑에서 거의 전세계가 관여하다시피했던 6·25동란을 객관적으로 겪을 수 있었고 우리의 민족의식은 일제시대때 내면 속에 흐르고 있었던 민족적 저항력을 가지고 분열된 민족의 통일을 내태(內胎)한 이 동란을 직접적으로 겪게 되었다.

따라서 서구의 현대문학은 2차대전 후 수다(數多)히 벌어지면서 세계의 정치 정세를 좌우하고 있는 '아시아'의 민족문제 등을 통하여 이제까지 주관적인 테두리 속에 잠겼던 내면편향에서 객관성과의 밀착을 모색하지 않으면 안되었고 우리 문학은 외국의 모방성에서 벗어나 진정 현대에 있어서 민족문학의 본질이 무엇인가에 대하여 생각하지 않을 수 없게 되었다.

이러한 사실로 말미암아 서구문학은 1차대전 이후에도 다소는 그 경향이 있었지만 본격적으로는 2차대전과 그 이후에 전개된 아시아의 민족문제 등을 계기로 하여 개인주의적인 문학관에서 점차 사회성을 띠우면서 고전적인 교양에 의하여 자기의 인간성을 회복하려던 이른바 전세대의 '휴머니즘'에서 탈피함으로써 행동성의 개인화를 지양하고 지성의 고민적 상태를 불식하기에 이르렀다.

그리하여 이러한 '휴머니즘'에서 벗어나 '휴먼'이라는 것이 단순한 문화

주의가 아니라 대중과 인류의 진실한 생활에 기초를 두는 것이어야 하며
또한 단순한 인간 옹호나 인간 해방이 아니라 새로운 인간성을 형성하는
것이어야 하고 나아가서는 새로운 인간을 형성하기 위하여 새로운 사회
의 건설에 적극적인 참여가 있어야 한다는 이른바 문학에 있어서 행동적
인 '휴머니티'를 전세대의 낡은 '휴머니즘'과 엄정하게 차질(差質)하기에
이른 것이다.

그것은 비단 서구의 현대문학이 '휴머니즘'과 '휴머니티'와를 차질하게
된 결정적인 계기를 6·25동란에서 직접적으로 얻지 않았다 하더라도
전후의 이러한 상황이 차질하게된 상태에 하나의 충격은 주었으리라 믿
는다.

그런데 우리 문학에 있어서는 있는 그대로의 자연적인 사실의 세계에
서 한 걸음 더 나아가 반드시 있어야 하고 또 있을 수 밖에 없는 필연적
인 현실의 동적 세계로 이향함으로써 이제까지의 좁고 작은 풍속성이나
향토성에서 머물고 있던 민족주의와 문학에 있어서의 민족성과를 엄정하
게 차질하고 이를 지양하면서 세계문학과의 유기성을 인식하지 않으면
안되었던 것이다.

그리하여 우리 나라의 소설가들도 서구의 작가들이 고민과 절망에 의
탁해 버리면 버릴수록 독자들의 이탈이 심해지는 것을 의식한 것처럼 자
기의 독자가 곰방대를 피우며 풍설(風說)을 이야기하는 식의 지루한 세
설(細說)은 물론 회고나 추억이나 고독관에 편집해 버린 주인공에 대해
서는 절박한 인생에 아무런 도움도 받지 못한다는 것을 깨닫고 그러한 인
물들로부터 대량적으로 멀어져 가는 것을 알게 되었던 것이며 시인들은
자기의 시가 두 번이나 겪은 전쟁을 이겨 넘어온 벅차고 어기찬 사람들에
게 있어서는 더 이상 소녀적이며 감상적인 근대 서정으로서는 지성의 밑
받침이 없는 한 아무런 가치 발현도 못한다는 사실을 인식하게 되었던 것
이다.

뿐만 아니라 희곡작가들은 어찌하여 자기의 작품이 공연되는 경우에
극소수의 관객밖에는 없는가를 정시(正視)하면서 영화나 '스포츠'에게로

관객들이 대량적으로 이탈하여 연극이 왜 유지할 수 없게 되었는가를 근본적으로 인식하지 않으면 안 되게 되었다.

실에 있어서 이와 같이 전세대의 작품들로부터 수 많은 독자들이 떨어져나가게 된 근본 원인은 일제시대 때에도 다소는 그 경향이 비췄지만 근본적으로는 해방과 동란을 계기로 대중들의 생활에 커다란 변혁이 일어난 데서 오는 것이었다.

이 변혁이란 첫째 일제의 속박으로부터 벗어났다는 것 둘째로 38선으로 인하여 국토가 분단되어 경제는 파행화되고 사상은 대질(對質)하여 정치적인 혼돈이 조성되어 드디어는 6·25동란이라는 포화의 내결이 벌어졌다는 점 그리고 셋째로는 또다시 피로 물들인 이 영토에 휴전선이란 새로운 경계선의 설정으로 부모처자는 앞으로 언제 재회할 기약조차 막연한 채 산산이 흩어진 현실 속에서도 굳굳하게 통일을 신념하며 살아오고 있는 점이다.

그리하여 단 하나의 희망은 민족의 통일을 일제시대처럼 체념해 버릴 수 없는 생활의 의욕 속에서 모든 고난을 극복하면서 죽기보다 살기가 어려운 현실을 의식하며 살아나아가고 있는 것이다.

이러한 현실에서 풍월격조의 영탄이나 실연의 감상적인 시정풍물이나 또는 주관적 내면의 세계로 들어앉아 현실의 관념이 공중회전화 되어 버린 그러한 상태의 문학이 진정한 의미에서의 독자를 가질 리 만무한 것이다.

뿐만 아니라 순문학이 상아탑 속으로 내향하면 할수록 또한 통속문학이 관능만 묘사하면서 인생의 회고 감상만을 노리면 노릴수록 대중들의 이탈은 보다 심화해 가고 있는 것이다. 실에 있어서 통속문학의 수많은 독자들은 그것을 읽는 것이 아니고 심심풀이나 또는 노리개처럼 애완하고 있을 따름인 것이다. 그러므로 엄정한 의미에서 통속문학은 오히려 순문학보다도 진실한 독자가 없다고 본다.

이와 같이 민족 대중들의 생활의 변동은 필연적으로 문학으로 하여금 변동하지 않을 수 없도록 했던 것이다.

참으로 해방과 동란은 우리 민족에게 생활의 능동성과 직접적이고 계획성 있는 현실적으로 사고방식을 가르쳐 주었다.

그리하여 일제시대처럼 저만치 멀리 떨어져 그저 생각만 하고 마음속으로만 품고 있으면서 있는 그대로 바라만 보고 고민에 사로잡히던 그러한 정적(靜的)이며 관조적인 근대문학으로서는 오늘날 눈부시게 발전하고 변혁하면서 발등에 떨어진 긴박한 역사적인 운명에 대하여 이에 대결하고 초극해야 하는 이 대전환 과정의 특수한 형성기에 도저히 그 창조적 기능을 다할 수 없다는 엄정한 현실을 인식하게 된 것이다.

여기서 우리가 민족문학의 건실한 발전을 창현시키려는 현대적 위치에서 이러한 현실들에 대하여 단순히 순수문학이나 통속문학의 관점에서 가볍게 보아버릴 것이 아니라 진정한 의미의 독자가 어떠한 문학을 찾고 있으며 또한 그들은 어떠한 문학이 자기의 생명보다도 더 아끼고 싶고 생활의 범주처럼 따르고 있는가를 똑바로 보아야 할 것이다.

돌이켜 보건대 우리 문학은 전기(前記)한 바 그 비약의 계기를 해방과 동란이라는 역사적인 사건 속에서 모든 고난을 이겨 넘어온 강인한 주체의식에서 얻었을 뿐만 아니라 한편 이 사건을 객관적으로 바라보게 된 민주주의 선진국가들의 문학 발전의 공과(功過)가 주는 영향에서도 오는 것이었다.

일찍이 서구문학은 1차대전을 계기로 외면의 자연묘사에 무게를 두었던 관조적인 근대문학으로부터 내면의 심리세계로 옮아갔던 것이다.

이러한 이향은 창조적 기능이 정체될 대로 정체되어 버린 근대문학을 지양하는데서 오는 것이었으나 반면에 행동성이 극단적으로 내향하여 무의식 세계에서 창조의 근원적인 계기를 찾으려 한 나머지 하나의 관념적인 과장성이 기형적일 정도로 노출되고 지성이 고민하는 것으로 대체되기까지에 이르렀던 공과의 양면을 지니고 있는 것이다.

그리하여 2차대전을 계기로 해서는 1차대전 직후처럼 혼란과 무질서의 반항이 아니라 행동의 의식이 요구되면서 긴박한 현실에 놓여 있는 그러한 인간이 자기에게 주어진 운명에서 궁극의 상황에까지 파고 들어가려고 하였으나 근본적으로 무의식적인 근원력(根元力)에 의해서 지탱되고 있는 나머지 내면편향에서 완전히 벗어나지 못하고 있는 것이다.

그러나 내면심리의 일방적인 편향이 주는 몽환적 상태에서 벗어나려고 하는 진지한 모색이 전개되고 있으며 또한 표면은 다종다양하면서도 내용은 천편일률적인 심리소설을 지양하려 하고 있는 것이다. 뿐만 아니라 고전적 교양에 의해서 인간성을 찾으려 하던 그러한 개인주의적인 '휴머니즘'과 반면에 대중을 토대로 한 역사적 내용을 가지고 단순한 인간해방이 아니라 새로운 인간을 형성하기 위하여 새로운 현실의 행동적인 건설이 요구되는 현대의 '휴머니티'와를 엄정하게 차질함으로써 개인주의 문학으로부터 탈피하려 하고 있는 것이다.

그런데 문제는 여기서 첫째 이와 같이 공과의 양면성을 가지고 있는 서구의 현대문학을 어떻게 하면 주체적인 위치에서 이를 정리하여 받아들일 수 있는가 하는 그러한 비판적인 섭취의 기준이 세워져야 하겠고 또한 그 규준을 세우기 위해서는 무엇보다도 먼저 이를 받아들일 수 있는 주체성의 확립이 문제될 것이다. 이 주체성의 확립은 무엇보다도 전통의 올바른 계승을 토대로 해야 하고 또 그러하기 위해서는 먼저 좁고 작은 테두리에 벗어나지를 못하는 그러한 경향으로부터 민족성의 세계적 관련이 토대가 된 민족문학을 구별하는데 있다고 본다.

이러한 신념의 건실한 영토 위에서 어떻게 하면 민족문학이 현대화할 수 있는가를 생각하면서 서구의 현대문학에 대하여 '휴머니즘'과 '휴머니티'를 차질하고 또 '모더니즘'과 '모더니티'를 가리면서 역사발전의 한 단계로서의 현대적인 요소들을 비판하고 이를 섭취해야 하리라 믿는다고 본다.

이와 같이 우리 민족문학의 현대적 방향에 가장 요구되는 문제는 서구의 현대문학의 비판적인 섭취와 전통의 올바른 계승을 통한 주체성의 확립이라는 이 두 개의 커다란 문제가 서로 밀착되고 통일되는 데 있다고 믿게 되는 것이다.

이러한 문학적인 상황하에서 우리 민족문학의 현대적 위치와 그 계기

과정의 특질을 분석하기 위해서는 무엇보다도 전기한 바와 같이 우리 문학에 커다란 변동을 일으킨 근본 원인이었던 해방과 동란이라는 두 개의 역사적 분수령을 똑바로 보지 않으면 안될 것이다.

첫째 8·15해방에 있어서는 36년간이나 지배받던 일제의 '파시즘' 문학으로부터 우리의 고유한 민족문학을 찾을 수 있었다.

그러나 이러한 기쁨에 반비례하여 양대 사조의 첨단적인 대립으로 말미암아 8·15해방이 주체적인 행동에서 수행되지 못했던 것에 대한 하나의 대가인 것처럼 민족과 그 문학의 양분을 역사적으로 '강요'받게 되었던 것이다.

둘째 6·25동란으로 인해서는 양분된 민족과 그 문학의 통일을 위한 모색이 양대 사조의 전쟁적 대결 가운데서 바라던 소원은 아직 이루어지지 못한 채 미증유의 수난과 시련을 겪게 되었다.

이와 같이 2차대전 이후의 우리 문학의 내면에 근본적으로 흐르고 있는 역사적 사실은 민족과 그 문학의 양분과 세계 양대 사조의 직접적인 포화의 대결이었던 것이다.

이러한 역사적인 과정에서 우리 문학은 일본 민족의 압제에 대결하던 그 저항의식과 오늘의 양분된 민족을 통일하려는 정신이 그 기본적인 토대가 되어 양대 사조의 첨예한 대결 속에서도 굳굳히 살아나는 한 떨기 '풍란'처럼 보다 더 강하게 성장해 온 것이다.

한편 이러한 특수한 형태를 띠운 성장과정 속에서 객관적으로 제시되고 있는 또 하나의 문제는 우리의 민족통일을 위한 이러한 문학정신과 현재 서구의 후반기 세계문학이 추구하고 있는 이른바 '레지스탕스' 정신에 입각하여 새로운 인간을 사회적으로 형성하려는 '휴머니티'와 밀착시키는 가운데서 새로운 방향을 창현하려는 이른바 커다란 전기(轉機) 과정에 들어섰다는 점이다.

따라서 오늘날 우리 문학이 이 전기 과정에서 현대적 방향을 개시(開示)할 수 있는 유일한 비약의 '모멘트'와 그 창조원천을 근본적으로 파악하기 위해서는 무엇보다도 먼저 이 전기 과정의 본질을 옳게 이해하고 그 핵심을 파악함으로써 우리 현대문학이 놓여진 오늘의 역사적 시대의 특질을 근본적으로 인식하는데 있다고 본다.

그런데 여기서 우리 문학이 직면하고 있는 전환기의 역사적 특질을 근본적으로 인식하기 위해서는 우리가 현재 세계 양대 사조의 전쟁적인 대결의 가장 직접적인 첨단에 맞서 있다는 그러한 위치를 인식해야 할 것이다.

그리하여 이 대결의 첨단에서 우리의 문화 일반이나 또는 생활경제 사회상 등이 주체적인 토대보다는 이 양대 사조의 대결이 주는 강도(强度)한 영향에 의거한 채 객관적으로 보아 본의 아닌 민족분단이라는 역사인 강요에 대결하면서 이를 통일하기 위하여 진통하고 있다는 사실이다.

이러한 현실에서 우리 문학이 지향해야 할 목표나 위치가 필연적으로 민족의 통일을 구현시키기 위한 뚜렷한 방향에서 소산되는 새로운 민족정신의 창현이 요구되는 것이다. 이와 같이 분열과 대결의 첨단에 서서 민족의 통일을 구현시키려고 하는 의식은 우리 민족이 누구나 다 뼈저리게 느끼고 있는 역사적인 숙원이며 동시에 문학은 반드시 모든 현실을 떠나 순수 인간성의 탐구에만 있어야 한다는 유형의 소심적(小心的)인 문학관에 대한 하나의 저항일 뿐만 아니라 한 걸음 더 나아가서 2차대전 이후에 대두된 새로운 인간의 사회적 형성에 기초한 '휴머니티'의 정신과 공통된 사회참여의 문학으로써 우리와 같이 외국의 예속적 운명을 겪어 넘어온 후진 민족들에게 있어서도 또한 공통적으로 흐르고 있는 서사정신의 현대적인 발현이기도 한 것이다.

이 후진국에 특유한 현대적인 서사정신의 기본 원천은 예속과 분열되지 않아야 하는 주체의 통일의식이며 나아가서는 세계문학의 사조가 전반적으로 직면하고 있는 이른바 전통과 현대의 대차(對遮)로부터 올바른 문학 유산의 계승과 선진 현대문학의 비판적인 섭취의 통일된 기준을 확립시켜 줌으로써 우리 문학의 새로운 방향을 개시해 주는 유일한 '모멘트'인 것이다.

다시 말하면 현대적인 서사정신이란 올바른 전통의 계승에 입각한 민족문학의 현대화를 말하는 것이며 그것은 분단된 민족의 통일의식이요 또한 현대적인 지성과 감성 그리고 사유와 행동, 이지와 정서가 동일성 위에 밀착되어진 그러한 통일된 인간을 민족적인 현실생활 속에서 창현하면서 근원적인 창조의 계기를 개시하는 민족정신을 말하는 것이다.

이러한 현대적인 서사정신을 조성하고 있는 오늘 우리 문학의 시대적 특질을 문학사적 위치에서 이를 구체적으로 분석해 보면 첫째 3·1 이후 2, 30년대의 신문학 여명기와 시대적으로나 또는 그 역사적인 규모로 보아도 커다란 차질이 개재하고 있으며 둘째 같은 현대문학으로의 지향이지만 그 경우나 위치가 서구의 현대문학과 질적으로 비교해지는 특유한 역사적인 성격 등을 찾아 볼 수 있는 것이다.

첫째 여러 가지 동인 형태의 유파가 있었음에도 불구하고 본질적으로 보아 신문학 여명기에 있어서의 문학의 기본정신은 윤동주(尹東柱)의 「서시(序詩)」 "죽는 날까지 하늘을 울어러 한점 부끄러움이 없기를 그리고 나한테 주어진 길을 걸어가야 하겠다"에서나 이상화(李相和)의 시 「빼앗긴 들에도 봄은 오는가」에서 볼 수 있는 바와 같이 외국의 압력적 예속 상태에서 독립을 희구하던 그러한 시대적 환경 속에서 한편으로는 문학사적으로 보아 춘원(春園)이나 육당(六堂)의 신문학운동과 같이 봉건시대의 조형적인 운문문학으로부터 근대의 분석적인 산문문학으로 이향하는 시기였었다.

그러나 오늘에 있어서는 회복된 주체성이 양분된 상태 하에서 분열없는 통일된 민족 형성을 희구하면서 한편 문학사적으로는 피상적인 외면표상의 묘사에만 그쳤던 그런 정관적(靜觀的)인 자연주의 문학으로부터 내면의 의식세계까지 분석하려는 이른바 심리주의 문학에서 한 걸음 더 나아가 직접적이며 행동적인 인간을 민족적으로 형성하는 그러한 현대문학으로 이향해 오고 있는 시기인 것이다.

이와 같이 전후반기의 사이에는 독립과 통일 또는 정관과 직관 그리고 외면과 내면의 상치(相峙)한 차질이 가로 놓여 있다.

그럼에도 불구하고 전후반기가 공통적으로 일치되고 있는 점은 어디까지나 민족의 자유와 민주정신에 기초한 주체성의 확립에 있었다.

그러나 전반기 일제하에 있어서는 그 독립이라는 문학정신의 토대와 문학적 형상이 직접적으로 밀착할 수 없는 그러한 위치에서 육사(陸史)의 문학과 같이 끝내 민족적 저항이 일관되지 못하고 소월(素月)의 「진달래꽃」처럼 '저마침' 거리를 두었거나 또는 일제하의 문학동인처럼 회피나 음유(陰喩)나 암유(暗喩) 등의 병적 또는 체념으로 흘러버린 것과 같이 절대자와 대결하는 행동정신이 너무나 무력했고 또한 표현하려고 한 작품과 어디까지나 밀착되지 못했던 그런 정적인 위치에 놓여 있었던 것이다.

그리하여 체념과 정평에 얼킨 전통 아닌 인습 속으로 편향해버린 나머지 창살 속에서 밖에 날아가는 새나 떨어지는 잎새를 보고 외계의 생리를 느끼는 그러한 관조적인 격으로 신사조를 감지한 데 불과하였다.

그러나 오늘에 있어서는 창조적 기능이 정체될 대로 정체되어버린 정관적인 근대문학을 지양하고자 몸소 신사조의 세계적인 대결의 첨단에 맞서서 역사의 계기를 두 번이나 넘어온 가운데 이미 회피나 체념으로 싸여진 그러한 전통 아닌 인습으로만 일방적으로 편향하여 이에 고착해 버릴 수 없는 행동적인 '휴머니티'가 앞서고 있으며 개방과 혼돈으로 얼켜진 성급한 서구의 '니힐'관을 오늘 우리 민족이 당면한 민족통일로 이룩되는 새로운 민족형성의 구현과정에서 비판하고 지양하는 그러한 현실적인 초극 정신이 싹트고 있다고 믿는다.

이러한 경향은 오늘의 진정 젊은 현대작가들이 낡은 인습에 사로잡힐 수는 없는 그러한 비판적인 생활과정에서 전세대적인 '모더니즘'과 문학상에 있어서 '모더니티'와를 엄정하게 차질하고 있는데서도 볼 수 있는 것이다.

즉 도시화나 세계화의 첨단에서 그 양식과 속도에 부단히 순응하면서 현상적으로만 동화해 버린 나머지 피상천박과 성급한 호흡을 면치 못하고 내면으로만 편향해 버린 전반기 '모더니즘'으로부터 감각이나 의식 다시 말하면 행동과 사고가 우리들의 세대에 아무런 도움이 안 되는 그러한 인습의 군림에 대하여 저항하고 새로운 민족형성을 위해서 분단된 국토를 적극적으로 통일하려는 정신으로써 밀착되어진 그러한 민족적인 인간을 형성하기 위한 노력이 기저가 된 문학에 있어서의 '모더니티'와를 엄정하게 차질하는 문학상의 현대의식을 말하는 것이다.

이러한 현대의식은 한 걸음 더 나아가 고립된 전세대의 민족주의 문학과 오늘의 민족문학의 현대화를 엄정하게 차질하는 문학인들에게 의해서 공통적으로 흐르고 있다.

뿐만 아니라 2차대전 이후에 일어난 실존주의 문학에 대해서도 그대로 젖어버리거나 휩쓸려 버릴 수 없는 비판적인 섭취의 위치에 서서 근원적인 허무감에서 벗어나지 못하고 문학이 실존철학의 해설판이 되어 있는 듯한 그러한 실존주의 문학으로부터 문학적 사고의 기저를 이룰 수 있는 문학의 실존적 요소를 구별하고 있는 것이다.

이리하여 우리 나라 전반기 문학에 있어서도 「백조」나 「폐허」 동인들이 고민만 하다가 초극하지 못했던 그 불안과 동요와 '니힐' 그리고 절대자 앞에서 얼굴을 돌려버리거나 또는 자아분열에 빠져버린 것 등을 초극할 수 있는 구체적인 방법들이 생활과 더불어 현실적인 가능성 위에서 모색되어 있는 것이다.

이러한 현대의식을 오늘의 젊은 작가의 문학적 경향 속에서 찾아볼 것 같으면 첫째 아직 영국의 30년대 사회시적 경향이 있음에도 불구하고 행동과 사고가 하나의 의식 밑에 밀착되어가는 새로운 현대지성이 사회와 독자와 그리고 생활의 현실 속에서 '이미지'되어지고 굳은 의지가 생생한 현실 속에서 흐르고 있는 것을 볼 수 있고 둘째로는 너무나 서구의 생리를 소화시키지 못한 경향이 있기는 하지만 젊은 세대의 인간적인 심리와 새로운 민족성과의 조화를 모색하고 있는 것을 볼 수 있다.

셋째로 말초적인 성급감이 앞서고 있지만 2차대전 특히 동란 이후에 나타난 젊은 세대의 인간상 가운데서 위악적인 것과 위선적인 것에 대결하고 새로운 인간을 창현하려고 모색하고 있으며 넷째로 서구의 주지적인 지성의 테두리에서 아직 벗어나지 못하고 민족적인 것과 어색하게 융합되고 있기는 하지만 민족문학의 현대적인 방향을 모색 정신이 진지하게 쓰며 있는 것을 볼 수가 있다.

뿐만 아니라 현대와 고전의 밀착을 민족의 주체적인 위치에서 포착하려 하고 또 '리얼리즘'에서 '엑추얼리즘'으로 옳게 지양하지 못함으로써 분비된 전반기 서구문학이 걸어왔던 성급과 조잡과 행동의 무책임들을 오늘 후반기에 들어선 우리 나라의 현실에서 이를 지양하며 반성하고 자각함으로써 자아를 통렬히 비판하려고 노력하고 있으며 또한 민족적인 비애가 현대적인 지성으로 '이미지'되고 있는 사실 등등을 볼 수 있는데 이와 같이 자각기에 들어선 젊은 이 세대의 작품들 가운데는 표면에는 수다한 모방성과 미숙성을 면치 못하고 있음에도 불구하고 그들의 내면에는 진정 현대문학의 본질적인 측면과 우리 문학의 새로운 방향을 찾아 볼 수 있는 것이다.

이러한 자각기의 위치에서 다시 한번 전반기 우리 문학의 사적(史的) 위치를 살펴보면 1차대전을 계기로 하여 내면분석으로써 인간 심리의 통찰과 사고의 영상화를 시도하면서 행동적인 요소를 띠우고 현대문학 시대에 들어선 서구문학에 비하여 우리 문학은 그제야 비로소 서구에는 정체될 대로 정체되어 버린 근대문명의 미봉적인 희생지로서 제약된 상태하에서 신사조를 맞이했던 것이다.

때문에 전반기의 우리 문학이 서구보다도 유달리 관조나 회피나 방관이 지배하였고 갓 들어온 현대문학까지도 이러한 지배적인 경향 속에서 맴돌고 있었다고 본다.

그런데 후반기의 오늘에 있어서는 서구가 그 문학적 지성을 행동에 있어서 감동과 고민 속에서 찾던 전반기의 불안의식에서 탈피하여 2차대전 때 '레지스탕스' 운동이 주는 정신을 토대로 새로운 인간의 형성을 위하여 새로운 사회를 행동적으로 건설하는 이른바 사고와 행동의 밀착된 지점을 찾으려고 하는 2차대전 후의 문학에 있어서 '휴머니티'와 '휴머니즘'을 구별하는 방향으로 이향하고 있는데 우리는 1차대전 직후에 나타났던 '다다이즘'과 이미 깨져버린 '쉬르리얼리즘' 그리고 '엘리어트'의 환상적인 '시니시즘'이 8·15 해방과 더불어 회오리바람처럼 몰려오고 있는데 이를 어떻게 받아들여야 하는가 그 자세의 문제에 놓여 있는 것이다.

그러나 참으로 우리 문학을 비약시켜 준 8·15해방에 이어서 일어난 6·25동란은 마치 서구가 1차 2차의 대전을 겪은 두 개의 '모멘트'를 단시간에 겪도록 했던 것이다.

그리하여 20년대 이후부터 서구문학에서 일어난 '다다이즘' '쉬르리얼리즘' 표현주의 신즉물주의 신고전주의 신낭만주의 신이상주의 신심리주의 '이미지즘' 그리고 2차대전 후 나온 실존주의 등등 이러한 10년도 채 못가는 단명한 기복생멸(起伏生滅)을 되풀이하던 그 무수한 유파들이 단꺼번에 몰려 들어와 개방과 혼란과 무질서를 자아내면서 세대와 세대끼리 서로 단층을 이루면서 등을 지고 유파는 유파대로 흩어져 '쉬르—'(이활), '모더니즘'(김광린), '뉴컨츄리'(고원), 신즉물(김규동), '다다—'(김영삼) 등등 이와 같이 얼룩진 단층을 긋고 모든 약소민족의 문학사가 그리힌 것처럼 표면에 모방적인 작품을 풍기고 있으면서도 반면에 객관적으로 보아 이들의 작품의 내면에는 민족적인 주체성으로의 접근이 보다 강렬하게 모색되어야 하는 어떤 자각과 반성이 요구되고 있는 것이다.

이것은 엄정한 의미에서 '모더니스트' 자신이 '모더니즘'에 안이해 버리고 위탁해 버리면서 서구문학의 과정을 그대로 되풀이할 수는 없는 그러한 위치에서 후진국이 가져야 할 하나의 독특한 비판의식이 앞서야 한다는 것을 말해 주는 것이다.

이와 같이 우리 문학의 전반기의 방향이 주권 상실시대라는 식민지적 환경 속에서 독립을 희구하면서 동시에 봉건문학을 지양하는데 있었다고 하면 오늘에 있어서는 분열된 주체를 통일시킴으로써 근대의 관조문학을 지양하고 행동적인 사회참여와 새로운 인간의 형성이 그 기저가 되면서 전통의 올바른 계승과 현대문학의 비판적인 섭취를 주체적인 토대 밑에서 이룩하려는 이른바 새로운 현대의 방향을 모색하는데 있는 것이다.

둘째로 현대의 서구문학과 오늘 우리 문학이 놓여진 후반기적 위치를 차질해 보면 서구는 '니힐'과 부조리한 현실에 대하여 이를 내면적으로만 초극함으로써 분열되지 않는 통일된 자아를 하나의 논리적 초점으로 밀착시키고 형이상학 속에서 형성하려는 그러한 인간형성의 정신이 있었다.

그런데 우리 문학은 그 전통과 역량이 빈약함에도 불구하고 놓여진 현실은 분열된 민족을 통일시키려고 하는 새로운 민족정신 자체내에서 세계 사조의 첨단적 대결로 인하여 발생한 그러한 '니힐'을 초극하고 부조리한 현실을 지양시키는 통일된 인간의 형성이 요구되고 있는 것이다.

즉 서구는 범인간에 통하는 자아의 형성과 자의(自意)의 옹호에 있다고 하면 우리는 민족적인 것과 통하는 그러한 인간의 형성에 있는 것이다.

이와 같이 서구와 우리와의 '휴머니티'의 정신적 원천에는 범인간적인 것과 민족적인 것의 차질이 개재하고 분열된 주체의 통일을 위한 구체적인 모색에 있어서도 이질적인 성격을 띠우면서 커다란 전환 과정에 들어선 것이다.

다시 말하면 오늘 우리 문학은 일제시대와 또는 서구의 현대문학과는 달리 민족의 분단과 여기서 이어지는 양대 사조의 대결로 인한 자아의 분열된 상태를 동시에 초극하고 동시에 통일시켜야 하는 그런 특수한 역사적인 위치에 놓여 있는 것이다.

이와 같이 우리 문학 앞에 놓여진 역사적인 위치와 오늘 서구문학이 지향하는 현대적인 방향의 모색에 개재하는 그 차질성을 옳게 인식함으로써만이 현대문학의 섭취에 대한 비판적인 기준이 확립될 수 있을 것이며 또한 이러한 차질성의 인식을 토대로 우리 문학의 고유한 성격과 그 본질을 파악함으로써 전통 계승의 구체적인 방법도 세워지리라고 믿는다.

첫째 우리 문학의 본질을 분석해 볼 때 무엇보다도 우리 문학은 초기에 있어서 중국 문학의 영향력 밑에서 자라났으며 개화기에 이르러서는 일본의 압제적 상태 하에서 근대적인 시대에 들어섰다고 보지 않을 수 없는 것이다.

때문에 우리 문학은 중국의 심오한 표의성(表意性) 문학과 일본의 담백한 율격성(律格性) 문학의 중간적 위치에서 절충과 모방의 과정을 거쳐 비로소 독창적인 자각기를 가지게 되었던 것이다.

어느 나라의 문학이고 간에 민족 문학은 민족의 문자에 앞서서 형성되었던 것이다. 따라서 우리 문학에 지배적인 한자가 우리 문학의 형성 이전에 들어와 절충된 나머지 원주민들의 고유한 생활 속에서 자연발생적으로 발생하여 이것이 가요문학으로써 나타났던 것은 사실이었다.

「후한서(後漢書)」와 「위지(魏志)」을 보면 그 「동이전(東夷傳)」에 삼한이나 부여족 고구려족의 생활을 서술하고 있는데 그 내용을 보면 우리 민족은 가무와 음식을 즐겼고 이미 그때에는 제대로의 무용과 가요를 가지고 있었다고 하였다.

그 중 한 줄을 보면

夏后氏太康失德 夷人始畔 自少康已後 世服王化 遂賓於王門 獻其樂舞 -
「後漢書」「東夷傳」(조윤제(趙潤齊)씨의 「한국시가의 연구」 중에서)
東夷率皆土著 喜創酒歌舞(右同)1)

이와 같이 우리 나라는 악무(樂舞)가 주였고 잔치나 제사 때에도 모여서 노래하고 술 마시고 춤추었으며 개인의 감정도 가요를 통해서 영발(詠發)되었던 것이다.

---

1) 昔堯命義仲宅嵎夷, 曰暘谷, 蓋日之所出也. 夏后氏太康失德, 東夷始畔. 自少康已後, 世服王化, 遂賓於王門, 獻其樂舞.
　　옛날 堯임금이 義仲을 嵎夷에 살도록 命하면서 '暘谷'이라 하였으니 그곳은 대체로 해가 돋는 곳이다.
　　夏后氏의 太康이 德을 잃자, 夷人들이 처음으로 叛하기 시작하였다. 小康 이후부터는 대대로 王化에 감복되어 王室에 복종하고 그들은 음악과 춤을 바치게 되었다. (국사편찬위원회(편), 「후한서」, 『국역 중국정사 조선전』, 대한민국교육부 국사편찬위원회, 1986, 513면, 11면. - 엮은이)

東夷率皆土著, 憙飲酒歌舞, 或冠弁衣錦, 器用俎豆. 所謂中國失禮, 求之四夷者也.
　　東夷는 거의 모두 土着民으로서, 술마시고 노래하며 춤추기를 좋아하고, 冠으로는 고깔(弁)을 쓰고 비단옷을 입으며, 그릇은 俎豆를 이용하였으니, 이른바 중국이 禮를 잃으면 四夷에게서 구했던 것이다. (같은 책, 513면, 13면. - 엮은이)

뿐만 아니라 오늘에 유존(遺存)한 최고의 시가인 '향가'를 보더라도 신라인들이 즐겨 향언(鄕言)을 가지고 가요를 만들었고 나라에서나 마을에서나 노래로써 열락(悅樂)했던 만큼 우리 민족은 원시 때부터 풍류적이었다.

오늘 우리 나라의 방방곡곡에 노래가 없는 곳이 없을 만큼 속요 민요 등 향요(鄕謠)가 풍부한 것도 '향가'시대부터 이어내린 하나의 민속 현상이라 본다.

그런데 후진국이 가지는 공통적인 특질로써 원시적인 자연발생적 형태는 의례히 선진국의 고도한 문명에 휩쓸려 그 독자성을 제대로 고유하게 살릴 수 없었던 만큼 모방적 요소가 심했던 것이다.

우리 나라는 유달리 중국과 일본의 중간에서 절충과 모방이 지배하여 중국이나 일본처럼 뚜렷한 주체성을 확립하지 못했던 것이다.

그런데 원시적 형태이지만 그래도 중국문학과 구별될 수 있는 하나의 절충성을 지니고 있었던 '향가'가 최치원(崔致遠)의 모방기에 이르러서는 그나마 소멸되고 말았던 것이다. 그리하여 향가는 고도한 당시(唐詩) 때문에 꼬리를 감추고 그 시대의 시인들의 전부가 시작에 있어서 당시와 구별할 수 없을 만큼 모방으로 흘러 버렸던 것이다.

이러한 모방적 풍조가 고려 이조 등 삼대를 지배하여 오늘 우리 문학의 고전을 분석하고 그 전통을 개괄하는데 있어서도 한자로 구사한 문전(文典)밖에는 구체적인 자료를 얻을 수 없는 그러한 처지에까지 이르르고 말았다.

이와 같이 신라 고려 이조 삼대를 통하여 지배해 오던 한자문학은 우리의 민족정신까지도 침해하여 이른바 이퇴계(李退溪)의 주자학적 도문일치(道文一致)의 문학이 고전을 찾으려 했음에도 불구하고 궁극에는 한문학의 이론을 모방하여 이조 당대로 하여금 주자의 문학론 일색으로 통일시키고 문학을 유교의 도리를 계시하는 하나의 방편으로 만들어 버리고 말았던 것이다.

그리하여 향가 이후 이조 중엽까지의 우리 문학의 본질은 신라 고려의 불교문학의 영향도 없지 않았으나 이퇴계의 이른바 도문일치의 문학이 지배적이었던 것이다.

이와 같이 극단적인 중국문학에의 모방이 지배해온 반면에 이와 반비례하여 설화와 민요문학 등에서 비로소 이와 차질되는 새로운 고유성의 싹이 트여 이조 중엽부터 이들 평민문학에 의하여 발견되기 시작하였다.

참으로 '세종왕'의 한글문자의 창안은 '타일랜드'의 '라마캄헨'왕의 태국문자의 창안과 '인도차이나'가 진조(陳朝)때 '남자(喃字)'를 창안한 것처럼 외국문학의 모방으로부터 처음으로 고유한 독자성을 정착시켜 주는 문학적인 터전을 마련했던 것이다.

그리고 이 '한글'문자를 토대로 평민들 간에 자라난 「춘향전」 등의 수많은 구비문학은 한자문학에 직접적으로 반항하면서 성장했고 또한 평등정신과 인간옹호를 위한 새로운 문학정신을 창현해 냈던 것이다.

그리하여 이 새로운 문학정신은 일제의 근대적 지배하에서도 '한글'학자들의 불굴의 저항과 산문문학의 '한글' 옹호로써 민족의 독자성을 옹호했던 그 원천력이 되었던 것이며 창작에 있어서도 「춘향전」 등의 판소리 정신을 이어받은 윤동주, 이육사의 저항문학이 나왔던 것이다.

이와 같이 우리 문학의 본질은 극단적인 외래문학의 모방성 속에서 자라났으면서 이와 반비례하여 놀라울 만치 강력한 민족적 저항력이 뿌리 깊이 흐르고 있는 그러한 이율배반적인 특이한 양상 가운데서 찾아볼 수 있으며 앞으로 흘러가야 할 기본적인 방향도 어떻게 하면 이러한 민족적인 전통을 올바르게 계승하느냐 하는 문제와 또한 이러한 정신 밑에 외래문학을 비판적으로 섭취할 수 있는가 하는데서 찾아지는 것이다. 그런데 여기서 무엇보다도 문제되어야 할 것은 우리 문학의 본질에 흐르는 전통이 무엇인가를 찾아냄으로써 재래의 정의를 비판해야 하는 점이다.

전통의 올바른 계승을 위한 그 본질의 분석방법으로써 재래의 몇 가지 정의를 비판해 보면 첫째 이병도씨의 지론(「조선일보」 1955년 6월 16일부 「우리 문화와 장래」의 좌담회에서의 발언 중에서)대로 향가 시절부터 흘려오는 가무호음(歌舞好飮)의 그러한 풍류적인 '멋'과 '맛' 속에 있는 것인가 그렇지 않으면 최치원의 「계원필경집(桂花筆耕集)」에서와 같이 당시의 순수 모방에 있는 것인가 또는 이퇴계의 도문일치의 유교문학에 있는가 또는 이와 정반대로 이러한 모방성과 절충성에 반항하고 인간의 평등을 구가한 「춘향전」 등의 구비문학(설화) 속에 있는가를 본질적으로 분석하지 않으면 안되리라고 본다.

첫째 이병도씨의 이른바 '멋'과 '맛'론은 어디까지나 서재와 '싸롱' 등에서 풍류나 정서를 관조적으로 완미하는 그러한 민속적인 감각이고 해석이었지 그것은 결코 우리 문학 속에 영원히 흐르는 생활의 창조 원천일 수는 없다고 본다.

아무리 향가에서 볼 수 있는 바와 같이 희무악가(喜舞樂歌)와 호음열식(好飮悅食)을 했던 간에 그것은 민족의 생활형식의 한 현상이며 하나의 단편적으로 이어지는 민속적인 풍속 서정이었지 결코 우리 생활의 창조적인 계기의 근원으로써 민족정신을 형성시켜주는 진정한 의미의 전통은 될 수 없는 것이다.

전통이란 원래 '멋'과 '맛'과 같은 유습(遺習)이나 인습에 있는 것이 아니라 민족생활의 역사적인 발전과정에서 창조된 정신적인 흐름과 성격 등이 수다한 시대를 통하여 전승되면서 그것이 하나의 근본적인 힘으로써 후세의 문화창조에를 규정할 수 있는 그러한 창조의 민족적 근원력을 말하는 것이다.

오늘날 우리가 민족 분단의 지양이라는 역사적인 운명이 긴박하게 우리 눈앞에 가로놓여 있는 이때 '멋'과 '맛'을 전통으로 내세운다는 것은 어디까지나 풍류아취(風流雅趣)에서 벗어날 줄 모르는 자연주의적인 문학의 보수적 개괄방법(槪括方法)밖에는 아무 것도 아닌 것이며 결코 그것이 오늘 우리 문학의 근원적인 창조적 계기를 개시해 낼 수 있는 힘을 가졌다고는 볼 수 없는 것이다.

도대체 '멋'과 '맛'이란 우리 문학 예술의 전통이 될 수 없을 뿐만 아니라 또한 그것이 어디까지나 취미향락이상 벗어날 수 없는 유일한 원인은 하나의 특정한 사회의 관례나 인습적인 것이 무자각하게 조장되어 '항아리'만 그리면 우리 민족성을 대표할 수 있다고 보아버리며 화랑정신이면 우리의 기질이 깃들어 있는 것으로만 보아버리는 등등 이와 같은 예술의 고유한 창조성을 몰각한 나머지 표상의 내적 필연성을 상실하고 있는 데 서 오는 것이다.

때문에 향가 속에서 찾아 볼 수 있는 전통성이란 '멋'과 '맛'이라는 풍속 서정에 있는 것이 아니라 오히려 있다고 하면 그것이 비단 절충적이기는 하지만 외래문학을 표음화하며 우리 나라의 독특한 고언(古諺) 관례 교 훈 등의 평등적인 '모랄'을 통하여 중국 시가와 구별할 수 있는 민족적인 독자성을 다소나마 간직하고 있었다는 데서 찾아보아야 할 것이다.

다시 말하면 '향가'가 간직하고 있는 그 독자성이란 조윤제씨의 시론에 의하면 향가의 특색은 우리의 말이면서도 우리의 문자가 아닌 한자를 가 지고 우리의 말을 표기하였다(「한국시가의 연구」)는 데 있다고 하였다.

이와 같이 향가에서는 중국시가와 구별할 수 있는 언어의 형태를 절충 할 표기방법에 의하여 우리의 언어를 표기하려고 중국의 한자를 분석하 여 이를 절충시켰다는데 있는 것이다.

그런데 문제의 독자성은 이러한 절충적인 창안에 있는 것이 아니라 원 시적인 상태에서 자민족의 주체성을 확립하기 위하여 중국의 문화를 비 판적으로 섭취하면서 그것을 다소나마 자기 것으로 소화하려고 했던 그 당시의 민족정신이 소박하나마 깃들어 있었다는데 있는 것이다.

그러나 오늘 우리 나라의 국문학자들은 이러한 근본적인 정신적 요인 에서 보지 않고 자연 구가의 관조적 상태에서 가무호음의 '멋'과 '맛'의 풍 속성만을 보고 있는 것이다.

그리하여 외국문자의 음(音)과 훈(訓)을 혼합 이용한 절충적인 향가의 이러한 표기방법의 그 내면에 기저(基底)하는 근본 정신을 이해하지 못 할 뿐만 아니라 이 향가의 표기방법이 최치원 이후의 모방 독존의 암흑시 대를 거쳐 순 우리글 우리말 표기단계로 이어주는데 있어서 문자형식의 중요한 전통으로써 민족적 독자성의 창조정신이 흐르고 있다는 것을 망 각하고 있는 것이다.

이러한 제 여인(與因)으로 해서 향가나 그 이후의 우리 문학의 특색은 이병도의 전통론처럼 '멋'과 '맛'에 있다고 볼 수 없는 것이다.

실에 있어서 '멋'과 '맛'의 전통론이란 19세기 말엽에 불란서에 있어서 그의 조상인 '고르'족의 특유한 방자남행(放恣濫行)의 견수적(犬獸的) 생활습성 속에다 기독교를 받아들여 이것을 적당히 민족화하려 했던 것과 마찬가지로 가무호음이 주는 아취와 풍류에다 유교적인 주자사상을 도입하여 적당히 민족화하려는 그러한 것이다.

이와 같은 민족전통의 수립방법은 유교사상이 주는 아취의 형식미와 그리고 멀리서 완미하고 관조하는 자연주의적인 문예학적 방법론과의 어색한 융합에서 오는 전통주의자의 독단이지 결코 민족전통의 올바른 계승을 토대로 현대화하려는 오늘의 우리 문학에 관건이 되고 창조의 근원적인 계기가 될 만한 그러한 요소는 찾아 볼 수 없다.

분단된 민족의 운명에 가장 성실한 자세로써 마주서는 새로운 인간의 형성과 모든 창조적 역량을 기울여 이 긴박한 역사적 과제를 정시하는 민족정신의 창현을 모색하는 오늘 우리 문학의 특수한 위치에서 볼 때 '멋'과 '맛'을 전통으로써 내세우려 하는 것은 마치 민주주의의 모태적 역능을 구견했던 불란서 혁명을 반대한 불문학의 전통주의자처럼 오늘의 현실에서 이탈하여 우리 고대 민족에 특유했던 호음열락(好飮悅樂)한 생활 풍습 속에다 서구문명을 기계적으로 어색하게 융합시켜 보려는 가장 보수적인 방법밖에는 아무 것도 아닌 것이다.

둘째로 최치원의 당시 모방인데 전통이란 모방에서 오는 것이 아님을 다시 한번 밝혀두어야 하리라고 본다.

엄밀한 의미에서 이 모방은 전통을 부정하게 되는 결과의 형태다. 오늘날 장혁주(張赫宙)씨 등의 일본문학의 모방이 우리 나라의 전통을 거역했고 일부 젊은 세대들이 전통에서 멀어져 간 것도 일정한 시기의 모방 과정에서 오는 것이었다.

신라말년에 있어서 중국과 문학적 접촉이 되자 고도한 당의 시문학에 매혹된 나머지 모든 작가들이 재래 가요의 창작을 버리고 한자한음만에 몰두하여 어느 사이에 한시를 창작하기에 이르자 향가로써 사상 감정을 반영하는 것은 마치 이조때와 같이 한글을 쓰는 것은 상노(常奴)들만이 하는 것이라는 그러한 격이 되고야 말았던 것이다.

이와 같은 모방은 그 나라의 특유한 독자성을 말살하며 나아가서는 전통을 무시하기에 이르는 것이다.

셋째로 이퇴계의 도문일치의 문학인데 이것도 본질적으로 보아 '원(元)'의 주자(朱子)의 문학 이론을 모방하는데 있었던 것이다.

전기 최치원이가 당시를 문장에서까지 모방한데 비하여 이퇴계는 문학 이론에 있어서 주자를 모방한 천재적 작가였다. 아니 그보다는 오히려 대유학자라고 부르는 것이 타당할 만큼 철두철미한 주자학자로써 '도(道)'를 해설하려는 문학이며 일체의 다른 문학은 그 존재를 인정치 않기까지에 이르렀다. 그러나 여기서 이퇴계의 문장이 오늘까지 하나의 우리 문장의 정통적인 것으로써 이퇴계의 전후를 막론하고 그와 대적할만한 문장가는 없었다. 하지만 문장이나 정통이 그 문학정신의 기본적인 형태는 아닌 것이다.

문장의 정통은 문학의 전통과는 다르다. 문장은 하나의 표현형식의 문제였지 문학이 가져야 할 창조적 내용은 아닌 것이다. 전통은 그러한 정통이나 표현양식에 있는 것이 아니라 역사적으로 옳은 유산의 토대 위에 성립하면서 발전해 나가는 기본 정신 안에 있는 것이다.

따라서 아무리 이퇴계의 문장이 정통이라 하더라도 그것은 어디까지나 표현형식상의 문제이며 또한 그의 문학에 있어서도 주자의 도문일치의 모방문학으로서는 우리 민족의 고유성을 창현해내지 못하는 것이다.

넷째로 「춘향전」 등에서 볼 수 있는 것인데 이것은 아직 문학작품으로 구상화되지는 못하였으나 그 근본적인 정신만은 우리의 고유한 민족성을 간직하여 원시적인 소박한 향가 정신을 한결 높은 위치와 앞선 형태로 발전시킨 유일한 고유성을 지니고 있다고 본다.

원래 전통이란 고유성을 토대로 흘러 이어지는 기본 정신을 말하는 것이다.

그런데 이 「춘향전」은 향가와 문학사적으로 구별해 봄으로써 그 고유성을 근본적으로 인식할 수 있는 것이다.

즉 향가는 우리 문자가 없었던 시대에 중국의 한문자를 빌어서 음훈(音訓) 혼합으로 우리의 언어를 표기하여 문학을 유동상태에서 절충적인 정형의 상태를 마련하였던 이른바 독자성이 소박하게 형성되려던 시대를 그 배경으로 하였다. 그런데 「춘향전」의 설화문학은 우리의 고유한 민족의식을 토대로 하여 한문문학의 모방으로부터 벗어나려고 하던 시대를 배경으로 하여 우리의 문자가 창안되었고 또 우리 문자에 의해서 우리의 언어를 문학적으로 정형화시켰던 것이다.

이 두 개의 현상을 차질해 보면 향가의 시대적 배경은 중국의 고도한 문학에 비하여 극히 원시적인 문학적 형태였으며 그리고 그 흐름이 자연발생적인 존재로써 쉽사리 소멸해 버렸던데 비하여 「춘향전」 등의 평민문학은 새로운 문학형태로써 한자에 대결하면서 새로이 자라났고 또한 인간의 평등정신을 위하여 유교의 아성이었던 봉건제도를 부정하는 저항정신이 짙게 흐르고 있었다.

이와 같이 향가에는 역사적으로 그 선진성을 약속받기에는 너무나 지방적이요 토착적이며 원시적인 자연발생 그대로였던 것이었고 「춘향전」 등은 오늘의 세대에 이어주는 새로운 문학정신을 지니고 새로이 자라난 그런 요소를 지녔던 것이다.

그러므로 우리 문학의 진정 올바른 전통은 '멋'과 '맛'이나 또는 모방이나 '도문일치'에 있는 것이 아니라 우리 민족의 고유성 위에서 자라난 향가정신을 한결 높은 위치로 발전시킨 「춘향전」 등 평민문학의 역사적 특징을 옳게 분석하고 그 본질을 파악함으로써 민족의 창조정신의 흐름 밑에서 뚜렷이 발현해 내는데 있는 것이다. 일찍이 독일문학은 '괴테'의 「파우스트」를 자기 문학의 전통으로 삼았고 영국은 '셰익스피어'의 「햄릿」을 전통으로 삼고 있는 것이다.

그러면 여기서 이 「춘향전」 등의 평민문학 속에 담아진 전통이란 무엇인가를 밝히지 않으면 안 된다.

「춘향전」 등의 이러한 구비문학은 어디까지나 고전으로써 문학적 형태를 갖추지는 못했다.

그러나 오늘 민주주의 시대의 창조적 역능을 담당하고 있는 평민들간에서 발현된 문학이며 순 우리말 우리글의 문학이라는 점이다.

첫째의 평민문학이라는 것은 그 당시 양반들의 사회적 학대에 저항하는 인간평등의 정신이 깃들어 있었고 둘째 순 우리글의 문학으로써 한문학의 압박에 반항하면서 우리 문학의 독자성을 확립하자는데 있었다.

이 작품은 구비문학이니만치 어느 일정한 작자가 없고 순전히 평민들간에서 발생되고 창작되고 성장하면서 활자화한 작품인 것이다.

그런데 이 두 가지의 인간평등정신과 민족 고유성이 통일된 작품은 이제까지의 우리 문학사상에는 없었던 것이다.

아무리 시조기 누구나 읊을 수 있는 민족감을 지녔다 하더라도 근본적으로 볼 때 조형적 6구체 속에 뿌리박고 있는 유교사상에서 벗어날 수 없는 것이며 이조 봉건제도내의 서자처럼 자라난 것이었지 결코 인간평등과 민족 독자성을 통일적으로 추구하는 그러한 서사정신은 지니지 못했던 것이다. 이와 같이 시조는 절충적이며 원시적인 향가를 유교화한 봉건적인 성장이었지 결코 주체성이 확립된 인간평등의 반봉건적인 형태는 되지 못했던 것이다.

그러므로 나는 이런 점에서 우리 문학의 전통을 향가에서까지 올라가는 것도 좋으나 그보다는 오히려 나이는 어리지만 진정한 의미의 전통 정신만은 「춘향전」 등의 평민문학에서 찾아야 한다고 본다.

굳이 몇 천년의 역사와 그 가치가 문학에 끼친 영향을 캐어 본다면 그 향가 정신이 하나의 모방성에서 주체성을 확립하는 중간적인 과정의 위치로서는 그 역사적 기능을 인정할 수는 있다고 본다.

물론 향가나 시조정신이 「춘향전」 등의 평민문학의 정신과 통할 수 있는 호흡이 없는 것은 아니다. 그러나 그 호흡은 올바른 전통으로써 개괄해 내기에는 너무나 역사적으로 약속받을 수 있는 선진적 요소와 기능이 빈곤한 것이다.

그러나 한편 우리 문학은 향가에서 시조로 흐르는 절충적인 조류가 평민문학에까지 미쳐오고 문학사의 또 한 줄기의 흐름으로써 거의 우리의 생활화될 만큼 섭취된 점은 인정해야 할 것이다.

이와 같이 우리 문학의 전통은 향가에서 시조로 흐르는 절충적인 것보다는 「춘향전」 등의 평민문학에서 정성(定成)되어지는 주체성의 확립과 인간평등의 자유정신의 통일된 정신 속에서 찾아볼 수 있는 것이다.

그러면 문제는 「춘향전」 등의 정신이 어떻게 하면 현대화할 수 있을까 하는 문제다. 아무래도 「춘향전」 등의 형식은 조형적인 운문을 해체하고 분석하는 초기적 형태이기 때문에 운문을 그대로 내려 흘리는 형식이어서 산문의 완전한 형태라고는 볼 수 없는 것이다. 그리고 언어의 개념이나 영상이 전혀 달라지는 현대에 이르러서는 「춘향전」 등의 현대화가 마치 독일문학이 「파우스트」라는 민족정신을 주제로 하여 '괴테'나 '토마스 만'이나 '카프카' 등으로 이어서 현대화해 가는 것처럼 「춘향전」 등도 민족의 전통으로써 현대작가들에게 의하여 그 기본 정신만은 무엇보다도 먼저 계승되어야 하리라 믿는다.

그러나 불행히도 일제시대의 근대문학 시절에는 전통의 표기정신만이 일방적으로 보존된 채 엄정한 의미에서 볼 때 이 전통을 이어받은 윤동주 이육사를 제외하고는 관조나 회피나 소극적인 위치에서 의젓한 문학작품도 생성되지 못했다.

그 원인은 일제시대 우리 문학의 기본 정신이었던 독립정신과 「춘향전」이 가지는 저항정신과의 역사적인 불일치에서 오는 것이었다.

「춘향전」의 저항정신은 어디까지나 독자성과 인간의 평등정신에 있었다. 그러나 일제시대의 우리 문학은 이 저항정신을 한결 강하게 조성했어야 했음에도 불구하고 일제 강압과 근대 정관(靜觀) 때문에 「춘향전」 등의 전통을 이어 받을 만한 역량의 상실을 가져왔었던데 있었다.

그러면 오늘 우리가 이 「춘향전」 등의 전통을 어떻게 이어받아야 할 것인가 하는 문제다. 그런데 오늘 우리 문학의 기본 정신은 분열된 민족의 통일정신에 있다고 믿는다. 따라서 이 민족 통일정신으로 하여금 「춘향전」이 지니는 저항정신의 전통을 이어받는 것이 문제인 것이다.

이 현대화의 구체적 방법은 「춘향전」 등이 지니는 민족정신을 기초로 하여 오늘 우리의 눈앞에 당면한 현실에 입각한 그러한 주체적인 위치에서 서구의 현대문학을 비판적으로 받아들이는 것에 있는 것이다.

그러면 여기서 현대문학 특히 우리가 섭취해야 할 서구의 현대문학의 특질은 무엇인가를 비판적으로 분석해야 하겠다.

서구 현대문학은 첫째 정적인 사실을 동적인 현실과 구별하였고 인생의 단편을 반영하던 그런 평면에서 인간의 존재를 내면적으로 파악하면서 위선적인 '휴머니즘'과 새로운 인간을 형성하는 행동적인 '휴머니티'와를 구별하고 있는 것이다.

그리고 오늘 2차대전 후의 현대문학은 인생의 가장 깊은 곳에 잠재하는 그 '무(無)'를 분석하고 핵심을 파악함으로써 새로운 방향을 모색하며 '니힐'을 행동적으로 초극하고 의식하는데 있는 것이다.

이와 같이 사실을 현실과 구별하고 인생을 단편적인 평면에서 내면세계로 파고들면서 또한 인생의 본질을 분석하려는 이러한 현대문학의 동적인 시대적 배경으로는 첫째 낡은 관념과 인습에 쌓인 그런 정체상태에서 비약하려는 커다란 전환과정이 있고 둘째 사조의 격심한 대결 셋째 과학과 인간성의 분열 이에 따르는 자아분열과 정치적 또는 종교적인 절망에 빠져버린 도시 지식인의 사회적 고립화 이러한 전환과정에서 발생한 현상을 초극하려 하는 것이 서구 현대문학의 역사적 특질인 것이다.

더욱 구체적으로 현대문학의 본질을 파악하기 위해서는 1차대전 이전의 19세기의 근대문학과 차질해야 한다고 본다.

즉 근대의 평면적인 관조문학은 그 창조적 기능을 소비할 대로 소비해 버리고 세기말이든가 또는 '슈투름 운트 드랑'시대를 현출(現出)하였던 것이다.

그러므로 근대와 현대문학과의 역사적 특질을 구별해 보면 첫째 근대문학은 무엇보다도 정적(靜的)이며 관조적이었다는 점이다.

'졸라'나 '톨스토이' '하우프트만' '쇼' 등의 그러한 자연주의 문학으로서는 새로 형성해야할 인간의 핵심을 취급할 수가 없었던 것이며 그것이 위대한 작품을 인류에 남겼음에도 불구하고 노도(怒濤)와 같이 벅차게 발전하는 현실에 비하여 이들 근대작가가 재현한 작품의 현실은 어디까지나 관조적이고 방관적이며 회고적이었던 것이다.

우리 문학의 춘원이나 소월의 작품이 문제의 핵심 속으로 들어가지 못하고 외면에서 관조하고 사건을 남의 일처럼 처리하는데 있어서는 이와 똑같은 것이었다.

그러나 이에 비하면 현대는 펴이나 동적이며 행동인 것이다.

1차대전 직후 독일에 나타난 표현주의가 객관을 무시하고 주관의 세계를 형성함에 있어서 참으로 노도나 절규나 군중의 문학이었다.

스트린드베리―「아버지」, 카이저―「산호(珊瑚)」, 자벡크―「인조인간」, 슈텐하임―「시민 시츠뺀」 등이 고도한 기계 문명으로 인류가 파멸하는 위험을 묘사하였는데 이 작품들은 따분한 생리의 단편만을 표현했던 근대적인 피상적 작품보다는 강력한 효과를 냈던 것만은 사실이었다.

그리고 이밖에 이태리에 있어서 전통을 무시해버린 '마리네티―미래파 시인 마파로카' 등의 미래파 등도 이와 같은 것이었다.

둘째 유파상의 문제인데 근대문학도 여러 유파가 있었지만 비교적 그 방향은 '리얼리즘'과 이상주의의 커다란 전통의 방향이 평행하고 있었다. 그리하여 여러 유파들은 이 두 개의 방향에 영향을 받으며 존망하였던 것이다.

그러나 현대문학에 있어서는 방향과 전통의 흐름은 깨뜨려지고 참으로 무수한 문학상의 유파가 생멸하고 군림하였다. 예를 들면 일체의 어법이나 독단과 형식에서 개인을 해방시키려 했던 '트리스탄 자라'의 「근대적 인간」 등의 '다다이즘', 자연에서 직접 얻을 수 있는 형상보다도 잠재의식의 심상을 새로운 비현실적인 결합으로써 표현하던 '앙드레 브르통'의 「쉬르리얼리즘 선언」, 루이 아라공의 「영원운동」, 엘뤼아르의 「동물과 그 인간, 인간과 그 동물」 등의 '쉬르리얼리즘'과 또는 표현주의의 주관적인 점을 반대하고 사물을 객관적으로 파악하며 그 본질을 냉정히 묘사하려던 신비적 사실주의라고도 부르는 '레마르크'의 「개선문」, '데프린'의 「산해(山海), 거인(巨人)」, '추크마이어'—「악마와 장군」 등의 '신즉물주의', 그리고 자연주의의 형식을 파괴하고 신낭만주의가 가지고 있는 예술지상성을 반대함으로써 새로운 생활 내용을 찾아 적극적인 의지와 강한 인간과 그 운명을 묘사하려 한 '에른스트'—「모르겐브로츠탈의 보물」 등의 '신고전주의', 그리고 새로운 형태의 낭만주의를 부활시키려고 한 '게오르게'—「영혼의 연대」 등의 '신낭만주의', 또 심리의 내면에 연속하며 일어나는 각종각양의 심상 정서 기억 등을 그대로 묘사하고 의식과 무의식의 불연속적인 상태에까지 파고드는 '제임스 조이스'—「율리시즈」 '버지니아 울프'—「막간(幕間)」 '프루스트'—「잃어버린 시간을 찾아서」 등의 '신심리주의', 그리고 인간의 생의 가장 깊은 곳에 가로놓인 '니힐'을 분석하고 존재의 퇴락된 상태를 묘사함으로써 아무런 가치가 없는 무(無)의 존재 가운데서 어느 적극적인 '의미'를 창현해 보려고 하는 '사르트르'—「자유에의 길」 '까뮈'—「이방인」, '이누이'—「여장이 없는 나그네」 등의 '실존주의' 등등.

이와 같이 현대문학은 일체의 문학상의 재래의 전통과 권위의식에 타협 없는 길항적(拮抗的)인 대결이었으며 반면에 개방과 혼란과 단명을 면치 못하고 주관적 테두리에서 관념 속으로만 파묻혀 버리고야만 것이다.

실에 있어서 이들 서구 현대문학의 결함은 다종다양함에도 불구하고 그 내면성에 있어서 천편일률적으로 일체를 자아중심으로 판단하고 있는 데 있을 뿐만 아니라 심지어는 자기 자신을 위해서 문학을 하고 있으며 자기의 주관을 작품과 그 전형에 투영시킴으로써 자아의 주의 주장을 일방적으로 살리려 하는데 있다. 그리하여 결국에는 인간을 옹호하고 형성하고자 행동적으로 그 인간이 형성될 수 있는 사회를 의지 일방으로만 건설한다는 나머지 자아의 극단적인 과시를 가져왔으며 자의 앞에 가로놓인 모든 장해에 대하여 실천 없는 의식 일방으로만 대결하고 초극하면서 궁극의 결단을 찾아 들어가는 이른바 의식상의 정력숭배에 빠져 버리고 있는데 있는 것이다.

이 정력숭배의 사상적 배경으로는 개인주의 사상이 가로놓여 있으며 서구의 현대문학은 이러한 개인주의 사상인 자아의 주관을 토대로 관념의 일방적인 내면으로 편향해 버리고만 것이다.

원래 관념만의 일방적인 편향은 오히려 관념의 빈곤을 초래시키고야만다. 서구의 현대문학은 새로운 인간의 형성을 위한 행동적인 '휴머니티'에 있어서 작가 스스로가 형성의 '모르모트'격이 되어 하나의 작가적 주관이 강력하게 작품 속에 투영되고 밀착된 나머지 자아의 관념만이 과잉하여 오히려 자아의 빈곤에 빠지고야만 것이다.

그것은 마치 현대시나 회회의 '데포르마시옹'이라 하는 것이 이러한 일방만의 과잉적 빈곤상태에서 하나의 행동성이 내면으로만 편향해 버리고 기형적으로 폭발하고 있는데서 나타난 변형이라는 것과 마찬가지의 일인데 그것은 예술 이전의 토양이 빈곤한데서 오는 것이다.

이와 같이 현대문학은 인간으로의 특수한 일방적인 접근이며 근대문학이 독자로부터 대량적으로 이탈당하고 있는 이러한 양상 가운데서 하나의 새로운 방향을 모색하고는 있으나 주관의 과잉에서 주관의 빈곤을 초래한 나머지 지평선도 산맥도 마을도 없는 '흰 광장'에서 갈피를 모르고 고민과 당황과 의지와 내면심화와 초극 등등 정착지가 없이 유동하며 회동하고 있는 전환의 와중에 있는 것이 이제까지 전반기의 결함이 남긴 족적이었던 것이다.

이 전환기가 서구에서는 1차대전에서 부터이고 우리 문학에 있어서는 2차대전이 조성해 놓았던 것이다.

서구에서는 1차대전 후에 일어난 혼란과 의혹과 뇌란(惱亂)과 무질서가 지배하였으나 그 저류에는 보다 새로운 방향을 찾고 있었던 것이다.

그러나 그것은 어디까지나 현실적인 가현성(可現性)을 지니지 못하고 내면의 일방적인데서만 찾고 또한 새로운 안정지와 방향을 찾는 의욕이 신경이나 개념에만 머무르고 아무런 구체적인 방법론이 제시되지 못한 채 끝내 자아가 놓여진 위치를 발견하지 못하고 어디까지나 자아만을 강도하게 긍정하고자 자아의 심리를 일방적으로 분석하며 일체의 부정으로부터 자아를 옹호해 나아갈 새로운 또 하나의 자아를 자각하고 인식하면서 이를 형성해 보려고 했던 것이다.

실에 있어서 서구 현대문학이 이러한 과잉적 빈곤과 불안과 그리고 방향을 상실하게 된 근본 원인은 첫째 사상적인 대립의 소산이요 둘째 종교와 과학의 대립에서 오는 것인데 이러한 대립의 중간에 놓인 채 자아가 긍정되는 주관세계를 모색하고 있는 도시 지식인의 사회적 고립에서 오는 것이다. 이 고립이야말로 그들에게서 문학 이전의 토양을 인갈(咽喝)시켜 버렸던 것이다.

이와 같이 도시 지식인의 사회적 고립화는 2, 30년대의 ‘잃어버린 세대’ 군상을 배설하였는데 배설된 이 군상들이 겪은 최초의 시련이 ‘스페인’ 내란이었으며 불란서에 있어서는 ‘쉬르리얼리즘’의 해산이었다. 그리고 또다시 발생한 2차대전 때 두 번째의 고비를 겪었던 것이다.

이러한 역사적 변동을 겪으면서 이들 군상들 가운데는 새로운 방향과 안정성을 찾는데 있어서도 ‘카프카’의 ‘니힐’ 속에서 지기의 신념을 이끌어 내려고 하던 ‘오든’ ‘스펜더’나 또는 새로운 형태의 전통을 찾아서 ‘엘리어트’처럼 회향(廻向)해 버리던가 혹은 현대에서 지식인은 살 수가 없으며 과학문명은 지식인의 방향을 모조리 빼앗아가 버렸다고 보는 ‘그라우스만’처럼 절망에 의탁해 버리던가 ‘헤밍웨이’처럼 순수 감각으로 순수도피(?)를 하던가 ‘레마르크’는 사조적 대결의 중간에서 지성의 고민만을 찾던가 ‘사르트르’처럼 인간 내면의 가장 깊은 곳에 잠재한 ‘니힐’에만 파고들던가 ‘말로’처럼 표현주의와는 다른 행동성을 찾다가 파시즘으로 떨어지던가 하여 30년대 및 그 영향에서 자라난 잃어버린 세대의 세계문단적 군상들은 이와 같이 2차대전을 계기로 각종각양의 형태로 분산된 채 어디까지나 긍정되어야 하는 자아의 안정 지대를 찾아 내면적으로만 분열을 초극하려 했던 것이다.

그리하여 자아를 긍정할 수 있는 새로운 방향과 안정을 찾는 방법에 있어서 단순한 의식이나 심리나 의지로서는 불가능하다는 것을 지각하게 되고 인간의 본질 또는 인간의 가장 깊은 내면에 흐르는 핵심에 분석함으로써 어떠한 신념을 얻고자 하였던 것이다.

그러나 자아의 주관적인 편향으로 인한 자아의 빈곤한 상태가 오늘 우리 생활의 전부가 될 수 없다는 엄정한 역사적 현실을 옳게 보지 못하고 끝내 빈곤한 자아의 위치에 대하여 무비판적이었으며 어디까지나 내면 관찰의 정신세계만이 일방으로 그 토대가 되어 있기 때문에 진정 새로운 방향을 찾지 못하고 분열을 거듭 되풀이해 오면서 무한한 빈궁으로 끌려 갔던 것이다.

그런데 최근에 이르러 서구의 석학자들에 의하여 동양의 심오한 세계로 접근을 시도하고 있는 것은 확고한 신념에서 의식적으로 접근해 오는 것이 아니라 끝없는 사막에서 지친 나그네가 '오아시스'를 찾고 헤매던 도중 날아가는 새 한 마리를 보고 그 새를 따라오고 있는 그러한 성질의 것이지 결코 고갈된 문학 이전의 토양을 회복하려는 것은 아니었다.

그럼에도 불구하고 이러한 동양으로의 접근은 방향 없는 광장에서 내면일방으로 편향하고 있던 서구문학에 다른 하나의 자극을 줄 수 있을 것이며 하여튼 답보와 좌절에서 앞으로 한 걸음을 내디딜 수 있는 조그마한 지표는 주었다고 본다.

뿐만 아니라 주관편향만으로는 현실생활의 본질을 파악할 수 없다는 하나의 입증을 보여줄 수도 있을 것이며 나아가서는 자아가 놓여진 그 위치를 문학 이전만이 비옥한 동양과 비교할 수 있는 중요한 역사적 기회라고 보는 것이다.

그런데 이와 같은 동양으로의 접근을 우리가 어떻게 이해해야 할 것인가 하는 것이 우리 문학의 중요한 문제인 것이다.

현재 미국문학도 형식과 내용이 조화된 불란서문학과 자체의 해동성과 융합시키려 하고 있으며 영국의 '러셀'도 동서문화의 교류를 강조하고 있는데 그 진의가 무엇인지 의문이다. 그럼에도 불구하고 이러한 사실들은 현대와 전통을 역사적으로 연결시켜 주는 하나의 계기가 아닐 수 없다.

이와 같이 동서문학의 교류가 현실화해 가고 전통과 현대가 그 분열을 지양하면서 사회와 내면적으로 대결하고 고립되어 있는 그릇된 상태가 비판되어지는 이 시대에 우리 후진 민족문학의 주체적인 위치는 어떻게 있어야 할 것인가 참으로 중대한 비약의 계기과정이 아닐 수 없는 것이다.

따라서 먼저 여기서 문제되는 것은 이와 같이 접근해오는 서구문학의 현대성과 우리 문학이 현대화하려는 방향과의 차질을 똑바로 파악함으로써 이에 비판적으로 접응(接應)할 수 있는 주체적 토대를 확립해야 하리라 믿는다.

즉 서구의 현대문학은 전술한 바와 같이 어디까지나 그 본질이 인간옹호의 자의식에 입각하여 모든 자아 부정에 저항하는데 있으며 그러한 인간형을 창현하기 위하여 인간의 내면에 잠재한 본질을 분석하고 모든 제약을 초극하는 의지와 행동적인 '휴머니티'를 찾는데 있는 것이다.

때문에 주관적인 자아의 내면 세계로 집착될 수밖에 없으며 또한 자아 분석을 통하여 어디까지나 자아가 긍정됨으로써 형성되어진 그러한 개성에 통하는 인간을 창조하는데 그 문학의 기본 정신이 흐르고 있는 것이다.

그러나 우리 문학은 우리의 전통인 「춘향전」 등 평민문학의 정신에서 볼 수 있는 바와 같이 외국문학의 모방성에서 반항함으로써 민족적인 주체성을 찾고 이와 동시에 인간의 기본 형태를 이러한 주체성의 확립과정에서 분석하고 모색하며 나아가서는 인간의 기본 권리인 자유와 평등을 분열된 민족의 통일 가운데서 형성하고 옹호하려는데 있다.

즉 민족의 통일이라는 당면한 세대의 긴박한 방향이 뚜렷하게 설정된 우리 문학은 참으로 인간의 형태가 이 방향을 향하여 가는데서 이루어지며 또한 그러한 민족과 인간이 접합되고 통일되는 현대적 서사정신의 토대 위에 있는 것이다.

다시 말하면 서구의 현대문학의 정신은 인간형성의 정신이요 우리의 현대문학은 민족과 인간이 통일된 그러한 현대적 민족정신의 형성인 것이다.

때문에 서구의 현대문학은 어디까지나 자아분열에 봉착하여 '니힐'의 포로가 된 인간의 구출이 내면적인 초극상태로 나타나고 자아와 자의가 끝내 일방적으로만 긍정되던 그 결함을 지양하는 것이 작품의 주요한 자리를 차지하여 우리의 현대문학은 인간의 이러한 위기를 분열 없는 민족의 구현과정에서 이를 초극하는 그러한 현대적 민족정신을 창현해야 하는 것이다.

그러므로 우리가 무엇보다도 먼저 향가정신을 한결 높은 위치로 역사적으로 발전시킨 「춘향전」 등의 평민문학의 내면에 흐르는 민족정신을 오늘 우리의 전통으로써 이어 받을 수 있는가를 재검토하면서 오늘 분단된 국토의 통일을 위한 민족정신의 구현과정에서 그 역사적인 연결을 발견함으로써 전통을 올바로 선택해야 하며 나아가서는 서구의 현대문학을 비판함으로써 2차대전을 계기로 이루어진 '레지스탕스' 정신이 기저가 되어 흐르고 있는 새로운 인간의 형성을 위하여 사회건설에 적극 참여함으로써 재래의 내면편향으로 인한 과잉된 빈곤상태를 지양하고 있는 이른바 행동적인 '휴머니티'의 요소를 우리 문학에 받아들일 수 있는가 또는 받아들임으로써 어떠한 결과를 가져올 것인가를 다시 한번 시도하고 섭취해 보면서 우리 문학의 새로운 방향을 개시해 나아가야 할 것이다.

다시 말하면 민족통일을 위한 정신 속에서만이 전통이 올바로 계승되고 주체성이 확립될 수 있을 것이며 또한 이러한 주체적 토대 위에서만이 현대문학의 비판적인 섭취도 가능되리라 믿는다.

참으로 우리 문학이 지향하는 현대적인 민족정신의 구현이야말로 오늘 동서문학이 교류하고 세계문학이 분열의 단층에서 지향하려는 이 마당에 전통의 연대가 얕고 문학사가 빈곤함에도 불구하고 하나의 선진적인 지침을 예시하는 그러한 계기를 지니고 있다고 믿는다.

그러므로 우리 문학의 현대적인 방향은 전통과 현대가 밀착된 유일한 형태로써의 새로운 민족정신을 토대로 현대화해 나가는데 있다고 확신하는 바이다.

［『자유문학』, 1956. 12］

16
화전민 지대

- 신세대의 문학을 위한 각서 -

이 어 령

1. 불과 반역

엉겅퀴와 가시나무 그리고 돌무덤이 있는 황료(荒蔘)한 지평 위에 우리는 섰다. 이 거센 지역을 찾아 우리는 참으로 많은 바람과 많은 어둠속을 유랑해 왔다. 저주받은 생애일랑 차라리 풍장(風葬)을 기억한다.

손 마디마디와 발바닥에 흐르던 응혈(凝血)의 피 사지에 감각마저 통하지 않던 수난의 성장을 기억한다.

그러나 우리가 이대로 패배하기엔 너무나 많은 내일이 남아 있다. 천치와 같은 침묵을 깨치고 퇴색한 옥의(獄衣)를 벗어던지지않고는 견딜 수 없는 유혹이 있다. 그것은 이 황야 위에 불을 지르고 기름지게 밭과 밭을 갈아야하는 야생의 작업이다. 한 손으로 불어 오는 바람을 막고 또 한 손으로는 모래의 사태를 멎게하는 눈물의 투쟁이다.

그리하여 우리는 화전민이다. 우리들의 어린 곡물의 싹을 위하여 잡초와 불순물을 제거하는 ―그러한 불의 작업으로써 출발하는 화전민이다. 새 세대 문학인이 항거하여야 할 정신이 바로 여기에 있다.

항거는 불의 작업이며 불의 작업은 신개지를 개간하는 창조의 혼이다. 저 잡초의 더미를 도리어 풍양(豊壤)한 땅의 자양으로 치환하는 예술이 성실한 반역. 힘과 땀의 노동은 이 세대 문학인의 운명적인 출발이다.

불로 태우고 곡괭이로 길들인 이 지역 벌써 그것은 황원(荒原)이 아니라 우리가 씨를 뿌리고 그 결실을 가두는 비옥한 영토일 것이다.

그런데 여기 우리는 지난 세대의 문학인들에게 물어야 할 말이 있다. "당신들은 우리의 고국과 고국의 언어가 빼앗기려 할 때 무엇을 노래했느냐? 길가에 버려진 학살된 동해(童骸)들을 바라볼 때 당신들은 무엇을 노래했느냐? 사창굴에서 흘러나오는 한가락의 비명, 전쟁의 초연(硝煙) 그리고 빌딩과 철가의 그늘 그 속에서 배회하는 상인과 걸인의 집단, 그리하여 고향은 폐허가 되고 생명은 죽음 앞에 화석할 때 그리한 시대가 인간을 괴롭힐 때 당신들은 어떠한 시를 쓰고 어떠한 이야기를 창작했느냐? 한 마디로 말해서 당신들은 당신들의 세대와 당신의 생명에 대해서 성실했으며 또한 책임질 수 있다고 말할 수 있느냐?"

대답은 이미 공허한 것이다. 그 시대를 기록할 작품이 스스로 그 허망됨을 입증할 것이다. 다음에 올 세대를 향하여 침묵하는 공허 그것은 무용한 잡초만을 소성(素盛)케 한 당신들의 책임이다. 도리어 우리에게 생의 의미와 시를 가르쳐 주기 전 먼저 교활한 웃음과 출세의 수단을 위한 비굴과 아(阿)유와 맹종을 가르쳐 주었던 것이 누구였나를 알 것이다.

시는 표어에서 끝나고 소설은 야담에서 또한 평론은 정실과 파당의 의전문(儀典文)으로 귀결된 이 정숙한 한국문학의 침체가 누구의 손에서 원인했나를 당신들이야말로 잘 알고 있을 것이다.

그러기 때문에 이 세대의 문학인은 모두 화전민의 운명 속에 있다. 까닭으로 불과 삽과 곡괭이를 필요로 한다. 이 반역이 반역에서 끝나지 않을 때 우리 화전민의 작업으로 개척한 영토 위에 일찍이 가져보지 못한 신비의 꽃들이 피고 하나의 의미가 결실할 것이다.

2. 메아리를 위한 노래

지게꾼은 지게질 것을 거부했다. 그래서 그는 시를 썼다. 정치가는 정사(政事)에 권태를 느꼈다. 그래서 그는 시를 썼다. 군인은 어느 날 총탄이 무서웠다. 그래서 그는 시를 썼다. 또는 '목걸이' 없는 부인은 그의 허영심을 메우기 위해서 시를 썼고 왕족이 될 수 없는 인간은 그의 권력에의 동경을 위해서 시를 썼다.

그러나 —그러나 우리들은 우리들의 생명이 차압될 것이라는 위협을 받았다. 그리하여 우리들은 시를 썼다. 시대가 우리의 행동을 구속했기 때문에 이 문명이 우리의 내일을 차단했기 때문에 우리는 시를 쓰고 산문을 썼다. 침입하는 외적을 향하여 총을 들 듯 언어의 무기를 든 것이 바로 문학이라는 우리들의 직(職)이다. 견딜 수 없는 분노, 헤어나올 수 없는 체념, 그리고 모든 억압에서 해방하려는 마음의 평화, 또한 자유 그것이 우리들의 숨은 언어들을 찾아내라 한다. 그러므로 써도 좋고 안 써도 좋은 그런 글을 새 세대의 문학인은 경계한다.

이 술을 마시고 울음우는 한 마리 매미처럼 그리고 칠을 따라 고장을 옮기며 우짖는 후조의 무리처럼 우리는 그렇게 덧없는 노래를 부를 수가 없다.

우리들은 우리들의 노래가 그대로 허공 속에 소실되기를 원하지 않는다. 하나의 '메아리'를 요구하는 우리들의 노래는 옛날 바람을 부르고 산을 움직인 신비한 무녀의 주언(呪言)과도 같이 대상을 움직이게 하는 능동적인 투쟁이다. 모든 것을 언어에 의하여 표현되어야 하고 그 표현은 하나의 '에고'를 가져야 한다. 그러므로 우리는 우리의 현실을 그려 그 현실을 변환(變幻)시키려 하고 우리의 비극을 노래하여 그 비극에서 탈피하려 한다. '주어진 모든 것'을 받기만으로는 부족하다. '주어진 것을' 모두 가질 수 있는 것으로 만드는 그 노력이 중요하다. 그리하여 우리들의 노래는 '메아리'를 위한 노래다.

3. 1950년대의 우화

우리는 지금 「별주부전」의 우화와 같은 세계에서 살고 있다. 현대인의 경우는 저 용궁에서 초대를 받은 토끼의 운명과 방불하다. 위기는 목전에 있다. 용왕이 토끼의 간을 요구하듯 지금의 현실 오늘의 역사는 인간의 간을 약탈하려 한다. 육지를 버리고 스스로 '자라'의 잔등이에 실려 '바다'의 세계로 찾아간 그 토끼에겐 최초로 경이와 희열이 있었디.

그 다음엔 기대가 있었고 종국에는 후회와 환멸과 절망이 있었다. 인간의 역사가 이와 같았다. 문명이라는 자라의 등에 업혀 오늘에 이르기까지 그것은 사실 토끼가 수궁으로 향하는 긴 여로에 불과했다.

토끼가 그의 간을 빼앗기게 된 위기는 그가 그의 육지를 거부했기 때문이다. 본래의 고향에서 일탈했기 때문이다. 끊임없는 욕망과 제어할 수 없는 가상이 마침내 죽음의 바다 그 심연속으로 빠지게 한 것이다. 토끼가 끝내 어족이 될 수 없는 한 토끼는 육지 아닌 바다에서 해방될 수 없고 인간은 본래적인 자아를 말소하지 않는 한 이 현실의 심연이 인간의 행동을 감금할 것이다. 바다는 토끼의 고향이 될 수 없다. 옛날 누구의 말처럼 땅에서 사는 생물이 물에 들어가면 거품(泡)을 품듯 현실 속에 사는 인간을 모두 그러한 거품(泡)을 내품고 있다.

1950년대 우화 그것은 토끼가 간을 지키기 위하여 전전긍긍하는 장면의 이야기다. 그 이야기가 '클라이막스'에 달한 우화의 시대다. 바다로 들어온 토끼가 이미 육지 위의 토끼가 아니듯 현대의 인간은 '메타모르포스'된 인간이다. 그렇듯 신뢰한 그 문명이 드디어 우리를 수인으로 만들었고 파멸의 용궁 앞에 실어다 놓았다. 이대로 우리의 간을 빼앗겨야만 하는가. 이 생명이 수 천만 척 해연 속에서 하나의 제물로 바쳐져야 할 것인가? 간을 지키는 마지막 인간들 아무래도 우리는 간을 내어 줄 수가 없다.

그러므로 이 비극적 우화 속에서 우리는 현명한 토끼가 되어야 한다. 자라(문명)의 마음을 움직여 그 방향을 저 육지를 향해 돌려야 한다. 용궁에서 바다에서 냉혈족의 어류만이 사는 그 바다에서 숲이 있고 하늘이 있고 바람과 별이 있는 육지로 향해야 한다.

이것이 우리 세대의 우화다. 용왕의 강요 앞에 선 이것이 우리들의 위기며 바다 속이 부자유 그 속에서의 불구화된 정신이 우리들의 비극적 상황이다.

4. 육지와 하늘의 환상

'환상에 의한 구제' 슬픈 설계이기는 하나 사실 우리에겐 이것만이 남았다.

정말 현실을 대오(大悟)하고 각성(覺醒)한 인간은 이상스럽게도 숙명주의자다. 그러나 형해(形骸)와 같은 숙명 앞에는 환상이 있다. 현실이 습지에서 족생(簇生)된 환상의 버섯이 있다. 문학이 신화의 창조라면 신화는 숙명의 인간에게 부흥하는 환상의 창조다. 그러므로 환상에 의한 구제는 신화에 의한 구제이며 문학의 '매직'에 의한 구제다. 인간의 허무와 파멸이 의식의 내재적 변동에 의한 것이라 할 때 그 허무와 파멸의 구제도 역시 의식의 변환(變幻)으로써 가능해진다. 그러한 이유로 우리는 하늘과 육지의 환상을 창조해야될 것이다. 그 환상을 창조해야 될 것이다. 그 환상은 수인이 해방되는 지역이며 모든 죄가 용서되고 질환(疾患)이 회복되는 자비로운 생의 정토(淨土)다.

이러한 환상은 우리를 부를 것이다. 만신창이가 된 이 썩은 육체와 때묻은 정신을 새로이 단장해 줄 것이다.

이 환상의 창조는 문학에 있어서의 '제2의 픽션'의 설정으로 가능해진다. '제1의 픽션'이란 가시의 현실을 구성하는 것이지만 이 '제2의 픽션'은 불가시의 현실을 소재로 하는 것이다. 그것은 감각·의식·이미저리에 의해서 교묘하게 직조(織造)된다.

이러한 방법으로 우리는 상실한 육체, 상실한 의지, 상실한 행동, 상실한 모든 것을 탈환할 가능성을 발견한다.

그 새로운 '픽션' 속에서 탄생된 인간은 다시 육지로 돌아가 저 하늘의 별과 상록의 수림을 보고 차라리 울어버렸을 토끼의 모습처럼 희열과 발랄에 찬 인간일 것이다. 원시의 인간 그것과 흡사하지않는 그 인간형에선 동작과 운동과 언어와 생활이 생생한 우물물처럼 분출할 것이다.

이것이 또한 우리 화전민들의 갖는 지고의 이상이며 새로운 결의가 될 것이다.

[『경향신문』, 1957. 1. 11~12]

시인의 역설

고 석 규

1. 문제의 출발

최근 문학하는 풍토에 이르러 보면 워낙 뿌리얕은 우리(한국)의 현대시를 이모저모로 손질하려는 원예사들의 성긴 그림자가 날로 불어감을 알게 된다. 그러나 대개가 고르지 못한 잎사귀나 처져버린 꽃송이들을 다스릴 뿐, 이 메마른 지역에 숨이 꺼질듯한 뿌리의 병고를 걱정하는 이 적다. 아무리 생각해도 양성식물이라곤 믿어지지않는 이것들의 상해진 뿌리를 찬찬히 매만져 봄으로써 우리는 조급한 원예사들의 안일을 비웃기로 하자.

그런데도 이 기괴한 식물인 '우리의 현대시'는 매양 자라나는 것이 아닌가. 어쩌면 뿌리 간 어디서나 화분을 물고 떨어진 곤충들의 열있는 거름이 간간이 도움 주고 있는 탓이리라. 사뭇 우리는 몇몇의 시인들을 기억할 수도 있었다. 함에도 '현대'와 '전통'이라는 혹은 '주지'와 '정서'라는 두 갈래 기류 속에서 몹쓰도록 지쳐진 '우리의 현대시'를 생각할 때만큼 나는 이 미지한 식물의 정력(靜力)을 무턱대고 치긋는 것이 아니라, 오히려 거기서 발하여지는 이상한 증후에 마음을 기울여 본다. 모름지기 나는 토양의 변화만을 엿보고 있는 것이나 다름없다. 그대로 식물의 체험을 토양의 변화와 매하나로 느끼고 싶었던 탓이다.

마치나 한 편의 시가 착상되어 집필되고 다시 추고하는 과정이 우리의 '현대시' 걸음을 온통 대변해 줄 것 같아서, 이를테면 '방법'과 '시간'과의 합치를 꾀하였더니 요행히도 식물의 체험이 토양의 변화와 다름없이 되고, 따라서 시작체험과 시작발달이 서로 같은 것으로써 느껴져 이 방향에의 나의 흥미는 끊일 새 없었다. 다만 그러한 흥미 속에서 나는 나의 '현대시의 전개'를 계속해 왔던 것이다.(이 논문도 연속적으로 작성되고 있는데 다른 몇 편들은 이미 해제로서 발표되었음.)

이렇듯 한 그루의 식물이 그의 근원으로부터 어떻게 뻗어나며 숨쉬고 있는가에 대한 자상(仔詳)한 관찰은 이제 역설이라는 엄청난 과제 앞에 다시 머뭇거리지 않을 수 없다. 다만 나의 관찰이 질식한 토양에 대하여 꾸김없는 참고가 되길 바라며, 또 나가선 위축된 '우리의 현대시'에 어떤 의미의 가능성이라도 지어줄 수 있다며는 이것들은 모두 미숙한 내가 누리려는 목적의 기쁨이 되겠다.

한창 Paradox로서 통용되는 역설의 어원으로 말할 것 같으면 그 중 Para는 '벗어난'(beyond) 또는 '그릇된'(wrong)이라는 뜻이며 doxa는 의견(opinion)이란 뜻으로써, 이를 연철한 Paradox는 벗어나고 그릇된 말하자면 서로 '모순된 논리'라고나 해석될 것이다.

그런데 여기서 잠깐 역설의 동의어를 살핌으로써 그의 기능과 범주를 명확히 익혀둘 필요성을 느낀다.(이하 「웹스터 사전」에 준함.)

첫째로 Antinomy라고 불리어지는 '모순'에 있는데, 이는 철학용어인 '이율배반'과 동일한 것으로서 대개 같은 사실과 같은 조건으로부터 정확히 추리된 두 가지 법칙, 두 가지 원리, 내지는 두 가지 결론 중에서 일어나는 '반박'(Contradiction)을 의미한다. 즉 "대개의 사물은 기계적인 원인으로써 해석되며 특수한 사물은 개개의 종국적 원인이 가정되지 않는 한 해석될 수 없다는 결론에 의하여 이율배반은 생겨나는 것이되" 한편 칸트와 같이 다시 조화될 수 있는 것이라고도 보아졌다.

둘째로 사전은 "필연성에 반대되는" 생물학에 있어서의 '변이'(Anomaly)

를 들고 있는데, 이는 비단 생물학뿐만 아니라 정신부면에 있어서까지도 '시대착오'니 '파격'이니 하는 것들의 죄다를 포함하는 것이라고 하였다. 이에 비하여 역설은 어디까지나 대내적이며 고유한 '반박'을 표현 계시하는 사상을 포함한 것으로써 부정을 나타내는 어떠한 내용이라 할지라도 그것은 반드시 현실과 공식에 배치되는 것이 아니라고 적혀졌으며 "크게 보아 역설은 실존한다고 믿어지는 한 '상태'일 것이라"고 매김되었다.

대체로 여기서 짐작되는 것은 '모순'(이율배반)이 두 가지 사실 또는 두 가지 극단을 전제로 하여 말해지는 상대적 반박임에 대하여 역설은 보다 넓게 전체로서의 새로운 상태, 실존할 수 있는 상태로 번지려는 절대적 반박 내지는 초월적 반박이라고도 말해질 수 없는가 하는 점이다.

그러고 보면 이렇게 논리적 반박 끝에 유도되는 새로운 상태란 '변이'가 가질 수 있는 신경적이며 불구적인 상태와는 스스로 의미가 다를 것이다. 왜? '변이'에는 하등의 의식적 참여가 포함되지 않았으나 이와 반하여 역설엔 의식작용의 면이 지나치게 두드러져 있기 때문이다. 하여 역설은 의식적 반박이라고 생각되어도 마땅하다. 바야흐로 설대적이며 의식적인 반박이 곧 역설의 기능이면서 동시에 역설의 범주로서 짙게 된다.

그러나 여기 사전과는 떠나서 수사학이 가르치는 바 '반어'(Irony)의 문제를 제기하지 않을 수 없다. 그것은 역설 또한 수사학(통사학, 문체론)의 중요한 일부가 되어 있기 때문이다. 예일 대학의 R. P. 왈른 교수가 지은 「현대수사법」 속에서 되는대로 추려본 반어의 정의는 아래와 같다.

"반어는 언제나 서술상에 있어서의 문학적 의미와 실제적 의미와의 사이에 벌어지는 '상위'(Discrepancy)를 나타낸다. 표면상 어떠한 일에 대하여 일컬어지는 반어적 서술이야말로 엉뚱한 표현이 되기 쉽다. …… 그러나 가장 중요한 것은 반어수식에 대하여 우리 모두가 각성한다는 사실이다."

그 밖에도 박목월씨의 「문장강화」에는 "유머러스한 완곡"이니 "비정적 쾌미(非情的 快味)"니 하여 반어의 숙달을 깔끔히 적어 두고 있었다. 하지만 반어

의 범주엔 '기지' '풍자' '비꼬임'(Sarcasm) '익살'(해학) '받아엎기'(Repartee)
니 하는 것들이 모다 포함되어 있는 상 싶다. 무릇 「웹스터 사전」은 이러한
반어를 역설과는 전혀 이의(異議)의 것처럼 가르고 있으나 반어 정신의 사
적 변혁(가명 소크라틱 반어, 독일의 낭만적 반어, 실존주의의 세계적 반
어 그리고 기독교의 신앙적 반어 등)을 돌이켜보고 그와 아울러 반어 중에
서도 가장 전형적인 '반용법'(反用法, Antiphrasis) 하나만을 들어 이야
기한다 하더라도 이 둘 결코 무관한 것으로 믿어질 수 없다.(市河三喜編,
「영어학사전」, 참조)

이것을 반어가 상대적인 목적 표현을 훨씬 초월해서 '상위'되는 문학적
의미와 실제적 의미와를 서로 동화시키는 깊이에까지 이를 때 말할 수 없
는 명암작용이 서술의 의미를 한층 강조한다는 이유에서이다. 따라서 나
는 반어의 본질을 주제인 역설과 더욱 더 관련지어 논해 볼까 하는 것이
다.

위에서 본 '모순'과 '변이'와 '반어'니 하는 것들은 다만 역설의 기능이나
범주를 윤곽짓기 위한 목적에서 빌려온 동의어에 지나지 않았다. 그러나
역설은 기능이전의 것으로서 또는 범주이상의 것으로서 다루어 질 충분
한 여지를 은폐하고 있지 않을까. 나는 역설보다 역설의 가능성, 다시 말
하면 역설정신을 문제시하려 한다. 끝내 역설은 기능도 범주도 아닐 것이
다. 나는 역설을 더욱 소박한 것으로써 생각하며 더욱 치열한 것으로써
받아들인다.

앞으로 역설의 몇 가지 양상들을 나대로의 저촉하면서 토양의 변화를
응시할 때 나에겐 식물의 전 체험의 완연히 알려져 질 것이라던 그 최초
의 흥미를 조금도 저버리지 않기로 하겠다. 어쩌면 섣불리 비유한 토양의
변화에는 이러한 역설의 몇 가지 양상들이 가장 진하게 드러나 있을지도
모른다. 유명무명의 시인들을 중심 삼고 이 양상들에 대한 나의 생각을
전개해 나가기로 하자.

2. '부정'에 대하여

앞에든 왈른씨의 반어 정의에 의해서 '문학적 의미와 실제적 의미와의 상위'란 무엇을 말한 것일까. 나는 「우리말본」이 지적한 '수식의 상응'과 서로 유추시켜 이를 생각키로 하겠다.

사뭇 풀이말이 '부정' 또는 '금지'를 요하는 "결코 …… 않는다" "조금도 …… 못하다"라는 등속(等屬)의 문장을 통하여 볼 때 전치된 강조적 부사들이 몹시 완곡으로 표현되며 풀이말의 '부정'과 '금지'는 오히려 '긍정'과 '허여'(許與)로서 문맥지어진다는 사실은 누구나가 획득할 수 있다.

즉 부정으로서 표현된 실제적 의미가 문학적 의미에 있어선 그와 반대되는 긍정의 내용으로 인상됨을 짚어 '수식의 상응'이라고 매겼던 것이다. 여기의 문학적 의미란 다름 아닌 반어적 의미일 것이며 최씨의 경우, '수식의 상응' 문제는 실로 "사상발표에 필요한 말의 본을 적어 풀이할 따름이라"는 문법학의 소극적 범위에서만 생각될 것이었다.

하지만 구태여 "설마 …… 할까" "어찌 …… 소냐" "하물며 …… 이냐" 하는 등속의 반의문문(半疑問文)을 통하여 볼 땐 퍽 그의 명암이 뚜렷한 것으로써 느껴지니, 현실과 공식에 배치되지 않는다던 역설의 기능을 새삼 여기에 비쳐 본다해도 무연하진 않을 것이다. 결국 가선 '부정'에 대한 부정이상의 유동성을 지적하는 데에 나의 목적이 있다.

이것은 또한 언어의 상태(장면) 변화라는 조건에서도 말해 질 수 있는 것이다. 예컨대 "언어는 어떤 장면의 일부로서 다루어질 때 비로소 그의 온전한 이해를 얻는다"(波多野完治, 「문장심리학」)던가 또는 반대되는 "그 개념이야 동일범주에 속하건 반대의 범주에 속하건 그 표현은 소재를 파악하는 언어주체의 인격적 태도와 그때의 장면성에 의하여 결정된다"(이진모씨 「국어학 개론」)는 등등이다.

이른바 장면성이 언어표현의 전체를 표현하는 것으로 믿어진다면 특히 시작에 있어서와 같이 언어의 유동성 문제는 '비유'(Metaphor)의 활용과 불가분의 관계에 놓이게 된다. 짐짓 '모순'되는 개념들이 그들의 '상위'

를 털고 일정한 동위개념으로 번져 가는 전기를 이해하자면 적어도 어떠한 '중간개념'이 매개됨으로써 동떨어졌던 모순개념을 붙들어진 반대개념으로 바로 전기시키는 논리학 체계에 관심치 않을 수 없는 것이다.(박종홍씨 「일반논리학」 참조)

다만 이때에 동원된 '중간개념'이란 거의 '무의 개념'과 일치한다는 사실은 극히 주목할만 하다. 가령 '불행'이라는 개념을 '행복'과 반대되는 것으로 소극화하는 대신 하나의 '시련'이라고 보아 버린다면 적극화된 '불행'은 이미 말할 수 없는 '무의 개념'을 개입시킴으로 하여 그의 소극성을 탈락한 것으로 설명되겠다.

부정은 부정으로서만 그칠 수 없고 부정이상의 것으로 언제나 흘러가며 번지고 있다는 엄연한 진리가 이 비근한 일례로서도 충분하지 않는가. 내가 말하고자 한 부정의 유동성이란 이러한 부정에 배속된 어떤 '무의 개념'을 재촉한 것인지도 모르기 때문이다.

이렇게 나는 무언으로 개입된 부정의 유동성을 '부정의식'이라고 불러 보는 것인데 물론 부정의식은 부정을 지지한다. 그러나 부정을 부정이상의 것으로써 매개하는 것도 역시 부정의식이다. 일찍이 베르그송의 「창조적 신화」와 지그봐르트의 「논리학」은 나에게 대하여 이와 같은 자위(自慰)를 수수히 뿜어 주었다.

참으로 "부정이란 부정다운 무엇이 나타나며 생각될 때 그것에 대하여 취하여지는 '정신태도에 불과하다'."(佐久間鼎, 「부정적 표현의 의식」, 1938) 다시 "부정적 표현의 어법형식은 부정적인 것에 대립되는 긍정적 주제의 형식을 떠나서 독존할 수 없다"(상동)고 하였으니 부정이 주빈사건에 있어서 새로운 계사(繫辭) 기능을 발동케 한다는 첨예한 문법적 시비랑 일단 젖혀 두더라도 부정과 긍정간에 기어이 유동하는 '중간개념'의 매개여부는 여기에서도 다시 알아볼 수 있는 일이 아닌가.

끝으로 청취할 것은 "부정판단은 적극판단의 존립을 예상하는 우리들의 사고기능이라"는 점과 부정의 본질은 '부정의 부정이 무엇을 의미하는가'를 생각할 때 가장 명확히 알려진다는 또 하나의 사실이다. 이리하여 부정을 지탱하는 부정의식이야말로 '부정의 부정' 즉 긍정을 예상하는 우리들의 고도한 사고기능이라는 뚜렷한 결론을 얻게 되었다.

앞서 '상위'한 문학적 의미와 실제적 의미가 서로의 부정을 타계하면서 동화되어 서술의 의미를 한층 강조한다던 이유를 대략 이와 같이 치르고 났을 때, 나에겐 더욱 부정의식에 투철했던 한 시인을 음미하는 일이 숙제처럼 남겨졌다. 이러한 나의 안중에 처음으로 비쳐든 그림자가 바로 시인 김소월(金素月)이었던 것이다.

소월은 누구보다도 많이 언급된 편이었으나 갈수록 호사한 겹옷들이 그를 휘감는 것과 같은 느낌을 주고 있다. 무릇 대표적인 예로서 서정주(徐廷柱)씨의 「김소월 시론」과 백철(白鐵)씨의 「김소월의 신문학사적 위치」와를 들어본다면 전자에 있어서의 열중한 개성미의 추구와 민족애의 발건은 결코 이 시인에 대한 과찬은 아니었으되 소월의 인간으로서의 한계가 명백히 드러나지 않았으며, 후자에 있어서의 시나치도록 합리적인 문학사적 공적 운운도 역시 이 시인에 대한 옹호벽의 일단처럼 인상되었던 것이다. 나는 두 분의 글이 일러준 바 타당함을 좋이 시인하면서도 한편 소월이 가진 부정적인 측면을 돌아보지 않을 수 없었다. 이어 나는 보이잖는 어떤 근저의식의 소재를 그의 시 언어 속에서 발견하는 것과 같은 흥분을 느꼈다. 어느덧 문체가 의식을 대변하고 의식이 문체로서 구체화된다는 나의 일상관념이 점점 변조되자 소월의 부정적 실천이 소월의 전모를 더욱 밝게 드러내리라는 희망은 수그러지지가 않았던 것이다.

> 먼 훗날 당신이 찾으시면
> 그때야 내말이 '잊었노라'
>
> 당신이 속으로 나무라면
> '무척 그리다가 잊었노라'
>
> 그래도 당신이 나무라면
> '믿기지 않아서 잊었노라'

오늘도 어제도 아니잊고
먼훗날 그때에 '잊노라면'

(「먼 후일」, 전문)

우선 시 「먼 후일」을 들어서 이야기한다면―이 시의 매연은 '잊었노라'의 반복으로 끝맺고 있다. 그런데도 제3연의 '믿기지 않아서 잊었노라'가 제일 강조된 부분일 것이며 이는 곧 하나의 반어수식처럼 느껴진다. 실상 믿기지 않아서 잊었다는 언어내용이란 긍정될 수 없는 바이며 게다가 오늘도 어제도 아닌 '먼 후일'에 그렇게 믿었다는 '미래적 과거'를 요해(了解)하기란 무척 번거로운 일이다.

실제적 의미에서 돌아볼 때 이만큼 난해한 시의 유례는 적이 드물 것이다. 그런데도 이따금 곧잘 이 시가 발췌되고 낭독되어 오는 것을 보았다. 언어의 의미가 실제적인 데서 떠나 문학적으로 구제된다는 하나의 반증일까. 아무튼 그러한 판단이라도 내릴 법한 일이다.

주로 이 시는 '잊었노라'라는 자명한 의식으로 충만되었었다. 그러나 충만된 의식의 뿌리는 '믿기지 않아서'라는 다만 한 가지 이유에 의하여 길러지고 있는 것이다. 과연 '믿기지 않는' 의식(좁혀서 주의라고 해도 좋다.)과 '잊었노라'의 의식과를 묘하게 컴플렉스하여 다시 일정한 율조로써 가다듬었다는 것인가. 여기에 대하여 소월은 제목이 알리는 바와 같이 요즈음에 '아니 잊고' '먼 후일'에 잊었다는 매우 을씨년스런 대답을 들려준다.

차라리 그는 현재에서 미래로 뻗는 한길 위에 이러한 자의식을 고스란히 수놓아 보겠다는 울음겨운 포부에 사로잡혔던 것이리라. 그가 '믿음' 약속(約束)을 부정하고 '잊지않음' 기억(記憶)을 부정하고 다시 '요즈음' 현재(現在)를 부정하는 그 모든 부정 속에서 자신의 시작을 온통 묻어 버린 것이라면 부정의 대상을 이미 부정화 하는 조작 속에서만 일어오는 것이며, 부정의식이 부정의 대상을 안으로 잉태하는 것이 된다. 따라서 소월의 부정의식은 '임'에 대한 회고로서 대부분 율화되었지만 '임'은 선재(先在)한 것이 아니라 어디까지나 '못' '아니'하는 의식의 부정화 끝에 비로소 명명되고 형상된 것으로 믿어진다.

만일 그가 누린 전통미를 그의 변두리나 고전에서만 캐어낸다면 그의 본새는 마침내 돌아오지 않을 것임으로 김동리(金東里)씨의 "옥녀나 금녀를 통한 보편적 정서"(「청산의 거리」)란 대개 이러한 각도에서 발명된 것으로 알려지나, 쉽사리 소월의 이념세계를 가정한다는 것은 두렵기 짝없는 노릇이다. 소월을 험구하는 것이 아니라 정말 소월은 '신'의 이름처럼 '청산'을 손짓하였을까. 하물며 그의 짤막한 언어의 기지가 시의 구경(究竟)과 일치한다는 역부림은 온전히 받아들일 수 없다. 시작에 나타난 한 가닥 기교적 우연성이 꼭이나 그 시인의 의식 전야(全野)를 대변한다 하겠는가.

소월의 참욕과 한계는 아직도 보이지 않는 곳에 있었다. 한사코 부정의식이 불러대며 빚어낸 '임'마저 그에게 대하여 너그럽지 못할 때, 소월은 어느덧 자기 세계를 발견하는 체념주의자이기도 하였던 것이다. 그러나 그의 체념에는 불교에서 이른바 '사리'(捨離)니 '금욕'이니 하는 일체가 소요되지 않았음으로 하여 지극히 생활적이며 투신적이었다고 할 것이다. 주벽과 방랑을 소재한 대부분의 시작이 그것을 증거한다. 소월의 체념은 '임'을 다시 저버리는 의식적인 기각(棄却)으로 일삼아졌으니 유명한 「진달래 꽃」은 바로 그러한 시대의 상황을 일러주고 있다.

> 나보기가 역겨워
> 가실때에는
> 죽어도 아니 눈물 흘리우리다. (필자 방점)

로 끝맺은 이 작품에 대하여 백철씨는 "거기 농촌사람들이 쓰는 말 그대로 나와 있는 것이 많습니다"(전개 논문 중)라고 적었는데 유감스럽게도 소월에 있어 뼈저리운 부정의식의 찬란한 극치를 씨는 완전히 몰라 버린 것이 아닐까. 차라리 속어감정에 깃들인 비극성이라도 지적하였다면 소월의 면모를 그다지 방불하지는 않았을 것이다.

새삼 「진달래 꽃」을 불교체념의 구상이었던 이별곡 「가시리」와 비하여 본다면 그간의 차별이 곧 짐작되겠다. 결사인 "가시난듯 도셔오쇼셔"를 양주동씨는 "허실상조의 비법"(「여요전주(麗謠箋註)」)이라고 풀이했지만 「진달래 꽃」에서와 같이 극기의 사상이란 좀체로 찾아 볼 수가 없다. 그 만큼 「가시리」의 체념을 윤회적인 후약을 의미하는 것이었으나 「진달래 꽃」에 엿보인 소월의 체념은 가열한 의식적 절망이었다는 것이다. 「가시리」에 나타난 운명의 부정과는 떠나서 「진달래 꽃」에는 자학에 가까운 억제가 스며 있다. 비록 눈물짓지 않는다고 굳이 고백하였으되 추거운 그의 눈물이 거지반 오열로 변한 순간을 느끼게 됨은 무슨 까닭일까.

다시 이에 대한 김춘수(金春洙)씨의 견해(「김소월론을 위한 각서」)를 들여본다면 "'죽어도 아니 눈물 흘리우리다'는 어떤 직접의 대상에게 한 것이 아니라 이별이라는 것(이별 일반)이 그러한 것이라는 것을 말하려고 하였을 따름인 것이다."

오로지 「진달래 꽃」은 '이별 일반'에 대한 소월의 나지막한 음성처럼 들려왔으나 이별을 젖혀두고 '이별 일반'을 제시하였음은 어떤 연유에서일까. 김씨와 같이 이별의 한갓 우리 서정의 원래적인 것을 의미한다면 이별 일반은 소월 자신에게 있어 유난히 창조된 우리 서정의 변혁적인 것을 의미할는지도 모른다. 이를테면 소월시의 외변에 널리 산재된 이별이 온통 한국서정의 원형인데 대하여 어디까지나 소월시의 내면에서 양성된 이별일반은 보다 더 소월적인 것으로 믿어져야 하겠다는 주장이다.

그러므로 소월의 서정주의가 객관적 계몽주의(육당 춘원의 전성시대를 가정하여)에 반발하여 주관적이며 주정적이었다는 점과 시르레르에 시와 같이 소박에 대한 '감상'의 태도란 '자연'에 대한 '이념'의 수립으로서 끝까지 부정적이라 할 수 있다. 김씨는 이러한 관계를 '현실'(시단 경향)에 대한 서정주의(「한국시가의 원래적 성격」)의 수립으로서 충전하였으니 결국은 '현실'의 소박(제한)성에 대항하는 서정주의의 감상(무한)성을 시사한 것이나 다름없다. 그러나 만일 소월의 부정화가 현실 대 서정주의는 지극히 이율배반적인 기점에서만 유도된다면 이 때의 서정주의는 현실 이상 가는 하등의 의의도 갖지 못할 것이 분명하다.

　문제는 「진달래 꽃」에서 보는 바와 같이 그의 부정화가 결코 현실 대 서정주의라는 모순에서 느껴지지 않고 서정주의 자체 내에서의 모순에 의하여 야기된 것이 아닌가 하는데 귀착한다. 이별을 이별 일반으로 지양하려 한 부정의식이 어디까지나 이별 일반에서 비롯되지 않았을까 하는 하나의 반문에 좇는다면 한국서정의 원래적인 성격에 대한 소월의 태도는 이미 결정된 것으로 시인되어야겠다. 사뭇 이러한 선행적 태도가 '일반'이라는 대명사로서 그의 부정의식을 시현(示顯)한데 불과하다.

　그러니까 「진달래 꽃」에 나타난 '죽어도 아니'라는 최대부정은 한국서정의 원래적인 성격으로서 불러지기 이전에 벌써 소월의 인간적 내부에 선명히 조각되고 있었다는 것이다. 일찍이 시르레르는 파토스적인 애상으로 하여금 이념적 감상에까지 제고시키는 근대시인의 의의있는 작업을 역설했던 것이니, 이제 한국서정의 '애'(哀)가 보다 더 비이념적인 것이라고 보아질 때 시인 김소월은 피토스적인 것과 이념적인 것과를 연결짓기 위한 중간에서 자기 서정을 연소했다는 것일까. 이러한 노력은 극히 인간주의적인 것으로써 평가될 수 있겠다. 대리석 중에 조각의 실상을 예념(豫念)하던 미켈란젤로와도 같이 고래로 원형을 아로새기는 조형의 위치가 더욱 인간에게 접근하여 있다는 보편성은 아무라도 거역하지 못한다. 이 문제는 다시 이별 일반을 통한 에로스상보다 더 충실했던 시인 괴테에 비유해 본다면 좋이 알 것이다. 괴테 해석에 이바지한 골프의 「인간주의와 낭만주의」를 펼쳐보면 「파우스트」의 비극성을 말하는 아래와 같은 대목이 있다. "원 파우스트가 지닌 본래의 비극성을 체현하는 것은 그레에트헨이 아니라 파우스트 자신이다. 파우스트에게 버림받은 그레에트헨이 아니고 자기 사랑에 버림 받은 파우스트란 말이다."

　골프는 이러한 무상성을 '심정의 전변'(Wandelbarkeit des Herzens)이라고 말한다. 다시 그는 「파우스트적 인간」이란 책에서 "이 가능한 역설 속에 파우스트의 염세의식과 또한 그의 전부를 멸시하는 생활신앙과의 갈등이 엿보인다"고 하였다. 모든 비극에서 그러하듯이 파우스트는 역설의 운명을 진지하게 실천함으로써 그의 영원성을 획득함에 이른다. 파우스트의 경우, 역설은 악(유혹)에 대한 이념의 승리(초월)라고도 말해 진다.

문제인 「진달래 꽃」을 중심하여 숨은 듯 도처에 있는 '임'과 인간 소월 과의 비극성(이별과 이별 일반의 갈등)을 추상함에 있어서 골프의 암시 는 참으로 중대한 것이 있다. 그러나 김소월에게선 서정의 보편화가 시도 된 반면에 서정의 이념화는 조금도 시도될 수 없었다는 한계가 드러난다. 다시 말하면 자기의식을 어디든지 넓혀갈만한 이념 내지 신앙의 조건이 끝까지 결여되어 있는 우리 전통의 한계성을 그대로 반영한 것이라고도 하겠다. 따라서 서정의 원래적인 성격이란 것도 전혀 소월의 외면 아닌 내면에서 규정될 수 밖에 없다는 결론이 나선다.

「진달래 꽃」, 한 편의 시가 보내는 이(소월 자신)의 자기 사랑에 버림 받은 역설로서 충만되었다는 것은 앞서도 지적한 바와 같다. 더욱이 작품 「초혼」은 나의 이러한 설명을 한층 증빙(證憑)할 수 있을 것으로 믿어진 다. 그는 다만 이별 일반의 '자기의 이별'을 노래했을 뿐, 구태여 한국서 정의 원형을 의식하면서까지 이별의 이별 일반에로의 길을 열었다곤 말 해질 수 없다. "삶에서는 좀 더 들어 앉은 죽엄의 새벽빛을 받는 바라지 우에서야 비로서 보기도 하며 느껴기도 한다"(「시론」)는 것이 바로 그가 말하던 '영혼'이라면 이 영혼은 보다 더 소월의 자발적인 투기(投企)로서 이룩되었음을 암시한 것이 아닐까. 그저 시의 형태(운율 형식)와 시인의 문제(의식의 구조)와를 무비판적으로 일괄함으로써 우리는 시사상(詩史 上)의 몇 가지 오류를 이미 저지른 것으로써 뉘우쳐 진다.

'서정'과 '서정의 초혼'(귀탁)과는 스스로 의미가 다르다. 이별을 이별 일반으로 번지기 위하여 소월은 이별을 부정했고 다시 최대한으로 부정 된 이별이 온통 소월 자신에의 체념이었다고 볼 제, 「진달래 꽃」 속으로 은둔하여 간 '임'이야말로 소월 자신이라는 판단까지도 내릴 수 있다. 이 러한 부정의식의 표화(表化)를 현실소외나 고전율의 귀탁에서만 연역해 낸다 함은 정말로 생각해 볼 문제인 것이다. 소월의 양극성이 어디까지나 소월 자신의 능동적 선택이었다면 이는 하나의 망언일까. 이율배반의 상대성과 역설의 절대성과를 새삼 들추어 낼 필요까지는 없으리라 본다.

 '죽어도 아니 눈물 흘리우리다'를 통해 끝까지 자기한계를 의식 내에 설정하여 이를 다시 극복하려다 쓰러진 인간 김소월에 대한 정곡(正鵠)한 시각의 건강이 어떻거나 회복될 중대한 시기가 지금 우리들 앞에 전면으로 박두하고 있다. 소월, 그는 수많은 문제들을 우리에게 남기면서 돌아갔을 것이다. 모든 한계(죽음마저)가 그로 인하여 마련되고 그로 인하여 마련된 한계 속에 그가 다시 끌려드는 부조리한 체념을 나는 흔치 못한 문헌의 몇 군데서 다시 인용하기로 하겠다.

 스승이었던 안서 김억(金億)의 역시집 「망우초」(忘憂草)를 받고 소월은 이런 답장을 써 보냈다. "망우초 근심을 잊어 버린 망우초입니까, 잊어버리는 망우초입니까, 잊자하는 망우초입니까. 저의 생각같아서는 이 마음 둘 데 없어 잊자하니 이리 불러 망우초라 하였으면 좋겠다 하옵니다."

 '오늘도 어제도 아니 잊고 먼 후일 그때에 잊었노라'하던 소월의 심경이 그대로 드러나 있다. 기어코 소월은 '잊자'하였다. '잊자'하는 의식을 두고 본다면 거의가 현재적 의미이며 다시 완곡된 역설적 의식일 것이다. 소월은 현재를 강조하는 것과 같이 자기 존재를 강조하는 의식인이었다. 그런 의미에서 시간성을 넘으려 한 그의 저항은 역설의 직관적 표현을 얼마든지 빛낼 수 있었던 것이다.

 부활제의 밤에 자살을 결의한 파우스트의 사념(死念)에 대하여 골프는 이런 말을 하고 있다. "파우스트의 동경은 장수무강(長壽無彊)이었으되 영원의 안식이 아니라 지상적인 죽음을 건너가면서까지라도 끊임없는 영원에의 정진이었다."(「파우스트적 인간」) 그런데 소월에겐 이러한 '영원에의 정진' 다시 말하면 이념의 구조가 태무(殆無)한 것이었다. 인간 괴테와 인간 소월과의 처량한 비교를 나는 이것으로써 마다하기로 하겠다.

 한국서정의 이른바 원래적인 성격마저 그를 구제하지 못하였다는 것은 무엇으로써 부인될 수 있을까. 김춘수씨가 이러한 소월의 한계를 의식하였던들 서정주씨의 「신라송」에 와서 우리 서정의 한 원을 그어보겠다는 예지는 퍽 현명한 일이었다고 본다. 우리는 시인 서정주에 와서 다 쓰러진 소월의 한계를 머지 않아 바라볼 수가 있으리라.

요컨데 시 「진달래 꽃」은 소월의 대표적인 역설시가 아닌가. 그렇다면 지극히 자기부정적이었던 그의 개성을 스승이던 안서는 이렇게 말했는가. 가로되 "그에게는 극기의 힘이 있었고 자제의 과단이 있었던 것이외다. 소위 재래식으로 말한다면 그는 시인으로의 풍류미가 적었던 것이다."(「소월의 추억」) 안서가 소월에게서 보다 인간적인 비정의 체험을 통찰하고 있었다는 것은 실로 받들만한 이야기다. "그리고 복바쳐오르는 울분에 가끔 소월은 총명한 이지의 판단을 잃어버렸던 것이외다."(상동)

자기 한계에 치닫자 연기도 없이 낙성(落城)한 소월의 의식정경이 너무나도 선하다. 소월은 자기 한계를 의식함으로써 자기역설이 거지반 무력화하는 함정의 직전에까지 이르게 되었다. 그때 소월은 스스로 돌아갈 것을 즉 다시 말하면 한계의식(발견)의 처연함과 엄형(嚴刑)함을 당하자 다시 돌아와 퇴영하기를 부르짖었으나 이미 시간은 떠나간 것으로 멀어져 있었다. 함정엔 시퍼런 바다가 꿰뚫어 보이고, 돌아가 보는 곳엔 무거운 시간의 퇴적이 하늘을 가리웠으니 소월의 사념(死念)은 즉각으로 다가왔다. 메피스토의 마법에서 이겨나던 파우스트의 서언과는 달리 소월에겐 이미 피할 수 없는 한계의 극점이 점점 강세해 오는 것이었다.

"불귀, 불귀, 다시 불귀"(「산」의 일부)하던 시인 소월의 행각(行脚)을 「삼수갑산」(三水甲山) 아닌 1940년대의 '첩첩한' 테두리 속에서 찾아 보라. 그러면 우리들의 대답은 지극히 명료한 것이다.

> 님 계신 곳 내 고향을
> 내 못가네 내 못가네
> 오다 가다 야속하다
> 아아 삼수갑산 날 가둡네
>
> 내고향을 가고지고
> 삼수갑산 날 가둡네

불귀로다 내몸이야
아하 삼수갑산 못벗어난다. (필자 방점)

　유고시 「차안서선생 삼수갑산운」(次岸曙先生 三水甲山韻)에 이르러 보
면 소월에 대한 한계의 핍박이 얼마나 절실하였는가를 아무라도 짐작할
수 있겠다. 감금된 자기를 구제하지 못할뿐더러 '삼수갑산'의 그늘진 머루
밭 너머로 자기한계의 지평선이 마구 달아감을 바라볼 때에, '심정의 전
변'(역설화)을 지탱하지 못한 인간 소월에겐 차차로 설박(雪雹)의 악한
(惡寒)과 죽음의 까마귀들이 휘몰아치고 있었다.

부르는 소리는 비켜가지만
하늘과 땅사이가 너무 넓구나

(「초혼」의 일부)

　그리고 그러한 소월의 '죽음'은 아무도 모른다.
　(이상 소월에 있어서의 '부정'적 양상을 비쳐본 뒤, 나는 '죽음'이라는
양상에 대하여 다시 헤아려 보았다. 여기선 또 다른 시인이 문제되지만
두 가지는 서로 불가분의 내용임을 부연해 둔다.)

3. '죽음'에 대하여

　부정에 대한 부정의식의 철저는 어디까지나 부정에 대한 긍정의 관계
로서만 표명될 것이라는 소위 지그봐르트식 '의미의 모순율'을 깊이 염두
에 두었던 까닭에 부정에 대한 여태까지의 전개가 범신론적 해석에 국한
되었음은 어쩔 수 없는 일이었다. 그러나 전장에서 엿본 소월시가 '토오
털러지'인 '아니' '못'을 갖은 문장심리로서 중요로이 반복한데 불과하다는
점으로 미루어 볼 때 지그봐르트적 적용도 실상 무리하지는 않았을 것이

다.

뒤이어 소월에 있어서의 부정의식이 '죽음'이라는 한계조건에 당하여 그만 회진(灰燼)되고 말 즈음 나는 논리로서의 부정을 거의 방관하게 되었다고 말함이 옳겠다. 해서 부정에 대한 또 다른 각도가 여기로부터 벌어지게 된다.

라이프니츠(「모나토로지」, 참조)와 마이엘(「논리학」, 참조) 그리고 아리스토텔레스의 「형이상학」까질 새삼스레 빙자할 필요는 없을 것이다. 그러나 고대 아리스토텔레스에 의한 부정(모순율)의 존재론적 규정이 바야흐로 범신론적인 테두리를 벗어나 후설, 하이데거, 사르트르에 긍(亘)하는 만근(輓近)의 실존철학에 이르러 더욱 더 확인되어졌음은 널리 주지하는 바다.

전후의 사르트르 자저(自著) 「존재와 허무」 속에서 「부정의 기원」을 대개 다음과 같이 말한 것으로 전해진다.(G. 바레, 「사르트르 실존론」, 참조) 즉 부정은 결코 기대하여 마지않던 결과와 이루어진 결과와를 서로 비교하는 따위의 판단 중엔 있을 수 없으며 이러한 판단 이전에 허무한 것이 존재하는 한 부정은 허무 이후에 생긴 판단의 질에 불과하다는 것이며 부정은 범주로서 적용되는 것도 아니다. 요컨대 어디서나 충실되는 것을 존재라고 한다면 '비존재'가 없인 부정을 말할 수 없다는 요지였다. 여기서 그는 이른바 '비존재'를 존재밖에 있는 허무(Néant)로써 부연했으니 허무없이 부정이란 것을 운위(云謂)함이 얼마나 크나큰 실격인가를 새삼 깨닫게 된다. 모든 부정은 허무의 아들, 그리고 허무의 생산과도 같다.

따라서 존재밖에서 존재조건으로 널려있는 실재가 바로 허무인 부정이며 동시에 존재 중에서 존재에 의하여 받침되어 있는 것도 역시 부정 그것이라는 결론에까지 이르게 된다. 이렇게 말하는 사르트르의 허무엔 '불안'과 '공포'라는 것이 가장 중요한 모티브로 되어 있으며 또한 상황 속에서의 존재는 언제나 이 허무에 질리워 있다는 것이 밝혀졌다.

이를테면 부정화되는 여건으로서의 즉자(卽自)와 부정화하는 대자(對

目)와의 공동영역으로서 상황이 존재하며 다시 '죽음'(Mort)이라는 한계가 상황 중에서의 가장 두드러진 부조리로서 대립됨으로 하여 '죽음'은 '죽음 일반' 아닌 '나의 죽음'으로서 '나에게 나타난다'(Presence à soi)는 것이다. 보다 앞서 하이데거는 이러한 '나'를 '죽음에의 전주(前走)'(Vorlaunfen zum Tode)라고 짚어 말했지만 두 사람의 사관(死觀)엔 서로 이렇다 할 편차가 없을 것으로써 간주된다.

어쨌든 '죽음' 자체를 논구하는 이 마당의 나로선 "사뭇 죽는 일이 생명 있는 자를 괴롭힌다"는 정도의 범상한 경험으로 되돌아갈 수 밖에 없다. 그것은 '죽음 일반' 아닌 '나의 죽음'을 가장 절실하게 직관할 수 있는 시인의 경우를 조망하는 까닭에서이다. 내가 이제로부터 예들려는 한 사람의 시인이 철학에서보다도 더한 '죽음'을 제시하지 않았는 이상 어찌 그가 죽음에 대하여 모처럼 성숙하였다고 말할 수 있을 것인가. 하지만 차라리 나는 '죽음'의 별다른 형식을 문제삼아야 할 것이니 시인이 품은 '스폰타니티'(Spontanity)에 대한 폐기(부정) 또는 그러한 불모의 지각부터 더 듬기로 하겠다.

> 푸른 하늘에 닿을듯이
> 세월에 불타고 우뚝 남아 서서
> 차라리 봄도 꽃피진 말아라.
>
> 낡은 거미집 휘두루고
> 끝없는 꿈길에 혼자 설레이는
> 마음은 아예 뉘우침 아니라.
>
> 검은 그림자 쓸쓸하면
> 마침내 호수깊이 거꾸러져
> 참아 바람도 흔들진 못해라. (필자 방점)

알다시피 이는 고 이육사(李陸史) 시인의 「교목」 전문이다. 내가 여기

몇 군데 방점 놓은 것은 우연이도 매 연의 종행들이 한결같이 반어수식으로 맺어 있기에 그를 환기하자는 뜻에서였다. 그러나 이 시의 내용으로 말할 것 같으면 전혀 교목의 생장을 거절함과 아울러 호수 속의 그림자를 투시한 끝에 교목의 죽음을 풍자하고 있다는 점이다. 다시 보면 세월이란 '시간'에 의하여 교목은 불모화되었으며 오히려 죽음과 같은 처량에까지 수렴되고야 말았다. 마침내 '스폰타니티'(유기성)를 폐기한 교목은 그림자로서만 짙게 되고, 한 시인의 직관 속에 대상은 이미 없는 거나 마찬가지인 비존재로 변하려 한다. 우리가 찾으려는 시의 의미도 필경 이러한 대상의 부정화된 허무일 것이 분명하다.

시인 이육사의 이와 같은 '스폰타니티'의 폐기를 다른 시편에서도 거듭 노래하고 있었지만 더욱 역설적인 것은 스폰타니티의 폐기를 스폰타니티 그 속에까지 내섭(內攝)시켜 직관했을 때였다.

> 동방의 하늘도 다 끝나고
> 비 한방울 나리잖는 그때에도
> 오히려 꽃은 빨갛게 피지 않는가
> 내 목숨을 꾸며 쉬임없는 날이여.
>
> (「꽃」 일부)

여기서 시인은 절망적인 개화의 사실을 노래하고 있다. 이 때의 '스폰타니티'한 꽃은 오히려 스폰타니티를 폐기한 스스로의 상황을 반문하고 있는 것이다. 도시 피지말 꽃이 피었다는 이야기가 피어야 할 꽃이 피지 못하였다는 신화와 얼마나 다를 수 있겠는가. 스폰타니티의 폐기와 스폰타니티와의 관계를 마치나 비존재에 대립하는 존재의 관계처럼 생각는다면 쌍방은 서로 역설하는 조건 하에서만 인식되어 지리라.

시 「교목」의 종행인 '참아 바람도 흔들진 못해라'와 「꽃」의 가운데서 '서람결 따라 타오르는 꽃성에는'을 두고보면 이미 「교목」과 「꽃」의 주제는 상태로서의 교목과 꽃을 하직하고 있는 셈이다. 순조로운 생태가 환경과의 도태를 저버리지 않는 한, 생태는 환경을 얼마든지 제약할 수도 있는 것이 아닐까. 하여 '꽃'의 개화는 역설하는 조건 하에서 그 개화의 풍토를 제약한다는 결론에까지 다닫게 된다.

바꾸어 말하면 실재 중에서의 스폰타니티는 선택 중에서의 스폰타니티의 폐기를 능가할 수 없다는 것이다. 시는 모든 선택 중의 선택이다. 그러므로 실재 중에 널린 상태가 개별적인데 반하여 선택 중에 든 시의 생태는 보다 전체적이라 이를 수 있으며 동시에 전체적인 생태의 파악은 마침내 생태 그것이 아니어도 무방할 것이다.

"나무의 진실한 생태는 전체로서 나무 가운데 존재하는 것이지 그것을 구성하는 여러 개체 중에는 존재치 않는다는 사실을 누구든지 부인치 못합니다."(J. 헉슬리, 「죽음이란 무엇?」) 겨울 한 철에 낙엽과 한결(寒結)을 무릅쓰는 나무의 생태를 이렇게 피력한 한 사람의 과학자와 "죽음은 보나 많은 생명을 누리기 위한 그네(자연)의 기교에 불과하다"(괴테, 「자연론」)던 한 사람의 인간주의자는 사실 긍정적인 의미의 통찰을 소유한 데 지나지 않았다. 결국 생태의 변화로 말미암아 스폰타니티의 폐기는 개체적인 듯 하면서도 전체적인 스폰타니티까질 얼마든지 증거할 수 있다는 것인데, 이들의 사념이 설령 건강한 것일지라도 스폰타니티의 역설을 위한 나의 연역과 상당한 거리가 예측된다. 아직도 나는 그의 연유를 명확히 모르지만 세기의 한철에 '교목'은 어느 호수깊이 거꾸러져 있었고, '꽃'은 모진 사막 중에 혼자 떨고 있었다는 이상한 조건들이 더욱 더 철저한 '상황'을 감지케 할뿐이다.

따라서 그러한 '상황의 교목'이며 '상황의 꽃'이란 것을 새삼 헤아릴 제, '교목'과 '꽃'은 교목 아닌 '교목'과 꽃 아닌 '꽃'으로 즉 비존재로 아니면 '죽음' 그것으로 발현되어졌음을 터득하지 않을 수 없다. 헉슬리나 괴테는 오직 생태 속의 죽음을 말하려 했지만 이제 죽음 속의 생태가 한층 치열하게 되살아옴을 우리는 기피하지 못한다. 그렇다. 지금이나 다름없이 우리에겐, 적어도 이 시인 이육사에겐 과학이라는 방법과, 철학이라는 매개와 그리고 종교라는 이념이 있을 수 없었다. 다만 '죽음'은 그대로이 오는 것이었다. "우주와 인간운명의 신비가 걸어지고 다시 누그러진 채로 인간에게 기여되던 철학과 종교의 도구를 파괴한 까닭으로 인간은 아무런 중개자도 없이 죽음의 의미와 대결하지 않을 수 없게 되었다.”(알베레스, 「20세기의 지적모험」)

드디어 죽음 속의 생태를 지지한 스폰타니티의 폐기는 이 어슬픈 개탄의 그림자이냥 한 시인의 안정(眼精)에 수없이 배회한 것으로 믿어진다. 그러나 불무(不無)의 계절에 대한 회상은 갈수록 벅찬 것이 있다.

여기서 잠깐 굽히어 T. S. 엘리이드의 장시 「황무지」의 일부를 다룸으로써 스폰타니티의 폐기라는 '죽음'의 형태를 따로이 엿보자. 이미 20세기의 고전처럼 말해 오는 「황무지」의 초장 「시체의 매장」은 대개 아래와 같이 시작되고 있다.

> 사월은 가장 잔인한 달
> 죽은 땅에서도 라일락은 피어나고
> 회상과 욕정이 헛갈리며
> 봄비는 잠든 나무뿌리를 뒤흔든다. (원문 생략)

보다 이 구절을 읽노라면 에즈라 파운드의 「사월」이란 시가 연상되는데 메마른 대지 위에 '창백한 학살'을 이미지한 파운드와 다름없이 엘리어트, 그는 사월을 일컬어 '가장 잔인한 달'(The Cruellest Month)이라고 노래한 것이다. 그렇다면 이러한 계절과 스폰타니티에 대한 염오는 대저 어디서 오는 것일까. 위선 서문으로 인용된 페트레리우스의 산문소설 「Satyricon」의 한 토막을 읽는 것이 훨씬 암시적이다.

"큐마이라는 곳에서 내눈으로 독안에 매달린 한 무당(무녀)을 보았던 것인데 그때 아이들이 '당신은 무엇을 바라오'라고 물었더니 그녀는 대답하기를 '나는 죽고 싶다'고 하더라."

엘리어트는 무엇보다도 '죽고 싶다'는 감정 또는 의식을 그의 온전한 주제로서 선택하였다. 뭇 생물들이 소생약동하는 대지는 '죽은 땅'이라고 불렀으며 아름다이 핀 라일락을 들어 '살해된 신'이라고 비유했던 것이다.

이어 '뮤라이 해전'의 이야기며 '강아지'(이 때의 강아지는 죽음의 대명사
로 해석됨.)에 대한 처절 극한 대화의 연속은 마침내 "나는 죽음이 그렇
게까지 망쳐버릴 줄은 미처 몰랐다"라는 구절로써 요약된 감을 준다.

　헬렌 가아드너는 「T. S. 엘리어트의 예술」이라는 책 속에서 말하기르
일찍이 존 키이츠가 '부정력'(Negative Capability)이라고 명명한 "미완
적이며 신비적이며 불가사의한, 그러면서도 어떠한 사실, 어떠한 이지에
도 치우치지 않는 인간의 가능성"을 그는 표상할 수 있었다는 것이다.

　부정력은 문자 그대로 '불모의 계절'(The Dry Season)에 회오리처럼
솟구쳐 났다. 부정력은 생물의 스폰타니티를 폐기하려 한다. 그리고 부정
력은 죽음의 생태를 요구하고 있는 것이다.

　불란서의 앙드레 루소는 자저 「20세기 문학」 중에 「T. S. 엘리어트의
시간과 영원」이란 글에서 이렇게 논급하고 있다. "엘리어트의 투시법은
사물의 현실적인 자태를 역으로 하여(au rebours) 연상하기 때문이다.
「황무지」는 즐거운 봄을 노래하지 않았으며 서두에 있어 '사월은 가장 잔
인한 달'이라고 적혀졌다." 계속해 그는 엘리어트의 시극 「교회의 살인」
중 제2부에서 들리는 합창을 인용하였는데, 계절과 스폰타니티의 폐기를
부정력의 동기가 고스란히 드러나 있다.

　"봄의 표적은 어디 있단 말인가? 묵은 것들은 모다 죽어가고 봄을 일러
주는 무슨 생기, 무슨 자극, 또 무슨 호흡들이 있다는 것인가? 날이 길어
졌다구? 날이 길어지고 어두어지면 질수록 밤은 짧아지고 쓸쓸해지는
걸. 바람은 소리없이 잦아가도 폭풍은 동쪽에서 일어올 것이다. 들에 모
인 굶주린 새들은 무엇엔가 귀를 밝히며 숲속에선 또 부엉새가 죽음의 이
즈러진 곡조를 듣고 있다. …… 참혹한 봄의 표적은 도대체 어디 있단 말
인가?"

　루소는 스폰타니티에 대립하는 스폰타니티의 폐기를 시사하는 것처럼
'자연적 탄생'에 대립하는 '별개의 탄생'(Autre naissance)을 지적했다.
엘리어트의 부정력은 이와 같이 '별개의 탄생'을 위한 희생관념으로써 일
관되었으며 가아드너의 말마따나 이것은 하나의 '공포'인지도 모르는 것

이다. 미래의 공포, 혹은 미지의 공포가 피빛으로 타 있는 바위 그늘로 우리들을 손짓할 때, 엘리어트는 공포에 침윤된 심리를 가다듬어 오히려 그와 대항하는 역설의 의의를 제시했다.

"또한 이처럼 시작된 계절의 역설은 생명집단에 대한 정상적인 태도를 왜곡하는 것이며 '시체의 매장'이 지닌 목적이란 식물 신화(The Vegetation Myth)의 의의를 반박하며 반어적인 어조를 조성하는 데 있었다."(G. 윌람슨, 「T. S. 엘리어트」, 독자안내)

다시 G. S. 프레이저는 적기를—"봄이 오면 아름다운 여신에게 살해당하고 다시 조상(弔喪)된 젊은이가 있었다는 이 원시적인 주제는 일찍이 성배전설이나 아토니스, 오사이리스의 신화속에서도 들어 있던 것이다. 무엇보다도 죽음을 조상하며 슬퍼하는 자들은 죽음을 마련한 바로 그 자들인 까닭이다."(「현대작가와 그의 세계」) 여기 죽음을 조상하며 슬퍼하는 자들은 죽음을 마련한 바로 그 자들이라는 신화의 역설성은 엘리어트가 지닌 인간운명에의 유일한 척도였을 뿐만 아니라, 어디까지나 죽음에 의한 생태를 의식적으로 선택하려는 실존적인 방법이었다고 보아진다.

계절과 스폰타니티에 대한 폐기인들 똑같이 의식적인 선택이어야 함으로 이는 고도한 비평작용에 틀림없는 것이다. 사뭇 엘리어트의 심미와 고뇌를 함께 지지한 부정력이야말로 현대시가 포용하는 비평의 본질이 아니고 무엇이겠는가. 현대시의 부정논리를 장식한 이 열광적인 무기의 이름을 우리는 서슴없이 '역설'이라고 부르자. 그런데 수많은 그들이 맞아들인 극단의 벽이 언제나 '죽음'과 같은 무(無)의 반향이었음을 또한 부인할 수는 없다. 끝내 스폰타니티가 폐기된 무대에서 이즈러진 선민들의 합창은 "오히려 더 비개성적인 목소리"(「시의 세 가지 소리」)로 변하여 갔다. 그리하여 역설은 갖은 "심령적인 제재의 압력"(상동)으로서 어디든지 들리는 '소리'(Voices)처럼 실재화된 것이다. 짐짓 엘리어트의 시극이란 산문에 대한 시의 우월, 또는 서술에 대한 역설의 승리를 보장하기 위한 유일한 형태가 아니었을까.

하지만 갈수록 기상(寄想)의 문제들이 접종(接踵)할 것임으로 엘리어트에의 섭렵은 이상 필하기로 하고 육사시에 대한 나대로의 생각을 다시 적어보자. 두루 살핀대로 시인 육사는 어떤 수난기에 처한 생명들의 부조리성 즉 스폰타니티의 폐기를 주제삼아 노래한 것이었으니 그가 남긴 시작의 거지반 의미도 결국 여기에 귀일되는 것이 아닐까 싶다. 한데 그는 스폰타니티의 폐기를 '상'(喪)이라는 동양인적 특수감정에 적응시켰을 뿐만 아니라 '상'에 깃들인 애념과 심미마저도 절묘하니 조탁하고 있었다. 차라리 화사한 '상'의 의미란 죽음 속에 수식된 상태가 아니였겠는가. 이러히 '상'에 둘려진 투명한 이미지가 없었던들, 육사의 시언어는 그닷 빛부실 순 없었으리라.

사실 우리가 접하는 대부분의 시구들은 거의가 비유에 따른 갖가지 암시와 연상 유추의 힘을 입어 독특한 조율과 함께 기발한 시각의 인상을 끼쳐 준다. 언어의 형이상적 확충에 끝까지 고심한 한 시인의 엄정한 자세가 온통 실재중의 현상을 역으로 하여 접수하였음은 오히려 당연하다 하겠으며, 또한 그와 같이 두드러진 의식의 일면을 헤아리는 우리들의 기도도 실상 헛되지 않을 것이다.

"간(肝)잎만 새하얗게 단풍이 들어"(「연보」의 일부) "옛날의 들창마다 눈동자엔 짜운 소금이 저려"(「자야곡」(子夜曲) 일부) "눈물먹은 별들이 조상오는 밤"(「강 건너간 노래」의 일부) "산맥은 느낄사록 끝없이 게을려라"(「반묘」(斑描)의 일부) "내 근심에 표백된 돛대에 거느뇨"(「해후」의 일부) "검은 세기의 상장(喪裝)이 갈갈이 찢어진 긴 동안"(「반묘」의 일부) 등등의 비유와 다시 강의과장(强意誇張)으로 수식된 "서리빨 칼날진 그 우에 서다"(「절정」의 일부) "겨울은 강철로 된 무지갠가 보다"(동상) "장미 쩌 이고 장미 쩌 흩으시고 아련히 가시는 곳"(「아미」(娥眉)의 일부) "죄와 겯드라도 삶즉한 누리"(「아편」의 일부)와 같은 용례만 들어본다 해도 이것들이 포용하고 있는 부정논리의 근거를 몰라버릴 순 없지 않은가.

"모든 비유는 역설의 요소까질 포용한다. 왜냐면 비유는 어떤 반대의 요소라든가 비교내용의 모순을 떠나 단순히 장대한 유추를 그냥 나타낼 수 없기 때문이다." 이는 시인 존 단의 「성도참열」(聖徒參列)을 중심하여 '사랑'과 '불사조'와의 비유관계를 해석한 크라언스 브룩스 작 「역설의 언어」 속에 들은 말이다.

브룩스는 증명은 단이 아닌 시인 이육사의 유작에도 꼭같이 비쳐볼 수 있으리라 믿어지는데, 소월시와 비해서 육사시엔 훨씬 형이상적인 '기려'(奇慮, Conceit)가 드러나 있다는 것이다 이 점은 육사로 하여금 기교파 시인으로 몰아 세울 구실도 되는지도 모르겠다. 단은 "죽음이 보다 강렬한 목숨이다"라고 외쳤고, "우리는 죽음을 위하여만 목숨을 누릴 수 있나니, 죽음은 생명의 극치인 까닭이라"고 하였다. 여기서 브룩스는 누릴 수 있는 목숨을 '세계'라고 부연했으며 다시 '죽음'을 '사랑'이라고 이명(異名)했던 것이다. 단에 있어 '불사조'의 개가는 참으로 성적(聖的) 실존인 천사를 의미했을만치 그는 역설의 승리자이기도 하였다. 종신토록 성 포올 교회의 부감독 지위에 있었던 그의 내력을 사족할 필요까지는 없으리라.

그러나 시인 이육사는 단과 같이 죽음의 이명인 '사랑'을 가졌던가. 또는 죽음 그것을 위한 목숨의 빛을 살려올 수 있었던가. 애오라지 그는 이렇게 적었다.

> 가기는 갔지만 어린 날개 지치면
> 그만 어느 모랫불에 떨어져 타 죽겠소.
>
> (「강 건너간 노래」의 일부)

마침내 유혈하는 피닉스의 달밤! 그리고 숨가쁜 철창머리에 기울어진 사막! 끝내 전화를 모르는 이 애타는 스폰타니티의 파쇄(破碎)! 육사는 자기 조명에 시들은 배우처럼 점점 고달파지는 스스로를 가누지 못하였다. 「아미」에 죽은 백작부인, 그리고 사랑들! 기다림도 없이 흐르는 암흑 나라의 저편으로 그는 서슴없이 돌진하여 갔다.

> 허무의 분수령에 앞날의 깃빨을 걸고 너와 나와는 또 흐르자. 부끄럽게 흐르자.
>
> (「해후」의 일부)

앞에서 나는 "다만 죽음은 그대로이 오는 것이었다"라고 적었다. 지금에 이르러 이것을 되풀이하는 나의 심정엔 소월을 생각할 때와 같은 쓸쓸한 환멸이 느껴진다. 나는 죽음에 전주(前走)한 또는 죽음을 잉태하며 죽음과 대결한 철인들의 사색만 떠나서, 죽음 그것에 하는 수 없이 피체(被逮)당한 몇몇 시인들의 이즈러진 발자욱을 더듬는 일이 얼마나 울가망스런 모험인가를 새삼 뉘우치게 되었으니 말이다.

짤막한 우리 시사를 가로질러 우리의 위치를 노상 요동진감(搖動震憾)하던 그 무슨 마력이 있었거나, 아니면 우리들의 무방비한 촉수가 너무나 무질러졌던 탓일까. 이 때 시인 청마(靑馬)는 자기 말처럼 …… "시인이란 불가침한 생명 그것이요. 무에서의 창조요. 어떠한 불모에도 개화를 짓고야마는 존엄 그것이 아니었던가"(육사시집 서)라고 외었다. 그러나 그 '존엄'이란 무엇일까. 참으로 생명에의 확신을 두고 이르는 말일까. 혹은 제압에서 설분(雪憤)한 '간의 결의'였단 말인가.

뭇 대답은 진실하다. 그러나 오직 나의 반문은 저들의 최후를 파렴치했거나 또는 우매한 것처럼 믿어버릴려는 것이 아니라, 보다 순정(殉情)했던 저들의 돌진과 지조 높은 투철이 언제나 시와 시 이외의 것과의 혈전에서 처절하게 휩쓸리고, 다시 미지의 거구가 매양 그들의 '죽음'을 한갓 미물처럼 삼켜버렸던 그 부조리한 심판의 이유를 되묻자는 데에 있다. 짜장 확대되는 이 시공의 어느 부분에 우리는 역설의 집군(集群)을 바라보자. 「교목」과 「꽃」을 흔들며 불사조를 쫓아간 그의 화상(火傷)한 날개와 또 피저린 눈동자를 불러일으키자.

"우리들의 좁은 현실엔 이 무한적인 탄력과 가능적 방향에의 감정이 가득차져, 보다 강한 무한성의 예감이 부여된다. 그것이 시간이란 차원에 투영되며 비로소 불사성은 이룩되는 것이다."(G. 짐멜, 「사(死)와 불사(不死)」) 짐멜은 불사성과의 해후를 이렇게 강조했으며 나아가 "불사성은 그의 상대개념으로서 경험적이며 시간적인 현실의 이면 즉 불생성(不生性)을 요구한다"(동 논문) 하였다.

여기서 그는 하나의 초논리적인 역설을 수립하고 있는 것이다. 어쩌면 스폰타니티의 폐기란 스폰타니티 그것으로 해석될 것이며 오직 죽음 속의 생태는 생태로서의 죽음을 어디까지나 형상할 수 있다는 문제다. 그런데 육사의 경우, 모든 역설의 조건을 지극히 심미적이었다는 결함이 짙게 된다. 참으로 시인이란 역설하는 정신을 위하여 실재를 멀리한 어느 이미지권에 예속되기가 어렵지 않다.

육사는 심미에 의하여 엄폐돼 행위를 개탄하였으되, 끝까지 심미가 무엇으로써 반성되어야 하는가를 미처 깨닫지 못하는 사고의 연대(年代)에 머물어 있었다. 따라서 그는 심미적 파토스에 대한 실존적 파토스의 개조를 의식할 수 없었던 것이다.

"절대적 테로스(목적)가 개인의 실존을 절대적으로 개조치 않는 한, 개인은 실존적 파토스를 떠난 심미적 파토스에만 파묻힐 뿐이다."(케에르케고르, 「철학적 단상」)

그렇다. 심미적 파토스를 타고 "다만 죽음은 그대로이 오는 것이었다." 다시 죽음의 위력은 믿지 않을 수 없던 그, 그의 유예없는 「절정」을 펴들면 "어데다 무릎을 끓어야 하나. 한발 새격디딜 곳조차 없다."던 글의 서글픈 당황(Perplexity)이 아릿하다.

"거추장스런 나날과 그리고 영원토록 지속하는 역설! 목숨이 목숨을 끊어, 사는 일이 곧 죽음이 되는 이 영원한 역설! 끝내 죽음이란 삶의 지속이 아닐진저……."(우나무노, 「당황과 역설」)

4. '반어'에 대하여

시공의 분별을 떠나서라도 '모험'은 여러 가지로 해석될 수 있다. 가뜩이나 보상을 누릴만한 결과가 아니었을 때, 그것은 차라리 '무모한 모험'이라고 불리워지며, 무모한 모험 속이 생명은 언제나 그의 가치를 부지중에 전도당하는 것을 보아 온다. 바로 '시지프스'의 모험이 그러하다. 모험이란 미상불 '공포와 전율'(키에르케고르)을 체득하는 존재자의 한갓 '당황'스런 '죽음'을 뜻할런지도 모르는 것이다. 정말이지 모험의 깊이는 헤아릴 수가 없다.

다만 불우한 자들 모험자에겐 어느 경위(境位)에서나 충족한 유예가 필요했을 것인데도 저들을 미개의 애로(隘路)에서 혼자 고독하며 혼자 쇠운(衰運)해 갔다. 부질없는 저들의 투기가 사라져가고, 이제 끝없는 광원에는 오직 비애에 마른 현대시의 판도가 호젓이 부풀어 널린다. 판도를 살피면 묵묵이 차림하고 떠나간 모험자들, 사뭇 활활 치밀어 타는 '부정'의 심장을 눌러 가지며 연면히 떠나간 저들의 종적이 아령칙하게 남아있다. 바라뵈는 저편에 곤두선 무색의 기치들이 바람에 찢겨 나리자, 창졸한 걸음으로 멀어지는 모험자들의 최후는 지금 막 낙조의 불바다에 휩싸이는 것이다.

하나 둘……. 그 속에서도 유달리 싸늘한 피부며, 짙은 머리카락이며, 수척한 어깨며, 할 것 없이 온통 무너져 나리는 샌리를 간신히 지탱하면서 두 눈만 상그레던 시인 이상(李箱)의 모습은 너무나도 소슬하다.

"예술가의 심정이란 뭇 방향을 오직 하나의 미칠 수 없이 그윽한 눈동자 속에 종합하는 것임으로, 만상을 굽어보듯이 표류해 가며 일체를 부정해 버리는 심정의 눈동자를 일컬어 우리들은 아이러니(반어)라고 한다." (졸가, 「엘빈-미와 예술에 관한 사중주」)

그러나 1937년, 28세인 그는 이국의 감방에서 갖은 신산(辛酸) 끝에 그 비장한 목숨을 다하였으니, 단말마의 고뇌는 그대로 이상(李箱) 정신의 역설적 증인(證印)이라 아니할 수 없다. 이제 '쥬피터'(편석촌)니 '나르시스'(이어령씨)니 하는 신화적 비유에서 그의 생애는 다시금 되풀이되며, 그가 깃들인 정신의 좌표를 검토함과 아울러 방법의 해석 연구에 꾸준하는 세대의 기운이 날로 높아지고 있다.

지극히 곤비(困憊)하던 30년대의 중기에 이르러, 누구보다도 자의식을 강조하는 심리주의 작가로 지목되었으며, 한편 퍽이나 주지적인 시인으로서도 평가되었던 인간 이상―. 그의 사색은 말할 수 없이 광범했으며 그의 시작과 소설에 들어 새로운 형태(수법)는 결코 우리 문학 사상의 돌

연한 유산이라 아니할 수 없는 만큼 그에게 대한 온갖 경이와 염오의 감
정은 모두가 이상 문학의 문제성을 확충하는 길잡이가 되었으면 하겠다.
  더욱이나 이상은 문학 그것을 둘러싼 외부와의 갈등과 초조보담 문학
하는 의식 내에서의 갈등과 초조에 더욱 시달린 편이었으며, 자기의 허약
한 생리와 부조리한 의식을 조성한 한때의 테두리를 끝내는 헤칠 수 없
이, 다만 아이러니컬한 투기와 부정으로서 도전하며 모험해 갔다는 점에
있어서 온전히 이질적이라 할 수도 있다. 그러나 다시 무참하게 타진(打
盡)된 개성을 무릅쓰며 끝까지 허덕거린 그의 어처구니없는 모형에 비하
여 모험자인 그가 언제나 성실했고 언제나 순결했다는 습관이상의 인간
성도 또한 간과할 수 없는 것이다.
  그러나 '책임의사'(責任醫師)로서 자처한 이상이 항시 모험의 대상이었
던 상황의 증세를 책임 있게(?) 진단하면서도 생명의 가치가 전도되는
최후의 위기에 대하여 전혀 무방비하였음은 무슨 까닭일까. 바로 여기에
인간 이상이 범한 실존의 결렬이 느껴진다. 과연 극점에서 침해받는 정신
의 불가항력이란 무엇이겠는가. 테두리(환경)는 말할 것도 없거니와 그
테두리 속의 그림자(인간)가 더욱 보살펴지는 까닭으로 하여 감감했던
이상의 아이러니는 필시 그러한 내면적 비극을 시현한데 불과하다 보는
것이다.
  이제 그에게 있어 '방법적 아이러니'와 '성격적 아이러니'가 서로 대치
되며 양면하는 가운데로 우리는 차츰 이야기를 몰아가자.

  일찍이 학교를 나와서부터 줄창 건축설계에만 종사하고 있던 이상은
1931년 7월 처음으로 「이상한 가역반응」이라는 일어시를 발표하게 되었
다. 만약에 있어 도합 여섯 편의 시가 기록대로 하루(6월5일자) 사이에
된 것이 사실이라면, 나는 해제의 시에 나타난 이른바 원내의 일점과 원
외의 일점과를 결부한 직선이 참으로 그 원을 살해하였는가 하는 따위의
이유없는 센티멘탈리즘을 굳이 떠나서 '나의 Amoureuse'라는 '△' 즉 아
내(「선에 관한 각서 7」, 참조)와의 대화에서 이루어진 「파편의 경치」라

든가 또는 '▽의 유희'(이때 물구나무선 ▽은 △와의 상호격절로 말미암아 완곡의 뜻으로 해석됨. 「신경질적으로 비만한 삼각형」, 참조) 같은 것을 한층 주목할 수 있으며, 나아가선 기독교에 대한 일종의 알레고리로서 짐작되는 「Boiteux, Boiteuse」가 암시한 불안적 심리의 억압에 대하면 여간 흥미롭지 않은 것이다. 그 까닭이란 시작의 초기에 있어서 이미 형태상의 변혁을 일삼은 작자의 의도가 어느 정도 헤아려질 만한 기틀을 바라보기 때문이다.

이상시의 형태상 변혁은 무엇보다도 그가 전문한 설계(기하)학에서 빌린 기호와 수식들을 구사하여 표현의 시각적인 반응을 목적하는 데서 시작되었다. 같은 31년에 된 「3차각 설계도」와 다음 해의 「건축무한육면각체」와를 아울러 보면 형태의 바레이션이 대부분 설계학에서 유추된 이미저리의 연속임을 알 수 있을 것이다.

그는 언어심리에 있어서의 뭇 '예상'(Premeditation)을 타파하고 다만 언어와 언어와를 '편성'(Choreography)하는 자유를 누리고자 일정한 관념(사상)의 전달과 묘사의 현실성까지 거부하고야 말았다. 그리하여 의미를 거세당한 언어는 단지 '의미하는 사고'의 형태로서, 이를테면 의미의 '장소'(Gestalt)로서 그 기능을 새로이 바꾸지 않으면 안 되었다. 달리 이것은 "의미의 질량의 어떤 조화있는 배정에 의하여 구성하는 새로운 화술"(편석촌, 「이상의 모습과 예술」)이라고도 말해졌던 것이다.

짐짓 이상의 설계와 시작은 거의 동시적인 작업으로 믿어서 좋으리라. 사실 두 가지의 경계란 있고 없는 것이나 다름없었다. 그런 도중 이상은 자기 시에 빈번하게 차용된 숫자와 도식이 갖는 '객어'(Digression)적 의미에 대하여 "1 2 3 4 5 6 7 8 9 0의 질환의 구명, 즉 시적인 정서의 기각처"(「선에 관한 각서 6」)라든가 아니면 "수학의 일체의 성태(性態), 숫자의 일체의 성질, 이것들에 의한 숫자의 어미의 활용에 의한 숫자의 소멸"이라는 비약적인 경구를 삽입한 것이었다.

이보다 "시각의 이름은 사람과 같이 영원히 살아야하는 숫자적인 어떤 일 점이다"(동 「각서 7」)에서 "시각의 이름을 건망(健忘)하라, 시각의 이름을 절약하라"는 부분에 이르러 보면, 한갓 공간의 비(非)유클리트적 확대와 그에 상대하는 일체의 명명을 거부한 '사고없는 사고' 말하자면 실재와 대상간에 부단히 교착되는 존재자의 '기분'(Humor, Mood)을 추상함으로써 이상의 수리관은 형성된 것으로 믿어진다. '시각의 이름'이란 이러한 기분작용의 지명사(指名詞)에 불과할 것이다.

「선에 관한 각서 2」에서도 그는 '수렴작용'이란 말로써 모름지기 이러한 기분의 전개를 시도하고 있었다. 참으로 「이상한 가역반응」이 그의 내부를 흘러 갈 때 "모험의 기분이란 한마디로 말하여 시간의 불가역성과 꼭 같은 기분일 것이라"(사르트르, 「구토」)던 실존적 충동이 순식간이나마 그를 사로잡은 탓이나 아닌지 어쨌든 '구토'의 기분이 현재의 의식에서 발단되어 다시 제명된 객체 속으로 존재자인 자기를 투입함과 마찬가지로 상(箱)은 '건망'(Amnésie)을 의식하는 기분으로써만 현재의 시간을 구하려 한 것이다.

"과거를 현재로 알라. 사람은 옛것을 새것으로 아는도다. 건망이여, 영원한 망각은 망각을 모두 구한다."(동 「각서 5」) 딴은 세계를 자기 속에 해소하려는 '건망'은 실존의 충동인 기분과 혹사(酷似)할 뿐만 아니라, 시간적인 '탈자'(脫自, ex-stases)까지도 의미하는 것임으로 상당한 분석을 요할 듯 한데도, 이상은 건망 그것보다도 건망하는 상태를 주시하다 못해 '절망'을 외쳤다. "사람의 절망은 정일(靜溢)한 것을 유지하는 성격이다."(「차(且)8씨의 출발」)에서 느껴지는 그의 절망이란 도대체 어떤 것일까. 그것은 오히려 생리적 '무관심'(Indifférence)이라고만 생각된다. 상(箱)은 절망과 이 심리적 무관심과의 차이를 좀체 돌보지 않은 것이었다. 이상은 "생리작용이 가져오는 상식을 포기하는"(전동) 이상으로 절망이란 것을 생각치 않은 모양이다. 생리적 무관심에는 절망하는 '이유'(Raison)가 없는 법이다. 사실 그는 '무엇'에 대하여 절망할 수 있었다는 것인가. 그의 수렴된 기분이 '절망'과 '탄생'(탈자?)을 동시화하는 조리(條理)란 그만큼 절망의 이유를 배척했던 것으로 믿어진다.

"사람은 전등형(全等形)에 있어서 나를 죽이라"(동 「각서 5」)라든가,

"나는 불안에 절망하였다"(「출판법」)라는 그의 표현이 참으로 탈자와 같은 탄생을 위한 절망에의 실천이 될까. 그리고 그가 절망하려던 '무엇'이 객관도 아닌 "영원의 가설"(동 「각서 6」)인 바에야 가설에 대하여 존재자가 후회없이 절망한다는 것은 무리가 아닐까. 이윽고 절망하지 못한 상(箱)의 절망은 '표현하는 절망'으로서, 아니면 '절망의 형태'로서만 짙게 되었으니, "절망이 기교를 낳고 기교 때문에 또 절망한다"는 그의 존재이유는 확실히 절망에의 '의지'(Intention)가 결여되었음을 변증하는 것이다.

보다시피 여기에는 두 가지의 절망이 있다. 하나는 기교를 선택할 수 있게 한 절망이다. 또 하나는 기교에게 선택당한 절망이다. 두 가지의 절망은 서로 모순되는 계제(階梯) 위에서 다만 혼돈의 위장을 꾸몄을 따름인데, 상(箱)은 이것들을 매하나의 절망으로 착각함으로써 마침내는 절망의 이유에 대하여 아주 몰라보게 되었다.

편의상 두 가지의 절망을 각각 '최초의 절망'과 '최후의 절망'이라고 불러 본다면 최초의 절망이 기지의 절망인데 반하여, 최후의 절망은 미지의 절망이라는 것과, 기지의 절망의 형태 속의 절망인데 반하여, 미지의 절망은 어디까지나 형태 밖의 절망이라는 것을 알게 된다. '최초의 절망'이 '형태의 절망'이라는 역점을 이해한다면 이상의 초기 시를 밑받침한 것은 오로지 기교를 낳게 한 최초의 절망이란 데에 쉬 동의할 수 있으리라.

그는 이 절망 속에서 자기 시의 뭇 형태를 좋게 합리화했으니, 그것은 형태의 파괴라기보담 오히려 그 자신에게 있어선 형태를 유지하는 일이었다. 반형태라고 할만한 형태를 통하여 그는 비합리화한 절망을 다시 합리화한 것이다. 사뭇 이상 시의 형태란 다름아닌 합리화의 방법이었다고 나는 말하고자 한다. 그러니 최초의 절망은 형태의 절망이 되고 다시 '합리화의 절망'이 되고 마는 것이다. 그는 이러한 절망에 완전히 포박된 채였다. 하물며 절망이 기교(형태)로서 짙는다는 그의 논리부터가 수긍되지 않는 바이다.

또 한편으로 생각할 때, 이상은 불편하지가 않았을 것이다. 이상은 형태만 있으면 절망이 있고 다시 절망하는 자기(개성)가 얼마든지 분화한다는 해이감을 저버리지 않았기에. 형태가 늘어가듯이 이상이 늘어가고, 이상의 절망이 늘어갔으니 형태의 수효만큼 절망의 수효가 있어도 그는 무방하다 하였으리라. 이렇게 하여 형태 속으로 안둔하던 최초의 절망은 점점 스스로의 변조와 위기를 조성할 수 밖에 없었다. 형태가 수습되든가 아니면 절망이 더욱 심화되어야 할 중대한 계제가 그의 목전에 박두한 것이다. 드디어 이상은 뒤설레는 최초의 절망에 대하여 눈을 뜬다.

"나는 아는 일을 알고 있었기 때문에 모르고 있던 나에게 대한 집행 도중에 보다 새로운 것을 알지 않으면 안 되겠다."(「출판법」) 상(箱)에 있어서 최초의 절망이란 형태와의 관련 중에서만 저의 본새를 유지할 수 밖에 없는 것이여서, 우리는 바야흐로 형태와의 관련을 음미함으로써 그 최초의 절망에 대하여 십분히 타진할 수 있는 이득을 갖게 된다. 그제야 이상 시는 그 형태를 압축하는 방향으로 나가 최초의 절망에 대하여 무던히 절충을 가하는 것이었다. 즉 그가 철저한 산문인 소설을 쓰기까지 시에 있어서의 반산문적인 요소를 차츰 산문화해 가며, 반대로 반시적인 충동을 애써 (자기) 시화한 그 잠재적 노력이란 분명히 '최후의 절망'에 대하여 '최초의 절망'이 응당 지닐 바 하나의 '방법적 아이러니'가 아니었을까. 차차로 우리는 이 문제를 하많은 그의 작품 속에서 자상히 비쳐 보기로 하자. 앞으로의 논조는 '형태' 하나만을 져며가는 일에 대하여 더욱 충실하지 않으면 안 된다.

1834년 세상의 갖은 패설(悖說)을 무릅쓰고 발표된 「오감도」의 전 15편 중에서 「건축무한육면각체」 속에 포함된 「시제4호」와 「시제5호」와의 두 편만 제하고, 다시 해제로 된 일어시 여섯 편을 합쳐놓고 본다면 형태상의 바레이션이 매우 잦아진데 반하여 산문적 요소가 보다 두드러져 있음을 대강 짐작 할 것이다. 거듭 말하자면 이상 그는 우리 시단에 선행했던 율문 기타 모든 자유시에 대하여 누구보다도 철저한 반기를 들었던 한 사람이며, 동시에 사고하는 기능 즉 포에지(Poésie)에 기간된 새로운 형태만을 창의 실험하려는 것이 그의 목적이었다고 본다. 뿐만 아니라 그는 우리말이 가진 음운과 정형률까지도 불신임하여 허다한 '폴리그로티즘'을 선택한 것이라든가, 또는 객어로서의 숫자 수식을 도입한 따위는 실로 형태상에 있어서의 일대 모험이라 아니할 수 없다. 그러나 간과하지 못할 것은 바로 불신임당한 자유시 기타의 '내용적 의미'와 새로이 등단한 이상 시에서 느끼는 내용적 의미와의 차이다.

여기서 만일 春山行夫의 방법(「시의 연구」, 참조)대로 엄격히 '형식'(Fashion)과 '형태'(Form)와를 분별한다면 자유시 기타가 누려 가진 운율이란 필경 '포엠'(Poéme)으로서의 '형식'에 불과할 것이며, 이상 시(주로 「오감도」 이후의 작품을 지칭함.)에 나타난 시적 운문은 이에 반하여 거의가 포에지에 기간된 '형태'라고 보아 마땅할 것이다. 막상 자유시 기타와 이상 시와의 갈등으로 본다면 형태로서의 포에지는 형식으로서의 포엠이 담았던 내용적 의미에까지도 갈등하고 있다는 점은 숨길 수 없는 사실이 되고 만다.

어디까지나 그것이 반운율적이며 반형식적인 의미에서의 갈등인 까닭으로 하여 재래의 산문시(요한의 「불놀이」 등) 개념과 지금 말하는 시적 '산문'과의 혼동은 고이 면할 수도 있는 조건이다. 그러니 남는 것은 형태로서의 포에지만인데, 이 때의 포에지를 기껏 사고하는 기능으로만 협의(狹義)하지 말고 문체의식이 깊이 확대된 의미로서 생각한다면, 그것은 완전히 소설적이며 희곡적인 산문에까지도 근접할 수 있는 가능성을 갖게 된다. 특히 '내적 독백'(Monologue intériur)이란 초유의 방법으로써 '의식의 흐름'을 그려간 그의 후기 시들(「무제」 「지비」(紙碑) 「소영위제」(素營爲題) 등)과 그 밖의 소설들과를 상호 유추시켜 본다면 이상의 관찰이 결코 허무하지 않다는 결론에 다다를 것이다. 다만 '내적 독백'엔 무수한 심리적 충동이 개재됨으로 앞으로 그의 소설을 논하는 마당에 있어 거듭 상론키로, 유의할 사실은 서로 반발하는 두 가지 형태 중에서 분별 없이 그는 이 방법을 사용했다는 것이다. 무릇 그의 의도는 형태와 형태 간의 갈등을 지우기 위함이었던가.

어쨌든 반운율적이며 반형식적인 이상 시의 형태란 애오라지 포엠을 반발하기 위한 포에지에의 잠재적인 욕구에서 발단되었음을 짐작할 만하다. 이렇듯 광범한 포에지에 있어서 설령 '운문표현'을 마다하고 '산문표현'으로 지양하는 일반적인 난국을 개괄하여 소위 '과도적 표현'(「청산설」)이라고 부르지 못할 바도 아니겠지만, 실은 그의 「오감도」 근작들을 손쉽게 이 범위 내에 몰아세울 수는 없는 일이므로, 그저 정의상에서 불완전한 형태의 누명으로 말미암아 끝내 이들은 전형적인 난해시가 되고 말았는가 싶다.

「이상전집」에 수록된 「오감도 작자의 말」에 보면 그 서두는 아래와 같이 되어 있다. "왜 미쳤다고들 그러는지, 대체 우리는 남보다 수십년씩 떨어져도 마음놓고 지낼 작정이냐. 모르는 것은 내 재주도 모자라겠지만 게을러 빠지게 놀고만 지냈던 일도 좀 뉘우쳐 보아야 아니 하느냐." 이렇게 이상은 억울하며 분노에 싸여 있었다. 자기대로 「오감도」가 난해하지 않다는 주장은 품었으나, 도리어 이렇다고 해석할 수도 없는 궁지를 그는 진심으로 표백한 것이다.

한때 이 시는 통사적(Syntactic)이니 '해체적'이니 하여 상당한 시비를 받았던 것인데, 예하여 "그것은 전체적인 의미나 내용보다도 그것을 표현하기 위한 지엽적인 부분만이 표현의 완성을 얻었을 뿐, 어떤 문장이나 시의 근본적인 의도인 전체적인 통일된 의미나 내용은 완전히 표현을 얻지 못했다"(조연현씨 「근대정신의 해체」)는데 대하여 "그러한 공시적 모순을 향납(享納)하는 이율배반의 반조리적 역할, 피해와 가해, 관객과 관람객의 원순환관계, 이러한 인간 조건을 리얼하게 묘파한 절구이다"(이어령씨 「나르시스의 학살」)라고 한 상극된 두 가지 이야기를 듣고 났을 때 우리는 이러한 비평이 괴리가 대저 어디서 생겨났을까를 한 번 뉘우쳐 볼 만하다.

전자의 합리적 고정관념과 후자의 다소 과장된 해석법은 모두 시의 '형태'가 아니라 시의 '내용적 의미'에만 국한된 것이었다. 그렇다면 날카로운 저들의 이견이 전혀 내용적 의미에만 국한되고 다시 국한되지 않을 수 없었다는 것은 무엇을 반증하는가. 생각을 거듭해 가노라면 내용적 의미

에 대하여 말하고 있는 듯한 저들 역시 시의 형태에 대한 약간의 불성의
와 소홀(疏忽)을 저질렀던 것이다. 그러므로 저들의 이견은 대개 형태를
낳게 한 포에지라, 그 형태와의 중간쯤에서 새로이 반성되어야 할 것으로
믿는다.

　무릇 이상의 진술대로 시「오감도」는 방법인 형태상에 있어서 가장 정
상적이며 의식적인 포에지에 기간되었다. 포에지가 완전히 형태로서 반
영되었는가의 여부는 차차로 검토될 일이지만, 적어도 이 무렵의 이상은
형태의 우연성을 제기하는 방법으로 번져가고 있었으며 형태상의 변혁은
항용 그 어떤 의식의 변혁과 공존한다는 사실을 점차 환기한 것으로서 믿
어진다.

　그러나 확실한 포에지(사고)가 확실한 통사체(統辭體)로 나열됐음에도
확실치 못한 내용적 의미로서만 짙게 됨은 어떤 연유에서일까. 포에지에
기긴된 포에지로서의 형태를 시인하는 대신으로, 포에지에 기간되지 않
는 포엠으로서의 형식을 시인하려 할 때 우리는 왕왕히 중대한 과오를 범
하게 된다. 조씨가「오감도」(시제1호)의 부분적인 통사체를 시인하려다
가 해사체(解辭體)인 의미의 전달에 이르러 시인할 수 없게 되었다는 것
은 형태를 시인하려 할 때 포에지를 감지하면서도 내용적 의미를 시인하
려 할 때에는 막상 포에지가 결여된 포엠의 내용적 의미만을 시인하려한
당착(撞着)에 의한 것이나 아닐까 짐작된다.

　다시 말하자면 부분적인 ‘산문’적 요소를 시인하면서도 전체적인 ‘산문’
적인 요소를 시인하지 못하였다는 것인데, 비록 부분적인 ‘산문’적인 요소
가 산문 그것과 매양 일치한다 하여도 전체적인 ‘산문’적 요소는 산문 그
것과 반드시 일치되지 않는다는 포에지로서의 자유가 있는 것이다. 이 논
리는 그대로 부분적인 통사체와 전체적인 해사체가 포에지의 자유권 내
에선 무리하지 않고 서로 시인될 수 있다는 것인즉, 시「오감도」의 형태
와 균형지어 있는 그의 의미적 내용이란 한마디로 포에지의 기간된, 포에
지로서 자유화된 새로운 개념의 ‘산문’이란 것이 되겠다.

　하니까 그의 반운율적이며 반형식적인 포에지의 지속은 다름아닌 ‘산

문'에의 지속으로서 일러질 것이며 점점 내용적 의미인 포에지는 내용적 의미인 '산문'으로 변혁되어 나아갔다. 이제 내용적 의미인 '산문'은 절로 '의미의 의미'(I. A. 리챠즈)를 형성하며 다시 '시의 논리'를 수립한다. 이 어령씨가 노리는 이상 시의 레토릭도 훨씬 '산문'적인 논리에 가까운 것이라고 생각되니, 그것은 곧 '비평'(Criticisim)이란 말로서도 대치될 수 있겠다. 어차피 이씨는 이러한 이상 시의 논리를 기존의 것처럼 제시하며 나섰는데, 상이 지닌 '시의 논리'와 '개성의 논리'와를 여간 혼동한다는 것은 경계할 일이 아닐까. 그리고 레토릭의 심리는 레토릭의 안에만 있지 않고 레토릭의 성에서 레토릭을 비웃는 경우가 있지 않을까 생각하는 것이다.

지난날 몰턴 교수의 산문설을 인용하면서 상으로 하여금 "한국의 신시 시인 중에서 가장 산문시다운 산문시를 썼다"고 주장한 김춘수(金春洙)씨의 탁견(「형태상으로 본 한국의 현대시」)은 퍽이나 암시적인 것이었다. 「오감도」 이후의 상의 활동으로 말할 것 같으면 태반이 산문의 활동이었으며 소설 장르에의 전환이었던 것이다. 드디어 우리는 '고도적 표현'이 '산문적 표현'으로 지양되는 뚜렷한 추이를 바라 보게 된다. 그것은 아마도 1935년 내지 36년을 전후한 시기라고 생각되기 때문이다.

"인생이 어떠한 격렬한 장면에서도 그의 시와 생리는 늘 평균 체온보다 몇 분 도리어 낮은 체온을 유지하고 싶었던 것이다"(同前)라는 편석촌(片石村)의 회담(懷談)은 미상불 이러한 '산문'으로서의 포에지를 터득하는 노력, 이를테면 형식만으로의 포엠이 지닌 맹목성에서 조심조심 이탈하는 노력에 대해서 누구보다도 성실하던 이상의 정체를 속속들이 밝혀준 것이라고 보겠다.

참으로 시인 이상의 머리속엔 언제나 반시인으로서의 지성이 가득 차 있었는지도 모른다. "나는 자신 나의 시가 차압당하는 꼴을 목도하기는 차마 어려웠기 때문에"(「1933, 6, 1」) 이렇게 이상은 시의 무위를 선포하게 된다. 끝내 시는 무위와 같고 시가 무엇을 하느냐 말이다.

그러나 그의 모험성은 펄쩍펄쩍 앞으로 뛰어갔으며 어느덧 이상은 형태의 절망이 비형태의 절망으로 변조하는 역류 속에 휩싸이게끔 되었다.

시의 무위란 한마디로 시의 반시화, 말하자면 시의 '산문화'를 시사한 데 지나지 않다. 곧잘 시라고 하는 형태 속으로 처음부터 갈등하며 부정하던 그 수상한 잠재력이 이젠 시라고 하는 형태의 전부에 대하여 결정적인 침공으로 나타난 것이다. 이 잠재력은 적어도 시의 형태가 지탱할 수 없는 거대한 이질의 절망이면서 동시에 형태의 변화이기도 하다. 마침내는 형태 그것을 소멸시킬지도 모르는 변혁이라 하겠다. 그러니 이 잠재력은 절망을 절망케 하는 형태를 불러일으키며, 나아가선 형태를 느끼지 않는 형태의 소유를 지어주는 것이다. 다시 이 잠재력은 공간을 무찔러 가는 시간의 초월적인 방향을 제시한다. 이 잠재력은 새로운 절망에의 의지다.

벌써 기교(형태)를 낳게 하던 절망이 아니라, 기교로 말미암아 당하는 또 다른 하나의 절망의 발단임을 이상 자신도 깨닫게 되었으리라. 그는 오로지 '최초의 절망' 다음에 오는 것을 '최후의 절망'으로 알았을테지만, 실상 형태의 변혁과 의식의 변혁이 때로는 무형태로서 공존한다는 사실에 겨눈다면 절망엔 어떠한 순위도 있을 수 없으며, 절망은 오직 하나 뿐이라는 구경(究竟)의 해답에 일치되고야 말 것이 아닌가.

기교(형태)를 낳을수록 모름지기 기교에게 침해당하던 이 어수선한 '방법적 아이러니'야말로 이상의 '성격적 아이러니'와 더욱 깊이 연유된 것으로서 나는 믿는 바이며, 따라서 '최후의 절망'에 물들어 온 「오감도」의 일부와 그보다 뒤진 후기 시들을 함께 더듬은 다음에 다시 불우한 모험자였던 인간 이상의 역설적인 심연을 나대로이 투시할 생각이다.

1932년 발표된 「건축육면각체」 속에 이상은 다음과 같이 적었다.

생리작용이가저오는상식을포기하라.

열심으로질주하고 또 열심으로질주하고 또 열심으로질주하고 또 열심으로질주하는 사람은 열심으로질주하는 일들을 정지한다.

그리고 문제의 작 「오감도」(시제1호)는 "13인의아해가도로를질주하오"로써 시작되어 "13인의아해가도로를질주하지아니하여도좋소"로써 끝맺어졌다. 거듭 여기서 주목할 '사정'이란 것은 질주할 때만큼 "길은막달은골목이적당하오"와 질주하지 아니할 때만큼 "길은뚫린골목이라도적당하오"라는 극히 상반된 알레고리(우의)의 설정이다. 행미(行尾)마다의 "……그리오"와 "……좋소"라는 가정표시도 역시 이러한 알레고리에 의하여 다짐된 감을 준다.

가령 인류전체를 '아해'라고 부르고 역사를 '골목'에 비유하였다(이어령씨 「나르시스의 학살」)면 이것마저 굉장한 알레고리가 아닐 수 없다. 더욱이나 이상은 '공포'라는 상황을 가지고 주제로서 통일한 것인데, 전게(前揭)「나르시스의 학살」에서 지적된 바와 같이 "상호 침해하고 배륜(背倫)하고 지배하면서 말하자면 공포를 가하고 공포를 위하면서 이중의 생명적 위협을 누리는 것"이 사실일진대, "이중의 생명적 위협"이란 것도 실상은 존재의 부조리한 우의를 예상하는데 지나지 않았을 것이다. 하여 「오감도」의 의미적 내용이란 한마디로 알레고리하는 포에지의 내용이라 하겠으며, 연달은 「시제2호」 「시제3호」 그리고 「시제15호」에 이르는 한 가닥 계보를 더듬어 가노라면 거기에는 이미 불균형해진 '최초의 절망'이 범한 지독스런 우의(寓意)가 문자 그대로 "피로 초(草)한 진단의, 고발의, 부고의 서장"(임종국씨 「이상연구」)인양 드러나 있는 것이다.

앞서 나는 「오감도」에서 포엠이 아닌 포에지에 의하여 기간된 '산문'(줄글과 개념이 다른)의 자유를 느낄 수 있다고 적었다. 되도록이면 반형식적인 의미에 있어서 이를 강조한 것이었는데, 만일 불명하던 '산문'의 자유와 이제 알레고리하는 의미적 내용과를 서로 유추시켜 본다면 그의 명암이 한결 짙어져, 마침내 '산문'은 '알레고리하는 시'라고도 말해질 수 있으리라.

한때 알레고리를 "이교적 신화의 친류(親類)와도 같다"(「예술론체계」)고 말한 아랭은 상징적인 회화에 비하여 보다 사실적인 조각의 사상성을 역설하면서 상징의 세계가 유동하는 감정의 세계인데 반하여 우의의 세계는 견고한 이지의 세계라고 해석하였다. 이어 그는 시에 대항하는 산문의 관계를 마치나 회화의 대항하는 조각의 관계처럼 유도해 냈던 것이다.

사뭇 「오감도」 전편과 후작들을 통하여 느껴지는 프로제이크한 인상이란 죄다 알레고리로서의 산문이 지어주는 인상인 것만 같다. 감정을 축출한 끝에 비로소 니힐리즘으로 요약된(김춘수씨 「이상의 시」) 그의 시 형태로 따지고 보면 전혀 알레고리한 심리의 현상에 지나지 않다는 것을 좋이 수긍할 수 있지만 모든 문제는 쉽사리 이것으로써 마감되는 것이 아니다.

적어도 이상은 "생리작용이가져오는상식을포기하라"고 자제하면서 '질주함'과 '질주하지 아니함'과의 행위적 모순에 대하여 무관심한 것이었다. 오직 무관심하는 자유에 의존하며 생리의 현재를 거역하며 나설 때, 또는 "정일한것을유지하는성격"(「차8씨의 출발」)으로 가라앉을 때, 아니면 "적극적인 것을 궁리하는 법이 없다"(「날개」)는 이불 속으로 들었을 때 이상 시는 거의 자동적으로 기술되어 갔다. "이 자득하는 우매의 절기(絶技)를! 몰각의 절기를"(「종생기」) 나는 두 가지의 예문에서 느껴보기로 하겠다.

> 정물가운데서 정물이 정물가운데 정물을 저며내고 있다. 잔인하지 않느냐.
> (「실락원」)
> 도적에게는 이 마을은 도적의 도심을 도적맞기 쉬운 위험한 지대리라.
> (「권태」)

이렇듯 '잔인'한 알레고리의 대상이란 언제나 그의 무관심한 생리가 저며내는 '응축'(Verdichtung)(심층 심리학에 있어 무의식적인 원망과 기타 대상의 표현이 의식적인 이미지와 사고 중에 동시적으로 일어나는 작용을 말함.)에 의한 것이었으며 사뭇 생리의 해소를 생리의 건강인양 쾌락한 무관심과 "육체적 한산"(「권태」)이라고 표시된 권태감은 보다 비생리적인 '생리 밖의 무엇'에 대한 관심이라고 해석되겠다. '생리 밖의 무엇'은 내처 생리의 현재를 거역할 뿐만 아니라, 생리의 알리바이를 요청하며, 생리가 '건망'되며 '금제'되기를 촉매하며, 나가선 생리가 '암살'되고 생리가 '죄업'이라는 것까질 선전한다. 그런즉 '생리 밖의 무엇'과 생리와의 비교가 곧 알레고리하는 심리적 조건이 되는 것이다.

「병상이후」에 이상은 "감정으로만 살아나가는 가엾은 한 곤충의 내적 파문"과도 같은 "절망적 기분"을 느끼면서 오직 "죽어왔다"라는 어수선한 표현을 하고 있다. 생리로서가 아니라 '생리 밖의 무엇'으로써 연명한 그 때의 '절망적 기분'이란 것에 대하여 나는 적잖은 흥미를 기울여 본다. 어찌하여 상은 '절망'이라 아니하고 '절망적 기분'이라고 적었으며, '죽어왔다'라는 생의 알레고리를 표방한 것일까.

「3차각설계도」의 무렵, 아직도 잔존하는 유클리드의 초점이 위험천만한 '수렴작용'을 거듭할수록 그는 이른바 '절망'에 대한 눈을 뜨며, 다시 절망함으로써 새롭게 '탄생'한다고만 넋두리하였으나, 정작 새롭게 탄생된 변용이란 아무데도 없었던 것이다. 누설하다시피 그의 '절망'이 이유바른 온전한 절망이 아니라 다만 절망에의 심리적 고조(상의 표현으론 '자의식과잉', 「권태」, 참조)에 불과하였던 것은 지극히 명명한 사실이다.

우리는 이 사실로 미루어 '기분'이라는 그의 모호하기 짝없는 표현을 연상하게 된다. 이상, 그는 '생리밖에 무엇'으로써 생리를 알레고리한 것처럼 '절망적 기분'만으로써 함부로 절망은 알레고리된다고 믿었던 것인가. 생리가 있음으로 해서 '생리 밖의 무엇'은 알레고리되지만 절망이 없는 터전에 '절망적 기분'을 알레고리한다는 것은 어긋매끼지 않는가. 이미 편의상으로 가정한 '최초의 절망'과 '최후의 절망'과를 여기 나타난 '절망적 기분'과 절망과의 차질(差質)로서 생각해 본다면 우리에겐 오직 한 가지 방법만이 제시될 따름이다. 즉 기분의 적극적인 요소를 발굴함으로써 그를 관형(冠形)한 '절망'이 어쩔 수 없이 고립되던가 하면 이상 시의 난삽(難澁)도 결국은 극복될 것이라는 예측이다.

도대체 기분이란 무관심하는 성격만도 아니며, 더욱이나 생리적 쾌락이 아니라는 점에 대하여 우리는 각성할 필요가 있다. 칼 A. 맨닝거씨의 분석(「인간의 심리」, 참조)에 의한다 할 것 같으면 이상과 같이 상황에

적응치 못하고 파괴된 성격의 소유자는 언제나 그의 감정이 하나의 극단
에서 다른 극단으로 변화해감으로 몹시 '기분적'(Moody)이라고 하겠는
데, 그 기분은 소유자의 성격보다도 가일층 우세한 것으로써 알려졌다.
여기 더하여 기분의 이상적인 증후를 세세히 분석한 프로이트의 학리
(「기분」)에서 추려 본다면—가령 "기분 중에 포함된 것은 체념이 아니라
반항이다." "즉 그러한 태도의 본질을 후몰리스트 자신이 가진 심리적인
액센트를 자아로부터 끌어내어 다시 초자아에로 전이시키는 점에 있다."
"기분이란 초자아(Überich)의 매개로 말미암아 익살에 불과하다"는 등.
그는 이어 초자아의 기제를 '검열'(Instanz)이라고 매기면서 진정한 후
몰리스트의 자아는 언제나 이 검열의 지배하에 놓인다는 것을 무척 강조
한 셈이다.

  한마디로 기분은 자아와 초자아간의 매개에 의하여 이루어지는 것이
다. 그렇다면 기분을 자아의 무관심하는 체념으로서가 아니라 관심하는
반항으로서 분석한 이유는 나변(奈邊)에 있는가. 이제 관심하며 반항하
는 자아에 대하여 검열하며 지배하는 초자아의 기제를 살피는 것이 그들
매개 중에 나타난 기분을 알아보는 유일한 첩경이 되겠다.

  의식일반을 삼위일체(자아, 에쓰, 초자아)로 백분한 프로이트에 있어
초자아란 "어린 자아의 약질과 의존성이 기념비와도 같으며 동시에 아주
성숙한 뒤의 자아까지도 계속적으로 지배하는"(「자아와 에쓰」) 것이었다.
특히 우울증 환자의 경우, 초자아는 '에쓰'(ES : 본능적 충동)와 작위하
여 뚜렷한 죄악감으로도 나타나며, 항시 자아로 하여금 죽음에의 충동으
로 몰아 세우는 이를테면 "가혹하고 엄중한"(동상) 반자아의 경향이라고
도 알려졌던 것이다.

  한편 "자아는 초자아가 뿜는 적의를 마치나 하나의 위험상태처럼 감지
한 끝에 이 상태로부터 벗어나고자 적극 반발하게 되니"(동상) 드디어는
상호매개에 있어서 '불안'(Angst)까질 조성하게 되는데, 이 때의 불안은
특수한 신경적 '공포'(Phobie)와도 같다고 그는 말하였다. 그러면서 "불
안이란 위험상태를 기피하는 표현에 불과하다"(동상) 하였으니, 기분에

비하여 불안을 몹시 변조적이며 소극적이라고 아니할 수 없다. 물론 건강한 사람의 불안과는 동떨어진 것으로서 프로이트 자신이 논급하고 있었지만 ……. 이 때의 불안이란 어찌보면 기분의 변조, 기분의 이상을 뜻하는 것일 께다.

"근원적인 감정으로써 후몰을 정신력과 똑같이 매하나로 보는 사람이 없는 바는 아니다. …… 그러나 이러한 기분의 '변조'란 정신력의 장애로 말미암아 결과일 뿐, 결코 정신력 자체의 장애가 아니라는 것을 알아야 한다."(쟝 C. 휘로우, 「심적 긴장력」) 읽디시피 기분의 변조인 불안은 끝까지 정신력을 장애를 넘지 못하며 그 장애로 말미암아 피제물(被制物)에 지나지 않다. 자연히 검열하는 기제가 상실되며 불안은 신경적 공포에로 떨어지고 마는 것이다. 설사 기분을 불안과 공포, 그리고 우울과 허탈의 모두를 통털은 심리적 현상이라고 매긴다 하더라도, 기분엔 언제나 검열하는 기제가 작용되며 또한 '억압'(Verdrägung, Repression : 자아에 의한 본능충동의 거부)하는 정착적(定着的)인 반동이 있음으로 하여 그것은 자아의 부정적 경향을 강조하면서도 한편 긍정적인 발족으로 자아를 다시 확대할 수가 있었다. 여기 프로이트설에 일대 수정을 가한 카런 호오니 여사의 근저 「정신분석에 있어서의 새로운 방법」을 보면 '초자아의 개념'을 짓기 위하여 그녀는 자아를 억압하는 '즉면'(卽面, facade)이란 것을 새로이 제기하여 여상(如上)의 모든 내용들을 그 '즉면' 속에 온통 포함시키고 있다.

그러나 지금에 이르기까지 이상의 '절망적 기분'에선 좀체로 검열하는 초자아며 억압하는 즉면의 실재를 헤아리지 못함은 무슨 까닭일까. 가혹하고 엄중한 반자아! 그리고 적의를 뿜는 장애! 이러한 대립물에 대하여 상(箱)의 자아는 어떻게 관심하며 어떻게 반항하였다는 것인가. 과연 상의 기분은 변조되지 않고 갖은 억압을 승화(변용)할 수 있었던가. 초자아의 검열에서 멀어진 채로 오직 자아 중에 숨어 자아를 둘러싼 위험들을 합리화하는 불안만이 그의 '제어할 수 없는 상념'(「병상이후」), 즉 변조된 '기분'이란 것이 아니었던가. 미상불 그에게 있어선 초자아가 문제되지 않고 자아와 갈등하는 대상(이성따위)적 위험만이 문제되었으니, '절망적 기분'의 절망을 밑받침한 것은 보다 적극적으로 관심하며 반항하는 기분이 아니라, 차라리 위험(상태)을 기피하며 장애에게 패배당하는 일종의 신경적 '공포'에 지나지 않았다는 것을 우리는 짐작하고 남음이 있다. 신경적 공포(이는 무관심의 심오한 형태라고 보는데)만으로써 상은 절망을 난발하고 나가선 절망을 알레고리하려는 것이었다. 여기서 나는 「오감도」의 주제였던 '공포'가 새삼 음미되어야 하지 않을까 하고 의구하는 바이다. 뿐만 아니라 '생리 밖의 무엇'을 신경적 공포와 서로 관련지어 보는 것도 무리하진 않을 것이다.

앞으로 있어 사이비 기분인 그의 신경적 공포 즉 불안은 철저히 검토될 것이나 억압을 승화시키지 못할 경우 자아는 반드시 이질적 증후로서 '가장'(Disguise)하게 된다는 것이 멘닝거씨의 견해였다. 대체로 불안을 감추지 못하는 우울증에 있어선 가장의 현상이 보나 막심하며 때론 저들의 극적 죽음으로써 다하여지는 예사(例事)가 비일비재라고 한다. 씨는 "원래의 본능적 목적과 의지를 수식하며 가장하는 방법"으로써 나타난 10여종이 증후들을 매거(枚擧)했는데 그 가운데서도 특히 무의식적 변동은 의식적으로 묵면(纆綿)하며 상반되는 경향으로 이끔으로써 자아를 방어하는 '반동형성'(Réaction-formation)과, 타인의 현실 또는 타인의 상상물을 자기 것으로 재현하는 이른바 아들이 아버지의 권위를 자기 것으로 하여 상호간의 애증적 갈등을 극복하는 '동일시'(Identification)따위는 이상의 성격을 논하는 이 마당에서 있어서 적잖은 시사를 던져 주리라고 본다.

무엇보다도 반동형성에 있어서 문제되는 것은 자아의 대상 선택이라고 보는데, 이 때의 자아란 분명히 대상 선택에 실패하고 있거나, 아니면 대상 상실의 영향을 모질게 받고 있는 자아인 때문이다. 말하자면 대상에 대한 애증적 갈등이 대상을 떠나 자아에게로만 집주(集住)되는 양상을 일러둔 것이겠다. 그런데 이러한 양상은 오늘 조상(俎上)되는 이상 문학 중에 너무나도 현저히 드러나 있다. 사뭇 「날개」를 위시한 몇 편의 소설

과 다른 형태의 산문류에서 보다시피 이상, 그는 종생토록 갈등하여 마지
않던 대상을 들어 '여자'니 '안해'니 혹은 그와 유사한 여성 명사로써 호칭
하며 이들 대상간에 벌어진 애증적 갈등을 온통 자아에게로만 집주시키
는 일종의 무염지병(無厭之病)을 앓고 있은 것이다.

　그의 작품을 예들기 전에 미리 반동형성의 결과로부터 말할 것 같으면
(프로이트, 「비애와 우울증」, 참조) 자아와 대상간의 갈등을 모름지기 원
자아와 동일시된 자아간의 갈등으로 변이하며, 점점 대상을 경멸하며 박
해하는 '가학성'(Sadismus)이 마침내는 대상 아닌 동일시된 자아를 대
상처럼 경멸하고 박해하는 '기학성'(嗜虐性, Masochismus)의 경향으로
나타남으로 하여 반동형성은 한 마디로 나르시시즘에의 퇴행이라고까지
매겨졌다.

　　어느 날부턴가 이상은 아내의 사랑을 믿을 수 없게 되었다. 막상 아내는
'신경질적으로 비만한' 편이었으나 습성처럼 홀연히 집을 뛰쳐나가곤 몇 달씩
자리를 비운다. 그는 아내로부터의 사랑을 거절당하면서도 숫제 그녀가 돌아
오길 기다린다. 밖에서 간음한 아내가 '왕복엽서'처럼 돌아오면 그는 마구 슬
프며 노여운 감정을 걷잡을 수 없었다.

　　솜옷을 입고 아내가 나갔거늘 이제 철은 홋것을 입어야 하니 넉달지간이
나 되나보다. 나를 배반한 계집이다. 삼년동안 끔찍이도 사랑하였던 끝장이
다. 따귀도 한개 갈겨 주고 싶다. 호령도 좀 하여보고 싶다. 그러나 …… 나
는 몹시 놀래어 보이고 '레이몬드 하튼' 같이 빙글빙글 웃었다. '안해—마누
라'라는 말이 낮잠과도 같이 옆구리를 간지른다. 그 '이메이지'는 벌써 먼 바
다를 건너간다. 이미 파도소리까지 들리지 않느냐. 이러한 환상속에 떠오르
는 내 자신은 언제든지 광채나는 '루파슈카'를 입었고 퇴폐적으로 보인다. 소
년과 같이 창백하고도 무시무시한 풍모이다. 어떤 때는 울기도 했다. 어떤
때는 모르는 먼 나라의 십자로를 걸었다.

(「공포의 기록」 일부)

　여기 '소년과 같이 창백하고' '어떤 때는 울기도 했다'는 그의 감정적 성
벽이란 사실 아내에 대한 철저한 증오라고는 말해지기 어려운 것이여서

차라리 "남편은 어린애같은 형의 적의를 아내의 공격에 대비하여 자기 방어를 할 수 있도록 수정한다"(멘닝거씨, 「애증」, 이용호씨 역)는 푸로스트레이트 당한 남편으로서의 마지못할 실의였다고 보아지는 것이다.

상은 계속해 적었다. "그것은 무슨 한 여인에게 배반당하였다는 고만 이유로 해서 그렇다는 것이 아니라 만물의 어떤 '포인트'로 이 믿음이라는 역학의 지점을 삼아야겠느냐는 것이 전혀 캄캄하여졌다는 것이다." 이렇듯 애증적 갈등이 사물 전반에 대한 신뢰감을 박탈하고 그로 하여금 캄캄한 허망 속으로 쫓았을 때 그는 "거암과 같은 불안이 공기와 호흡의 중압이 되어 덤벼든다"(동상)고 적었으며 그 변조된 기분에서 해이할 목적으로 "혼자서 나쁜 짓을 해보고 싶다"(동상)에 나타난 바와 같이 무의식적 충동을 애써 의식적으로 전면하는 반동형성을 조장케 되었으니, 자독(自瀆)이란 정신분석에 있어 반동형성하는 가장 대표적인 질후(疾候)로써 알려져 있다.

"14세 미만에 정희를 그 가족이 강행으로 매춘시켰다"(「종생기」)는데 비하여 "나는 미만 14쩍에 수채화를 그렸다" "심판이여! 정희에 비교하야 내게 부족함이 너무나 많지 않소이까?"(동상)라는 부분에 접해 보면 선천적으로 지연된 '리비도'(Libido, 성적 에너르기)의 발전을 그가 얼마나 글탄하였는가를 알 수 있다. 그리고 이러한 '열등감'(Inferiority)을 보상하기 위해서라도 그의 반동형성은 더욱 강화된 것으로 생각되니 "나는 절대로 내자신을 경멸하지 않고 그대신 부끄럽게 생각하리라는 그러한 심리로 이동하였다"(「공포의 기록」)는 그의 기록이 증빙하는 바와 같다.

그러나 1937년에 발표된 「19세기식」은 비교적 짧다란 경구체 산문들을 모은 것인데, 그 중에서도 '비밀'이라는 장은 아주 괄목할만한 것이었다. 왈(曰) "비밀이 없다는 것은 재산없는 것처럼 가난한 뿐만 아니라 더 불쌍하다. 정치세계(情痴世界)의 비밀—내가 남에게 간음한 비밀, 남을 내게 간음시킨 비밀, 즉 불의의 양면—이것을 나는 만금과 오히려 바꾸리라."

여기 보이는 바와 같이 이상은 '내가 남에게 간음한 비밀'과 '남을 내게 간음시킨 비밀'과를 서로 동의화함으로써 심지어는 "될 수 있으면 그것이 간음이 아니라는 결론이 나도록"(동상) 애걸함으로써 모든 '비밀'을 비밀 아닌 것으로써 관대하려 하였다. 그가 '19세기식'이란 진부한 악습(?)을 비방하게 된 것도 실은 이러한 '비밀'을 비밀 그것으로써 언제까지든지 감추어야 하는 자기 기만에 몹시 거슬려졌던 까닭이다. 여기서 우리는 내(이상 자신)가 능동하는 비밀과 내가 피동하는 비밀, 내가 가학하는 비밀과 내가 기호하는 비밀과를 동시에 누리고자한 그의 '양립성'(ambivalence)을 발견하게 된다. 그러나 '비밀'은 역시 '비밀'에 지나지 않았다.

도대체 양립으로 나타난 그의 리비도가 대상에게 미친 영향은 어떠하였으며 아직도 그의 열등감은 극복되지 못한 것이 아니었던가. 다음의 몇 가지 예문에서 이를 살피기로 하자.

"미안하오나 남자에게는 육체라는 관념이 없다."(「동해(童骸)」) "누구 누구를 임포텐스로 만들어 놓았고"(「종생기」) "안한다는 것은 내가 언제든지 아무 겸손이라든가 주저없이 불장난을 할 수 있다는 조건부 계약을 차도 복판에 안전지대 설치하듯이 강요하고 있는 정조에 틀림은 없다"(동상)는 등등. 어느듯 그의 반동형성은 그의 대상으로 하여금 본능적 의미 밖으로까지 제거하려 들었다. 일언할 제 그것은 가학성의 증거다. 무제한으로 대상을 경멸하며 박해하는 까닭에 이러한 반동형성은 자칫하여 적극적인 것으로도 알려질 것이나, 기실은 자연의 가장적 컴플렉스에 불과하다는 의미에서 보다 소극적인 것으로 날인된다. 즉 그것은 기학성의 증거라고 반박될 것이다.

여기 대한 맨닝거씨의 말을 빌린다면 "이런 사람은 공격심을 직접 표현치 못하는 것이 그 특징으로 되어 있으므로 이 공격적 에네르기를 자기에게 항하여 내공시키게 된다. …… 그는 자기말살과 자기부정을 한다. 특히 악질인 경우에는 그가 종래 써온 공격심을 가장시키는 방법 즉 일에 의한 승화를 현실로 방해하며 못하게 한다."(전게, 「애증」) 반동형성이 하나의 대상을 증오하며 공격할 때 거기엔 대상 아닌 동일시의 대상이 생기고, 다시 동일시의 대상을 자연에게로 내섭시킬 때 리비도는 자독(自

瀆)을 범하였던 것이다. 누구 누구를 임포텐스로 만들어 놓았어도 자기의 임포텐스만을 굳이 참을 수 없어 가장한 이상! 그야말로 자기 말살과 자기 부정에 끝까지 감내할 수 없는 성격의 소유자였다. 남은 것은 공격심에 가장시키는 방법만이었고…….

어쨌든 그의 반동형성이 애써 그의 대상을 제거하려 하였을 때 잊지 못할 것은 예를 들어 매춘부에게 은화를 주면서도 한번도 그녀들을 매춘부라고 생각한 일이 없었다는 행위에 대한 그의 무상적 판단이다. "지금 그는안해가왜안가는지를 알고있다. 이것은분명히왜갔는지모르게안해가버릴정조에틀림없다. 즉 경험에의하면그렇다. 그는그렇다고왜안가는지를 일부러몰라버릴수도없다"(「지주회시」)에서 보다시피 결코 행위란 (인칭을 불문코) 시발에서부터 무상적이 아니었는데도 그는 행위필후에 있어서 꼭이나 무상적이어야 한다는 판단을 누집(陋執)했다. 하니 행위의 무상성을 근본적으로 가장하려는 판단이라고도 할 것이다. 그의 행위란 행위는 모두가 다 그의 판단 중에 수렴되었었다. 그는 행위의 무상성을 다만 배면에 있어서 실천한거나 다름없다.

왜? 그의 행위는 행위 자체로서만 나타나지 않고 언제나 대상에 관한 행위로서만 작용한 까닭이다. 그의 대상을 일류전(복합)함으로써 행위가 치른 바 유상성을 인멸하고 싶었던 것이리라. 기이하게도 행위에 대한 무상적 판단과 아울러 대상의 일류전이 수립됨으로써 처음으로 대상의 제거는 가능한 것이었다. 무상으로 판단된 행위의 계열이 복합된 대상의 계열을 구성하듯이 어느덧 대상은 복합된 대상 속에서만 더욱 확실히 관조되는 것이었으니 행위의 무상적 판단이 끝내 대상을 '가장했다'(verstellt)

"아무 겸손이라든가 주저없이 불장난을 할 수 있다는 조건부 계약을" 행위의 안전 지대라고만 강요한 그의 이유가 이것으로써 밝혀진다. 행위 자체의 무상성은 있을 법해도 대상에 관한 행위의 무상성은 좀체로 맡아질 수가 없는 것이다. 그러니 이상의 경우, 행위와 대상은 언제나 모순되고 또한 모순되는 충동으로 말미암아 그의 반동형성은 점차 조장될 수 밖에 없었다. 바야흐로 대상에 관한 행위의 무상성(가장)은 대상 아닌 동일시의 복합된 대상을 선택하며 그럼으로써 원대상을 가학하는 판단중의 자유를 얻고자 한다.

앞서 이상의 행위는 언제나 대상을 동일시하며 반동형성하는 소위 '가장'의 방법에 의한 것이라고 적었다. 행위가 가장될 때 거기엔 이미 행위하는 어떠한 이유도 발견되지 않는 법이다. 그러나 이 행위는 행위하는 이유에 보다 충실한 '무상행위'와는 엄격히 구분되어야 할 것으로 믿는다. 왜냐면 행위하는 이유가 두드러짐으로써 행위의 대상이 불가시(不可視)로 인식되는 무상행위에 반하여 '가장행위'는 행위의 이유를 은폐할 목적으로 일부러 행위의 대상을 동일시하게 되니, 전자에선 행위의 대상이 초월되는 행위 자체가 문제되는 반면에 후자에선 행위의 대상이 일류전화(즉 물적인 동일시)되는 행위결과만이 문제되는 까닭에서이다. 결국 가장행위란 행위의 대상을 초월할 수 없는 행위를 말한다.

그런데 이상은 이러한 두 가지를 의식적으로 혼동하여 사뭇 가장행위를 두 번 다시 가장하고 싶은 충동에서였던지 행위 자체를 떠난 행위결과만을 분주히 변해(辯解)한 것이었다. 만일 행위 자체에 있어선 대상을 소유하면서도 행위 결과에 있어선 대상의 무소유를 변해한다 하여 어찌 그것이 행위의 무상성이 될가부냐고 내가 힐문(詰問)한들, 그는 「공복」(空腹)이라는 시제를 들고 아래와 같이 대국(對局)했으리라.

> 이손은 이제는 이미 아무것도 소유하고 싶지도 않다. 소유된 물건의 소유된 것을 느껴기조차 하지 아니한다.

(유정씨 역)

그에게 있어선 예나 지금이나 꼭 같이 대상이 소유되지 않는다. 소유된 것을 느끼기조차 하지 않았으니 대상은 이미 행위 이전에서도 소유된 것이 아니다. 그러나 무상행위에 있어 대상을 초월한다 함은 대상을 현실적으로 비소유하는 것이지 무소유하는 것은 아니라는 데에 우리는 깊이 착안할 필요가 있다. 어찌보면 행위의 절대성이 행위의 상대성으로부터 벗어나지 못할 경우에만 그의 변해(辯解)는 타당할 수 있었으리라.

가장행위란 행위하는 이유를 은폐하기 위하여 오직 행위의 대상을 부정하고 일류전화하는 것이다. 섣불리 대상을 대상으로서만 존속시키는 것이 얼마나 가장행위에 대하여 불편한가를 깊이 자인한 까닭이다. 가령 음부(淫婦)에게 은화를 홀리면서도 그네의 신성(?)을 변해한 상(箱)의 행위결과에서 우리가 느끼는 바란 일류전화된 대상의 '부정적 환각' (Negative hallucination : 멘닝거, 「자기에의 반항자」, 참조)이 아니고 무엇일까. 미상불 상(箱)은 음부(淫婦)라는 행위의 대상을 초월하지 못하고 다만 그것을 동일시하게 되는 행위의 가장성을 들어 행위의 무상성인양 착란한 것이나 다름없다.

이제 대상의 일류전화가 행위하는 이유를 은폐한 데 대하여 나는 몇 가지 실례를 들어 첨언(添言)키로 하겠다. "이방이그냥거미게다. 그는거미속에 넙적하게들어 누워있는게다. 거미내음새다. 이후덥지근한 내음새는 아하기미내음새디. 이방안이 거미노릇을 하느라고 풍기는 흉악한내음새에틀림없다. 그래도 그는 안해가 거미인것을 잘 알고있다. 가만둔다. 그리고 기껏게을러서안해—인(人)거미—로하여금 육체의자리—(혹, 틈) 를주지 않게한다."(「지주회시」의 일부)

이것은 대상인 아내가 '인거미'라고 하는 '부정적 환각'으로 일류전화된 경우이며 그는 '환퇴'(還退)라는 말을 씀으로써 대상의 동일시 내지 일류전화를 솔직히 시인하였다. 그러나 아내는 「지폐 2」에 있어서 '조류'와 같이 일류전화되었는가 하면 다시 「날개」에 있어선 화장대 앞에 쏟아지는 '향기의 합계'로서 일류전화되었다. 한편 이와 같이 대상의 부정적 환각만을 즐기고 있던 그의 행위(생활)를 짚어 사람들은, '치매상태'라고도 하였으며 '완전한 허탈'이라고도 일컬은 것이었다. 어차피 대상의 일류전화는 대상에 관하여 행위하는 이유를 전적으로 은폐 말소하며 그 연장 위에 행위의 무상성을 가장하려 한다. 끝내 대상을 초월하지 못한 채 행위는 무소유만을 변해할 따름인 것이다.

전 예 중(前例中) "기껏게을러서안해……로하여금 육체의자리……를주지 않게한다"는 행위 결과의 변해만을 가지고서 다짜고짜로 대상인 육체

(아내)을 초월한 행위의 무상성을 승인한다는 것은 여간 어렵지 않다. 비록 임포텐스 자체는 무상행위일지라도 임포텐스를 만드는 일이 어찌하여 무상행위가 될 것인가, 차라리 그것은 행위의 가장이 아닌가 하는 식으로 반문할 여지는 얼마든지 있는 것이다.

언젠가 그는 '비밀'을 부정하는 '준엄'이란 말을 적음으로써 행위 결과를 행위 자체에 대하여 능란히 변해한 적이 있었다.(「19세기식」, 참조) 이 때의 '비밀'로 말할 것 같으면 어디까지나 애증하는 행위를 안에서부터 변해한데 지나지 않으며, 따라서 밖으로부터의 변해를 '준엄'이라고 새긴다면 그는 '비밀'로써 행위 자체를 변해함과 같이 '준엄'으로써 행위 결과를 변해한 것이라고 알려진다.

그러면 비밀이라는 행위 자체를 준엄이라는 행위 결과로써 은폐하려던 그의 무상성(?)은 어찌 되었는가. 짐짓 비밀은 은폐되었는가. 그리고 비밀은 비밀 아닌 것이 되었는가. 여기서 만일 은폐된 것은 행위 자체가 아니라 행위 결과에 불과하였다는 역설적인 반문에 쫓을 것 같으면 우리는 애써 무상행위를 가장한 그의 아이러니컬한 언표를 다시 번복할만한 새로운 기틀을 발견할는지도 모르는 일이다. 즉 행위 자체에 충실치 못할뿐더러 행위하는 이유를 발견치 못한 행위 결과는 좋이 그것들을 은폐할 수 없다는 것이다. 이제 행위와 행위의 대상간에 나타난 가장의 원리를 행위 자체와 행위 결과 간에 꼭 같이 비쳐 볼진대 이상 그는 온갖 행위의 모순을 '권태'라는 생리적 퇴락 속에 쉽사리 전가시킨 것으로 느껴진다. "지는 것도 권태어늘 이기는 것이 어찌 권태 아닐 수 있으랴?"(「권태」)에서와 같이 '부득이'한 것이 곧 행위를 가장한다. 그런데 "나는 이 광경을 보고 그만 눈물이 났다"(동상) 하였으니 감상과도 소통하는 것이 곧 권태인 줄 알겠다.

"소는 광욕의 즐거움조차를 냉대할 수 있는 지상최대의 권태자다. 얼마나 권태에 지질렸길래 이미 위에 들어간 식물을 다시 게워 그 시금털털한 반소화물의 미각을 역설적으로 향락하는 체해보임이리오?"(동상, 필자 방점) 보다시피 이상의 행위는 '역설적으로 향락하는 체'하는 권태에 지나지 않았다. 권태란 행위의 역설성을 긍정도 부정도 못할뿐더러 다만 그것을 '향락하는 체'하는 가장의 법에 불과하렸다. 따라서 비밀과 준엄과의 갈등도 점차 권태하는 '이유'로 말미암아 은폐되어 갔으니 행위를 가장하고 행위의 역설성을 '향락하는 체'하는 권태야말로 행위의 "불생산적인 지출"(멘닝거, 「인간의 심리」, 참조)에 틀림없는 것이다.

멘닝거씨는 성적 본능을 억압당한 신경증환자이면 누구든지 자기 에네르기를 불생산적인 방향으로 지출한다 하였으며, 승화 작용을 피할 때 그 경향은 더욱 혹심한 것이라고 보고하였다. 「날개」의 종말에 이르러 보면 행위의 불생산적인 지출을 말하는 아래와 같은 대목이 있다. "그때 내눈 앞에는 아내의 모가지가 벼락처럼 내려 떨어졌다. 아스피린과 아달린. 우리들은 서로 오해하고 있느니라. 설마 아내가 아스피린 대신에 아달린의 정량을 나에게 멕여 왔을가. 나는 그것을 믿을 수가 없다. …… 그러나 나는 이 발길이 아내에게로 돌아가야 옳은가 이것만은 분간하기가 좀 어려웠다."

상식으로나마 아스피린은 행위 즉 에네르기의 생산적인 지출을 의미하는 대신에 아달린은 불생산적인 지출을 의미할 것이다. 행위하는 것과 행위치 않는 것, 이를테면, 행위 자체를 강조하는 것과 행위 결과를 강조하는 것과를 대조한데 지나지 않는다. 그럼에도 상(箱)은 판이한 이 두 가지 의미(지출)에 대하여 궤변하기를 "아내나 제 거동에 로직을 붙일 필요는 없다"고 적었으니, 행위가 어느 방면으로 지출되든 간에 논리로써 구상될 필요는 없다는 것이겠다. 무릇 행위에 논리가 없다는 것은 행위하는 이유가 없다는 것인데, 전술한 바와 같이 행위의 무상성을 가장한 그는 행위하는 이유를 은폐하기 위해서 좀체 행위의 대상을 초월하지 못하고 도리어 그것을 다른 무엇과 동일시(일류전화)함으로써 행위 자체를 행위의 대상으로부터 분리시키는 방법에 의지하였다.

짐짓 아내에게로 돌아가야 할 발길을 멈추고 망설인 '이유'가 바로 여기에 있다고 보아야 할 것이다. 아스피린과 아달린을 함께 소유한 아내! 그 아내는 분명히 상(箱)의 행위 전반에 걸쳐서 결정적인 '논리'가 되어 무방할 터인데, 상은 자기 행위의 논리를 기피함과 같이 아내에게로 돌아갈 것을 기피한다. 이어령씨는 그의 「이상론」 속에서 이러한 대상관계를 '의식적인 자기'와 '일상적인 자아'와의 분열로서 관찰하고 "동시적 존재의 모순성을 거부하기 위한 실천적 수단의 실패"라고 적었는데, 보다 변증법적인 씨의 방법관을 떠나서 앞으로 나는 행위의 가장을 위하여 일류전화(즉물적으로)되고 동일시(의인적으로)된 대상의 문제를 시작에 반영된 그대로이 쫓아 비교 검토하기로 하겠다. 바야흐로 논리를 사양한 나머지 성격의 질곡에서 점점 벗어날 수 없던 그의 애처로운 아이러니가 명약관화하리라.

'인거미' '조류' '향기의 합계'니 하는 모든 일류전이 다시 시공의 한계를 건널 때에 대상인 아내는 '천사'라는 광범한 이미지로서 나타났다. 아마도 천사가 되었을 때 그의 일류전화는 극도에 달하였을 것이나 이후 아내가 어찌되었는가를 통이 알지 못하는 것이 무엇보다도 섭섭하다. 과연 즉물(卽物)로서의 마지막 '환퇴' 그는 어떻게 읊었던가. 시 「흥행물천사」(興行物天使)의 중장만을 옮겨 본다면,

> 거리의 음악사는 따스한봄을마구뿌린걸인과같은천사, 천사는참새와같이
> 수척한천사를 데리고 다닌다.

> 천사의배암과같은 회초리로천사를때린다.
> 천사는 웃는다, 천사는고무풍선과같이부풀어진다.

> 천사의흥행은사람들의눈을끈다.
> 사람들은천사의정조의모습을지닌다고하는원색사진판그림엽서를산다.

> 천사는신발을떨어뜨리고도망한다.
> 천사는한꺼번에열개이상의덫을내어던진다.

(유정씨 역)

이상의 '천사'는 사실 '인거미'나 '조류'처럼 확연히 실재하지 못한다. 실재하지 못하는 대신으로 천사는 자유로이 흥행적 요소와 곡예에 취하며 곧장 그것으로써 실각되기 마련인 것이다. 베르그송이 '웃음'(Le Rire) 속에서 지적한 "어떤 결함에 의하여 응고된 육체"에 지나지 않다. 차라리 육체라기보담 흥행물과 같은 인형인지도 모른다. '천사'의 희비와 죽음은 인형의 그것과 대동소이하니 만일 죽음이 있다면 그만큼 이질의 죽음이요, 죽음아닌 죽음일 뿐이다. 인형인 천사는 행복하고 불행한 즉 행위의 두 가지 의미(지출)를 동시에 누려 가지며 때론 희곡적 공간에로 난무하며 옮아간다. 드디어 천사는 싸아케즘의 모체가 되며 '웃음'의 가면이 되고 꼭두각시가 되는 것이다.

함에도 "천사는 아무데도 없다. '파라다이스'는 빈터다"(「실락원」)라고 천사의 주인 이상은 개탄했으니 말이다. 그는 지금도 2, 3인의 천사를 만날 수 있는데 만나서 '키스'(성부라고 해석됨.) 하자마자 그들은 당장에서 죽어 버린다는 것이었다. 그러니까 이 죽음은 천사의 온전한 '죽음'이 아니라 '천사의 시체'라는 말로써 수식된 죽음의 조짐이라고 생각된다. 천사에 대한 일종의 실의를 표한 것이거나 아니면 갈등 중의 천사를 암시(동일시)한 거나 다름없겠다.

다시 「실화」(失花)의—이상은 이런 말을 하고 있다. "천사는—어디를 가도 천사는 없다. 천사들은 다 결혼해 버렸기 때문이다." 하니 '천상의 시체'란 '임의로 결혼해 버린 천사' 아니면 '간음하는 천사'로 되어야 마땅할 것이다. 한편 "천사는 내게 '키스'하여 준다. 그러나 홀연히 그 당장에서 죽어버린다"와 "천사의 '키스'에는 색색의 독이 들어 있다. '키스'를 당한 사람은 꼭 무슨 병이든지 앓다가 그만 죽어 버리는 것이 예사다"와의 관계를 마치 전게(前揭)한 「19세기식」에 있어서의 "내가 남에게 간음한 비밀"과 "남을 간음시킨 비밀"과의 관계처럼 비교해 본다면 "불의의 양면"을 조성한 자아와 다시 조성당한 자아와의 두 가지 자아가 한결같이 '죽음'이라는 부정적 매개를 중심으로 상호갈등하는 자취를 보게 된다.

죽음이란 "처벌의 필요성을 명시할 뿐만 아니라, 그 처벌의 형식의 상징적인 행위와 결부된 색정적 성질까지 암시하는 것이다."(멘닝거, 「자기에의 반항자」) 정신분석학에서 이른바 '죽음에의 원망'(Death Wishes)은 보다 자기도취적인 본능의 결과로서 해석되는데, 멘닝거씨는 프로이트에 쫓아 자기파괴의 전형적 수단인 자독(自瀆)을 들어 이야기하면서 그것이 나중에 살의(殺意)와 피살의(被殺意)를 동시에 원망(願望)하는 '자살'의 형태로서 나타난다고 적었다. 특히 주목할 것은 동서(同書)에 있어서 "죽음에의 의식적인 원망은 인간이 자기로서 의식할 수 없는 죽음에의 원망과 명백히 구분해야 한다"는 대목이다.

상(箱)의 경우, '죽음'은 보다 우발적인 의식할 수 없는 죽음에 불과하다 하겠으며 리비도(에네르기)의 뭇 지출이 형성하는 자기파괴라 보아 무방할 것이다. 그렇지만 앞서도 말한 바와 같이 그는 엄밀한 의미에 있어서의 자살을 실천하지 못하고 다만 기분으로써 자살을 알레고리하든가(「시제9호」 및 「시제15호」, 참조) 아니면 자살(행위) 자체를 자살(행위) 결과로써만 변해하는 소위 '가장'의 방법에 의지하였음으로 도저히 자기파괴와 같은 순수한 반동형성을 끝까지 실천할만한 행동인이 아니었다는 점에 대하여 누구라도 수긍할 수 있으리라 본다.

누설하다시피 반동형성이란 비록 애증의 대상을 동일시하는 한이 있더라도 끝까지 애증하는 행위자체를 바꾸지 않는 것이었다. 무릇 승화치 못하는 반동형성일지라도 행위자체에 철저함으로써 오히려 그 행위에서 해방될 수 있는 것이라고 생각되니 바로 정욕주의자인 사드(Sade)의 실존이 그러했다. "사드의 가치란 남들이 수치스레 감추는 일들을 곁바른 것만이 아니다. 그에겐 체념이 없었다. 무관심을 버리고 그는 인욕을 선택한 것이다." "사드는 그의 엘로티즘을 전존재의 의미로서 표현하였다."(S. 보봐르, 「사드는 유죄인가」) 다시 까뮈는 그의 「반항적 인간」 속에서 사드의 반항을 '절대적 반항'이라고 지적하면서 끼로로브의 "신이 인간을 죽이며 인간을 부정하는 한에 있어서 인간이 동포를 죽이고 부정하는 것을 누가 금할 수 있겠느냐"의 무신론적 실존의 자유를 환기했을 뿐만 아니라, 오로지 '자유'(Libération)라는 의미에 있어서 사드의 방법은 역설적인 모랄을 수호할 수 있었다고 평가지었다. 행위의 역설성을 행위하는 이유로써 지양하는 방법이란 행위하는 이유를 은폐하기 위하여 애써 행위의 결과만을 가지고 변해하는 가상적 방법과 스스로 판이하다.

하물며 이상은 반동형성하는 도중에 있어서 오직 애증(행위)의 대상을 일류전화함으로써 다시 말하면 애증의 대상을 초월함이 없이 그 대상에 관한 애증(행위) 자체를 은폐하던가 혹은 가장하는 것 보다 소극적인 자아의 테두리에서 벗어나지 못하였으니 애증결과(죽음)에 대한 변해만을 가지고서라고 모든 애증은 구제될 수 있다고 착란한 모양이다. 이와 같이 대상의 일류전이 반동형성에 충당될수록 그는 존재를 잃는 거세의 위험 중에 점점 사로잡히게 되었다. 바로 말하여 그의 행위는 그의 전존재를 의미하지 않는 까닭이었다. 행위 역설성(혹은 부조리성)을 지양하는 실존적 자유가 아니라 「홍행물천사」에서와 같이 행위 아닌 행위의 대상만을 알레고리하며 만심(慢心)하는 일종의 '감싱적 지유'를 느끼지 않을 수 없다.

다만 알레고리하는 감상적 자유에 의하여 대상은 일류전(복합)화되었으며 이 때의 감상적 자유란 검열도 억압도 모르는 오직 기분과 다름없는 것으로서 간과된다. 만일 알레고리를 지독한 비평정신의 소산이라고 한다면 분명히 그것은 하나의 행위하는 이유가 될 것인데, 행위하는 이유를 은폐하기 위하여 애써 행위의 결과만을 변해하는 것이 소위 가장의 방법일진대 알레고리는 보이지 않고 알레고리의 결과인 대상의 일류전만이 떨어져 짙게 된다. 따라서 일류전의 과시는 일류전화하는 알레고리 즉 비평정신을 은폐하고 마는 것이다. 사르트르가 컴플렉스는 있어도 종합적 관념이 결핍된 쉬르리얼리스트의 한계를 지적한 것은 주지하는 바와 같으며 등한하지 못할 사실이었다.(「상황 Ⅱ」, 참조)

어쨌든 천사의 죽음이 전존재의 의미로서 선택되지 않는 한, 천사는 다시 구제될 수가 없다. 일류전은 일류전화하는 '이유'에로 상환될 수가 없다는 것이다. 말하자면 「홍행물천사」는 홍행물이 되어야만 하는 그 '이유'를 좀체 알 길이 없다. 나는 이 사연을 더욱 구체적으로 풀이할까 한다. 짐짓 이상은 '죽음'이란 말과 같이 '지옥'이라는 동위어(同位語)를 사용하고 있다. "천사는 왜 그렇게 지옥을 좋아하는지 모르겠다. 지옥의 매력이 천사에게로 차차 알려진 것도 같다"(「실락원」)에서 보다시피 천사란 다시 「실락원」인 지옥에로 유괴되어 가는 무리에 지나지 않다. 여기서 지옥이란 한마디로 천사들의 '시체 상태'를 의미할 것인즉, 천사들의 죽음은 선택하는 행위 자체의 죽음이 아니라 선택당한 행위결과의 죽음이라는 사실에 우리는 주목할 수 있지 않은가.

마치 이 즈음에서 「흥행물천사」의 내용을 랭보의 산문시 「Délires Ⅰ」의 내용과 서로 비교해 본다면 한층 재미난 결론을 얻을 것 같다. 우선 「흥행물천사」에서 상(箱)은 여자의 애클바틱한 정형수술과 미련한 흥행적 매소(賣笑)와를 우의하려는 목적으로 '어떤 후일담으로'라는 부제를 달고 있는데, 랭보의 경우도 마찬가지로 어느 한 광녀가 지옥의 도정에서 애증한 과거를 회고하는 소위 역사적 현사법(現寫法)을 그 형식으로서 취하였던 것이다. 나머지 여건이란 다만 성의 배치에 불과하다.

「Délires Ⅰ」에서 과부였던 광녀는 자기 입을 통하여 데몽과도 흡사한 낭군의 '천사'를 불러일으킨다. 하지만 '지옥의 남편'이라고까지 불리운 낭군이 그대로 천사일 수는 없는 것이었다. "결코 다른 사람의 천사가 아니라"(Jamais, L'ange D'un D'autre)고 외었을 만치 천사는 광녀의 자기 도취에서 흘러왔거나, 아니면 랭보 자신의 투영에 불과하다는 것을 거듭 강조하고 싶다. 그런데 랭보의 천사는 달리 '우리들'(On)이라고도 불리워졌으며 '견자'(見者, Vision)라고도 일컬어졌다. 적어도 랭보의 '천사'는 '우스꽝스런 부부'(Drole de Ménage)일망정 끝내는 승천의 감동을 서로 나눌 수 있는 기적에까지 물들게 하는 능력을 가졌었다.

그러나 이에 반하여 이상은 그들을 "불러서 돌아오게 하는 응원기 같은 기"(「실락원」)를 발견치 못하는 것이 무척 안타까웠다. 사뭇 '지옥의 남편'인 천사가 이끄는 곳마다로 쫓지 않을 수 없는 랭보(광녀)에 비하여 '지옥을 좋아하는' 천사에게 내처 속지 않을 수 없는 것이 상(箱)의 처지였다. "나는 깜박 속기로 한다. 속고 만다" "나는 속고 또 속고 또 또 속고 또 또 또 속았다"(「종생기」)는 고백에서와 같이 천사는 그에게 대하여 하등의 초월감도 선택도 부여하지 않는 것이다. 랭보의 천사가 끝까지 랭보 자신의 행위(애증)하는 이유를 권화(權化)하며, 심지어는 '우리들'이라는 전 인칭으로서 불리워진데 반하여 상의 천사는 상의 행위하는 이유를 은폐하기 위한 일류전에 불과하며 나 또는 너라는 대칭관계에서 조금도 풀려나지 못한다. 랭보의 천사는 신화를 창조하였으며 "신이 가질 수 있는 이중속성"(에띠앙블, 「랭보 연구」, 1952, 참조)을 체득하였음으로 광녀의 부부가 승천의 감동을 향수하듯이 드디어는 그와의 영원적인 해후를 약속한 것이다. 즉 랭보의 천사는 랭보의 실존을 의미하고 있다. 그런데 상의 천사는 "신발을 떨어뜨리고 도망한다." 드디어 "어느 사찰인지 향하여 걸음을 재촉하는 것이다."(「광녀의 고백」)

사실 상의 천사는 행위하는 이유를 은폐하면서 둔주(遁走)하여가는 '부정적 환각'에 지나지 않았다. 그것은 '우리들'도 '견자'도 아니었다. 다만 알레고리(행위) 하는 이유에서 벗어난 알레고리의 산물(결과) 즉 무력한 일류전에 불과하였던 것이다. "써늘한무게때문에 두통이비켜설 기력도없다"(「생애」)는 것과 같이 부정적 환각인 '천사'는 다시 행위의 '불생산적인 지출'에로 그를 퇴락시키고야 만다. 그가 천사를 초월할 수 없듯이 그 천사는 그를 구제할 수가 없다. 바꾸어 말하면 상의 천사는 상의 의식 속에서 여내 방종을 거듭하지만 속수무책하는 것이 오히려 이상 자신이었다는 이야기다. 어느덧 천사는 부풀어져 그의 전신을 휘감는 「위독」으로 변하였으니 "여인—이 한사람이 언제든지 돌아선 자세로 내게 육박한다"(「실락원」)고 느꼈던 것이며, "애호하는 가면을 도적을 맞는 위에 그 가면을 뒤집어 이용당하면서 놀림감이 되고 말 것밖에 없다"(「단발」)는 것이 곧 그의 드러난 고백이었다.

이로써 우리는 대상 아닌 것으로서 동일시 되려다가 실패하고만 원대상의 보다 쓰라린 참상을 바라보게 되는데, 차라리 그것은 대상자체의 실패라기보담 대상과의 관계(關繫)에서 대상자체를 초월하지 못한 채 실패당한 상의 성격적 아이러니라 아니할 수 없는 것이다.

상(箱)의 행위는 행위의 대상을 복합함으로써 행위자체를 변해하는 '가장'의 방법에서 끝까지 벗어날 수가 없었다. 대상을 초월하지 못할 바엔 애써 대상을 복합하려는 심리적 기제가 종당에는 쓸쓸한 저항적 양상까질 띠었다고 본다. 가뜩이나 그의 행위를 '반동형성'의 결과로 보고 그의 복합된 대상을 '동일시'의 작용이라 판단했음은 온 문제의 관건을 심리의 잠재적인 면에 들어서까지 더듬어 보자는 나의 지나친 탐욕이었는지도 모르겠다. 하지만 행위의 가장에서 풀려나지 못한 '성격적 아이러니'를 논리 그것으로만 접수치 못할 냉냉한 불안이 있는 것이다. 설령 행위자 자신으로도 척결할 수 없는 보다 깊은 소인(素因)이 작용했던 것이라면 어찌 그 미지의 소인에 대하여 등한해야 옳겠는가.

"접전 수십합(數十合). 좌충우돌. 정희의 허전한 관문을 나는 노사(老死)의 힘으로 딜이친다. 그러나 돌아오는 반발의 흉기는 갈때보다도 몇배나 더 큰 힘으로 나 자신의 손을 시켜 나 자신을 살상한다."(「종생기」)

우리는 이 간단한 예문을 통하여서라도 능(能), 피동(被動)하며 가(加), 기학(嗜虐)한 리비도의 '양립성'을 넉넉히 알아 볼 수가 있다. 뿐만 아니라 '비밀'에 대한 언급 중에서 자주 되풀이된 '불의의 양면'이란 것도 기실은 이것과 무차별한 표현이었다는 것을 짐작하게 된다. 그런데 '비밀'을 비밀 아닌 것으로서 관대(款待)하는 것처럼 상은 비밀의 동기보다는 차라리 비밀의 결과에 대해서만 부심한 편이었으니, 딴은 가학의 비밀보다 한층 공황(恐慌)스런 기학의 비밀로 말미암아 자주 혼묵(昏墨)해진 스스로를 발견했던 까닭이다. 다시 "네 육체가 무슨 조문(條文)으로 내게 구형하겠느냐"(「이유이전」)고 반문할 즈음에 있어 리비도의 양립성은 스스로의 '죄업'이냥 가책되었는데, 그의 죄의식이란 것도 가히 짐작할만 하다. "심판받으려야진술할길이없고익애(溺愛)에잠기면버언져멸형(滅形)하여버린전고(典故)만이죄업이되어이생리속에영원히기절하나보다."(「내부」)

드디어 사랑할 수 없는 적의가 반동형성으로 나타날 때 결과는 항용 '나 자신'(「매상(妹像)」)의 희생이고야 말았으니 오히려 선택된 대상을 잃으면서도 동일시로 이루어진 복합의 대상을 새로이 '나 자신'에게서 선택하려는 것이었는가. 그렇다면 '비밀'은 '나 자신'으로부터의 비밀이면서 동시에 '나 자신'에로의 비밀로서 종결되어야만 할 것이다. 이렇듯 두 가지 절망을 가정했듯이 두 가지 비밀을 계량하게 됨은 그 무슨 견강부회를 노려서가 아니라 다만 '나 자신'으로부터의 비밀을 가학하는 비밀로 보고 '나 자신'에로의 비밀을 기학하는 비밀로 상조함으로써 이상이라는 성격의 '나 자신'을 위요(圍繞)한 비밀의 총체를 보다 쉽게 부감(俯瞰)할 수 있지 않을까 믿었던 까닭이다.

일찍이 프로이트는 '양성적 소질'(Bisexualität)이란 말을 씀으로써 성격 가운데로 스미어진 리비도 현상을 설유(說諭)한 바 있으며 따라서 그것들의 무의식적인 증례(症例)는 대개 두 가지 심리작용에서 발견되는 것이라고 적었다.(「성론(性論)에의 세 가지 기여」, 참조) 극상 아들의 어머니에 대한 성적 애착과 아버지에 대한 반동형성을 동시에 누려 갖는 '오이디푸스 컴플렉스'(Oedipus Complex)며, 꼭 이와 정반되는 경우인 '엘렉트라 컴플렉스'(Electra C.)와의 두 가지다. 한데 상(箱)에게 있어 마땅히 시비될 것은 그가 남성인만큼 '오이디푸스 콤플렉스'여야 할 테지만, 그 '오이디푸스 콤플렉스'를 형성하는 어머니에의 애착을 보다 긍정적인 것으로 보고 아버지에 대한 반동형성을 보다 부정적인 것으로 나눈다면 끝내 승화치 못한 '오이디푸스 컴플렉스'의 운명, 이를테면 부정적인 것의 우세로 인하여 와해되고 만 양성법(兩性法) 소질의 비극을 우리는 어떻게 바라볼까 하는 것이 문제되겠다. 이제 컴플렉스 자체 내에서 좌충우돌하여 마지않던 그의 성격적 아이러니를 논리 아닌 것으로써 개진할 새로운 기틀을 얻게 된다. 그러면 이하 약간의 분석적 방법을 응용코 관계되는 부분만을 추려 좀좀이 비쳐 나가기로 하겠다.

"아마아버지를반역한가싶다."(「가외가전(街外街傳)」) "기독에 혹사한 한 사람의 남루한 사나이가 있었다. 다만 기독에 비하여 눌변이요 어지간히 무지한 것만이 틀린다면 틀렸다. 연기오십유일(年紀五十有一). 나는 이 모조기독을 암살하지 않으면 안된다. 그렇지 아니하면 내 일생을 압수하려는 기색이 바야흐로 농후하다"(「실락원」)는 것이었으며 또한 이 밖에도 시 「육친」에 있어선 "나는이육중한크리스트의별신(別身)을암살하지않고는내문벌과내음모를약탈당할까걱정이다"라고 되어 있다.

이상과 같이 상의 '오이디푸스 컴플렉스'는 짐짓 불감생의(不敢生意)하는 극단을 나타내고 있다. 아버지를 단순히 저주하는 데만 그치지 않고 직접 암살하고야 말겠다는 것이다. 그러나 아버지가 아들인 그의 소중한 '문벌'과 '음모'라는 것을 어떻게 훼방하였는지는 딱이 알 수 없다. 다만 "신당리 버터고개밑 오동나무골 빈민굴에는 송장이 다 되신 할머님과 자유로 기동도 못하시는 아버지와 오십평생을 고생으로 늙어쭈그러진 어머니가 계시다"(「매상」)는 편지에서와 같이 불수신(不遂身)인 아버지에 비하여 어머니는 가권의 호구책을 위해 오십 평생을 혼자 희생해 왔었다는 생활상을 참작할 수 있을 뿐이다. 그런데 시 「얼굴」에 보면 아버지가 혼자 오랜 시일을 해외에서 방랑하였기에 신산중(辛酸中)의 어머니가 대부하여 아들의 성육(成育)을 도맡게 되었다는 불우한 사연도 있긴 하다. 그 진위는 어떻든 간에 반동형성의 소인이 될 '오이디푸스 컴플렉스'를 단지 생활이라는 조건반사의 결과로만 밀어 둔다면 우리는 이 문제의 요량을 다시 소망하기가 퍽 어려운 것이다. 그나마 다음과 같은 유례는 어떠할까.

"참으로아해라고하는것은아버지보담도어머니를더닮는다것은그무슨얼굴을말하는것이아니라성행(性行)을말하는것이지만" "아무튼아해라고하는것은어머니를가장의지하는것인즉.(「얼굴」) 자기는 '노파'인 어머니를 온전히 닮았으되 외면적인 '얼굴'에서가 아니라 '성행'이라는 내면적 '정착'(Fixation : 유아적 대상에 관한 무의식적 원망을 과도하게 지속하는 것)에서라고까지 토로한 것은 사뭇 생활이라는 일상적 조건의 반사만으로 따질 수 없는 컴플렉스의 깊은 연원을 건드린 데 지나지 않다.

그런가 하면 다시 어머니의 분만하던 진통을 섭취한 나머지 "나는24세나도어머니가나를낳으드키무엇인가를낳어야겠다고생각하는것이었다."(「육친의 장」) 보다 심하기론 "내자궁가운데소녀는무엇인지를낳어놓았으니―그러나 나는 아직 그것을 분만하지는 않았다."(「실락원」) 혹은 "아들―여러아들―노파의결혼을 걷어차는 여러아들의 육중한구두―구두바닥의징이다."(「가외가전」)라는 그야말로 무의식이 아니고선 투철할 수 없는 성격적 아이러니가 그냥 그대로이 들어나 뵌다.

여기서 그는 아내를 맞아들이면서도 아내가 분만하지 않고 저가 분만하여야겠다는 '양성적 소질'을 과시하는 반면에 있어, 확정히도 생식 또는 결혼에 대한 '금제'(Tabu, Taboo)를 앓고 있었으니까 멘닝거씨와 같이 그것을 "강력히 억압된 정서와 관계 있는 것"(「자기에의 반항자」)으로 본다면, 전게한 「광녀의 고백」에서 '여자'의 잉태(자궁)를 저주한 사실 등은 통틀어 행위결과를 두려워(변해)함으로써 행위자체(생식)인 행위하는 이유를 저버리고 말자는 가장적 심리작용의 결과라 아니할 수 없는 것이다. 그런데 다시 이러한 심리현상의 기초엔 반드시 '오이디푸스 컴플렉스'가 작용하는 것이라 분석되었으니, 모름지기 "의과대학허전한마당에우뚝서니나는필사로금제를앓는(患)다"(「금제」)는 구절이 뵈어 주는 기학적 소인도 결국은 아버지에의 반발과 적개감정을 두고 그 관계를 논함이 온당할 것 같다. 거듭 금제란 생리와 '생리 밖의 무엇'과를 알레고리한 신경적 공포와도 흡사할 것이며 동시에 은폐된 자기모순의 증례(症例)라고 상상된다.

냉정히 바라볼 제, 상(箱) 그는 '소녀'인 아내며 어머니를 끝까지 사랑한 것이 아니었다. 가령 "소녀는 누구든지의 처가아니면 안되었다."(「실락원」) "노파의결혼을걷어차는여러아들이육중한구두"(전게)에서 느끼는 대로 그는 저들과의 행위(애증)관계를 애써 은폐하는 일방으로만 기울어졌던 것으로, 행위결과에 있어서의 아내의 무소유를 변해하던가 또는 모성의 결혼 생식을 투기(妬忌)하다 못해 마침내는 '나 자신'이라는 최후적인 대상 외에 전혀 부속할만한 아무런 여존(餘存)도 터득할 수가 없게 되는 것이었다.

하니 '소녀'도 어머니도 아닌 '나 자신'에로의 편애만을 고집하게 되는데, 그렇다고 퇴행하는 나르시시즘의 비애를 스스로 보장하기란 여간 벅찬 일이 아니었다. '오이디푸스 컴플렉스' 중 아직도 유일의 장애인 아버지를 제거치 못한 한에 있어 여내 그는 억압적 불안을 물리치지 못한 사실이다. 아버지란 '나 자신'의 비밀을 어느 모에서나 훼방하고 간섭하는 대상이므로 '나 자신'은 여기에 격하여 아버지라는 의식의 질곡을 깨뜨려야 한다든지 혹은 아버지를 암살해야 된다는 치열한 반동형성을 좀체 포기하지 않는 것이었다. 그러나 생각할 것은 아버지에의 반동형성이 그토록 치열하였건만 하등의 직접적인 수단을 더불지 못한 점이다.

"나는 결심하는 방법도 결행하는 방법도 아무것도 모르는 채다."(「실화」) 이와 같은 소극적 경향은 그가 강박한 윤리감에 포박된 탓일까. 아닐 것이다. 저근덧 그는 아버지를 대신할 수 있는 자기능력의 피안을 바라보면 그만이었고, '나 자신'이 아버지의 현재를 탈위(奪位) 강점하면 그것으로써 만족되는 줄 알았다. 그리하여 "내게는 어른도 없습니다. 버릇도 없습니다. 뚝심도 없습니다."(「슬픈 이야기」)라는 '나 자신'의 절대화가 지배적인 것이었다.

여기 "조상의조상의조상의……"(「선에 관한 각서 5」) 아버지가 되고져 한 독백의 기록을 보아야겠으니 그것은 나에게 있어 가장 호재료(好材料)라고 생각된 「시제2호」의 전문이다.

> 나의아버지가나의곁에서조을적에는나는나의아버지가되고또나는나의아버
> 지의아버지가되고그런데도나의아버지는나의아버지대로나의아버지인데어쩌
> 자고나는자꾸나의아버지의아버지의아버지의……아버지가되니나는왜나의아
> 버지를껑충뛰어넘어야하는지나는왜드디어나와나의아버지와나의아버지의아
> 버지의아버지노릇을한꺼번에하면서살아야하는것이야 (필자 방점)

이 때의 아버지로 말할 것 같으면 행위의 현재적 의미를 강조하던 '인거미'며 '천사'니 하던 종래의 상대적 대상관 달리 행위의 과거적 의미를 보다 강조하는 절대적 대상으로 이해된다. 더욱이나 의식적으로 즉물화되고 복리(複離)된 대상이 아니라 무의식적인 정착으로 이루어진 대상이라는 점에서 지난 대상들이 입고 있던 아니 입어야만 했던 온갖 거죽들(즉물적인 형태성)을 말끔히 탈락한 채 직접 알몸으로써 순수히 아버지

그것으로서만 짙게 된 대상이라는 사실에 깊이 주목할만하다. 아버지란 복합된 대상이면서도 좀체로 그 복합됨이 헤아려지지 않는 대상이란 의미가 되겠으며, 이것은 달리 복합됨으로써 존재한 상대적인 대상들에 비해서 복합됨이 느껴지지 않는 심리로서의 '나 자신'을 말할 수 있는 것과도 같다. 그런즉 아버지는 완전히 '나 자신'과 동일시된 '나 자신'의 대상이라는 결론에까지 이르게 되며 '나 자신'에 의하여 충분히 섭취된 순환적 대상이라고도 할 것이다.

"나는왜나의아버지를껑충뛰어넘어야하는지"도 모르는 기괴의 "변신술?"(「종생기」)을 일종의 알레고리처럼 기술한 이 시에 있어서 상(箱)은 부계전체를 '나 자신'과 동일시함으로써 그들에 대한 '나 자신'의 반동형성을 무의식 중에라도 실천하려는 의도를 뵈이고 있다. 즉 "나 자신을 사자와 동일시하는, 이를테면 나 자신으로 하여금 현실 중에서 사망한 내지 사망되기를 원망하여 마지 않는 인물괴 서로 동일시하는 결과가 되었던 것이다."(프로이트, 「도스토예프스키와 살부(殺父)문제」) 다시 "전문적인 표현을 빌린다면 나 자신의 가운데에 섭취된 아버지를 나 자신이 살해하는 것을 말한다."(멘닝거, 「자기에의 반항자」)

그렇지만 유사한 컴플렉스의 작용이면서도 「카라마조프 형제」를 창조한 작가 도스토예프스키의 이념과 여기 나타난 이상의 독백과를 매하나로 볼 수 있을까. 하물며 "도스토예프스키정신이란 자칫하면 낭비인 것 같소."(「날개」)라고 비방한 그에게 있어서야……. 하여간 문제의 답안을 작성하기 이전에 미리 일러두어야 할 것은 전게 논문 중의 프로이트가 「카라마조프의 형제」를 소포클레스의 「오이디푸스 왕」과 셰익스피어의 「햄릿」과 서로 관련지어 논술한 점이다. 이것은 세 가지 작품이 내포한 주제의 공유성에 입각해서 분석한 까닭이라고 보는데, 나는 비약을 무릅쓰고 「햄릿」의 경우를 보살피는 방법에 쫓기로 하겠으니, 우선 시대적 간격을 좁히기 위하여 셰익스피어 아닌 현대 작가 중에서 비교될만한 사람을 제임스 조이스로 지목하고 그의 대표작인 「율리시즈」에 의거하여 이야기를 진행시킬까 한다. 편의상 조이스의 「율리시즈」를 택하는 데는 대개 두 가지 이유를 말할 수 있겠다.

첫째로는 조이스의 「율리시즈」가 「오디세이아」(호메로스 작)의 주제를 어김없이 조망하였다는 점에서인데, 알다시피 「오디세이아」의 비극이란 아버지인 오디세우스가 오랜 방랑 끝에 귀성(歸省)하는 데도 불구하고 그의 아들 테일레마카스는 아버지를 찾아서 출가함으로써 부자는 영원히 해후할 수 없다는 것인즉, 이는 아버지의 복수를 끝내 자신의 절명으로써 다하고야만 왕자 햄릿의 비극적 상황과 서로 방불되며 특히 햄릿의 심리 분석을 중심 삼아 전개된 「제9삽화」에 있어서의 '부자성'(Paternity) 시비는 아주 적합한 비교대상이라 믿어졌던 까닭이다.

다음 둘째는 1930년대의 우리 나라를 풍미한 소위 주지파 문학의 아류로서 이상문학이 높이 평가되었던 일과 당시 일역본의 사정에서였는지도 몰라도 다른 동류작가들을 젖혀두고 유독 조이스 소설에 드러난 '의식의 흐름'이며 '내적 독백'을 포함한 신기법들을 그가 우리말에 비로소 적용하였다는 견지에서 필경 조이스계의 사고형태를 어느 정도 답습 모방한 것이나 아닌지 하는 데에 의혹한 까닭이다. 어쨌든 이렇게 구구한 문제는 널리 비교문학의 분야에서 저촉할 일이므로 대개 상론을 피하면서 나는 해제인 '부자성'의 내용만을 가지고 대상으로 한정코저 한다.

예컨대 "이미 아버지의 아들도 아닌 그는 스스로가 그의 모든 종족의 아버지가 되고 다시 그의 할아버지의 아버지가 되고 아직 태어나지 않은 손자의 아버지였노라고 믿었다"라는 서술과 함께 주인공 스티븐이 재차 "아버지란 불가피한 악이다"라고 외치는 대목이라든가 "그 자신이 그 자신의 아버지"(himself his own father)가 되어 "부자는 한몸"(to be at one with)이다 라는 의식면에 부딪쳐 본다면 누구든지 「시제2호」가 담았던 '번신술'의 내용과를 얼마만큼이라도 대중할 수 있지 않을까 생각되는 것이다.

그러나 "다우든은 「햄릿」 속에 무슨 '비밀'(mystery)같은 것이 있었다 믿으면서도 내처 그것을 입밖에 내지 않았다"라는 구절이 있으니 여기의 '비밀'이란 대저 무엇을 두고 이르는 말이었을까. 앞서 프로이트가 「카라마조프의 형제」 중에 있어 드미트리와 그의 아버지간에 벌어진 성적 대립을 가지고 살부(殺父)의 동기를 추리하는 한편, 살부한 국왕에 대하여 복수를 주저한 햄릿의 심리과정을 분석하되, 그것은 햄릿 자신에게도 모름지기 살부할 원망이 잠재하였기에 아버지를 위함보다도 약한 어머니의 애정을 염려하는 편이 더욱 강렬하였음으로 자연히 그런 결과를 초래하지 않을 수 없었다고 단정한 사실들과 미루어, 여기의 '비밀'이란 한갓 무의식적으로 정착되는 '오이디푸스 컴플렉스'의 이명에 불과하다 할 것이다. 또한 "하늘이 모든 것을 절약한다면 결혼이 없어져야 하고 난자에겐 영광이 드리워져 '남녀 공성(共性)의 천사'(an androgynous angel) 즉 자신이 자신의 아내가 되는 것이라고 말한바와 같이 '비밀'이란 것과 임의의 천사로서 환유된 리비도의 양립성과는 서로 불가분의 관계(關繫)임을 알게 된다.

그렇지만서도 '햄릿'의 비밀이었을 '오이디푸스 컴플렉스'가 조이스의 '동체'(同體, Consubstantial)라고 하는 상징된 관념 속에서 어떻게 승화되었는가의 대답은 매우 진진(津津)한 것으로서 「제17삽화」에 나타난 '윤회'(Metempsychosis)의 사상이 고스란히 대변해 주는 바와 같다. 어디까지나 반기독교적인 그에게 있어 '동체'의 관념이란 내세적인 속죄의 관념보다도 훨씬 신비적인 초연성을 띠지 않을 수 없었다.

"율리시즈는 고차원의 자아를 나타내며 맹목적인 세계의 혼란에서부터 일어나 신의 고향에로 돌아간다. 전편 중 율리시즈는 좀체 발견되지 않아도 이 소설자체가 율리시즈라고 말할 수 있겠다. 조이스가 지닌 소우주이며 자아세계이며 동시에 절대자가 지니는 세계적인 자아를 의미한다. 율리시즈는 그를 둘러싼 모든 세계에 대하여 또는 모든 정신, 모든 물질에 대하여 오직 배면(背面)함으로써만 귀화할 수가 있었다."(융, 「율리시즈」) 오직 '배면함으로써만' 실천된 조이스의 아이러니는 조이스를 구제한 것이다. 그리하여 "페네로페는 이제 덧없이 베틀에 앉았을 것이 아니라 지상의 낙원을 소요할 것이라"(동상)고도 찬미되었다.

하여간 오디세우스와 테일레마카스와의 관계는 이제 블룸과 스티븐과의 관계로서 우화되며 다시 덴마크 국왕과 그의 아들 햄릿과의 관계로서 비교될 수도 있으리라. 그러나 결코 햄릿의 현대적 분신이라고도 할 스티븐의 의지는 맹목하여 비극적 종말 앞에 굴복되기를 원치 않았으니, 그가 희구하여 마지않던 '정신의 아버지'란 필시 「불탄 노으튼」의 엘리어트와 같이 "과거의 나(시간)는 현재의 나며 나가서 미래의 나다."라는 이른바 '동시성'(Simultaneity)의 수립 가운데 비로소 발견되는 것이었다.(「제9, 제17삽화」, 참조)

여기서 동시성은 전술한 '동체'의 관념과 상호접절된다. 뿐만 아니라 동시성은 신화의 창조를 약속하는 것이며, 다시 그 신화는 상징된 종교의 형태로서 나타나기 마련이다. 하여 조이스에겐 종교가 없는 대신 종교에 못지 않는 신화의 창조가 있었던 것을 알게 되니 그것은 "현대사라는 공허와 혼란에 뒤섞인 광활한 전야를 지배하며 질서화하며 거기에 의미 형식을 부여하는 방법을 말한다."(엘리어트, 「율리시즈, 질서, 신화」)

「율리시즈」의 경우, 아버지에의 반동형식은 아버지와의 동시성을 수립함으로써 즉 아버지와의 '동체'를 자각하는 가운데서 자연히 승화되었으며, 아울러 무의식적인 정착으로 알려진 '오이디푸스 컴플렉스'를 보다 의식적으로 전면(纏綿)하였을 때 모든 자아의 불안은 맑게 해소되고 지양될 수가 있었던 것이다. 지난날 '에쓰'를 비일상적인 것으로, 자아를 일상적인 것으로, 다시 초자아를 초일상적인 것으로 삼분한 프로이트의 주장(「자아와 에쓰」)에 비추어 볼 때 「율리시즈」 전편에 아로새긴 조이스의 의식성이란 끝내 '윤회'가 단절된 열반, 아니면 "존재의 정신적 통일인 범아"(「제9삽화」 중)의 신비를 쫓아 은근히 동조해 갔던 것이므로, 이후 원숙한 초자아의 영역에서 그는 이지러진 자아를 다시 회복하고 무마하는 희열감에 잠기기까지 하였던 것이다.

여기에 이르면 아버지란 사뭇 검열하며 억압하는 초자아의 별신(別身)처럼 느껴진다. 어디까지나 육신의 아버지와 '정신의 아버지'와를 엄격히 구분한 조이스의 태도를 우리는 작중 스티븐과 블룸과의 격렬한 언쟁에서 역력히 알아 볼 수가 있다. 일상적 대상이었던 아버지를 초일상적인 동시성의 지평에다 투입코, '부자성'의 근원을 본질로부터 요해(了解)함으로써 오히려 그는 '오이디푸스 컴플렉스'란 어떠한 모순물도 아니라는 것을 증명해 주었다. 실로 「햄릿」과 「율리시즈」와의 차별을 짓는다면 이렇게라도 말해 볼 수 있는 것이 아닐까. 스티븐의 존재를 무의식중에 지배하였던 강렬한 아버지에의 동체 관념은 이제야 의식적으로 두드러져 강렬한 아버지에의 기구로써 종결되었으니 그것은 꼭 1916년 「젊은 예술가의 초상」을 부식(副飾)한 짤막한 시구에서 느껴 보는 바와 같다.

> 머나먼 세상의 아버지여
> 그리고 머나먼 세상의 거장이여
> 영원토록 나를 도와주소서.

이상 '오이디푸스 컴플렉스'에 의히어 받침된 '부자성'의 승화를 보다 형이상적인 사회의 창조로써 종합한 「율리시즈」에 치중함으로써 나는 카라마조프 세계에 대한 프로이트의 분석을 나대로 이나마 보족(補足)한 셈이 된다.

그러나 우리 시인 이상의 경우로 돌아와 본다면 놀라운 일이 한 두 가지가 아니다. "나는왜나의아버지를껑충뛰어넘어야하는지" 전혀 몰라보는 사이에 그의 당착은 부질없이 격화되는 불안 속에 스스로를 휘몰아뜨렸으며, 이미 아버지를 통하여 누려보려던 '나 자신'의 권위며 실존같은 것은 죄다 와해되는 지경에 이르고야 말았다. "그렇다고 내 육친 까지를 미워하기 시작하다가는 나는 참 이 세상에 의지할 곳이 도무지 없어지는 것이 아니냐. 참 안됐다."(「공포의 기록」)는 고백에서도 그렇거니와 "자네는 노옹일세. 무릎이 귀를 넘는 해골일세. 아니 아니. 자네는 자네의 먼 조상일세."(「종생기」)라는 부분에 당해보면 기괴하게도 '내 자신'이 노옹처럼 폐쇄함으로 말미암아 비로소 아버지와 동일시 될 수가 있다는 극히 형이하적인 '일상성'(Täglichkeit) 밖에는 문제되지 않는 것이다.

일상성을 초월한 동시성의 지평에서 바라뵈는 '아버지'의 정신적 경위를 하직하고 난 그는 불가피 고립된 자아의 주변에서만 방황케 되었으며,

아울러 '오이디푸스 컴플렉스'가 승화와 역방인 '왜곡'(Distortion : 정신 과정에 있어서의 질적 변화) 일로에로 전이되자 이와 병행하여 기학(嗜虐)의 열도는 점차 가해졌던 것을 알 수 있다. 하지만 조이스적인 차원에 도저히 미치지 못한 그의 왜곡된 컴플렉스며 형이하적인 일상성에의 귀화에서라도 우리는 가능한 몇 가지 문제성을 채집하기가 어렵지 않다.

적어도 무의식적이나마 그를 억압한 '오이디푸스 컴플렉스'를 시인한 우리로선 지금에 와서 이러한 결과를 단순히 '양성적 소질'이 저지른 참화(慘禍)라고 말하기 전에 대상과의 상대적 모순에 가친 '나 자신'을 구제하기 위하여 '아버지'라는 절대적 대상에의 동일시를 원망한 도중, 끝내 장애인 일상의 아버지를 제거치 못한 까닭으로 '나 자신'의 모순관계를 부득불 '나 자신'만으로써 풀지 않으면 안될 경계에까지 임박한 한 사람의 보다 의식적인 '해방'(Libération)의 단서로써 헤아려 봄이 어떨까 하는 것이다.

사실 수정환상인양 아버지란 명명은 소각되고 대신 아버지에의 반동형성이 역으로 '나 자신'에게 준열한 보상을 요구한 나머지 극도의 '자기 훼손'(Self-mutilation)(멘닝거, 「자기에의 반항자」, 참조)으로 나타나게 되었음을 우리는 도일 전의 그의 시편 중에서 수월하니 느껴본다. 그럼에도 한편 어디까지나 '나 자신'의 대상으로써 아버지를 선택하고 그에게 가혹한 증오와 적개심을 방사한 한 때의 심리적 과정에 의하여 비록 그의 결과는 승화에 달하는 긍정적인 것이 못되었다 치더라도, 오직 반동형성으로 말미암아 양성된 부정적인 의지가 마침내는 '나 자신' 속에 있고 또 다른 '나 자신'을 '박제'하고 다시 저들 상호간의 부조리성을 어느 정도라도 의식할 수 있게끔 마련한 그 중대한 의의를 무척 강조하고 싶은 따름이다.

여기 '의식'이란 말을 특기하면서 나는 상(箱)의 경우 무의식적으로 정착되었을 '오이디푸스 컴플렉스'가 어떻게 의식적으로 보상되었는가 또는 보상되려 하였는가의 실제적 연역을 프로이트 수정론자 융의 소설(所說)에 견주면서 말해 볼까 한다. 1931년 「몽상분석의 실용성」이란 강연 중에서 그는 아래와 같이 피력하였다.

　"마침내 무의식은 아버지를 하위(下位)시키고 반면에 아들(청년)을 승진시키는 모험을 감행하였습니다. 이것은 논리에 배치되는 소관(所管)입니다. 보통의 아버지라면 누구나 이에 대하여 신랄히 보복하지 않을 수 없습니다. 그러나 한편 이것은 매우 효과적인 보상이라고 생각됩니다. 보상으로 말미암아 아들과 아버지는 혹종(或種)의 대립 관계에 온전히 놓이게 되는 까닭입니다. 이러한 대립없이 결코 아들은 자기자신을 의식하지 못하는 것입니다.(필자 강조)

　융은 무의식적으로 행동된 부자성의 대립을 치르지 않고선 도저히 자기자신을 의식할 수 없는 아들의 처지를 이상과 같이 단명하였다. 만일 그에게 쫓아서 의식과 무의식과의 관계를 서로 보상적인 것이라고 채택한다면 '아버지'가 아닌 이름으로 새로 등대(等對)한 상(箱)의 이중자아(?)를 우리는 어떻게 맞이할 것인가에 대하여 몹시 망설이게 된다. 하여서 나는 대조적인 두 가지 예를 제시하려 하니 그 하나는 「정식」4연에 나타난 '너'라는 존재며 다른 하나는 「가정」에 있어서의 '나'다. 즉각으로 느껴지는 것은 문전에 이르렀음에도 차마 들어오지 못하는 '너'며 '나'가 의식하는 공통적인 불안의 상황인데, 이 때의 '너'와 '나'의 복합은 완전을 이루었다고 보겠으며 동시에 '너'와 '나'는 온전한 순환적 대상으로써 결국은 '나'라는 통명사하(通名詞下)에 함께 수렴될 것을 믿어 의심치 않는다.

　가령 이해의 편리를 도모하여 「정식」2연에 든 다음과 같은 구절을 읽어본다면 '너'라는 대상이 결코 일상성으로만 동일시된 아버지가 아니라 의식 자체내에서 분화된 아버지, 차라리 아버지라고 명명되지 않는 이중자아, 아니면 '나 자신'에게 잠재한 또 다른 '나 자신'에 불과하다는 것을 알게 되리라. "그러나오직그아지못할험상궂은사람은나의이런노력의기색을어떻게살펴알았는지그때문에그사람이아무것도모른다하여도그때문에억지로조심하여야하고지상맨끝정리인데도깨끗이마음놓기참어렵다."

　하지만 "거울속의나는외출중이다"(「시제15호」)라든가 "나는 거의 나자신의 존재를 인식하기 조차도 어려웠다"(「날개」)라는 과거의 기록에 비하여 여기선 외출 중인 '나'를 탐색해 내며 몰라본 '나 자신의 존재'를 돌이켜 맞이하려는 의식적인 보상의 노력 한결 두드러져 있다. 이와 같이 '나 자신' 속에 잠재한 또 다른 '나 자신'을 꼭이나 '나 자신'처럼 불안하며 고뇌하게 된 그의 의식적인 보상에 계기해서 나는 몇 마디만 사족할까 싶다.

다름이 아니라 상은 융이 지적한 대로 무의식적인 '오이디푸스 컴플렉스'에 기초한 '양성적 소질'을 통하여 '나 자신'을 새로이 의식하지 않을 수 없는 계제에까지 옮아 왔으며, 옮아 오고난 뒤에 있어 어떤 방법으로 그것을 승화시킬 것인가에 대하연 무척 당황한 기색이나, 어쨌든 무의식적인 것을 의식적으로 보상해야 되겠다는 긴장감에 '나 자신'을 유달리 억제한 것만 틀림없는 사실이었다.

그런데 앞서 행위대상을 즉물(卽物)로써 복합하던가 아니면 행위결과를 변해함으로써 행위자체를 애써 가장하며 있었던 그의 성격적 아이러니를 어디까지나 '나 자신'으로부터의 비밀을 가지고 '나 자신'에로의 비밀을 가장한데 지나지 않다고 본다면, 그는 내가 남에게 간음한 비밀 즉 행위의 의식적인 요소를 가장하기 위하여 남을 내게 간음시킨 비밀 즉 행위의 무의식적인 요소를 변해하였다는 것이나 다름없겠다. 사뭇 '나 자신'을 '나 자신' 아닌 것으로써 가장하듯이 의식적이며 현재적(顯在的)인 '나 자신'이 무의식적인 잠재적인 '나 자신'에 의하여 가장되어 왔다는 의미가 될 것인데 이렇게 나타난 무의식적인 가장법에 대하여 상(箱)은 그 어느 때보다도 솔직한 고백을 남겨 놓았으니 "그래도 내가 죽을때까지의 단 하나의 절망, 아니 희망을 아마 텐스를고쳐서 지꺼려버린 기색이 있다." (「실화」, 필자 방점)는 것이다.

그러면 여기에 있어 절망(또는 희망)의 텐스가 고쳐졌다는 것은 무슨 뜻인가. 오직 가장된 절망 내지는 절망 아닌 절망의 사이비성을 스스로도 인정한다는 것인가. 그렇다면 기교만을 낳게 한 '최초의 절망'(가칭)을 절망이 아니라고 반문했던 충분한 구실을 양차(兩次) 확증할 수도 있는 일이 아닐까. 그는 "텐스를 고쳐서"라고 분명히 적었거니와 '나 자신'이 '나 자신' 아닌 것으로 가장되었다는 것은 도시(都是) '나 자신'이 처우(處遇)한 상황의 의미 또는 상황의 텐스를 임의로 고쳤다는 말과도 서로 일치되는 것으로 믿어진다.

그렇지만 기교를 낳게 한 '최초의 절망'이 기교로 말미암아 당하는 '최후의 절망'(가칭)에 의하여 그의 가장성을 폭로당한 것처럼 미구에 이르러 텐스를 고쳐서는 안 된다는 적어도 고칠 수 없다는 반동에 치우치자 그는 텐스를 고침으로써 당하는 또 다른 절망 앞에 낭패를 금할 수 없게 되었은즉 방법적 아이러니가 빚어 낸 모순성과 조금도 다름없는 성격적 아이러니의 분열성을 기어이 우리는 예견하고야 마는 것이다. 이것으로써 나는 '최초의 절망'에 대하여 '최후의 절망'을 추리하듯이 '최초의 나 자신'에 대한 '최후의 나 자신'을 추리할 단계가 바로 지금인 줄 안다.

필경 '나 자신' 속에 잠재하였다가 되살아 오는 또 다른 '나 자신'을 겨며내는 일인데, 짐짓 '나 자신'으로부디의 비밀을 가지고 '나 자신'에로의 비밀을 가장할 무렵에 느껴진 '나 자신'이란 것과, "나도 사실 내가 싫다."(「공포의 기록」)에서 느껴지는 '나도'의 '나 자신'과를 결코 동일시한 '나 자신'으로 볼 수 없는 사정과 마찬가지다. 그러니 앞의 '나 자신'을 일컬어 '나 자신'이라고 한다면 뒤의, '나 자신'을 무의식적인 것을 도려 의식적으로 보상하는 텐스의 가장되지 않는 '나 자신'이라고도 매길 수 있으리라.

두 가지 절망, 두 가지 비밀과 같이 서슴찮이 두 가지의 '나 자신'을 가정해 보는 것인데, 이 어처구니없는 명명을랑 거듭 증빙(證憑)하기 위해서 버금에 나는 줄창 '비밀'이라고만 불리어진 리비도적 고뇌를 애써 '꿈'이라는 몽상작용과 서로 관계지은 그의 심리적 소인을 잠시 더듬기로 하겠다. 우선 「실화」에 보면 비밀이 없다는 것은 재산 없는 것처럼 슬픈 일이라고 하였는데 다시 비밀이 없다는 것은 천사(대상)가 없는 의미와도 소통함으로 이와 같이 현재(顯在)의 모두가 없고 나면 결국 꿈과 같은 잠재의 것으로밖에 기탁할 수 없다는 것은 당연한 귀추일 것이다. 하여 몽상에의 요청을 나는 이렇게 풀이하고 싶다. 즉 의식적인 것을 무의식적으

로 변해하기 위한 가장적 방법으로 '최초의 나 자신'이 임의로 텐스를 고
치려다가 마뜩지 못해 차라리 그러면 고쳐지지 않아도 고쳐져 있는 텐스
를 요청하게 되었으니 그것이 바로 '꿈'이 아닌 가고.

　"꿈—꿈이면 좋겠다. 그러나 나는 자는 것이 아니다. 누은 것도 아니
다. 앉아서 나는 듣는다." "10월 23일부터 10월 24일까지 나는 자지 않
았다. 꿈은 없다."(「실화」) 괴로운 일상성에 부대끼면 부대낄수록 거기로
부터 해이할 목적으로 그는 무의식적 치환인 꿈에 대하여 애쓰며 간절해
지는 습성을 지녔던 것이다. "백일몽을 꿈꾸는 자는 이것을 타인에게 알
리는 것을 치욕으로 믿는 까닭에 조심해 비밀로 덮어둔다."(프로이트,
「시인과 백일몽과의 관계」)는 분석류로 미루어 본다면 꿈은 꿈이었으되
잠들지 않는 텐스의 꿈 즉 백일몽이란 해석도 어렵지 않겠다. 수면 중의
꿈과 달리 백일몽은 보다 의식적인 '공상'에 속한다고도 하였는데 만일 수
면시간을 고쳐지지 않아도 고쳐져 있는 텐스라고 한다면, 백일몽의 시간
은 여내 고쳐지지 않는 텐스란 판단이 생겨, 이상 그는 고쳐지지 않는 텐
스 속에서 고쳐져 있는 텐스만을 착각하고 있었다는 이중의 가장성을 탄
로한다.

　무릇 엄절한 '검열'의 기제를 벗어나며 현재내용을 잠재내용으로 가장
할 수 있는 그리고 또한 리비도적 원망을 자유자재로 충족할 수 있는 비
밀의 텐스라고도 할 '꿈'의 의의를 새삼 췌언할 것까진 없으리라 보지만,
치매의 상태와도 흡사한 백일몽의 고쳐진 텐스 속서 끝내 잠들지 못하였
다는 사실은 그가 일찍이 꿈을 요청한 사실보다도 몇 갑절 중요한 결과의
암시가 되는 것이다. 마치나 생리적 무관심을 요청하면서도 그 무관심에
투철할 수 없었던 성격적 아이러니의 또 다른 표방이 아닌가.

　다시 "어떤빈터전을찾아가서실컷잠자고있어본다.　배가아파들어온다.
고(苦)로운발언을다생켜버린까닭이다"(「역단(易斷)」)을 읽어 보라. 그러
면 이 때 수면과 몽상을 불식한 것은 오로지 "고로운 발언" 즉 "텐스를 고
쳐서 지꺼려버린 기색"(전게)들을 죄다 내섭시켜 다시 그것을 의식적으로
보상하려는 대(對) 무의식의 협위(脅威), 말하자면 '최초의 나 자신'에 대

한 '최후의 나 자신'이란 것을 쉽게 짐작할 것이니 ……. 이제 두 가지인
'나 자신'에 의하여 무찔러진 그에게 있어서 수면이며 몽상과 같이 무관심
하는 생리적 자유란 존속되지 않으며, 또한 임포텐스를 감추는 것처럼 행
위관계를 애써 무의식적으로만 변해하려던 가장의 방법이란 바랄 수 없
게 되었다. 요행히도 우리는 아래와 같은 대화에서 크로즈업된 그러한 과
정을 눈익도록 고스란히 포착한다.

"헤헹! 내게는 남에게 자살을 권유하는 버릇밖에 없다. 나는 안죽지.
이따가 죽을 것만 같이 그렇게 중속(衆俗)을 속여주기만 하는거야. 아―.
그러나 인제는 다 틀렸다. 봐라. 내팔, 피골이 상접. 아야아야. 웃어야 할
터인데 근육이 없다. 울려야 근육이 없다. 나는 형해(形骸)다. 나―라는
정체는 누가 잉크 짓는 약으로 지워 버렸다. 나는 오즉 내―흔적일 따름
이다."(「실화」)

이렇게 행위의 가장으로써 피로해진 그의 생리며 변절적이던 심리의
타격은 이제사 '나 자신'의 의식적인 보상에 대하여 눈을 부비면서 '신념'
과 '의지'의 표현을 처음으로 나타내고 있다. "신념을 빼앗긴 것은 건강이
없어진 것처럼 죽음의 꼬염을 받기 마치 쉬운 경우드군요."(상동) "장하
다. 힘의 시.―? 그런 강력한 것―그런 것은 어디서나오나. 내―그런것만
있다면이노릇안하지―일하지―하여도잘하지―"(「지주회시」) 그러나 '신
념'의 보장이라든가 '의지'의 출구를 '나 자신' 아닌 데서 편취(騙取)하려
던 가장성의 되풀이로 말미암아 이것들은 모다 순시적(瞬視的)인 공염불
에 지나지 못하였다.

그토록 의식적인 보상을 요청하면서도 거기에 투철할 수 없는 이상!
그는 과연 밀물과 같이 팽파짐하는 장애를 다만 자약(自若)하게 헤쳐 나
갔던가. 아니었다. 마구 고쳐진 텐스가 고쳐지지 않는 텐스를 냉소하듯
"한성격의심술이비극을연역하고있을즈음범위에는타인이없었던가."(「위치」)
라고 불렀으나 아무도 없었다. 없는 것이 오히려 당연하다 보겠는데 그는
어찌하여 '나 자신'을 소외시키며 '타인'에게만 '나 자신'을 고발하려 하였
는가. '웃어야 할' 옵티미스트의 자세를 아직도 꿈꾸는 페시미스트의 어리

석은 예의를 이해하기란 참으로 딱한 일이다. 그러나 세상엔 고칠 수 없는 텐스가 있는 모양이었다. 그리하여 이번에는 이 고칠 수 없는 텐스가 고쳐졌다는 텐스를 향하여 포복냉소(抱腹冷笑)하는 것이었다. 한즉 어디선가 "웃을 수 없다. 해가 저물었다. 급하다."(「실화」)는 메알과 함께 "텐스를 고쳐지 지꺼려버린" 인간 이상의 그림자는 아주 보이지 않게 되었다. 곧 이어 우리는 그의 막다른 상황에로 이야기를 번져가자.

1936년 가을—. 상(箱)은 드디어 동경으로 탈출한다. 사뭇 날개가 돋히면 다시 날아보자꾸나던 소설 「날개」의 종국이 명시한 바 비상의 열의를 누구라도 연상하기 어렵지 않다. 함에도 그의 날개는 강인하지 못했던 것이며 더욱이나 날아가 닿을 지대를 미리 예측도 않은 까닭에 부질없이 추락하는 비극의 전말(顚末)을 그는 피할 도리가 없었던 것이다. 온갖 행위의 가장성과 성격의 무의식적인 몰두에서 헤어나 주마가편하던 그! 그는 무엇을 보고 무엇을 느끼고 무엇을 당하였던 것인가.

"여기서같은 환경에서는 자기 부패작용을 일으켜서 그대로 연화할 것 같소."(「사신 1」)라는 동년 8월경의 기록에 보면 그가 최악의 딜레마에 도탄케 되었음을 여실히 알 수 있다. 그의 사후 「문장」지에 발표된 「동경」이라는 짤막한 인상기에서 우리는 지레 짐작한 그의 도피지가 결코 만족스러운 포옹의 자세를 갖추어 주지 않았다는 데에 쉬 동의할 것이다. 왜냐면 신주쿠(新宿)를 "귀화같은" 거리라고 혹평했으며 또 은좌(銀座)의 왕래를 "관사없는" 거리에 돋힌 "성병모형 같아서 안됐다."고 개탄했으니 말이다. "나는 참 동경이 이따위 비속 그것과 같은 시로모노인 줄은 그래도 몰랐소. 그래도 뭐이 있겠거니 했더니 과연 속빈 강장 그것이오."라는 「사신 6」에서 우리는 대개의 결론을 알아보게 된다. 하나 섣불리 그의 의식적인 보상의 노력을 짓밟고 장애한 부정적 소인을 동경 내지 일본이라는 소재의 책임으로써 전가시킬 하등의 구실도 없는 바에야 문제는 달리 보아야만 할 것 같다.

적어도 동경이라는 목적지를 그의 행위대상으로 알았을 때 나는 동경에 대한 그의 패욕매도(悖辱罵倒)란 한갓 행위대상의 변해에 지나지 않다는 것은 말해 두고 싶다. 따라서 그는 행위대상인 동경을 적극 변해(좋든 굳든) 함으로써 동경에 이르기까지의 행위자체(심리 생활 전반에 긍한)를 적잖이 가장했다고 보는 것이다. "나는 19세기와 20세기 틈사구니에 끼워 졸도하려 드는 무례한인 모양이오. 완전히 20세기 사람이 되기에는 내 혈관에는 너무도 많은 19세기의 엄연한 도덕성의 피가 위협하듯이 흐르고 있오 그려."(「사신 6」) 이것이 행위대상인 목적지 동경에서 그가 자폭한 또 다른 넋두리의 일부다. 이미 「19세기식」에 대하면 다소 언급하였다고 기억하거니와 다시 「날개」의 서두에서 뽑아 본다면 "19세기는 될 수 있거든 봉쇄하여버리오."라는 것이었으며, 한편 「실화」엔 다음과 같이 부연되어 있다. 즉 "20세기를 생활하는데 19세기의 도덕성 밖에는 없으니 나는 구원한 절름발이로다. 슬퍼야지—만일 슬프지 않다면—나는 억지로라도 슬픈 포-즈라도 해보여야지—."(필자 방점) 바로 여기서 주목할 것은 '억지로라도'라는 부사와 '포즈'라는 운동명사이다. 행위자체의 가장에 대하여 이들은 무엇보다도 적중한 형용이었다.

사뭇 '19세기식'을 봉쇄하라고 노상 주창하면서도 온전히 '20세기식'으로 동화되지 못한 위기에 있어서 우리는 어마어마한 추락을 상상하게 된다. 하물며 상(箱)은 그 격간(隔間)에서 '억지로도' 평행 조작하는 '포즈'만 취하면 그만인 줄 믿었음으로 겨우 추락은 모면될 것이었으나, 대신 추락에 비할 바 아닌 능지(陵遲)의 고통에서 그가 도저히 모면할 수 없었다는 사실의 의의를 어떻게 말소할 것인가. "19세기의 엄숙한 도덕성의 피"를 가지면서도 "오직 20세기를 근근히 포-즈로써 유지해 보일 수 있을 따름"(「사신 6」)이라던 허공 극간의 그는 드디어 어느 텐스에도 돌아갈 수 없는 자기를 이렇게 외쳐 보았다.

"살아야겠어서 다시 살아야겠어서 저는 여기를 왔읍니다. 당분간의 모든 제 죄와 악을 의식적으로 묵살하는 도리외에는 길이 없읍니다. 친구, 가정, 소주 그리고 치사스러운 의리 때문에 서울로 돌아가지 못하겠읍니다. 여러가지를 생각하고 있읍니다. 어떻게 했으면 좋을지를 전연 모르겠읍니다."(「사신 6」)

그러나 다시 가장적 비극에 대하여 호언하며 고매하던 그의 지난 날 목소리를 들어 보라. "굳 바이. 그대는 이따금 그대가 제일 싫어하는 음식을 탐식하는 아이러니를 실천해 보는 것도 좋을것같소. 윗트와 파라독스와 …… 그대 자신을 위조하는것도 할만한 일이오."(「날개」) 이상의 아이러니며 이상의 역설감정은 모두 '나 자신'을 위조하며 가장하는 표호(表號) 또는 방패에 불과하였다.

우선 방법상에 있어서 "'그대의 시보다 나의 '비시'가 얼마나 시적이냐'고 속삭이면서 합장배례를 강요하고"(송욱씨, 「현대시의 반성」) 있는 것이나 다름없게 상(箱)의 기교를 낳게 하는 '최초의 절망'에 일시 사족되었다가 다시 기교로 말미암아 당하는 '최후의 절망'에 의하여 끝내 타기(唾棄)되고야 말았다. 사뭇 "해조(諧調)의 파탄이 아니라 해조의 단순한 결핍"(전동)에서였다고 그의 '비시'는 설명되었으나, 오히려 결핍된 해조이면서도 결핍되지 않은 해조인양 가장한 점에 있어서 즉 '디테일'을 회피한 점에 있어서 '비시'는 '비시'로써 존속되기가 어려웠으리라고 본다.

어쩌면 상(箱)은 여기에 관하여 '지성'이란 말을 첨산(添算)했는지도 모를 일이다. 그리하여 "흥 지성의 힘으로 세상을 조롱할 수야 얼마든지 있지, 있지만 그게 그 사람의 생활을 '리드'할 수 있는 근본에 있을 힘이 되지 않는 걸."(「단발」) 바꾸어 말하면 '비시'로서 시 자체를 조롱할 수는 없지 않겠지만 그것이 시인이라는 존재자체를 향도할 수 없다는 것인즉 상은 너무나 명백히 자기모순을 예견한 것이나 아닌지. 하여튼 그가 '비시'의 무잡 극한 형태를 수습코져 산문시라는 안베리드한 테두리 속으로 차차 은둔해 갔음은 우리가 이미 스쳐 온 바와 같다.

그 다음으론 이렇게 터문없는 아이러니가 그의 성격 가운데 깃들인 '양성적 소질'과 결부되어 대상에 관한 행위관계를 애써 가장하기 위하여 그의 대상을 치환 또는 변해함으로써 대상이란 대상의 모두를 소외시킴과 아울러 종당에는 해학하는 부정적 환멸에서 쇠퇴하지 않을 수 없었다는 것을 대강 훑어본 셈이다. 그가 '오이디푸스 컴플렉스'를 범용한 일상성에 파묻혀 흘린 까닭도 결코 우연한 일이 아니었다. 도대체 상(箱)은 시에 대하여 '비시'를 내세우듯이 자아에 대한 비자아는 주장한 것인데도 어디까지나 반자아가 되지 못하였다는 쓸쓸한 추억이 우리에게 남아 있는 것이다.

'불우의 천재' 이상은 죽음을 앞둔 얼마 전에 "이것은 참 제도할 수 없는 비극이오!"(「사신 6」)라고 '나 자신'을 송두리채 허락해도 도시 심내(甚耐)하기 어려운 전락 혼도의 심경을 이처럼 토로하고 있다. 그리하던 1937년 4월 16일. 레몽의 향기에 취한 그의 죽음은 차라리 이 모두와 결별짓기 위한 엄숙한 추락이었는지도 모르겠다. 오직 두 가지 '정말'과 두 가지 '비밀', 두 가지 '텐스'와 두 가지 '나 자신' 그리고 두 가지 '세기'가 서로 요동하며 쉼없는 허공의 정적만이 떨어져간 그의 사해(死骸)를 물끄러미 부감하고 있었다. 그 때 상(箱)은 분명히 어디선가 들려오는 저들의 나지막한 합창을 엿듣는 것이었다.

꽃나무제가생각하는꽃나무에게갈수없다. 나는막달아났오. 한꽃나무를위
하여 그러는것처럼 나는참그런이상스러운흉내를내었오.

(「꽃나무」의 일부)

그의 모험과 같이 나의 손맑은 궤변도 드디어 종지하게 되었다. 돌아보건대 무모한 모험이며 그리고 결렬된 실재란 무엇이었는가. 나는 아직도 명석한 답안을 작성한 것이 아니다. "종교도 과학도 국가도 신념도 가지지 못했던 한국의 한 시기를 누구보다도 성실하게 살다 간"(김춘수씨, 「이상의 시」) 한 사람의 종적을 되려 어지럽힌 것이나 다름없겠다. 하지만서도 거듭 그의 '성실'을 반문하는 것이며 그의 '성실'이 성실로써 승화되지 못한 아이러니컬한 비극적 파탄을 나대로 이나마 비쳐보고 싶은 따름이었다.

만약 그의 사상적 계보를 케에르케고르까지 소급한다면(임종국씨, 「이상연구」) 나는 거기에 대한 일신으로써 나의 결론으로 대할까 싶다. 일찍이 '아이러니 개념'에 나타난 케에르케고르의 사상이란 한 마디로 절대적인 부정성을 의미하는 것이었다. 이로니로 말미암아 현실은 이미 그의 실

재성을 박탈당하지만 그렇다고 주체란 근거 없이 해방되는 것도 아니며 자율할 수도 없는 것이다. 짐짓, "이로니적 주체는 자기자신을 공허시 하지 않고 오히려 자기자신의 공허성을 구출한다."(동상)하였으니 이로니를 요청함으로써 비로소 인간은 시적으로 존재한다고 믿어졌다. 그러나 이것은 시적으로 표현한다는 것과는 스스로의 의미가 다르겠다. "그는 자기자신을 시작하는 것만이 아니라 자기 주위의 세계까지를 합쳐서 시작하기 때문이다."(동상)

여기에 이르러 케에르케고르는 '세계 이로니'(Weltironie)라는 말을 적으면서 이로니의 관조성을 일절 배격한다. 오직 "이로니는 제약하며 유한화하며 다시 한정함으로써 진리와 현실성의 내용을 부여하고 한편 징계하며 처벌함으로써 지조와 견실을 부여한다. 이로니를 모를 때 그것은 공포와도 같으나 한편 익숙해지면 오히려 상냥한 교사와 다름없다"(동상)는 등등인데, 모든 이로니는 궁극에 이르러 '지배된 이로니'(beherrschte Ironie)가 되어야만 한다고 그는 되씹는 것이었다. 지배된 이로니! 그는 확실히 이로니에 대한 지향성을 환기한 데 지나지 않다.

우견이나마 나는 '지배된 이로니'의 관념을 '상징'(Symbol)의 의미와 매하나로 택하고 싶은데, 누설하다시피 상(箱)의 대다수의 시작이며 소설의 전반을 한갓 알레고리적 표현의 연장이라고 볼 제 나는 그것들이 상징성에 있어서 극히 희박하였다는 일종의 현상론적 보족을 금할 수 없는 것이다. 왜냐면 "상징이란 두 가지 평면상에 동시에 있는 것이며 …… 두 가지 평면을 특수한 방법으로 결합하는, 그야말로 희랍어원과 같이 그것들을 똑같이 얽어선 하나로 빚어내는 것이기 때문이다." "알레고리는 피곤한 정신의 조짐이나 상징은 알레고리와 다른 정신적 출발이며 갖가지 경우를 무한 중에 방사시키는 탄력의 문제가 되는 것이다."(막스 부로드, 「프란츠 카프카」)

두 가지 평면에 대한 동시적인 방법을 상징이라고 본다면 상징은 두 가지 평면을 동시적으로 지배하는 것과 무엇이 다를까. 도대체 상(箱)의 작품 중에 이로니를 지배하는 이로니에의 지향성을 발견하지 못한다는 것은 현상론적 각도에서 보아 상징을 지배하는 상징에의 지향성을 발견하지 못한다는 것과 다 같은 말이 된다. 어디까지나 그가 언어라는 현상과정을 통하여 존재한 시인이며 또 작가인 한에서 그렇다.

하여튼 슐레겔이 이른바 "이로니는 역설의 형식이다."(「슐레겔 단편」)에 쫓아서 '지배된 이로니'는 지배된 역설로서 끝내 케에르케고르의 유신적 실존관은 형성됨에 이른다.(「철학적 단편」, 참조) 그러나 문제될 바는 이상에서와 같이 느닷없이 타락한 '죽음'이란 것이다. 케에르케고르는 죽음 일반 아닌 '나의 죽음'을 위하여 준비하는 행위로 말미암아서 죽음 자체는 초월되는 것이라 하였지만, 죽지 않는 죽음을 자살로써 가장한 상(箱)에게 있어서야 참으로 죽음과 '대면하면서'(un Présence be) 살아 왔는지가 대단 의문되는 것이다.

최근 「필리우스와 씨네아스」를 적은 보봐르에 의한다면 죽음과 '대면하면서'는 다시 죽음의 '면전에서'(un Face be)라고 수정되어, 죽음이란 한층 존재에게 핍박된 것으로써 알려졌다. 이 때 '면전에서'의 죽음은 바로 '허무'와 일치되고 만다. "죽음의 고뇌를 나에게 전하는 허무란 내 죽음의 허무가 아닙니다. 그것은 나에게 대하여 부단히 초월성을 초월하게 하는 부정력인 것입니다. 생명이 한가운데에 숨어 있는 부정력 말입니다. 그리고 이러한 힘을 의식하게 됨은 나의 죽음을 가정해서가 아니라 도리어 케에르케고르나 니체가 말한 '아이러니'에 의해서만 설명됩니다.(동상)

상(箱)에게 있는 가정(장)된 '나의 죽음'은 결코 '면전에서'의 죽음과 같이 느껴지지 않는다. 그것은 상에게 있는 허무가 결코 '면전에서'의 허무와 같이 느껴지지 않는 것과 마찬가지다. 우리가 키에르케고르에 준하여 대상에로의 '공포'와 주체에로의 '불안'과를 엄격히 척결한다면 이러한 의구는 뜻밖의 해답을 또 제공할지도 모르지 않는가. 바야흐로 상의 아이러니는 더욱 더 상의 허무의식과 관련지어 논의될 것이나 지금은 생략하고 다른 기회에 미루기로 하겠다.

5. '어둠'에 대하여

참담했던 이상의 죽음은 바로 30년대에 있어서의 우리 시가 직면한 상황적 비극의 일말(一抹)을 나타내었다. 그에게로 침윤된 의식의 장애며 또한 아이러니컬한 패배를 누구 하나 방심치 않는 사람이 없었으니 예외자로서의 그는 종적마른 회진(灰燼) 속에 혼자 묻쳐져 갔을 뿐이다. 이상의 죽음은 그대로 우리 시사의 크나큰 오점이 되고 말았다. 이후 기교파 시인들의 안일한 노스텔지어를 쫓아 한사코 자연몰입에 지원(至願)한 소위 '순수시' 시인들이 족출하였으되, 저들의 거르어진 비판력과 체험의 빈곤은 좀체로 시와 시적 상황과의 상호접변을 인식할 수 없게 만들었던 것이다.

그러나 41년 4월에 당한 「문장」 「인문평론」의 폐간과 가지런히 우리 시문학도 아주 묘연(杳然)한 존재가 되고 말았으니 이때야말로 "시대의 한 여백"(박목월씨의 「여백」)이 그늘처럼 밀려오는 막바지가 아닐 수 없었다. 허나 "시대의 한 여백"에 남과 같이 "퀭하니 처한 것"이 아니라 끝까지 도전하며 저항한 박명의 시인 윤동주(尹東柱)를 발견한 것은 우리들의 기껍고도 한편 엄엄한 추억이라 할 것이다. 48년 1월 비로소 갱생된 조국에 뿌려진 「하늘과 바람과 별과 시」는 "거의 표백적인 인간상태와 무잡한 상실을 비쳐내던 말세적 공백에 있어서 불후한 명맥을 감당하는 유일한 정신군이었었다."(졸고, 「윤동주의 정신적 소묘」)

이상견빙지(履霜堅氷至)! 막바지에 달한 그는 "희맑언 여백"을 느끼지 못하고 오히려 "밤이 어두웠는데 눈감고 가거라 가진바 씨앗을 뿌리면서 가거라"(「눈감고 간다」)고 부탁하며 외친 것이었다. 이렇듯 캄캄한 상황에의 통찰을 우리는 「돌아와 보는 밤」에서 더욱 느껴 알 수 있으니 "하로의 울분을 씻을 바 없어 가만히 눈을 감으면 마음속으로 흐르는 소리, 이제 사상이 능금처럼 익어 가웁니다."(필자 방점)

과연 그에게 있어서 밤에 익어 가는 '사상'이란 어떤 사상이었을까. 줄곧 그를 속박하며 이름 없는 질병처럼 그에게 전염한 이것의 정체를 미리 확인할 수는 없는 노릇이다. 허지만 '사상'에는 분명히 사상하는 이유가 있을 것인즉 그 사상하는 이유를 나는 '사상'을 익게 한 사상의 밤, 즉 '어둠'에 있어서 찾아보려 한다. 이 때 어둠은 사상하는 존재의 심연이며 미래며 또한 허무가 되는 까닭에서이다.

수필 「별똥 떨어진데」에서 그는 이렇게 적었다. "나는 도무지 자유롭지 못하다. 다만 나는 없는듯 하루살이처럼 허공에 부유하는 한 점에 지나지 않는다. 이것이 하루살이처럼 경쾌하다면 마침 다행할 것인데 이렇지를 못하구나! 이 점의 대칭위치에 또 하나 다른 밝음(明)의 초점이 도사리고 있는 듯 생각된다."(필자 방점)

보다시피 그는 자기존재를 하루살이와 같은 허공의 일점에 비유하고 이 일점의 '대칭위치'로써 밝음(明)을 예지했는데, 그렇게 나와의 대칭위치에 있는 것이 밝음이라면 나는 곧 어둠이 될 것이요 어둠은 나의 소유로서가 아니라, 나의 전체를 지배하는 나 그것이 된다. 드디어 "나는 이 어둠에서 배태(胚胎)되고 이 어둠에서 생장해서 아직도 이 어둠속에 그내로 생존하나 보디."(동상) 어둠으로 말미암은, 어둠으로서의 자기 존재에 대하여 그는 몹시나 초췌하며 암담했던 모양이다. 비록 '대칭위치'로써의 밝음을 예지하면서도 그것을 휘잡지 못하는 스스로의 묽은 준비를 탄회(嘆懷)하였음은 사뭇 육중한 어둠의 도가니 속에 그가 질식되는 그만한 이유에서였을까.

아닐 것이다. "오늘에 있어서는 다만 말 못하는 비극의 배경이다." "오로지 밤은 나의 도전의 호적(好敵)이면 그만이다"(동상)라는 절박된 긴장감으로 미뤄볼진대 어둠으로서의 자기 존재를 애써 부정하며 타소(打消)하려는 생생한 노력이 비쳐져, 이른바 '사상'이란 어둠으로서의 자기 존재를 밝음으로서의 자기 존재와 대칭시키는 "나의 염원"(동상)이라고도 생각되는 것이다. 함에도 끝내 밝음으로서의 자기 존재를 터득할 수 없었음은 무슨 탓일까. 오히려 어둠은 계속해 자기 존재를 위협하며 속박하는 것이어서 그는 마치 "슬픈 선창"(「달을 쏜다」) 속에 앉아서 "홀로 침전하는"(「쉽게 씌어진 시」) 것과 같은 착각에 싸이곤 하였었다. "불도적한 죄로 목에 맷돌을 달고 끝없이 침전하는 프로메디어쓰"(「간」)에의 냉혹한 표현에서 우리는 그것을 짐작해 본다.

이처럼 어둠의 위력은 어둠으로서의 존재를 침전시키는 최대의 목적에서 얼마든지 강해질 수 있었던 것이다. 흡사 어둠은 '죽음'과도 같았으니 삶과 죽음과의 영원한 갈투(葛鬪)가 어둠 속에서 벌어지게 되었다. 어둠이란 죽음의 대명사에 불과하였으며, 어둠으로서의 존재란 죽음으로서의 존재가 되며 어둠 속에서 익어간 사상이란 바로 죽음 속에서 익어간 죽음에의 사상이 되었던 것이다.

한편 그는 어둠과 대칭되는 밝음을 예지한 것과 다름없이 죽음과 대칭되는 삶 이상의 것을 선택하지 않을 수 없었다. 그런데 어둠이란 부정되고 타소(打消)됨으로써 오히려 밝음으로 번질 것이었으나 죽음을 부정하고 타소한다는 것은 도무지 믿지 못할 일이었다. 죽음과 삶을 어디까지나 동질의 것으로서 생각할 때 더욱 그러하다.

이제 죽음과의 대칭을 바로 잡을려는데 있어서 시인 윤동주는 정신적 참형을 받은 셈이었다. 우선에 그는 "다들 죽어가는 사람들에게 검은 옷을 입히시요. 다들 살아가는 사람들에 흰 옷을 입히시오. 그리고 한 침태(寢台)에 가즈런히 잠을 재우시요."(「새벽이 올때까지」)라 하여 생사공존을 믿으려 했으니 이는 죽음과 삶이 대칭으로 비비적거리는 위협에서 순간이라도 자기 존재를 소외시키는 목적이었다고 본다.

윤동주 그가 가장 친숙하게 영향받았던 릴케시에 있어서도 작품 「Morgue」(시체수용소)의 주제는 이것과 흡사한 것으로서 "갈라진 시체들을 화해시키고 냉냉한 콩크리트방의 분위기에 익히도록 하자며는 어떤 행위가 필요하리라"고 적었는데 반하여 윤동주는 "다들 울거들랑 젖을 먹이시요"라 하여 릴케의 '어떤 행위'를 애순히도 구체화시킨 감을 준다. 릴케는 시체 상호간의 친화며 상황과의 교섭을 원하였던 것이다. 오직 윤동주는 생사자들을 가지런히 눕혀 잠재우기 위한 보전의 수단을 강구하려 한 것이다. 릴케는 이 시의 종연에 이르러 시체들의 열린 눈시울 아래서 내부에의 처참한 응시를 발견하는 데도 윤동주는 나팔 소리 들리는 새벽까지 기다려 보자는 무거운 심산(心算)을 표했을 뿐이다.

"그는 사자들의 조용한 과잉의 모습을 이해할 수 있었으며 …… 사자들의 습관이 현세에 있어서의 그의 모든 번거로움을 없이 하였음으로 그는 사자들 가운데로 거닐으면서 그들과 무관하게 지낼 수 있다고 확신했다." 릴케는 이와 같이 생사에 관한 자기의 '체험'(Erlebnis)을 말하고 있는 것이다. 자기의 육체적 한계를 벗어나서 외부와 내부와의 두 가지를 결합하는 양으로 죽음과 삶의 신비적인 교섭을 이룩하였을 때 비로소 그의 '체험'은 언어 속에 배어든다. 릴케의 '체험'에는 죽음에 대한 아무런 공포도 있지 않았다. 릴케에 있어서의 생사공존이란 "가지런히" 눕혀 잠재우는 것이 아니라 그의 안에서 향기로운 과육(果肉)처럼 원숙하는 것으로 알려졌다.(「빈곤과 죽음의 서」, 참조)

이제 침태(寢台) 놓은 방이며 「시체수용소」를 「병원」이라는 상황으로 바꿔볼 제, 우리는 생사공존의 의식이 저들의 일상에서 어떻게 두드러졌는가를 알게 된다.

> 나도 모를 아픔을 오래 참다 처음으로 이곳에 찾아왔다. 그러나 나의 늙은 의사는 젊은이의 병을 모른다. 나한테는 병이 없다고 한다. 이 지나친 시련, 이 지나친 피로, 나는 성내서는 안된다.
>
> (「병원」의 일부)

이러한 윤동주 시에 겨누어서 릴케의 「말테의 수기」에 보면 다음과 같은 구절이 뜨인다. "의사는 나를 이해하지 못하였다. 아랑곳 하지 않았다." "이것은 마치 나를 패잔자(敗殘者)의 한사람이라고 규정하는 최초의 공식적인 증명이었다." 릴케는 계속해 적기를 "조금도 병의 차도가 없다. 여태껏 몇번씩이나 걸려든 나의 기태(奇態)로운 병이었지만 남들은 나의 병에 대하여 거의 몰라 보는 표정으로 대하여 주었다. …… 이 병에는 별로 일정한 증상이 없는 까닭이다."

다시 윤동주가 일광욕을 끝내고 병실 안으로 사라진 여환자의 뒤를 쫓아서 "나는 그 여자의 건강이 …… 아니 내 건강도 속히 회복되기를 바라며 그가 누웠던 자리에 누워 본다"고 적었는데 대하여 「말테의 수기」에는 복도를 서성거리는 자기더러 "어디 앉을만한 자리가 있을텐데" 하고 권유하는 간호부의 말대로 여러 환자들의 쉬지근한 틈새에 끼여 앉아 처음에는 못마땅한 생각이었으나 차츰 지내보니까 "오히려 나는 갑짝스레 이곳이 바로 내가 앉을 장소라는 것을 느끼게 되었으며 종내는 나의 인생에 있어서 마음놓고 앉을 만한 장소에 이제 겨우 찾아온 것만 같았다"고 적혀 있다.

줄창 "나한테는 병이 없다"든가 "이 병에는 별로 일정한 증상이 없는 까닭이었다"고 되풀이 할 제 건강과 증상 없는 병과를 동일시한 의사들의 오진은 그대로 상황에 대한 시인 자신의 시니컬한 감정처럼 해석된다. "그에게 있어서 병이 존재치 않는다는 정신의 이중적 부정은 존재치 않는 병을 더 확실히 존재케 하는"(졸고, 전동) 이유가 될 것인즉 바야흐로 존재 속에 내섭된 비존재(Nichtsein)를 강조한 것이나 다름없다. 비존재란 무(無)의 형태이면서도 존재에의 끊임없는 부정력이 되는 것이다. 본질에 있어선 '죽음'이라고 생각된다.

"병! 그것은 생을 포로하여 죽음을 가능케 하는 유일한 건강과도 같다. 병이야말로 뭇 건강의 원천이 된다. …… 비록 가사성(可死性)에 대한 기우가 될지라도 결국은 우리들을 보강하게 만드는 것이다."(「생의 비극적 감상」) 우나무노는 생사공존의 역설성을 이렇게 말하고 있다. 존재는 비존재의 부정력을 입을수록 보강해진다는 의미가 될 것이다.

함에도 "어디에 내 한몸 둘 하늘이 있어 나를 부르는 것이오 …… 나를 부르지 마오."(「무서운 시간」)라고 기피하면서 비존재인 죽음을 존재와 대칭되게 애써 존재 밖으로만 뿌려 던진 윤동주 그는 의인화된 죽음의 감시를 얼마나 두려워 한 것인가. 그가 지닌 생사공존의 의식이란 역설적인 '체험'이 아니라 죽음을 기피하는 죽음에의 공포에 불과하였다. "무서운 시간"을 "새벽이 올때까지"의 어둠의 연장이라고 한다면 젖을 먹여서까지 보전하려던 "위조"의 수단이 마침내는 비존재에의 굴복이며 겸양이라는 것을 알게 된다. "나는 나에게 적은 손을 내밀어 눈물과 위안으로 잡는 최후의 악수."(「쉽게 씌워진 시」) 끝내 윤동주는 죽음에 대한 역설적인 보복을 선택하지 못한 것이 아닌가.

한편 「말테의 수기」에 있어서의 릴케는 어떠하였는가. 비존재인 죽음이 존재에 대하여 공포로써 군림한 가지가지를 릴케는 그의 유년시대의 기억에서 더듬고 있다. 그러나 차차 죽음을 동경하여 마지않던 스스로를 인식하고 죽음을 통한 죽음에의 의지가 강렬하여 '사랑'에까지 '변용'(Metamorphose)되는 실존의 승리를 그는 다음과 같이 피력하였다. "정말의 공포란 그것을 낳게 하는 내부의 세력이 강해질수록 공포 자체를 강하게 하는 상태의 것이다. 우리는 공포보다 나은 인간 내부의 힘을 발견할 수가 있겠는가." 릴케는 젊은 시인에게 보낸 어느 서한 속에서 이 사연을 다시 부연하기를—"공상적이라는 생활, 초연적이라는 세계, 그리고 죽음, 이것들 모두는 우리와 동질의 것입니다. 그러나 이것들은 일상의 금단으로 말미암아 생활로부터 축빙(逐放)되었으며 이것들을 포착할 감각마저 퇴화시키고 말았던 겁니다."

죽음의 공포 내지는 죽음 자체를 삶과 동질로써 '체험'할 때 릴케는 비로소 '물상'(Ding)에의 시력을 길렀고 그것이 또한 로댕 조각의 비밀을 캐는 열쇠가 되었던 것이다. 이윽고 파리의 한 박물관에서 고브랑의 「일각수」(Das Einhorn)를 대한 그의 감동적 소묘는 전적 피로와 죽음으로 아로새긴 사랑에 부딪쳐 몸소 체험하고 인식하는 이른바 '변용'의 기쁨이 아닐 수 없었다. 뿐만 아니라 죽음과 사랑과를 동시에 구가하며 실천한 규수시인 사포에의 찬미를 아끼지 않았던 「말테의 수기」 제2부에 이르러 보면 고독과 죽음의 공포가 끝없는 사랑의 지속으로 번져 가서 종당에는 신의 동정을 누리게 되는 것이었다.

이를테면 "젊어서 죽어간 여인들이 물상을 부르며 물상이 다시 우리를 불러서 시는 죽음과 삶과의 결합을 언제나 있는 결합을 성숙시켰으리라."(쟝 봐르, 「「두이노의 비가」에 있어서의 릴케의 세계, 사랑 그리고 대화」) 야꼬브센의 소설 「니일스 류우네」에 감화되었던 릴케 사상의 근원이란 어디까지나 '죽음과 사랑'에 대한 동시적인 극복을 말함이었다. 사뭇 죽음이라는 비존재에 대한 시인의 보복이 언제나 사랑에 그쳤던 것을 우리는 릴케 이전에서도 얼마든지 바라본다.

일찍이 독일 낭만파의 한 사람인 노발리스가 「밤의 찬가」를 지어 어둠으로 하여금 '어머니'와 '애인'의 영원한 안식처로서 노래하였음은 너무도 유명한 사실이다. 그도 역시 밝음과 대칭되는 실명의 밤을 선택하고 밤에 의해서만 떠나간 사령(死靈)과의 결합을 직관할 수가 있었던 것이다. 그 밖에도 네르발의 「꿈과 인생」에 나타난 애인 오렐리아와의 신비적 해후이며, 보들레르의 「악의 꽃들」 속에서 '교응'(Correspondence)을 상징화한 다수의 시편이며, 또한 말라르메의 「Igitur」같은 것을 들 수 있겠다. 서정의 본질을 죽음과 사랑으로써 요약한 C. D. 루이스의 견해(「시학입문」, 참조)도 과오가 아니었던 것이다.

어쨌든 우리는 죽음이 사랑으로서 '변용'되기를 희망했을 따름이다. "소학교 때 책상을 같이했던 아이들의 이름과 패, 경, 옥, 이런 이국 소녀들의 이름과 벌써 애기 어머니된 계집애들의 이름과 가난한 이웃 사람들의 이름과, 비둘기, 강아지, 토끼, 노새, 노루, '프랑시쓰 잠', '라이너 마리아 릴케', 이런 시인의 이름을 불러 봅니다."(「별헤는 밤」)라고 읊었으며, "괴로웠던 사나이 행복한 예수 그리스도에게처럼 십자가가 허락된다면 목아지를 드리우고 꽃처럼 피어나는 피를 어두어 가는 하늘 밑에 조용히 흘리겠습니다"(「십자가」)라던 시인 윤동주의 소박한 희생관념이 "슬픈 족속"에 대한 사랑으로 번지고 마침내는 "온정의 거리에서 원수를 만나면 손목을 붙잡아 목놓아 울겠읍니다"(「화원에 꽃이 핀다」)라고 울분에 넘칠 때 우리는 '변용'된 그의 죽음을 길이 상찬하지 못할 바도 아닐 것이다.

함에도 그는 '변용'을 위한 시간적 여유며 '사상'의 자유를 좀체 누릴 수가 없었다. 죽음에 대한 공포가 드디어 사랑에의 절망으로 기울어지는 파국에 있어서 혼자 "내 괴로움에는 이유가 없다. 내 괴로움에는 이유가 없을까"(「바람이 불어」) 하고 여내 뉘우칠 따름이었으니 짐짓 괴로움의 이유를 캐어 내서 괴로움 이상으로 변용한 릴케의 시적 상황과 윤동주의 그것과를 매하나로 저밀 수 없는 우리들의 애달픈 경계가 여기에 드러난다.

그러나 우리는 우리만의 척도를 세우지 못하는 비애에 처했음으로 서투른 비교나마 그것을 통하여 우리 시의 미흡한 한계를 골라 보면 그만이 아닐까. 이렇게 나는 나의 생각을 굳이 표명해 보는 것이다.

"지조 높은 개는 밤을 새워 어둠을 짖는다. 어둠을 짖는 개는 나를 쫓는 것일게다. 가자 가자 쫓기우는 사람처럼 가자 백골몰래 아름다운 또 다른 고향에 가자."(「또 다른 고향」)는 그의 호곡의 끝날 즈음, 우리는 죽음에 이기지 못하여 죽음과 분열된 '또 다른 고향'에의 사랑 같은 것을 그려보니, 한사코 그는 어둠과 대칭되는 밝음(시대전변)에로의 길차비를 꾸렸던 까닭이다. 오히려 이것은 시인으로서의 그의 순수한 결벽이었는지도 모른다. 허지만 '지조 높은 개'가 '나'를 짖게 되는 광란의 어둠 속에서 그의 도전은 무엇을 종막 되었는가.

지난 날 "개보다 먼저 짖는 것은 개가 아니라 죽음 그것이다."(삐엘 데구로오뻬, 「리이너 마리아 릴케」)라 해석한 사람이 있었거니와 '어떤 해후'라는 부제가 달린 릴케의 소품 「개」에 보면 이런 구절이 있다. "태어날 적부터 서러운 너의 기질은 인간에게 의지하며 예속되는 것이 일쑤였다. 그럼으로써 나는 너에게 대한 책임을 지게 되는데 실상인즉 그러한 책임의 구애를 받기가 싫다. 너는 너의 신뢰가 나를 억누르게 됨을 모르는가 봐 너는 지나치게 나를 앙시(仰視)하며 나의 불가능을 구하고 있다."

이처럼 릴케의 개는 릴케의 "불가능을 구하고" 있었으니 전게(前揭) 데구로오뻬가 말한 바 "열려있는 것에 대한 개의 침투성이며 우리를 위해 개가 치루는 영매의 역할"에 관해서 그는 무심한 것이 아니었다. 릴케의 개는 릴케의 가족이 되고 릴케의 벗이 되고 다시 릴케의 운명으로 공존하였다. 릴케의 개는 어둠에의 의지였으며 죽음에의 실행이었던 것이다. 어둠으로서의 존재가 아니라 존재로서의 어둠이 바로 크리스톱 데톨후의 죽음을 예고한 울쓰고올촌의 개들이었다고 생각한다.(「말테의 수기」, 참조) 거듭 어둠으로서의 존재가 역설적으로 존재로서의 어둠으로 의지해 가는 '변용'의 가능성을 릴케는 이 하찮은 동물에의 애정을 통하여 '체험'한 것이었다.

그런데 비하여 「또 다른 고향」에서의 '지조 높은 개'는 어둠을 짖는 것이 아니라 실상은 '나'를 쫓은 것이었으니 개는 '나'의 가족도 '나'의 벗도 '나'의 운명도 아니었다. 이 밤의 개는 어둠으로서의 존재였던 '나'가 역설적으로 존재로서의 어둠으로 의지해 가며, 어둠에 대하여 도전하고 저항하는 '나'의 변용을 끝내 허락하지 않았던 것이다. 오히려 죽음은 백골처럼 누웠으려니 '나'는 죽음과의 이 이상의 교섭을 어떻게 가질 것인가. 하물며 육신을 파멸한 비존재의 부정력으로 말미암아 영원히 타소(打消)될 것을 예지했던 "최후의 나"(「쉽게 씌어진 시」)는 "가령 새벽이 있다 하더래도 이 마을은 그대로 암담하고 나도 그대로 암담하고 하여서 너나 나나 이 가랑지길에서 주저 주저 아니치 못할 존재들이 아니냐."(「별똥 떨어진 네」)고 하여 차라리 어둠과 대칭될 밝음에 대해서까지도 그는 절망을 터뜨렸다. "그가 읊은 「또 다른 고향」은 완전히 릴케와의 동시대적인 불안을 빚어 내고 있는 것이다. 그러나 릴케 사상의 어두운 일면에만 수렴된 비극을 우리는 또한 그의 한계라고 지적한다."(졸고, 「한국시에 미친 릴케의 영향」)

1945년 2월 16일. 무명지역의 탄생에서 무명지역의 죽음으로ー. 후꾸오까(福岡)감옥의 일우(一隅)에서 '불령선인'의 죄명을 띤 그는 외마디 소리와 함께 절명하고야 말았다. "무시무시한 고독에서 죽었구나!" 이는 시집 「하늘과 바람과 별과 시」의 서문을 맡았던 지용(芝鎔)의 감개였다. 어둠으로서의 존재가 존재로서의 어둠으로 역전할 기로에서 그는 시작의 끝을 막은 것이다.

> 죽는 날까지 하늘을 우러러
> 한점 부끄럼이 없기를
> 잎새에 이는 바람에도
> 나는 괴로워했다.
> 별을 노래하는 마음으로
> 모든 죽어가는 것을 사랑해야지
> 그리고 나한테 주어진 길을

걸어가야겠다.

오늘밤에도 별이 바람에 스치운다.

(「서시」, 전문)

능금마냥 '사상'을 익게 한 어둠이며 죽음에 대한 투기가 이다지 순결할 수 있었던가. 어느모로 볼 제, 윤동주 그는 내일에의 계시를 위하여 순신(殉身)한 종교 시인이었다. 그러나 나는 신앙으로서의 승리보다 시인으로서의 한계를 먼저 이야기한 것 같다. 아직도 나는 다음과 같이 믿어 보기 때문이다.

"보다 많은 빛에 보다 많은 열이 있는 것이 아니다. '빛을, 빛을, 더 많은 빛을!' 하고 임종의 괴테는 부르짖었다. 그러나 '열을 열을 더 많은 열을!' 하고 바랐어야 할 것이다. 우리들은 추위로 말미암아 죽는 것이지 결코 어둠으로서 죽는 것이 아니다. 어둔 밤이 우리를 죽이지 못하고, 밤의 냉동이 우리를 죽이는 까닭이다."(우나무노, 전게서)

6. 문제의 지속

초봄에 발을 들였던 이 정원에서 오늘 나는 몇 그루 꽃나무들의 싱싱한 성장을 보고 있다. 잎과 잎이 서로 다지르는 잎소리며 꽃가루가 날리는 뽀얀 풍매에 싸여 나의 미소는 엷디 엷은 것이다. 그러나 나는 저들의 거름이 되고 저들의 밑받침이 되었던 토양의 빛깔을 수유(須臾)라도 잊어버릴 순 없다. 그새 내가 캐어본 자욱마다엔 어둡고 까칠한 흙밥들이 뭉개져 있어 사뭇 지난 날 불모의 쓰라린 기억을 더듬게 하였으니 지금 화창한 꽃나무들이 무심코 내려보는 저마다의 발뿌리는 어떠한지? 나의 생각은 거리로만 잇닿는다.

꽃나무와 토양과의 혈연은 곧 시와 시적 상황과의 혈연으로 보아지니 우리는 두 가지의 어느 하나에도 감감해선 아니된 것이며 그 혈연을 바로

잡고 그 혈연에의 장애란 장애는 모두 물리쳐야 하는 것이다. 나는 몇 가지 주제가 이끄는대로 김소월, 이육사, 이상, 그리고 윤동주에 이르는 네 그루 꽃나무의 밑뿌리를 나대로 이나마 뒤져본 셈이다. 그러나 한결같이 불우한 이들 1920년대로부터 40년대 전반에 걸친 우리의 시적 상황을 온전히 대변하였다곤 우기지 않으련다. 사정에 따라 흘려 보낸 몇 사람과 또 장차 다른 각도에서 살펴 넣을 몇 사람들을 이에 포함시키지 못했음은 매우 유감되나, 네 그루 꽃나무는 네 그루 꽃나무대로 저들이 뿌리했던 토양과의 혈연을 참혹하게 저지르고 말았다는 부정적 의미에서만이라도, 이 작업은 무사(誣欺)가 아니었다는 것을 다짐하고 싶다. 이제 많은 시정객(是正客)들이 어슬하지만 내일이 바라뵈는 이 정원에 가득히 모여 오길 바라면서 나는 한가의 싸리짝을 나서기로 한다.(1957. 6. 25)

[『문학예술』, 1957. 2~8]

18

I. A. 리챠즈의 비평과 그 방법
-『과학과 시』를 중심으로 -

김 용 권

1

　I. A. 리챠즈(Ivor Armstrong Richards)는 1924년에 『문하비평원론』을 발표면서 비평계에 커다란 영향을 미치기 시작했다. 이 『원론』과 전후하여 나온 T. S. 엘리어트(Eliot)의 『성림』(*The Sacred Wood*, 1920)과 허버트 리드(Herbert Read)의 『이성과 낭만주의』(*Reason and Romanticism*, 1926)의 두 문학평론집은 다 같이 과거의 문학비평을 지양하고 현대비평의 출발을 위한 초석으로서 내내 결정적인 역할을 담당해 왔다. 『원론』은 이들보다 한결 전반적인 입장에서 당대의 비평사상과 비평의 방법을 비판하였을 뿐만 아니라 어쩌면 아리스토텔레스 이후의 모든 비평이론에의 도전이며 그것의 비판을 통해 새로운 비평원론을 체계화하려는 기도이기도 했다. 이 보다 앞서 C. K. 오그든(Ogden, 1889~1957)과 제임스 우드(James Wood)와 공저한 『미학기초론』(1922)과 오그든과의 공저인 『의미의 의미』(1923), 그리고 『원론』 이후에 연달아 나온 『과학과 시』(1926), 『실제비평』(1929), 『맹자의 정신론』(1932), 『코올리지의 상상력론』(1934), 『수사학 원론』(1937), 『교육에 있어서의 해석론』(1938)은 정신활동의 중심으로서의 비평의 임무와 위상을 설정하려는 일련의 작업을 보여준 것이다.

자연과학의 발달은 인간과 자연에 관한 과거의 소박하고도 관념적인 세계관에서 복잡하고 실증적인 폭넓은 세계상의 형성으로 옮아 갔지만 인간의 의식의 극한적인 분화를 가져온 것도 또한 사실이다. 과학은 분석과 검증의 과정에 의하여 거의 모든 것을 설명할 수 있었던 것이며 그 가능성은 절대적인 것 같이 보였다. 문학이 전통적으로 취급하였던 감정과 심리도 이미 문학이 취급하느니 보다는 신경학과 같은 새로운 과학에 의해서 한결 명확하게 또한 효과적으로 취급할 수 있다고 주장되었고 이에 따라 작가 특히 비평가의 임무는 끝난 것으로 여겨졌다. 과학의 세력이 나닐이 압도적으로 증가하고 "모든 것을 해결한다고 하는 마당에 시인과 작가와 비평가가 그들의 영토를 지키려고 하는 것은 다만 전통적인 특권을 고수하려는 시대착오에 불과하며 비과학적 사유의 환상에 불과한 것이다."(막스 이스트먼) 전통적인 위치를 고수하려할 때 현대의 상황은 시의 위기요, 문학의 위기이며 예술의 위기에 당면한 것이다. 필경 시를 비롯한 문학 예술은 저마다 자기를 변호하지 않으면 아니 되었다.

이와 같이 기존의 문명과 사회의 형태와 질서가 해체하게 될 때 비평이 당면해야할 문제는 비평 그것이 '지식의 한 형식'이든 아니든 간에 교체되는 두 개의 세계 사이에 조정의 거점을 발견하는 일이다. 그것은 지성을 행사함으로써 새로운 사회를 구상하는 것이며 그 사회의 윤리적 질서를 수립하는 것이요, 새로운 규준의 추구를 통해서 비평에 있어서의 위기를 건설적으로 해소하는데 있다. 이것은 20세기 초두에 이미 확인된 사실이었는데 거듭하는 대전과 국제정치상의 세력신축에 부수(附隨)하는 사회적 혼란이 계속될수록 비평은 중심적인 윤리활동이 되어간 것이다. 변동하는 사회에서 사는 비평가의 임무가 가치관의 확립에 있음을 리챠즈는 이렇게 말하였다. "현재로서는 불가능하고 위험하리만큼 불안정한 정신조직의 제양식이 사회구조와 물질적 조건의 변화와 더불어 미래에는 가능하며 용이한 것이 되리라는 것은 있을 법하다. 이 최후적인 고찰은 비평가에게 악몽을 일으킬런지도 모른다. 인간의 역사와 운명에 대한 우리의 전체적 의식, 그 이외의 것은 아무 것도 가치에 대한 우리의 최종적인 결정 속에 들어있지 않다." 비평은 이 같이 하여 가치에 관여하지 않을 수 없었던 것이다. 사실상 비평가들은 철학자와 종교가가 절망하고 주저하고 있을 때에는 비평이야말로 가치를 취급할 수 있는 현대의 유일한 수단이라고 까지 주장하였던 것이다.

리챠즈는 가치에 접근하는데 있어 형이상학이나 윤리학 또는 종교에서 출발하지 않고 심리학 의미론과 새로운 과학에 밑받침하여 실증적인 성과를 기하려고 했다. 『원론』만 하더라도 보통의 비평가가 쓴 것이라고 하느니보다 오히려 심리학자가 실험실에서 연구 발견한 것을 문학비평에 적용시킨 것이라고 하는 것이 사실에 가깝다. 그리고 그 이론은 실제비평이라기 보다 임상의학의 이론처럼 실제비평을 위한 기초론이다. 그러나 『원론』은 그 후에 나온 일련의 저작과 더불어 영미비평에 대한 영향의 커다란 원천을 이루었으며 리챠즈로 하여금 뉴크리티시즘(New Criticism)의 실질적인 주창자로 만들었다. 1930년대에 미국에 대두한 이 "신비평"은 리챠즈를 긍정 또는 부정하는 입장을 취하였으나 한결같이 그의 영향을 받은 비평가들에 의하여 전개된 비평의 한 유파라고 말할 수 있다. 여기서는 리챠즈의 여러 이론 가운데서 뉴크리티시즘과 관계가 깊은 시의 전달성, '가진술'론(假陳述論), '신념' 등의 초기 시론을 중심으로하여 그의 편모를 보기로 한다. 참고로 리챠즈의 주요 저작을 들어본다. 본문에서 인용한 책 제목은 약자로 대신한다.

The Foundations of Aesthetics(with C. K. Ogden and James Wood). London : George Allen and Unwin, 1922(*FA*).

Meaning of Meaning(with C. K. Ogden). London : Kegan Paul, 1923(*MM*).

Principles of Literary Criticism New York : Harcourt, Brace, 1924(13th impression, 1952)(*PLC*).

Science and Poetry. New York : W. W. Norton, 1926(revised edition, 1935)(*SP*).

Practical Criticism. London : Kegan Paul, 1929(1954)(*PC*).
Mencius on the Mind. London : Kegan Paul, 1932(*MOM*).
　　Coleridge on Imagination. London : Kegan Paul, 1934(second
　　edition, 1950)(*CI*).
The Philosophy of Rhetoric. New York : Oxford UP, 1950(*PR*).
　　Interpretation in Teaching. London : Kegan Paul,
　　1938(2nd impression, 1949(*IT*).

2

리챠즈는 "의사가 자신의 건강에 관계하듯이 비평가는 … 정신의 건강
에 관심을 가진다. 비평가가 된다는 것은 여러 가치의 판단자가 되는 것
이다"(*PLC*, 35, 60)라고 말하면서 가치판단을 비평가의 출발점으로 삼
았는데 비평가의 자격을 그는 다시 이렇게 말한다. "좋은 비평가의 자격
은 세 가지이다. 첫째 비평가는 그가 판단하는 예술작품에 적합한 정신상
태를 아무런 편견없이 경험하는 달인이어야만 한다. 둘째로 여러 경험을
하나하나 그것의 비교적 표면적이 아닌 특징에 따라 식별할 수 있어야만
한다. 셋째로 그는 가치의 건전한 판단자이어야만 한다."(*PLC*, 114) 그
러면 그는 어떠한 것이 가치있는 것이라고 보는가? 충동을 의욕과 혐오
로 나눈다면 "어떤 동등한 또는 더 중요한 의욕(appetency)을 좌절시키
는 일이 없이 어떤 의욕을 만족시키는 것이라면 무엇이든지 가치가 있다.
바꾸어 말하면 어떤 욕망(desire)을 만족시키지 않는 것에 대해서 말할
수 있는 유일한 이유는 더 중요한 욕망이 이렇게 함으로서 좌절되리라고
보기 때문이다."(*PLC*, 48) 여기서 '더 중요한' 이란 말의 뜻은 이렇다.
"어떤 충동(impulse)의 중요성은, 차차 알게 될 것이지만 그 충동을 방
해하였을 때 개인의 여러 활동 가운데서 다른 여러 가지 충동이 입게 되
는 혼란의 범위라고 정의하면 우리의 목적에 적합할 것이다."(*PLC*, 51)

한 걸음 더 나아가서 "인간의 여러 가능성을 허비하는 일이 가장 적은 조직(organization)이 결국 최선의 것이다"(*PLC*, 52) 라고 리챠즈는 말하고 있다.

리챠즈는 『원론』보다 2년 후에 발표한 『과학과 시』에서는 시적 경험을 이보다 한층 간명히 설명하였는데 그 가치는 조직의 치밀성과 조잡성 여하에 달린다고 말한다. "마음을 여러 관심의 유기적 체계(hierarchy)라고 본다면 무엇이 선악의 차이가 될까. … 선악의 차이는 생활의 충만과 협소의 차라고 하겠다. 왜냐하면 마음이 관심의 체계라면 그리고 경험이 그것들의 활동이라면 어떤 경험의 가치란 마음이 그 활동을 통해서 한층 넓은 균형에 도달하는 정도의 문제이기 때문이다."(*SP*, 23) 균형(equilibrium)이란 말도 『미학기초론』 이래로 리챠즈가 잘 쓰던 말이다. 스티븐슨(Charlles L. Stevenson)은 리챠즈가 말한 가치의 규정 "×는 가치가 있다"는 말은 대체로 말해서 "×는 의욕을 좌절시키는 것보다도 그것을 한층 충족시킨다"는 말과 같다 하였다. 대체로 그는 리챠즈의 심리학적인 가치론의 영향을 받고 미국의 정서주의 윤리학(Emotivist Ethics)의 주창자가 되었다.(*Ethics and Language*. New Haven : Yale UP, 1st ed., 1944, 3rd ed., 1947, p. 9))

여기서 알 수 있듯이 『원론』을 일독하면 리챠즈가 분석의 열쇠로 삼고 있는 것은 관심(interest)이니 태도(attitude)니 충동과 같은 심리학적 용어라는 것을 알 수 있다. 다시 말하면 리챠즈에 있어 문학작품의 가치를 분석하고 판단하고 해석하는 방법론이 되는 것은 심리학이며, 전통적인 비평가가 항용 의지하여 오던 윤리학과 형이상학은 아니다. 어떤 대상에 관해서 비판적으로 말할 때는 비평적인 것과 기술적인 논급으로 나누어 생각할 수 있다. 즉 어떤 경험은 어떠어떠한 점에서 가치가 있다든가 고찰의 대상이 된 사물은 어떠한 특징을 일으킨다는가를 적는 부분, 곧 경험의 가치를 적는 부분은 비평적인 부분이다. 그리고 그 대상 자체를 기술하는 부분은 기술적인 면이다. 이리하여 논급은 경험이 생겨나는 수단과 방법을 다루는 기술면과 그것의 가치유무를 취급하는 비평면으로 이루어진다고 리챠즈는 말하는데 여기서도 심리학이 중심이 된다. "우리는 이후에서 비평적 논급이 심리학적인 부문에 불과하며 가치를 설명하는데 있어 특수한 윤리학 및 형이상학적인 관념을 도입할 필요가 없음을 명백히 하고자 한다."(*PLC*, 23)

리챠즈에서 보는 이 심리주의는 과거 50년동안에 위력을 떨쳤고, 예술의 철학적 문제마저 행동주의와 프래그머티즘의 영역으로 몰아넣으려는 일반적인 경향을 전해주는 것이다. 이 심리학적인 경향은 자연과학의 일환으로 등장하였기 때문에 자연히 경험주의에서 강조되는 이상이 도입되어, 관찰, 분석, 검토 등이 방법론적 과정으로 중시되었던 것이다. 또한 심리학과 사회학은 아직 불완전한 입장에서나마 타당한 또는 대담한 가설을 문학비평에 제공할 수 있는 것이다. 이같이 하여 문학비평은 초기의 리챠즈에게는 경험주의와 실용주의의 테두리 안에서 실천되는 것인데 여기서 가장 중요한 가정 또는 주장은 경험의 내용의 유사성 내지 동일성이라는 견해이다. 미적 경험을 두고 리챠즈는 이렇게 말하고 있다. "나는 미적 경험이 다른 수 많은 경험과 심히 유사하다는 것과, 그 경험들은 주로 그 구성부분의 결합방식에서 상이하다는 것과 미적 경험은 일상의 경험을 한 걸음 더 발전시킨 것이며 한층 훌륭하게 조직해 논 것에 불과하며 결코 새롭고 색다른 것이 아님을 밝히려고 노력할 것이다. 우리가 그림을 보고 시를 읽고, 음악을 들을 때 우리는 우리가 화랑으로 가는 도중에 하던 일이나 아침에 옷을 입었을 때 하던 것과 전혀 상이한 일을 하는 것이 아니다. 우리들 가운데서 경험이 생겨나는 방식이 다른 것이다. 대체로 경험이란 훨씬 복잡한 것이며 우리가 성공적인 경험을 가졌다면 그 경험은 한결 통일성을 가지는 것이다. 그러나 우리의 활동은 본질적으로 상이한 종류의 것이 아니다."(*PLC*, 16-17) 발생론적 가정에서 본다면 미적 경험은 쾌감을 자아내는 것처럼 직접적인 만족을 일으키는 것도 있고 생물학적인 필요를 충족하기 위한 수단적인 가치를 가지는 것도 있을 것이다. 그러나 이들의 어느 면에서 보더라도 미적 경험은 일상생활의 신체적, 실제적, 사회적인 경험과 근본적인 차이를 가진 것이 아니라고 보는 것이다. 시적 경험이라 해서 흔히 규정되어 왔듯이 독특한 경험인 것은 아니라고 리챠즈는 말하고 있다. "시의 세계는 어느 의미에서도 나머지 다른 세계와 상이한 리얼리티를 가지는 것이 아니며 아무런 특수한 법칙이나 비현세적인 특이성을 가지고 있지도 않다. 그것은 별다른 식으로 우리에게 다가오는 여러 가지 경험과 엄밀히 꼭 같은 종류의 경험으로 이루어진 것이다. 그러나 저마다 시는 경험의 심히 한정된 조각이다. 곧 낯서른 요소가 침입하는 경우에는 다소간이나마 손쉽게 무너지는 경험의 조각이다. 시는 거리에서 또는 언덕에서 느끼는 일상적인 경험보다 훨씬 고도로 또한 미묘하게 조직된 것이다. 그것은 취약한 것이다. 또한 그것은 전달될 수 있는(communicable) 것이다."(*PLC*, 178) 여기서의 '경험'과 '전달될 수 있다'는 두 말은 리챠즈의 비평이론에서 가장 중요한 개념이다.(1925년에 커네스 버크Kenneth Burke는 「심리학과 형식」 가운데서 예술의 형식form은 청중 또는 독자의 마음에다 욕망을 일으키고 그것을 만족시키는 것을 말하며 그러므로 작품의 적절한 형식은 청중의 심리와 동일한 것이라고 하여 리챠즈의 생각을 한층 발전시켰다. (*Counter-Statement*, 1953. 30-31))

여기서 우리는 존 듀이(John Dewey)에서 리챠즈설과 흡사한 경험의 연속설(continuity principle)을 상기하게 된다. 스탠리 하이만(Stanly E. Hyman)에 의하면 듀이, 리챠즈의 관계는 영향의 확실한 교류를 제시하고 있지 않다고 하나 미적 경험이 다른 인간경험과 비슷하다고 주장함으로써 현대의 비평운동의 전개에 공헌이 컸던 리챠즈의 『원론』에는 듀이의 다음과 같은 연속설의 재론을 볼 수 있다고 한다. "이 견해(연속설)는 반성적이 아닌 생활의 경험적 가치와 이성적 사고의 가장 추상적 과정 사이에 아무런 고정적 차이를 알지 못한다. 그것은 이론의 최고의 비약과 실제적인 구조와 행동의 세부의 통일 사이에 아무런 고정적 현격(懸隔)을 알지 못한다. 그것은 순간의 사태와 기회에 따라서 사랑과 투쟁과 행동의 태도에서 사고의 태도로 옮아간다. 그 내용이나 소재는 기술적 또는 공리적 가치에서 미적 윤리적 또는 감정적 태도 사이를 내왕한다. …

기본 가정이 되는 것은 경험 속에서의 또한 경험의 연속이다."(*The Armed Vision*, A Vintage Book, 1955, 312-313) 듀이는 다시 그의『예술론』에서 현대사회 내에서 생산자와 소비자를 구별하게 된 여러 세력이 일상적 경험과 미적 경험 사이에 간격을 마련하기에 이르렀다고도 말하고 있다.(*Art as Experience*, 1934, p. 10)

한편 듀이, 리챠즈의 영향은 리챠즈의 제자인 윌리엄 엠프슨(William Empson)한테서 현저하게 드러나 있다.『의미의 다양성의 7유형』(*Seven Types of Ambiguity*, 1930)은 리챠즈의 지도하에 이루어진 것이다. 여기서 엠프슨은, 시는 실직적으로 전달된 의미에 관한 것이라 하였고 시의 의미는 다른 인간 경험의 다른 양상처럼 분석의 대상이 되는 것인데 "시구가 쾌감을 주는 이유는 생각컨대 다른 사물에 관해서 말할 수 있는 이유와 꼭 같은 것이다. 말하자면 우리는 시구에 대해서 이유를 붙일 수 있는 것이다"라고 말하고 있다. 리챠즈와 엠프슨은 초기에는 이와 같이 시의 의미를 다른 사물의 의미를 다루는 것과 꼭같은 방식으로 설명하고 해석할 수 있다고 생각한 것 같다. 리챠즈의 경우 적어도『실제비평』에 이르기까지 이러한 신념은 자못 공고한 바가 있었다. 그리하여 시의 이해는 "수학, 요리법, 제화술을 기술이라고 보는 뜻에서 그것도 또한 기술이다. 그것은 가르칠 수 있는 것이다."(*PC*, 312-313)『실제비평』이후도 그의 주요 관심은 시적 경험의 이해와 그 전달을 위한 테크닉을 규명하는 것이었다. 시인-시작품의 관계보다는 시작품-독자의 관계가 더 중요했고 나아가선 시인-시작품-독자의 삼각관계를 통한 종합적인 시의 이해에 깊은 관심이 갔다. 그리고 이 문제에 접근할 때 리챠즈가 사용한 용어는 그의 저작의 시기에 따라 '기호 해석'(sign interpretation)(*MM*), '수사학'(rhetoric)(*PR*), '해석'(interpretation)(*IT*) 등으로 변하기는 하였으나 그 지향점은 교육적 효용까지 포함한 경험의 '커뮤니케이션'에 언제나 집중되었다.

후에 언급할 것이지만 경험의 연속설과 전달가능성의 이 문제는 현대 비평가를 대체로 두 개의 큰 진영으로 갈라 놓았다. 리챠즈와 그를 따르는 실증주의 내지 실용주의적 비평가와 소위 '뉴크리티시즘'의 비평가들이다. '뉴크리티시즘'은 뚜렷한 '유파'가 아니고 넓은 의미에 있어서 각양각색의 비평가를 집단적으로 호칭하는데 불과하다. 1930년을 전후하여 주로 미국서 등장한 이 비평가들은 긍정적인 면에서나 부정적인 면에서나 리챠즈의 영향을 다른 어느 비평가보다도 많이 받았는데 그들은 한결같이 미적 경험과 미적이 아닌 경험을 명확히 구별할 것을 주장하고 있다. 일반적으로 말해서 이 구별의 설정이 그들에게는 비평의 실제적 기초가 되어 있다. 그래서 비평에서 그들의 주요 관심을 이루는 것은 시 그 자체 또는 그림 그 자체이며 시와 그림이 생겨나게 된 예술가의 개인적 동기와 여건으로서의 정치적 사회적 역사적 상황과 조건은 예술작품을 이해하는데 아무리 선명한 조명을 던져준다 하더라도 끝내 시나 그림에게는 이질적인 요소이며 따라서 관심의 초점이 될 수 없다고 주장하는 것이다. 그리고 비평의 기능은 문학작품이 지니는 미적 또는 독특한 가치를 정의하고 그것을 형수(亨受)하는 기도라고 그들은 주장하고 있으며 실제비평에 있어서는 직접적인 미적 경험을 자아내는 작품의 구성(structure), 비유(metaphor), 심상(imagery), 신화(myth)의 연구에 골몰하는데 웰렉(René Wellek)과 오스틴 웨렌(Austin Warren)은 이러한 것이 문학의 본질적이고 제1차적 요소라고 말하고 있다.(*Theory of Literature*, 1948, Chap xv) 물론 이상의 본질적 요소는 리챠즈에 있어서도(*PLC, PC, CI*) 오래 전부터 주목의 대상이었고 면밀히 연구되었던 것이다.

　현대에서 연속설과 반대적인 입장을 든다면 여기서의 논점의 문맥과는 별개의 것이지만, 자연과 인간 사이, 그리고 인간의 여러 가지 정신활동 사이의 불연속성(discontinuity)을 제창하였던 T. E. 흄(Hulme)의 견해를 기억할 것이다.(*Speculations*, ed. H. Read, 1924) 이것은 근대 영미비평사상 코올리지(S. T. Coleridge)와 아놀드(Matthew Arnold)와의 대립으로서 파악된다. 기계문명 이전의 19세기 초엽에 하틀리(Hartley)의 연상심리학(associationism)을 비판하고 쉘링, 칸트의 이상주의적 관념론으로 돌아간 코올리지와, 기계문명이 바야흐로 발전의 단계에 올라서고 자연과학이 정신활동의 영역을 침공하기 시작한 19세기

중엽에 문학의 존재이유를 여러모로 변호하여야만 했던 아놀드는 마침내 20세기에 들어서 다시금 그들의 대변인을 찾은 셈이다. 그리고 철학적 미학에서 보면 '무목적의 목적성', 주관적 필연성 및 보편성을 말하였던 칸트와 그의 유파의 순수미론과 흄(Hume), 로크, 벤담(Bentham) 등의 경험주의, 그리고 『의미의 의미』에서 리챠즈와 오그든이 칭찬하였던 미국의 철학자 퍼스(Charles Sanders Pierce)의 연속설이 듀이, 리챠즈와 뉴크리티시즘의 이론적 배경을 이루고 있음을 알 수 있다. 여하튼 현대미학이론에서 집중적인 중요성을 모으고 있는 두 가지 문제는 "무엇이 미적 태도인가"와 "무엇이 미적 가치인가"의 두 가지인데 이것을 문학비평의 용어로 옮겨 본다면 "시란 무엇인가"와 "이것은 좋은 시인가"라고 물은 T. S. 엘리어트의 말에 귀착된다고 하겠다.

　이상에서 리챠즈의 문학접근방식이 대체로 말해서 심리주의 내지 과학주의적인 경향이 있음을 보았는데 『과학과 시』에서 '가진술'설(假陳述說)이 주장되면서 이러한 입장은 한결 선명하게 드러났다.

3

　전기한 바와 같이 현대의 상황은 위기에 직면한 것이며 현대의 지성인에게 공통된 갈망과 요청은 헌신과 충성과 열의와 이해를 쏟을 수 있는 삶의 핵심을 찾는 일이다. 다시 말해서 생의 전체적 양상에 적합한 충족된 의미구조를 발견하는 것이고 개인 및 집단으로서의 인간존재에 적절한 생의 형식에 도달하는 것이다. 생의 형식은 결코 정태적인 완성이 아니고 이상과 의욕을 능동케하는 생명적인 힘이며 생명력과 의미의 결합체로 생각되기 때문에 그것의 성취는 바로 지향의 궁극에 도달하는 것을 말한다. 토마스 만, 카프카, 조이스, 예이츠, 엘리어트 등의 현대작가와 시인이 당면한 문제도 상이한 접근과 방법을 따라 끊임없는 '지적 모험'을 통해서 타당한 생의 의미체계를 발견하는 것이었다.

리챠즈는 이와 같이 절박한 현대의 상황이 어느 의미에선 '자연의 중립화'(the Neutralization of Nature)에 기인한다는 진단을 내렸다. "중심적인 커다란 변화는 자연의 중립화라고 말할 수 있다. 즉 마술적 세계관(the Magical View of the World)에서 과학적 세계관으로의 이동이다. 그 변화는 비상한 것이었으며 마술적 세계관에 선행하였던 세계관의 윤곽에서 마술적 세계관 그 자체에로의 변화만이 이것과 역사적으로 아마 필적할 수 있을 따름이다. 마술적 세계관이라는 말의 뜻은 정령과 영력의 세계에 대한 신앙을 말한다. 이 정령이나 영력은 사건을 지배하고 또 환기될 수 있고 어느 정도 그 자체는 인간의 술책에 의해서 지배될 수 있는 것이다."(*SP*, 46) 그리고 이 마술적 세계관은 자연을 인간에게 가장 친근하고 중요한 사상과의 관련 하에 해석한 것이기 때문에 인간의 감정적 구조에 적합한 것이라고도 말한다. 신인동성론(神人同性論) 같이 소박한 사고방식은 말할 것도 없고 웬만한 철학체게도『의미의 의미』(*MM*, 157)에서 이미 지적한 것처럼 감정적인 교감에 기초한, 가공적인 지식체계로 밖에 보이지 않으며, 이것 역시 일종의 마술적 세계관이다. 여기서 번거로움을 무릅쓰고 과학철학자의 말을 인용해 본다면 리챠즈의 말은 이렇게도 부연할 수 있을 것이다. "어느 시대의 지식이 올바른 일반화를 제시하는데 충분치 못한 까닭으로 해서 과학적인 증명이 실패로 돌아간 경우에는 상상력이 이를 대신하였으며 소박한 유추로써 일반성에의 충동을 만족케 하는 따위의 설명을 제시하였다. 그래서 천박한 평행론, 유추, 특히 인간적 경험에 비기는 유추가 일반화와 혼동되고 또한 그것이 설명인양 생각되었다. 일반성의 탐구는 가설명(pseudo - explanation)에 의해서 유화(宥和)되었던 것이며 여기서 철학이 발생하였던 것이다."(Hans Reichenbach, *The Rise of Scientific Philosophy*, 1951, p. 8) '마술관'을 '가설명'으로 대치하면 족할 것이다. 카르납(R. Carnap)에 이어 에이어(A. J. Ayer), 라이헨바흐 등의 논리실증주의(논리실용주의)자들은 형이상학의 언어가 '극명한 개념언어'(clearcut conceptual language)가 아니고 '심상이 가득찬 회화언어'(image-

laden picture language)이고, 그 설명은 정확하고 과학적인 것이라기
보다는 상상적이며 심리적 욕구의 충족을 위주로 한 것이기 때문에 입증
성(verifiability)이 결여되어 있다는 견해를 내건다. 논리와 시의 혼동
으로 가설명이 가능해지는데 수많은 철학이 이 계열에 속하며, 성경처럼
시의 걸작이고 상상력을 충동하지만 명석한 과학적 설명을 주지 못한다.
플라톤의 이데아론도 시에 불과하다.(Reichenbach, p. 9; pp. 23~
24) 이런 의미에선 형이상학은 시와 같고 형이상학자는 시인과 같은 것
인데 다만 그 차이는 형이상학자는 증명이 가능한 이론적 내용을 갖고 있
지 않으면서도 있다고 주장하고 있는 점이다.(Carnap, *Philosophy
and Logical Syntax*, 1935) 리챠즈는 시가 이상의 마술적 세계관과
함께 발생한 것으로 본다. 그러나 과학의 발달로 말미암아 이 세계관이
차츰 세력을 잃게 되고 마침내 종교를 비롯한, 마술적 세계관의 체계가
붕괴하고 만 것이 현대의 상황이다. 그 결과 이전이라면 시인이었을 사람
들이 오늘날은 실험실에 들어앉은 과학자가 되고 말았다. 그러나 과학이
궁극적으로 도달할 수 있는 성공범위는 자연현상과 그 과정을 설명할 수
있어도 세계의 궁극적 본체가 무엇임을 말해주지 못한다. 종교는 말할 나
위도 없고, 과학마저 실패하였는데도 불구하고 존재의 기초를 모색하여
야만 하는 것이 현대인이기 때문에 현대생활에는 생물학적 위기가 내포
되어 있다고 리챠즈는 말한다. 현대문화의 위기 내지 무의미성을 "적막
감, 불안정감, 불모성과 포부의 무근거성, 노력의 공허감, 그리고 갑자기
소멸하고만 것 같은 구명수(救命水)에의 갈증"이라고 리챠즈는 표현하는
것이다.(*SP*, 62-63) 그런즉 현대 희곡가의 임무에 관한 말한 유진 오닐
(Eugeine O'Neill)의 다음과 같은 말은 리챠즈의 입장에선 현대예술가
전체에 해당되는 과제로 생각될 것이다. "현대의 희곡가는 현대의 병환의
원인을 그가 느끼는 대로 파헤쳐내야만 합니다. 옛 신의 죽음과, 그리고
생의 의미를 발견하려는 끊임없는 원시적 및 종교적 본능을 만족시키고
죽음에 대한 본능의 공포를 위안하기 위해서 새로운 것을 주려고 하던 과
학과 물질주의의 실패를 파헤쳐내야 할 것입니다."(Robert E Spiller et

al, *A Literary History of the United States*, 1953, p. 1246)

  이 과제를 해결하는 것은 결코 새로운 기적적 수단이 아니고, 지금까지 이어져내려온 시라는, 새로운 시적 독자성(poeticism)을 내세우는 것이다. 그것이 시의 가진술론(Pseudo-statement theory)이다. 가진술이란 "우리들의 충동과 태도를 해방하고, 조직할 때 주로 그 효과에 따라서 인정을 받는 언어형식"을 말한다.(*SP*, 58) 논리실증주의자들은 언어의 기능을 인식적 기능과 표현적 기능으로 구별하고 있지만 리챠즈는 『의미의 의미』에서 언어의 기능을 상징적(과학적) 기능(symbolic or scientific function of language)과 환정적 기능(emotive function of language)으로 이분하였다.(*MM*, 149) 전자는 과학적 또는 지시적(referential)인 기능으로서 진(眞), 위(僞), 사실의 진술(statement)을 맡아하고 후자는 감정 또는 태도를 표현, 유발하는 표현적, 환기적(expressive, evocative)인 기능을 가진 것이라 하였고 『원론』에서도 언어의 과학적 용법과 환정적 용법에 언급하고 있다.(*PLC*, Chap xxlv) 이미 명백할 것이지만 시는 언어를 환정적으로 사용한 가진술이라는 것이다. 말할 것 없이 참된 진술이 인생에 유익하겠으나 그것만이 우리의 태도와 정서를 조정하는 것은 아니다. 더욱이 종교, 철학 등의 가진술의 쇠퇴와 '과학과 물질주의의 실패'에 처한 현대에서는 이것을 대신해서 감정과 태도를 조정하고 통일시킬 수 있는 것이라면 가진술이라 할지라도 충분한 존재이유가 있는 것이다. 그러면 가진술로서의 시는 어떻게 해서 가능한가. "이것이 현대의 상황이다. 현재의 우리로서는 적절한 지식을 얻을 가망이 없고 또한 과학적 지식은 이 자리에선 이 요구를 충족할 수 없기 때문에 이 구제책은 입증된 기술에 적합한 종류의 신념에서 우리들의 가진술을 도려내는 일이다. 그렇게 되면 가진술은 물론 변할 것이다. 그러나 그것은 여전히 우리가 우리들 상호간과 세계에 대한 태도를 조정하기 위한 주요한 도구가 될 수 있을 것이다. 이것이 절망적인 구제책이 아니라는 것은 시가 단호히 보여 주듯이 우리의 여러 태도 가운데서 가장 중요한 태도는 그 안으로 들어오는 사실의 질서 또는 입증할 수 있는 질서를 믿지 않더라도 야기되고 유지될 수 있기 때문이다."(*SP*, 59-60) 그러므로 시는 논리의 진, 위를 진술한다든가 사실을 묘사한다든가 하는 개념적인 내용을 전혀 갖지 않는다는 점이 이해되어야만 한다. "퍽 많은 시들이 참 또는 거짓을 나타낼 수 있는 상징적 배열인 진술로 되어 있다. 이 진술은 그러한 진, 위를 위해서가 아니라 그 진술의 수용이 환기하게 될 태도를 위해서 있는 것이다. 이러한 이유로 해서 진 또는 허위는 그 기술의 수용과는 아무런 관계가 없다는 사실이 자주 생겨난다. 또한 그렇게 만들도록 하는 것이 시인의 임무이기도 하다."(*MM*, 150) 굳이 시의 진실을 찾으려고 한다면 "가진술(시)은 어떤 태도에 유용하거나 다른 경우에 희구되는 여러 태도를 한데 결합시키게 되면 참다운(true) 것이다."(*SP*, 57) 이 같이 태도의 조정에 중심을 두게 되면 잘 안된 시나 나쁜 시라 할지라도 태도를 조정할 수 있음으로 잘된 시와 좋은 시와의 구별을 어떻게 설명할 것인가 하는 난점이 생긴다. 또한 그 구별을 조정의 깊이와 넓이에 두고 어떤 시와 다른 시를 구별한다 하더라도—이 가정에서 끌어낼 수 있는 결론이다—그 넓이와 깊이를 어떻게 측정할 수 있는가 라는 의문이 생긴다.

한편 시가 내포하는 철학적, 논리적 의미, 통틀어서 시의 사상성 또는 관념성에 대해서 리챠즈는 거의 부정적인 견해를 표명하고 있다. 『실제비평』에서 리챠즈는 시의 의미를 '의미' '감정' '어조' '의도'(sense, feeling, tone, intention)의 네 가지 양상으로 분류하였는데(*PC*, 179-188) 시에서 문제가 되는 중요한 것은 시인의 감정적 태도와 경향성과 관계있는 '감정', '어조', '의도'의 삼자(三者)이다. '의미'는 "어떤 사태에 주의를 모으게 하고 고려의 대상이 될 사상(事象)을 제시하고 여기에 대한 사고를 유발케"하는(*PC*, 181) 개념적 성질의 것을 말하는 것인데 시에서의 이 '의미'의 비중은 어디까지나 이차적인 것에 불과하다. 시가 어떤 진술을 하고 있어도 그것은 감정에 대한 효과를 노리는 것이기 때문에 그 진술이 진리를 주장하는가를 묻는 것은 그 기능을 오해하는 것이 된다. 정서적 설화시(Narrative poetry)의 경우는 이런 오해가 별로 일어나지 않지만 '철학적' 시나 명상적 시의 경우는 흔히 거기서 표출된 진술 또는 명제는 감정과 태도를 표현하는 것이라기 보다는 어떤 교의를 전달한다고 오해되는 수가 많다.(*PC*, 186-187) 그러므로 시의 이해는 시 속에 드러난 시인의 의견이나 신념에 구애하지 않고 또한 그러한 의견과 신념과 조화하고 상충하는 독자 자신의 신념과 견해에 개의치 않고 그것을 의식하지 않을 때 가장 효과적이며 만족스러운 성과를 거둘 수 있다고 생각되는데 이것이 '불신의 중지'(suspension of disbelief)라는 리챠즈의 비평 이론의 핵심의 하나이다.

'불신의 중지'라는 말은 원래 코올리지가 그의 비평집인 『문학평전』(*Biographia Literaria*, 1817)의 14장에서 워즈워스(William Wordsworth)와 함께 『서정민요집』(*Lyrical Ballads*, 1798)을 냈을 때의 그들의 의도를 말한 가운데서 사용한 말이다. 워즈워스의 목적은 그 당시 아직도 비상한 세력을 가지고 있었던 18세기시의 고정된 시어 대신 그 때까지 사용되지 않았던 시정인(市井人)의 일상적인 언어를 사용하여 "자연의 진리에 충실히 밀착함으로써 독자의 공감을 유발하는" 청신한 시를 만드는 것이었다. 코올리지의 목적은 "상상력의 색채를 수정함으로써 새로운 관심"을 일으키고 "이와 같은 감정의 극적 진리"를 통해서 초자연적인 낭만적 시를 만드는데 있었는데 코올리지의 말은 이렇다. "그 안(『서정민요집』)에서 자기의 노력은 초자연적인 또는 적어도 낭만적인 인간이나 인물에 향해지도록 되었다. 그러나 우리의 인간성의 내부에서 인간적 관심과 진실의 가상을 이들 상상의 모습으로 옮겨 놓아서 잠시나마 불신의 자발적 중지(~willing suspension of disbelief)를 얻도록 하는 것, 이것이 시적 신앙을 형성하는 것이라 생각되었다.…"(S. T. Coleridge, *Biographia Literaria*, Everyman's Library, 1934, 160~161) 여기서 '불신의 중지'라고 한 것은 시가 하나의 허구(fiction)이면서 망아(忘我)의 절대경(絶對境)으로 이끌어 갈 수 있는 시의 신비적인 힘을 두고 말한 것으로 본다면 쉽사리 이해될 것이다.

이 말이 리챠즈에게 타당하게 생각된 것은 전술한 바와 같이 모든 가치가 동요하고 있고 또한 시적 가치가 의심받기 일쑤인 현대에서 시의 존재이유를 변호할 수 있는 또 하나의 기초를 제공할 수 있다는데 현대적 의의를 발견하였기 때문이다. 시에서의 신념의 문제는 『원론』의 35장인 '시와 신념'에서 이미 논의되었으며 『과학과 시』에서도 똑같은 제목인 장(제6장)에서 거듭 취급되었다. 리챠즈는 언어의 기능을 과학적인 것과 환정적인 것으로 이분하였듯이 신념도 과학적인 신념(scientific belief)과 환정적 신념(emotive belief)으로 구별한 후, 전자는 사실에 기초하고 사물을 있는 대로 설명, 언급하는데서 생겨나는 논리적, 과학적 확신이고 후자는 사물아닌 다른 원인과 관련하여 주로 태도를 환기, 발전시키는 목적없는 신념(objectless belief)이라고 불렀다. 그런즉 "우리가 사는 세계의 본질에 관한 투명하고 편견없는 의식과 이 세계에서의 삶을 훌륭하게 만드는 태도의 발전은 둘다 필요한 것이며 어느 것이고 다른 한쪽에 종속될 수 없다"고 말한다.(*PLC*, 282) 구체적으로 말해서 리어왕의 비극을 읽을 때, 거기서 우리가 과학이 증명할 수 있는 사실등속을 발견하지 못하면서도 여전히 감명을 느끼는 것은 "비극의 중심적 경험과 그 주요가치가 십분히 발달한 삶에는 없어서는 아니될 태도"를 환기하여 발전시키기 때문이다. 『실제비평』의 '시 속의 교의'(Doctrine in poetry)에서 이 문제는 한결 명확하고 상세히 설명된다. 여기서 주장된 것도 "충동의 재조정과 충동간의 상호간섭을 최소한으로 제약할" 수 있는 환정적 신념의 효용이며 "과거의 별반의 차이없는 외적 세계에 대해서 잠정적이고 임시적이나마 부분적인 자기 완성"을 달성시키는 재조정의 계기로서의 시적 경험의 중요성이다.

그런데 "지적인 동의없이 정서적으로 어떤 시를 받아들이는 것은 우리가 실제로는 믿지않는 것을 믿는 척하는 불성실(insincerity)의 요소가 있지 않는가도 생각하는데"(*PC*, 277-278) 지적 신념과 정서가 꼭 같은 경우와 그렇지 않을 경우에 따라서 큰 차이가 생겨난다고 본다. 이 '불성실'의 문제는 '가진술'과도 관계가 깊은 것인데 리챠즈는 『중용』과 『논어』에서 인용하면서 자기의 입장을 보강하고 있다. '성실'(Sincerity)이란

"마음 속의 한층 완전한 질서를 추구하는 경향에 순종하는 것"(*PC*, 288)을 말함이며 이 경향이 좌절될 때 불성실이 생겨나는 법인데 이 점을 그는 이렇게 부연한다. "어떠한 반응이라도(다른 견지에서는 아무리 그릇된 것이라 하더라도) 내부적 조정에의 이 경향의 직접 활동을 구현하는 것이라면 성실하다 할 것이다. 그리고 이 활동과 상치하고 또는 이 활동을 금지하는 반응은 모두 불성실한 것이다. 이와 같이 성실하다는 것은(자기의 본성과) 일치하도록 행동하며 느끼고 생각하는 것이며 불성실하다는 것은 이것과 반대로 행동하고 느끼고 생각하는 것이다. 그러나(자기의 본성에게) 주어진 의의는 이미 보았듯이 대체로 추측상의 일인 것이다. …"(*PC*, 289) 여기서 리챠즈는 "본성"(true nature)이 무엇임을 명확히 설명하지 않았지만 지금까지의 그의 말로 미루어 그대로 이해될 수 있을 것이다.

T. S. 엘리어트는 「단테론」(Dante, 1929)에서 '불신의 중지' 이론에 언급하였다. 그는 말하기를 단테의 철학체계나 『신곡』에 나타난 철학적 신념을 이해하거나 받아들이는 일이 없더라도 『신곡』을 시로서 읽는다면 단테의 여행의 실질적인 현실성을 믿는 것과 마찬가지로 그것을 믿을 수 있다고 하여 리챠즈에 동의한 바 있었다. 그러나 "실제 문제로서는 자기의 시적 감상을 자기의 개인적인 신념에서 아주 분리시킬 수 없다는 것, 또 기술과 가진술과의 구별은 어떤 특별한 경우에는 반드시 내세울 수 없다고 결론할 수 있을 뿐이다. 리챠즈씨의 이론은 씨가 종교적, 철학적, 과학적, 기타의 신념의 종별을 일상의 그것과 (대립시켜서) 정의하기까지는 불완전하다고 믿는다"고 하여 모순된 고백을 하는 동시 이 문제의 복잡성을 보여 주었다. 엠프슨은, 시인의 신념을 비행동주의적인 의미에서 믿는 것은 필요하다고 생각한다. 좀더 강하게 말해 본다면 "문화적 세계가 미결정된 채로 있는 현상에선 사람들은 시에 나타나는 온갖 신념이 아무리 모순되는 것이라 하더라도 앞으로 결정을 짓게 될 때에 이용할 수 있으리라는 생각에서 그런 신념을 믿고 있는 것이다. … 가지각색의 시를 읽는 습관은 … 감상의 행위에 놀라울만큼 복잡성을 부여하며, 사람들로

하여금 자기네의 마음을 한결 종잡을 수 없게 하고 해석의 이해적 과정에 기대일 수 있도록 만든다"고 하여 지향성을 제시한다는 입장에서 시의 신념을 생각하고 있다.(*Seven Types of Ambiguity*, p. 308) 엘리어트는 『시의 효용과 비평의 효용』(*The Use of Poetry and the Use of Criticism*)에서 셸리와 키이츠(P. Shelley, John Keats)에 대한 자기의 태도를 설명하는 대목에서 이 문제를 다시 끄집어 냈다. 엘리어트는 셸리가 마음에 들지 않는다고 말하고, 그의 시를 읽어도 '불신'을 중지할 수 없다고 했다. 불신의 중지는 시가 특별한 교의이나 신념, 인생관을 표현할 때 보다는 차라리 그러한 것이 충분히 발달치 못한 어린이다운, 또는 약한 것일 때 불가능해진다고 말하였다. 키이츠에 대해선 앞의 「단테론」에서(p. 59) 키이츠의 유명한 「희랍 항아리송」(Ode on a Grecian Urn)의 마지막 구절에 이의(異議)를 표명했다. 그 구절을 인용해 본다.

Thou shalt remain in midst of other woe
Than ours, a friend to man, to whom thou say'st'
Beauty is truth, truth beauty—that is all,
ye know on earth and all ye need to know.[1]

---

1) O Attic shape! Fair attitude! with brede
   Of marble men and maidens overwrought,
 With forest branches and the trodden weed;
   Thou, silent form, dost tease us out of thought
 As doth eternity: Cold Pastoral!
   When old age shall this generation waste,
     Thou shalt remain, in midst of other woe
   Than ours, a friend to man, to whom thou say'st,
 "Beauty is truth, truth beauty,"—that is all,
     Ye know on earth, and all ye need to know.
 (J. Keats, Ode on a Grecian Urn, *The Norton Anthology of English Literature*, vol. 2, Penguin Books, 1986, p. 823)
 아티카의 形象이여! 아름다운 자태여! 대리석의 남녀와

엘리어트는 말하기를 "이 구절(미는 진리요, 진리는 미요…)은 아름다운 시의 중대한 결점이라고 생각한다. 그런데 그 이유는 내가 그것을 이해하지 못해서거나 또는 그 진술이 참이 아니거나 해서 그러함이 분명하다. … 키이츠의 진술은 내게는 무의미한 것으로 여겨진다. 그렇지 않다면 그 진술이 문법적으로는 의미가 없다는 사실이 다른 의미를 내게 감추고 있을 것이다."

여기에 대해서 리챠즈는 『맹자의 정신론』—여기서 그는 『논어』의 번역과 연관하에서 '다양한 정의'(multiple definitions)의 이론을 추구했다—이 구절이 어디까지나 그 시안에서 해석될 것을 명기하면서 이렇게 말한다. "그 시에서 이 구절은 항아리가 말하는 것으로 되어 있는데 그 발설은 시의 마지막까지 계속된 것이다. 항아리는 관객에게 여러 가지의 심적 상태를 불러 일으킨다. 항아리들은 철학적 입장을 주장하지 않는다.—이리힌 종류의 시안에선 그것을 주장하지 않는다.—그리고 '말하리라'(say'st)는 여기선 은유로써 사용되는데 이 점을 간과해서는 아니 된다."(*MOM*, 116) 시 안의 어떤 기술을 전체인 시에서 분리시켜서 그것만을 논의의 대상으로 삼으면 아무래도 혼동이 일어나지 않을 수 없다. 엘리어트나 J. M. 마리(Murry)의 과오는 바로 이 혼동에서 오는 것 같다고 본다. 이 구절에서의 진리와 미의 의미는 세 가지 점에서 중복하고 있으며 '미는 진리'를 동어반복(tautology)으로 보는데도 세 가지 길이

숲의 나무 가지와 발밑의 풀과 이렇게 엮은 형체여!
너, 침묵의 모습이여! 너는 우리의 생각을 구슬리나 미치지 못하겠구나.
영원이 그러하듯이, 차가운 田園詩여! 세월이 오늘의 세대를 이울게 할 때도
너는 남아 있으리. 우리는 근심과 다른
그런 근심의 외중에 사람의 벗으로서
"아름다움은 참이요, 참은 아름다움" 이것만이
그대가 따위에 아는 모든 것이며 또, 알아야
할 모든 것이라 말하며.
(키이츠, 「희랍의 항아리에 부치는 노래」, 『키이츠시선』, 김우창(역), 민음사, 1976, 40면. - 엮은이)

있다고 한다.(*MOM*, 117) 미＝진의 동일문제는 나중에 엠프슨도 말했고 (*The Structure of Complex Words*, Ⅰ Feelings in Words, 1954), 라이헨바흐도 취급하였는데(*The Rise of Scientific Philosophy*, p. 312), 문제는 정서적 요소와 개념적 요소의 동시적 파악에의 관심이 한층 강조되어야 하는 것이었다. 또한 부분과 전체의 상호작용(interinanimation)에 의한 총체적 의미(total meaning)의 가능성을 구명할 것이 강조되었다. 여기에 관한 리챠즈의 생각은 『코올리지의 상상력론』을 거쳐 『수사학 원론』(1936)에서 의미의 「문맥론」(Context theory, Lectures Ⅱ&Ⅲ)으로 전개되었고 클리언스 브룩스(Cleanth Brooks)같은 신비평가에게 또 하나의 영향을 준 것이다. (브룩스의 시론 『잘 빚어진 항아리』(*The Well Wrought Urn*, 1947)는 언어형식의 정밀한 분석을 중심으로 시의 구조를 규명하였는데 상기한 키이츠 시에 대한 그의 결론을 보더라도 문맥론의 중요성에 대한 그의 견해를 알 수 있다. 同書, 139-152)

4

이상 『원론』에서 『맹자의 정신론』에 이르기까지 주로 리챠즈의 저작활동의 중간기를 중심으로 몇 가지 집중적인 관심을 모은 이론을 더듬어 봤다. 그가 주장하였던 경험의 연속설, 가진술론, 신념과 불신의 중지 등의 제문제는 다른 어느 문제보다도 심대한 영향을 영미비평가에게 끼쳤고 또한 그의 비평이론 중 가장 치열한 비판과 논쟁의 대상이 되었던 까닭에 논의할 의의가 있었다. 엠프슨은 이미 언급하였거니와 스티븐 스펜더(Stephen Spender)는 그의 현대작가론인 『파괴적 요소』(*Destructive Element*, 1935)에서 현대문학 일반을 고찰하면서 전체적으로 '신념'의 문제를 취급하였다. 그리고 랜섬(John Crowe Ranson)이나 알렌 테이트(Allen Tate) 등의 미국의 뉴크리티시즘 비평가가 비판하였던 것은 시를 가진술로 보고 시의 인식적인 또는 개념적인 내용을 중요시 하지 않았던 리챠즈의 부정적 입장이었다.(뉴크리티시즘 비평가 가운데서 클리언스 브룩스만이 이 가진술설에 이의를 제시하지 않았다.) 브로드베크(May Brodbeck)는 저간의 소식을 다음과 같이 요약해서 말했다. "이 정서주의(emotivist)적 이론, 곧 가진술설은 아무런 내용을 갖지 않고 아무 것도 주장하지 않는 표현이 어찌하여 태도를 결정지우고 감정을 환기할 수 있는가를 전적으로 설명할 수 없는 것이라고 생각되었다. 아무 것도 주장된 것이 없을진대 반응을 일으키게 할 아무 것도 없을 터이다. 랜섬과 데이트는 어떤 대상이 어떤 감정을 일으키는 기회를 마련하기 전에는 어떠한 감정도 있을 수 없다는 것과 따라서 이와 같은 뜻에서 시의 효과는 그 시의 의미에 좌우된다는 점을 적절히 지적하였다. 더욱이 정서적 의미라는 말은 의미있는 표현에 의해서 환기되는 승인 또는 불승인의 태도를 가르키는 말로서는 오해하기 쉬운 이름이다."(*Americian Non-Fiction*, 1900-1950, Chicago, 1952, p. 90)

또 여기서 생각할 수 있는 것은 시를 가진술로 보는 것은 시를 과학과 똑같은 평면에 두고 말할 때 그렇다 할 것이다. 과학과 시의 본질을 무시하고 시를 과학과 동일시한다면 과학이 가능한 엄밀한 진술이 시에겐 불가능함으로 이러한 의미에선 시를 거짓이라고 말할 수 있다. 한편 과학적인 진술을 상상적인 또는 수사학적인 계열에 속하는 시와 동일시하고 똑같은 평면에서 본다면 과학적인 진술이나 단언은 거짓된 것이라고 말할 수 있다. 그러므로 문제는 과학과 시가 동일시된다는 점에서 어느 한편이 거짓으로 나타나는 것이고 따라서 시를 거짓이라는 경시적인 말로서 표현해야할 절대적인 이유는 없을 것이다. 이와 같은 생각에서 시인 바커(George Barker)는 "이러한 혼동은 두드러지게 상대적인 것에 불과한 진술을 절대적인 것으로 받아들이려는 인간의 어쩔 수 없는 습성에 기인하는 것으로 보인다"고 지적하고 과학자와 시인은 제각기 상이한 의무(obligation)를 리얼리티에 지고 있다는 사실을 들어 가진술론을 반대한다. "시인의 상상력은 과학적 세계를 밝혀내고 가장 성공한 경우엔 그것을 찬양한다고 나는 주장하는 까닭에, 또한 이 조명 또는 찬양은 그 주제의 분석을 맡아보는 까닭에 나는 시인은 실제적 또는 과학적 세계에 한 가지의 의무를 지니는 것이라 주장하는 것이며 이 의무는 빈번히 일어나듯이 현실세계에 대한 과학자의 의무와 결코 혼동해서는 안 된다. 물질과 시간과 공간에 관한 정확한 확증은 과학자의 의무를 정당하게 이루는 것이며 이와 같은 확증은 극히 한정된 의미에 있어서 현실계를 초월하는 현상에 관한 시인의 확증보다 더 참된 것이다. … 과학의 정확한 확인은 실질적으로 실재하는, 또는 과학적인 것의 영역 안에서만 정확하며 또한 받아들일 수 있다. … 시의 '가진술'은 과학적 진술로 고려될 때에만 가진술이 되는 것이다."("Poetry and Reality", *The Criterion* vol xxvll, No LXI, October, 1937, p. 64) 이와 같이 바커는 시를 초월적 영역에 부속케 함으로써 가진술론을 지양하려고 했다.

또 시와 과학의 언어형식의 구조를 결정하는 상상력을 지각적 상상력(perceptual imagination)과 과학적 상상력(scientific imagination)으로 구별하여, 후자가 일련의 명제에 의해서 실제적인 현상과 사실을 취급하는데 관심을 두는데 비하여 전자는 상상적인 대상에 대한 의식으로서 정서적-의욕적인 효과를 노리기보다는 상상력에 의한 대상의 고양(beholdment)에 그 중심적인 경험을 갖는다고 말하는 제임스(D. G. James)는 상상력설에 입각해서 리챠즈에 대한 가장 주목할 만한 비평을 하였다.(*Scepticism and Poetry*, 1937, 44-45)

그리고 테이트는 "시가 진실한 창조라면 그것은 이전에는 없었던 일종의 지식이다. 그것은 어떤 다른 것에 관한 지식이 아니다. 시는 그 지식에 충실한 것이다. … 시는 그 자체를 아는 자요, 시인도 독자도 시의 언어를 떠나서 시가 말하는 바를 알지 못한다"고 말하고 있다.("Narcissus as Narcissus", *Reason in Madness*, 1935) 랜섬도 테이트와 비슷한 존재론적인 입장에 서서 시가 시인이나 독자와 분리 독립한 채로 그 독특한 내재율에 따라서 존립한다고 생각하고 있다.("Poetry, A Note on Ontology", *The World's Body*, 1938) 그들의 경우 시는 '세계의 실체'(The World's Body)이며 '구체적 보편'(The Concrete Universal)

으로 생각되는 것이며 과학의 추상적 구조에 의해서 희생된 세계의 본체를 회복하는 것이 시의 본분이라고 주장되었다.

한편 『코올리지의 상상력론』에서 『교육에 있어서의 해석론』에 이르는 리챠즈의 후기 저작에서 우리는 초기 이론과 견해의 시정과 발전을 볼 수 있다. 이보다 앞서 리챠즈는 『과학과 시』에서 예이츠의 시를 오해한 것을 사과한 일도 있었고 가진술설은 그 자신이 지지하지 않게 되었다. 그러나 여기서 무엇보다도 중요한 것은 『상상력론』에서 지금까지의 '신념'이 '신화'로 발전되었다는 것과 아울러 시의 지위가 훨씬 고양된 점이다. 『상상력론』은 제목이 말하듯이 『문학평전』에서 언급된 상상력(Imagination and Fancy)을 중심으로 한 코올리지의 연구이며 그의 언어관을 지나칠 정도로 세밀히 분석해 본 것이다. 여기서 리챠즈는 '종합의 시'(poetry of synthesis)론을 주장하게 되었고 인식적-정서적(또는 기호-상징의) 이원론의 입장이 완화되었다. 『실제비평』에서도 벌써 생각되었던 '총체적 의미'의 문제가 명확히 들어 났으며, 언어의 두 가지 기능도 '총체적 의미의 과정'(the process of total meaning) 속에서 동시적으로 현현함으로서 종합적 차원에 도달하게 되는 것이다. 이럴 때 "그 과정은 말속에 의미를 투기(投企)하는(project) 과정이다. 또는 기호일 때는 가지고 있지 않던 특성을 입혀논 것으로서 그 기호를 인식하는 과정이다."(CI, 106) 그리고 과학과 시와의 구별은 순전한 기호로 생각되는 말(words)과, 의미의 일부 또는 그 전체가 그 속에 투시되어있는 말(CI, 109)과의 구별이라는 새로운 기준에 도달한다. '투기'(project, projectile, projection)란 새로운 말이 빈번히 사용되고 있는 점에서도, 사실과 일상적 사물의 실제적 세계를 넘어선 곳에 존재하는 조정과 화해의 한결높은 상징적 세계에 대한 리챠즈의 깊어가는 관심을 볼 수 있을 것 같다. 이 고도의 형식이 바로 신화(myth, mythology)이다. "신화는 생의 냉엄한 현실에서의 해방 또는 도피로서 추구되는 오락이거나 소일거리가 아니다. 그것은 투영된 엄연한 현실이요, 그 상징적 인식이요, 조정이고 수용이다. 이러한 신화를 통해서 우리의 의지는 집합되고 우리의 힘은 통합되며, 우리의 성장은 통제된다. 신화를 통해서 우리의 존재의 수없이 다기한 방황이 균형 또는 화해에 도달하는 것이다. … 신화가 없으면 인간은 영혼이 없는 잔인한 동물에 지나지 않는다. 왜냐하면 영혼은 그의 지배적인 신화의 중심부분이기 때문이다. 질서와 목적이 없이는 인간은 한낱 가능성의 덩어리에 지나지 않는다."(*CI*, 171-172) 이리하여 신화는 인간의 상황을 지배하는 힘이다. 이제 우리는 시적 신화와 과학적 신화를 가지고 있다. 그러나 시적 신화와 과학적 신화와의 상이는 파생적인 대조에 불과한 것인데, 온갖 것을 포용하는 궁극적인 위대한 신화가 이상의 영역을 지배하기 때문이다. 다시 말하면 인간 존재의 구조는, 시적 신화라는 상상적 영역과 과학적 신화라는 논리적, 추상적 영역이 있고 그 둘보다 높은 계층 위에 신화 일반이 있어 양자의 대립을 화해와 조정을 통해서 종합적으로 지양시키는 통합체로 파악되는 것이다. 지금까지의 시적(정서적) 신념과 과학적 신념이란 말 대신에 신화가 들어서면서 시가 얼마나 함축성 깊은 존재양식으로 생각되고 있는가를 볼 수 있다. 결국 시는 "작은 신화(minor myths)로 넘쳐 있으며 이것들은 사실에 관한 진술과 혼동하는 구차함 없이 또한 그것의 재가(sanction)에 대한 의구에서 생겨나는 불안을 자아내는 일이 없이 이루어지는 것이다."(*CI*, 176-177) 이것이 현재의 인간생활에서 차지하는 시의 올바른 위치이며 시인의 임무는 "언어의 최고의 용법이요, 인간의 주요한 조정수단이고 인간의 가장 통합적 목적에 이바지하는"(*CI*, 230) 시의 세계에 도달하도록 노력하는 것이다. "시는 발설의 가장 완전한 형식이다"(Poetry is the completest mode of utterance)(*CI*, 163) 라고 한 리챠즈의 말은 이런 뜻에서 가장 잘 이해될 것이다. 『수사학 원론』과 『해석론』에서 반복적으로 강조된 것도 이 총체적 의미의 중요성이며 총체적 의미형식으로서의 종합의 시의 파악이다.

현대비평가의 이론 중에서 리챠즈의 이론만큼 현대과학의 다양다기한 학문적 성과를 적용시켜본 이론도 없다. 또 방법론의 정밀성이나 실증성

에 있어 그의 이론처럼 과학적 접근방법을 반영시킨 것도 없다. 리챠즈는
『미학기초론』에서 미학자로 출발했으며, 『의미의 의미』에선 인식론자로
서 자기를 내세웠다. 그러나 그는 언제나 자기를 '중심론자'(centrist)라
불러 왔고, 생리심리학, 신경심리학, 행동주의, 파브로브의 조건반사 심
리학, 정신분석학, 형태심리학 그 밖에 거의 모든 심리학자의 이론을 취
사선택하여 절충적인 이론을 구축하려 했고 여기에다 타인과 자기의 관
찰적, 경험적 지식을 밀착시켜 왔다.(S. Hyman, *The Armed Vision*,
p. 287) 비평의 타당 적절한 방법론으로서의 심리학에 대한 그의 신뢰의
정도를 이미 보았지만 신경학에 대한 기대도 두드러진 것이 있었다. 때로
는 신경학은 문학의 문제를 해결하는데 가장 가능성 많은 수단이라 하였
으며(*PLC*, 120, 251) 그 극단적인 표현이 시적 경험에 대한 신경조직
의 반응도식 같은 것으로 나타났다.(*PLC*, Chap xvi) 그 자신의 심리학
내지 과학의 완벽성 또는 절대성을 확신한 것은 아니었으나(*PLC*, 267),
의미론(semantics)과 다면적인 언어분석(linguistic analysis)의 기술
과, 심리학을 비평의 두 기초로 삼고 이론을 전개시켜 간 것을 끝까지 볼
수 있다. 이제『상상력론』에서 주장된 비평의 목적과 방법을 종장에서 들
추어 내본다면 대략 다음과 같다. "언어형식의 연구는 지금 철저한 노력
이 기도되고 있는 바 이로써 모든 연구 중에서 가장 기본적이며 가장 광
범위한 연구가 되어간다. 그것은 그 보다 더 심원한 연구를 위한 서설도
아니며 준비도 아니다. … 이러한 연구가 제안하는 바 음미의 대상의 형
성 바로 그것은―여기서 그 형식은 상상과 구상이다.―그것들이 사용하
는 단어들이 의미를 갖게되는 과정을 통해서 일어난다."(*CI*, 231) "비평
은 이러한 의미와 이보다 큰 단어의 모임이 전할 수 있는 의미의 학문이
다."(231-232) "미래의 비평가는 과거에는 필요성이 느껴지지 않았던
이론적 장비를 갖추어야만 한다. … 그러나 비평의 장비는 일차적으로 철
학적인 것은 안될 것이다. 그것은 차라리 우리의 의미를 비교하는 방법을
통달하는 것이다."(232) 여기에 대해선 수 없는 비판이 있었는데 한 두
가지 들어본다. "… 이 문제(문학비평)에 대해선 이후의 저작가들은 이

저작(『문학비평원론』)에게 사상에 있어서나 자극에 있어서나 수많은 혜택을 입고 있으며 또한 입어야만 한다. 그러나 리챠즈씨가 제시한 심리학적 근거는 1790년과 1830년 사이의 화학의 진보에 필적할 만한 진보를 심리학이 이루기까지는 거의 아무런 정정없이 받아들여야만 하지만 그이 비평이론에 들어있는 많은 인위적인 안정을 지적하는 것은 가능한 일이다."(Michael Roberts, *Critique of Poetry*, 1934, p. 60)

"리챠즈씨의 문학비평의 접근방법을 문자 그대로 받아들이는 것은 비평이 고양시키려고 목적하는 힘—다양하고 분리한 요소를 상상적으로 지각하고 상상적으로 조정하는 힘—그 자체를 마비시킬 것이다. 리챠즈씨의 저작에는 무엇인가 파고드는 것이 있다. 그러나 깊이 파고드는 의식의 용도에는 한계가 있다."(R. P. Blackmur, "A Critic's Job of Work", part Ⅲ, 1935) 이상과 같이 여러 비평가의 공격을 받은 것이 리챠즈의 이론이지만 현대의 영미비평가치고 리챠즈의 영향하에서 비평을 실천하지 않은 사람이라고는 거의 없다. 로버츠, 블랙크머, 랜섬, 테이트도 그렇거니와 특히 엠프슨, 매시슨(F. O. Matthissen, *The Achievement of T. S. Eliot*, 1935)이나 브룩스에서 보는 정밀한 작품해석(explication de textes)의 기술은 모두 리챠즈의 『실제비평』의 방법을 답습 발전시킨 것이며 이 책만으로서도 현대비평에 대한 리챠즈의 공헌은 움직일 수 없을 만큼 위대하다. 미국 뉴크리티시즘의 장래는 아리스토텔레스와 코올리지를 어떻게 이해하고 토착화시키는가에 달려 있다고 하는데 여기서도 리챠즈는 접근에의 현대적 기반을 제공하는 것이라 생각된다.

리챠즈는 1893년 영국 체시어에서 출생하여 케임브리지 대학을 나왔으며 1926년에 동대학 특별연구원(Fellow)이 되었다. 한 때 북경의 청화대학(淸華大學)에서 교수한 일이 있으며(1929-1930), 동경대학(東京大學)에서 강의한 적도 있었다. 1931년에 하버드 대학에서 강의를 하였고 1937년 이후로는 줄곧 동교의 사범대학에서 문학강의와 영어교수법 지도를 맡고 있다. 금년에 18편의 논문집, *Speculative Instruments*가 시카고 대학에서 간행되었다.[2]

[『사상계』, 1957. 11~12]

---

2) 리챠즈는 1974년에 하버드대에서 은퇴한 후 영국의 케임브리지로 돌아갔으며 1979년에 별세하였다. - 엮은이

19
민족문학 확립의 과제
- 20세기적 관점에서의 방법론 -

김 양 수

1. 민족과 전통

한 민족의 역사가 그 민족의 전통에서 이루어지는 것이라고 할 것 같으면 한 민족의 전통이라고 하는 것은 그 민족의 민족정신의 실체라고 할 수 있을 것이다.

또한 민족정신의 실체가 한 민족의 전통의 '에센스'라고 한다면 민족정신을 이루는 것은 그 민족의 개개인의 집단생활이 추출해낸 그 민족사회의 생활이념이며 천부(天賦)의 발로일 것이다. 그러므로 천부된 인간성의 의식적 혹은 무의식적인 정리와 발전을 위한 노력이 그 민족사회의 생활이념을 확립함으로써 전진하는 한 사회가 형성되는 것이고 그 사회의 생활이념은 민족정신의 바탕이요 실체로서 나타나게 되는 것이다. 그리하여 한 민족사회의 생활이념이 확립한 민족정신의 실체는 유동하는 시간과 확대되는 진폭작용에 의해 전통을 이룩하고 그 전통이 한 민족의 역사를 이루어 놓는 것이다. 그러나, 한 민족의 역사는 그 민족의 전통을 재구성한다. 전통에서 이루어지는 역사가 전통을 재구성한다는 것은 모순도 역설도 아니다. 모순은 오히려 전통에서 이루어진 역사가 전통을 재구성하지 못하는데 있는 것이다. 왜냐하면 전진하는 역사의 참다운 의미는 전통의 파괴와 재정리 재구성에 있는 까닭이다. 한 민족의 역사가 전진한다는 것은 그 민족의 전통이 전진하는 것이고 그 민족의 민족정신의 실체가 전진하는 것이다. 그러므로 그 민족의 민족정신의 실체가 전진 발전하는 것은 그 민족사회의 생활이념이 전진 발전하는 것이다. 한 민족사회의 생활이념은 늘 고정되어 있는 것이 아니다. 유동하는 시간과 확대되는 진폭작용에 의해 변혁되는 것이다. 이는 인간의 생활이념이 변혁하는 이유에서인 것이며 인간의 생활이념이 변혁하는 것은 인간의 생활의욕이 변혁하는 때문인 것이다. 생활의욕의 변혁! 이것은 곧 인간의 창조의욕의 전진과 발전을 뜻하는 것이다. 그리고 창조의욕의 전진과 발전이 있음으로써 참다운 민족의 역사가 전진하는 것이고 그 민족의 역사는 전통을 재구성하게 되는 것이다. 한 민족의 전통이 하루아침에 이루어지는 것이 아닌 반면에 한 민족의 전통은 한결같은 습성만을 고집하는 것만도 아닌 것이다. 그것은 한 민족의 역사가 한결같은 습성만을 전통으로 이어온 것이 아닌 까닭에서이며 또한 한결같은 습성을 고수하는 것은 전통의 시체를 고수하는 것에 지나지 않는 이유에서인 것이다. 한결같은 습성에의 집착이나 고집은 새로운 창조를 위한 전진이나 발전을 의욕하고 지향하려는 것이 아니고 과거의 안이 속에 자신의 평안을 의뢰하고 자신의 평안으로써 스스로의 무능과 나태를 위로하고 스스로의 노력과 투쟁심을 회피함으로써 줄기찬 역사창조의 대가를 공으로 누리고 보답하지 않으려는 비생활적인 정신에서 우러나온 것이다. 감상적인 과거에의 향수나 막연한 지나간 전통에의 고집은 한 민족의 민족정신의 정체를 초래하는 것이며 시체가 된 전통 앞에 무작정 무릎 꿇고 타협하는 소극적 '휴머니즘'의 달콤한 장상곡(葬喪曲)만을 연주케 한다. 그러나 진정한 의미의 전통의 계승은 그러한 전통의 시체에의 감상이나 타협이 아니고 그 시체 안에 오늘의 호흡을 불어넣는 것이다. 그리고 그 과거의 시체 안에 오늘의 호흡을 불어넣는다는 것은 '엘리어트'의 "과거를 과거로서만 머물게 하는 과거성만으로서가 아니라 과거의 현재성을 지각케 하는 역사감을 포함함으로써 비로소 …… 전통적인 존재로 한다."는 말과 통하는 것이다. 그러나 또한 과거를 과거로만 머물게 하는 시체에의 타협의 양기(揚棄)는 오늘 현재의 시간에서 오늘 현재의 시력으로 바로 본 과거 안의 현재성을 필요로 하는 동시에 오늘 현재의 시력을 조성하는 그 민족의 정신적 시력의 확보인 것이다. 오늘의 전세계가 정신적 시력의 초점은 민족과 민족과의 연립(聯立) 및 연합체를 구성하는데 있으며 이는 세계적인 시력과 국제적인 시점을 지향하는데 있는 것이다. 오늘의 전세계의 생활이념은 양(洋)의 동(東)과 서(西)를 대비하는 소극적인 상호 이해에의 지향이나 민족과 민족과를 인정 및 구별하는 민족자결에의 '프로세스'를 지나서 전 인류의 공통된 활로를 동일한 시간개념과 공간의식으로서 추구하는데 있는 것이다. 그것은 우리가 처하고 호흡하고 있는 현대라는 시간 위치에서의 민족감정 및 민족감각이라고 하는 것은 이미 하나의 상념으로서가 아니라 보다 실제적으로 인류감정 및 인류감각을 전제 내지는 포함하고 있는 때문이며 민족으로서의 인간이기보다는 인류의 일 분자로서의 인간의 위치가 어느 때보다도 절실히 강조되고 있는 때문인 것이다. 이렇듯 민족의 테두리 안에서의 민족정신환경에서 인류의 집성 혹은 위치 및 세포로서의 민족정신환경에로 나아가게 된 시공에 처한 까닭으로 한 민족의 전통이 전세계를 교통하는데 필요한 국제적인 시점을 조성하려면 우선 그 민족의 정신적 시력의 종적(從的)인 박력과 국제적 시점의 횡적(橫的)인 진폭 작용의 자각을 꾀하는데 있는 것이다. 그리하여 '괴테'가 말한바 "가장 개성적인 것은 가장 민족적인 것이며 가장 민족적인 것은 인류적인 것이다."라고 한 합리적인 너무나도 합리적인 명언의 오해되기 쉬운 개념도 풀려지는 것이다. 그리고 한 민족의 정신적 시력을 국제적 시점으로 쏠리게 하는 힘은 오늘을 당한 그 민족의 민족정신의 실체인 생활 이념의 세계적 및 국제적 시점에서의 비판과 개혁에 있으며 이 비판 및 개혁에의 의욕과 지향이 참다운 그 민족의 전통을 역사를 창조하고 그 역사 또한 그 민족의 재구성하는 것이다. 일찍이 노신(魯迅)이 "일체의 전통사상과 수법을 부닥쳐서 파괴하는 효장(驍將)없이 중국의 참된 새로운 문예는 이룰 수 없으리라."고 한 말을 민족과 전통을 논하는 마당에서 누구나 잊을 수 없을 것이다.

2. 20세기의 성립과정

"신은 죽었다. 신은 나 자신이다."

'니체'의 이 말은 인간정신의 절망을 선언했다기보다 인간정신 자립에의 선언이었으며 근대의 절정을 의미하는 것이었다. 르네상스 이래의 인간 선언이 참다운 실현을 보게 된 단계에서 정신적 봉화를 높이 들어 보인 것이다.

"인간은 정신적 개인이 되고 그리고 그러한 것으로서 그 자신을 자각한다."

르네상스를 중세와 구별하는 마당에서 '야곱 부룩할트'는 이렇게 말했으나 개성의 확립, 개성의 존중, 인간의 참다운 자유의 실천은 불란서 정치혁명과 민족의 자각이 나타나기까지 많은 과정을 필요로 했던 것이다. 「소설의 미학」에서 '알베르 티보데'가 말한 바 적어도 귀부인들의 규방을 위해서 생겨졌다고 보아도 좋은 로마네스크 소설이 비평의 성격을 갖추게 된 '돈키호테'에 이르러 비로소 근대소설의 출발점을 나타내었고 근대소설의 본질은 소설에 향한 '부정'에서 이루어진 것이라고 한 것은 문학에서의 비평의 존재를 중시했음은 물론 비평이야말로 인간 자각의 근본요소임을 말한 것이 아닐 수 없다. 희랍·로마를 포함하는 고대의 자연중심주의와 중세의 종교(신)중심주의를 거쳐서 자연과 신에 의뢰하지 않고 그들에게서의 독립을 자각한 르네상스의 인간중심주의 선언은 그 인간의 막연한 우월감이 자연과 신이 지니고 있던 위력을 왕권과 귀족계급에게 교체시키는 데만 그치고 말았다. 국가의 자각은 국가주의제도의 실천만을, 그리고 시민계급의 해방은 귀족계급에의 선망과 특권만을 안겨주는 결과만을 가져왔던 것이다. 그리하여 자연과 신에게 봉사하던 인간의 전부는 또다시 왕권에 봉사하고 사역하는 봉건주의 사회제도에서의 답보(踏步)만을 하고 있을 뿐이었다. 그러나 그러한 가운데서도 비평정신의 '싹'은 차츰차츰 자라고 있었던 것이다. 왕권과 귀족사회의 부패도 그 원인이 되겠지만 18세기에 고조한 합리주의는 구라파적 사고의 전형으로서 그 위력을 발휘하기 시작했던 것이다. 자아의 확립이라고 하는 관념이 설정되면서부터 개인적 인격의 존중, 개인의 권리, 개인의 자유, 개인을 토태(土台)로 한 개성의 발휘가 사회적인 과제로 화하여 가자 사회는 이미 전회의 발걸음을 떼어놓아야 했던 것이다. 19세기의 특성은 이러한 역사의 전회를 입증하는 개성과 개성의 대립을 또한 초래하기도 하였다. 종교에 있어서의 개혁이나 정치에 있어서의 대혁명과 마찬가지로 경제면에 있어서의 산업혁명은 일반 시민층의 확고한 세력과 위치를 마련하였다. 소시민의 탄생과 발흥은 확실히 인간정신의 귀중한 전진이요 발전이었다. 그러나 이 전진과 발전과 함께 참아온 것은 근대라는 이름 아래 쌓여온 물질문명의 맹아(萌芽)였으며 기술주의의 기초인 초기 자연과학의 합리적 체계화와 실험이었던 것이다. 자연에의 의뢰도 신에의 의뢰도 모두 거부하고 오로지 인간의 자립만을 선택하고 나선 그들은 물질과 기술에게 스스로의 활로를 맡길 밖에는 없게 된 것이다. 인간의 자유로운 개성을 지탱하려고 하면 할수록 인간은 물질을 이용하지 않으면 안되게 되었고 또한 기술의 발달을 통하지 않으면 안되게 되었던 것이다. 클로드 베르나르의 「실험의학서설」의 영향도 있지만 에밀 졸라의 「실험소설론」은 차라리 인간이 자연과 신에게서 자립하기 위한 성급하면서도 적극적인 의욕이었던 것이며 근대정신의 합리화를 실험으로써 증명하려는 초조한 분석태도였던 것이다. 그리하여 근대의 역설은 이를 발판으로 그의 성격을 명확히 하였다. 개성의 자유와 개성의 존중은 수많은 개성의 출현과 대결 그리고 난립을 초래하였다. 고전주의와 낭만주의 대결, 자연주의, 사실주의, 상징주의의 난립과 대결들은 왕권과 귀족의 세계에서 소시민의 생활 속으로 '바톤'을 넘긴 근대 자연의식의 모습이었으며 산문정신의 확대하는 무한성이었던 것이다. 주체할 수 없는 자연과학의 기초적 방법론은 「보바리 부인」을 위해서 '플로베르' 자신이 비소(砒素)를 입에 대어보고 구토를 하지 않으면 안 되는 실증주의 위엄을 보여 주었고 그리하여 "보바리 부인은 나다"라고 갈파해도 의심받지 않을 비싼 대가가 이루어진 것이다. 주체를 과학적으로 체계화하기 위해서 실험한 시에 있어서의 상징파나 회화에 있어서의 인상파는 그 시구의 분야나 암시로써 혹은 광선 변화의 추이와 분석으로써 오히려 주제의 의의를 말소하는 역할을 하였다. 주체를 논리적으로 분석함에 따라 도리어 주제를 말소시키게 됨은 이 무슨 역설인가! 인간을 위한 개성의 자유, 개성의 존중은 끝내 물질의 개성과 기술의 개성 자체를 자유롭게 하고 존중하기 위해서 있었더란 말인가. 그리고 이것이 인간의 자아독립의 양상이었으며 자아의식의 지향점이었던가. 주축이 상·하로 그 위치를 변경한 것이다. 아니 상·하의 한계가 그 앞에서 말소된 것이다. 양극에서 자연과 신이 떨려나가고 양극을 연결한 인간의 나신(裸身)은 실험과 분해와 합리 및 실험으로써 그의 자아를 독립해 가는 일방 또 하나의 객관적 조건과 대면치 않을 수 없게 되었다. '데카르트'의 회의의 근저에는 자기완성에로 향하는 르네상스적 개아(個我)의 사상, 즉, 자기중심적 결의가 복재(伏在)하고 있었다. 그러나 그 자기중심의 독립이 절실하면 절실할수록 또 하나의 개성, 아니 보다도 거대한 객관적 조건과 대결해야만 했다. 위기는 여기에서 머리를 들었다. 瀨木愼一은 "이에 대해서 티보데에 의하면 19세기는 비평의 대세기라고 불리우는 모양인데 비평은 동세기에서도 전반과 후반이 전연 그 성격을 달리하고 있다. 전반기는 르네상스 이래의 자아의식의 말하자면 달성을 표시했으나 그것이 자연과 인간의 대립의 심화에 따라서 확대되어진 사회적 시야 속에서 점차로 붕괴의 과정에 이른 것이 후반기인 것이다. 자기의 대상에의 전신을 용이히 할 수 없는 객관적 조건이 출현한다. 그것에 대한 격투를 벗어나서는 주체는 자기의 원리를 확립할 수는 없다."라고 한 다음 "주지하는 바와 같이 비평이라는 말은 위기라는 말과 대응한다. 그런 의미에서 비평이 참다운 위기의 표현으로써의 성격을 띤 것은 근대의 붕괴기인 19세기말이었다. 거기에선 비평은 자기의 전신의 수단에서 투쟁의 수단에로 변했다. 한 사람의 작가의 행위에 그의 존재의 전 중량이 걸려진 것이다. 기술이라고 하는 행위의 비평에서 존재의 비평으로 변했다고 해도 좋은 것이다."라고 하였다. 자아의 확립은 자아의 존재를 가능케 하는 객관적 조건인 물질 및 기술과 대면하여 결투를 전개해야 했던 것이다. 그리고 그 격투의 전 중량을 지탱하고 재령(宰領)하는 것은 '비평' 바로 그것이었던 것이다. "신은 죽었다. 신은 나 자신이다."라고 한 '니체'의 선언은 '돈키호테'라는 기사의 말을 타고 걸어온 것이다. 그리하여 자아를 확립하는 근대의 전면과 자아가 위협을 받는 근대의 후면을 거쳐서 비평의 역정(歷程)은 20세기라는 무정부적 상태로 옮겨졌다. 20세기! 이 너무나도 찬란하고 비장한 이름—. 이 벅찬 세기는 구라파에서 발생하여 동양을 침해 전도시켰을 뿐만 아니라 구라파 자체를 전복하였다. 물질과 기술의 역사는 드디어 인간의 내부까지도 변혁시키기에 이르렀다. "이 세상의 모든 근본적인 사물은 전쟁에 의해, 더욱 정확히 말하자면 전쟁에 잇따르는 특수사정에 의해 침해되었다고 할 수 있다. …… 더욱이 이 모든 상처입은 것들 속에 '정신'이 있다. '정신'은 참으로 무참히 아픔을 입었다. 정신은 정신가의 흉중에서 신음하고 슬프게 스스로를 비판하고 있다. 정신은 깊이 자기자신을 회의하고 있다." 이렇게 '발레리'는 20세기를 고뇌하고 호소해야 했던 것이다. 물질에서 나온 기술과 그리고 인간과의 복잡한 삼각관계를 앞에 두고 이 세기는 동·서를 넘어서게 된 것이다. 동양의 과거만으로서도 서양의 과거만으로서도 어떠한 민족의 과거만으로서도 도저히 해결할 수 없는 인간의 위기는 인간의 변혁을 요구할 밖에 없다. '마루로오'가 말한 "거대한 하나의 자연 안으로 자연화하려는 동양인"이나 "자연을 인간의 힘으로 다루어 자기 안에 또 하나의 자연을 마련하는 서양인"을 막론하고 투쟁과 극복의 과제가 도래한 것이다. 혼란과 위기의 세기는 인간의 전 구조를 변혁하지 않으면 안되게 하였다. 전신의 역사가 인간에게 격투를 강요하고 격투는 또한 그 밑받침으로 비평정신을 확립시키기에 이르렀다. 인간의 독자성과 물질 앞에서의 전신은 물질과 기술의 '메카니즘'에 의한 인간의 '메카니즘'화인 것이다. 19세기말까지 이르러 성숙할대로 성숙한 인간의 역사는 인간정신의 부정을 길러온 것이다. 그러나 르네상스의 부정은 자연중심의 고대와 신중심의 중세에 향한 부정이었으나 19세기의 부정은 인간정신 자체에 향한 부정이었던 것이다. 그리고 드디어는 19세기말까지 쌓아온 성숙한 인간역사를 송두리째 부정하는 20세기의 부정이 출현한 것이다. '돈키호테'의 부정은 지나간 한 세기를 부정과 위기의 소산인 비평을 이룩하기에 격렬하였으며 그 비평은 끝내 19세기말까지를 넓은 의미에서의 자연주의 역사로 규정케 하고 20세기를 물질화하는 인간의 역사로서 성립시켰다.

3. '물질'에의 개안(開眼)과 극복

"오늘의 새로운 예술도 위대한 기술혁명에 의해 이끌려 온 것이다."라고 한 '허버트 리드'의 발언은 그대로 20세기를 척도하는 것이 아닐 수 없다. '물질'에 향한 수많은 문명비평가들의 혐오나 불안은 살아져도 좋은 일이다.

사실 금세기에 있어서의 물질의 위력은 인간의 모든 권위를 무너트리고 인간의 내부생활까지에도 위협을 던져 주었다. 그러나 결정적인 혁명은 물질에서 나온 기술에 있었던 것이다. 이에 대해서 허버트 리드는 인간과 기술과의 인과관계를 들고 있다. 금세기의 전반에 걸친 변화는 극히 근본적인 혁명을 가져왔으나 그것은 구석기, 신석기의 양 시대간에 일어난 변화와 비슷하다는 것이다. 즉 선사시대의 사회적 습관의 근본적인 변화와 같다는 것이다. 구석기시대의 유목, 수렵경제에서 신석기시대의 안정된 생산경제에로의 발전과 다름이 없다는 것이다. 다만 금세기에 있어서 물질이라고 하는 것이 어느 시대보다도 확대되어 등장한 것과 그 물질을 다루기 위한 인간과 물질과의 대립과 마찰에서 발생한 기술의 비약적인 발전이 인간에게 필요이상의 추종을 요구하는데 대한 그 비정함과 또한 물질중심이 끼친 인간정신의 격하를 저주하는 지나간 습관에의 타성에서 빚어진 차탄(嗟嘆)이 혼란을 야기시키고 있는 것이다. "따라서 세계의 인간이 살고 있는 제 지방의 등급결정은 있는 그대로의 물질적 크기와 통계의 제요소, 숫자(인구, 면적, 중요물질) 같은 것들이, 결국, 다만 그것만을 가지고 지구의 제 구역의 등급을 결정하는 그대로 되어버리고말

경향이 있습니다." 이와 같은 '발레리'의 경고는 그러나 다음과 같은 그의
고발로써 한층 강조되는 한편 또한 청산되어지기도 하였다. "선박의 동요
가 너무나도 격심했던 까닭에 제일 교묘히 매어 달린 '램프'까지가 드디어
전복되고 말았을 정도입니다." 선실에 매어 달린 '램프'는 어떠한 격심한
동요에도 전복되지 않게 나침반과 동일한 평형을 유지하는 장치가 되어
있는 것이다. 그러나 그러한 교묘한 장치로써 매어 달린 '램프'까지가 평
형을 잃고 전복되었다고 하는 것은 세계라는 이름의 선박의 크나큰 전복
을 말하는 뜻이 아닐 수 없다. 이 앞에서 '발레리'는 비통한 표정을 지으
며 "정신은 정신가의 흉중에서 신음하고 슬프게 스스로를 비판하고 있다.
정신은 깊이 자기자신을 회의하고 있다."고 호소한다. 합리주의가 걸어온
길은 그가 이루어 놓은 실증주의의 절정에 이르러 스스로를 회의하지 않
을 수 없게 된 것이다. 진통의 대가는 등가치의 희생과 출산을 초래한다.
출산된 영아는 '물실'의 새로운 의의었고 성장과정은 기술의 발달이었던
것이다. '발레리'의 불안의 호소는 인류의 물질 앞에서의 피해를 예언하는
것이었으나 한편 물질의 존재이유의 중대함을 명시한 것이기도 하다. 신
과 같은 영혼도 자연과 같은 섭리도 지니고 있지 않는 냉혹한 물질의 등
장은 그러나 기술이라는 것을 인간에게 부여하였다. 그리고 그것은 인간
이 신에게서도 자연에게서도 물려받지 않은 새로운 질서, 즉, 물질에 의
한 질서를 확립하기에 이른 것이다. 물질이라는 것을 인간이 인간을 위해
서 지배하려면 물질의 질서를 파악하고 소유하여야 할 것은 정한 이치다.
그렇다면 물질에게서 나온 기술은 곧 물질의 질서를 형성하는 것이 아닐
수 없다. 그리고 그것은 곧 물질의 연구에 의한 '메카니즘'인 것이다. 물
질의 질서를 소유하기 위해서 인간은 인간 자신을 '메카니즘'화해야 한다.
이것이 참된 인간의 새로운 활로를 개척하는 방법이요 또한 수단인 것이
다. 르네상스의 인간중심주의 선언은 신의 질서와 자연의 질서의 구속에
서 벗어난 인간의 질서를 확립하는데 있다면 그 인간의 질서는 처음 개아
사상(個我思想)의 확립을 이루는 합리주의에 도달한 후 실증주의로써 그
개아사상의 모순을 폭로하고 새로이 사회적 질서에 의한 인간의 질서를

추구하여 온 것이라고 할 수 있다. 그러므로 개인의 자유나 개인의 권리가 사회적 여건 속에서의 사회적 자유, 사회적 권리 없이 이루어질 수 없다는 것을 자각할 때 인간은 사회적 질서의 확립을 꾀하지 않을 수 없을 것이다. 그러나 산업혁명 이후의 공업의 발달은 그 기능이 사회를 공업화하여 가고 한 사회가 형성되고 영위되어 가는데는 물질이 낳은 기술에 의한 '메카니즘'을 확립하지 않으면 안 되는 것이다. 그러므로 사회는 자연히 '메카니즘'화해야 되는 것이며 인간은 그 사회 안에서 살아가야 함으로 그 '메카니즘'화에 보조를 맞추어야 하는 것이다. 물론 이렇게 되면 오히려 인간이 품었던 인간의 자립과 자유에의 정신이 구속을 당하고 물질에 의해 인간정신의 자유로운 권리와 창조적인 발전에 장해가 오고 피해를 입히게 되는 수가 발생하기는 한다. 그리하여 '발레리'의 말대로 인간이 살고 있는 그대로의 물질적 크기와 통계의 제 요소와 인구, 면적, 주요물질 등의 숫자로써만 결정되는 경향이 생겨지는 우려가 있다. 그리고 '발레리'가 아니라도 이것은 모든 인간의 고뇌인 것이다. 그것은 인간이 어디까지나 물질이 될 수 없고 물질화할 수도 없는 것이기 때문이다. 인간은 끝까지 인간의 정신적 육체적 질서를 보유하고 있으며 인간의 정신적 육체적 질서는 또한 모순과 우연과 함께 살아가는 것인 까닭이다. 인간과 물질과를 구별하는 것은 인간에게 있어서의 생활감이 물질에 있어서의 실체감에 화해 예지를 내포하고 있는 것이다. 그러므로 예지가 깃들어 있지 않은 물질의 실체감은 인간의 생명감에게 이끌려 가야 함으로 인간과 물질과의 대결이 불가분의 것이 되는 한편 인간은 생활감이 없는 물질의 실체감 앞에서 고통을 느끼며 고뇌하지 않을 수 없게 되는 것이다. 주체와 객체의 격투가 빚어내는 고뇌라고 할 수 있다. 인간생명의 아름다움이나 인간생명의 의의는 고래로부터 생명과 생명이 부딪쳐서 빚어내는 모순과 우연과 착각에 있는 것이다. 그리고 그것은 인간이 인정이라는 진부하면서도 영원한 피와 살의 질서를 지니고 있는 까닭이다. 피가 지닌 그 정열의 유동성과 살아 가지고 있는 양감의 탄력성은 인정의 터전이 되는 동시에 그 인정은 또한 뼈의 체계와 신경의 감시 아래 조절을 당하면서도 아름다운 생명감을 발산한다. 그리하여 그 생명감은 서로 마찰하여 모순과 우연과 착각에 함입(陷入)되어 도취의 아름다움에 이른다. 그리고 이 도취의 아름다움은 인간의 생명감의 아름다움인 것이며 이것은 인간의 신성이라고 할 수 있는 것이다. 인간의 신성에서 비로소 인간의 예지라고 하는 것이 깃들인다. 그럼에 비추어 물질에게는 그러한 예지를 깃들이게 하는 신성이 없다. 왜냐하면 물질에게는 인간이 지니고 있는 피와 살이 없는 까닭인 것이다. 물질의 냉취(冷醉)함과 비정함은 인간에게 있어 피와 살이 빚어내는 모순과 우연과 착각의 아름다움이 없는 때문이다. 물질은 다만 차가운 실체감뿐이 있다. 여기서 물질을 지배하고 이용하기 위해 물질과 대결하는 인간의 고뇌가 생길 밖에 없다. 그리고 물질의 크기와 숫자에 억눌리는 인간의 위기를 호소하게 되는 것이다. 그러나 인간은 고뇌로 하여 살아가는 길이 열리고 고뇌로 하여 사는 의의가 서는 것이다. 생활은 투쟁에서 이루어지는 것이며 투쟁은 또한 고뇌인 것이다. 물질에 향한 고뇌는 인간의 좋은 점을 증명하는 것이며 인간이 물질이 되어서는 안되며 물질화하여서도 안된다는 자각을 얻어준다. 어디까지나 물질을 넘어서야 한다는 것을 각성하게 한다. 그러면 물질을 넘어서는 방법은 어디에 있는 것일까. 그것은 다름아닌 물질을 파악하고 향유하는데 있는 것이다. 물질이 낳은 기술을 소화 습득하고 그 기술이 조성하는 '메카니즘'에 파고 들어가 그 기술의 일원이 됨으로써 그를 지배하고 이용하게 되는 것이다. 여기에는 많은 인간의 부조리와 고뇌가 횡재해 있을 것이다. 그러나 부조리와 고뇌를 극복하는 방법은 부조리와 고뇌 속에 뛰어들어가 대결하는 수단 밖에 없는 것이다. 그리하여 '메카니즘'의 본질을 파악하고 향유함으로써 비로소 물질의 '메카니즘'을 지배하고 요리하는 길이 트이는 것이다. 물질의 '메카니즘'을 파악하려면 우선 인간의 생활자체도 '메카니즘'화해야 하며 사고와 활동이 '메카니즘'과 보조를 같이 함으로써 사회조직체를 '메카니즘'화하고 물질과 기술의 인간에의 봉사를 꾀하여야 한다. 그러기 위해서 인간은 무엇보다도 물질에의 많은 관심과 물질 존중에의 정신을 전적으로 인정하고 기울여야 하는 것이다. 소극적인 '휴머니즘' 제창자들이나 때늦은 문명비평가들의 우수어린 경고나 불안의 호소는 오늘의 이 물질화한 세계의 역사를 극복하고 타개할 수는 없다. 사회가 기계화해 간다고 해서 사회라는 한 기구체를 저주하고 차탄(嗟嘆)한다는 것은 시대착오적인 타성에서 오는 것이다. 기계문명에 대한 감상적인 비관은 무작정 '메카니즘'에 향해 인간부재를 절규하고 있는데 이것은 하나의 '페시미즘'에 지나지 않는다. 이 세기의 혼란이 실증주의와 기술주의를 극복하는 진통기라는 것을 예감하면서도 인간정신의 위기를 호소한 '발레리'까지도 어떻게 보면 19세기의 절정을 장식한 '페시미스트'였다고 불리우고 있다.

"사람은 빵만으로 사는 것이 아니다."라고 한 기독의 명언 뒤에는 사람은 빵이 없어서는 못 산다는 논리가 따라다니고 있다는 것을 알아야 한다. 그와 한가지로 물질의 거대한 위력에 눌려서 물질의 힘만으로선 생활하기 힘들다는 경고를 발하는 뒤에는 물질의 힘을 빌리지 않으면 이 세기를 극복할 수 없다는 자각이 필요한 것이다. 지금까지 수많은 '휴머니스트'들이 기립하여 제마다 잠들어버린 자연주의적 동양정신을 쳐들고 나오는가 하면 중세의 신화한 '카톨릭시즘'을 쳐들고 나오면서 이 세기의 활로를 타개하자고 떠들어대기는 하였으나 그들의 이론이 항시 방법론을 제시하는데 빈곤했거나 부족했던 것은 20세기에 있어 가장 주빈(主賓)이 되는 물질에의 관심과 개안을 게을리했거나 과피(過避)한 탓인 것이다. 다시 쳐들거니와 "제일 교묘하게 매어달은 램프까지가 전복된 ……" 원인이 어디에 있는가를 명심해야 할 것이다.

4. 기술지상에서 주체확립으로 ―

"우리들은 우리들의 세대 안에서 필연적 통일에로 향하고 있다. ―이보다 가까운 장래에 대해서 말한다면 서방사회의 제 국민의 통일에, 그리고 그 이상의 장래에 대해서 말한다면 조만간 전 인류의 통일에로 향하고 있다. 이것은 기술의 진보에 의해 싫든 좋든 운행되어지는 도달점이라고 생각한다. 이 기술의 진보에는 종말이 없다. 이것은 점차 스피드와 운동량을 가하고 있다고 보여진다. 그리고 그 힘센 발전 속을 항상 일관하여 흐르고 있는 한 경향이 있음을 볼 수 있다. 잇따르는 기술적 발전의 하나하나가 모든 목적—선과 악, 평화적과 호전적, 건설적과 파괴적—에 대한 전 인간활동의 규범을 확대하는 효과를 지니고 있다."

　이것은 '아놀드 토인비'가 그의 「역사의 다음의 단계」라고 하는 논문 가운데서 한 말이지만 물질에 의한 기술의 진보와 발전은 구극(究極)에 가서 전 인류의 통일의 수단이 되어야 한다는 것은 시비를 가릴 여지가 없는 것이다. 그러나 주지하는 바와 같이 기계문명 하에 있어서의 기술의 발전은 '토인비'의 말대로 '거리의 절멸'과 또한 '세계의 동시성'을 초래하였으나 세계통일에로 향하는 주체의 통일은 확립하지 못하였던 것이다. 즉, 정신혁명이라는 것을 완전히 이룩하지 못하고서 오로지 산업혁명과 '테크놀로지'만에 의한 세계의 일체화를 지향하였던 것이다. 어느 역사학자의 말을 빌리면 세계의 일체화를 낳은 근대, 그것은 산업주의, 전체주의, 집단혁명, 조직의 과잉, 통계와 수의 신화, 척도의 남용 등등을 낳은 근대이고, 인간이 일인(一人) 일표(一票)의 단위로써의 '시민'으로 환원된 사회이며 이것이 '게오르규'의 말한 바 획일성과 몰개성과 자동성의 「25시」의 사회라고 하였다. 기계문명 앞에서의 인간의 무력감이야말로 「25시」에 있어서의 절망과 통한다는 것이다. 그리고 이것은 세계가 물질적으로 일체화는 해가고 있으나 정신적으로는 일체화하지 못한데서 오는 것이라고 한다. 근대가 안으로 향한 혁명을 치루지 않고서 다만 정치혁명, 사회혁명, 산업혁명의 밖으로 향하여진 혁명만을 통해서 드디어 '세계사의 형성'에 도달하였다고 하는 것은 즉, 인류가 아무러한 정신적인 준비도 없이 세계의 일체화와 원자시대로 들어왔다고 하는 것에 지나지 않으며 그리고 그것이 또한 현대라는 것이다. 그런데 이 원인은 아세아에 있어서 구라파에 존재하고 있는 의미로써의 통일이라고 하는 것이 한번도 존재하고 있지 않았다는데 있으며 구라파는 공동의 고대에서 출발해서 공동의 중세에 있어 형성된데 반하여 아세아에 있어서는 인류의 역사의 여명기까지 소급하는 몇 개의 기원을 달리한 문화가 각기 자생적인 것으로써 출발하여 그들 각기가 하나의 문화적 자족체로서 봉쇄적인 독립의 역사를 형성한데 있으며 아세아 전체가 하나의 통일된 단위를 이루는 것이 정치적으로도 문화적으로도 없었던 까닭이라고 한다. 하나의 통일된 구라파라는 것은 실재하여도 하나의 통일된 아세아라는 것은 실재하고 있지 않다. 이것은 아세아에 있어서 정신주의는 있었어도 정신이 없었다는 뜻과도 통하는 것이다. 왜냐하면 구라파를 이루는 일관된 구라파 정신은 있어도 아세아를 이루는 일관된 아세아 정신이라는 것은 없었던 때문인 것이다. 아세아의 공통된 의식이 있었다고 하면 그것은 최근 백년간에 생겨진 것이며 이는 서구제국주의에 대한 하나의 반응으로써 나타난데 지나지 않는다고 한다. 그리하여 서구의 내셔널리즘은 서구의 인터내셔널리즘을 이루는 역사적, 문화적 공통기반을 선천적으로 소유하고 있는데 반해 사상적으로도 역사적으로도 아세아의 내셔널리즘을 지탱하는 그 공통기반을 지니고 있지 않은 아세아의 내셔널리티는 구라파에 있어서의 그것과 같이 동질적인 기반 위에서의 사회단위로써가 아니라 서로의 이질적인 문화단위의 고립세계를 기반으로 하고 있으며 또한 아세아의 내셔널리티는 구라파에 있어서의 국가보다도 구라파 그 자체와 필적하는 규범을 지닌 기반 위에서 일어나려고 하고 있다고 한다. 그러나 그러한 웅장한 자각을 지니게 된 것은 역시 구라파 기술주의의 영향에서인 것이다. 그리고 그 보다도 현대가 '세계를 일체화'하는 마당에서 혼란과 회삽(晦澁)을 내포하고 있는 것은 서구에 있어서의 근대가 붕괴하는 단계에 있어 아세아가 근대화에 직면했다고 하는 사태의 복잡함에 원인이 있다는 것이다. 서구에서는 근대를 어떻게 넘어서느냐가 역사의 과제가 된데 반하여 아세아는 어떻게 해서 근대화로 들어가느냐 하는 것이 과제가 된 것이다. 조연현(趙演鉉)씨는 그의 「한국현대문학사」 가운데서 "우리한국에 있어서는 엄격한 의미에 있어서의 '근대'가 없었을 뿐만 아니라 한국의 근대적인 과정도 따지고 보면 구라파의 근대적인 과정을 벗어난 것이 아니었음을 알 수 있게 된다. 그러므로 한국의 근대사적인 과정은 그 출발과 함께 구라파의 현대적인 과정과 교통되었기 때문에 한국의 근대사적인 과정은 그것이 한국의 현대사적인 과정이기도 했으며 한국의 현대사적인 과정은 그것이 한국의 근대사적인 과정이기도 했던 것이다. 즉, 구라파적인 '근대'와 '현대'가 명료한 구별없이 혼성(混成)되고 병행된 것이 한국의 근대 및 현대사 과정의 형성요소였던 것이다. 이것이 한국근대사의 후진성과 기형성(畸形性)을 설명해주는 기본적인 개념이다."라고 하였는데 구라파적인 근대사의 후진성과 기형성의 지적은 한국만이 아니라 한국보다 3·4년 앞선 일본이나 혹은 중국도 마찬가지 경우로써 아세아 전체가 그러한 후진성과 기형성을 모면(冒免)할 수는 없었던 것이다. 그러나 그보다도 더 중요한 것으로써 근대화를 혼란케 하고 회삽하게 한 원인은 아세아의 정체성과 봉건유제(封建遺制)에만 있는 것이 아니라 실로 세계사 그 자체 속에도 있다는 것이다. 아세아대륙에 부속한 일 반도에 지나지 않으며 세계 최소의 대륙이고 인구는 세계의 5분의 1이 못 되며 자원은 어느 대륙보다도 빈곤한 구라파가 우위를 지탱하고 있은 것은 '방법'의 우위, 오로지 그것 때문이었다는 것이다. 그러나 구라파는 그 '방법'으로써 그의 문명을 이룩하고 그 '문명'은 물량과 수량의 새로운 세계를 산출하고서 오히려 그것들의 발전과 비약으로 해서 스스로의 본 모습을——즉, 세계에서 최소의 대륙에 지나지 않는다는 사실을 발견하게 된 것이라고 한다. 현대사의 모순은 이러한 서구의 일방적인 팽창과 그 외압에 의한 아세아의 늦은 깨우침이 초래한 것이다. 여기서 '토인비'는 '지방인 근성'을 초극해야 한다고 경고한다. 구라파적인 세계사의 선입관을 구라파인 자신이 철저히 넘어서야 금일의 세계를 파악할 수 있으며 이것이야말로 근대를 넘어서는 것이고 세계의 일체화 속에서의 하나의 정신혁명에 통한다는 것이다. 그러므로 중대한 것은 구라파가 초극하려는 '물질'과 '방법'을 아세아는 '지방인 근성'을 넘어선 주체의 확립의 수단으로 사용해야 하는 것이다. 그것은 '세계의 동시성'을 '물질'과 '방법'에 의해 받아드릴 수 있는 사상적 및 문화적, 역사적 시점을 쌓아올리는데 있는 것이다. 그리하여 다시 집중되는 곳은 '물질'과 '방법'의 세계의 위대성에로인 것이다. 구라파적 세계사의 선입관만으로도 아세아적 세계사의 선입관만으로도 넘어설 수 없는 전 인류적 세계사의 자각아래 오늘의 물질문명과 기계문명을 대하는 태도야말로 정신혁명을 수행하는 정신적 주체의 확립이 이룩될 수 있는 길인 것이다. 어떠한 정신적 주체의 확립이 없이 즉, 어떠한 정신혁명의 준비가 없이 물질문명을 받아들었다고 하는 것은 이러한 전인류적 세계사의 선입관이나 나아가서 아세아적 세계사의 선입관만으로만 받아들였다고 하는데 현대의 모순과 혼란과 회삽이 대두된 것이다. 그러므로 세계의 일체화를 형성해 가는 마당에서 전인류적 세계사의 자각이 예비되어 있지 못한 구라파적 세계사의 선입관을 위주로 한 구라파적 세계가 붕괴되고 해체될 밖에는 도리가 없는 것이며 또한 전인류적 세계사의 자각을 갖지 않고서 구라파적 세계의 붕괴되고 해체되는 단계에서의 물질문명을 받아드린 곳에 아세아적 세계의 혼란과 후진성과 기형성과 모순과 회삽이 있을 밖에 없는 것이다. 그러나 이제야말로 그러한 위기를 초극하는 세계와 인류의 일체화를 형성하는 세계적 시력과 국제적 시점을 마련하는 시기인 것이다. 그리하여 그 세계적 시력과 국제적 시점으로써 '물질'과 '방법'을 구체적으로 체득해야 하는 것이다. 이것이 참다운 의미의 '물질'에의 개안과 극복을 가져오는 것이며 또한 '물질'과 '방법'만의 세계 및 위력을 넘어서는 정신혁명 수행의 길이며 주체확립의 수단인 것이다. 그럼으로써 '게오르규'의 절망인 「25시」의 감방과 같은 양 세계에의 공포도 떨어질 수 있는 것이다. '게오르규'의 절망이나 공포는 물질문명 및 기계문명 그 자체에 향한 것이라기보다 '지방인 근성'의 세계관 밑에서 이루어진 물질문명 및 기계문명의 모순과 회삽에서 받은 고통이었던 것이다. 상념으로써가 아니라 실제로써 20세기의 세계사 혁명을 완수하는 정신 및 방법은 자기자신의 과거를 넘어서려는 노력과 그 노력이 자아내는 '지방인 근성'에의 부정 및 극복인 것이며 이 과거를 넘어서려는 자기자신에의 부정과 극복에의 노력은 이제까지의 그릇된 기술지상주의에서 주체확립의 단계로 넘어서는 실천일 뿐만 아니라 이것이 참다운 20세기 비평정신의 주체이기도 한 것이다.

5. 민족문학의 광장

인간의 부정과 저항의 대상은 끝내 자기자신으로 귀착한다. 자기를 확립하기 위한 일체의 수단과 방법은 결국 자기자신을 부정하고 그 앞에 저항하기 위한 역사적 과정을 거쳐와야 했던 것이다. 개아(個我)는 개아의 존재를 입증하기 위한 사회 앞에서의 자기부정이 필요했고 사회는 사회의 의지를 표시하기 위해 개아의 참가가 필요한 것이다. 그리하여 한 민족의 정신이 형성 발전하지 위해서 전 세계의 영향이 불가분의 것이 되고 전 세계의 향상과 발전을 위해서 민족마다의 새로운 의욕과 의지가 대두되어야 했다. 그것은 민족마다의 의욕과 의지가 세계직인 보편성을 띨 때 이미 그것은 민족적인 것이 되는 한편 세계적인 것이 되는 까닭이다. 그러므로 민족적인 것은 세계적인 것을 위하여 자신과 대결해야 하며 세계적인 것은 민족적인 것에서 보편성을 추구하고 추출하기 위해서 스스로를 정리하여야 한다. 그리하여 민족적인 시력은 전 세계의 정신적 시력을 형성하는데로 집중되어야 하며 전 세계의 정신적 시력은 민족적인 시력의 초점을 바로잡아 올리는데 있는 것이다. '크리스토퍼 도슨'은 각 민족의 문화의 차이를 그 민족의 정신적 시력의 각도의 차에 있다고 한 다음 다음과 같은 줄거리의 말을 하였다. "민족과 민족과를 최후로 구별하는 경계는 인종별도 아니고 언어별도 아니며 지역별도 아니고 그야말로 정신적 시력의 각도의 차, 및 그 차에 의해서 생겨지는 정신적 전통의 차이에 있는 것이다. 그리고 그 정신적 시력 그 자체가 문화를 낳는 동시에 문화에 의해 생겨지는 구체적 생성인 것이다. 문화는 유형으로써 고정하는 것이 아니라 간단없이 낳고 낳아지며 생성하는 구체적인 복합체인 것이다." 그러므로 간단없이 낳고 낳아지는 구체적인 복합체인 문화는 정신적 시력의 각도의 전진과 이동에 따라 진퇴를 결정짓게 되는 것이고 그 정신적 전통은 유형으로써 고정하는 것이 아닌 까닭에 세계적 및 인류적 보편성을 지향하는 것이기도 하다. 그런고로 민족적 시력의 초점을 전 세계의 정신적 시력과 국제적 시점으로 높일 수 있는 가능성도 성립될 수 있는 것이다. 서장에서도 말했거니와 오늘의 전 세계의 정신적 시력의 초점은 민족과 민족과의 연립 및 연립체를 구성하는데 있으며 이는 전 세계적인 정신적 시력과 국제적인 시점을 지향하는데 있는 것이다. 그리고 그 근본적인 이유로써 오늘의 세계가 이미 구라파만의 세계일 수도 아세아만의 세계일 수도 없는 전 인류의 세계로 일체화해 가고 있는 까닭이며 그것은 또한 과거의 어떠한 민족의 전통도 부정하고 넘어서야만 되는 물질문명의 새로운 문화가 형성되어가고 있는 까닭에서인 것이다. 그러므로 한 민족의 과거만을 무작정 고집하거나 한 민족의 개별적인 습성에만 집착을 갖는다는 것은 세계적인 정신이나 인류적인 의욕과 의지를 무시하고 회피하는 것에 지나지 않으며 그것은 또한 그 민족자체의 파멸과 전 인류의 세계사적인 발전에 장해를 초래하는 것밖에 되지 않는다. 한 인간의 생활의욕이나 한 민족의 생활의지는 과거보다 더 나은 현재와 현재보다 더 한층 나은 미래를 향해서 전진하고 발전하려는 것이기 때문에 스스로의 과거와 또한 스스로의 현재를 부정하고 넘어서려는 자각과 노력을 아끼지 않아야 하는 것이 원칙이다. 그야말로 오늘에 이르기까지의 세계의 역사는 부정의 역사였다고도 할 수 있는 것이다. 그것은 오늘의 역사 속의 무한히 발전하는 인류의 비평정신이 깃들어져 있기 때문인 것이다. 인간의 정신이라는 것은 전 우주와의 관계에서 비추어 볼 때 넓은 의미의 비평 그 자체가 아닐 수 없다. 그리고 그 정신은 우주와 대결하고 그를 초극하려는 의욕과 의지에서 '문명'이라는 비평을 이룩해 온 것이다. 문명은 우주 부정의 비평이었으며 비평정신의 본 모습인 것이다. 그러므로 비평정신은 인류발전의 '에센스'라고 할 수 있다. 그리하여 오늘의 인간은 오늘에 처한 자기의 위치를 비평하는 방편으로써 자기의 위치와 자기자신을 부정해야 한다. 그것은 자기자신에의 부정만이 자기를 살리는 길인 까닭이다. 한편 자기에의 부정은 자기 민족에의 부정으로 화하여가며 또한 자기 민족에의 부정은 오늘의 전 세계로 향한 부정으로 확대되는 것이다. 그리고 그 부정으로 하여서 자기의 개성과 자기 민족의 개성이 살아나며 그 개성은 세계적인 창조의 바탕이 되는 것이다. 한 민족의 민족문학이라고 하는 것도 그 민족의 문학정신의 자기 부정에서 이루어지는 것이 아닐 수 없다. 왜냐하면 자기를 넘어서려고 하는 것은 인간이나 민족이나 한가지이기 때문이다. 그리고 자기를 넘어서려고 하는 것만이 자기를 살리는 길인 까닭이다. 전 세계의 정신적 시력과 국제적인 시점을 토대로 오늘의 세계를 비평하고 자기의 민족을 비평하고 자기 스스로를 또한 비평하는 것이야말로 민족문학이 확립되는 길이며 정신과 실제로서 인류 및 세계의 일체화를 위하여 현재의 불합리 및 부조리와 대결하는 길인 것이다. 「돈키호테」의 해학은 기사도 정신에 향한 눈떠가는 자아의식의 신랄한 부정이었으며 「보바리 부인」의 비극은 인생의 무의미를 실증정신으로써 제시한 자아의식에의 부정이었으며 '게오르규'의 「25시」의 절망은 물질문명 및 기계문명이 정신적 주체를 형성하지 못한데 대한 공포어린 부정이었던 것이다. 민족문학이 수행해야 할 과제는 이렇듯 세계와 인류라는 광장에서 문학의 광장인 비평의 광장을 넓히고 확립시켜 가는데 있으며 이 과업을 수행하는 길만이 20세기 현대에 있어서의 민족문학 확립의 과제가 되는 것이기도 하다.

[『현대문학』, 1957. 12]

20

현대의 악마

- 오늘의 문학과 그 근거 -

이 어 령

1

오늘과 어제의 문학이 어떻게 다르냐고 묻는 사람이 있다면 나는 먼저 오늘의 인간과 어제의 인간이—다시 말하면 오늘의 인간조건과 어제의 인간조건이 어떻게 달라졌는가? 라고 반문할 것이다. '스타인'의 말대로 "시대에서 시대가 변화한 것은 아무 것도 없다. 다만 사물을 보는 방법이 변했을 뿐이며 이것이 작법의 기초가 되는 것이다."

사물을 보는 방법, 사물을 이해하는 정신—그러한 것들의 변화는 인간이 놓여진 조건의 변동 위에서 생겨난다. 실존주의자들이 즐겨 쓰는 술어로 이야기한다면 '상황'을 통해서만 우리는 사물을 내다 볼 수가 있고 '상황'을 통해서만 우리는 우리들 자신(인간)을 인식할 수가 있다. 이러한 이론은 아주 비속한 일상생활에 있어서도 적응된다. '다뉴브강' 물이 늘 저렇게 푸르냐고 물으니까 그 강변에 사는 사람들이 말하기를 "기분이 좋을 때는 푸르게 보이고 그렇지 않을 때는 누렇게 보인다"고 하더라는 이야기에서도 우리는 그 같은 것을 느낄 수 있다.

그러니까 우리는 꽃이라든가 하늘이라든가 집이라든가 혹은 바다라든가 하는 일정한 사물이 언제나 그것을 바라다보는 사람의 조건에 관계지워져서 나타난다는 현상을 잊어버려서는 안 된다.

하나의 꽃, 하나의 강, 이러한 것들의 순수한 의미는 실상 존재하지 않는 것이다. 다만 사형수의 입장에서 애인의 입장에서 실업자의 입장에서 시시로 달리 보여지는 꽃의 의미, 강의 의식이 있을 뿐이다.

"國破山河在 城春草木深 感時花濺淚 恨別鳥驚心"[1]이라고 노래한 두보(杜甫)의 이 한 시구에서도 우리는 '꽃'이나 '새의 울음소리'를 보고 듣고 하는 감각 그조차도 '國破山河在'라는 '전쟁'의 상황 속에 속박되어 있음을 안다. 그러므로 이미 두보의 '꽃'은 '아름다움'의 상징이 아니라 도리어 '눈물'이며 '새의 울음소리'는 즐거운 음악이 아니라 '마음의 놀래'게 하는 불안의 신호다.

그래서 우리는 아름다운 것이 진짜 꽃인지 눈물겨운 꽃이 진짜 꽃인지 어느 것에도 화답할 수가 없다. 평화 그것이 우리의 상황이었다면 전쟁 그것도 우리의 상황이기 때문이다. 그러기에 평화의 눈으로 바라본 꽃만이 꽃이 아니다. 전쟁의 피섞인 눈으로 바라다 본 꽃도 분명 하나의 꽃이었기 때문이다. 그러므로 인간의 상황과 절연한 '아프리오리'한 사물이란 영원한 추상에 불과한 것이며 또 그런 것은 실상 있을 수도 없다. 경험적인 요소와 심리적인 구김살을 배제한 근시적인 관조적 상태라 하는 것도

---

1) 國破山河在 城春草木深 感時花濺淚 恨別鳥驚心
   烽火連三月 家書抵萬金 白頭搔更短 渾欲不勝簪

   나라는 망해도 山河는 그냥 있어
   長安에 봄이 와서 초목이 우거졌다.
   時勢를 슬퍼해 꽃에 눈물 뿌리고
   이별이 한스러워 새소리에 놀란다.

   烽火가 삼월까지 계속하나니
   집의 편지는 萬金만큼 값지다.
   흰 머리털 긁을수록 자꾸만 빠지나니
   이제는 비녀도 꽂지 못하겠구나.
   (杜甫, 「春望」, 王勃(외), 『당시전서』, 김달진(역), 민음사, 1987, 415면. - 엮은이)

다름아닌 인간의 또 다른 하나의 상황일 것이다. 그러므로 우리는 어떠한 상황을 통해서만 비로소 꽃을 이야기할 수 있고 하늘과 강을 말할 수 있다. 신은 영원한 존재이며 순수한 우리의 대상일 수 있다고 말하는 사람이 있다. 그러나 "신까지도 인간의 상황과 관계 지워져 있는 이상 그것의 의미도 결코 순수하지는 않다."

'모세'는 열사(熱砂)를 배회하며 쫓기는 이스라엘의 슬픈 군중을 통해서만 그 기도를 통해서만 신의 음성과 접하였다.

19세기의 신과 원자시대의 신은 이미 다른 얼굴을 하고 있다. 악마(상황)가 변하면 따라서 신의 기교도 달라진다. 기아를 구제해 주는 신, 전쟁을 구제하는 신, 사랑의 상처를 씻어 주는 신—신은 인간의 욕망과 함께 도처에서 그의 얼굴을 '메이컵'하고 있다. 어두운 감방에서 드리는 죄수의 기도와 달콤한 인간적인 감상에 사로잡힌 사춘기의 소녀가 드리는 기도가 서로 다르듯이 그 앞에 나타나는 신의 용모도 또한 다르다. 그러한 인간의 모든 기도는 모든 인간의 다른 상황 속에서이며 이 기도에 호응하는 신의 옷자락 또한 그러한 상황 안에서 열리고 접히고 하는 것이다.

이렇게 "인간의 생명 그 자체가 순수한 것이 아닌 이상 순수한 사물이란 것은 있을 수 없으며" 이미 표현이란 것이 대상을 기대하고 있는 이상 순수한 '자기 표현'(Self-expression)이란 것도 존재할 수가 없다.

우리는 통속적인 경지에서 인간의 조건(상황)과 그 대상(사물)과의 관계를 보아 왔다. 결국 이상의 말에서 우리가 느낄 수 있는 것은 개인에는 개인이 놓여져 있는 조건이 있듯이 시대에는 시대가 놓여져 있는 인간전체의 조건이란 것이 있다는 것과 그러한 시대적인 조건이 사물을 보는 방법을 규정하고 있다는 사실이다.

그러기 때문에 지난 날의 인간조건과 오늘날의 인간조건을 살펴면 옛 시대의 문학과 오늘의 문학에 대한 차이성이 자명케 될 것이며 또한 그것이 지금 우리가 모색하고 있는 새 문학의 거점이 될 것이다.

2

"이 석불을 이렇게까지 마멸시키고 금가게 한 것은 비와 바람만의 '자연'이 아니다. 석불의 코를 파내고 단죄한 그의 무릎과 팔을 파괴한 것은 인간의 역사다. 바로 역사가 그것을 때렸다. 그것의 일격은 '자연'의 손길이 닿는 그 흔적보다 더 흉직하고 보다 뚜렷하고 깊숙한 상처를 남겨 놓은 것이다. 결국 깨어진 이 석불은 그 때의 수난과 지난 날의 역사를 말하고 있는 증인이다. 이 석불이 만들어진 것은 고려시대, 조야(朝野)가 한 마음으로 부처를 숭고하던 그 때의 일이라 생각한다. 그러나 인간의 역사는 변했고 이씨조의 배불정책은 이 조그만 석편에까지 미쳤다. 그리하여 오랜 세월이 지난 뒤 지금 우리는 여기에 서서 코와 팔과 무릎이 깨어진 석불의 한 상흔을 바라보고 있는 것이다."

S대학 박물관 앞에는 형체도 희잔(稀殘)한 하나의 석불이 있었는데 이렇게 그 내력을 이야기 해준 K군의 말을 듣고 나는 동작동의 국군묘지와 미아리의 공동묘지를 동시에 생각하였다.

시간은 인간을 사멸시킨다. 그러나 '자연'만이 아니라 역사도 또한 인간을 죽인다.

하나의 석불이 '자연' 그것에서 받은 상흔과 '역사' 그것에서 입은 상흔을 지니고 있듯이 하나의 무덤에도 두 개의 힘은 작용했던 것이다. 대체로 미아리의 공동묘지는 '자연'이 인간을 사멸케 한 것이며 동작동의 국군묘지는 인간의 역사—말하자면 인간 그것이 인간의 생명을 빼앗은 흔적으로 남아있다. 죽는다는 것은 아무 것도 아니다. 세월이 가고 육체가 노쇠하고 그러다가 죽음은 막을 수 없는 것이 된다. 이러한 죽음에 대해서는 아무러한 말도 우리는 할 수가 없다. 그러나 우리가 두려워해야 할 것은 '자연'이 우리의 생명을 빼앗아 간다는 그것이 아니라 인간이 인간의 생명에 상처를 내고 있다는 인위적인 학살인 것이다. 석불에 가한 역사의 일격은 자연이 가한 상처 그것보다, 더 강하고 더 추악하고 더욱 깊었다. 대부분 병원에서 침태(寢台)에서 숨을 거둔 사람의 죽음보다는 전차의

'캐타페라' 밑에서 포연 속에서 그리고 화염이 스쳐 지나간 어느 강기슭에서 철탄을 맞고 쓰러진 전장의 죽음이 보다 참혹한 것이다. 이러한 '죽음'은 인간 스스로가 꾸며낸 죽음이며 인간 스스로가 생각해 낸 살육의 방법이다. 그리고 또한 이러한 죽음은 자연사와는 달리 얼마라도 우리가 막을 수 있고 말할 수 있고 거부할 수 있고 저항할 수가 있다. 아니 그것보다는 그러한 '죽음'에 대하여 우리는 모두 책임을 지고 있는 것이다. 말하자면 역사가 인간을 살육하는 문명을 낳았다면 그 같은 역사를 만든 책임은 우리 인간이 져야할 것이며 따라서 당연히 우리는 그러한 역사의 움직임에 대해서 저항하지 않을 수가 없다. '자연이 일으키는 사건' 그것의 책임은 신(?)이 져야 한다. 그러나 '역사'가 저지르고 있은 이 현실의 모든 사고는 '인간'이 져야만 할 책임이다. 그러므로 미아리의 비석들은 하늘을 향하여 항거하고 있지만 동작동 군묘의 십자가는 이 대지를 향하여 역사를 향하여 바로 그 인간을 향하여 항변하고 있다.

그리하여 우리는 이윽고 인간이 인간과 싸워야 하는 슬픈 계절을 맞이하였다. 인간이 인간과 싸워야 한다는 것은 인간이 인간의 역사와 대결한다는 말이며 그 역사 속에서 우리가 눈을 떠야한다는 것이며 새로운 역사의 움직임을 기대한다는 것이며 오늘의 이 역사적 현실을 비판하고 폭로하고 그리고 지양해 나가야 한다는 것이다.

"2천년 동안, 제단에 엎드리어 무수한 승려가 기도한 항불의 향기는 ……독아사(毒瓦斯)"(T. 하아디)가 되었고 원자탄이 되었고 미구에 나부낄 '사회'(死灰)가 되려 하고 있다. 화살을 만들던 인간의 역사는 진보하며 총과 대포를 만들었고 또 다시 그러한 역사는 발전하여 원자잠수함과 핵무기를 만들었다. 맹수를 잡던 총구가—밀림을 벌목하던 칼날이 이제 우리의 가슴을 향하여 돌려졌다. "어린 아이들을 대포에게 주고 또 대포를 어린이에게 주는" 사람들—우리는 지금 그런 역사 속에서 살고 있다. 현대의 역사는 인간을 살육하기 위하여 무지한 '시베리아'의 설상(雪床) 속에서 코오카서스의 깊숙한 산맥 속에서 오늘도 끊임없이 모의하고 있다. 지금 역사는 우리들의 편이 아니다. 인간은 살부(殺父)의 무서운 패륜아

(역사)를 낳았고 그 아이는 2천년 동안이나 우리의 손 밑에서 성장하였다. 이 반역아는 그래서 동작동의 숱한 침묵의 비극의 묘지를 마련하였고 원자병환자의 썩은 육체를 가져다 주었고 가난한 전쟁미망인의 감상적인 눈물이 되었고 지하도에서 어느 으슥한 골목길에서 역두(驛頭)에서 끊임없이 배회해야 될 고아를 낳았다. 그리고 또 그것은 기계를 우리의 정신을 육체를 대신하려는 철의 '오트메'를 만들었다.

이러한 위협과 이러한 피해는 참을 수가 없다. 자연의 잔악성에 대해서는 마의(麻衣)를 입고 그것은 망각이라고 하는 길이 있다. 또 우아한 상아탑이 있다. 그러나 인간이 만든 이 비극은—참으로 억울한 이 재화는 법당도 청산으로도 어찌할 길이 없는 것이다. 이러한 피해로부터 도주할 구멍이란 그 아무 곳에도 존재하지 않는다.

3

그러나 오늘과 같은 조건 속에서 우리의 달콤한 '휴머니스트'의 발언이 그 이상이 그대로 유통될 것인가? "왜 수소탄을 만드는가?" 라고 묻기 전에 "왜 그러한 수폭(水爆)을 만들지 않으면 아니 되었는가" 하는 문제를 생각해야 된다. "전쟁을 하지 말라."고 부르짖기 전에 "왜 전쟁이 일어나야만 되었는가?"라는 의문과 맞서야 한다. 우리는 지금 기계문명을 거부하는 글이 '기계의 혜택'을 입고 '출판'되어 나온다는 '아이러니컬'한 현실에 살고 있는 것이다. '전쟁'을 거부 하기 위해선 그 '전쟁'에 대비하는 또 하나의 '전쟁'을 생각하지 않으면 아니 되는 것이 우리의 현실이다. 전쟁의 무기는 우리 생명을 협위(脅威)하는 존재였지만 또한 우리의 자유를 생활을 지켜준 생명의 보루였기도 하다. 지금 미국의 'ICBM'은 수 억의 자유민을 보호하고 또 위로한다. 아니 그것만도 아니다. 전쟁이 종식된다고 하여도 지구의 인구는 나날이 증가한다. 몇 10년 후면 인류는 또 하나의 지구를 필요로 할 정도로 증가된다. 지구는 좁고 노쇠하고 매말랐다. 어떻게 살아 갈 것인가? 그 때의 인류는 지구 그것에의 혁명을 생각하게 되는지 모른다. 지금 이 순간에도 인구의 증가와 함께 '휴머니즘'은 수락(隨落)해 간다. 만원의 시중버스가 시장과 부두의 그 많은 인간이 인간의 값을 타락시키고 있다. '컴뮤니스크'들은 그래서 잉여생산품을 처리하는 인간의 창고를 생각해 냈다. 즉 그것이 강제노동 수용소이며 고독한 도형수(徒刑囚)들이 모여사는 '시베리아' 대지였다. 그리고 毛澤東은 식량난을, 그리고 잉여인간을 처치하기 위해서 인해전술을 썼다. 개가 벼룩을 털듯 그들은 한국동란을 이용하여 인구를 털어냈다. 인간의 대량학살을 꿈꾸는 그들 앞에서 우리는 어떻게 우리들의 고향을 맨주먹만으로 지킬 것인가?

오늘의 역사적 병근(病根)은 땅속 깊이 뻗어있기 때문에 허황한 감상만으로는 그 뿌리를 캘 수도 또 볼 수 조차 없는 것이다. 그 병근이란 한마디로 말해서 '인간의 증오'를 키우는 악의 뿌리다.

우리의 '딜레마'는 참으로 깊은 유곡에 갇혀 있다. 현실적 조건 위에 선 실제적인 '휴머니즘'을 찾기 위해서 우리는 무엇보다도 과학적인 태도를 가져야 한다. 현실적 조건을 무시한 '휴머니즘'의 이상은 병풍의 떡보다도 더 무가치하다는 것을 잘 알고 있다.

4

그러므로 오늘날 작가가 무엇을 해야 될 것이라는 뚜렷한 신념이 생겨날 것이다. 첫째는 역사에의 관심이며 그것에 대한 책임을 자각하려는 정신이다. 둘째는 인간이 인간을 사랑할 수 있도록 애정을 만들어 주어야 할 것이다. 셋째는 사람들로 하여금 그의 적과 그의 벗을 명확히 가리켜 주는 일이다. 그리하여 파문(破門)이 열리고 비둘기가 놀던 시계탑이 쓰러지는 날 나의 '목마'(木馬)는 '기'(旗)가 되어야 한다. 그래서 작가들의 작품은 온갖 사람들의 머리 위에서 나부끼는 정신의 기, 그들에 하나의 신념을 주는 그들에 하나의 기대를 주는 기가 되어야 하는 것이다.

인간의 패배를 다시금 아름답게 불러 일으키는 기이며 학살된 어린아이를 위로하는 기이며 하나의 저항이며 증거가 되는 기이며 인간에 대한 사랑의 기이다.

그래서 결국 이제 작가는 석불을 마멸시키는 비와 바람과 같은 '자연성'에 싸우는 것이 아니라 그것을 파괴하는 인간 스스로의 '손' 그 인위성과 싸워야 한다.

되풀이 하면 죽는다는 것은 아무 일도 아니다. 다만 인간이 인간의 얼굴에 형집을 내며 사는 현실 그것이 두려운 것이다. 인간이 하는 일은 인간 스스로가 선택한 것이기 때문에 역사에 의한 살육은 자연에 의한 살해보다 더 참혹하고 애석하다. 우리는 살육 그 정반대의 일을 선택할 수도 있었다. 그런데도 불구하고 우리가 원치 않는 것을 그대로 해야된다는 것은, 바꿀 수도 있는 일을 그대로 내버려 둔다는 것은 우리의 가장 큰 그리고 유일한 죄악이요 무지일테니까.

［『신군상』, 1958. 1］

21

주어 없는 비극

- 이 세대의 어둠을 향하여 -

이 어 령

1. 주어 없는 비극

우리는 확실히 어려운 세대에 태어 났습니다. 지금 우리들에겐 조그만 '인간다운 감상'도 '도피의 구실'도 그리고 '애띤 정열' 까지도 허용되어 있지 않습니다. 인간의 허무가 사치였던 시대가 있었습니다. 혹은 지하실과 청산이 자위의 은둔처가 되었던 시대도 있었습니다. 인간이 인간에게 도취되었던 낭만적인 시대가 있었는가 하면 모든 패배와 굴욕을 인간이라는 숙명 밑에 합리화하고 도리어 미화했던 그런 시대가 있었습니다.

우리는 또 기억하고 있습니다. 굶주린 자식에게 자기 내장을 토해 준다는 '뻬리깡'처럼 미래를 위하여 시를 썼던—미래에 올 것을 위하여 자기 자신을 속죄양처럼 희생했던 19세기인의 열정을 말입니다. 그러나 여기에는 자하실도 청산도 그리고 패배의 찢어진 깃발도 아름다운 '뻬리깡'의 정열도 사실 없습니다. 우리들은 지금 모든 것이 용서되어 있고 동시에 모든 것이 금제되어 있는 시대에 살고 있습니다.

우리들의 앞에서 하나의 문장이 끝났다는 이야깁니다. 우리들의 앞에는 거대한 '피어리어드', 전세대의 역사가 종식된 그 흔적의 '피어리어드'가 있고 그래서 다음 문장은 우리들에게서 부터 시작된다는 이야깁니다. 그러나 우리들은 우리들의 주어를 상실하고 있습니다. 그러기 때문에 우리 세대는 말하자면 우리들의 과제는 전 역사의 긴 문장과 또 하나 짧은 우리 문장을 연결하는 접속사와 그 다음에 올 주어를 찾는 바로 그 작업입니다. 우리 세대가 비극적이라는 말은 그리고 결코 그렇게 안이한 시대가 아니라는 것은 이 '주어'의 상실을 의미하는 것입니다. 분명히 우리 앞에서 하나의 문장은 끝났습니다. 신으로 시작되었든, 인간으로 시작되었든, 강철과 '콜탈'의 주어로 시작되었든 한 묶음의 문장이 끝났습니다. 그래서 그러한 주어진 주어 밑에서 형용사라든가 감탄사라든가 강렬한 한 개의 동사를 선택했던 전 시대인에 비하여 우리들의 운명은 그 작업은 본질적으로 다르다 하겠습니다. 전문장 앞으로 올 그리고 모든 구절의 온갖 의미를 지배하는 '주어'의 발견이란 그렇게 쉬운 또 낙관적인 일이 아니라는 말입니다.

곧잘 주어의 의미를 강조하시던 옛날 영어선생의 말씀이 때때로 생각납니다. "문장을 만든다든가 문장을 해석하는데 있어서 먼저 주어를 생각하라. 주어 없는 문장은 존재하지 않는다. 그 다음엔 그것을 서술하는 동사를 ……"

이제 우리는 교실에서가 아니라 이 시대의 현실 가운데서 하나의 주어를 생각하고 그것을 움직이게 하는 동사를 발견해야 되는 것입니다.

주어 없는 문장의 비극—이것을 극복하는 것이 우리 세대인의 가장 큰 과제요 책임이라고 생각됩니다. 그것은 바로 우리들의 슬픈 야심입니다. 지금은 멋진 형용사와 부사를 찾던 수사학의 시대가 아닙니다.

2. 인도로 간 한국인

나는 이렇게 우리 세대인의 역사적 생애를 다시 시작되는 조그만 하나의 문장에 비유했습니다. 그래서 무엇보다도 우리 세대인은 우리들의 구문(構文)에 대한 성실성과 그 책임을 져야 합니다. 역사에 대한—우리들의 시대에 대한 그 책임감 말입니다. 그러나 우리들은 너무나 게을렀다고 생각됩니다. 너무나 안일한 정신으로 이 무서운 공백의 시대를 지나치려고 하는 느낌이 있습니다. 그 많은 낙서들―이것이야말로 우리 세대인이 경계해야만 될 가장 중요한 사실입니다. 그것은 우리들에게 부여된 최대의 자유를 남용하는 것이기 때문입니다. 그러한 낙서를 볼 때마다 나는 「인도로 간 한국인」을 생각합니다.

그것은 참으로 슬픈 이야깁니다. 몇 년 전 한국 동란이 휴전되고 그래서 숱한 전쟁 포로들이 교환 되었던 것을 우리는 잘 알고 있습니다. 그때 포로들에겐 자기의 운명을 선택하는 기회 즉 "사우쓰·코리아냐?" "노우쓰·코리아냐?"의 물음에 대답해야만 되었습니다. 우리는 그들 중에서 하나의 선택을 거부하고 자기들의 운명을 포기해 버린 사람들의 묘자(苗字)들을 보도로써 읽었습니다.

그것은 다 중립국 인도로 간 한국인들입니다. 그들은 "사우쓰·코리아냐?" "노우쓰·코리아냐?" 하는 두 가시 물음에 모두 '노'(否)라고 대답한 사람들입니다. 어느 역사의 한 쪽에도 서고 싶지 않다고 대답한 사람들입니다. 이들은 변명할 것입니다. 나의 '노'는 통곡이었다고 ……, 내가 '노'라고 말한 것은 차라리 눈물이었다고 ……. 조국을 버린 그들의 심정에 일말의 동정이 가지않는 것은 아닙니다. 그것이 얼마나 큰 비극이었다는 것도 우리는 잘 알 수 있습니다. 중립국 인도는 남양(南洋)입니다. 낯선 곳입니다. 그들을 환영할 가족의 애정도 그리운 얼굴들도 물론 그곳엔 없습니다. 언어가 통하지않는 상하(常夏)의 열대, 적어도 그들이 이런 지역을 선택한 것엔 고독한 자기 이유가 있을 것입니다. 그렇지만 그것이 이중의 더 큰 비극이었다는 것을―그들이 두 개의 역사를 향하여 모두 '노'라고 대답한 그 말이 얼마나 처절한 모순인가를―그들은 모르고 있는 것입니다.

역사의 어느 쪽에도 서기를 거부한 그들은 이 세기의 가장 이단적인 '피에로'요 도피자입니다. 그들은 어느 한 쪽에 서야만 했던 것입니다. 아무 쪽에도 서지 않겠다는 그들의 행동은 두말 할 것 없이 역사에서 일탈하고 자기자신의 존재를 포기하고 나 자신을 거부하는 즉 자기의 시대에

서 도피하려는 영원한 패자 영원한 그의 침묵을 뜻하는 것입니다. 그것은
비굴입니다. 그들은 눈물겨운 참으로 어처구니 없는 낙서를 하고만 것입
니다.

3. 결투의 윤리

　인도로 간 한국인들, 가혹한 말입니다만은 우리 세대인의 한 약점을
그들이 어쩌면 상징하고 있는 것이 아닐까 생각합니다. 우리들에겐 바로
말해서 인도로 간 한국인들처럼 대결정신이 희박합니다. 사상의 대결—
신념의 대결—우리들은 어느 한 쪽에 서야만 합니다. 모든 것을 조소하고
부정하는 19세기말적인 체념으로 인간의 비극을 위장하려던 때가 아닙니
다. 참다운 지성은 현실에서 도피하지 않는 것, 자기 운명을 비극을 은폐
하지 않는 것, 따라서 자기의 시대를 포기하지 않는 것, 그러한 의지와
책임 가운데 있는 것입니다. 우리 민족에겐 '대결의 풍속'이 없습니다. 누
구는 결투의 관습을 야만하고 비인도적인 행위라고 탓할는지 모릅니다.
그래서 결투의 풍속이 없었던 우리 선인들의 생활을 순결하고 고아한 도
의 정신에 비길는지 모릅니다. 그러나 사실은 그렇지가 않습니다.
　결투 정신의 결여가 바로 저 이조의 은둔 사상이나 또는 비굴한 당쟁
사를 유발한 원인이라고 보아도 좋을 겁니다. 지금 우리의 목전에서 전개
되는 정치인의 협잡, 문화인들의 알력, 지성인의 무기력을 야기하였다고
보아도 좋을 것입니다. '결투 정신'이란 다름아닌 대결 정신입니다. 음모
와 간계에 의한 이면투쟁(裏面鬪爭)이 아니라 그것은 공정한 실력에 의
해서 승패를 결정하는 투쟁 즉 양성적인 투명한 '파이팅 스피리트'입니다.
그것은 도피가 아니라 직접적인 해결과 판결에의 행위입니다. 남자다운
1대1의 격투, 거기에는 남의 세력에 의존하는 비굴성도 허세도 위선도
없습니다. 자기가 옳다고 생각할 때, 불의를 보았을 때, 사랑하는 것이
짓밟히려 할 때, 그들은 언제나 상대자의 앞에서 장갑을 벗습니다. 그러

면 결투가 시작되고 그들은 모두 서로의 것을 위하여 명예와 신념을 위하여 동일한 칼자루 동일한 장소 동일한 심판의 참관인 앞에서 싸웠습니다. 칼자루에 부각된 십자가에 순간의 마지막 목도를 드리고 스스로 죽음과 생명의 갈림길에 나서는—그들의 싸움은 언제나 떳떳한 것입니다. 비장하고 그리고 낭만적인 것입니다. 승자나 패자나 그들은 다같이 영예로웠으며 혹은 사랑하는 애인을 위하여 가문의 전통을 위하여 신념과 의를 위하여 결코 부끄럽지 않는 투쟁입니다. 그러나 이것은 서구인의 이야깁니다.(이러한 결투의 풍속은 가까운 일본에서도 있었습니다.)

　그러나 우리에게 있었던 것은 이러한 결투 대신에 모략과 암살과 돈주(遁走)의 풍속입니다. 심야에 유인되어 선죽(善竹) 다리 위에서 쓰러진 여말 정몽주(鄭夢周)의 애화(哀話)입니다. 세조(世祖)의 간책으로 싸워 볼 기회도 없이 뒷덜미를 맞고 횡사한 것은 또한 이조 김종서(金宗瑞) 부자의 억울한 이야깁니다. 대부분의 싸움은 빈전의 결투가 아니라 이렇게 적의 뒤통수를 때리는 비굴한 방법이었습니다. 그래서 승자나 패자나 모두 영예로운 것은 못 됩니다. 적이 칼을 떨어뜨리면 그것을 주울 여유를 주고 다시 싸우는 그것은 확실히 '멋'입니다. 부러운 '나이트 정신'입니다. 그러나 우리들에게는 적의 큰 칼이 떨어지기를 기다려 치려는 비굴한 정신이 있었던 것을 결코 부정할 수가 없습니다. 그래서 이러한 결투 정신과 그 '모랄'의 결여로 하여 이조의 당쟁사, 그 추악한 피의 기록, 모함의 기록이 있게 하였습니다. 정사(政事)에 실각하면 의례히 강호의 백구를 부르고 청산으로 귀화하는 은둔자의 영탄을 있게 하였습니다. 외래의 사조를 무턱대고 모방하는 이소사대(以小事大)의 정신이 있는가 하면 반대로 남의 것을 무턱대고 부정 경계하는 쇄국책을 만들기도 하였습니다. 한 입으로 말해서 인도로 간 한국인—은사풍의 이조 선비—왜구가 침입하면 나아가 싸울 생각은 하지 않고 산속에서 불경을 팠던 사람들—그들의 정신은 모두 결투 정신 즉 대결 정신이 부족했다는 우리 민족의 일 폐습을 의미하는 겁니다.

4. 긴 밤의 작업

그렇습니다. 확실히 지금은 어려운 시대입니다. 그래서 이 세대를 성실하게 살아가려면 역사적 정신의 주체인 '주어'를 탐색하려면—우리에겐 없던 결투 정신, 그 대결의 혼이 있어야 합니다. 그 결투의 윤리말입니다. '나'의 신념과 '나'의 거점에 서서 끊임없이 계속하는 어둠의 시각과 대결하는 결투—그래서 외래사조를 올바르게 비판하고 '나'의 소유를 뚜렷이 인식하면서 우리의 시대를 기록해야 된다는 것은 또한 우리의 양심입니다. 그것은 왜곡된 투쟁이 아니라 정당하고 영예있는 싸움입니다.

그래서 우리들에겐 이 묵묵한 긴 어두움을 견디어 내는 작업을 성취하려는 의지가 필요할 것입니다.

희미한 등잔불 밑에서 길고 고독한 겨울밤을 바느질로 새는 노파의 작업처럼 우리들의 일은 이 세기의 심야 속에서 헐고 뜯기고 지리멸멸된 인간의 해체를 기워가는 일입니다. 그렇게 해서 거기 황홀한 우리의 문장 우리 세대의 역사는 전개될 것입니다. 다음날 우리가 늙어질 때, 그리하여 세월이 또 다시 모든 것을 변하게 하고 다음 세대인이 있어 우리를 물을 때에—"우리는 우리의 세대를 성실하게 살았노라."고 부끄럽지 않게 말해야 됩니다. 자신을 가지고 답변할 수 있도록 이 어둠을 성실하게 살아가야 합니다.

그렇게 우리의 모든 것은 시작되고 또한 그렇게 그것은 후회없이 종말되어 가야합니다.

［『조선일보』, 1958. 2. 10~11］

I. A. 리챠즈씨와의 문학대화

- 비평은 설명이 아니고 이해시키는 일이라고 -

백 철

　보스턴에 약 한 주일 있는 동안에 실은 두 사람의 문인을 만나고 싶었었다. 한 사람은 보스틴 근교에 있는 시인 로버트 프루스트요, 또 한 사람은 아직도 하버드 대학에서 원로교수의 자리를 갖고 있는 저명한 평론가 I. A. 리챠즈이다. 그러나 공교롭게도 프루스트는 여중(旅中)이라 4월에야 돌아온다는 비서의 회답을 받았고 리챠즈만을 2월 5일 오전 11시 반에 만날 약속이 되었었다. 하지만 리챠즈씨도 역시 이 날 갑자기 그가 관계하는 어학교육의 T・V 관계가 생기면서, 예정한 시간의 담화는 하지 못하고 중도에서 일어나게 된 것이 퍽 유감이다. 따라서 여기 쓰여진 기사도 결국 중도에 끊어버린 애매한 짧은 이야기 밖에 되지 못했는데, 하지만 그와 담화의 기회는 귀중한 것이라고 생각되기 때문에, 그리고 이 비평가는 한국 독자에게도 널리 알려진 사람이기 때문에 여기 그 면담한 내용의 일부를 적어서 공개하는 바이다.

　이 날 2월 5일 아침에 보스턴 대학에서 교육과의 Ph. D.를 하고 있는 유기섭(柳基燮)군(중앙대학 교육과 출신)의 안내로서 아침 일찍이 하버드 대학을 찾았다. 이 번에는 내가 하고 있는 여행이란 단순히 문인들을 만나는 것이 아니라, 일반대학의 교육제도 등을 시찰하는 것이 더 큰 목적이기 때문에 리챠즈씨를 만나기 전에 우선 교육대학의 '영' 박사를 만나서 일반 고등교육에 대한 그의 이야기를 청취하고 다시 이만 저만 하버드

대학의 캠퍼스를 돌아본 뒤에 11시 반 정각에 리챠즈씨가 있는 교육대학
에 속하고 있는 피버드하우스를 찾았다.

먼저 비서실을 찾으니 중년의 여비서가 지금 리챠즈 교수가 기다리고
있으니 자기가 먼저 알린다고 하면서 비서실 한구석의 조그만 문, 마치
창고의 옆구리문 같은 곳을 열고 들어갔다. 유 군이 "그렇게 유명한 교수
가 왜 저런 구석방에 있을까요." 해서 둘이서 웃었다. 그 때 비서의 앞장
을 서서, 역시 그 좁은 창고문을 열고 노주인공이 나와서 반겨 맞아 주었
다. 그가 상당한 노령의 사람인줄은 알고 있었지만 예상보다도 더 연로한
인상을 받았다. 사진에 보는 바와 같이 머리가 벗어진 때문이 아니라 몸
을 거느린 전신의 인상이 퍽 노약한 인상을 주었다. 문인인 것보다도 역
시 학자다운 인상이 더 깊다.

"멀리서 온 귀한 손님인데 ……" 하면서, 먼저 시간에 대한 사과를 하
면서 내 팔을 이끌어 자기 방으로 안내한다. 그의 방에 들어서니, 그 창
고문의 인상과는 달라서 연구실은 안도 넓고 채광도 밝고 특히 고요해서,
퍽 좋은 연구실이다. 사실은 자기가 관계하는 T·V를 통한 어학교육의
프로그램이 갑자기 지정이 되어서, 약 20분 내외 밖에 서로 상당할 시간
이 없을 것이 유감이란 사과를 다시 하면서, 그러나 시간 있는데 까지 이
야길 하자고 자리를 권해서 우리는 서로 자리를 정하고 앉았다. 나는 시
간이 급한 줄을 알자, 우선 유 군더러 우리가 이야길 시작하는 동안에 먼
저 사진을 찍게한 뒤에, 우선 내가 가지고 갔던 「사상계」 12월호를 그에
게 전하면서 이 잡지가 한국에서 월간지의 대표적인 잡지의 하나라는 이
야길 하고 마침 이 잡지에 '당신의 비평의 이론과 그 방법'을 소개한 논문
이 실렸기에 기념으로 당신에게 주려고 가져왔다고 하고 겸하여 필자인
김용권(金容權) 군이 아직 나이는 젊지만 퍽 유명한 영문학도라는 말을
전했더니, 그는 대단히 감사하다고 거듭 치사하면서 퍽 신기한 듯이 몇
번이고 잡지의 앞뒤 목차 등을 훑어보고 있었다.

내가 "당신은 중국에 오래 있은 줄을 아는데 중국글자를 읽느냐"고 물
었더니, 자기가 중국에 전후 약 3년 가까이 있은 것은 사실이지만, 거의

중국말은 읽지 못하지만 여기 논문에 나오는 중국글자는 낯이 익다고 하면서 여러 가지 면에서 나의 조그만 선물을 감사하게 여기는 모양이었다.

"한국에는 한 번도 들린 일이 없던가요" 했더니, "왜요, 들렸습니다. 그것이 아마 1934년 무렵이라고 생각하는데, 중국에서 돌아오는 길에 한국엘 들려서 여기 저기를 보고 왔습니다. 그 중 금강산도 보았지요."

"금강산은 보셨던가요. 그래, 그 산의 인상이 어떠세요. 물론 당신은 자연경치에 큰 관심이 있는 분으로 생각하지는 않습니다만! 이 말 용서하기 바랍니다."

"아닙니다. 하지만, 나도 의외로 자연을 좋아합니다. 특히 금강산의 인상이란 내가 보고 다닌 중에서 아마 제일 특수한 인상을 남긴 것 같애요. 지금도 내 눈 앞에 그 바늘처럼 하늘에 솟은 산봉우리들의 모양이 생각나는걸요!"

여기서 나는 그가 그만지 한국에 대한 좋은 인상을 갖고 있는 것이 천만다행이란 인사를 한 뒤에 겸하여 그가 한국의 문학, 예술에 대한 어떤 관심과 흥미를 느끼느냐고 했더니, 불행히도 전연 아는 것이 없다고 미안하다는 대답을 했다. 벌써 시간이 많이 간 줄을 깨닫고 나는 급히 화제를 돌려서 "얼마남지 않은 시간이지만 이 기회에 당신의 비평에 관한 이야기를 직접 듣고 싶다."고 전제한 뒤에 "당신은 뉴크리티시즘의 창시자인데 당신은 비평견해와 대조해서 현대 뉴크리티시즘의 비평위치를 좀 이야기해주면 좋겠다."고 했더니, "글쎄 세상에선 많이 뉴크리티시즘의 명칭을 쓰는 모양이지만 나는 확실히 그 정확한 내용과 관계를 모르고 있다."고 간단한 대답을 했다.

여기 대해서는 내가 딴 지면에서 클라언스 브룩스의 견해를 소개할 때에 브룩스씨가 말하던 것과 비슷한 느낌을 주었다. 즉 뉴크리티시즘이라 하지만, 거기에는 그 비평가에 따라서 여러 가지의 차이가 있어서 뉴크리티시즘이란 한 명칭으로 부르기가 어렵다는 뜻이 암시되었다. 둘째는 내가 뉴크리티시즘을 말한데 대해서, 리차즈씨 자신으로서, 그렇게 뉴크리틱에게 큰 호감을 갖고 있는 것 같지 않았다. 사실 리차즈씨는 현대 영미

문학비평에 있어서, 그 분석비평을 처음으로 시작한 비평가인데, 구체적 사실을 가르키면 그의 공저로서 「미학의 기초」(Foundation of Aesthetics)를 낸 것이 1921년, 「의미의 의미」(The meaning of meaning)가 1922년, 「문학비평의 원리」(Principles of Literary Criticism)가 1925년, 그리고 이 번에 김용권 군이 글로 취재한 「과학과 시」가 1926년, 「실제비평」(Practical Criticism)이 1929년인데, 이런 저서의 모두가 소위 19세기적인 문학비평과 대조되는 신비평의 근본 이유가 그가 새로 심리학과의 의미적인 테크닉의 관계를 해명 분석한 새로운 비평방법에 있는 것이다. 그 점에서 리챠즈씨는 그 뉴크리티시즘의 원조라고 불리우는 한편 그 뒤에 의식적으로 뉴크리티시즘을 주장하고 나온 뉴트리틱들 특히 랜섬 등은 리챠즈가 심리학적인 의미에 치중하는 것을 공격하고 그 비평의 불순성을 지적한 일도 있어서 사실 그 뉴크리틱들과 리챠즈 사이에는 상당한 비평방법 사이의 거리가 있는 것으로 불려지고 있다. 나는 이 때 시간 때문에 화제를 비약시켰다.

"결국 당신의 생각에 비평가는 무엇을 하는 위치인가, 그는 뭣을 해야 하며 무엇을 할 수 있는가."

"나는 옛날도 그렇고 지금도 변하지 않는데, 비평가란 알리(tell)는 것이 아니고 이해(understand)를 시키는 것이 그의 할 수 있는 일이라고 본다."

그는 비평가를 극히 겸손한 입장에 놓으려고 하였다. 이 점도 내가 본 브룩스의 생각과 일치하는 것으로 느껴졌다. 리챠즈씨는 다시 이어서 현재 자기의 입장을 이야기하였다.

"나는 현재는 문학비평가라는 것보다는 하나의 어학교육자이다. 나는 근년에는 거의 문학비평을 쓰지 못하고 이 어학교육에 전심을 하고 있는 셈이다. 오늘 T·V의 프로그램도 그 어학교육의 한 프로그램인 것이다."

그는 내게다가 그 어학교육에 관한 몇 가지의 대중판(페이퍼백)의 소책자들을 내보였다. 그 책들은 유독 영어교육만이 아니라, 불어, 이태리말 등의 각국어의 교육에 관한 것인데, 그 첫째 특색은 어학교육을 설명으로 한 것이 아니라 직접 그림을 통하여, 시각을 통하여 어학을 해득시키는 방법이다. 청각을 통하는 것도 둘째로 오는 특색인 듯하다. 말하자면 어학에 대한 시청각교육인 것이다. 그 중의 책명 하나를 들면 1945년에 낸 「그림을 통한 영어교육」(English Through Pictures)이 첫 것이요, 그 뒤에 「그림을 통한 불어」「그림을 통한 이태리어」 등이 다 같은 성질의 것으로 되어 있다. 리챠즈씨는 지금 하버드 대학에서 4·5인 밖에 안되는 '원로 교수'(University Professor)의 한 사람이어서, 그가 연구실을 교육대학 내에 갖고 있는 이유도 그 어학교육의 관계가 아닌가 짐작이 되었다. 그러나 나는 억지로 다시 화제를 문학비평의 문제로 돌리려고 했다.

"다시 문학비평의 이야기를 좀 더하면 좋겠는데 네가 생각키에는 문학비평의 방법은, 가령 19세기의 문학비평이 근대의 자연과학의 발달과 관련되어 있는 바와 같이 20세기의 문학비평, 특히 당신의 심리학적인 문학비평의 방법에선 그것이 20세기의 심리분석의 과학과 많이 관련된 것 같은데 구체적으로 말해서 당신의 비평은 직접 프로이드 등의 심리분석과 관련이 되어 있는가."

"그거야 어느 정도 관련이 되어있을 것이다. 그러나 내가 무슨 직접 프로이드의 영향 밑에서 문학비평의 출발을 한 것은 아니다. 연대로 봐도 프로이드의 것과 나의 이론 발표가 거의 동년대에 속하는 것으로 되어있는 바와 같다. 또한 내가 비평가로서 출발한 것은 문학적으로는 코올리지에서 출발된 것이다. 세상에선 나를 심리학적인 비평가로 치는 사람도 있는 모양이지만 내가, 비평가로서 출발하면서 서 있는 입장은 차라리 미학적인 입장이다. 심리학적인데서 작품의 동기와 의미를 찾는 동시에 그 동기와 의미는 미학적인 조건과의 관련에서 문학비평 본질을 규정한 것이다. 그것은 단순한 심리학의 이야기가 아니다. 나의 비평체계를 이해하는데는 그 점을 강조해서 보는 것이 좋은 줄로 생각한다. ……"

여기서 리챠즈씨는 시계를 쳐다보고 "자 이거 미안하지만 내가 급한 시간이 다 되어서 떠나야겠으니 용서하길 바란다."고 사과를 하면서 자리에서 일어섰다. 사실 내 시계를 보니 예정한 20분을 넘어서 25분 가까이 이야길 한 셈이다. 현대의 심리학과 문학비평과의 관계에 대하여 좀더 그의 상세한 이야기를 듣고 싶었는데 그것이 여의치 못하고 중간에서 일어나는 것이 여간 유감이 아니었으니, 그래도 바쁜 중에 그가 그만치라도 내게 시간을 내준 것이 기쁜 일이었다. 그와 같이 문 밖에 까지 나오면서, 금후 문학비평의 문제에 대하여 그의 의견을 타진하였으나 약간 사회적인 작품 의의에 대한 암시를 했을 뿐 확실히 그 장래는 말하기 피하는 태도였다. 내가 그에게서 받은 전체의 인상은 역시 먼저 말한 바와 같이 문학비평의 금후 활동보다도 어학의 기초적 교육의 효과적인 실험방법에 더 관심도 갖고 주력도 하려는 태도 같이 느껴졌다. 물론 그런 실험적인 어학교육이란 간접으로 문학작품 특히 시의 이해에 큰 보조적인 도움이 될는지 모른다고 생각되었다.

　나는 이 노대비평가와 작별하고 전통의 대학, 하버드의 캠퍼스를 걸으면서 금후의 문학문제 등과 관련되는 여러 가지 단순치 않은 생각에 잠겼었다.(1958년 2월 5일 하버드 대학에서)

［『사상계』, 1958. 5］

23
현대문학의 전통론

조 윤 제

지난 날의 한국문학은 양에 있어 매우 빈약하였고, 질에 있어 그다지 뛰어나지 못하였다. 그러나 국문학의 향가(鄕歌)의 성립으로서 형성하였다 하더라도 유구천수백년(悠久千數百年)의 역사를 가지고 있다 하겠으니, 그 동안 시대에 소장(消長)은 있었다 하더라도 꾸준히 한 걸음 한 걸음 발달하여 오늘의 현대문학을 이루어 왔던 것만은 사실이다.

그런데 국문학이 이까지 발달하여 온 데는 결코 단순하진 안했다. 원래 국문학이 문학으로서 형성하는데, 향가가 그런 바와 마찬가지로, 중국의 한문학의 영향이 절대적으로 컸었고, 또 불교의 영향도 결코 무시할수 없었던 것이다. 그러나 한문학과 불교는, 어데까지나 국문학이 형성하는데, 그 영향을 미친 것이지 한문학과 불교 그것이 그대로 국문학이 되었던 것은 아니다. 이 점을 우리는 특히 유의하여야 될 일이다. 앞으로 우리 국문학의 발전을 생각하며 또 현대문학의 전통을 고려할 때 이 엄연한 사실을 망각하여서는 그 진실을 얻기는 어렵겠거니와 국문학은 형성 후라 하더라도 끊임없이 외국문학의 영향을 입어서 발전하여 왔다. 그 큰 것을 잠깐 들어 말하여 본다 하더라도 우선 송대의 성리학이 우리나라에 들어오니 한문학에 순정문학(醇正文學)이 주창되고 그것이 그대로 국문학에 영향을 주어 자연애의 문학이 일어났으며, 또 원조대에 희곡과 소설이 왕성히 발달하여 일어났으니 이것도 우리나라에 직접적으로 수입되어 우리나라 소설문학을 자극하여 소설의 대유행을 초래하였던 것이다. 그리고 또 근세 청대에 실사구시학(實事求是學)이 일어나 우리나라에 들어오니 국문학계에 대충격을 주어 과거의 관념문학을 타파하고 실학정신에 의한 실리의 문학이 창도(唱導)되어 또 국문학에서는 생활의 해방을 외치고 인간에 돌아가기를 요구하였던 것이다. 이 생활문학은 확실히 근세의 정신으로서 서양의 문학과도 상통하는 점이 있어 여기 최근세의 서양문학은 쉽게 이해되어 곧 문예운동이 일어났고 따라 현대문학의 기반을 만들어 놓았던 것이다.

일로 보아 국문학은 그 형성됨이 벌써 외국문학의 영향이었고, 그 후라 하더라도 줄곧 외국문학의 영향을 입어서만 발달하여 왔음을 알 수 있겠거니와, 이것은 우리에게 무엇을 말하는 것인가 하니 과거의 우리 문학은 항상 고루(固陋)하질 않고 세계를 향해 문호를 개방하여 국문학의 세계화를 기도하여 왔다는 것을 의미하는 것이 될 것이다. 괴테는 민족문학은 민족의 뿌리를 단단히 박고 널리 세계의 공기를 충분히 흡수하지 않고는 생생한 발달을 할 수 없다고 말하였으나, 사실상 국문학은 민족에 뿌리를 단단히 박았는지 어떤지는 아직 몰라도 시대적으로 놓침 없이 외국문학이라는 외기를 흡수하여 왔던 것만은 틀림이 없었으니 여기에 국문학은 우선 정상적인 발달을 하여 왔다고 하여야 되겠다. 다만 문제는 괴테가 말한 바와 같이 민족에 뿌리를 단단히 박았느냐 어떠냐 하는 것인데, 이 점은 결국 우리 문학이 외국문학의 영향을 크게 받아썼지마는 그대로 외국문학에 정복되어 버리지 않고 자주성을 유대하였느냐 어떠냐 하는 것이 되기도 하여 여기에 국문학의 전통 문제가 생기게 되는 것이다. 즉 역대의 국문학은 외국문학의 영향을 입었지마는 과연 전통이 살아서 외국의 어느 문학도 아니고 국문학이라는 독특한 문학으로서 생생한 발달을 하여 왔던 것인가 하는 것이 문제된다.

그러나 국문학을 누구도 외국문학이라고는 할 수 없을 바와 같이 국문학은 엄연히 외국문학에 구별되어 그 독특한 하나의 문학세계를 구성하고 있다. 이것은 한국어로 표현되었다는 그 형식적 문제가 아니라 문학이 바라보는 그 이상이 다르고 무심코 던지는 한 말의 표현미도 외국문학이 본받기 어려운 독특한 맛이 있어 도저히 외국문학과는 섞지 못할 점이 있으니 여기에는 필시 우리 문학의 전통이라는 것이 있지 않고는 안되는 일이다. 나는 졸저 「국문학개론」에서 국문학의 특질로 '은근과 끈기' '애처럼과 가냘픔', '두어라 노세'를 들어 말하였으나, 만일 이것이 하필 내가 말한 이런 것이 아니라도 국문학의 특질이 되어 역대의 문학에 흘러내리는 핏줄기가 되어 있는 것이 사실이라 한다면 이것은 강력한 외국문학의 영향에도 쉽사리 끈어질리가 없는 것이고 또 여기에 국문학은 여하한 외국문학의 영향을 입었다 하더라도 국문학의 독자성을 유대할 수도 있어 이것을 우리 문학의 하나의 전통이라고는 할 수 없을 것인가. 만일 이것을 하나의 전통이라고 가상한다면 국문학은 이것이 있었음으로서 사실상 생생한 발전을 하여 왔다 하여도 가하다.

원래 전통이란 과거의 고정된 생활표현이라거나 입법화된 행동의 규범을 말하는 것이 아니고, 과거에 있어서 그렇게 창조한 바와 마찬가지로 현재에 있어서도 항상 그 창조력의 원천이 되는 살아 있는 정신형식을 말하는 것인데, 문학이 이 전통이 없이 그저 외국문학을 받아들인다면 그야말로 그것은 단순한 외국문학의 모방에 마칠 따름이고 일보도 전진하여 새로운 문학을 창조하여 나가지는 못할 것이다.

그런데 국문학은 형성 후 크게는 발달하지 못하였다 하더라도 항상 새로운 외국문학의 공기를 흡수하여 생기있게 자라 나왔다. 즉 이 때까지 중국의 대한문학(大漢文學)도 완전히 국문학을 정복하지는 못하였고, 국문학은 이 외국의 대문학을 접촉함으로서 도리어 발전을 가지고 왔다. 만일 우리에게 전통이 없었던들 이것이 가능할 수 있었을 것인가. 여기에 우리는 국문학의 전통의 엄연한 존재를 인증하여야 하겠다.

그렇다면 이 사실은 현대의 우리 문학에 있어서도 진리라는 것을 우리는 첫째 인증하여 두지 않고는 안될 것이다. 세상에서 혹 현대문학을 운위하는 이가 현대에 서양문학이라는 외국문학이 들어 온 것은 역사에 없는 신기로운 일이고 또 그것이 우리나라에 조수와 같이 밀고 들어와 국문학에 일대 변조를 가지고 왔으니 현대의 우리 문학에는 전통을 찾을 길이 없는 듯이 말하기도 하나 나는 그렇게는 생각하지 않는다. 어느 시대고 간에 국문학에 외국문학이 접근하여 오는 것은 국문학상 평범한 일인데, 다만 이 번의 현대문학에 대한 서양문학의 영향이 너무나 커서 혹은 전통이 일시 희미해졌다는고는 볼 수 있는 일이고, 또 그것이 사실일지도 모르겠다. 그러나 그 영향이란 것은 정복이 아니고 어디까지나 영향일 것이고, 또 그것이 너무나 급작히 왔기 때문에 전통이 미쳐 발휘할 사이도 없이 모방만이 앞을 섰다고 생각하여야 하겠으나 이것이 정상의 상태라고는 볼 수 없는 것이다. 두고 보면 알 일이겠지마는 머지 않아 현대의 국문학도 서양문학의 영향을 받음으로서 더욱 전통이 확대되어 새로운 더 훌륭한 문학을 창조하게 될 것이라 믿는다.

이런 일은 과거의 우리 문학사는 얼마든지 경험한 일이다. 즉 앞에서도 말한 바와 같이 국문학 형성 당시에 한문학의 영향이란 것은 오늘날 서양문학의 영향류(影響類)가 아니었었고, 그 후 중국대륙으로부터의 소설문학의 대이동도 적지 않은 대파동을 국문학에 가져 왔으며 또 근세에만 하더라도 실학사상의 팽창으로 국문학계에는 천지를 나눌 일대 변조가 일어났던 사실이 있는 것이다. 그러나 그렇다 하여 국문학에 전통이 없어졌느냐 하면 그렇기커녕 도리어 국문학에 전통은 더욱 확대되었던 것이다. 이런 것을 생각하면 최근세에 서양의 문학이 들어오고 또 따라 자연주의니 낭만주의니 이상주의니 하는 문학사조가 들어왔다 하여 전통이 급작이 소멸하여 버릴리는 없는 것이다.

혹은 또 문학의 형성론을 주장하여 소설과 희곡이 그 형태를 고치고 시가 정형시에서 자유시로 형을 바꾸어 온통 과거의 소위 전통적인 문학과는 전연 달라졌으니, 여기에 무슨 전통이 있겠느냐 할지는 몰라도, 문학형태의 변천은 시대가 결정하는 것으로 시조(時調)만 하더라도 국문학의 형성과 동시에 생겨났던 것이 아니고, 또 가사(歌辭)라는 형태문학은 조선조에 들어 와서 비로소 생겨났던 것이니 이러한 문학이 일어났다는 것은 국문학 형태상에 있어 대변동이라 할 것이라 할 것이며 또 시조와 같은 정형시도 최근세에 들어오면 사설시조(辭說時調)라는 파격이 생긴다는 것은 하필 서양문학의 영향이 아니라도 시형태에 있어 일 혁명을 가져 온 것이라 할 것이다. 그리고 연암(燕岩)의 「호질」(虎叱) 같은 글은 수필(隨筆)이라고도 할 수 없고 소설(小說)이라고도 할 수 없으니 이것은 어찌보면 서양문학에 앞서 새로운 시대를 기구(冀求)하고 있는 형태문학이라고도 하고 싶다. 이와 같이 문학의 형태라는 것은 전혀 시대가 결정하는 것으로서 여기에 전통을 결부시켜 문학형태가 바꿔지면 문학의 전통도 따라 없어지는 것 같이 생각한다는 것은 큰 착오라 하겠다.

그러면 현대문학에도 전통은 엄연히 존재한다 생각하여야 되겠으나, 나는 여기에 옛날에 들은 한 이야기를 소개하여 보기로 하겠다. 벌써 수십년전 이야기인데 그 때 영국의 모 예술학자가 한국에 와서 하는 말이 자기는 인류의 예술을 연구하기 위하여 세계 각국을 순례하여 대강 자기의 인류예술에 대한 입장을 세웠다. 그러나 이 번 한국에 와서 한국민족의 고예술을 보니 자기가 완성하였다고 생각되던 인류 예술관은 기실 편견이었고, 이 번에 자기가 한국예술에서 얻은 것으로서 그것을 수정하지 않는 이상 완전한 인류 예술관이 될 수 없게 되었다. 한국은 확실히 세계의 다른 민족이 갖지 못하는 독특한 예술을 가지고 있고 또 한국민족은 이것을 가지고 있음으로서 인류 예술에 기여할 수 있는 일인데, 이 한국 예술의 전통은 아직도 분명히 살아 있다고 본다. 그는 다름 아니라 때 마침 미술 전람회가 열렸기에 거기 가서 보니 몇몇 작품에는 확실히 전통이 약동하여 도저히 다른 민족이 흉내 낼 수 없는 우수한 작품이 있었기 때문이라고 말하였던 것이다. 그가 본 작품이란 것은 물론 서양서이었고, 그 서양서는 동양서와는 전연 달라 일견 동양서와 계통이 닫지 않는 것 같지마는 영국의 그 예술학자는 아직 거기에 한국 고예술에서 받아 내려온 전통이 빛나고 있다는 것을 인증하고 또 주장하였던 것이다. 그러면 문학이라 하더라도 그 형태가 조금 바꿔지고 또 문학의 사조가 옛날의 국문학의 그것이 아니라 하여 현대의 국문학에는 전통이 없다 하는 말은 성립되지 않을 것이다.

요는 현대문학의 작품이 얼마나 전통성을 발휘하고 있느냐가 문제일 따름인데, 현대에 창작된 작품이라고 이것을 모두 동일하게 볼 수는 없는 것이다. 개중에는 물론 우수한 작품도 있고 그렇지 못한 작품도 있을 것은 물론이지마는 똑 같이 우수하다고 보이는 작품에도 어떤 것은 고전적인 가치가 있어 능히 앞날의 문학의 생명선이 되는 것도 있겠고 또 어떤 것은 현재로는 다 같이 우수하다고 보였지마는 의외에도 역사적인 생명이 없어 하등 고전적인 가치를 발휘하지 못할 것도 있는 것이다. 그러니까 현대 작품의 진가치는 후세에 가서 비로소 판단이 되는 것이고 현대에 있어서는 대체로 아직 알 수 없다 하는 것이 도리어 참된 판단이라고도 하겠다. 그리고 또 현대 작품의 가치 판단은 이와 같이 미래의 기준에서 되어야 될 뿐 아니라 그와 반대로 또 과거의 기준에서도 되지 않으면 아니 된다. 즉 현대의 작품이 여하히 화려하다 하더라도 그것이 과연 과거의 생명의 발전이냐 아니냐 하는데서 가치판단이 나올 수 있다는 것인데, 만일 거기에 역사적으로 흘러내리는 생명이 약동하고 있지 않는다면 그것은 일시적인 우발이거나 그렇지 않으면 단순한 남의 모방에 지나지 못하여 우리의 문학으로는 하등의 가치를 인증할 수 없는 것이다. 그러므로 현대문학은 참된 가치있는 작품은 과거의 전통을 받아서 미래로 발전할 수 있는데 한하겠거니와, 이러한 작품만이 우리의 논의의 대상이 되는 것이고, 또 이러한 현대문학에는 당연히 전통이 살아 있지 않으면 아니 되게 되어 있는 것이다.

그러나 실제로는 현대문학에 그러한 작품이 많지 못하고 또 일반적으로 현대문학에는 전통성이 부족하다는 말을 하는데 그것은 앞에서도 말한 바와 같이 서양의 외래문학이 너무 강하게 내습하여 왔기 때문에 과거의 전통이 일시 마취하였거나 그렇지 않으면 작가의 작가적인 수련이 부족한데서 온 것이라고 밖에 생각되지 않는다. 사실 우리나라 작가는 아직도 대부분 작가적인 수련이 부족하다고도 할 수 있을 것이다. 작가적 수련이 부족하다는 말은 아직 자기의 것이 우러나오지 못하고 무조건 남의 모방에만 급급한다는 말인데 여기에 전통이 본시 있을 수는 없는 일이다.

그래서 우리나라 현대에는 아직 전통이 빛나는 작품이 많이 있지 못하여 첩경(捷徑) 현대문학에는 전통이 없다 하는 말까지 나오기도 한다. 그러나 그것은 어디까지나 한 변조요 동시에 현대문학이 아직 자리 잡히어 발달을 하고 있지 못하다는 것을 의미하는 말 밖에 안된다.

그러면 현대문학이 건전한 발달을 하고자 하면 우수한 외국문학을 흡수도 하려니와 또 거기에 빛나는 전통이 약동하지 않고는 되지 않을 일이다. 그런데 그 전통은 밖에서 오는 것이 아니고 속에서 울어 나와야 된다는 것을 알아야 하겠다. 그렇다면 여기에 작가의 역량문제가 절대적인 조건이 되는 것이나, 작가는 작가가 되기 전에 먼저 작가될 수 있는 사람이 되어야 하겠다. 즉 작가는 창작하는 천품도 천품이지마는 첫째 사람이 되지 않고는 참다운 창조를 할 수 없는 것인데, 그러자면 작가는 현대인만큼 현대인의 교양도 물론 필요하려니와 또 민족적인 교양이 없어서는 안될 말이다. 그런데 이 민족적인 교양을 함양하자면 무엇보다도 국어에 대한 충분한 연구가 필요하겠고, 다음은 고전에 대한 깊은 이해가 없어서는 불가능한 일이라 하겠으나, 고전은 항상 우리에게 생명을 불어 넣어 주고 우리들의 사유에 언제나 규범이 되는 것임으로 작가는 여기에서 몸소 전통을 체득하고 나서지 않으면 안된다. 그야 고전을 연구하지 않은 무의식 대중도 자연적으로 한국인의 생활의 습성에 젖어 자기도 모르게 저절로 한국의 전통에 배어 자기의 생활이 그대로 전통적이 되는 경우도 있다 하여야 하겠지마는 그것은 어디까지나 무의식적이요 자연적이다. 그러나 무의식적이요 자연적이어서는 창조를 하지 못하는 것이니, 작가는 무의식 중에 자득한 민족의 전통에 자만하지 말고 스스로 연구하여 그 전통을 의식하며 몸으로 그것을 체득하여야만 되겠다. 그리하여 작가가 민족적인 전통을 의식하면서도 무의식한 것과 같이 실로 자연적이고, 무의식인 듯이도 자연적이면서 실은 의식적이어서 몸과 전통이 전혀 나눌 수 없게 되었을 때 여기에 비로소 창조의 세계는 전개되어 강력한 외래의 문학도 이에 저절로 용해되고 또 그로 인해 전통은 더욱 확충되어 참말로 새로운 문학이 이로부터 건전히 발달할 수 있게 되는 것이다.

　그러니까 현대문학의 건전한 발달은 오로지 건전한 작가수련에만 달려 있고 또 거기에서만 전통은 빛날 수 있는 것이다. 그런데 오늘날 현대문학에 전통을 의심하게 된다는 것은 현대문학이라고 하여 특별히 전통이 없을 수도 있고 또 없어도 무방하여서 그런 것이 아니라 실은 현대문학의 작가의 무력에서 오는 병폐라 하겠고 만일 우리에게 위대한 작가가 있었다고 한다면 애초 현대문학에 전통 운운의 그러한 의론은 나지 않아도 좋았을 것이다. 그만큼 작가에는 책임이 있는 것이니, 오늘날 우리 현대문학에 전통이 빛나는 건전한 발달을 기대한다면 무엇보다 작가의 수련문제는 시급하다 할 것이다.

　그런데 전통이란 말을 여러 번 썼으나 이것은 앞에서도 말한 바와 같이 과거와 현재와 미래를 관통하여 창조하는 어떤 힘을 말하게 되는 것이겠으나, 그렇다 하여 그것은 일정불변한 것은 아니다. 흐르는 강물은 밑으로 내려 갈수록 넓고 커지는 바와 같이 전통도 외래문화의 영향을 입고 또 그를 소화 흡수하여 시대로 확충하여 나갈 수도 있는 것이다. 과거에 우리에게는 우리의 고유한 전통이 있었겠지마는 중국의 문화 또 인도의 문화의 영향을 입어 우리의 전통은 일층 더 빛났고, 더욱 더 크게 확충하였던 것은 생생한 우리의 역사라 하겠으나 오늘에 있어서도 서양문화의 영향은 역시 마찬가지로 우리의 전통을 더욱 크고 넓게 확충할 수 있는 것이요 또 그렇게 되지 않으면 아니 되는 것이다.

　이런 의미에 있어 현대문학이 전통을 가져야 한다는 것은 단순히 옛 것을 묵수하고 오직 옛 것대로만 나아가라 하는 말은 아니다. 그보다는 더 적극적인 의미가 있는 것이니, 그것은 과거의 전통을 한 걸음 앞으로 발전시키어서 또 외래의 것을 소화 흡수하여 그것을 확충시킨다는 것이다. 여기에 외래문학의 영향이라는 것도 비로소 의미있게 되는 것이고, 괴테가 세계문학의 공기를 흡수하란 말도 어렵잖이 이해할 수 있는 것이다. 이것이 말하자면 현대문학의 임무라고도 할 수 있으나, 여기에 현대문학은 과거의 전통을 발전시킬 뿐만 아니라 또 전통을 창조하기도 하여야 된다고 말 할 수 있다. 문학은 산 하나의 생명체라 보아야 하겠으나,

이것을 생명있는 것이라고 한다면 그는 움직이는 것이고 일시도 쉬어서는 아니 될 것이니, 현대문학이라고 한다면 이것은 그 생명의 최선단(最先端)으로서 물론 과거의 전통의 핏줄이 거기에 약동하지 않으면 아니 되겠지마는 또 동시에 새 것을 쉴새없이 창조하여 나가는 힘이 거기에 있지 않으면 아니 되는 것이다. 이것이 곧 전통의 발전이요 전통의 창조다.

[『자유문학』, 1958. 5]

24

시적 상상력

- '지성'의 관여를 주로 -

고 석 규

1. 서언

—휴머니스틱한 시인은 세계의 중심이며 지성과 지적 발전의 초점에 놓여 있다.— (H. 리드)

　현대시란 일반적으로 현대의 상황을 반영하며 비판하기 위한 시인 자신들의 언어활동을 지칭하는 말일 것이다. 그러나 이 어색한 정의를 내세움에 앞서 '반영'하며 '비판'하는 두 가지 기능에 대하여 약간의 주석이 필요하지 않을까 싶다.

　무엇보다도 '반영'하는 기능과 '비판'하는 기능과는 서로 대위적(對位的)인 시인의 태도를 결정하는 것이며, 특히 구미문학의 경향으로 볼진대 '반영'하는 수동적 기능에 대하여 '비판'하는 능동적 기능이 새로이 가중됨으로써 현대시의 구성은 자못 논리적이며 의미적인 데로 기울어진 것이 사실이다. 그러나 이러한 대위는 곧잘 지양되며 온전한 '종합적 체험'으로 동시에 발전될 수 있으리라는 것이 또한 오늘의 상식처럼 대두되고 있다. 이 때 '종합적 체험'을 이룩하는 것이 바로 '시적 상상력'임을 나는 밝히고자 하는데 그의 범주란 스스로 한정할 수가 없는 것이다.

　더욱이나 '반영'하는 기능이 보다 유동적인 '감성'에 의하여 지배되는 대신에 '비판'하는 기능은 보다 고정적인 '지성'에 의하여 지배된다는 심리학상의 반응을 떠나서라도 양자의 관계는 행동발전에 있어서의 구체적인 여건이라고 생각된다. 그럼에도 시는 직접적인 행동을 요구하지 않는다. 다만 두 가지 기능의 종합을 목적하는 상호작용의 영원한 지속을 갈망할 따름이니 어느덧 '시적 상상력'이란 '종합적 체험' 그것이라고 명명되는 이유가 이것으로써 성립되리라.

하지만 이상의 두 가지 기능이 서로 대위적인 가치론에 투정(投定)함으로써 낭만주의와 고전주의와의 알력은 한층 격화되었던 것이다. 특히 영시에 있어서 19세기 말엽부터 20세기 초두에 걸쳐 군림했던 소위 신고전주의 운동이 오늘날의 후반기에 이르러선 그의 확고한 위치를 대부분 상실하였으며 뒤 이은 '뉴 컨츄리'파의 사상적 동요와 아울러 전후시의 신낭만주의적 기세는 그야말로 현대시의 복잡하고도 미묘한 성격을 역력히 반증하는 것이라고 보아진다.

뿐만 아니라 이러한 대위적 양상은 반세기 전의 신앙과 오늘날의 착잡한 현실을 한데 엮을 수 있으리라는 막연한 회상들을 여지없이 분쇄하고야 말았다. 분명히 현대시는 방황일로(彷徨一路)에 서 있는 것이다. 과연 현대시의 주추로서 작용했던 '지성'의 과오는 무엇이며 '지성'의 추방이란 가능할 수 있겠는가. 있다면 그것은 또한 어떤 방법인가. 당면의 과제는 바야흐로 여기에 귀일되고 만다.

그러나 현재의 우리들은 변혁된 '지성'을 다시 맞아드리지 않을 수 없는 이율배반을 탈피하지 못하고 있다. 즉 '지성'은 새로운 조화와 새로운 힘의 결합으로 비약하고 있으며 그의 '결과' 보다는 그의 '구성력'이 재청됨으로 해서 변혁된 '지성'은 현대시의 미래를 개척하는 주추의 임무를 계속해 지니고 나서야 할 따름이다. 그런 의미에서 '시적 상상력'에 대한 지성의 관여는 현대시 전반에 걸친 공동적인 논의가 되어 마땅할 줄 안다.

이것은 조숙한 한국시의 성장에 있어서도 꼭같이 제기될 수 있는 문제이며 차라리 1930년대의 '모더니즘' 운동과 함께 우리 나라에도 비화한 이래 불과 몇 사람의 공론(空論)에만 그친 것이었으되, 당대로서의 충분한 필연성을 내포하였던 사실과 그 필연성을 여과하여 발전시키지 못한 한국시의 내외적 결함들을 색출코 비교하는 작업에 있어서 우리는 조금도 주저할 수가 없는 바이다.

그러나 우리에겐 개별적인 작품분석보담도 원리론에 입각한 냉철한 반성이 앞서야 하는 까닭에 이런 종류의 글은 저간에 나타난 현대시의 제반 이론과 보조학설들을 총체적으로 파악하며 체계화하려는 소위 문예학적인 조그만 시도에 불과하다 할 것이다.

어쨌든 시인들의 개별적인 언어활동에 있어서 '반영'하며 '비판'하는 두 가지 기능인 '감성'과 '지성'의 작용들을 하나에로 종합할 수 있는 체험의 가능성을 엿보는 것과 같이 현대시의 주변을 소용도는 낭만주의 대 고전주의와의 대위적 양상을 가히 지양할 수 있을만한 고차원의 '시적 상상력'을 추구하여 나대로 이나마 그것에 대한 의미부여를 꾀하자는 것이 요컨대 이 글의 목적이라면 목적이라 할 것이다.

2. 지각과 기억

일찍이 '아리스토텔레스'는 그의 「시학」 가운데서 다음과 같이 서술하였다.

"시인이란 화가 또는 그 밖의 모조공과 같이 하나의 모방자이므로 어떠한 경우에 있어서나 사물들이 있는 그대로 또는 있어야 했던, 있었다고 전해지며 생각되는 그대로, 또는 있지 않을 수 없는 그대로의 세 가지 양상 중 어느 하나로든지 재현해야 하는 것이다. 시인은 이 모든 일을 (자신에게 주어진 특권이라고도 할) 합성된 언어인 외래어, 비유, 그리고 각종 수식어를 통해서만 다할 수가 있다."(제25장)

사실인즉 '아리스토텔레스'는 모방론자에 지나지 않는다. 그러나 뜬 눈에 비치는 현실적인 사물만을 모방하는 것이 아니라 과거와 미래에 있어 존재하는 비현실적인 사물까지도 합쳐 모방하려 한 점에 있어서 도리어

'아리스토텔레스'는 사비(似非) 모방론자라는 해석도 가능할 수 있으리라. 그가 시의 목적을 달성하려면 '믿어웁지 못한 가능사(可能事)' 보담 차라리 '믿어운 불가능사(不可能事)'가 선택되어야 한다고 주장할 때 바로 그 '믿어운 불가능사'란 상상력에 의하여 종합된 전체를 뜻하는 것이었다.

소위 불가능사라고 통칭된 사물의 비현실적인 양상을 오로지 투시하는 일에만 머물지 않고 다시 언어의 방법을 써가며 그것들을 '믿어운 불가능사'로 '모방'하는데 시인의 특권이 있다고 하면 '시적 상상력'(Poetic imagination)과 '일반적 상상'(General imagination)과의 경계를 우리는 이렇게라도 말해볼 수 있는 것이 아닐까. 따라서 '아리스토텔레스'의 서술은 '시적 상상력'을 구체적으로 밝히는 일에 인색했으면서도 그것들을 언어화하는 시인 자신의 지성적 방법을 높이 산 까닭으로 하여 더욱 우리들의 주목을 입게 되며, 상상력에 관한 고대적인 논의에서도 이미 지성의 관여는 중점적인 문제였다는 것을 짐작하게 된다.

그러나 '시적 상상력'을 어디까지나 언어화된 결과로서가 아니라 종합하는 '구성력'으로서 파악하는 이상 그의 출발부터 먼저 언급해 두는 것이 순서일까 싶다. 전게한 바와 같이 '아리스토텔레스'는 사물들의 '있는 그대로'를 중심화하여 '있어야 했던 그대로'와 '있지 않을 수 없는 그대로'를 함께 모방하는 것이 시인의 특권이라고 보았다. 사물들을 '있는 그대로' 모방한다는 것은 현재의 '지각된 사물'에만 한해서 모방한다는 의미가 되겠으며, 반대로 '있어야 했던 그대로'와 '있지 않을 수 없는 그대로'를 모방한다는 것은 지각될 수 없는 과거 내지는 미래의 '기억된 사물'에 한해서 모방한다는 의미가 될 것이다. 그런데 미래에 있어서의 가정도 실상은 기억 속에 남은 과거적인 사물의 전사(轉寫)에 불과하다는 심리학적 분석에 동의한다면 '지각된 사물'과 '기억된 사물'과를 구애없이 모방할 수 있는 데서만이 비로소 시인이란 그의 특권을 행사할 수 있게 된다.

이렇듯 '아리스토텔레스'가 모방론을 주장했으면서도 끝내 사비(似非) 모방론자로 머물 수 밖에 없었다는 증거는 너무나도 확실하다. 이는 '아리스토텔레스'의 「시학」을 고전주의적 경전으로 추대하고 있는 일반적 견해에 대한 나대로의 이의를 묻는데 지나지 않지만 앞으로도 이 문제는 자주 상론되어야 할 것이다.

각설하고 현재 및 과거 미래에 긍한 사물들의 전반을 모방하기 위해선 첫째 그 사물들의 '양상'을 정확하게 파악할 수 있는 날카로운 투시력이 요청됨으로 하여 시인이란 모방자가 되기 이전에 먼저 투시인으로 되는 노력을 게을리 말아야 하는 것이다.

영국시를 논하는 마당에서 '브래드비'라는 사람은 아래와 같이 적었다.

"정말 시인이란 끊임없는 시자(視者)이다. 이 말은 모든 시인이 한결같이 인생을 본다거나 그의 전부를 본다는 의미가 아니라 어떤 특수한 관점에서나 또는 여러 가지 관점에서 시인이 겪는 인생체험은 다른 사람의 체험보다 훨씬 깊고 너그럽고 동시에 진실하다는 것을 의미한다."(「영국시에 관하여」, 12면)

물론 이깃은 평범한 말같이 들릴는지 모른다. 그러나 '켈트'족들이 'Bard'라고 불렀던 음유시인이 애초에는 미지의 사실들을 발견하는 '시자' 아니면 영감을 누려받은 '예언자'로서 이해되었다는 사실은 매우 주목할 일이며, 남들이 못 보는 깊은 인생의 체험들을 남들에게 전해 주며 "또한 자기 눈으로 그것을 남들에게 보일 수 있는" 사람을 가르켜 시인이라고 매긴다면 대개의 설명은 납득될 수 있는 것이다.

'아리스토텔레스'가 사용한 '양상'이란 말과 서로 대조될 수 있는 '브래드비'의 표현은 '상상적 측면'이란 말인데 그는 인식작용과 결부시켜 이 말을 풀이하고 있다. 참으로 인생을 넓이로서만 보지 않고 깊이로서도 보아야 한다는 사실은 인생의 표면에만 집중되는 육체적인 관찰을 의미하지 않고 깊은 내면에 집중되는 심리적인 투시를 의미하는 것이므로 '육안'(肉眼)아닌 '심안'(心眼)의 존재를 시인에게 있어선 유달리 인정해야 할듯 하다. 그러면 이어서 '심안'에 관한 이야기를 배풀기로 하자.

"언제나 아름다운 사물들이 시야에서 보다도 기억 속에서 더욱 아름답게 보인다는 것은 상습적인 체험이라 하겠으며 이는 적어도 육안으로써 보는 것과 같이 그렇게는 심안으로써 볼 수 없는 사실로 부터 하나의 완전한 매력을 추출하는 것으로 알려진다."

　이 글은 '윈체스터'가 「문학비평의 제 원리」(133면) 속에서 상상력에 관하여 논한 일부를 발췌한 것이다. '윈체스터'는 시야 즉 현실에 보는 '육안'의 미에 비하여 기억 속에서 보는 '심안'의 미가 훨씬 매력적이라는데 동조하면서 한편 '심안'의 작용은 '보는' 것이 아니라 차라리 '느끼는' 것이라고 할 수 있으며, 느낌으로써 기억 속의 감정이 되살아난다는 심리적 경로를 찬찬히 밝히고 있다.

　이제 '되살아난 감정'은 기억 자체를 구체화하며 선택하며 다시 조화할 수 있는 기능을 발휘하는데 이 기능을 명명하여 그는 상상력이라고 불렀던 것이다. 상상력에 관한 '윈체스터'의 이론을 종합한다면 대략 세 가지 단계로서 설정되겠으나 처음의 '창조적 상상력'과 둘째 번의 '연합적 상상력' 등이 보다 자발적이며 무의식적인데 비해서 마지막의 '해석적 상상력'은 보다 인위적이며 의식적인 방법에 의거한다는 것이어서 이 단계에서만이 지성의 관여가 가능하지 않나 생각된다. 그러나 다만 '육안'과 '심안'과의 비교를 '시야'와 '기억'과의 비교로서 다스리며 나아가서 '시야'는 '지각'이라는 새로운 어휘로써 대치될 수 있다는 점만을 미리 암시하려 한다.

　그런데 헤아릴 수 없이 많은 심리학원론들이 지각과 기억에 대한 정의들을 내세우고 있는 지금에 이르러 감히 이론화되고 체계화된 상호간의 차도(差度)를 따져본다는 것은 여간 번잡한 일이 아닐 뿐더러 거의 불가능한 추산이므로, 나는 순전히 백지상태에서 지각과 기억의 자발적인 기능을 직접 체험하였던 한 실명작가의 수기에 좇아 이야기를 진행시키기로 하겠다.

　주지하다시피 작가 '헉슬리'는 현존해 있는 영국 주지주의 문학의 거장이며 시·소설·평론의 각 분야에서 다대한 명성을 떨치고 있는 한 사람이다. 저작 활동의 내용에 대해선 깊이 터치하지 않더라도 중학시절에 각막염으로 인하여 약 2년간 완전히 실명상태에 놓였다는 사실은 나에게 있어 커다란 관심거리가 아닐 수 없었다.

1942년 그는 「시력의 방법」이라는 조그만 책자를 공개하였는데 여기엔 모든 외과적 치료와 기계요법을 물리치고 오로지 '베이츠'라는 한 사람의 의사를 좇아서 '심신동화'(心身同化)를 지지하며 거기에 합당한 방법들을 택함으로써 다시 개안(開眼)하기에 이른 소위 '시각적 재교육의 과정'이 솔직히 회상되고 있다.

그는 절대적인 휴식에서부터 차차로 시신경을 집중하여 어떤 막연한 감각물을 포착하고 다음엔 그러한 여러 감각물들을 선택하여 명확한 '상'(像)으로써 고정화시키는 지각의 단계를 스스로 체험할 수가 있었던 것이다. 그는 자기 체험을 통하여 다음과 같은 사실을 확증하게 되었다.

즉 "감각이란 지각과 동일한 것이 아니다. 감각은 신경조직으로 이루어지며 지각은 정신에 의하여 이루어진다. 지각의 기능은 개체의 축척된 체험과 관련되니, 다른 말로선 기억과 관련된다는 것이다. 완전한 시력이란 적당한 감각과 정확한 지각의 성과에 지나지 않다. 대개 지각기능의 발달은 감각조직의 발달과 동반되는 경향이 있으므로 감각과 지각의 성과가 바로 시력인 것이다."(49면)

'헉슬리'는 이 책의 다른 부분(27면)에서 "지각은 기억에 의존한다 함이 옳다." 라는 말을 적었는데 어디까지나 선택된 감각물을 뚜렷한 '상'으로 고정시키는 지각기능이 실상은 "개체의 축척된 체험"이라고 일컬어진 기억과 불가분의 관련을 맺고 있음을 거듭 강조하기 위해서였다. 만일 지각에 의한 '상'의 고정화가 보다 물질적인 유사성을 토대로 한 것이라면 이에 반하여 기억은 보다 감정(성)적인 습관성을 토대로 한 것임은 더 말할 나위가 없다.

'헉슬리'는 감상물들을 해석하는 '심력'(心力)을 가르켜 기억 또는 상상력이라고 불렀지만 기억과 상상력과를 함부로 동일시한데 대해선 논리상 석연하지 못한 점이 허다하다. 그럼에도 불구하고 물질적인 지각을 감정적인 기억에 반드시 의존시켜야 한다고 주장한 바에 있어선 상당한 문제성을 시사한 것이었다.

차라리 그는 '심안'이라는 말 대신에 '심력'이라는 말을 즐겨 썼으니 이를테면 '심력'이 지각과 기억과의 상호간에 작용함으로써 치안(治眼)의 도수는 급속히 촉진될 수 있었으리라고 믿어 마지 않는다. 그리고 또한 '심력'의 기능이야말로 상상력의 이명(異名)이었다는 것은 짐작하고 남음 있는 일이다. 그러면 지각과 기억의 문제를 좀더 구체적으로 더듬기로 하자.

'앙리 베르그송'의 「물질과 기억」을 통독한다면 누구나 그 골자는 '헉슬리'의 '심신동화'의 법칙을 그대로이 실증한 것임을 깨닫게 되리라. '베르그송' 자신이 그의 서론에서도 말하고 있는 바와 같이 이 책은 극단적인 실재론과 관념론 내지는 물질과 정신간의 종합을 목적해서 저술된 것이며 방법에 있어선 생리학과 심리학의 공통적인 가능성을 채용하고 있다.

그는 상상(베르그송의 경우 '상상'(image)과 '상상작용'(imaginer) 또는 '상상력'(imagination)과의 명확한 구분이 서지 않음으로 통칭하여 광의의 상상이라고 새겨둠.)의 집합을 '물질'이라고 불렀으니 이 때의 상상은 관념론자들이 주장하는 '표상'보다는 넓은 의미로, 그리고 실재론자들이 주장하는 '사물'보다는 좁은 의미로 해석되었다. 따라서 '사물'과 '표상'간에 상상의 집합체인 물질이 존재하게 되는데 '베르그송'은 물질과 지각과의 관계를 아래와 같이 요약하고 있다.

"나는 상상의 집합을 물질이라고 부르며 다시 동일한 상상들을 하나의 특수한 상상이라고도 할 자기자신의 가능적 활동과 관련시킬 때 그것을 일컬어 '물질의 지각'이라고 부른다."(제1장)

물질에 대한 지각의 경로를 밝힌 이 글에 있어서 물질로 하여금 "자기신체의 가능적 활동"과 관련시킨다는 이야기는 오히려 물질에 대해서 가하여지는 "자기신체의 가능적 활동"을 눌러서 말한데 불과하며 '물질의 지각'에 수반되는 '가능적 활동'이 대저 무엇인가는 차차로 밝혀질 것이다.

"모든 관점에서 모든 사물의 모든 영향을 지각한다는 것은 물질적 상태에로 타락하는 것과 같다. 의식의 지각이란 선택을 의미하며 의식은 대체로 실제적인 통찰력에 의존하는 법이다."(전동)

여기서 읽는 바와 같이 '베르그송'은 "자기신체의 가능적 활동"이 물질을 대하게 되는 지각의 방법을 '선택'이라고 하였는 즉 '선택'은 의식적인 지각의 기능을 의미하며 어떠한 '감정'에도 치우침이 없이 물질을 물질 그 것으로써만 지각할 때에 성립되는 것이다.

이러한 지각의 상태를 동경하여 '베르그송'은 '순수지각'이란 새로운 용어를 발명했으나 물질을 물질 그것으로써만 지각한다는 것을 '원칙상'에서의 가정일 뿐, 결코 '실제상'으로 가능하지 못하다는 점을 또한 솔직히 시인하고 있다. 물질적 상태에로 타락하지 않으려는 지각의 선택이라면 바야흐로 '기억'과 일치됨으로써 고정화되는 물질성의 위기를 모면할 수가 있는 것이다. 앞에서 물질을 "자기신체의 가능적 활동과 관련시킬 때"라고 적은 것은 바로 이러한 기억과의 연합이 완성되는 순간(현재)을 두고 말한데 지나지 않다.

"참으로 지각과 불가분의 기억은 현재 중에 과거를 도입하며 단 하나인 직관 속에 지속의 수많은 순간들을 축소시킨다. 이러한 이중작용은 우리들로 하여금 '실제상'에선 물질을 우리 자신과 더불어 지각케 하고 '원칙상'에선 물질 그것으로써만 지각하도록 강요하니, 이는 의식과 물질과의 접촉점에 기억이 존재하는 까닭에서이다."(전동)

사실 우리가 보아온 '물질의 지각'이란 순간적인 현재의 대상에만 집중된 것이었으나 과거로부터 지속적으로 작용하는 기억과의 종합이 인정됨으로써 현존하는 대상을 상상함에 그치는 지각과 현존치 않는 과거의 대상 즉 무의 대상을 상상하는 기억과는 서로의 대위성을 해제하며 동일한 활동 속에서 상화작용하리 라는 것이 증명되었다.

물질의 지각은 여러 대상들을 물질적인 제한으로부터 시간적인 자유에로 연장한다는 사실에 있어서 '베르그송' 그는 과거를 내포하며 과거를 반복하는 '현재'의 의의를 더욱 강조한 것이라고 볼 수 있다. 그는 이와 같은 종합의 현재화를 '재현'이란 말로써 대신하였은즉 '재현'이야말로 과거와 현재와를 동시 동화하는, 다시 말하면 기억과 지각과를 서로 종합하는 '선택'의 결과가 되는 것이다.

그러나 기억은 현재로부터 과거에로 역행하는 것이 아니라 반대로 과거서부터 현재에로 진행되는 것이며 일단 우리 자신들을 과거에다 설치하는 소위 무의식적 상태로부터 출발하여 차츰 의식적 평면에로 옮아와 드디어 현실적 지각 가운데서 물질화됨으로 '베르그송'은 여기에 '순수기억'이라는 새로운 명명을 가하였던 것이다.

이러한 '순수기억'과 '순수지각'에 대한 해석은 전혀 '베르그송'적이라고 할 것이나, 과연 순수화된 기억과 순수화된 지각과의 종합은 어떻게 이루어지는가가 의문으로 남게 된다. 이에 대하여 '베르그송'은 '순수지속'이라는 새로운 운동개념을 또 다시 우리 앞에 제시하였다.

「물질과 기억」보다 7년이나 앞서서 발표된 「의식의 직접 여건에 대한 논문」에서 이미 상론된 바와 같이 '순수지속'은 진정한 '자유'를 위하여 지각하는 공간과 기억하는 시간과의 '동질적 매개'를 지정할 수가 있다는 것이었다.

가령 '베르그송'에 좇아서 기억과 지각과는 서로 대각으로 교차되는 두 개의 직선과도 같은 것이나, 운동 중의 그 직선들을 모름지기 곡선으로 휘어져 서로의 방향과 위치를 한줄기로 연장함으로써 온전한 '운동도식'으로 나타날 수 있다는 그의 비유를 인용하여 '운동도식'과 '동질적 매개'와의 공통된 유사성을 바랄진대, 우리는 순수지속에 있어서의 '자유'가 얼마나 깊이 상상력 가운데 내재하는가를 알게 된다.

왜냐면 지각과 기억, 공간과 시간, 그리고 대상과 주체와의 비결정을 중심으로 한 하나의 좌표 내지는 원을 사상함에 있어서 그러한 좌표상에나 원호(圓弧)의 도처에서 처음으로 발견되는 '운동도식'이며 '동질적 매개'야말로 상상의 결과를 연역해 내는 기본 여건이라 아니 볼 수 없는 까닭에서이다.

주지하다시피 '베르그송' 학설은 이후 많은 실용주의 사상가들과 형태심리학자들을 자극하며 동시에 저들의 비판적 대상이 되었으나 지금은 거기까지에 미칠 수 없고, 다만 일러두어야 할 점은 「물질과 기억」의 논의에서 되풀이된 소위 '순수지각'이며 '순수기억' 그리고 '순수지속'에 있어서의 '순수'란 다름아닌 '자유'의 개념을 의미하며 '자유'는 다시 '베르그송'

의 경우, '생의 약진'을 촉구하는 의지력으로 발전되었으니 이러한 종합적
이며 포괄적인 '자유'야말로 상상력의 구경(究竟)을 아로새길 수 있으리
라는 것이다. 그러나 이 문제는 "'의지'의 관여를 주로 한" 다른 형식이 논
문에서 새로이 그리고 계속적으로 취급될 예정이다.

3. 고정상상과 자유상상

다음에는 '베르그송'에 못지 않게 심리학적 기초 위에서 비평원리를 전
개한 'I. A. 리챠즈'의 유명한 '고정상상'과 '자유상상'에 대한 이야기로 옮
아가기로 하자.

'리챠즈'는 자기의 「문예비평원리」 속에서 시적 체험의 과정과 상상의
종류와를 일 목(一目)으로 파악할 수 있도록 한 장의 도표를 삽입하였는
데 과정으로선 '시각' '고정상상' '자유상상' '관련' '정서' '태도'의 순으로 적
혔고 한편 상상의 종류로선 청각 상상력과 분절 상상력과를 합친 '고정상
상'과 그리고 이와 대위되는 '자유상상'과를 예거했던 것이다. 그러나 우
리가 선차로 문제삼아야 할 것은 시적 체험의 과정보담도 상상의 종류에
대한 것이라고 생각되니 이에 관계되는 몇 마디만 비쳐보기로 하겠다.

"그것들('수직체'로서 도시(圖示)된 '충동'을 말함)은 시각을 통하여 일
어나지만 기록된 고정상상은 그것들의 장차 진행이 어디까지나 고정상상
에 의하여 지배됨을 밝히려 하며 다음 단계에 있어서의 분포된 자유상상
은 여러 자유상상들이 비록 감각어를 통하여 개별적으로 일어날지라도
대개는 고정상상의 결과로서 저마다의 특징을 살린다는 것을 암시하려
한다. 그러므로 고정상상이 지니는 형식적 요소의 우월성은 도표 속에서
매우 두드러져 있다."

청각 상상력이 음악에 치중되고 분절 상상력이 언어에 치중된다는 것
은 쉽게 알 수 있는 일임으로 이 두 가지를 합친 '고정상상'이란 기호화된
악보나 문자를 통하여 직접적으로 전달되는 상상인데 반하여 '자유상상'

은 보다 '시각적 상상'에 가까운 것으로서 악보나 문자의 여러 가지 결과에 있어서 이해되는 간접적인 상상을 말하는 것이다.

그러나 '리챠즈'의 언급은 고정상상보다도 자유상상에 더욱 치우쳤던 것이며 특히 자유상상엔 기억과 동시에 '개념'이 작용되고 있다는 것을 강조하였다. 이러한 '리챠즈'에게 나도 한 마디 과거적 체험에서 떠나간 기억과 개념이란 있을 수 없다는 것을 붙여서 강조하고 싶다. 이제 자유상상을 두고 생각하려니 앞에서 비친 '베르그송'의 '자유'가 나조차 연상되는 까닭은 나의 지나친 견강부회(牽强附會)에서 인지는 몰라도 우리에겐 자유상상의 '자유'를 캐는 일이 무엇보다도 성급히 요청되고 있는 것이다.

'리챠즈'는 고정상상에 집중된 과학자의 사고를 '비상상적 사고'라고 부르는 대신 시인의 사고는 항시 고정상상과 자유상상과의 사이를 자유로이 내왕하는 그야말로 '상상적 사고'라는 것을 구명하였다. 다 같은 상상이면서도 시인의 상상에는 물질(기호)적이며 직접적인 지각만이 아니라 오히려 그것들과 밀접한 초물질적인 기억과 개념의 작용이 더욱 문제시된다는 것은 무엇을 말하는가?

한 마디로 '리챠즈'가 생각는 시적 상상력(그는 '구성력'으로서의 '시적 상상력'과 '결과'로서의 '시적 상상'을 구분하지 않는 대신 '상상적 사고'와 '비상상적 사고'와를 구분하고 있다. 고로 '구성력'을 가진 '상상적 사고'가 '시적 상상력'의 본령을 의미하게 된다)이란 고정상상으로 대표되는 물질적 체험과 자유상상으로 대표되는 심리적 체험이 동시에 지속되며 그렇게 지속되는 두 가지 상상을 다시 하나처럼 종합할 수 있는 상호작용이라고 봄이 한결 타당할 것이다.

앞의 인용에 달아서 본다면—"체험의 씨(緯)라고도 할 이러한 충동들은 정신이 가지는 선험적인 체계구조의 날(縱)과 같이 한데 짜여짐으로써 가능적 충동의 체계를 완성할 수가 있다. 씨와 날이 제각기 떨어지지 않는 한 '비유'란 어렵기 마련인 것이다. …… 지성적이든 정서적이든 간에 모든 것은 자기 활동력의 결과로서 일어난다."

정신상에 나타나는 소위 '체험의 씨'와 '선험적인 체계구조의 날'은 그대로 정신상에 나타나는 '체험의 현재'와 '선험적인 과거'를 가르쳤음이 분명하다. 체험의 온전한 성립을 위해서라면 현재와 과거가 동시에 압축되어야 하는 것과 같이 '리챠즈'의 '씨'와 '날'이라는 표현은 아주 적절한 것이라 아니할 수 없다. 막상 되풀이 되는 지각과 기억의 관계가 그러했거니와 이제 물질적인 기호와 문자를 통하여 자극되는 고정상상과 심리적인 기억과 개념을 통하여 자극되는 자유상상과의 관계도 역시 마찬가지인 것이다. 그렇다고 하면 '씨'와 '날'을 한데 엮음으로써 짜여지는 '비유'의 본질에 대해서도 우리는 응당 관심을 기울여야겠다. 그러나 사실은 '비유'에 도달하려는 '구성력'으로서의 시적 상상력을 추구할 뿐이지 결코 '비유'로서 언어화된 '결과'로서의 시적 상상력을 다루지 않는 바에야 '비유'에의 문제를 잠시 논외로 돌리는 것이 원칙이라고 생각된다.

어느 모로 볼제 참으로 '리챠즈'의 분석은 이 한계를 모호하게 저질러 놓은 감이 없지 않다. 함에도 그가 설정한 시적 체험의 과정에서 따진다면 고정상상과 자유상상의 다음으로 처리된 '관련'과 '정서'에 대한 논의가 앞의 상상문제와 불가분의 성질임을 곧장 발견할 수 있을 것이다. 왜냐면 인용문의 마지막에 있어서 "지성적이든 정서적이든 간에 모든 것은 자기 활동력의 결과로서 일어난다."는 말을 읽음으로써 우리들은 '관련'과 '정서'에 대한 '리챠즈'의 견해가 어떤 종합적인 결과의 탄생을 이미 예정하고 있다는 것을 빤히 짐작하는 까닭에서이다.

아닌게 아니라 그가 제시한 도표엔 '관련'을 나타내는 여러 개의 사선들이 그어져 있다. 사선들이 가르치는데 따를 것 같으면 고정상상과 자유상상은 거의 분별될 수 없는 관련으로 맺어졌다는 것을 알 수가 있다. 그러나 두 가지 상상에 대한 '관련'의 방식에도 두 가지가 있다는 것을 잊지 말아야 한다. 즉 시각에서 비롯한 충동이 고정상상을 통하여 물질적이며 외부적인 '자극'을 받음으로써 생기는 하나의 방식과 그 밖의 자유상상을 통하여 일어나는 심리적이며 내부적인 '반응'으로서 생기는 또 하나의 방식이다.

다음에 이 때의 '자극'과 '반응'과를 구성하고 있는 요소들을 각각 외부적인 것과 내부적인 것 또는 지적인 것과 감정적인 것으로 구분해 본다면 모든 요소들을 한데 종합하며 상호작용하는 구성원칙을 '관련'이라고 매겼던 '리챠즈'의 저의도 쉬 파악할 수가 있다. 더욱이나 '자극'으로 나타나는 소위 고정상상의 결과가 지적 요소를 내포함으로써 사고의 발전을 초래하는데 비하여 '반응'으로 나타나는 자유상상이 우리의 전신감각에 기인됨으로써 보다 감정적인 요소를 유발한다는 '리챠즈'의 심리학적 변론에 귀기울인다면 인간의 정신구조와 마찬가지로 시적 체험을 형성함에 있어서의 불가분의 양면을 우리는 가정으로서나마 시인하지 않을 수 없는 것이다.

'리챠즈'가 "지성적이든 정서적이든 운운"한 그 필연성에 대해선 도무지 이 이상의 해석을 바랄 수 없는 일이지만서도 그가 시적 체험의 마지막 과정이라고 내세운 소위 '태도'에 이르러선 체험의 대위적인 제요소들이 고스란히 종합되어 하나의 포괄적인 인식으로 완성될 수가 있었던 것이다. 그러나 '태도'란 시인 자신의 세계관 내지는 종교관과 직결되는 것임으로 아직은 언급치 않기로 하겠다.

대개 말한 바와 같이 비평가 '리챠즈'는 '베르그송'이 간과하였던 정서 문제를 새로이 환기함으로써 고정상상과 자유상상에 대한 우리의 논의가 '표현'이라는 문학적 관심으로 다시 회복되는 길을 열어 주었다. 이를테면 심리학으로부터 수사학 내지는 시학으로 넘어 오는 길잡이가 되었다는 것이다.

'리챠즈'의 경우 우리가 잊을 수 없는 낱말은 역시 '관련'이라고 생각된다. 그러면 표현 중에 있어서의 '관련'을 '리챠즈'는 실제 어떻게 보았던가?

"한 어휘가 원래의 의미와 '같지 않다'고 할 경우 그 어휘는 여러 사물들의 굉장히 넓은 범주를 재현할 수가 있는 것이다. 하나의 상상은(기록함으로써 재현되는 한해서) 다른 것과 마찬가지인 사물을 재현해 줄 따름이다. 그러나 어떠한 어휘는 수없이 많은 사물들을 꼭 같이 그리고 일시에 재현할 수 있나니 그런 어휘야말로 감정의 특수적 결함을 성취하는 것이다."

이것은 '실제적 비평'의 보유(補遺) 가운데서 언어화된 '시각적 상상' 즉 자유상상의 기능을 말한 대목이다. 그러나 여기서 표현된 '감정의 특수적 결합'이란 말은 전게한 "지성적이든 정서적이든 간에 모든 것은 자기 활동력의 결과로서 일어난다."는 말과 비하여 그다지 생소한 내용이라곤 볼 수 없는 것이다.

'리챠즈'는 '베르그송'과 같이 감정의 연합설을 반대했던 중의 한 사람이며 '연합'을 배반한 '베르그송'이 '지속'을 내세웠을 때 그는 '결합'이란 말을 제창했던 것이며 또한 '베르그송'의 '지속'이 '운동'의 개념과 일치되었을 때 '리챠즈'의 '결합'은 '활동력'의 개념과 일치되었다는 사실은 매우 흥미로운 대조라고 생각하는 바이다.

함에도 '리챠즈'는 개별적인 자유상상을 시인하지 않았던 것처럼 개별적인 활동력을 시인하지 않았다. "활동력의 결과로서 일어난다"는 그의 말과 같이 모든 종류의 상상들은 서로 관련되어야 하며 하나에로 종합되는 활동력의 지배를 받지 않을 수 없다는 것이다. 이를테면 "기록함으로써 재현되는" 고정상상은 사물과 동일한 것을 나타내지만 그러한 다수의 상상들을 서로 유추시키는 자유상상에 있어선 사물의 범위가 훨씬 확대됨과 동시에 "감정의 특수한 결합"까질 성취할 수가 있다는 것이 이른바 표현 중에 있어서의 '관련'의 의의이다.

그러나 감정과 감정간의 결합은 손쉬울지 몰라도 감정과 비감정과의 결합이란 그토록 용이하지가 않음으로 저들간의 대위적 모순에 관하여선 이미 지각과 기억을 중심하여 구구히 장설(長舌)하여 온 바와 같이 어느덧 결합이상의 '구성력'을 요청하게 되는 것이다. 까닭에 앞으론 감정과 비감정 즉 지성과의 대위관계를 문제 삼아야겠는데 이것은 참으로 심리학상의 최대 난점을 현대시론이 그대로 도맡고 있다는 '리챠즈'의 관점과 일치되는 바이며 한편 시학과 보조과학과의 초영역적인 문제라고도 생각된다.

여기 '리챠즈'설을 부연하는 의미에서 '까리이' 작 「시의 감상」에서 몇 줄만 훑어보기로 하겠다.

"우리는 기억해야 할 것이다. 즉 어떤 것은 지각적 감수성을 중심해서 좋이 성장할 수가 있으며 어떤 것은 상상적 생명을 풍부히 할 수가 있으며 또 어떤 것은 생명의 활동적 기능인 상상을 그러한 지망(志望)과 통찰에로 기여될 수 있게 하며 어떤 것은 사물의 본질에까지 파고 들어 사물의 높은 의미를 발견할 수가 있다는 이 모든 과정들이 한데 얽혀진 직접적 연장을 통해서만(역주·시의 상호관련이) 가능해진다는 것을 ……. 그러니 우리는 지각적 감수성을 중심해서 성장되기를 바라 마지 않는다."

'까리이'의 입장은 순연히 '리챠즈'의 입장과 동일한 것으로 생각되는데 어디까지나 이 책은 '시의 감상'을 목적한 것임으로 시인과 감상자와의 공통점에 치중해서 언급되고 있는 것이 그 특징이라 하겠다. 그러나 시인과 감상자와의 공통점을 발견하는 것으로도 시의 분석은 다하여지는 것이 아닐까? 어쨌든 그가 올바른 감상을 돕기 위하여 독자들이 "지각적 감수성을 중심해서 성장되기를 바라는 것이다."라고 강조했을 때의 그 '지각적 감수성'은 그대로 상상력의 구성적인 기능을 시사한 것이나 다름없다.

하는데도 이 말은 지나치게 애매한 어의를 내포하고 있는 것 같다. 왜냐면 '까리이'는 이 말을 통하여 지각과 감수성과를 전혀 여일(如一)한 것으로서 보았으니 말이다. 다행히도 「상상론」에서부터 「정서론」에 옮아감으로써 차차 우리는 그에 대한 내막을 캐어 볼 수 있게 된다.

"여러 정서들은 체험을 고수하면서 자체의 통일을 위하여 작용하는 것이니 이는 사고와 상상력을 강화하며 그것들의 활동력을 북돋는 까닭에서이다. …… 그러므로 정서발전의 목적이란 예술가적 평가에 의존하면서도 단순히 쾌락을 준비함에 그치지 않고 체험에 대하여 강렬성과 사실성을 부여함으로써 그 목적을 충족시키며 그 체험을 완성하는데 있는 것이다."

'까리이'는 통일되는 정서의 특징을 강렬성과 사실성에서 구하면서 그 두 가지가 충족되었을 때 비로소 시적 체험이 완성된다고 보았다. 구체적으론 "사고와 상상력을 강화하며 그것들의 활동력을 북돋는 까닭에서이다." 라고 적었으니 정서의 통일이란 결국 사고 내지는 상상력의 활동이 강화됨으로써 결정되는 것임을 알 수 있다.

그러나 '활동력'의 비밀을 우리는 어떻게 종잡아야 할 것인가? 여기에 드러난 '정서 자체의 통일'을 '리챠즈'가 말한 '감정의 특수한 결합'과 대동소이한 것이라고 본다면 우리는 문제의 핵심에 한결 가까워진 셈이다.

'까라이'가 서두에 내세웠던 소위 '지각적 감수성'이란 말의 어의도 풀어보면 실상은 애매한 것이 아니었고 오히려 "지성적이든 정서적이든 간에 모든 것은 자기활동의 결과로서 일어난다."는 '리챠즈'설을 한 마디로 중복한데 지나지 않음을 깨닫게 되었다. 따라서 강렬성과 사실성을 부여할 수 있는 '활동력'이야말로 모든 정서적 체험을 또는 비정서적 체험까지도 포함한 체험을 서로 결합(結合)하며 통일시킬 수 있는 구성적 기능을 말하는 것이다.

나는 다시 '리챠즈'설에 저촉함으로써 소위 '활동력'에 대한 그의 총괄적인 힌트를 얻으려고 한다.

'리챠즈'는 「과학과 시」의 제5장 '자연의 중립화'에 있어서 우리가 조상(組上)하였던 지각과 기억의 문제를 더욱 고차원으로 확대시켰으며 동일한 시적 체험으로 그것들을 종합할 수 있는 '활동력'의 새로운 가능성을 제시하였던 것이다. 여기의 그는 현대에 군거(群居)하는 2대 조류로서 '과학적 세계관'과 '마술적 세계관'을 인정하였는데 주로 전자는 기계문명의 산아(産兒)인 감정적 방법에 의거한다면 후자는 이와 반하여 원시문명의 산아인 감정적 방법에 의거하는 것이다. 그러나 시적 체험의 마지막 과정인 '태도'에 의하여 결정되는 세계관적인 신념을 유지하려면 너무나도 많은 '과학적 세계관'의 침해를 받아 그 균형을 회복할 수가 없다는 것이 그의 지론이다.

왜냐면 "과학은 단순히 사물을 조직적으로 '지시'하는 치밀한 방법에 불과하며 '구경적' 의미에 있어서의 사물의 본질에 관하여선 아무 것도 가르치지 못하기 때문이다. 과학은 이것은 '무엇'이냐 하는 등의 형식적 질문에는 결코 대답할 수가 없으며 다만 이것은 '어떻게' 되었느니 하는 정도로 말할 수 있을 따름이다. 짐짓 과학은 이 이상은 목적을 가질 수도 없으며 더욱 이 이상의 몫을 맡을 수가 없는 것이다. '무엇' 또는 '어떻게'로 시작되는 태고적부터의 번거로운 말썽도 사실은 우리가 그것을 풀어 본다면 전혀 의문이 아니라 정서적 만족을 누리려는 요구였다는 것을 알게 된다. 저들은 지식에 대해서가 아니라 단정을 얻으려는 인간으로서의 열망을 나타냈던 것이며 의문이 '어떻게'와 요구의 '어떻게'를 지식의 '어떻게'와 열망의 '어떻게'처럼 음미해 본다면 우리는 하나의 뚜렷한 결론을 얻을 수 있는 것이다."

이 글은 논리학의 기본과제인 주빈사(主賓辭) 관계를 밝히는 아주 숫된 이야기 같이 들릴는지 모른다. 그러나 사물을 '지시'할 따름인 고정상상과 사물의 본질에 육박하여 그 의미를 확정하는 자유상상과를 서로 관련지으며 종합하는 '활동력'의 기능을 더욱 공식화한데 불과하다면 나 혼자만의 과언일까?

'리챠즈'는 '의문'과 '요구'를 비교하면서 저들간의 대위적인 한계를 밝혀 놓았다. 현대인이란 자칫하면 사물에 대한 '의문'과 '지식'에 경닉(耿溺)되며 그 사물에 대한 본질적인 주체의 '요구'와 '열망'을 부정하거나 타소(打消)하는 것이 일반이니 어찌 이를 사물의 압력 다시 말하면 물질에 대한 자아의 패배라고 아니할 수 있겠는가? 무엇보다도 우리는 물질을 불러 일으키며 그것을 인식하려는 과거로부터의 지속적인 우리들의 '요구'와 '열망'을 배척해선 아니되는 것이다.

비록 물질은 지성적 방법에 토대한 현대의 '과학적 세계관'을 고도로 추진시키고 있으나 한편 물질을 초월한 정서적 방법에 입각했던 '마술적 세계관'도 엄연히 그 존재가치를 상실치 않고 있다면 '리챠즈'더러 주술론자라고 비난하는 사람도 없지 않아 나타날 것이다. 그러나 일단 '마술적 세계관'을 개인에게 있어서의 기억과 인류에게 있어서의 역사에 대한 부흥으로서 연상해 보았을 때는 그런 오해가 순식간에 사라질 것으로 믿는다.

'의문'과 '지식'을 현재의 '체험적인 씨'라고 생각하며 이와 대립되는 '요구'와 '열망'을 과거의 "선험적인 체계구조의 날"이라고 비유한다면 그것들이 서로 합하여 짜여지는 직물이야말로 '과학적 세계관'과 '마술적 세계관'과를 동시에 종합한 '활동력'의 결실인 것이다.

'리챠즈'는 '마술적 세계관'을 가르쳐 아주 막연했던 상고시대의 세계관으로부터 전기한 것이라 보고 그 '마술적 세계관'이 오늘날에 있어선 '과학적 세계관'이 오늘날에 있어선 '과학적 세계관'으로 다시 전기되고 있다는 사실을 강조한다. '리챠즈'는 앞의 전기를 '자연의 중립화'라고 매겼거니와 뒤의 전기에 대해선 신념을 끌어오는 시인의 태도 다시 말하면 시인의 '전체적 인격'에 귀탁(歸託)해서 그것을 극복하려 하고 있다.

그러나 현대의 쓰라린 전기에 당하여 '리챠즈'의 신념은 마침내 회의적인 데로 침잠할 수 밖에 없었던 것이다. 그는 과학적 세계관의 지배를 두려워한 나머지 시에 있어서만이라도 마술적 세계관이 부흥되어야 한다고 주장은 했으나 다만 인례(引例)로서 '엘리어트'의 장시 「황무지」을 소개했을 뿐이며 두 세계관이 상호 대위되는 과정에 있어서의 해결적인 방법에 대해선 도통 언급을 회피하였으니 말이다.

「황무지」을 마술적 세계관의 부흥양식이라고 규정하면서 그의 사비(似非) 종교성을 표방한 '리챠즈'에 대하여 작자인 '엘리어트'가 직접 그의 부당성을 지적하면서 자기는 오히려 합리적 종교성을 비유했노라고 항변했던 사실은 너무도 유명한 일화이다. 그러나 마술적 세계관에 젖지 않은 과학적 세계관이 존재하지 않는 것과 같이 중립화에 젖지 않은 다시 말하면 사비적(似非的)인 불합리성에 젖지 않은 종교란 현대에 있어선 지나친 회구사상(懷舊思想)이 아닐까?

어쨌든 시적 상상력을 논의하는 이 마당에 있어선 신념의 '결과'로서가 아닌 신념하는 '활동력'으로서의 세계의 창조가 문제되어야 하니 과학적 세계관으로 전기당한 마술적 세계관이 아니라 과학적 세계관에 도전할 수 있을만한 마술적 세계관의 현대적 의의를 명백히 하여야 할 것이다.

그러면 대저 과학적 세계관에 대한 마술적 세계관의 기능은 어떻게 나타나야겠느냐고 묻는다면 주저없이 나는 그것을 '물질의 중립화'라고 대답할 작정이다. 상대(上代)에 있어서의 마술적 세계관이 '자연의 중립화'로써 전기되었다면 현대에 있어서의 그는 과학적 세계관을 형성하고 있는 물질을 중립화하는 이외의 어떠한 방법도 선택할 수 없는 까닭이다. 뿐만 아니라 '물질의 중립화'는 '베르그송'에 있어서 '운동도식'과 '동질적 매개'를 가능케 한 기억의 재현과도 같이 종합적인 상상력을 가능케 하는 기본 여건이라고 인정되기 때문이다.

이렇게 말하는 나로서의 이유는 물질과 기억을 다룬 여태까지의 논술에 있어서 사실상 밝혀진 것으로 믿어 구태여 재론을 요하지 않으려 하나 이번에는 마술적 세계관이 과학적 세계관을 전적으로 부인하지 못하는 것과 같이 '물질의 중립화'는 결코 물질의 존재 자체를 부인할 수가 없다는 사실만은 부언하여야겠다. 다시 말하면 "지성적이든 정서적이든간에 모든 것은 활동력의 결과로서 일어난다."고 적었을 때의 그 '활동력'엔 지성적인 물질의 지각과 정서적인 기억이 동시에 작용되고 있다는 것이며 전자에 대한 후자의 중립화가 결코 전자의 존재가치를 부인함으로써만 이루어지지 않는다는 것이다.

물론 '리챠즈'의 견해는 여기서 벗어난 것은 아니었지만 그는 막연한 신화의식 같은데 강박되지나 않았는지 의심될 뿐이다. 더욱이나 이 영원한 정반(正反)의 기복을 개인의 경우에서부터 다수 집단으로 구성되는 사적 세계관에 비침으로써 '리챠즈'는 더욱 혼미하였으나 혼미하는 '리챠즈'의 양심까지를 우리 자신들이 비웃어 버린다면 우리 자신들의 혼미는 그 누가 웃어줄 것인가?

고대 '로마' 사회를 수호하였던 이면신(二面神) '제이누스'의 표정이 이글거리는 불길 속에서 지금도 되살아 온다. 사뭇 현대시란 현대사회를 수호할 수 있는 이면신 '제이누스'가 되는 것인가? 차라리 저립(佇立)해 있는 '제이누스'를 하직하고 우리 자신들이 교환하는 언어활동 속에 깃들여진 이면신을 포착하는 일이 혼미를 면하고 싶은 더욱 절실한 우리들의 희망이 아닐는지 ……?

4. 공상과 상상력

여태까지의 이야기는 대개 상상력의 기능면을 강조하여 그의 지각적 요소와 기억적인 요소와를 더듬는데 치중되었다. 그러나 이들 요소가 불가분의 관련 및 종합으로써 이루어진다는 사실도 거지반 이해되었으리라고 보니, 여기선 그 효용의 면으로 이야기를 넓혀 시사적 배경을 통해 본 '공상과 상상력'과를 중심하여 다루고자 한다.

표제 중 특히 '공상'(Fancy)에 대해서 일러두어야 할 점은 우리들의 일상관념에 의하건대 '공상'이란 그저 막연한 환상 아니면 망상과도 같은 것을 의미하며, 대개 상상력 이전에 있는 무질서한 심리상태로서 통용되나, 서구문학에서 처리되고 있는 어의로선 이와 반대로 광범한 '상상'(Image)에 뒤져 있으면서 오히려 상상을 견제하며 지배하는 보다 질서적인 사고로서 알려 있으니 상상을 종합하는 상상력과 공상과의 비교란 자못 중대한 것이라고 하겠다. 이러한 역어의 뉘앙스를 몰라보고 다만 일상관념 그대로를 빙자함으로써 문학비평상의 엄청난 혼돈을 초래하고 있음을 널리 자숙할 일이라고 생각한다.

그러면 참고적으로 공상에 대한 정신분석학자 '융'의 설명을 들어보기로 하자. 그는 「심리학적 유형」의 제11장 '정의'에서 도합 59항에 달하는 심리학 술어들의 개념을 규정하였는데, 그 중에서도 특히 '공상'(Phantasie)에 관한 45항의 내용만을 추려본다면 대개 아래와 같다.

우선에 그는 공상을 '환상'과 '상상활동'과의 두 가지 의미로 본다고 전제하였다. '환상'에 있어선 의식과 무의식이 서로 대위관계에 놓이며, 오히려 무의식화하는 '리비도'의 작용이 강해짐으로써 일종의 심리적 자동형상이 노출된다는 것이다. 그러므로 '환상'은 어디까지나 잠재적인 사몽상태(似夢狀態)에 불과하며 보다 수동적인 분열을 면하지 못하는 병적인 것으로 생각된다.

'프로이드'가 일찍부터 '환상'적인 '컴플렉스'에 착안하여 그 발생원인을 구명코자 인과론적 분석법을 적용하였다는 사실은 대체로 수긍될 수 있는 일이나, 한편 '프로이드'설을 반박하는 '융'의 입장에서 볼 때 그것은 지나치게 편협한 이론으로 밖에 되지 않으니 '융'은 '환상'과 달리 의식과 무의식과를 서로 보상하여 종합할 수 있는 '상상활동'의 의식화를 강조하면서 그의 현재적이며 능동적인 목적을 중대시하였다.

이로써라도 '융'의 목적론적인 관점과 '프로이드'의 인과론적 관점과의 차이는 대강 짐작될 수 있지만 '융'은 불란서학자인 '뷔이예'의 '관념력'이라는 술어를 따서 '상상활동'이 내포하고 있는 심리적 에네르기를 한 마디로 표현하려 했던 것이다. 일면 '환상'과 '상상활동'으로 대표되는 공상에 있어서의 소위 두 가지 의미를 확장시켜 보면은 인간성격의 2대 유형인 '내향성'과 '외향성'과를 구분한 '융'의 이론적 근거도 저절로 밝혀질 수 있는 일이다.

그러나 공상 가운데에 '상상활동'을 포함시키면서 공상의 능동적 표상을 바로 '상상활동'이라고 규정한 '융'설을 무조건 채택하기엔 석연치 못한 느낌이 없지 않다. '융'은 공상을 생리학적 문제에만 국한시키려는 '프로이드'를 반대하여 순연히 심리학적 문제로서 이를 비판하였는데 '융' 또한 불식간의 모순을 범하였던 것이다. 적어도 '융' 자신이 강조하였던 목적론을 토대로 한다며는 공상의 능동적 표상이라고 규정된 '상상활동'은 이미 심리학적 문제로서만 머물 수 없는 다른 요소들을 충분히 내포하고 있기 때문이다.

그는 제10항에서 '사고'를 정의하되 '지성적 사고'와 '직관적 사고'로서 나누고 '지성적 사고'엔 일정한 방향이 있어 보다 합리적인데 비하여 '직관적 사고'는 수동적이어서 보다 비합리적이라는 해석을 붙이고 있다. 사실 '융'은 지성과 감정을 죄다 합리적인 기능으로 보았고 감각과 직관을 비합리적인 기능으로 보았던 까닭에 감각과 직관의 범주에서 이탈된 공상 자체가 비합리적일 수는 없는 것이었다.

어쨌든 그의 제의대로 '상상활동'의 목적성을 인정한다며는 그 목적성에는 반드시 일정한 방향이 있어야 하고 또한 본질에 있어선 합리적이어야 한다는 것은 틀림없는 사실이다. 공상의 능동적 표상을 '상상활동'이라고 규정은 하면서도 애써 심리학적 범주에만 국한시키려던 '융' 자신의 견해를 일단 제쳐놓고난 다음에야 비로소 우리는 '상상활동'으로 하여금 '사고'의 출발점으로서 이해하는데 아무런 지장은 받지 않을 것이다.

그러므로 공상은 '퀘이예'의 '관념력'에 보다 가까운 '상상활동'의 총명사에 부합되는 것이며 관념을 향하는 방향과 목적성을 가진 합리적인 기능으로서 발전하게 되는 것이다.

이렇게 광의의 공상을 살피고 나서 또 다시 상상력을 별도로 운위한다면 '융'은 아주 못마땅할 것이겠으나 공상의 능동적 표상으로 규정된 소위 '상상활동'을 시적 상상력의 모두인양 착각해 버린다면 그 결과는 더욱 못마땅하게 예측되는 것은 비단 나 혼자만이 아닐 터이다. 대저 공상으로 하여금 심리학적 문제로만 국한시키려던 '융'의 이론적 근거가 박약했던 것은 물론이려니와 언어화를 떠나선 생각조차 할 수 없는 시적 상상력마저를 정신분석학의 값싼 대상으로서 위축시켜야 한다는 사실에 대해서는 더욱 불만인 까닭이다.

그러나 다만 공상의 대부분을 차지하는 소위 '상상활동'이 사고의 방향과 목적성을 가진 '관념력'과 일치된다는 그의 탁견만은 앞으로의 논의에서 중요한 관건이 되어질 것이다.

이제 본론에 들어가서 공상의 지위가 가장 눈부셨던 고전주의시대의 시관에서 몇 사람만 골라잡고 더듬기로 하겠다.

17세기 영시단에 있어서는 중추적 존재였던 '드라이든'은 「경이의 연대」속에 아래와 같이 적었다.

"시인의 상상력이 누려 갖는 첫째의 기쁨이란 창의 즉 사상의 발견이다. 둘째의 기쁨이란 공상 즉 발견된 사상을 판단력이 주제에 알맞게 재현하는 것과 같은 변화며 전개며 형성이다. 셋째의 기쁨이란 표현 즉 발견되고 변화된 사상을 적당히 함축성 있고도 고아한 언어로써 옷입히고 장식하는 기술이다. 상상력의 날카로움은 창의 가운데서 발견되고 풍요함은 공상 가운데서 그리고 올바름은 표현 가운데서 발견된다."

'드라이든'이 지적한 이와 같은 상상력의 세 가지 기쁨에 대해선 신중한 검토가 필요된다. 무엇보다도 '창의'가 의미하는 '사상의 발견'이란 어떤 사상을 말하는지 자못 애매한 바가 있다. 'Invention'의 어의로 따져 볼진대 'Invent' 즉 '발굴한다' 또는 '꾸며낸다'고 새기는 것이 옳겠는데 그렇다면 개념적 기존의 '사상'이 아니라 보다 정서적인 새로운 '사상'의 발굴을 의미하는 것이라고 보아 '창의'란 결국 '아리스토텔레스'적인 '양상'의 발견을 의미한다 해도 과언이 아니겠다.

다음 '공상'에 있어선 '변화'와 '전개'와 '형성'이라는 의식적인 노작이 발동되어 창의가 발견한 '사상'을 어느 정도 확정화하는 판단력을 부여하게 된다. 그러나 비교적 오랜 공상의 과정을 통하여 '사상'은 이미 어떠한 방향과 목적성을 결정되었음이 분명한데도 '드라이든'은 이 단계를 순연한 심리적 연장으로서만 고집하고, 셋째 번의 '표현'에 이르러서야 처음으로 '사상'의 분식(紛飾)을 운위하고 있는 것이다.

그런즉 '창의'와 '공상'은 언어 이전에 속하는 것이며 유독히 '표현'에 있어서만 언어화가 문제되고 있으나, 변화하며 전개하며 형성하는 '공상'에 있어서도 언어의 매개작용은 존재하는 것으로 보아야 하지 않을까? 이를 테면 '공상'이란 '창의'의 미완적 상태와 표현이 완성적 상태와를 서로 견인하며 매개하는 자리에서 '사상'의 발견을 보다 언어적인 '표현'으로 지성화하는 의미가 되지 않느냐 하는 것이다.

'엘리어트'가 그의 「형이상학 시인론」에서 주로 다루었던 '기상'(奇想, Conceit)의 문제와 '드라이든'의 '공상'과를 관련지어 생각한다면은 그 윤곽이 훨씬 뚜렷하게 잡혀질 것이다.

상상력에 관한 '드라이든'의 주장은 그 뒤 '코올리지'에 의하여 극단적으로 추진되었는데 그는 공상과 상상력과를 떼어서 생각했으며 상상력에는 두 가지의 종류가 있는 것으로서 판단하였다.

즉 "나는 상상력을 제일의와 제이의와의 두 가지로 나누어 고찰한다. 제일의적 상상력은 인간의 모든 지각작용에 있어서의 생명력이자 최고기능이며 또한 무한적 '자아'에 있어서 영원한 창조활동을 유한적 정신 속에 재현하는 것이라고 생각한다. 제이의적 상상력은 자각적 의지를 동반한 전자의 반향이라고 생각되나, 기능의 '종류'에 있어서 전자와 동일할지언정 그 '수준'에 있어서나 작용하는 '방식'에 있어선 일정하지가 않다. 그것은 재조직을 위하여 분해되며 확산되며 소실되는 것이나 좌우간 이념화하며 통일화하려고 힘쓰는 것이다. 그것이 본질에 있어선 '생명적'이라함은 모든 물체가 물체 그것으로써 본질에 있어선 정착되고 사멸되고 있는 것과 마찬가지다.

이와 반대로 공상에 관련되는 것은 정착성 유한성 뿐이다. 참으로 공상은 시간과 공간의 질서로부터 해방된 기억의 한 양식에 불과하지만 우리가 '선택'이란 말로써 표시하는 의지의 경험적 현상과도 결합하며 그것의 제한을 받고 있는 것이다. 그러나 공상은 일반적 기억과 다름없이 연상법칙으로써 이루어지는 모든 재료들을 반드시 수락해야 한다."(「문학적 자서전」)

이 길다란 인용에서 알려진 바는 제일의적 상상력과 제이의적 상상력과는 서로 대치되는 '수준'과 '방식'을 가졌으되 마침내는 자각적 의지로써 이념화되고 통일된다는 것이었다. 함에도 공상은 이들의 상상력과는 별도로 "해방된 기억의 한 양식"이라고 명명되었으니 이것은 '드라이든' 이후 '애디슨'이란 사람이 주창했던 상상력과 공상과의 동일성을 반박 시정하기 위한 낭만주의자 '코올리지'의 독특한 견해라고도 할 것이다.

그러나 '코올리지'의 낭만주의 자체는 그의 반려인 '워즈워드'의 낭만주의와는 엄격히 구분되어야 한다고 본다. 유명한 공저 「서정민요집」의 서문을 읽어보면은 시어의 선택문제라든가 운율법 기타를 논함에 있어서 양자는 완전히 공통된 보조를 취하고 있음이 분명하나, 전게한 「문학적 자서전」에 나타난 바와 같이 '워즈워드'의 자연몰입적인 시관에 비해서 '코올리지'의 도도한 시관엔 어디까지나 초자연적이며 이념적인 사고가 밑받침이 되어 있는 것이다.

뿐만 아니라 "이념화되고 통일화되는" 제이의적 상상력은 정착되고 사멸되는 상태에 있으면서도 오히려 생명력을 유지하는 물체 그것과 한 가지로 비유되었으며 따라서 본질적인 죽음을 본질적인 생명이라고 가정하듯이 제일의적 상상력의 죽음은 바로 제이의적 상상력의 생명이라고 풀이된 것이었다.

같은 책의 14장에 이르면은 다음과 같은 구절이 눈에 띈다.

"오로지 우리가 상상력이라는 이름으로써 전용하는 그것의 종합적이며 마력적인 기능은 상반되며 부조화하는 여러 성질들을 균형과 조화 속에서 계시하며 참신하고도 건전한 감각을 낡고도 비근한 물체와, 보통 이하의 감정상태를 보통 이상의 질서와, 항시 자각된 판단력과 견고한 자제력을 심오하고도 열렬한 감격과 감동으로, 음악적 환희의 감각을 다수의 분해력을 다양한 효과를 이끌며 사상의 계보를 탁월한 사상과 감동으로 수식하는 능력과 서로 균형지으며 조화시키는 것이다."

이렇게 광범한 상상력과 균형과 조화를 시인하면서도 "해방된 기억의 한 양식"인 공상을 전혀 도외시한 나머지 상상력과의 배치되는 경계를 나누려 하였음은 어떤 연유에서였을까? 기억이라고 하는 것이 공상에만 관련되고 상상력과는 전혀 관련되지 않는 것처럼 '코올리지'는 생각하였으나 이미 앞에서 알려진대로 기억과 상상력과는 불가분의 성질인 것이다.

'코올리지'는 "공상에 관련되는 것에 정착성과 유한성 뿐이다."라고 적었는데, 다름 아니라 공상은 '베르그송'의 물질의 지각이나 '리챠즈'의 고정상상과도 비견될만한 성질이 것이라고 하겠다. 그러나 "선택이란 말로써 표시하는 의지의 경험적 현상과도 결합하며 그것의 제한을 받고 있는 것이다."에서 짐작되듯이 물질의 지각과 고정상상의 단독적인 존재를 부인한 '코올리지' 자신의 판단은 결코 나무랄 것이 못된다. 왜냐면 물질의 지각은 기억과, 그리고 고정상상은 자유상상과 동시에 관련되어야 하는 것처럼 공상은 '경험적 현상'이라고 불리운 기억과의 관련을 역시 면할 수가 없기 때문이다.

그러나 관련은 다시 발전되어 관련 이상의 것으로서 나타나야 한다. 공상은 기억과 관련됨으로써 제이의적 상상력을 더욱 높일 수 있었음에도 '코올리지'는 그러한 종합적인 기회를 용납하지 못하였던 것이다. 상상력에 대한 그의 소론은 일견 온건 타당했으면서도 부분적인 편견에 의하여 지나치게 사로잡힌 것이 탈이었다.

　이제 '코올로지'를 비판한 '엘리어트'의 강연(「시의 효용과 비평이 효용」을 가르침.)을 대강 소개해 본다면—

　"가령 내가 시사한 바와 같이 상상력과 공상과의 차이를 실제적으로 좋은 시와 나쁜 시와의 차이에 불과하다 할 것 같으면 우리는 다만 우회전술로써 목적을 달성하고자는 것이 아닐까? 그것들에 대한 구별이 나와 같은 실천적인 정신에 유익하다는 것은 공상이 좋은 시의 한 요소가 된다든지 또는 구별지음으로써 좋아지는 어떤 좋은 시를 당신이 뵈어줄 수 있다든지, 또는 구별지음으로써 한 시인을 떠나 다른 좋은 시인을 직접 선택할 수 있을 때에만이 한하는 것이다.

　짐짓 공상이란 "시간과 공간의 질서로부터 해방된 기억의 한 양식에 불과할 것이다." 그러나 기억을 공상에만 관련지어 설명하고 상상력의 설명에선 제외한다는 것은 그다지 현명한 처사가 아닌 것 같다."

　'엘리어트'는 계속 적기를—"상상력 가운데에는 하많은 기억이 존재함으로 만약 코올리지의 방법대로 상상력과 공상과를 구별하려면 앞서서 제군은 상상력에 있어서의 기억과 공상에 있어서의 기억과를 구별지어야 한다. 한편에선 기억의 재조직을 위하여 '분해되며 확산되며 소실되고' 한편에 있어선 '고정적인 것과 유한적인 것'을 다룬다는 사실만으론 도시 충분하지 못하다. 이러한 구별은 그 자체에 있어서 제군에게 명확한 상상력과 공상과를 부여할 필요까지는 없겠으되 상상력의 성취를 말하는 어느 한 척도를 지어주어야 할 것이다."

　'엘리어트'는 전자에 의하여 구별된 상상력과 공상과를 지양하며 오직 '상상력의 성취'에 이바지될 수 있는 합법성을 주장하였다. 분명히 그는 상상력의 종합적인 균형과 조화를 강조함으로써 '코올리지'의 상대적 우위론을 극복할 수가 있었던 것이다. 그러나 '엘리어트'는 '상상력이 성취'가 실제적으로 한 시대와 그 시대를 지배하는 비평정신과 상호일치된다는 사실을 자기의 고전주의적 입장에 비추어 부연하는데에 논리를 중점을 두었다.

뿐만 아니라 '엘리어트'는 '상상력의 성취'를 안정된 비평정신에 구하였으며 사적으론 '드라이든'에서 시작하여 '코올리지'를 거쳐 현대의 '매슈 아놀드'에 이르는 소위 변천과정에서 각기 시대의 요구에 응할 수 있었던 시인들의 해답 즉 시의 효용성에서 그 목적을 탐색하였다.

그러나 지나친 이야기는 삼가하기로 하고 '엘리어트'와는 다소 차질되는 면에서 '코올리지'설을 비판하였던 '리챠즈'에게로 다시 돌아가기로 하겠다.

1934년 '리챠즈'는 「상상력에 있어서의 코올리지」라는 논문을 발표하였는데 여기선 김기림(金起林)의 「시의 이해」 중 제4장 4절 '상상과 환상'(그는 'Fancy'를 '공상'이 아니라 '환상'이라고 새김.)에 인용된 일부만을 발췌 언급하려 한다.

먼저 "상상에 있어서는 그 결합된 효과는 각 부분이 하나 하나씩 서로 강조됨으로써 또 강조된 다음에 생겨나는 것으로 그 이상적인 경우를 생각한다면 어느 한 부분도 가능한 제 생각을 살리면서 동시에 전체적 효과에서는 다른 부분과 조화되는 것이라야 한다. …… 이에 반해서 환상에 있어서는 각 부분의 가능한 성격 가운데서 한정된 고정한 성격만이 효과 속에 들어오는 것이다."

'리챠즈'는 이어서 감성과 이(지)성에 의하여 잘 통솔되지 못한 상상력은 '광상'(狂性)에 빠지게 되고 또한 그렇지 못한 공상은 '망상'(妄想)에 빠진다고 하였다.

"환상의 가장 흔하다고도 특징있는 효과를 냉정한 점과 사태에 휩쓸려 들지 않고 한 걸음 떨어져서 바라볼 수 있는 점에 있다고도 하겠다. 정착성을 갖고 있다는 점과 결정성을 갖고 있다는 점은 환상의 중요한 특색이다."

"상상을 가르켜서 중앙집권제(中央集權制)적 조직이라고 하면 환상은 연방제(聯邦制)적 조직이라고 할 수 있을 것이다."

상상력과 공상(여기선 환상)과를 이렇게 구별한 '리챠즈'는 계속하여 실제 표현상에 나타나는 두 가지의 기능을 다음과 같이 요약하였다. 상상

력에 있어선 의미구조의 각 단위가 하나의 공통된 통일적 목적을 위해서
개별적인 자주성을 포기하는 것이 그 특징이다. 그러므로 이해되는 방식
이나 효과적인 결합에 있어서도 부단한 상호작용을 거듭하게 된다. 이에
반하여 공상에 있어선 의미구조의 각 단위가 자주적으로 분리됨으로써
전체의 목적과는 하등의 직접적 관련도 있을 수 없는 것이다.

　"그래서 물론 한데 모여서는 그 부분들을 만약 달리 모였던들 그렇지도
않았을 공동 효과를 나타낼망정 각 부분의 효과를 잠시 그대로 있다가 나
중에는 갈려서 그렇게 하는 한도 안에서만 충돌하거나 결합하는 것이
다."(김기림 역)

　일찍이 공상은 '세익스피어'의 희곡에서도 빈번히 구사되었으며, 특히
현대시의 경우 '스펜더'나 '엘리어트' 아니면 '파운드'의 시에 있어서 불연
속적인 연속이라고 하는 구문상의 결여를 보이면서도 "상상력의 활동을
위한 도리어 좋은 조건을 제공하는 일조차 있다"는 것이 널리 인정된 바
다. 극단적인 예로선 한시(漢詩)로부터 추상되는 '파운드' 시의 '표의언
어'(Ideagram) 같은 것을 들 수가 있을 것이다. 그러나 이 문제는 「'이
미지즘'에의 비판」이라는 시고(試稿)에서 구체적으로 밝혀질 예정이니 더
깊이는 터치하지 않기로 하겠다.

　이상 보아온대로 '코올로지'의 양의설을 현대적인 각도에서 어떻게 수
용할 것인가에 대해서는 '리챠즈'는 부심한 것으로 알려지나 기억과의 관
련에 대해선 '엘리어트'만큼 과민치 못했다는 것이 간접적이나마 전게 김
기림의 소책자에서도 넉넉히 증명되었다. 허나 기억이란 말을 구태여 쓰
지 않으면서도 저간의 문제성을 정확히 포착한 아래와 같은 기록이 다른
곳에서 산견된다.

　"바로 말하자면, 상상적 활동이 유래되는 것은 비상상적 체험에서인 것
이다. 이러한 요인이 상상력에 작용하는 한에 있어선 '재현적'이라고 불리
울 수 있으나 우리가 생각는 상상력은 구별의 방법에 의하여 '형성적'이라
고 불리워질 수가 있다. …… 코올리지의 '상상력'과 '공상'과의 구분은 어
느 모로 이 사실과 부합된다. 하지만 그는 공고한 정신적 가치상태로부터

생겨난 정신적 제요소의 결합 또는 용해물로서의 상상력과 이러한 정신적 요소에의 한갖 통속적 시험제로서의 공상과를 밝힘으로써 가치적인 견해를 피력한 것이다."(「문학비평의 원리」, 192면)

그는 창조적 상상력에 있어서의 두 가지 요소인 '재현적'인 것과 '형상적'인 것과를 인정하면서 전자는 보다 비상상적 체험에서 유래되는 것임을 전제로 하였다. 그리하여 "언제나 상상적 구조란 결국에 있어서 과거 중에 진행되었던 사실 아니면 그것이 발생했던 더 먼 과거 중에 일어났던 사실과 동등하게 현재 중에 진행되는 사실에 의하여서 결정된다."는 인용과도 같이 기억의 현재화를 끝내 부정할 수는 없었던 것이다. 이미 자유 상상을 논할 때에도 저촉한 바이지만 그러한 '재현적' 요소가 '형성적' 요소로서 발전하게 되는 의의를 전혀 가치론적으로만 따진데에 오히려 '리챠즈'다운 본심이 있었는지도 모른다.

무릇 효용의 면에서 공상과 상상력과를 동일시한 '엘리어트'나 가치의 면에서 재현적인 요소(기억의 일 양식인 공상)를 형성적인 요소(종합적 상상력)에의 구성여건으로 인정한 '리챠즈'는 한결같이 시의 목적론에 사로잡힌 비평가들이었다. 목적을 위해서라면 수단을 불문하는 사람들이다. 전게한 '엘리어트'의 글에서 '좋은 시'니 '나쁜 시'니 할 때에 우리는 이와 같은 사실을 충분히 알아볼 수가 있었다. 나중에 이르러 '리챠즈'는 신비적인 중립론에 떨어져 갔지만 '엘리어트'는 굽히지 않고 효용을 위한 비평정신을 추구한 나머지 제한된 시의 형태를 '청각상상'에 기조된 시극의 형태로 발전시키는 등 참으로 놀라운 실적들을 남겼던 것이다.

그러나 '엘리어트'의 고전주의적 입장을 영도한 'T. E. 흄'의 말을 들어본다면 오로지 효용이라는 목적을 위하여 매진한 '엘리어트'의 방법적 지성이란 공상과 상상과의 문제에 가장 밀접한 연결된 것임을 다시 한번 짐작하게 되리라.

5. 고전주의 대 낭만주의

알다시피 '흄'은 젊어서 요절한 천재였기도 하였지만 영국 현대시에 있어서 처음으로 신고전주의적 기치를 높이 든 선구자이며 동시에 '이미지즘'을 위시한 현대시의 제방법들을 앞서서 구현한 중추적 모태라고도 할 만한 비평가며 시인이었다. 그는 철저하게 인간관념의 무한성을 부정하면서 반대로 인간관념의 유한성을 주장하여 무한적인 신의 관념과 서로 대치시켰던 것이다.

그러나 생존시의 '흄'은 신의 관념을 현대론적으로 해석하는 이성 내지는 지성적 관념을 더욱 옹호했던 것이 사실이다. 하여서 그는 존재의 '연속성'을 존재의 '불연속성'으로써 치환하듯이 대시간적인 공간의 우위를 인정함으로써 회화나 문학에 있어서의 낭만주의적 전대의 요소를 정면으로 일축해 버렸다. 게다가 그는 철학에 있어서의 관념론을 배척하고 대신 물질적인 실재론을 주장했으니 그의 입장으로 말할 것 같으면 '베르그송'의 입장과 상호방불한 점이 불소(不少)하다. 이는 '베르그송' 철학의 번역자이며 소개자였던 '흄'에게 있어선 도리어 자연스런 선택이었을지도 모를 일이나, '흄' 사상의 여러 복선들을 밝힌다는 것은 난중(難中)의 난사(難事)이므로 지금의 당면한 문제와 관계되는 부분만을 추려서 말해볼까 싶다.

'리드'가 편찬한 '흄'의 유고집 「명상록」에 수록된 '낭만주의와 고전주의'의 서두는 아래와 같이 시작된다.

"나는 낭만주의 시대의 100년을 치르고 난 우리들이 바야흐로 고전적 부흥에 직면하고 있음과 아울러 고전적 정신의 특수무기는 시작에 있어서의 공상이라는 것을 주장하려 한다. 이 무렵 나는 공상의 우월성을 암시하는 것인데 무미건조하게 일반적 또는 절대적으로 우월하다는 것이 아니라 경험적 윤리학에 비추어 평소 '좋다'라는 말로써 표시되는 의미에서 우월하다는 것인즉 어떤 사실에 대하여 우월하다는 것이다. 그러므로 나는 두 가지 일을 증명해야겠는데 그 첫째론 고전적 부흥이 도래하고 있다는 것과 둘째론 그러한 새로운 목적을 위해서라면 공상이 상상력보다도 우월해야 한다는 것이다."

여기서 말하는 '좋다'(good)의 의미는 '리챠즈'식으로 풀이해서 '개인적 흥미'라고도 보겠으나 오히려 '엘리어트'식으로 풀이하면 '전체적 효용'에 가까운 것이 아닌가 생각된다. 왜냐면 그의 '경험적 윤리학'이란 말에서 짐작되는 바와 같이 '흄'은 개인적 관념론에서 비상하여 일반적 실재론으로 전환하는 과도기에 위치한 자신의 존재이유를 누구보다도 깊이 자각하였기 때문이다. 어쨌든 쇠퇴하여 가는 낭만주의적 상상력에 대항하여 새로운 고전주의적 부흥이 시작되며 그의 유일한 무기는 공상이란 것이 밝혀졌다.

이윽고 그는 낭만주의적인 무기로서 규정된 상상력에 대항해서 공상이 어떻게 우월해야 하는가를 아래와 같이 비유로써 간명히 적고 있다.

"내가 시에 있어서 고전적이란 것은 아무리 상상적인 비상에 처할지라도 언제나 뒤로 멈춰지는 다시 말하면 하나의 보류가 존재한다는 것이다. 고전적 시인은 결코 이러한 유한성이며 인간의 한계를 망각하지 않는다. 그는 항상 지구와 더불어 결합되고 있다는 사실을 기억하는 까닭에 비록 날뛰는 한에 있더라도 반드시 귀향하는 것이다. 그는 결코 둘러싸인 기체 속으로 비산(飛散)해 버리는 일이 없다."(전동)

이제 우리는 '융'과 같은 정신분석학자가 일정한 방향과 목적성을 가진 합리적인 기능으로서의 공상을 정의하였던 필연성을 짐작하고 남음이 있다. '흄'은 상상을 제동하는 '보류'라는 말을 썼는데, 이는 '코올리지'의 "공상에 관계되는 것은 정착성과 유한성 뿐이다."라는 말과 불원상관(不遠相關)되는 표현이라고 믿어진다.

'흄'은 상상력에 귀탁한 나머지 지구와의 결합을 떠나서 사몽적(似夢的) 관념 속으로 비산해버린 낭만주의자 '유고'와 '슈인버언'의 비극을 지적하였다. 차라리 지구와의 결합이란 인간과의 결합을 의미하며 동시에 그것은 무한적인 감성에 대하여 비판하며 견제하는 지성의 유한적 활동으로써만이 만능(萬能)해지는 것이다. 어디까지나 시작에 있어서의 지성의 활동은 공상이 도맡게 되는 것인즉 공상이란 다름아닌 모든 가치체계와 모든 사고방법에 나타나는 현대 특유의 비평정신을 고스란히 반영한 데 지나지 않다.

참으로 '흄'은 상상력에 대한 공상의 우월성을 평가하는 것과 같이 감성을 일컬어 현대적 특징이라고 단정한 것이다. 일찍이 '비잔틴 미술'의 직절적(直截的)인 추상성을 비호한 나머지 영국에 있어서의 낭만주의적 풍경화가들을 모조리 힐난한 것은 전게 '유고'와 '슈인버언'에 대한 고사와 함께 별다름 없는 소치라고 생각된다. '흄'은 방법으로서의 공상보다도 그 공상을 밑받침하는 본질적 바탕인 세계관으로서의 지성의 활동에 더욱 매혹당한 감이 없지 않다.

그러나 '흄'이 내세운 시에 있어서의 공상의 의의란 자못 광범위한 것으로서 인식되어야 하겠다. 그는 '라신느'와 '셰익스피어'를 비교함에 있어서 전자의 고전적 측면과 후자의 낭만적 측면이니 하는 그릇된 재래의 평언(評言)들을 매도하고 고전적 측면 내에 있어서의 정적인 '라신느'와 동적인 '셰익스피어'와를 갈라야 한다고 주장했던 것이다.

'뉴클래시시즘'의 기치가 현대적인 매력을 떨치게 된 주요 원인은 참으로 정적인 고전주의를 동적인 고전주의로써 또는 완성된 결과로서의 고전주의보담 비평하는 고전주의 즉 고전주의에의 지적인 가능성을 시도하려 한데 있다 할 것이다. 그들은 사멸된 합리성을 요구하지 않고 현대의 불합리성을 극복할 수 있는 합리성에의 끊임없는 활동을 표방했던 것이다.

'흄', 그는 보다 넓은 종합력을 가진 공상이며, 보다 넓은 세계성을 지닐 수 있는 지성의 활동에 대하여 얼마나 열렬히 갈구하였던가. 그가 공명해 마지 않던 '러스킨'의 상상력 이론을 보충한다면 이 사실은 더욱 명료해질 것으로 안다.

'러스킨'은 그의 저명한 「근대화가론」의 제3권 가운데서 상상력을 아래와 같이 풀이하였다.

"상상력은 진실일로(眞實一路)여야 한다. 상상력은 너무나 아득하게 너무도 엄숙하게 그리고 너무도 성실하게 보는 까닭에 함부로 웃어버리지 못하는 것이다. 만유의 중심에로 우리가 꼭 도달한다며는 거기엔 웃어버릴 수 없는 무엇인가가 반드시 있다. …… 물체의 심각한 내면을 뚫어지게 바라본 사람들에겐 강렬한 열정과 부드러운 공감이 충만되어 있는 것이다."(제3권 제3장 9절)

과연 '러스킨'의 미학은 독일계의 낭만주의적 미학과 대위되는 입장에서 출발하였다. 그는 상상력을 진실일로에서의 함부로 웃어버릴 수 없는 비정의 중심체라고 판정했으니 이 웃어버릴 수 없는 중심체야말로 지구와의 결합을 독려하는 '흄'의 소위 '보류'와도 일치되는 것이며 정열과 공감을 동시에 충만시킬 수 있는 것이다. 그러나 사회적 관심이 짙어가던 후기의 '러스킨'은 정열과 공감을 예술과 생활의 문제로서 확장되게 되었다.

그리하여 정열과 공감이 일치되듯이 예술과 생활이 일치되어야 하며 특수적인 언어와 색채는 보편화되고 다시 보편적인 언어와 색채는 특수화되어야 한다는 것이 이른바 '러스킨' 미학의 원리이다. 그렇다면 '러스킨'은 상상력과 대위되는 공상을 어떻게 생각하였던가. 역시 그는 간단한 비유로써 답변한다.

"공상이란 물레장 속에 갇힌대로 행복한 다람쥐와 같다." 그러나 여기에 비한다면 "상상력은 지구의 순례자이며 그의 집은 하늘 가운데 있다."

'러스킨'은 '하늘의 진리'와 '땅(지구)의 진리'와를 나누어서 설명했는데 이것은 바로 상상력과 공상과를 나누어 설명한거나 다름없는 일이며 그 모두를 합쳐서 바라볼 수 있는 기능은 오직 '관조' 뿐이며 '관조'는 '격원한 관심'에서부터 유발된다고 적었다.

이러한 '러스킨'의 상상설을 보아가니 저절로 생각나는 것은 '코올리지'의 제이의적 상상력과 여기서 알려지는 '관조'와의 유사성이다. '베르그송'이 '외연적'인 지각과 '내포적'인 기억과를 종합하는 단계에서 '직관'을 말했듯이 그의 영향을 받은 '흄' 또한 '직관'의 발명에 매력을 느꼈던 것이 사실이다.

그러나 '흄'은 이 '베르그송'의 '직관'과 '러스킨'의 '관조'와를 어떻게 접수하였던가. 과문한 탓인지 몰라도 나는 여지껏 이에 대한 명확한 분별을 찾아보지 못하였다. 차라리 '흄'은 '플라톤'의 관념적 이상주의에 가깝도록 이를 해석했으며 평범한 언어들을 비유로써 조직하며 종합하는 구성적인 기능이라고 새겼던 것이다.

그는 말하기를 "지성은 언제나 분석한다. 그러나 종합에 이르러선 낭패하고 만다." "내포적인 것을 다루려면 반드시 직관을 사용할지어라."

'흄'의 '직관'이 외연적인 지각을 구제하기 위해서라면 꼭같이 외연적인 지성으로써 밑받침된 공상도 연달아 '직관'에 의한 구제를 받아야 할 것이다. 그러나 '직관'만큼 모호한 말이 어디 있을까.

'흄'의 고전주의적 기치가 단순히 회구적(懷舊的)인 합리정신에만 머물지 않고 그 합리정신을 정통화하는데 있었다고 하면 그와 대위되는 불합리정신의 일부까지도 포괄하지 않을 수 없었다는 것은 어느모로 볼 제 내용에 있어서 고전적 부흥을 외치면서도 형식(방법)에 있어선 '이미지즘' 기타의 낭만적 측면을 탈피하지 못한 '흄' 자신의 이면성을 그대로이 반영하는 것이 아닐까 한다. 다시 말하면 포괄된 이면성의 전당이 바로 '직관'의 도달점인 것이다.

나는 여기서 '흄'과 깊이 친교했으면서도 오히려 그와는 반대의 입장에서 공상과 상상력과를 분석했던 '리드'의 몇 구절을 읽음으로써 이 문제의 최종적인 전망으로 나가려 한다.

그는 '영국산문체'를 논하면서 공상과 상상력과를 이렇게 구분지었다. "공상은 사고의 산물이며 상상력은 감수성의 산물이다. 추론적 심리를 사색으로 변화시키는 사고의 결과를 공상이라고 한다면 직관적 심리를 사색으로 변화시키는 감수성의 결과는 상상력이라 할 것이다. 공상은 환시적(幻視的)이면서도 냉철하고 논리적인데 비하여 상상력은 감각적이며 본능적이다. 두 가지 다 일정한 형식을 갖추는데 공상의 형식은 논설조에 가까우나 상상력의 형식은 대화조에 가깝다. …… 그러나 공상을 나무란다는 것은 애당초부터 비좁은 생각이다. 이미 말한 바와 같이 공상과 상상력은 오히려 동등하면서도 대위적인 사고와 감수성과의 일반적 대위에 직접 관계되는 그러한 기능으로서만 이해되어야 할 것이다.

…… 코울리지가 공상에 대위시킨 상상력의 정의란 현재의 우리들의 과제에 비추어선 거의 무의미하다. … 상상력은 제일의와 제이의와의 두 가지로 이해되었으나 거기에는 사색과 감수성과를 결합시키는 구성작용이 있었다. 즉 독립된 감수성도 아니며 구성된 감수성도 아닌 차라리 그것으로 말미암아 감수성이 일깨워지는 하나의 예상적 구성작용이 있었던 것이다."(137~162면)

이 길다란 인용에서 짐작되는대로 공상과 상상력과의 구별은 사실상 무의미한 짓이며 오히려 이 문제는 '코올리지'가 획정(劃定)했던 상상력의 양의성으로써 이미 종합되어야만 했다는 것이 '리드'의 대체적인 견해다.

그가 부연한 소위 '구성작용'이란 마침내 '상상력의 성취'(엘리어트에 의함.)를 위하여 귀일(歸一)되는 종합적 기능임은 두말할 것 없다. '리드'는 '사색'을 중심삼고 작용하는 추론적 심리를 공상이라 매기고 이와 대위되는 직관적 심리를 상상력이라고 매겼는데 결국에 있어선 '사색'과의 대위적 존재인 감수성을 일깨워주는 다시 말하면 저들간의 대위관계를 새로이 지양할 수 있는 구성적인 언어표현이 요청되어야 하는 것이다.

이러한 '리드'의 '구성작용'은 확실히 '베르그송'의 심리적인 직관에 비하여 보다 수사학적인 언어표현의 과정을 의미하였다. 가뜩이나 초기의 '흄'이 상상력에 대한 공상의 우월성을 부르짖다가 뒤에는 공상의 기조를 이뤄야할 지성의 분해작용이 너무나 격심함으로 다시 '직관'의 종합작용에 의하여 구제되지 않을 수 없었던 전말(顚末)의 시종(始終)을 이해한 '리드'로선 '코올리지'와 같이 상상력 자체 내에서의 초대위적인 '구성작용'을 시인해두는 것이 유일한 보수책이었는지도 모른다.

하여간 이 책은 산문체에 관한 수사법을 주로 해서 서술하였음으로 상상력의 기능에 대하여 자연히 소홀할 수 밖에 없었으나 대신 상상력의 형태화를 위해선 지나칠 정도의 예의(銳意)를 가산했다는 것을 속일 수가 없다. 다시 말하면 '리드'는 시로서 형태화되든가 산문으로서 형태화 되는 데에 좇아서 그 상상력은 시적이냐 혹은 산문적이냐 하는 식의 추상론을 고집하고 있는 것이다.

"시는 창조적 표현이며 산문은 구성적 표현이다." 라고 말한 「현대시의 형태」에 이르러 보면 '리드'는 '구성작용'의 기능을 완전히 산문적 기능으로 보고 있다는 것이 밝혀진다. 다만 '흄'의 절대적인 고전주의를 상대적인 고전주의로서 시인하려 할 때 '리드'는 낭만주의자라고 불리웠을 따름이다.

은근히 '리드'는 공상과 상상력과의 대위관계를 '코올리지'의 제이의적 상상력이 명시한 바 '구성작용'에 환원시킴으로써 사고(지성)와 감수성과의 유기적인 매개를 꾀하려 했으며 현대시가 표방했던 신고전주의적 이론의 근저에는 이미 낭만주의적 이론과의 영합이 개재되고 있다는 사실을 처음으로 증언한 셈이다. 따라서 '엘리어트'와 같은 철저한 고전주의적 비평가들의 논적으로 몰리우게 된 것도 어쩔 수 없는 일이었다.

그러나 1932년에 「뉴 시그내이처」지와 1932년에 「뉴 컨츄리」지가 발간됨으로써 영국시단에는 새로운 기운이 싹트기 시작하였다. 이 두 가지 사화집을 주간하고 있었던 '로버츠'는 앞에서 느낀 바와 같은 현대시의 알력을 일신으로 체험하면서 과거에의 성찰과 미래에의 전망을 동시에 주제화한 독특한 시론을 계속 공개하였다.

그는 공상과 상상력을 '동부 런던'과 '서부 런던'과의 차이정도에 불과하다고 단명하면서 상상력과 대위되는 것은 공상이라기 보다 이(지)성 자체일 것이며 이 두 가지를 종합하려던 '셸리'의 업적(특히 「시의 옹호」을 가르침.)을 무던히 지지하였던 것이다.

이하 '로버츠'의 대표적인 평론집 「시의 비평」에서 몇 줄만 골라보기로 하자.

"기호와 상징, 산문과 시, 고전적인 것과 낭만적인 것, 그리고 공상과 상상력에 대한 정의의 난점은 사고와 감각에 대한 정의의 난점인 공통적인 근저에까지 추구되어야 한다. 만일 우리가 쌍방에 대한 관계를 밝혀야 한다면 동시에 두 가지 구별은 임의적인 것이라고 기억해야 할 것이다.

…… 공상에 있어서의 진행의 비논리적인 특질은 연상의 타당성과 함께 동시에 이해되는 것이며, 기지에 있어서의 대비는 웃음 속에 감추어진 유사라든가 불일치와 함께 동시에 강조되는 것이다. …… 공상이란 상상력의 과시에 불과하며 대비를 제공할 순 있어도 불일치를 해결한 순 없다. 따라서 공상은 기쁨을 지어주는데 비하여 상상력의 진행은 양자에 관계되는 만족스런 상상을 배치한다. 공상적 질서란 기계적인 것이며 상상력의 질서란 구성적인 것이다.”(93~103면)

여기서 주목할 것은 “공상적 질서란 기계적인 것이며 상상력의 질서란 구성적인 것이다.” 라는 그의 마지막 결언이다. 고정성과 유한성에만 관계되는 공상적 질서가 건조하고 기계적이란 설명에 대해선 재언할 필요조차 없거니와 ‘코올리지’식으로 재조직을 위하여 분해되며 확산되며 소실되다가도 다시 이념화되며 통일화되는 상상력의 질서가 ‘리드’의 ‘구성작용’과 나란히 해서 어디까지나 ‘구성적’이라는 ‘로버츠’의 정의는 문자 그대로 유기적 또는 생명적이라고도 해석되어, 요즘 사회심리학에서 떠드는 ‘Dryship’에 대한 ‘Wetship’과의 관계를 즉각으로 연상케 한다.

‘로버츠’는 시에 대한 결정론을 반대하는 것처럼 시론에 있어서의 절대적인 입장을 배격했던 까닭으로 너무나도 극기적이며 비음악적이며 함부로 감상주의와 낭만주의와를 혼동하였던 ‘흄’설을 수락할 수가 없었다. 뿐만 아니라 ‘엘리어트’의 유한적인 전통주의도 혐오했으며 ‘리챠즈’의 범심리학적 분석과 음악 및 수학과 시와의 관계를 소홀한 사실에 언급하여 맹렬히 힐난하였던 것이다.

그러면서도 그는 ‘우아와 상상적 질서’라고 표제한 또 다른 장에 이르러서 시란 언어의 가능성이며 ‘의미’를 확충하는 기교적인 적확성에 있음을 거듭 강조하였다. 동시에 그러한 가능성과 적확성을 누리려면 상상적 질서를 회복하는 것이 가장 첩경이라고 말했으며 아울러 그러한 극치의 상태를 ‘우아’라고 불렀던 것이다.

‘로버츠’가 말하는 ‘우아’의 상태란 18세기 문학에서 주장되었던 ‘장엄’

의 상태와 서로 방불하는 점이 없지 않지만 후자의 보다 여성적인 요소에 비해서 전자는 보다 남성적인 것이 그 특색이며 차라리 양성적이라고 표현하는 것이 훨씬 타당할지 모르겠다.

한편에 있어 그는 '우아'의 상태를 수학적 의미로써 해석하여 노련하고도 능숙한 빈틈없는 구조의 완성이라고 풀이했는데, 우리는 여기서 '로버츠'의 이론적 한계를 또한 지적하지 않을 수 없다. 왜냐면 시는 과학적 방법에 의한 허술한 시험제가 될 수 없는 까닭이다. 어쨌든 신고전주의적 방법을 내섭하면서도 그것에 대한 신중한 비평을 게을리 하지 않는 현대시에 있어서의 절충적인 새로운 출구를 더듬고 있었다는 것은 깊이 치하해 마지 않을 '로버츠'의 공적이라고 생각한다.

'로버츠'를 중심하여 영시단에 활약한 우리나라에서도 비교적 널리 알려진 몇 사람의 시인들로선 '오든' '엠프슨' 그리고 '스펜더' '루이스'와 같은 이름을 들 수가 있다.

이들은 모다 제2차대전을 사이에 둔 30년대를 거쳐 세계적인 위기 속에서 공존하였던 사람들이다. 그러면서도 시를 다루는 그들의 방향은 각각이었다. 그들은 현실의 위기를 고발하는 것과 같이 불안하며 방황하는 현대시의 위기를 고발하지 않을 수 없었던 것이다. 그들은 행복한 세대에의 희구를 완전히 포기한 우주전쟁의 미명인 오늘날까지 자폭과 절망의 구석구석에서 그래도 살아남은 휴머니티의 부르짖음을 억제하지 못한다. 사랑과 신앙과 행동의 구호들이 두드러졌으나 그에 대한 객관적 보장은 마침내 기대할 수가 없게 되었다. 그런데도 이미 분열되어 버린 그들의 문학적 이념을 새로이 계승하여 수비해나갈 신세대의 움틈은 요요할 뿐인즉 이러한 현대시의 위기는 한국시에 근황에도 그냥 물결쳐 오고 있는 것이다.

각설하고 공상과 상상력 … 거기엔 지성과 감성과의 대위가 있었고 또한 고전주의와 낭만주의와의 피투성인 대위가 숨어 있었다. 이것은 달리 합리정신과 불합리정신과의 대위로서도 말할 수 있으며 또한 신과 인간과의 대위로서도 설명된다. 가장 협소한 우리의 두뇌에서 발생한 두 개

심리적 요소가 급기야는 두 개의 가치체계와 두 개의 문학적 태도를 결정
케 하였으며 저들의 영원한 갈등을 반케 하였던 것이다.

그러나 파상(破狀)에 직면한 저들간의 조화와 통일을 위해서 현대시는
어떤 방향으로 나서야 하겠는가. 현대시에 강박하였던 소위 '지성'의 관여
를 언어로써 구성화할 수 있는 시인의 지향은 대저 어떻게 길러져야 하겠
는가.

6. 종합적 체험

이 장을 초함에 앞서서 나는 '베르그송'의 이야기로 잠시 되돌아 가기
를 권해 마지 않는다. 왜냐면 지각과 기억을 중심으로 해서 논한 상상력
의 기능적 고찰에서 우리는 이미 '순수지속'이라는 종합적인 운동개념을
파악했기 때문이다. 그의 방법론이 시종여일(始終如一)하게 생리학과 심
리학과의 종합에서 이룩된 것과 같이 그의 철학은 항상 실재론과 관념론
과의 종합을 모색하는데서 벗어나지 아니했던 것이다.

그는 전게한 「물질과 기억」의 7판 서문에서 분명히 말한 바와 같이 극
단적인 '버클리'의 관념론과 '데카르트'류의 실재론과를 열거하면서 저들
사이의 종합을 구하는데 집필의 목적을 설정한다고 하였으며 이어서 그
는 감성과 오성과의 한계를 '이성'으로써 조정한 '칸트' 철학의 입장을 진
심으로 동조한다고 적었다.

무릇 '칸트' 철학과 '베르그송' 철학과의 비교가 나타나야겠으나 우리는
방대한 사고의 함정을 메꾸기 위해서 이성주의 철학을 주창한 '칸트'와는
달리 과학적 분석에 토대하면서 순수한 '직관주의' 철학을 수립한 '베르그
송'의 경우를 먼저 살펴보기로 하자.

「형이상학 서설」에 있어서의 '베르그송'은 직관의 기능을 가르쳐 '지적
동정'이라고 명명하였는데, 이 낱말이 의미하는대로 직관이란 지각과 기
억과를 종합하기 위한 이면적인 관련성에 기초되는 것임을 쉬 짐작할 수

가 있다.

하여 '베르그송'의 경우, 상상과 직관과의 관계로서 해석되는 편이 차라리 온당하다고 보이는데, 이러한 견해는 상상력과 직관의 기능을 다 같이 종합적이며 능동적인 것으로 생각하는 견해와 조금도 모순되지 않을 것이다.

'버클리'와 '스피노자'를 대상으로 논한 '철학적 직관'이라든가 그 밖에 '변화의 지각'과 같은 책을 기준한다면 직관을 '지성 이하'로 본 '칸트'와 대조해서 '베르그송'은 분명히 '지성 이상'으로 평가하였다는 사실이 여러 모로 증거되고 있다.

특히나 그에게 있어서 유일한 시인론이었다고도 할말한 「루크레투우스 연구」에 접해보면 분석적 관찰에 기초한 지성과 자연에의 탐조(探照)에서 얻어진 '환각'과를 종합하기 위하여 오로지 이 고대시인은 '철학적 직관'의 힘에 의존하였다는 사실을 논증하면서 끝내 직관이란 운동하는 실재를 파악하는 것이지, 결코 고정된 실재를 파악하지 않는다는 것을 강조하고 있다.(이상 安部光槌著, 「베르그송 철학」, 중권, 참조)

그러나 다시 주목할 것은 '베르그송' 자신의 조상하였던 '버클리'나 '데카르트'와 거의 동시대에 생존하였던 다른 한 사람의 철학자를 예거함으로써 우리는 '베르그송'의 입장을 좀더 밝게 부조할 수 있지 않나 하는 것이다.

그는 바로 운동적 경험론을 주창했던 철학자 '홉스'인데 객관적 유물론의 원칙에 입각하면서도 종내 주관적 관념론을 옹호했던 사실로써 미루어 '베르그송'의 체계와 너무나도 흡사한 바가 있다. 더욱이나 '홉스'의 이름은 17세기의 '형이상학 시인'들에 대한 영향을 논하는 역대 비평가들의 문헌 속에 언제나 두드러져 보이며, 특히 저들의 방법을 계승한 현대시의 선구자들인 '뉴클래시시즘'파 시인들의 사상과도 깊은 관련을 지니고 있는 것이다.(J. A. K. 톰슨, 「영국문학의 고적적 배경」, 190~199면, 참조)

그 중에서도 공상에 대한 그의 이론은 대단히 주목할만한 것이므로 몇군데 요점만을 추려보기로 하겠다.

무엇보다도 '홉스'는 '베르그송'과 같이 물질의 지각이란 데에 깊이 유의하였으나, 후자가 말한 선택 즉 신체의 가능적 활동이란 표현에 대해서 이를 신체의 반응적 저항이라고 새겼으며 물질과 신체와의 상호반동으로 일어나는 저항의 결과를 '공상'(Phantasm)이라고 불렀던 것이다. 그는 외적 세계가 죄다 몰락되는 최후에 있어서나 그렇지 않은 현실에 있어서나 다름없이 물질은 단독으로 실재할 수 없으며, 반드시 그의 '공상'이 인간의 감관을 통함으로써 지각되는 것이라고 생각하였다.

'베르그송'에 있어서의 '순수지각'을 연상케 하는 이 '공상'은 물질의 필연(고정)성과 물질의 유연(시간)성과를 동시에 내포하는 까닭에 대범히 '공간적 공상'과 '시간적 공상'과의 두 가지로 나뉘어졌으나, 미구에 이들은 서로 종합됨으로써 하나인 '운동적 공상'으로 발전한다고 보아 물질의 실재란 '운동적 공상'을 낳는 '운동'의 지속으로써만 지각될 수 있다는 것이 '홉스'의 이른바 제일철학이었다.

그는 '운동적 공상'을 '베르그송'의 소위 '운동도식'과 비교해 본다면 간혹 재미나는 결론이 얻어질 것이다. 또한 '홉스'는 최소의 공간과 최단의 시간이 서로 일치되는 순간적인 '경동'(傾動)을 운동의 단위로서 결정하고 모든 운동의 극소치를 정지의 순간에 구하였던 물리학자 '갈릴레이'와도 같이 결국 운동이란 순간적인 '경동'의 연장일 것이라는 확정을 굳게 하였다.

이러한 그의 사상은 '베르그송'의 후기에 있어서 「사유와 운동」과 같은 저작을 통하여 다시 재활된 것이 아닌가 싶은데, 그 중에서도 특히 '아킬레스'의 거북(龜) 쫓는 운동을 주제로 한 '제논'의 학설을 비판한 대목은 '홉스'의 경동설(傾動說)과 비추어 완전히 일치되는 것이라고 자부하는 바이다.

그러나 '풀로티누스'의 직관적 유심론을 반대하며 '크로체'의 미학론에 끝내 미접(未接)했던 '홉스'로선 직관주의자가 되기엔 너무도 인색한 것이 당연하였다. '베르그송'과의 비교에서 다르다면 이러한 점에서 다르긴 하겠으나, '운동적 공상'을 지속시키는 기능을 상상력이라고 풀이한 것은

‘운동도식’이 나타내는 바 의식의 다양성을 자유의지로써 종합하며 그것을 또한 상상력의 본질이라고 구명한 ‘베르그송’과 비해서 다르다면 얼마나 다르겠는가.

점짓 이러한 문제는 사계(斯界)의 전문가들에게 위촉할 일이므로 더 이상의 언급을 회피하거나, 고전주의 시론의 배경에서 이미 현대시론에서와 같은 중점적인 논의가 전개되고 있었다는 사실은 학문하는 우리들의 시야가 먼 과거에까지 뻗쳐야 함을 거듭 장려하는 것이다.

‘홉스’가 죽기전 1677년에 간행되었다는 스피노자의 「윤리학」에 보면 감정을 논하는 가운데서 ‘직관지’(直觀知)라는 말이 쓰이는데 ‘스피노자’ 그는 물질을 지각하는 유형으로서 상상(imaginative) 이성(ratio) 그리고 ‘직관지’의 세 가지를 인정하였다. 그러나 제일의 유형 즉 ‘상상’의 방법이 오류화됨에 반하여 제이 제삼의 유형인 ‘이성’과 ‘직관지’는 앞의 ‘상상’을 시정할 수 있는 능력까시를 보유하는 것이라고 보았으니, ‘스피노자’의 범신론이 이러한 ‘직관지’ 위에 기초된 것이었음은 더 말할나위가 없다.(40~41면, 참조)

이후 ‘직관지’가 ‘라이프니치’의 ‘예정조화설’과 더불어 하나의 ‘완성체’를 이룩하는 소위 합리적 관념론의 길잡이가 되었다는 사실도 아울러 주목할만한 일이라고 본다.(라이프니치, 「철학적 저술」, 1950, 참조)

그러나 이야기를 비약해서 ‘베르그송’이 ‘데카르트’와 ‘버클리’와의 중용을 목적한 이상으로 그보다 2세기나 앞서서 ‘데카르트’ 유물론의 개연성과 ‘버클리’의 관념론의 독단성과를 전면에서 통박한 ‘칸트’의 「순수이성비판」에 잠시 담겨 보기로 하겠다.

우선에 ‘칸트’는 대상일반을 가감적인 ‘현상체’(Phenomena)와 가지적인 ‘이성체’(Noumena)와의 두 가지로써 구분하였다. ‘현상체’에 대한 인식은 감성을 통해서 이루어지지만 ‘이성체’는 순수오성의 개념에 의해서만 인식된다. ‘현상체’에 대한 인식은 자료와 형식의 두 가지로 구별되니 이것은 시간과 공간의 구별과 마찬가진 것이다. 그러나 시간과 공간은 순수직관에 의해서 통일될 수 있다는 것이 가감세계(可感世界)의 특징이다. 반대로 '이성체'에 대한 인식은 순수오성 개념 하나에만 의거함으로 가능성, 존재성, 필연성, 실체성, 원인성과 같은 여러 가지 법칙과 관련하게 된다.

감성에 의한 인식작용을 선험적이라고 한다면 오성개념에 의한 인식작용은 경험적이라고 할 것이되 "오성과 감성과는 우리들에게 있어서 서로 결합됨으로써만이 모든 대상을 결정할 수가 있는 것이다."

그럼에도 오성은 감성적인 제약을 물리칠 수가 없어 오성의 변화적인 '도식'을 갖게 된다. "도식이야말로 항상 상상력의 산물인 것이다."

그러나 상상력의 종합은 개별적 직관을 목적하지 않고 오히려 감성의 결정에 있어서의 통일을 의도함으로 도식과 상상과는 명백히 구별될 수가 있다. …… 이를테면 '상상'(image)이란 생산적 상상력이 갖는 경험적 기능의 소산이며 한편 감정적 개념에 있어서의(예컨대 공간 속의 도형처럼) '도식'이란 순수한 '선천적' 상상력의 소산이며 그의 철자인 것이다. 이렇게 함으로써 상상은 가능한 것이로되 스스로를 지정하는 도식에 의하여서 개념과 결합되지 않는다면 도저히 단독으론 개념과 일치될 수가 없다.

반면에 순수오성개념의 도식은 어떠한 상상 가운데라도 분해될 수 없는 것이며 다만 범주가 나타내는 개념 일반을 좇아서 통일법칙에 준하는 순수종합이며 상상력의 선험적 소산인즉, 이 소산으로 말할진댄 뭇 표상이 통각(統覺)의 통일에 맞추어 '선천적'으로 한 개념 가운데 상호결합되는 한에 있어서만 뭇 표상에 관한 그의 형식(시간)의 조건에 따라서 내부 감각의 결정에 관여하게 된다.(118~120면)

이상의 까다로운 역문이 의미하는 바를 요약한다면 우선 '칸트'는 일반적 '상상'과 '도식'과를 엄격히 구별하며 다시 '도식'을 감성적 개념에 지배하는 것과 오성적 개념에 지배되는 것과의 두 가지로 보고 있다. 그나마 '상상'은 반드시 '도식'과 결합됨으로써 개념을 나타낼 수가 있는데, 그 개념의 성분에도 두 가지가 있음으로 마땅히 '도식' 자체에 있어서도 명확한 두 가지 구별이 성립되는 것이다.

감성적 개념에 지배되는 '도식'은 겸하여 '상상'의 지배를 면하지 못함으로 이러한 '도식'이 나타내는 개념이란 아주 막연하고 무의미한 것이 일쑤다. 그러나 '상상' 가운데에 분해되지 않고 오히려 그 '상상'을 통일하며 제어할 수 있는 능력이 요청되니 그것은 바로 오성개념에 지배되는 '도식'이라고 판단하였다.

이어서 '칸트'는 순수오성개념의 최고원리로서 '종합판단'을 규정하였는데 우리는 여기서 일종의 구성력 같은 것을 암시받게 되어 '현상체'와 '이성체'와의 종합판단이 바로 상상력의 본질이 아닌가 하고도 추측해보는 것이다. 그러나 이 문제는 1790년에 간행된 그의 「판단력 비판」 중에서 더욱 발전된 모습으로 나타났다.

"그러한 상상력의 표상은 '이념'이라고 불리울 수가 있다. 왜냐면 한편에 있어서 그것들은 체험의 한계를 넘어서 깔려 있는 하나의 무엇을 획득하기 위히여 노력하며 이성적 개념(즉 지성적 이념)의 재현에 접근하려고 노력하여, 그러한 개념들에 대하여 객관적 실재성의 모습을 지어주기 때문이다. 그러나 또 한편에서 볼 땐 가장 주요한 이유로서 어떠한 개념인들 내면적 직관으로선 그것들과 같이 적합할 수가 없기 때문이다."(J. C. 메르디스 역, 176~178면)

'칸트'는 상상력의 표상을 '이념'이라고 불렀으나 역시 오성적 개념과 감성적 개념과를 구분한 앞에서와 같이 그것을 구성하고 있는 '이성적 개념'과 '내면적 직관'과를 떼어서 생각하고 있다. 상상력이 표상이 경험적 한계를 초월한 '무엇'(Something)에 접근하려 함은 충분히 가능한 일임으로 '칸트'는 그 목절물을 가르쳐 '이념'이라고 명명했던 것이다.

그러면 '이성적 개념'과 '내면적 직관'과는 어떻게 관계되는가. 여기서 가령 하나의 개념이 주어져서 그 주어진 개념하의 상상력이 어떠한 표상을 나타낸다면 그 표상의 영역은 한없이 넓으며 미적이라고 할 수 있다. 하지만 개념 자체의 표현을 떠나서 상상력의 부차적인 표상이라고도 할 제반의 유사성을 나타내는 언어형식(특히 시작)이 존재하는 이상 그것은 또한 무엇이라고 불리워져야 하겠는가.

'칸트'는 예들어 발톱에 번갯불을 간직한 '쥬피터'의 독수리가 위력있는 천제(天帝)를 나타내고, 아름다운 공작이 요염한 천비(天妃)를 나타내는 것처럼 우주창조의 숭엄성을 나타내는 시작을 말하여 그것들의 '속표'(Attribute)라고 부르는데 주저치 않았다. 또한 그는 '이성적 개념'을 논리적이라고 규정하는 대신 '속표'로서의 상상력을 '미적 이념'의 표상이라고 매겼던 것이다.

"그들이 부여하는 '미적 이념'이란 위와 같은 이성적 개념들을 논리적 표상에 대체하도록 하는 것이며 자기 기능이 미치는대로 유사적 재현의 무제한한 영역을 내다볼 수 있는 전망을 열어줌으로써 정신을 고무케 하는 것이다."(전동)

한 마디로 '미적 이념'이란 주어진 개념과 결합된 상상력의 표상에 불과하다. 인식을 위하여 사용되는 상상력은 으례 오성개념의 지배를 받아야 하지만 미적인 의도에선 그 지배를 초월하는 자유를 누릴 수가 있다. 그러므로 '미적 이념'에 도달하는 상상력은 '속표'이면서 동시에 '속표가 아닌' 것이다.

'칸트'는 오성 자체를 두 가지로 분석하되 하나는 논리적 오성, 그리고 또 하나는 직관적 오성이라고 명명하면서 전자의 방향이 특수에서 보편으로 나가는데 반하여 후자의 방향은 보편에서 특수에로 나가는 것이라고 규정하였다. 그러나 모든 보편과 모든 특수가 종합되어야 하는 것과 같이 두 가지 오성의 방향은 하나의 원을 그리면서 마침내 '종합적 판단력'을 길러내야 한다는 것이다.

이것은 마치나 자유와 입법과의 관계와 같다. 즉 자유로운 '속표'인 상상력에 대하여 오성은 언제나 입법적인 지배권을 행사함으로 자유와 입법과의 균등을 노리는 것처럼 상상력과 오성과의 질서적인 균등이 반드시 보장되어야 한다는 것이다.

우리는 '칸트'를 비롯한 수많은 근세 철학자들이 비록 이념의 차이는 있었을망정 한결같이 분석적 판단과 종합적 판단과의 상호계량 속에서 사색하며 은퇴하며 또한 발광하였다는 사실을 깊이 주목해야겠다. 분석적 판단을 위해서 저들은 유물론자가 되었고 경험론자가 되었으나, 한편 종합적 판단을 위해선 유명론자가 되었고 관념론자가 되었던 것이다.

상상력은 중심한 '칸트'의 예술론은 결코 완전한 것이라곤 할 수 없겠으나 예술전반에 있어서의 이율배반성을 철저히 밝히며 그것의 종합적인 구성을 위한 판단력을 양성하며 그 판단력의 철학적 근거를 이성을 두었다는 것은 오늘날 상상력을 매개로 하는 지성의 종합적이며 포괄적인 기능을 탐색하고 있는 현대시의 출구에 대해서도 하나의 적극적인 표주(標柱)가 아니될 수 없다. 그러나 이성 자체에 관한 새로운 비판과 소위 판단력의 오류를 지적하는 '칸트' 이후의 여러 가지 견해에 대해서도 몰각할 수 없는 것이 우리들의 처지다.

"따라서 그는 이성 내지 판단력이 언제나 상상력을 억제하며 또한 그의 사유로운 유희를 방해하지 않도록 희망한다. 예술인이란 '비목적의 목적물'이다. 그는 여러 가지 인례(引例)로써 상상력과 판단력과의 사이에 가정적인 관계를 설정하고 있지만 그것들의 구별은 난해하며 동시에 허구적이다. 참으로 우리들은 이 점에 있어서만이 다른 어느 점에서보다도 쉽게 '칸트'의 전사상 중 가장 무력한 약점을 발견할 수가 있는 것이다."(I. 베비트, 「루소와 낭만주의」, 제2장, 참조)

'칸트'는 확실히 근대적 사유의 발전에 있어 가장 타당한 형식과 가장 완전한 표현을 부여했으면서도, 동시에 그들의 운명적인 몰락의 동기가 되고 말았다는 사실은 전혀 불가피한 일이었다. 이후 '칸트'의 합리적 관념주의는 '피히테'의 자아철학과 '쉘링'의 동일철학을 낳게 하였으며, 아울러 '헤겔'의 변증법적 관념체계에 다대한 영향을 끼쳤던 것이다.

'헤겔' 철학의 윤곽은 대부분 그의 「논리학」에서 제시된 것이라고 보지만 특히 '유'(有)와 '무'(無)와의 대립을 '성'(成)으로 지양시킨 '유론'(有論)이라든지, 존재근거로서의 '본질'과 '현상'을 '현실성'으로 통일한 '본질론'이라든지, 혹은 '주관적 개념'과 '객관'을 '이념'으로 절대화한 '개념론' 등에 있어서 우리는 '칸트' 이성주의의 변증법적 전개를 고스란히 시인하게 된다.

그러나 '헤겔'의 역사관이 어디까지나 진화론적인 성격을 띰으로써 낭만주의 운동에의 적지 않은 기여를 하면서도 결국엔 관념적 합리주의에로 굳어져 버렸다는 사실은 '칸트'에 못지 않은 비애였다. 이윽고 '헤겔'의 관념론과 대치되는 신유물론이 대두되었으며 불란서를 중심한 실증주의 운동의 파문은 점차로 고조되었던 것이다. 그런데도 20세기 초엽까지의 구라파를 지배했던 것은 역시 관념론적 사상이었다.

현존하는 영국의 대표적인 '헤겔'주의자 '브래들리'의 소설(所說)에 좇는다면 벌써 '헤겔'의 '이념'은 구체적인 '사실 세계'라고 개칭되었고 실재에의 인식은 반드시 오성적인 판단력에 의해서가 아니라 순수한 '감정질'(感情質)에 의해서만 가능하다는 것이 밝혀졌다.

"내가 독자들의 주의를 환기시켜려는 점은 첫째 상상의 실재는 나의 사실 세계에 의존한다는 것과 둘째론 나의 사실세계의 실존은 감정질에 의존한다는 것이다."(F. H. 브래들리, 「진실과 사실성에 관한 논문」, 47~48면)

그러나 '브래들리'는 상상과 추상과를 구분하며 추상은 결코 '사실세계'를 나타낼 수가 없다는 것을 강조하였다. 추상의 영역이란 '사실세계'로부터의 절대적인 배타 내지는 독립으로써만 구성되기 때문이다.

"가령 상상을 사실로 전환시키려면 단순히 첨가하는 일에만 그치지 말고 위에서 말한 바 배타를 동시에 제거해야 하는데, 이러한 제거란 실제상으로 중요시되지 않으며 또한 일반적으론 무관심거리였던 것이다."(전동)

'브래들리'는 상상의 실존을 좌우하는 '사실세계'를 더욱 부연해서 아래와 같이 적었다.

"왜냐면 내가 말하는 나의 사실세계란 그저 '사실성'(Reality)만을 의미하는 것이 아니다. 그것은 한계 내에서의 일정한 목적과 진실을 요청하지만 대개는 추상적이며 보잘 것 없는 그리고 마침내는 허망한 이 한계들을 초월해가는 하나의 구성체인 것이다."(전동)

이어서 그는 '사실세계'와 '상상'과를 명시하는 희곡의 경우를 들어서 자상한 설명을 가하고 있다. 그러나 일정한 한계 내에서의 목적과 진실에 박두하며, 나아가선 그 한계를 초월할 수 있는 구성체를 가르쳐 '사실세계'라고 한다면 '헤겔'의 '이념'과 비해서 별반의 비약조차 느낄 수 없다는 것이 또한 사실이다.

전게서에는 실용주의적 심리학자인 '윌리엄 제임스'의 소위 '근본적 경험론'을 공박하는 논문들이 삽입되었는데, 알다시피 '제임스'는 관념적 일원론을 배격하고 선험적인 일체의 구성작용을 반대하였음으로 저들간의 신랄한 논전은 그칠 새가 없었던 것이다.

7. 상상력의 위기

그러면 '브래들리'와 '제임스'의 차이는 무엇으로써 나타나는가.

'제임스'의 입장은 「프래그머티즘」의 제4강에서 '브래들리'와 같은 '헤겔' 추종자인 '하버드' 대학의 '로치' 교수에 대하여 다음과 같이 비난함으로써 그의 색채를 더욱 노정화시켰다.

"그러나 현실에 있는 악의 총분량은 인간의 인내할 수 없는 정도이다. 그리고도 브래들리이며 로이스 등의 유심론자의 저작 중에 보이는 초월적 유심론은 읍기 이상으로 우리에게 가르침이 적고—신의 도는 인간의 도가 아니다. 고로 우리는 다만 입을 손으로 덮을 것이라 한다."(김용배 역, 「프래그머티즘」, 102~103면)

'제임스'는 소위 '일(一)과 다(多)'의 문제 다시 말하면 이념으로 통일되느냐 아니면 분산되어 다수로 존재하느냐의 문제에 대하여 자기는 별도히 관심하지 않는다고 적었다. 그는 '통일'(unity)이란 말에 대신해서 '전체'(totality)라는 말을 되풀이했으며 전기 '브래들리'니 '로이스', 더 소급해선 '헤겔'이니 '칸트' 등이 제창했던 소위 관념적 일원론은 반드시 다원적 실재론 가운데 흡수되어야 한다고 갈파했던 것이다. 뿐만 아니라 그는 신과 인간과를 대위시키는 것처럼 '이념'과 '실재'와를 대위시켰으나 그것은 이미 영속적인 대위가 아니라는 것도 명백히 하였다.

같은 책 속의 제2강 '실용주의의 의의'에서 '제임스'는 이태리의 소장 실용주의자이며 시인이며 동시에 작가인 '패피니'의 표현을 빙자해서 중용적인 자기 방법을 이렇게 비유하고 있었다.

즉 실용주의란 여관에 있어서의 복도와도 같은 학리(學理)의 중간적인 위치를 점하는 것이며 무실론의 제일실(第一室)에다 유신론의 제이실(第二室), 그리고 과학주의 제삼실(第三室)에다 관념주의의 제사실(第四室)이니 하는 등 제 아무리 많은 학설과 이론들이 널려 있더라도 반드시 출입을 위해선 실제적인 복도를 택하지 않을 수가 없다는 것이다.

이 사실을 논리적으로 요약한다면—"실용주의의 특이성이란 자매과학의 모범으로서 관찰된 것을 가지고 미관찰의 것을 풀이하는 것이다. 다시 말하면 새로운 것과 낡은 것과를 조화시킨다. 또한 그것은 우리들의 정신과 실재와의 '일치'(이것은 뒤에 따져야겠지만) 라는 고정적 관계의 어처구니없는 해설을 물리치고 우리들의 특수적 사상과 이 사상들이 뜻대로 활동하며 효용되는 다른 경험세계와의 사이에 걸린 풍부하고도 활동적인 교섭(상술하면 누구나 알 수 있는)에로 전기되어가는 것이다."(제임스, 「실용주의」, 제2장 「분해의 연대」, 169면)

이리하여 실용주의는 사상의 중재자이며 방법의 조정자가 되고 만다. '제임스'의 '근본적 경험론'이 드디어 '칸트'의 '속표'를 거절하며 '헤겔'과 '브래들리'에 있어서의 이념적 대위론을 물리치고 오로지 '활동적인 교섭'으로써 속표 이상의 세계를 목적하며 나아갈 때 만약 그러한 운동을 지속하는 물질적 '에너지'의 재현이라고 새긴다면 누구든지 '제임스'와 '베르그송'과의 공유점을 쉬 짐작할 수 있을 것이다. 과연 동시대에 살았던 저들은 상호간의 영향을 기꺼워하여 마지 않았다.

그러나 '제임스'는 알다시피 예술일반에 대한 아무런 연구도 남기지 못한 것으로 전해진다. 전게서의 제8강에 이르러 '휘트먼'의 시를 예거하면서 실용주의와 종교와의 관계를 논한 것을 볼 수 있지만 어디까지나 그것은 자기의 '근본적 경험론'을 확장한 일종의 창조설에 불과하였으며, 그는 종교의 의의를 창조적 활동의 결과 다음에 오는 하나의 가정으로 밖에 믿으려 하지 않았던 것이다.

우리는 이와 같은 '제임스'의 실용주의 사상을 통하여 이념 대 실재의 문제보담도 한층 시작에 가까운 심리현상 대 물리현상의 문제를 더욱 추상해야 할 것이니, 그의 중용설이 '리챠즈'의 중립화 이론과 그다지 상치되는 것이 아니라는 점도 또한 헤아릴 수 있는 바이다.

여기서 나는 '제임스'의 사상을 비로소 체계화한 '듀이'의 저작 「체험으로서의 예술」 가운데 전개된 바 상상력 문제에 언급함으로써 딱딱한 철학의 고민에서 한 겹 벗어나기로 하겠다.

동서(同書)의 제12장에서 '듀이'는 주로 상상력을 '철학에 대한 도전'이라고 새기면서 상상적 체험은 미적 체험과 일치된다고 보았다. 다시 그는 지각과 기억과의 대위를 현재적 체험과 과거적 체험과의 대위로서 말하며 두 가지는 의식적인 조정으로 인하여 '상호작용'에 달하는 것이라고 하였다.

"하는데도 예술작품은 기계와 달리 상상력의 결과가 아니라 물리적 존재의 영역을 벗어나서 상상적으로 작용하는 것이다."(듀이, 「경험으로서의 예술」, 12장, 「듀이 철학」, 995~996면)

이렇게 '듀이'는 결과로서의 상상력을 마다하고 오로지 작용하는 기능으로서의 상상력을 채택하였다.('제임스'가 순연히 '경험적'(Empiric)이라고 적은데 비하여 '듀이'는 '체험'(Experience)의 일반성을 강조함으로 우리말에서도 그의 차이를 보살펴 감각 '경험' 또는 '체험'이라고 표기함.)

한편 그는 상상력이 가지는 미적 체험을 독자무쌍(獨自無雙)의 것이라고 평가하면서 "이 독자성은 거꾸로 사상에 대한 도전인 것이며 특히 철학이라고 불리우는 체계적 사상에 대한 도전이다."(전동) 라고 강조했다. 철학에 있어서의 체계적 사상이란 어디까지나 간접적 체험인데 반하여 상상력의 근원인 미적 체험은 어디까지나 직접적 체험이란데서 유래된 이유일 것이다.

그러나 아무리 직접적 체험이라고 한들 개별적이며 분산된 체험이 아니라 통일적인 구성력을 내포한 체험이라는 사실에 대해서 '듀이'는 '코올리지'의 상상력을 재차 방불케 하는 아래와 같은 기술을 보여주고 있다.

즉 "상상적 투시란 예술의 모든 구성요소들을 통일화하는 힘이며 그러한 힘이며 그러한 요소들을 다양스럽게 전체화하는 힘이다. 하지만 다른 체험에 있어선 인간존재의 모든 요소들이 특수하게 강조되며 부분적으로 실현되는 반면에 미적 체험에 있어선 그러한 요소들이 죄다 병합되고 통일화되는 것이다. 그리하여 모든 요소들은 체험에 있어서의 직접적인 전체 속으로 병합하며 속속들이 침잠된다. 따라서 요소란 요소는 죄다 고립된 것으로서의 의식 중에 나타날 수가 없다."(전동) '듀이'의 이 설명은 체계적 사상에 의뢰하지 않더라도 모든 미적 체험은 그의 상상력을 통해서 능히 구성될 수 있고 통일화될 수 있다는 것을 말해준다. 그는 철학에 있어서의 주관 대 객관, 그리고 심리학에 있어서의 유기체 대 환경과의 구별을 부인하면서 저들간의 병합을 위하여 '상호작용'하는 것만이 예술의 특질이라고 인정하였다.

'듀이'는 철학의 문제를 다시 '지식'의 문제와 연관되어 논하였는데 예술의 제작이나 감상이나 할 것 없이 '지식'은 꼭같이 변형되어 '지식 이상의 것'으로 나타나며 그것이 아무리 비지성적 요소와 결합된다 할지라도 통일적인 '체험'에만 충실한다면 이 문제에 대해서 더 이상으로 논란할 여지가 없다는 것이다.

또한 '듀이'는 고전성과 낭만성과의 부단한 논쟁을 해석하기 위해선 각기 저들의 논쟁이 예술의 특징적인 경향을 과시하는데 불과한 것이라고 이해하는 도리 밖에 없으며 이 논쟁은 시대와 개인의 결정에 달린 것이지 결코 '상호작용'하는 '체험'에 있어선 척결될만한 하등의 필요도 느끼지 않는다는 것이다. '듀이'는 '상호작용'하는 체험을 '전달'로서 효용되는 보편적인 면에까지 확충하였으며 '아리스토텔레스'에 있어서의 '믿어운 불가능사'인 시와 '믿어웁지 못한 가능사'인 역사와의 비교로써 그것을 밝혀 놓았다. 이를테면 역사란 개별적인 것을 진술하는데 반하여 시는 보편적인 것을 표현함으로 "시란 설사 개인적인 이름을 빌린다 할지라도 시의 견줌은 언제나 보편성이다."(「시학」 제9장)라는 '아리스토텔레스' 자신의 말과 같이 시의 보편성은 보다 철학적이면서도 실재적인 의미를 내포하고 있기 때문이다.

어쨌든 이러한 사실들은 '체험'에 있어서의 '상호작용'을 더욱 확정하는 것이며 '체험'을 존속시키는 상상력의 종합적인 구성작용을 일층 강조하는데 불과하다. 새로운 것과 낡은 것, 현실과 이념, 특수와 보편, 외면과 내부, 그리고 감각과 의미와를 한결같이 종합할 수 있는 기능이야말로 '듀이'의 이른바 미적 체험 즉 상상력의 본령이 되는 것이다.

'플라톤' 이후의 '본질'과 '크로체'의 '직관'이 표시한 어의의 애매성을 지적하면서 모든 '본질'은 현실적인 유형에 입각되었으며 미적 '직관'이란 예술의 '철학에 대한 도전'을 끝내 철학 자체가 부정하였던 과거 시대의 한 특수적 산물이라고 재단했던 것이다.

이어서 그는 '칸트'의 이성주의를 대폭으로 수정하였던 '쇼펜하우어'의 '의지'설을 다시 수정하여 '의지'의 '결과'아닌 '의지'의 '과정'에 치중함으로써 '의지'란 주관과를 동시에 구성하기 위한 '조작'을 의미했을 것이라고 되려 아전인수(我田引水)하였다.

'듀이'에 있어서의 '상호작용'이란 결국 실재적인 면과 이념적인 면과를 동시에 종합한 '조작주의'의 원리를 요약한데 불과하며, 그렇게 함으로써만 '플래매틱'한 '체험'은 가장 보편적인 가치를 띠게 되는 것이다. 뿐만 아니라 소위 '체험의 가치'를 돌보기 위해선 일종의 비평적 판단력까지 작용되어야 한다는 것을 '듀이'는 최종적으로 부연하고 있다.

원래의 비평가란 대상인 작품을 판단함에 있어서 그 작품에만 한하는 것이 아니라 비평가 자신의 감정 지식 내지는 과거적 체험의 축적까지를 총동원하여 그 작품과 상호작용시킴으로써 이를테면 비평가 자신의 체험 속에 그 작품의 전체를 병합시킴으로써 올바른 비평행위를 다할 수 있는 것과 같이 '식별'(Discrimination)과 '통일'(Unification)의 기능을 동시에 종합할 수 있는 '판단력'이 무엇보다도 요청되게 되는 것이다.

사뭇 '체험의 가치'를 선택하려면 비평가의 경우와 다름없이 이상과 같은 '판단력'이 반드시 작용해야 한다는 것이 전장에 계속되는 '듀이'의 대

체적인 설론이다. 이런 경우, 다만 이성을 도외시한 한 사람의 '칸트'주의
자를 생각한다면 '듀이'는 고금철학에 있어서의 장점만을 취득하고 있기
때문이다. 참으로 알밉고도 기특한 일이라 하겠다.

소위 미적 체험이라고 불리운 상상력에 대해서 이 밖에도 '듀이'는 다
각도로 이야기하고 있으나 그의 전모를 밝힌다는 것은 도저히 불가능한
일임으로, 마지막에 한 구절만 더 종합적 체험이 예술에 미치는 안정질서
에 대해서 그가 말한 바를 들어보기로 하겠다. 분명히 상상력이란 말은
나타나지 않으나 앞서 인용한 상상력의 의의를 참작해 본다면 이것이 바
로 우리가 그에게서 얻으려는 결정적 해답임을 곧 납득할 수 있을 것이
다.

"모든 미적 인식에는 일종의 정열적 요소가 있다. 그러나 지나친 분노
며 공포며 질투와 같이 정열에 압도되었을 때의 체험은 미적이라고 할 수
없다. 거기에선 정열을 낳게 한 활동의 성질에 대한 아무런 관련도 느껴
지지 않는다. 결국 체험의 소재엔 균형과 조화의 요소가 결핍되고 있는
것이다. 왜냐면 우아하고도 기품있는 행동에서와 같이 경우와 상황에 적
합하도록 상호관계의 미묘한 의미에 의해서 행동이 제어됨으로써만 그러
한 균형과 조화는 가능하여지기 때문이다."(전동, 974면)

연달아 '듀이'는 예술가와 감상가에 대한 동일한 요구로서 각기 산재된
부분들을 종합적 체험으로 지양하는 '포괄작용'을 제시했으니, 이 '포괄작
용'이야말로 "예술의 모든 구성요소들을 통일화하는 힘이며 그러한 요소
들을 다양스럽게 전체화하는 힘"(전게) 즉 활동하는 상상력의 구성을 지
칭한 것이 아닐까 한다.

이러한 '듀이'의 종합적 체험을 '리챠즈'와 같이 두 가지 세계관의 종합
내지는 두 가지 인식방법의 종합으로서 발전시킨 '노스로프'의 소론에 잠
시 비추어 본다면 더욱 확실한 인상을 누릴 수가 있다.

1947년, 그는 철학교수('예일' 대학)의 직(職)에 있으면서도 「시의 기
능과 미래」라고 비교적 조예깊은 눈문을 발표했던 것이다. 이 글의 서두
에서 '노스로프'는 시의 기능을 심미적인 것과 지성적인 것과의 두 가지로

분별하여 감정적인 면과 사상적인 면과를 서로 대조시키는 방향에 자기의 논점을 두었다. 또한 심미적 기능은 순수적 기능이라고 불리웠으며 지성적 기능은 한정적 기능이라고 불리웠던 것이다.

그는 '단테'시의 사상적 배경을 이루었던 '토마스'주의와 '아리스토텔레스' 철학에 대해서 언급하였으며 동시에 17세기 시에 영향끼친 과학적 계몽주의며 현대시에 미치고 있는 실용주의적 인생관 등을 역대순으로 기재하여 시의 두 가지 기능을 종합할 수 있는 소위 '인식적 상호관계' 라는 말을 새로이 제창하게 되었다. 그리하여 적기를—

"오늘날 시에 있어서의 순수적인 것과 한정적인 것과의 두 가지 기능은 좀체로 실현되기가 어렵다. 보다 행동적인 시란 이와 같은 순수하고도 대립적인 목적을 가진 두 가지 기능을 서로 결합하며 절충한 것이다. …… 그러할진대 시의 2대 기능에 관한 우리들의 정의는 행동적인 것과 이념적인 것과의 표준을 결정할 수가 있으리라."

'노스로프'의 「과학과 인간주의의 논리학」이라는 저서에서 시의 두 가지 기능을 과학 대 인간주의와의 관계로서 연역하며 그들 사이엔 여전히 '인식적 상호관계'가 수립되어야 한다고 강조하였는데 그가 발췌한 '포프'의 시구와 같이 자연은 발견되는 것이 아니라 발명되고 방법화되는 것이라는, 다시 말하면 세계적 이념은 과학적 방법과 동화되지 않을 수 없다는 일종의 종합론을 제기한 것이었다.

그가 말하는 '행동적'이란 술어의 해석은 바로 실용주의적이며 조작적인 것을 의미하나 그렇다고 과학의 일상적인 가치만을 지적한 것은 결코 아니라고 생각된다. 왜냐면 '이념적'이 못되는 '행동적'인 과학을 그는 시인할 수 없었기 때문이다. 이러한 '노스로프'의 견해는 '판단력'을 지님으로써 비평가들은 완성된 인식인이 된다고 믿었던 '듀이'의 입장을 더욱 부연한데 지나지 않지만 세계와 주체와의 이면(二面)을 종합하는 '인식적 상호관계'가 급기야는 당착된 현대시의 미래를 개척함에 있어서의 훌륭한 시사가 될 수 있다는 사실은 그의 투철한 역사관과 과학적 비평정신이 유도한 자연의 결실이라 아니 볼 수 없는 것이다.

그러나 '제임스' '듀이' '노스로프'에 긍(亘)하여 온 실용주의 사상이 온통 과학적 합리론에 기반된 사상이며 특히 상상력으로 하여금 '선'(善)에 봉사하는 하나의 '방편'이라고까지 규정한 사실들(듀이, 「체험으로서의 예술」, 제14장, 참조)은 문명에의 지나친 낙관으로써 몹시 경계되는 바이다.

'선'에 대한 가치 운운에서 만족할만한 현대인은 한 사람도 없는 것이며 오히려 선에 대한 부정과 회의와 역설만이 '선'을 입증하는 강력한 추진력이 되고 있음을 생각할제 우리는 그러한 실용주의 사상의 온상인 미국의 시민사회를 아울러 생각해 볼 만하다.

전후에 혜성같이 나타난 '사르트르'는 그의 「상상력론」에서 '선'에만 봉사할 수 없는 상상력의 고민을 아래와 같이 터뜨려 놓았다.

"하나의 상상을 지정한다는 것은 현실 전체의 여백에서 대상을 조정한다는 것인즉 그것은 현실로부터 소원되며 스스로를 해방하는 현실에의 부정을 뜻하는 것이다. 혹은 우리가 애써 현실 중에 나타나 있는 한 대상을 부정한다면 그 대상을 가정하는 한에 있어서 우리는 현실 자체를 부정하는 것이 된다. 이와 같은 이중적 부정은 서로 보족되는 것이며 후자는 전자를 좌우하게 되는 것이다. 달리 말해서 우리들은 현실 전체가 의식의 힘으로 의식을 위하는 종합적 '상황'으로 파악되는 한에 있어서만 그것을 세계라고 이해한다.

따라서 상상력을 움직이는 의식에는 두 가지 경우가 있는데, 그 하나는 의식이 세계를 종합적 전체 위에 조정할 수 있어야 하는 경우와, 또 하나는 의식이 상상의 대상을 종합적 균형의 힘이 미치지 못하는 것으로 조정할 수 있어야만 이를테면 상상에 대하여 세계로 하여금 '허무'로서 조정할 수 있어야만 하는 경우이다. 그러므로 모든 상상적 창조란 본질적으로 "세계에 의하여 둘려진" 존재와 같은 의식 중에선 전혀 불가능하다는 것이 밝혀졌다."(사르트르, 「상상력론」, 233~245면)

이 길다란 인용에서 느껴지는 것은 '베르그송'이래 우리가 스쳐온 지각 또는 현실의 존재이유가 거의 부정당하며 오히려 상상은 물질적인 개인

성을 떠나서, 다시 말하면 "세계에 의하여 둘러진" 의식을 떠나서 현실이
외의 여백에 있어서만 처음으로 가능하다는 지극히 놀라운 발언이다.

'사르트르'는 상상을 부정함으로써 현실 자체를 운위하는 모든 선의 창
도자들과는 정반대되는 입장에서 차라리 현실을 부정함으로써 상상 자체
를 조정할 수가 있다고 입증한 것이며 현실과 '선'의 관념과를 결부시키는
것처럼 상상과 '미'의 관념과를 하나처럼 간주하였던 것이다.

「물질과 기억」을 중심으로 한 '베르그송'설을 논박한 나머지(동서, 제2
부, 참조) '사르트르'는 모든 경험론적 태도를 괄호 속에 생략하며 의식의
현상면만을 추구해 온 '후설' 체계를 자기의 실존주의적 입장에서 적응하
며 발전시킨 것이 사실이다.

이 방대한 서적의 내용에 대해선 앞으로 고(稿)를 달리하여 논급할 예
정이나 값싼 실용주의자들의 '선'의 관념을 규탄하고 안정된 질서의 표방
보다는 불안정한 무질서의 상황을 있는 그대로 고발하려는데 '사르트르'
의 목적이 있었다고 하면 대상의 허무화로써만 가능하여지는 상상력의
기능을 함부로 현실도피나 형이상적 애매니 하여 공박하기엔 적지 않은
반성이 요구되는 것이다.

그는 상상력을 대상에 대한 의식적 '지향'이라고 명명했는데, '듀이'류의
'조작'과 비교한다면 각기 저들의 근원적 배경인 세계관의 문제에 까지도
미칠 수가 있어 굉장한 지면을 차지할 것임으로 지금은 보류하기로 하겠
다.

'사르트르', 그는 동서(同書)의 마지막에 결론아닌 결론을 이렇게 적었
다.

"'선'의 가치란 세계내존재를 전제하며 현실에서의 행동을 사념하며 실
존의 본질적인 부조리에 종속되고 있는 것이다. 인생을 앞두고 심미적 태
도를 '선택'한다는 것은 현실과 상상세계와를 영원히 혼동하는 것이 된
다."(전동) '선'은 현실에 머물도록 종용하는데 반하여 '미'는 그 현실에
떠나 현실 외의 여백으로만 나가도록 재촉하는 이 어마어마한 함정에서
바로 현대의식의 위기를 적발한 '사르트르'의 역설은 1947년에 발간된

'C. D. 루이스'의 「시적 상상」에 담긴 다음의 몇 마디로써 더욱 보장되지 않나 생각할 따름이다.

"나는 상상을 먼저 나의 정서 가운데서 낳게 하고 다음엔 그 상상을 내가 지닌 지성적이며 비평적인 능력을 응화한다. 그 상상에서 다른 상상을 낳게 하고 새로운 상상을 최초의 상상과 부딪치게 한다. 두 개의 상상이 합쳐서 하나가 된 셋째의 상상에 의하여 다시 셋째의 대립적인 상상을 낳게 하며, 그리하면 이 모든 상상들을 나에게 주어진 형식의 범주 내에서 서로 충돌시킨다. …… 나의 어떠한 시의 생명도 중심적인 상상에 집중되어 작용하는 법은 없다. 그 생명은 중심으로부터 외부로 나가야 하는 것이다. 상상은 태어나서 또 다른 상상으로 죽어야 하니 나의 상상적 지속이란 창조, 재창조, 파괴 그리고 모순의 지속이어야만 한다."

'루이스'의 이러한 견해는 「시적 상상」보다 10여년 앞서서 간행된 「시에의 기대」에서 벌써 명백히 요약되고 있었다.

"마침내 엘렉트론처럼 실재의 근거로 되어 있는 불가시한 여러 진리를 지각하는 것이 시적 직관의 본질이다. 우리의 우주를 연결하고 있는 은밀한 관계를 탐색하며 차별 속에 유사를 발견하고, 모순 속에 일관성을 만들어내는 것이 시적 상상력의 본질인 것이다."(37~75면)

이후 '루이스'는 '정치적 상상'과 '개적 상상'(個的想像)과의 통일을 꾀하였으나 마침내 희박한 정치적 신념이 무너지자, 또 다시 처참한 회의에로 빠져버렸는데, 그는 '사랑'이라는 사이비 종교적 신념에 대해서 새로운 눈을 밝히기 시작했던 것이다. 그러나 '사랑'의 신념과 '선'과의 일치를 우리는 함부로 말하지 말일이다. 왜냐면 '사르트르'의 저 가랑가랑한 음성이 또 다시 우리의 귓전에서 끊임없이 들려오기 때문이다.

마침내 '지성'이 관여하는 시적 상상력의 고민이란 바로 이러한 종합적 체험을 일신에 안은 시인 자신의 고민이라 아니할 수 없는 것이다.

8. 결언

이미 장황한 서술을 거쳐 왔건만 나는 조금도 달라지지 않은 나의 본래의 위치를 발견하고 있다. 서언에서 나는 '반영'하며 '비판'하는 기능이 종합됨으로써 현대시는 그의 존재이유를 밝힐 수가 있으며, 그 기능을 담당하는 것이 시적 상상력이 아닌가 하고 가정했던 것이다.

'지각과 기억'을 비롯한 '공상과 상상력'을 이야기함으로써 나는 서툴게나마 저들간의 종합적 체험을 유도하려 했다. 그러나 철학의 방향이 제시하는 바와 같이 오늘날 종합적 체험은 여간한 위기에 직면하지 않았다.

시의 분야를 넘어서서 외계로만 방황했던 나의 지나친 소견의 과오에서인지 몰라도 어차피 볼 것은 보고 들을 것은 듣지 않을 수 없는 것이 현대시의 결벽이어야만 할 것 같다. 현대시의 특징이라고도 할 소위 '지성'의 정체가 다시 개혁되고 비판되는 날에 있어서만 가령 소월 시(素月詩)와 이상 시(李箱詩)와를 척결하여 감성 대 지성을 운운하는 비평적 소아병자들에게 우리는 좀 더 폭넓은 미지의 영역을 과시할 수도 있을 일이 아니겠는가.

현대시의 난해성이며 현대시의 효용가치도 결국은 종합적 체험인 상상력으로 말미암아 결정되는 것임을 나는 확언하고 싶다. 그러나 종합적 체험을 위해선 시인 각자들의 '전체적 인격'('리챠즈'에 의함.)이 구비되고 발전되지 않아선 안될 것이다.

《사족》 여기서 누락된 몇 장의 제목만 예거한다면 "이미지즘'에의 비판', '상상력과 실존' 그리고 '한국시의 상상' 등등인데 이들은 서로 간접적인 연관성을 가진 것들이며 주제인 '시적 상상력'에 죄다 흡수되는 내용들임을 밝혀두고 기회있는 날의 보고를 스스로 다짐하는 바이다.

[『현대문학』, 1958. 6~11]

25
실존주의 문학

김 붕 구

철학면에서도 '실존철학'이라든가 '실존주의'라는 개념이 여러 갈래로 나뉘어 총괄적으로 개념짓기가 곤란하다고 하지만 그래도 철학에 국한한다면 각각 그 사상적 계보를 따져 그 특징적인 경향을 설명해 줄 수도 있으리라. 그러나 소위 '실존주의' 문학을 논한다는 건 참으로 곤란한 일이다—적어도 필자로서는 매우 난처한 일이다. 이유는 이러하다.

첫째 그것이 이른바 '역사적 고찰'이든 '사회적 고찰'이든 문학에 관한 한 관념적 추리작업이나 일반론이라는 것에 필자는 그리 흥미를 가질 수 없다. 기껏 개념을 또 한 번 개념어로 번역해 놓고 자기 만족에 도취할 바에야 당초에 문학을 다룰 필요도 없거니와 문학을 위해서나 독자를 위해서나 기실 별반 플러스되지도 않는 법이다. 요는 관심있는 독자가 있다면 그들을 안내하여 어느 작가와 작품, 그것을 통하여 그 시대의 문학의 구체적인 제문제를 같이 느끼고 생각하고 그 문학 속에 더불어 참여하게끔 그 문학세계를 우리 앞에 열어보이도록 하여야 하며 그렇지 못한다면 최소한도 어느 작가와 작품을 독서계에 소개하는 글이라도 되어야 할 줄 안다.(그러려면 되도록 많이 원작에서 인용하는게 효과적이지만 제한된 지면으로는 그것이 불가능하다)

그 다음 과연 '실존철학'의 영향을 받은 것이 (적어도 불란서에서는) 현대문학의 가장 특징적이고 지배적인 성격을 이루고 있음을 필자는 확신하고 있다. 그 주류 밖에 있는 어떠한 대중들의 이름을 들어본대도 또는 그들의 독자 수의 비율을 따져 보아도 소용없는 노릇이다. 그러나 '실존주의' 문학이라면 문제는 달라진다. 현대문학이 실존철학의 영향을 받음으로써 전 세기의 문학과 뚜렷이 구별될 수 있는 성격을 지닌 것이 사실이지만, 그 반면 '실존주의'를 주의로 내거는 철학자, 혹은 문학자들은 알다시피 극히 제한된 그룹에 불과하며 그들은 한 걸음 나아가서 자기네 철학에서 어떤 실천적 주장과 행동강령을 (번번이 사회적 정치적 문제에까지) 내세우고 투쟁하는 일파(이를테면 사르트르파)인 것이다. 그런데 필자는 이 제한된 그룹에 특별한 관심과 연구를 기울인 적도 없거니와 별로 그들을 좋아 하지도 않는다. 자기가 사랑하지 않는 사람(작가)을 진정 깊이 이해할 수 있을 것인지? 더구나 공중 앞에 그를 공평히 논할 수 있을지 매우 의심스럽다. 이상 몇 가지 점으로 보아 필자로서는 불가불 다음과 같이 다룰 수 밖에 없다.

첫째로 넓은 의미의 '실존문학'—결국 이 때까지 여러 차례 다루어온 현대문학에 관한 이야기와 부분적으로 많이 중복될 수 밖에 없고 따라서 될 수록 간단히 요약하기로 한다. 특히 행동주의문학과 직결될 것으로 안다.

둘째로 좁은 의미의 '실존주의' 문학을 다루되 불가불 전자의 대표로 까뮈를 후자는 사르트르를 각각 추려 대비시키지 않을 수 없다. 따라서 어디까지나 불문학의 범위를 벗어나지 못할 것이며 그것을 현대문학 전반에 걸친 문제로 일반화 여하는 독자의 이해와 발견에 맡길 수 밖에 없다.

"이때까지 인류는 그들의 종교가 그렇듯이 오직 배타적인 예술세계만을 알고 있었다. 그런데 현대 우리들의 예술세계는 온갖 신들과 온갖 문명이 '예술의 언어'를 아는 모든 사람들과 더불어 대화를 하고 교감하는 올림피아산상의 세계인 것이다."(말로, 「제신의 변모」, 서론)

전후에 실존철학, 실존문학이 화려하게 등장하기 전에 즉 양대 전간(戰間)에는 행동주의란 말이 성행했고 또 사실 가장 줄기찬 문학활동으로 두드러지게 그 시대를 특징지워주고 있었다. 두말할 것도 없는 일이지만 '행동주의'라는 용어도 '로망티즘'이나 '자연주의' 등 문예사조상의 딴 용어와 마찬가지로 항용 그 속에 포함시키는 작가, 이를테면 말로나 쌩떽스의 작품과 따로 떼어놓고 용어 자체의 어의를 따져 개념을 규정짓는다는 건 무의미한 일이다. 그것이 어떤 시기의 경향을 특징짓는 용어로서 편리하다 뿐이고 실제로는 산 작가의 활동을 그러한 개념의 틀 속에 잡아넣을 수도 없거니와 필요에 따라 그러한 해석과 비평작업을 한다 하더라도 그 시대의 역사와 따로 떼어 파악할 수는 없는 노릇이다. 마치 과학만능이라는 시대적 분위기와 따로 떼어놓은 '자연주의'라는 것이 전혀 딴 것을 가리키는 것과 마찬가지다.

말로와 쌩떽스는 1900년생 동년배다. 그리고 그들의 문학을 한 때는 '행동주의'라는 말로 총괄하는게 보통이었다. 그럼 행동주의란 어떤 문학이냐? 그들의 작품을 읽는 것이 빠르다. 다만 어째서 그 세대에 그런 문학이 성행했으며 어떤 영향을 남기고 있느냐는 생각해 볼 필요가 있다. 마르땡 듀 가아르의 「레띠보」라는 유명한 장편의 주인공으로 쟈크 소년이 등징한다. 1차내선 중에 청년기를 맞이한 세대—대체로 말로, 쌩떽스의 세대와 일치한다.(그리고 이 세대의 생태를 그리자는 것이 작자의 의도였다.) 그 쟈크가 흥분에 떨리는 목소리로 지드의 「지상의 자양」을 줄줄 낭송하는 대목이 있다.

"나다니엘이여, 내 책을 읽거든 지체없이 던져버려라, 그리고 탈출하라.—어디서든지, 네 마을에서, 네 가정에서, 네 자신에서 탈출하라. ……"

이 '인간의 자연'과 외계의 자연과의 혼합을 구가한 지드의 유혹이 쟈크세대의 가슴을 울렁거리게 했다는데는 그만한 이유가 있다. 그것이 지드 자신의 문화병에서의 회복기에 처한 건강예찬이며 굳어버린 기성모랄에 대한 반기였음은 주지된 사실이지만 쟈크의 세대에 이르러서는 전쟁과 기성 모랄의 붕괴와 반항이 한데 얽혀 정신적 혼란과 불안이 극도에 달한 세대였음도 짐작할 수 있으리라. 모든 가치와 사색이 권위를 잃었을 제 남은 것은 오직 행동과 감각뿐이라는 것도 수긍할 수 있다. "다행히 인간에게는 행동이 있다."—「정복자」에서 '말로=쟈크'는 이렇게 외친다. 그리고 쟈크는 가정을 탈출하여 스위스로 건너가 혁명운동에 투신한다.

말로의 경우는 여기서 다시 이야기할 필요도 없으리라. 그러나 이렇듯 절망에서 출발된 행동주의건만, 문학사상(文學史上)에 획기적인 전환을 가져왔다는 사실을 주목하지 않을 수 없다. 첫째 그것은 문학을 담배 연기 자욱한 실내에서 넓은 세계로 해방시켰다. 둘째로 절망에서 출발했고, 항시 생사의 접경을 넘나드는 행동세계를 무대로 하는 이상 그것은 끊임없이 인간의 근본조건과 운명에 대면하는 문학이 아닐 수 없다. 셋째로 따라서 문학은 이미 미학적 위안이나 흥미거리가 아니고 인간 총체에 대한 산 '증언'이다. 이것은 매우 중대한 일이다. 이 때까지의 문학, 그리고 그하고 많은 사조들도 이에 비하면 오직 시류를 쫓는 여인처럼 미학만을 갈아 걸치고 등장한 것이 아니었던가. 우선 그들이 현대인의 절박한 요구에 응할 수 없는 치명적 결함이 드러났으니 그것은 인간을 정적인 면에서만 파악할 수 밖에 없었다는 것이다. 감성적 면이 강조되거나(로망티즘), 또는 이성이 강조되거나 혹은 외부적 물질적 조건으로 인간을 구명하거나(자연주의), 또는 인간의 심부의식(深部意識)을 발굴하거나(신심리주의), 그것은 저마다 인간의 일면만을 강조하여 당분간 새로운 맛을 주입하였다 뿐이다. 실내 궤상(机上)의 원고용지 앞에서 구상하는 인간세계를 벗어나지 못했던 것이다. 의식과 육체가 혼연 일치하여 가장 긴장된 행동선상에서 비로소 전적 인간을 파악할 수 있었다는 것은 쟈크세대의 시대적 조건과 요구 그리고 문학의 역사적 전개가 서로 상부하여 전혀 새로운 세계를 열어놓은 것이다. 그들의 문학이 인류운명에 대한 증언이며 적극적으로 인간을 파멸에서 건져내려는 그리고 다시 (이번에는 신과 기성 모랄의 도움없이) 인간의 품위를 회복하려는 휴머니즘―매우 비장하고 영웅적인―을 지향한 것은 물론이다. 이 모든 것을 일소해버린 현실과 의식의 긴장된 대면에서 그 피가 듣는 상처에서 실존문학은 이미 자기 영토를 발견했던 것이다. 그 비장하며 그러나 고독한 의식과 그 앞에 가로막는 세계(현실), 그 답답하고 안타까운 증세는 이미 누구나 느끼고 있었던 것이다. 여기서 그 자각증세를 누가 간결한 용어로 명명(진단)해 주기만 하면 그는 일약 명의(名醫)가 될 수 있었던 것이다. 아직 처방은 없어도 좋다. 「왕도」의 밀림 속에서 밤을 새며 나를 둘러싸고 나를 향하여 다가오는 어둠 속에 잠긴 세계의 압력에 짓눌릴듯한 인간의식의 고독과 불안 속에서 페르캉은 젊은 동행자에게 에로티시즘을 빌려 설명하는 대목이 있다.

"……(내 앞에 나타난) 나 이외의 또 하나의 존재(여인). 자기가 가지지 않은 육체란 모두가 적이야. …… 여전히 자기자신을 잃지 않은 채 여자와(딴 의식과) 혼합하기에 이르는 그 동화작용 …… 아냐, 건 육체가 아니지, 여자들 말이야— 건……저……뭐랄가……그래 '가능성'이야. 그러니 나는 ……"

뭐라고 꼬집어 형용할 수 없는 페르캉은 "… 어둠 속에서 한 손으로 무엇인가를 냅다 짓누르는 몸짓을" 하며 "…… 얼마나 나는 사람들을 정복하고 싶었던가. ……"

이렇게 중얼거리는 것이다. 마침내 실존문학은 이 페르캉의 답답한 몸짓에 시원하고 적절한 표현을 준 것이다. 허망한 인간조건(운명)에 대한 집념(obsession)과 막연한 불안과 공허의 몸부림에 적절한 진단을 내렸을 뿐 아니라 철학의 이름으로 인간의 존재태(存在態)와 의식의 근본구조에서 그 불안과 허망을 병리학적으로 구명해준 셈이다. 위에 인용한 페르캉(말로)의 더듬는 말에 대하여 우리는 곧 사르트르의 공리처럼 되어 있는 약언(約言)으로 응답할 수 있다.

"지옥, 그것은 타자(의 의식)이다." 그리고 말로가 여기서 그 상황(원시림 속에 내던져진 의식)과는 동떨어진 에로티시즘을 끄집어낸 것과 마찬가지로 사르트르가 그의 철학적 주저 「존재와 무」 속에서 육체론으로 1장을 매끈 유례없는 스캔들(?)을 감행한 이유와 필연성을 충분히 이해할 수 있지 않을까? 실은 그것을 느낄 수 있는 독자에게는 그 이상 설명이 필요치 않을 것이다.

문학있는 이래로 인간을 그리지 않은 문학도 없거니와 불안과 분열의 오뇌를 그린 문학도 드물지 않다. 과학과 의식의 분열, 윤리와 실생활의, 또는 빈부의 분열 등 …… 그리고 여기 따르는 처방도 가지가지 있었다.

그러나 마침내 최악(最惡) 최심(最深)의 고질은 인간 자체의 내부에 천생 타고난 병임을 발견하자 그들의 집념은 인간조건 자체를 조상(俎上)에 놓고 문제삼게 된 것이다. 사실 이러한 절박하고도 근원적인 문제에 사로잡힌 현대 작가는 종래의 문학에 대하여 파스칼처럼 다음과 같은 경멸을 던질만도 한 것이다.

"그림(묘사)이란 참 터무니 없는 허영이 아닌가! 사물 자체는 별로 거들떠보지는 않는 물건인데, 그것 비슷하게 그려놓았다고 해서 감탄을 사니까 말이다."

그러기에 실존문학은 그 사물의 존재태와 그리고 그 사물을 지각하는 인간의 그것과 그 의식의 구조를 분석해보이는 것이다. 그러나 거기서 해결과 구원이 올 수는 없는 노릇이다. 앞서 말한 것처럼 본시 그들의 선배들이 절망과 부정에서 출발했거니와 그들이 부딪친 것 또한 허망뿐이다. 석연한 해답을 갈망하는 의식이 이성의 좌절을 피할 수 없는 발판으로 삼을 수 밖에 없는 막바지에 도달한 것이다.(이 점은 근본문제의 하나지만 철학면에서 밝혀줄 것으로 안다.)

"모든 것이 부정과 허망으로 요약된다는 건 아니다. 그러나 우선 우리는 부정과 허망을 제기하지 않을 수 없다.—우리 세대가 맨 먼저 부딪친 것은 바로 이 부정과 허망이니까."(까뮈)

그럼 이 이성의 단층에 부딪친 이상 그리고 그대로 주저않을 수 없는 이상 어디론가 넘어뛰어야 할 것이 아니겠는가? 여기서 크게 실존문학은 두 갈래로 갈리게 된다.

1. 피안(은총)으로 눈을 돌리는 기독교적인 방향—베르나노스의 세계다. 이 세계도 역시 청탁을 한데 삼키고 영겁의 침묵을 지키는 초월자 '신'과는 전혀 같은 척도를 가지지 못한 내던져진 인간의 불안과 오뇌의 세계다. 그러나 아무리 허망 속에 허덕인다 하여도 아무리 인생이 파토의 연속이라 하더라도 종국에는 맨 밑에 엎어넣은 최종의 패(札)가 제꺼지고야 마는(즉, 영생, 구혼 등등을 예상하는) 세계다.

(나는 이 세계에 대하여는 이 이상 깊이 들어갈 수 없다. 내가 모르는

세계이니 말할 자격도 없거니와, 좁은 소견을 솔직히 말하자면, 철저한
신앙 앞에는 성서이외에 문학이 있을 수도 없을 터이고 만일 있다면 그건
속인의 헛소리거나 위안거리밖에 별 뜻이 없을터이니까. 사르트르는 좀
무례스럽고 암팍스러운 표현으로 이렇게 말하고 있다.—"신은 예술가가
아니다. 그러니 모리악씨도 마찬가지다.—즉 문학자일 수는 없다."(필자
역)라고.)

2. 또 하나는 유인최귀(唯人最貴)의 입장이다.—말로, 사르트르, 까뮈
의 세계다. 인간의 고귀하다는게 아니고 설령 한갓 동물의 일종에 지나지
못한다 치더라도 인간 위에는 고개를 들고 우러러보아야 허허 무변의 허
공뿐 인간을 초월한 어떠한 존재도 없다는 것이다. 따라서 인간 밖으로
넘어뛰려해도 넘어뛸 곳이 없다. 애매한 채로 그저 믿고 산다든지, 있다
고 증명할 수 없고 없다고도 증명할 수 없으니 있다는 편으로 걸어보자는
어리뻥한 이야기도 문제가 되질 않는다. 없는건 없는 것이다. 차제(此際)
에 환상은 깨끗이 일소해버리자는 것이다. 그 환상 때문에 몇 천 년이래
로 생사람은 기를 못피고 온갖 모욕을 다 참아오지 않았던가. 전지전능의
초월자가 있다면 그는 인간계를 향하여 주사위를 던지고 그 해결없는 희
비극을 초연히 관람하고 계신다는 것일까? 이런 터무니없는 절대자의 환
상따위는 깨끗이 집어치우자는 것이다. 철모르는 어린애가 온몸이 곪아
터지고 몸을 뒤틀다가 죽어도 전지전능자의 섭리냐? 한평생을 기아 속에
헤매다가 온 식구가 죽어뻗어도 신의 섭리냐? 인간계의 아비규환(阿鼻叫
喚)에는 눈썹 하나 까딱없는 전지전능자의 환상 밑에 인간고를 걸머지고
게다가 무릎을 꿇고 벌벌 기어가야 된다는 거냐? 언제까지 그러자는 거
냐, 집어치우라는 것이다. 천진난만한 어린이가 죽는 건 인간의 고액(苦
厄)이다. 기아로 죽는 자가 있다면 인간계의 죄악이다. 고칠 수 있다면
믿을 수 있다면 그건 의사의 치료와 인간의 정의와 질서뿐이다. 오직 이
세계와 인간뿐. 오직 의식과 현실뿐. 재어놓은 어떠한 종국의 패(札)에도
희망을 걸지않고 오직 우리 손에 쥔 확실한 패만으로 노름을 하자는 것이
다. 파토의 연속이래도 할 수 없는 일이다. 처음부터 파토를 각오하고—

아니 본시 파토에서 시작한 노름이니까. 인생은 "절망 저 편에서 시작되니까."(사르트르, 「파리떼」)

"우리 시대의 가장 큰 문제는 …… 인간이 영원자와 합리주의 사상의 도움없이 자기 힘만으로 자신의 가치를 만들어낼 수 있는가 여부를 묻는 일이다."(까뮈) "각 '개인'은 자기 속에 자기보다 더 큰 것을 지니고 있다.―즉 '인간'을" "내가 한 일은 인간 아닌 어떠한 동물도 할 수 없으리라."(생텍쥐베리)

인간의 존엄성은 "자기 속에 추악한 동물이 들어있음에도 불구하고 신의 도움없이 두 발로 꼿꼿이 일어설 수 있다는 점이다."(말로)

이렇듯 모든 의지물과 거점을 상실한 채 머리 위에 초월자 없고 등뒤에서 밀어주는 나 이전의 윤리와 규범 없으며, 지평선에 지향할 목표 없이 (차라리 그러한 일체의 환상을 쓸어버리고) 사막 속에 내던져진 인간이 그래도 인간―(나 속에 들어있는 나보다 더 큰 것)―의 권위를 회복하겠다는 그들의 비장한 싸움에도 불구하고, 말의 가장 근원적이고 철저한 의미로 '휴머니즘의 재건'의 영웅적이고 줄기찬 노력에도 불구하고 아직 우리들에게 (적어도 우리 나라에서는) 그들의 출발점인 이성의 좌절―그 부정과 허망의 실감이 유달리 뿌리깊은 인상을 남기고 있음도 부정할 수 없다. 그만큼 그 허망의 실감과, 철학적 분석과 끈덕지고 악착스러운 문학적 표현이 혼연 일체가 되어 전후문학에 일대혁명을 일으켰던 것이다. 사상적으로도 아직 '실존주의'와 넓은 의미의 실존철학의 분열이 표면화하기 이전이고 보다 더 공통적인 분위기가 강렬히 지배하고 있었던 것도 사실이지만 그것은 전후문학이 발견한 (적어도 의식적으로 강조한) 새로운 문학세계며, 현대적 작품과 고전적 작품과를 뚜렷이 갈라놓는 일 선을 그은 것이다.(프루스트, 지드의 작품도 이미 고전적이라는 이유가 여기 있다.) 즉 앞서 말한 페르캉(말로)의 답답한 몸짓에 적절한 표현을 준 것이다. 병리학적 분석과 진단(철학)이 문학의 영역으로 넘어오게 된 이유도 여기 있다.(사르트르의 「구역」을 저자 자신도 처음에는 철학적 에세이로 여겼던 사실을 상기하라.) 산문문학은 이미 예정(복안)된 플롯을 독자 앞에 술술 풀어가는 이야기거리나 현실의 재현도 아니다.(그건 파스칼이 조소한 그림과 마찬가지다) 인간조건을 극한까지 몰아가서 의식을 지점으로한 현실을 순간순간 새로 창조해내는 것이다. 왜냐하면 그들의 유일한 패(札)는 나의 의식과, 그 앞에 현상하는 현실뿐이니까. 현실이란 어떻게 존재하느냐 어떻게 사느냐 라는 근원적인 질문 앞에 드러나는 일체—나무가지를 휘어가는 바람결처럼 공중에서 비행기가 헤치고 나가는 폭풍우처럼 의식 앞에 저항하고 부딪치는 일체—그것만이 현실이니까. 문학이란 이러한 현실에 관여하는 한에 있어서 문학일 수 있으니까. 사랑을 한다든가 실연을 했다든가 가슴이 울렁거린다든가 공포에 떨었다든가 …… 있을 법한 이야기를 늘어놓는 '현실없는 실존주의'는 집어치우자는 것이다. 가슴이 울렁거린다는 형용이 아니고 그 가슴이 울렁거리는 세계를 눈앞에 열어 놓고 독자의 의식을 그 속에 끌어넣으라는 것이다. 심리적 자연주의, 또는 실존적 정신분석 등 명칭은 아무래도 좋다.

사르트르의 유명한 대목을 다시 한 번 읽어보기로 한다.

"……(돌난간 위에 손을 얹는다) …… 그는 두 손을 펴보았다. 그리고 돌 위를 천천히 쓰다듬었다. …… 꺼칠꺼칠하고 금이 간 돌, 화석(化石) 한 해면같다. 아직 화끈화끈하다. … 큼직하고 육중하고 짓눌린 침묵을 응결한 어둠을 제 속에 가두고 있는 돌덩이, 사물의 내부에 있는 그 압축된 어둠 말이다. ……

충만이다. 그는 될 수 있다면 그 돌덩이에 매달리고 돌덩이와 혼연 일체가 되고 싶었다. …… 그러나 그 돌덩이는 여전히 내 밖에 있었다. 영원히 ……"

"…… 제 손이 …… 청동으로 된 양 싶었다. …… 그건 (흡사) 딴 사람의 손이었다. 내 밖에 있는, 저 나무들처럼 …… 그건 (흡사) 따로 짤려 떨어진 손이었다."(「자유의 길」 Ⅱ, 「獨餘」)

여기서 독자는 「구역」의 로깡텡이 여러 번 느끼는 현기증을 상기할 것이다. 나무나 돌맹이는 로깡텡이 앞에 나타나든 말든 여전히 거기 있었고 앞으로도 있을 것이다. 아침에 잠이 깨어 치솔, 치약을 찾을 때까지 (주인이 잠자는 동안에) 그것도 그 자리에 있던 것이다. 사물들은 그 자체로서 충족한 존재이며 "건드릴 수 없는" 존재다. 그런데 로깡텡은(인간의 존재는) 자꾸만 외부에서 (돌이나 나무에게까지도) 건드림을 받은(Se toucher) (의식에 얽힐 뿐 아니라 감각하고 감동하는) 것이다. 이건 참 참을 수 없이 거북스럽다. 외계는 쨈처럼 꺼픈꺼픈하고 텁텁하고 끈적끈적하게 의식을 얽어놓는 것이다.

외부에서 뿐 아니라 의식은 뱀이 제 꼬리를 물어삼키듯이 자기 자신에게 관여하는 존재다. 돌멩이는 객관적으로 그저 거기 있는 것이다. 그런데 '나'는 어떠한 관념으로도 일반화할 수 없는 구체적 존재이며 어떠한 정의 속에도 가둘 수 없는 주체적이며 내면적인 존재다. 이 '나'와 돌멩이의 차원이 갈리고 돌멩이를 포섭하고 있던 통념의 껍데기가 터질 때 외계는 꺼픈꺼픈하고 울툭불툭하고 …… 요컨대 '나'도 돌멩이도 따로따로 "공도는"(de trop) 더 거칠고 거북스러운 현기증의 실감이 '구역'이다. 까뮈는 '허망'이라고 부른다. 그 미끈하게 정리된 관계에서 벗어난 "공도는" 실감을 까뮈는 「이방인」의 그것으로 표현했다. 그 문학적 표현이 "몸짓하는" "무언극"의 문체라는 것이다.

양자가 모두 철저한 허무와 부정에서 출발했고 따라서 그들은 유일무이한 그들의 기본항 현실과 의식의 빈틈없는 대면을 마비시키고 흐르게 하는 공동의 적을 가진다―한편에는 초월자(신)라는 종국의 패를 내휘두르는 종교가, 또 한편으로는 신을 부정하면서도 신의 계명을 그대로 세속적으로 인계 받은―즉 선험적 가치계열을 전제하는 부르조아 휴머니스트, 또한 양자가 모두 인간존재 자체를 검토함으로서 이성의 단층에 부딪쳐 그 좌절을 겪었다. 그러므로 양자는 일체의 명령과 규범에서 인간을 완전히 해방시키기는 했지만 그것은 정당화할 수 없고 무의미한 인생의 쓸모없는 저주받은 자유임에 틀림없다. 여기서 그들 역시 주저앉든가 불연이면 넘어뛰든가 해야 할 벽에 부딪친 것이다. 여기서 또한 양자가 서로 갈리게 되는 것이다.

(a) 까뮈에게 있어서는 부절히 자기자신에게 관심하는 단독자 고독자

이며 세계의 지점인 '나'의 눈이 넘을 수 없는 벽에 부딪치자 다시 나의 내면으로 향하는 것이다. 그것은 차라리 종교적인 방향이며 본시 인간은 무의미한 존재인 이상 점점 더 부정과 니힐을 깊이 파고 들어가는 방향이다.—이것은 확실히 까뮈의 딜레마이며 시의 세계는 열릴망정 그의 근원적 질문에 대한 해답은 영 나올 수 없다.

반항인에서 돌연 인간의 본질을 정립했고 「페스트」에서 절망적이지만 그러나 인간의 소박한 선의에 신뢰를 표시한 그의 비약을 수긍할 수 있되 이에 대한 사르트르의 분노도 가히 알 수 있는 일이다.

이것은 까뮈의 기질이 본시 종교적이며(그렇게도 종교를 공격했지만) 시적인 바탕이라는 것으로 납득할 수 있다. 악마처럼 천재적이고 앙칼스러운 사르트르가 철두철미 비종교적이고 산문적인 것과 대조하여 매우 재미있는 일이다. 종교인 중에도 비종교적 성품의 인간이 있는 것과 마찬가지로 반종교적 사상가 중에도 천성이 종교적인 인간이 얼마든지 있음은 물론이다. 냉담한 비종교적인 성격—발레리가 그렇다. 한사코 종교를 조매(嘲罵)하는 반종교적 성격—아나톨 프랑스, 사르트르 등이 그렇다. 지드, 말로, 까뮈—이들은 종교를 거부함에도 불구하고 끝끝내 종교적 집념과 모색 속에 번민하는 자들이다. 문학자로서의 그들의 깊이와 매력은 이 점에 있는 것이 아닐까? 이를테면 그들은 무신론자라기보다는 자기 격정을 죽일 수 없는 이단자들이다—그러기에 그들은 자기 고유한 종교를 창설하고 싶은 유혹을 물리칠 수가 없다. 그 다음 까뮈가 시적이라는 것은 그의 초기 작품을 읽으면 곧 알 수 있다. 시는 본질적으로 실존적 문학이다.—"시에 있어서는 항시 인간의식이 자기 현존재의 근거 위에 집중되기" 때문이다. 일상적 감각과 이성의 세계를 넘어뛰어 미지의 세계, 절대의 세계에 도달한 '견자'(Voyante)만이 진정한 시인이라는 랭보가 그렇고 "물질적 육체적 조건을 최소한도로 지니고 태어난" 말라르메가 일체의 일상성을 벗어버리고 고립무원의 단독자로서 세계와 대면하여 사회적 언어의 좌절에서 근원적 언어(Verbe) 상징의 세계에 도달할제 그는 누구보다도 실존적 자각 위에 서 있던 것이다.(말라르메를 언어적 기교와 미학에만 철저한 시인으로 보는게 상식적인 통설이지만 그 밑에 있는 철학을 일별하면 그가 누구보다도 철저한 철학적이며 불교정신에 가장 접근한 시인이었음을 알 수 있다. 1888년 '까잘리'와 '오바넬'에 보낸 서간에 매우 명료하게 드러난다.)

(b) 까뮈가 내면적, 시적 실존의 방향으로 넘어간데 대하여 사르트르는 역사적이며 사회적인 방향으로 넘어뛴다. 철두철미 산문적이며 투쟁적인 그는 시종 (희곡과 소설까지도) 논쟁적이며 그것도 물어뜯는듯한 조매(嘲罵)를 꺼림없이 퍼붓는다.(좀 객설같지만 그의 위인(爲人)을 일별하면 짐작이 갈 것이다. 수재(천재적). 지독한 사팔뜨기. 추남. 소년기에 모친재가 등등) 시는 고사하고 문학까지 상실하지 않을까 싶다. 철저하게 현실(실제)적이다.

"(작가는) … 자기 시대를 위하여 글을 써야 한다."

간단히 끝내기 위하여 그의 근본사상을 요약하면 다음 몇 가지 공식으로 표현할 수 있다.(봐데프르, 「현대문학의 변모」, Ⅱ권, 참조)

1. "인간은 존재가 그 본질을 선행하는 존재다."—신이 없고 그저 내던져진 존재인 이상 그것은 스스로 규정하기 이전의 순수한 우연적 존재이다. 따라서 "인간이란 스스로 만들어가는 것 이외의 딴 아무 것도 아니다."

2. "세계는 인간이 그에게 주는 뜻 이외의 선험적인 어떠한 의미도 없는 것이다."

3. "신이 없고 세계는 그 자체로서 선험적 의미가 없는 것이라면 인간역시 외부로부터 받다들여야 할 어떤 의미도 명령도 없다."—그저 내던져진 존재—"그는 자유롭게끔 처단받은 것이다." 무엇보다도 의식이 '무'를 거처로 삼는 순수한 반사적 지향성이라는 점에서 인간은 근본적으 로 "자유 자체다." 그리고 그것은 "공도는" 인간의 허공에 뜬 자유다. 여기서 사르트르 철학은 그 다음 단계로 넘어뛴다.

4. 인간은 주체적으로는 자유 자체이지만 객관적으로는 반드시 어떠한 관계 속에 어떠한 조건 속에 위치한다. 즉 사회적 역사적 좌표 위에 서 있다. 따라서 그 역사와 사회 속에 뛰어들어가 "자기를 스스로 구속(참

획)하지 않는 한 그것은 무의미한 자유다." 본시 인간은 주체(Sujet)도 객체(object)도 아닌 투기(投企, project)이니까.

5. "신이 존재하지 않고 어떠한 선험적 가치기준도 없는 이상 참획(행동)의 전책임은 오직 자기에게만 있는 것이다"―인간은 자유로이 "자기를 택하는 것"이외의 아무 것도 아니기 때문에 변명도 있을 수 없고 책임을 전가할 곳도 없다.

6. 객관적인 조건 속에 얽힌 주체가 대면하는 시츄에이션에서 여하히 자유로울 수 있는가?―"그것은 조건 자체를 임의로 좌우한다는 것이 아니라 그 조건과 그리고 그 속에 위치한 '나'의 인생에 어떠한 의미를 주고 어떤 의미를 택하느냐가 전혀 자유와 결단에 속한다는 것이다." 요컨대 어려서 어머니가 재가를 하고 사팔뜨기 추남으로 태어난 것은 사르트르도 어쩔 수 없는 조건이다. 그러나 거기서 절망에 빠져 센티멘탈한 문학청년이 되든지 또는 불량배 틈에 끼지도 않고 천재적 철학자로서 세계적 명성을 떨치는 문인으로 된 것은 사르트르의 결단 선택에 의한 것이라는 모양이다.

7. 선험적 가치와 기준이 없다면 무엇으로 취사선택하여 자유인의 세계에 인간적 질서를 세울 것인가? 즉 휴머니즘의 재건, 모랄의 회복 여하의 문제가 남는다. 매우 애매한 이야기지만 "마치 화가가 작품을 완성하듯이" 외부적인 아무 제약없이 예술가의 새로운 눈과 현실의 대면에서 스스로의 조화를 갖춘 예술품이 창조되듯이, 나 자신에게는 절대적이지만 타자와의 관계에서 상대적임을 면할 수 없는 자유의 세계에 정의와 질서가 이루어진다는 것이다.

사르트르의 이상 몇 가지 공리는 그대로 작품 속에 결합되어 충실히 재현되어 있음을 볼 수 있을 것이다.

필자 소견으로는 이들 각각의 사상과 주장의 이동(異同) 여하보다도 앞서 약술한 현대문학의 주류를 이루는 공동적인 태도와 문학정신이 우리에게는 훨씬 중요하리라 믿는다.

[『사상계』, 1958. 8]

26
문학상의 세대의식
- 오늘 우리 문학의 현실에서 -

최 일 수

1

1950년대의 오늘 우리 문학에는 그 어느 때보디도 새로운 세대와 지난 세대와의 사이에 이어질 수 없는 커다란 차이가 나타나 제각기 외곬으로 편향해가고 있다.

이와 같은 세대와 세대와의 대립은 문학사적으로 볼 때 오늘의 이 현상이 처음 있는 것은 아니었다. 옛날에 신문학 초창기 시대에 「창조」(創造)동인들, 춘원(春園)·육당(六堂) 등의 이른바 언문일치(言文一致)의 문학에 반기를 들었던 것도 있었거니와, 기림(起林)·광균(光均) 등이 근대의 자연주의적인 관조파(觀照派) 시인들에게 반항하여 하나의 초기 수입적 형태의 모더니즘을 지향했던 일도 있었던 것이다.

그러나 오늘날처럼 그렇게 심한 대립은 아니었다. 그때는 어디까지나 서로 주의적(主義的)인 대립은 있었다 하더라도 커다란 의미에서 볼 때 사실(寫實)과 낭만(浪漫)이라는 하나의 테두리 속에 있으며 어디까지나 선·후배의 관계를 지속하면서 움직였던 것이다. 이에 비하여 오늘의 현상을 볼 것 같으면 선배와 후배, 그리고 낡은 세대와 젊은 세대라는 서로 독립된 이질적(異質的)인 상태와 가지각색의 유파를 마련하여 제각기 '기성'과 '신인'이라는 헌법을 공공연히 선포하면서 대규모적으로 대립하기에 이르렀다.

그리하여 기성 세대를 대표하는 대가나 중견들은, 젊은 세대에 대하여 '모더니스트'이니 또는 '실존모방작가'니 하는 이름으로 아직 나이 어린 경박한 소치라고 하면서 이들을 하나의 유행파로 치워버리는가 하면, 이에 반하여 젊은 세대들은 기성 세대에 대하여 일체 낡은 것으로 보아버리며, 이들은 그 모랄이나 사고가 낡은 것이기 때문에 모조리 거부되고 반항의 대상이 되어야 한다고 무시해 버리고 있는 것이다.

그리하여 이들 두 세대가 서로 하시(下視)와 무시(無視)로써 겨누어진 하나의 대립된 문학적 상황 속에서 기형적으로 공존해 오고 있다. 그런데 이것을 객관적으로 볼 때 아무래도 수긍되지 않는 서로 기형적인 대결을 하고 있으며, 문학상에 있어서 반드시 있어야 할 하나의 유산(遺産)이 허공에 뜨고 있다.

물론 문학이 한 세대가 다음 세대로 넘어갈 무렵에는 반드시 기성 세대와 새로운 세대 사이에는 문학적 세계의 차질이 가로놓여 심한 유파적(流派的)인 대립이 발생한다손 치더라도, 이에 못지 않게 그것이 올바르게 이향(移向)되고 또 비약될 수 있는 '유산'의 계승들이 진지하게 모색되지 않으면 아니되는 것이다. 덮어놓고 선배라는 이름과 신인이라는 이름으로 편향적인 고집과 행패를 더 이상 남용해서는 아니될 시기에 이른 것이다.

냉정한 입장에서 볼 때 아무리 세대와 세대와의 사이가 이향기에 있다 하더라도 반대되는 의견만이 있는 것은 아니다. 그보다 못지않게 기성 세대가 새로운 세대에게 물려주고 또 남겨주는 문학적 유산이 반드시 있었던 것이며 또한 현재도 있어야 할 것이다.

우리가 춘원의 문학을 오늘 현대라는 이 시대에서 볼 때 아무리 그것이 모랄이 나약하고 취급되는 '테마'의 세계가 세태적인 풍속성에 그치어 있다고 보아버릴 수도 있겠지만 춘원이 우리에게 주는 유일한 문학사적 가치를 생각해 보면 일제 때 옥사한 윤동주(尹東柱)의 시정신에 비하면 비중이 안 될 정도이지만, 그는 이러한 반면에 한문(漢文) 위주였던 운문문학(韻文文學)으로부터 오늘날 현대 소설을 만들어낸 그 원천이 된 산문(散文)을 처음으로 문학의 입구에까지 길 안내하였다는 점을 놓칠 수는 없는 것이다. 이와 같이 세대와 세대의 관계는 서로 반대되는 이질적(異質的)인 면이 있으면서도 또 반면에 서로 계승되는 동질적(同質的)인 면이 함께 존재하고 있는 것이다.

그런데 오늘날 우리 문학에는 이러한 점이 이와는 딴 판으로 서로 반대되는 이질적인 면만이 팽창되어 우리 문학의 역사적인 발전을 크게 가로막고 있는 것이다.

지금 우리 문학의 선배들은, 대부분이 후배들에 대하여 자기식의 문학적 수업을 그대로 충실하게 해야 한다고만 생각하고 있으며 또한 그러한 후배만을 문단에 등용시켜 진정 후배들로 하여금 새로운 세대를 형성시킬 수 있는 역사적인 '유산'을 물려주지 못하고 자기식의 후대 관리인으로 만들어내리고 있는 그러한 폐단을 반성하지 못하고 있는 것이다.

그런가 하면 지금 일부 새로운 세대들은 선배들에 대하여 일체 그 존재가치까지도 무시해버린 나머지 기성 세대가 역사적으로 물려주는 '유산'을 비판적으로 정리하지 못하고 또 물려받을 '유산'이 없을 때, 왜 그러했던가를 미처 캐어내지 못하고 그저 기성 세대에 대한 무시와 반항만이 젊은 세대가 지니는 유일한 상징인양 항거만을 일삼는데 그치고 있다.

이와 같이 기성 세대와 새로운 세대 간의 기형적인 균열은, 그 어느 때보다도 동란 이후에 보다 현저하게 나타나 있는 것이다.

이리하여 기성 세대와 새로운 세대 사이에는 이어질 수 없는 커다란 함정이 생기어, 선배는 선배대로 자기식의 유파(流派)를 보수(保守)하고, 후배는 후배들끼리 선배를 까버리지 않으면 배겨낼 도리가 없는 그러한 생리적 반항으로 종시하고 있는 것이다.

이러한 현상이 근본적으로 지양되기 위해서는 온 세대가 서로 이해력 있는 공통된 '장'(場)을 발견하여야 하며, 문학이 하나의 자기 생산적 테두리를 넘어서 온 민족·온 인류의 역사를 창조한다는 이러한 입장에서 역사적으로 주어진 세대를 세대로서 올바른 의식을 가져야 할 것이다.

그리고 여기서 비평문학은 세대와 세대의 이질점(異質點)과 동질점(同質點)을 명확히 가려내어야 할 것이며, 단순히 보수(保守)와 반항(反抗)만으로 전후 세대가 기형적으로 구성되어서는 안될 것이다.

2

우리의 역사를 돌이켜 보건대, 지금 30대가 어렸을 때 일제(日帝)에 대한 반항을 포기하고 체념의 생활에 소일하는 선배들을 보고 왜 그렇게 되었느냐고 물으면 의례 그들은 대답이 "너도 내 나이가 되면 이렇게 될 수 밖에 없다."는 것이었다. 이것은 무엇을 말하는가 하면 엄격히 따져 패배자의 자기 합리를 위한 좌우명이 아닐 수 없다.

가령 우리 문학에 있어서 이러한 타입의 선배가 있다고 한다면 그것은 의례 거부되어야 할 반항의 대상인 것이다.

왜냐하면 그러한 선배는 앞으로 자라나야 할 젊은 세대들의 정의로운 희망과 건실한 의욕과 포부의 앞 길을 자기의 패배적인 협소한 경험의 굴레 속에다 집어넣음으로써 체념과 고루해진 권위를 공로자적인 화장으로 미화시키면서 후배의 역사적 전망을 가로막기 때문이다.

이러한 위선(僞善)에 대한 반항이, 지금 30대가 하나의 세대적 특징으로서 출발한 계기이며, 그 반항을 통하여 "하늘을 우러러 한점 부끄러움이 없는" 그러한 자세로써 행동하다가 일제 말기에 쓰러진 윤동주(尹東柱) 시인이 주는 시정신(詩精神)을 하나의 세대정신으로서 지니고 있다고 본다.

때문에 지금 30대들은 20대와 10대에 대하여 어떠한 태도를 가져야 하겠는가? 대답은 너무나도 명백한 것이다.

사실 30대만은 결코 "너도 내 나이가 되면" 하는 식의 위선자(僞善者)가 될 수는 없는 것이며 또한 이 말은 비단 30대 뿐만이 아니라 어떠한 세대라 할지라도 공통된 모랄일 것이다.

  그렇다고 무조건 새로운 세대라 하여 하나부터 열까지 무리로 추켜주고 올려받들기는 더욱 싫다. 왜냐하면 그것은 웃 사람에 대한 아부보다도 더 위선적인 아부이기 때문이다.

  문제는 각기 자기가 지니는 세대의 특수성 속에서 정당하게 선후 세대가 서로 건실한 교류를 가지고 서로 그 존재를 비판하면서 나가자는 것이다.

  즉 30대는 30대대로의 그 시대의 역사적 현실 속에 전개된 하나의 특정한 정신을 소유하고 있을 것이며, 또한 20대는 20대대로 그처럼 지니고 있을 것이다.

  따라서 특정한 역사적 정신으로서 세대적인 고유성을 인정하면서 기성 세대들은 젊은 세대에게보다 앞서 나아가야 하는 문호와 계기를 마련해 주어야 한다는 것이다.

  그러면, 과연 우리나라의 40대 이전의 세대 속에서 우리 젊은 세대가 이떠한 문호와 얼마만한 계기를 받았는가 하고 생각해 보지 않을 수 없는 것이다.

  그렇다고 해서 현 30대가 그 이전의 세대에게 전연 아무런 계기나 문호를 마련받지 않았다고는 할 수 없다.

  그러나 그 많은 유산 속에서 지금 30대들은 "너도 내 나이가 되면 다 이렇게 되는 법이니라."는 이러한 패배자적인 위선의 탈을 쓴 화장술만은 받기 싫다는 것이다.

  때문에 지금 30대들은 20대나 10대들에게 먼저 이러한 위선에 반항할 것을 선언하면서 이러한 이야기를 해야 하겠다는 것이다.

  즉 "너는 내 나이가 되면 나보다 한결 앞선 새로운 위치와 전망을 마련해야 한다."고 ……. 그렇다고 해서 이 말은 "나만은 못했으니까 너만은 해다오."식의, 그러한 패배자의 선량한 유언은 아닌 것이다.

  왜냐하면 그것은 선량한 유언은 될 망정, 반면에 역시 자기의 패배를 시인하고 들어가는 것이지, 결코 그것은 자기 세대에 주어진 역사적 창업(創業)을 충실히 수행하는 전통의 계승은 아니기 때문이다.

  올바른 역사적 전통의 계승이란 무엇인가 하면, 그것은 패배자의 유언이 아니라 특정한 그 역사적 시대에 있어서 자기 세대에게 주어진 창조적인 과제, "하늘을 우러러 한점 부끄러움이 없는" 윤동주와 같은 그러한 시정신에 입각하여 가장 올바르고 가장 진실하게 이룩해 놓은 자가 그 다음 세대에게 주어지는, 그러한 창조자와 창조자 간의 엄숙한 계업(繼業)인 것이다.

때문에 "너는 내 나이가 되면 나보다 한결 앞선 새로운 위치와 전망을 마련해 다오." 이러한 말 가운데는 자기의 세대에서는 도저히 할 수 없는 것을 다음 세대가 이것을 이어받아서 하도록 하는 것을 말한다.

따라서 한 세대는 어느 때나 다음 세대의 성장을 가로막아서는 안되며, 또한 젊은 세대는 우리보다 앞선 세대에 대하여 무조건 낡은 세대라고 하여 일체 거부와 반항을 일삼아서는 안될 것이다.

일체를 반항한다는 말은, 결국에 자아를 광적(狂的)으로 보수(保守)하기 위한 하나의 강력한 이기심의 표현일 뿐이다. 이것은 현실이 모두 낡아빠졌으니까 새로운 것을 갈망한다는 미명 아래 자기만이 새로운 것을 발현할 수 있는 유일한 천재라고 자부하는 지난 날의 '라스콜리니코프'격의 과대망상 밖에는 아무 것도 아닌 것이다. 이것은 확실히 현대판 '돈키호테'가 아닐 수 없다.

3

이러한 것을 생각하면서 우리 문학의 개화기때부터 흐르는 세대적인 이향과정을 서구문학과 비교하면서 분류해 보면 하나의 세대상으로 본 우리 문학을 이야기할 수도 있을 것 같다.

아무래도 우리의 근대 문학은 이인직(李人稙)·이해조(李海朝) 등 전세대의 선구자들이 이루어놓은 신소설 운동의 업적을 이어받아서 우리 문학을 봉건적인 운문(韻文)학으로부터 근대적인 산문문학으로 지양하는 작업을 현실적으로 창현한 세대가 바로 육당(六堂)과 춘원(春園) 등 오늘의 6·70대가 아닌가 한다.

확실히 육당(六堂)은, 정형적(定型的)인 운문(韻文)을 산문(散文)으로 처음 해체시켰을 때 시도된 작품 「해에게서 소년에게」를 지금 우리가 읽으면 유치하기 짝이 없지만, 그것은 우리 문학을 근대라는 역사적 시대로 이향시킨 가장 결정적인 공로가 아닐 수 없다.

그것은 마치 불문학(佛文學)에 있어서 발레리가 라신느의 조형적인 운문시(韻文詩)를 분석하고 해체시킨 작업을 수행한 것처럼 그것은 정형적(定型的)인 봉건문학에서 분석적(分析的)인 근대문학으로 옮겨오는 과정에서 그 세대만에 주어진 역사적 작업이었던 것이다.

그렇다고 해서 발레리와 육당(六堂)이 똑같다는 것은 아니다. 그러나 두 사람은 똑같이 조형문학 시대에서 산문문학으로 이향해 옴에 가장 중요한 문학적 작업으로서 제시된 운문(韻文)의 해체(解體)작업을 현실적으로 수행하였다는 점에서 똑같은 시대적 상황 속에서 창작을 했던 것이다.

다만 발레리는, 라신느의 조형적(造型的)인 운문문학(韻文文學)을 해체하는데만 그치지 아니하고 근대적(近代的)인 산문문학(散文文學)을 확립하고 또 더욱 이를 앞으로 발전시켜 나갔지만, 육당(六堂)은 산문문학(散文文學)으로 이향하는데 있어서 초창기적 역할 밖에는 해내지 못했던 것이다.

여기서 춘원(春園)의 우리문학의 위치가 있는데, 그것은 다름아닌 육당(六堂)의 이른바 언문일치(言文一致)라는 초창기적 실험작업(實驗作業)의 거칠은 터전에다 지금 보면 세태적인 치열성을 면치 못하지만, 하나의 계몽주의적(啓蒙主義的)인 입장에서 이상주의(理想主義)라는 문학적 의미(文學的意味)를 붙어넣어 근대(近代)의 산문(散文) 문학이라는 터전을 마련하여 이를 초기 휴머니즘으로 경작하고 또 결실을 얻어냈다는데 있는 것이다.

이와 같이 지금 6·70대가 바로 육당(六堂)과 춘원(春園)의 문학적 세대인 것이다.

흔히 세대라고 하면 대개 인구(人口)학적인 개념에 사로잡혀 부자 간의 연령 차를 그 기준으로 잡아 그 기폭(期幅)을 30년으로 보면서 그 기폭 속에 사는 사람들을 가리켜 세대라는 칭호가 붙기 마련이었던 것이다.

그러나 서구에서는 1차대전 이후, 그리고 우리나라에서는 일제(日帝)가 식민지의 군대로서 우리를 통치하게된 이후부터는 하나의 30년의 기폭을 가진 세대가 그 템포를 달리했던 것이다.

그리하여 영국의 시단(詩壇)만 보더라도 1910년에의 죠지 안들의 감상조(感傷調)에 반기를 들고 주지(主知)의 세계를 개척한 엘리어트, 파운드 등이 20년대의 세대를 형성하였는데, 이로부터 10년만에 이른바 20대들을 비현실적이며 비교주의적(秘敎主義的)인 경향에 반항하면서 시는 대중 속에서 형성되어야 하며 시인도 정치적 현실이나 사회적 현실과 긴밀한 유대를 가져야 한다고 주장하면서 나온 이른바 뉴 컨트리파인 오든, 스펜더, 루이스 등에 의해서 문학적 세대는 이향(移向)되고 드디어는 영시단에 30대라는 하나의 새로운 세대가 형성되었던 것이다.

뿐만 아니라 이 30대 역시 2차대전의 전조(前兆)를 앞두고 그들의 신념과 이상이 점차 현실에서 무너져가는 것을 배경으로 프레이저를 중심으로 한 신묵시파(新默示派)들이 나와 40년대의 문학적 세대를 형성하였다.

이와 같이 영시단(英詩壇)은 1차대전 이후 2차대전까지 10년의 기폭(期幅)을 두고 세대의 이향이 전개되었던 것이다.

이러한 사실은 비단 영시단(英詩壇) 뿐만 아니라 독일(獨逸) 문학이나 불란서(佛蘭西) 문학 역시 이와 같았던 것이다.

확실히 서구(西歐)문학은, 1차대전 중 트리스탄 자라 등이 선언한 다다이즘을 스타트로 하여, 첫째 독일(獨逸)에서는 신고전(新古典)·신낭만주의(新浪漫主義)에 이어서 표현주의(表現主義)가 나왔고, 그 다음에는 신즉물주의(新卽物主義)에 이르렀는데, 모두가 10년간의 기폭(期幅)이었으며, 둘째 불란서(佛蘭西)에 있어서는 1차대전 중 다다이즘이 그 선언을 공포한지 10년도 못되어 1924년에 아폴르네르와 앙드레 브르퉁 등에 의해서 쉬르리얼리즘의 선언이 나왔고, 또 쉬르리얼리즘이 깨뜨려

지자 유나니미즘 등 여러 가지 분산된 군소 유파 등의 문학이 나왔고, 2
차대전 중에도 레지스탕스문학이 등장하였으며 대전 후에는, 실존주의
문학이 나오게 된 것이다.

이러한 서구(西歐)문학의 세대적인 진전은 우리 문학에서도 볼 수 있
는데, 비단 서구문학처럼 뚜렷한 이즘을 형성하지는 못했다손 치더라도,
육당(六堂)과 춘원(春園)의 이른바 근대(近代)문학의 개척기적 세대가
연령으로 보아 현 6·70대에 속한다고 보면 그후 관조문학(觀照文學)의
전성을 이룬 자연주의(自然主義)와 사실주의(寫實主義), 그리고 '낭만'
(浪漫)·'상징'(象徵)·'데카당티시즘'·'신낭만'(新浪漫)주의 등등, 이러
한 혼성된 세대였던 「창조」(創造)·「장미촌」(薔薇村)·「백조」(白潮)·
「폐허」(廢墟) 시대가 현 50대로써 육당(六堂)·춘원(春園)의 다음 세대
의 문학을 형성하였고, 그 다음에는 이효석(李孝石)·유치진(柳致眞) 등
의 구인회(九人會)와 「문장」(文章)·「인문평론」(人文評論)을 중심으로
한 현 40대들이 잇달았다.

그리고 2차대전 중부터 종전 사이에 지금 30대들이 하나의 해방(解
放)의 세대로서 우리 문학에 현대(現代)라는 이질적(異質的)인 요소를
심어 주었으며, 다음 6·25를 중심으로 또 하나의 동란의 세대가 나왔
고, 또 그 다음에는 1960년대를 형성하는 어린 세대가 꿈틀거리고 있는
것이다.

이와 같은 우리 문학에도 세대의 기폭(期幅)에 가속도적인 변동이 생
겼으며 점차 그 세대가 하나의 문학적 기반으로서 역사적 시대의 특수한
단계를 뚜렷하게 지니며 나오고 있는 것이다.

4

그러면 과연 세대라는 것은 무엇인가 따지고 보면, 그것은 생리적인
것도 아니요, 그렇다고 해서 인구학적(人口學的)인 개념대로 말하는 연

령적인 것도 아니다.

요즘 우리 문단에서 세대의 문제가 자주 오르내리고 있는데, 그것도 다름아닌 젊은 세대가 참으로 이제까지 상상도 못했던 이질적(異質的)인 깃발을 내세우고 나타났기 때문이다. 즉 이 젊은 세대라는 것은, 다름아닌 해방(解放)의 세대와 동란(動亂)의 세대인 것이다.

이 두 세대와 세대 사이의 기폭(期幅)은, 전반기(前半期)의 세대가 10년 간이었던데 비하여 불과 5년 밖에 안된다.

이렇게 되면 세대라는 것은 점차 그 기폭(期幅)이 좁아져서 세대와 세대의 차이조차 없어져 버리지 않을까 생각도 되지만, 그것은 요즈음 동서양의 구별이 점차 희박해짐에 따라, 회화상의 동서양화의 구별이 약해지는 듯 느껴 오듯이 이 세대 역시 그 기폭의 단축으로 말미암아 세대의 고유한 시대적 특성이 없어지는 듯 느껴지기도 하지만 사실상 이러한 기폭(期幅)의 단축은 가속도적으로 전개되는 비약 때문인 것이다.

그러나 그러한 느낌보다도 우리 문학에 있어서 확실히 해방(解放)의 세대와 동란(動亂)의 세대가 5년 간의 기폭 밖에 안되는 이 세대의 역사적 현실의 배경을 생각하지 않을 수 없다.

현 30대들은, 그들의 개성이 여물어질 무렵 일제의 전쟁노예로서 사상의 공백과 맹종을 강요당하여 어두운 죽음의 극경 속에 끌려 있다가 해방을 당하였다.

때문에 그들의 기쁨은 말할 것도 없지만, 그러나 그 기쁨에 앞서 현실에 어떻게 서 있어야 할 것을 선택하기가 바쁘게 해방직후의 혼란은 38선이라는 뜻하지 않은 새로운 제약에 부딪쳐 그들로 하여금 분열의 극경에 헤매이게 했던 것이다.

이것이 바로 현 30대가 그 세대가 그 세대로서 지니는 이른바 해방(解放)의 세대의 배경에 흐르는 역사적 현실인 것이다.

그러면 동란(動亂)의 세대는 어떠하였는가? 그들도 바로 6·25동란으로 인하여 그들의 성장이 너무나도 처참하고 급박한 환경이었기 때문에 오히려 감상하기보다는 현실을 직시해야 했고 공상하기보다는 계획을 세워야 했고 주저하기보다는 행동을 해야 했던 것이다.

이와 같이 해방의 세대와 동란의 세대와의 사이에는, 일제의 식민지로부터 해방은 되었으나 또다시 새로운 38선의 제약이 가로 놓여진 이러한 역사적 현실과 6·25 동란이라는 역사적 현실이 서로 가로놓여 있는 것이다.

때문에, 지금 해방의 세대인 30대가 동란의 세대에게 무엇을 주어야 할 것인가를 생각해 본다.

그것은 다름아닌 "너도 내 나이가 되면 다 그렇게 되느니라."와 같은 위선에 대한 반항하는 정신을 주어야겠다는 것이다.

왜냐하면, 40대나 또는 50대가 모두가 그렇지는 않았지만 대부분이 자기에게 주어진 역사적인 창작정신에 충실하지 못하고 극히 소극적이든가 또는 안신입명의 문학을 해 왔던 때문이다.

하여튼 세대는 그 세대에게 주어진 고유한 시대적 특성을 지니고, 다른 세대와 질적으로 다르면서도 한편 세대와 세대가 역사적으로 계승의 형태를 통하여 발전해 나아가는 일정한 기폭을 가진 과정이라고 믿는다.

5

따라서 오늘 진정 우리를 젊은 세대가 서야 할 세대적인 '장'은 어디며 진정 의식해야 할 그 세대정신은 무엇이겠는가. 여기서 하나의 결론이 마련되지 않으면 안되겠다.

물론 젊은 우리에게는 선배들에게서 배운 사실주의(寫實主義)도 있고 낭만주의(浪漫主義)도 있으며 또 휴머니즘도 있는 것이다. 그러나 그것이 우리들 젊음의 전부는 아니다. 젊은이란 이러한 '이즘'에 앞 서야 할 한 가지 중요한 것이 있다.

그것은 무엇인가 하면, 첫째 선배들이 하지못한 '유업'(遺業)을 똑바로 가려내어 이를 보다 앞선 시대로 창조적인 실천을 해내는 문제인 것이다.

둘째로, 그러기 위해서는 무엇보다도 선배들의 자취를 모조리 분석하고 체득하면서 이를 비판적으로 정선(精選)하지 않으면 안되는 것이다.

그리고 셋째, 이러한 유업의 계승과 그것의 비판과 정선(精選) 작업에 이어서 지금 우리가 당면해 있고 시대적인 특수성이 무엇인가를 똑바로 인식하여 그 시대적 상황 속에 적응되는 역사적 창조작업이 무엇인가를 의식해야 할 일이다.

넷째로 이러한 '장'(場)의 인식을 터전으로 티끌만큼도 불순한 타협과 비열성이 없는 그러한 태도로써 무엇보다도 강인(强靭)한 실천력이 있어야 하겠다.

그리하여, 새로 움터 나오며 내디디는 역사적인 신기점(新起點)을 토대로 그것을 어느 세대보다도 강인하게 실천하여 새로운 역사 창조의 기록을 새겨두는데 있는 것이다.

만일에 우리 젊은 세대가 이러한 시츄에이션을 망각하고 그저 자기가 모든 역사의 새로운 기점(起點)이며, 선배들의 유업을 아무런 분석도 없이, 그리고 이것을 정선(精選)하고 비판함이 없이, 그대로 동댕이쳐 버린 채 자기만이 새롭다고 광신(狂信)한다는 것은, 자기 자신의 젊음에 대한 과신(過信)일 뿐만 아니라, 온 젊은 세대에 대한 모욕이기도 한 것이다. 왜냐하면 그것은 진정 이어받아야 할 선배나 그 작품에 대해서 눈이 어둡기 때문이며 그럼으로써 젊은 세대가 그 정선된 유산을 옳게 계승하는데 커다란 장해물이 되기 때문이다.

그리고 우리 젊은 세대가, 기성의 낡은 인습이나 행패에 대해서 반항한다는 정의감이 그러한 광신(狂信)적인 경박한 태도로 말미암아 오히려 정반대의 방향으로 흘러가 버리고 마는 것이다.

왜냐하면, 젊은 세대의 정의감은 한낱 생리적인 감동(感動)에 의해서 생겨나는 것이 아니라 보다 진지하게 보다 순진하게, 보다 강직(剛直)하게 행동할 수 있는 그러한 행동원천(行動源泉)으로서 이른바 역사적으로 주어진 창조적 작업을 똑바로 의식하는데서 비로소 우러나는 것이다.

이 창조의식(創造意識)이란 다름이 아니라 선배들의 유업(遺業), 또는 그들이 창조의 경작에 착수하고 있는 역사적 작업을 똑바로 인식하고 그 시비(是非)를 똑바로 가려내어 이를 보다 앞선 시대로 창조적인 실천을 마련하기 위한 정신적 무장을 말하는 것이다.

　다시 여기서 우리들 젊음을 그대로 상징하며, 또 그것이 우리들의 거울이 되겠기에 윤동주(尹東柱)의 「서시」(序詩)를 인용하여 선배들의 유업을 정선하는데 하나의 기준을 세워 보려고 한다.

　　序　詩 (尹東柱 作)

　　죽는 날까지 하늘을 우러러
　　한점 부끄럼이 없기를
　　잎새에 이는 바람에도
　　나는 괴로웠다.
　　별을 노래하는 마음으로 모든 죽어가는 것을 사랑해야지
　　그리고 나한테 주어진 길을
　　걸어가아겠다.

　　오늘밤에도 별이 바람에 스치운다.

(1941. 11. 20)

　이 시(詩)는 그가 1945년 2월 16일 일제(日帝)의 후꾸오까(福岡) 형무소에서 옥사하기 5년 전 연희전문(延禧專門) 시절에 쓴 것이다.

　이 시는 선배들의 대부분이 우리 민족이 꼭 나아가야 할 독립의 길머리에서 낙오하여 일제에 아부하거나 또는 민족을 팔고 그들 일제 문화를 찬양하기도 했던 그러한 역경 속에서 우리 젊은 세대가 가야 할 곳이란 어디며 또 그 곳을 가기 위해서 가져야 할 시츄에이션은 어떤 것인가를 무엇보다도 냉엄하고 어느 누구보다도 강인하게 명시해 준 작품이다.

　오늘 현재도 우리의 선배들은 대부분이 일제(日帝)의 눈을 피해서 간접적으로 반일사상(反日思想)을 가졌었다고 무슨 자랑처럼 자기를 솔직히 비판 못하고 이를 합리화시키고 있는 것을 흔히 본다.

그러면 위선자적(僞善者的)인 선배들에게 이 윤동주(尹東柱)의 「서시」(序詩)를 한 번 대중 앞에서 떳떳하게 낭송해 보라고 말하고 싶은 것이다.

여기서 다시 말하고 싶은 것은, 진정 우리들 젊은 세대는 정의(正義)로운 문학적 시츄에이션을 가지고 옳고 믿음직하게 선배들을 비판하고 정선해야 하며 진정 우리가 받들고 그의 유업(遺業)을 이어 받들어야 할 대상이 무엇인가를 먼저 알아야 한다는 것이다.

사실 우리는 일제에 아부하고 민족에 등을 댄 해박하고 풍부한 대학자(大學者)나, 문단의 대가(大家)들보다는 이 박명하고 초라한 윤동주같은 세계에서 진정 문학적 유산(遺産)을 이어받아야 할 것이다.

여기서 아무리 육당(六堂)이 정형적(定型的)인 운문문학(韻文文學)을 해체(解體)시킨 역사적 공로가 있다 하더라도, 그리고 춘원(春園)이 아무리 산문(散文)을 문학(文學)의 길머리에까지 안내한 역사적 역할을 수행했던 그 자취가 빛날지라도, 우리는 진정 그들이 후기에 저지른 그러한 비문학적(非文學的) 태도로 보아 그들보다는 윤동주와 같은 그러한 세계 속에서, 보다 배워야 하고 따라야 할 입장에 서 있는 것이다.

사실 우리가 선배들의 유업을 정선(精選)하고 비판하자는 것도 여기에 기준을 두고 하는 말인 것이다.

왜냐하면, 온 민족이 일제(日帝)에게 학대와 박해를 받고 신음하고 있을 때, 자기 혼자의 안신입명을 위해서 그들에게 아부하고 오히려 민족에 피를 짜는, 그들의 작업을 도와주던 그러한 선배보다는 일제와 싸우다 쓸쓸히 옥중에서 운명한 선배가 얼마나 깨끗하고 얼마나 아름다우며, 또 우리들 젊은 세대가 냉엄한 역사적 현실 앞에서 "하늘을 우러러 한점 부끄럼이 없는" 그러한 긍지를 가지고 우리에게 주어진 길을 걸어간다는 것은 얼마나 고귀한 명시(明示)이며 계시(啓示)가 아니겠는가.

여기서 다시 한 번 되풀이 하고 싶다.

그것은 우리 젊은 세대가, 진정 반항해야 하고 또 거부해야 할 기성(旣成)이란 모든 기성가치를 일체 무시해버리는데 있는 것이 아니라, "너도 내 나이가 되면 다 그렇게 되는 법이니라."는 교묘한 위선자(僞善者)적인 화장술로써 자기의 결점을 합리화시키려고 하는 그러한 썩어빠진 약자(弱者)와 비열한 기성(旣成)에 대한 것이지, 결코 "한점 부끄럼이 없는" 자세(姿勢)로써 자기에게 주어진 길을 누구보다도 충실히 걸었던 선배들에게 까지 있는 것은 아니다.

왕왕히 문학적 색맹(色盲)들은 흥분과 자기 도취에 빠진 나머지, 분별 없이 이어 받아야 할 유산에 대해서까지도 총을 겨누고 있는 것이다.

우리는 지금 자기만이 역사의 새로운 출발이며 이제까지의 기성 가치는 일체 거부해 버리는 일종 기형적 반항아(反抗兒)로서 허무적 울분을 폭발할 시기가 지났다는 것을 냉정히 생각하면서 진정 젊은 세대의 건실하고 믿음직하고 티끌만큼의 야합도 없이 정의의 신념 아래 역사적 반항으로 한 걸음 한 걸음 내디디면서 나아가는 모습을 우리들 자신의 내부에서 민저 아름다운 소양(素養)으로써 걸러내야 하겠다.

그리하여 젊음을 색맹(色盲)적인 반항으로부터 정의(正義)로운 방향으로 이를 지양시켜야겠다.

뿐만 아니라 혈기왕성(血氣旺盛)이나 또는 생리적인 기백을 유일한 밑천으로 삼고 사회에 무조건 앞장 서는 고용배(雇傭輩)적인 위치에 서고야 마는 그러한 둔한 짓도 이제는 깨우쳐야 하겠다.

그럼으로써 오늘 이 시대의 젊은 세대란 단순한 젊음이 아니라 오늘이 현실 속에서 누구보다도 새로운 역사적 창업(創業)을 걸머지고 충실하며 끈기지게, 또 그 앞날의 전망이 온 세대들부터 약속 받을 수 있는 그러한 믿음직스러운 문학인이 되어야 하겠다.

불충분하지만 여기에 비로소 진정 모든 세대와 세대가 서로 합일(合一)이 되고 역사적으로 계승하고 또 계승되어지는 하나의 '장'(場)이 모색되리라 믿는다.

[『지성』, 1958. 가을]

세대론

- 구세대의 윤리와 신세대의 양식 -

이 무 영

1

금년 접어들면서부터 신구세대를 중심한 화제가 많이 논란되고 있다. 정치·교육·종교·문화 특히 문학 부문에서 이에 관한 화제가 연달아 제공되고 있다. 물론 개중에는 이론을 위한 이론도 나왔고, 억설이 나오는가 하면 동문서답(東問西答)의 딱한 논전도 있었지만, 그 형태나 동기 여하에 불구하고 이 번 이야기가 전개된다는 것은 기쁜 일이라 하지 않을 수 없다. 이론의 졸렬이나 방법론의 불합리는 어쨌든 이런 논제가 벌어졌다는 것은 우리의 생태가 그만큼 진지해지고 있다 해도 좋은 증거가 되어 주기 때문이다. 필자 또한 어떤 계기에 이 논의에 끌려들어 간 적이 있던지라, 이런 제목이 배당된 모양이다. 나는 주로 문학 그 중에서도 소설을 중심으로 이야기를 했었는데, 편집 씨는 소설만에 국한시키지 말고 광범위하에 취급해달라는 부탁이다. 물론 내가 이 표제에는 적임이 아님을 알면서도 우리의 언론이 새로운 윤리 수립을 위한데 관심을 갖게 되었다는 사실만에 나도 소년같은 감격을 느끼어 이를 수락하기로 한 것이다. 누가 어떻게 논하든 이 문제만은 우리가 시급히 결론 지어야 할 초미지사(焦眉之事)이기 때문이다.

먼저 이 문제를 논함에 있어 우리는 그 누가 신세대에 속했든, 구세대에 속했든간에 냉정해져야 하겠다. 우리는 저간에는 여러 차례의 이 문제에 관한 논의를 보아왔지만, 혹은 아전인수식(我田引水式)의 감정론에 기우는가 하면 아이들 물쌈처럼 오직 승벽에만 치우친 감도 있었고, 또 혹은 책임전가를 위한 궤변이 나오는가 하면 원칙도 이론도 무시한 순전한 억설이 고집되어 논쟁을 위한 논쟁에 그치어 이론적 핵심을 잃었던 감도 불무(不無)했던 것이다.

그러나 우리는 오늘날 오늘의 이 현실을 가져온 책임의 소재를 밝힘으로써 능(能)을 삼을 때도 아니요, 또 그것으로써 우리의 모든 문제가 해결되는 것도 아니며 될 수도 없는 것이다. 우리가 20대 대 50대를 논한다거나, 신·구세대의 윤리를 논케 되는 동기 목적, 이 모든 것은 오늘날 우리가 처해있는 이 생의 질곡에서 어떻게 해야만 구출될 수 있는가에 있다. 우리는 과거 막연히 '정신적 극복'이니, '초연'이니 하는 용어에 지나친 매력을 느끼어 왔고, 그리하여 형이상학적인 관념에 사로잡힌 채 실로 기획성 없는 생을 유지해 왔던 것이다.

그러나 오늘날 우리가 처해 있는 이 현실은 벌써 그러한 우유부단한 비승비속(非僧非俗)의 부평초(浮萍草)와 같이 생을 허용될 수 없는 최종단계에 도달해 있다. 세계 각 국이 월세계(月世界) 여행을 누가 먼저 하느냐는 초조 속에 있는데도 우리는 월세계 여행은커녕 그 날의 청·담(晴曇)을 예측할만한 한 대의 측정기도 갖지 못하고 있고, 세계의 각 민족과 국가가 전후의 새로운 질서 확립을 위하여 피비린내 나는 투쟁을 하고 있는 것을 육안으로 보고 있으면서도 의연 강건너 불 구경하듯, 경연(憬然)되어 가고 있는 기원(碁院)이다, 다방이다, 카바레, 스탠드바, 매음굴이다, 날로 숫자가 불어가고 있는 살인 강도, 소매치기, 사기, 횡령, 절도, 탐관오리를 바라다 보고만 있고 신성한 국사당을 '도떼기' 시장화하고 있는 정치며, 상행위—그것도 선질(善質)이 못되는 교육기관, 유린되는 준법정신, 학생들이 마스터베이션을 논케끔 된 윤리, 혼란, ×음행위에 '문학'이니 '소설'이니의 레벨을 붙여서 팔아먹는 악덕 행위에의 합리화가 허용되는 이 구데기 같은 사회를 이 이상 수수방관(袖手傍觀)할 수는 없어진 것이다. 오늘의 우리의 사회를 정상화한 사회라고 말할 수 있는 사람은 단 한 사람도 없을 것이다. 그러면서도 이 비정상을 정상화하고 일체의 불합리와 비조리(非條理)를 광정(匡正), 재건해야겠다는 노력이 가해지지 않고 있다는 것은 상식으로 이해하기가 어렵다. 어른들은 물론 어린이 사회에까지 "될대로 되겠지"의 사고방식이 무서운 위력을 가지고 침투되어 가고 있다. "케·셀라·셀라"라는 어휘만큼 오늘날 우리 민족의 생리에 환대를 받고 있는 용어는 일찍이 없었다는 것이다. 우리의 오늘날 현실을 박가(朴哥)가 가져왔던, 김가(金哥)가 가져왔던, 40대의 죄이든 60대의 과실이든 지금와서 그것만을 따지고 캐고 할 필요는 없다. 아니 이미 그 시기가 아닌 것이다. 우리는 죽느냐 사느냐의 최후의 초점에 위치하고 있는 것이다. 누가 낸 상처인지는 모른다. 그것은 따지기 보다는 먼저 상처에 대한 치료만은 하고 보아야 할 것이다.

우리가 오늘 신·구세대를 논하는 핵심을 이 치료에 두어져야 할 것이다. 가해자가 누구인가는 필요하다면 그 후에도 족하다. 우리한테 그 가해자의 이름이 필요한 경우란 보다 더 효과적인 치료를 위한 한 자료로서 일뿐이다.

2

그렇다고 우리는 오늘의 이러한 현실을 우리에게 강요하게 된 과거를 일체 무시하라 함은 아니다. 우리가 새로운 세대의 윤리를 수립하기 위해서는 우리가 저질러온 과거와 오류를 깊이 깊이 반성함으로써만 가능하겠기 때문이다. 천선(遷善)에는 개과(改過)가 필요하다. 다만 이 개과에 그치지 않게 하기 위한 노력을 아껴서는 안되겠다는 것뿐이다. 그리고 우리의 이 반성도 새 것을 창조하기 위한 자료에서 그쳐야만 하겠다는 생각이다. 우리가 책임의 한계를 밝혀야 하는 임무도 이 선에서 그쳐야 하겠다. 다시 말하면 시급을 요하는 중요환자의 치료에 절대 불가결한 이외의 부분이란 우리한테 그렇게 중요하다 할 수 없는 것이다.

그러면 우리가 치료를 하는데 절대 불가결한 자료란 무엇이며, 어느 선인가? 이 선을 중심으로하여 최근에 논란된 초점을 살려 보면 대개가 오늘날 이런 사회를 조성해 논 것이 누구라는 점에 귀착되는 것 같다. 이러한 논전이 시초는 오늘날 2·30대의 청소년들에 대한 50대의 비난에서 출발했던 것이다. 오늘날 청소년들은 사상이 없다, 사색도 없다, 무기력하고 방종하다, 소극적이다, 새시대를 창조하려는 의욕부터도 결여되어 있고, 건곤일척(乾坤一擲)의 역발산(力拔山)하는 패기도 없고 대의 앞에서 대사일번(大死一番)하였다는 각오도 있어 보이지 않는다. 그리하여 건설적, 의욕적, 적극적인 면에 보다도 기원, 다방, 오락장 출입에만 더 머리를 쓴다. 이 결과가 도의를 상실케 하고 윤리는 허물어뜨리어 사회질서를 혼탁케하고 있다─등등.

5·60대 장년층의 이 도전에 2·30대가 가만히 있을 리는 없었다. 우리가 10대에 물려 받은 사회 자체가 당신들이 가지고 있던 사회요, 도덕이요, 무기력이요, 난윤(亂倫)이었다. 당신들은 왜정(倭政) 밑에서 음으로 양으로 협조하면서 행복을 누렸지만, 우리는 유소년기를 패전 직전의 왜(倭)의 단말마 밑에서 근로봉사를 했고, 마초(馬草)를 뜯고 피마자를 날랐고, 근로동원에 징병에 학병에 인간이 상상할 수 있는 최대의 고난을 치렀던 것이다. 우리보고 사상이 없다 하지만 당신들이 가졌던 사상이란 어떻게 하면 일제와 협조를 하여 자기 자신만의 안일과 행복을 누릴 수 있을까 하는 사상 이외에 가진 것이 무엇이었더냐? 조국이 신의 가호로 해방이 되자 왜정과 협조하던 그 수법으로 미군정을 차고 앉아서 조국을 팔아 먹은 것은 누구였던가? 그 때 우리는 겨우 10대에 접어들었었다. 그 뿐이 아니라, 오늘날 이 사회를 운전하고 운전대에 앉아 있는 사람이 당시에 10대이던 우리 청소년층에서 우리를 정치에 도구화하고 있는 것이 과연 오늘의 2·30대인가? 정부양곡은 수만표씩 팔아 먹은 것도 우리 20대는 아니요, 기원, 다방, 카바레를 꾸며 논 것도 당신들이 아니냐?

그러나 이런 식의 논전은 몇 세기를 두고 되풀이한대도 끝도 없으려니와 아무런 효과도 가져올 수 없는 문자 뜻 그대로 일종의 객담인 것이다.

우리가 해야 할 일은 이런 논전이 아니라, 어떻게 해야만 이 탁해진 사회를 밝게 하고 전후파적인 사고 방식을 시정하고 보다 더 명랑하고 보다 더 건설한 사회를 건설하느냐에 있다.

우리는 지금 이런 위기일발의 난국에 처해 있으면서 이의 시비와 책임 소재의 규명으로써 시간을 낭비할 계제도 못 되지마는, 실상 따지고 본다면 이 책임은 반드시 오늘날의 5·60대만 있는 것도 아니었다 할 수 있으니 우리 민족이 인류행복에 공헌할 수 있었던 절호의 기회를 실기(失期)한 것은 이 번 8·15에 그치는 것은 아니었다. 인류문화의 원천이 된 희랍보다는 약간 뒤졌다 하지만은, 우리는 희랍문화만 못지 않은 신라의 찬연한 문화를 가졌었고 서구가 혼미상태를 지속한 중세기 천년 간에도 우리의 문화의 불씨는 근멸되지 않았었고 문예부흥을 계기로 구라파가 혼미기를 빗어날 무렵에도 우리도 세종대왕(世宗大王)이라는 영특한 어른을 맞이하여 우리 특유의 민족문화를 창조하는 기반을 닦았던 것이다. 그 후 구라파에 문예부흥 문화의 꽃이 피어 괴테를 위한 천재들이 족출(簇出)할 때 우리도 정 다산(丁茶山)을 위시한 천재학자들을 배출한 문화사를 갖고 있는 것이다.

그러나 그럴 때마다 우리는 그 빛나는 전통을 후세에 계승시키지 못하고 권력에 대한 아부, 아첨, 모략 등을 일삼아 위대한 건설자가 못되고 위대한 파괴자로서의 낙인을 면치 못했던 것이다. 이 수 백년, 아니 수 천년간, 누적되어온 후진성을 일조일석(一朝一夕)에 제거치 못했다 해서 그 책임의 전부를 5·60대에만 지울 수는 없는 것이다. 또 책임을 지었다 해서 일이 끝나는 것도 아니다.

이와 같은 이론으로 오늘날의 이 사회의 혼탁기를 우리 2·30대 청소년들에게 책임 지울 수 또한 없다. 사실 오늘의 2·30대에게는 실로 아무런 책임도 죄도 있다 할 수 없으니, 그들의 말대로 오늘의 30세라야 해방 해에는 18·9세의 소년이었고 40세라야 겨우 청년기인 27·8세였고 보니 그 때의 청년층으로서는 이렇다 할 실권이 없었고 보니 기분적으로 사상 물결에 휩쓸리는 도리밖에 없었던 것이다. 오늘의 구세대라고 지목될 수 있는 장년층은 해방 후의 혼미상에 대한 책임을 싫건 좋건 질 수밖에 없고 또 거기에 조금도 인색해서도 안될 것이다. 우리 50대가 아무리 변명을 하고 앙탈을 한다 해도 역사가 중요하고 있는 이 책임을 벗어볼 도리는 없다. 어느 세대의 우리의 선조가 과오를 범했든지 그것이 문제가 아니라, 그 사회를 이어 받은 청년은 싫건 좋건 의무를 갖게 된 것이요, 그 의무를 다하지 못한 책임에서도 벗어날 방법은 없다.

이와 같은 논법에서 우리는 오늘의 청년 2·30대의 신세대에 같은 책임과 의무를 부담하자는 것이다. 혼탁한대로 혼탁했고, 부패할대로 부패는 했지만은 신진대사가 되어 오늘의 청년들이 오늘날 장년층에 앉아 있는 바로 이 위치에 놓여질 시간이란 20년에 불과한 장래인 것이다. 부패했고 혼미한 사회를 물려 받았다 해서 내일의 장년기에 그 책임을 전세대에만 돌릴 수도 없을 것이요, 또 돌려지는 것도 아니다. 그것이 썩었든 말든 한 번 물려받은 이상 생을 포기하지 않는 한, 벌써 책임을 지고 들어가는 것이다. 우리의 청년들이 불수동맹(不受同盟)을 하고 일제히 자살을 하지 않는 한 전세대는 일단 신세대에 의무와 책임을 넘겼다고 생각할 수 있고, 또 싫었건 좋았건간에 물려 받은 것이 사실이기도 한 것이다. 신세대가 받아서 썩었으니 버린다든가, 어느 다른 민족이나 국가에 주고만다거나 하는 문제도 청년층인 신세대의 역군이 할 일이요, 썩었으면 썩은대로 그 부분만을 잘라내고 새 싹을 키우든가, 싹없이 하고서 새로운 싹을 기른다든가 하는 것은 오직 신세대 역군들만의 권리요, 의무라 할 수 있다.

그리고 이 의무라든가 권리란 지상 최고의 명령인 것이다. 생각해 보라. 그것이 썩은 사회라 해서, 탁한 사회라 해서 이의 수수(授受)가 거부될 수 있으며 받기는 했지만 썩은 것이라 해서 아프리카 청년들에게 넘겨줄 것인가? 이 의무란 이렇듯이 절대의 숙명적인 것이며, 이 책임이란 이렇듯 절대불가피한 것이다. 어느 나라 어느 시대를 막론하고 청년이 값있는 이유가 여기에 있다.

3

어느 시대, 어느 나라를 막론하고 청년은 그 나라, 그 민족의 희망이요 기쁨이다. 그 나라 청년의 기개가, 의욕이, 이상과 지성이, 꿈과 생태가, 바로 그 민족국가의 상징이기 때문이다. 청년이란 젊음의 상징이요, 새 것의 대상이며, 의와 건강의 대명사다. 승어부(勝於父)란 말이 있다. 아비는 자식이 자기보다 잘 났다 해야 좋아 한다고 한다. 이는 곧 자기 가계의 승리요 빛이기 때문이다.

그렇기에 못난 아비도 아들에게는 잘 하기를 강요할 권리를 갖는다. 이것은 친권이 아니라 애정이다. 신세대는 이것을 알아야 한다. 구세대의 과오로 신세대의 교훈을 삼을지언징, 책임 전가의 사료로 삼아서는 안 된다. 아무리 못난 아비라도 아들한테 잘 하기를 바랄 권리는 있는 것이다. 부모의 애정에는 한도가 없다. 자식에 대한 욕망에 선을 그을 줄 모른다. 내 아들이 과장까지만 되기를 빈 아버지는 없다. 과장뿐 아니라 대통령, 대통령뿐 아니라 전세계를 한 손으로 쥐고 흔들 수 있는 그런 대정치가, 대학자, 대예술가가 되기를 바라는 것이 인지상정(人之常情)이요, 부지상정(父之常情)이다. 이 아비의 욕망에 감당못하는 한은 있을 수 있을지 모르나 원망할 아들일 수는 없다. 구세대가 신세대에 바라는 욕망도 이것이요, 분수에 넘치는 요구도 이 우부(愚父)의 애정 이외의 다른 아무 것도 아니다.

그렇기에 우리는 이 사회의 계승자가 될 신세대에 대한 구세대의 그 어떤 과도의 욕망은 이를 관대히 받아들어야 하겠다는 견해를 견지하고자 하는 소이(所以) 여기에 있다.

다시 말하면 이 애정이 권리를 행사하는데 아무런 이의(異議)도 갖지 않아야 하겠다.

이 애정을 구세대는 신세대에 대하여 '고행'으로서 표현하고 있다. '고행의 극복'만이 진정한 행복, 위대한 창조를 하기 때문이다. "미운 자식은 떡 한 개 더 주고, 귀여운 자식엔 매 한 대 더 때린다." 이런 옛말이 갖는 진리에서다.

이에 관한 이야기로 나는 이 해안에 몇 편의 글을 썼다. 그 하나는 '20대'를 테마로 한 소설이었고, 다른 한 편은 내가 관계하고 있는 대학학보에 학생들에게 주는 글의 형식으로 쓴 글이었다. 이외에도 수시로 여러 글 속에서 같은 의미의 말을 썼다고 기억하고 있다.

그런데 이 소설과 학보에 쓴 글이 20대 청년들의 감정을 산 모양이었다. 몇 학생이 집을 찾아와서 항의를 했고, 타교생인 듯 싶은 일 여대생은 장문의 항의문을 보내 오기도 했다. "우리는 좀더 고민해야겠다."는 등의 문장에 대하여 여대생은 우리가 지금 겪고 있는 이 고난에만도 우리는 생리상 감당할 수 없는데, 이 이상의 고행을 강요함은 잔인하고 무책임하다는 논지였다. 남학생들의 항의란 것도 이와 대동소이란 것이었다.

그러나 나는 우리의 청소년들은 좀더 괴로워 할 줄을 알아야 하겠다는 생각이다. 이 고(苦)에의 극복만이 오늘날 우리가 처해 있는 이 질곡으로부터 이 민족 이 국가를 구출할 수 있기 때문이다.

오늘날 청소년들이 항변을 기다릴 것도 없이 우리 민족은 인간 최대의 시련을 받고 있다. 정치·경제·문화·교육·그 어느 부면에서도 우리는 정상성을 갖지 못 했고 합리성도 찾아볼 길이 없다. 우리 최소한도의 존엄성도 유지 못하고 있는 것이 사실이며, 원시적인 생활에 인간 최하의 칼로리 밖에 섭취하고 있지 못하며, 최소한의 인권조차도 박탈당하고 있다. 비솔(比率)로 볼 때 우리가 지금 당하고 있는 시련은 세계 그 어느 민족 보다도 크고 무거운 반면 우리의 생활 수준을 이에 반비례할 것이다. 쌀 한 가마에 만육천환인데 만환 내외의 공무원이 있어야 하며, 교통비·교육비·세금 등이 국민중 1%를 제한 모든 국민이 수입에 1에 대한 3의 수지를 강요당하고 있다. 생산기관은 폐쇄일로(閉鎖一路)를 밟고 있고 농촌은 날로 날로 생산이 저하되어 농지개혁 이전으로 되돌아가고 있다. 이농가(離農家)가 날로 느니 모이는 곳은 도시다. 실업자 수를 50만이라고 사회부는 발표하고 있지만, 엄밀한 의미로서의 숫자는 최소한 2백만을 부하(不下)할 것이다. 정치도의는 날로 땅—아니 시궁창에 떨어져서 매일 신성한 국사의당에서 욕설과 격투가 벌어지고 유혈극까지 실연(實演)을 하고 있는 실정이며, 괴한이 백화(白畫)에 법원내에 뛰어 드는가 하면 정원을 무시한 버스 합승이 교통순경 앞을 웃으며 지나가도 못 본 체의 수도요, 교육도의가 무시된 학교행정, 이로 헤아릴 수 없는 이 모든 불합리와 비정상을 지양시키고 건전하고 명랑한 새사회를 건설하는 길이란 오직 우리 청년들의 고민하는 정신에 의거할 수 밖에 없는 것이다.

　이 고민하는 정신이란, 바로 악에 대한 선이요, 불의에 대한 정의감이며, 불법에 대한 합리성이며, 고(苦)에 대한 극복인 것이다. 기울어져 가는 빌딩을 어떻게 혼자서 버티느냐고 할지 모른다. 물론 혼자서의 힘만으로는 불가능한 일이다. 그러나 또 혼자서만이라도 버티고 있어 손(損)은 없을 것이요, 개인은 혼자지만 개개가 합치면 우리가 된다. 우리 청년들이 버티고 서서 못버틸 빌딩은 없을 것이다. 더운 날, 살을 헤이는 추위에 빌딩을 버티고 섰다는 것은 확실히 고행임에 틀림이 없다. 당구장에서 당구를 치고 있기 보다 힘들 것이요, 다방에 앉아 냉커피를 마시거나 난로를 끼고 앉아 레지나 젊은 여인과 사랑을 속삭이느니 보다는 분명 힘든 일이요, 괴로운 일임에는 틀림이 없다. 괴로운 일이기 때문에 어렵고, 어려운 일에 이기어 나아가기 때문에 가치가 있다. 우리가 일체의 안일을 배격하자는 것은 이 때문이다. 우리는 우리가 현재 영위하고 있는 이 '생'이 가장 불행하느니라 믿고 있고, 또 그것이 사실이기도 하다. 그러나 이 불행의 극복은 반드시 우리를 행복 해주는 동시에 위내하게 해 줄 수 있는 시금석적인 불행이기 때문에 우리는 이 불행에 져서는 안되는 것이다. 우리가 직면하고 있는 이 불행한 현실이 너무나 어마어마하기 때문에 성급한 체념을 하고 있지나 않나? 하는 것이 나만의 기우일까? 우리 청년층(물론 나도 그 중의 한 분자이다)은 악 앞에서, 부정 앞에서, 너무 겸허하지 않았는가! 인간 일대의 생이란 악에의 도전이요, 이의 극복이요,

그럼으로써 '무'(無) 위에 '유'(有)를 가져오는 창조의 행위라 할 수 있다. 창조 없는 '생'이란 우리가 바라는 바가 아니다. 그것은 곧 주검을 의미하기 때문이다. 인간에게 있어서 최대의 고통은 할 일이 없는데 건 시간이다. 무료하니 앉아 있어야 하는 고통보다 더 큰 고행은 없을 것이다. 인류의 문화가 날로 날로 상승하고 전진하고 비약하는 것과 이 활동하지 않고는 견디지 못하는 인간의 본능때문이 아닐까?

이렇게 볼 때 우리만큼 행복된 위치에 있는 청년도 없다. 1년에도 몇 번씩 개장(改裝)을 하는 아스팔트로부터 매일 난투장이 되는 국회, 조변석개(朝變夕改)의 행정, 상행위화하는 교육, 매장허가에도 그렇고, 양담배가 접수되어야만 화장 아궁이에도 재차례를 찾아 들어갈 수 있는 현실, 국가의 식량창고도 지켜 주어야 하겠고, 정원 무시한 자동차를 눈감아 주는 순경도 끌어내야 하겠고, 위폐범, 모두가 우리의 할 일이다. 녹이 쓴 용광로, 산화하는 농토, 무엇 하나 우리의 손을 기다리지 않는 것은 없다. 이 모든 건설과 창조와 시정은 우리의 손 이외의 그 어떤 손도 거부하고 있는 것이다. 구미의 그 어느 청년의 손도 동남아의 그 어느 청년의 힘도 우리의 정치는, 산업은, 문화는 거부하고 있다. 오늘날 우리의 농촌이 얼마나 의욕있는 청년을 요구하고 있는가를 나는 이 번 여름 방학을 이용해서 목격하고 왔다. 구세주처럼 그들의 자기의 아들과 동생과 조카와 손자를 기다리고 있었다. 그러나 내게 찾아 오는 모든 농촌출신의 청년들은 죽어도 서울의 다방을 사수하겠다는 것이다. 농촌은 지옥이라고 한다. 지옥이니까 가야만 하는 것이 고행이요, 이 나라의 현실이요, 그것이 고(苦)에의 극복이요, 건설에의 길이요, 진정한 행복에의 궤도다. 이 극난만이 개인이나 우리 국가, 민족이 위대해 질 수 있는 오직 한 가닥의 길인 것이다.

우리의 신세대 윤리는 여기에 세워져야 하겠다. 우리는 남녀의 애정교환도 다방도 카바레도 사교댄스도 절대로 시비하자는 것이 아니다. 시비는 커녕 우리는 이를 장려해야 하고, 찬양할 아량도 용의도 갖고 있다. 다만 연애도 끽다(喫茶)도 사교춤도 이 위대한 건설을 위한 역차(役車)

의 위치를 견지한 뒤에 행해져야만 하겠다는 생각이다. 이 의욕의 표현이 없음을 탄할 뿐이다. 문학부문만 해도 그렇다. 오늘날 우리가 갖고 있는 2·30대에만도 실로 수 많은 시인과 소설가와 평론가를 갖고 있다. 그러면서도 단 한 사람 우리의 민족문학을 좀먹고 있는 패륜문학(悖倫文學)에 대하여 일언반구(一言半句)를 말하는 사람이 나오지 않고 있다. 무엇 때문인가? 우정인가 관대인가? 아니다. 안일이다. 도피다. 정말 우리는 좀더 패기를 가져야 하겠다. 의욕을, 정열을, 정말 오늘처럼 건곤일척(乾坤一擲)의 의기와 대사일번(大死一番) 하겠다는 굳건한 각오가 요구되는 시간은 없다. 이 새로운 의욕으로써만 우리는 새로운 윤리와 양식을 자랑할 수 있다. 이 의욕의 억센 파도만이 군소의 악들을 휩쓸어 다 대양 속에 버릴 수 있을 것이다. 아이들의 불장난 같은 연애요, 좀도적질의 문인도, 청계천변에 산재한 불법도 단번에 휩쓸어 다 청소할 수 있는 것이다. 이들 애국심 이래도 좋고 정의감 이래도 좋다. 요는 이에 의 깊은 각오가 없이 우리가 또 20년을 헛보낸다면 우리는 오늘날 우리가 우리의 전세대를 원망했듯이 우리의 신세대가 우리가 물려주는 사회를 접수를 거부할지도 모른다.

4

이러한 의미에서 나는 새로운 계몽운동이 청년층에 의하여 전개되기를 갈망하고 있다. 정치·경제·문화·교육·산업, 각 부문에 우리의 신세대를 대표하는 역군들이 깊이 깊이 침투해 들어가서 우리에게 주어진 바 의무와 권리의 신장을 위한 운동이 시작되어야 하겠다. 이 산업이란 용이한 일이 아니지만 용이하지 않기 때문에 한 보람도 있을 것이다. 처음부터 조직을 가질 필요도 없다. 오직 나 하나만이 묵묵 실천함으로써 동지는 늘어갈 것이다. 최근 2·3년래로 유위(有爲)의 학생들이 '학생자진농촌계몽대'를 조직하고 농한기와 휴가를 이용하여 활약하고 있음도 알고,

금년에는 조선일보사가 이 운동에 박차를 가하여 일대 성과를 거두고 있음을 볼 때 이는 반드시 우리가 겁내듯이 이렇게만 할 일은 아닌 상도 싶다. 이 번의 농촌 순례에서 그런 운동이 실패한 원인을 들어보면 대개가 정치도구로서 이용되기 때문이라고 들었거니와 일 정당인, 정치인들은 이 성스러운 구출운동에 그런 야심을 가져서는 안되겠지만 이러한 역경과 싸워나가는데 또한 청년이 의기가 있지 않을까. 남들은 비행기로 파종, 수확을 하는 시대에 우리는 지금도 수 천년간의 원시 농업을 그대로 맹목적으로 지속하고 있고 인권, 인간의 존엄성, 사고방식—이 모든 면에 있어서 우리는 후진성을 그대로 견지하고 있다. 봉건적, 관료적인 구세대의 사고방식에 도전해야 할 사람도 신세대요 투쟁해야 할 사람은 싫건 좋건 이 나라, 이 민족의 신세대를 대표하는 청년이라야 할 것이다.

이 거대한 사업 추진에는 많은 방법이 있을 것이요, 또 우리가 예상할 수 있는 허다한 애로가 있는 것은 잘 안다. 그러나 어떠한 난국이라도 우리는 개척해야 재생할 수 있고 극복해야만 신생 대한민국을 건설할 수 있다.

이 각오는 우리 신세대에 새로운 윤리나 양식을 부어줄 것이다.

[『사조』, 1958. 10]

28
우리 문학의 전통과 인습

정 병 욱

1. 국문학의 주체성

서언

이 땅의 많은 논자늘은 흔히 이르기를 우리 문학에는 주체성이 없다고 한다. 즉 정치적으로 우리의 역사가 언제나 강대국과 주종의 관계를 맺고서 오늘에 이르렀기 때문에 문학도 자연히 그 강대국의 그것의 식민적인 모습으로 발전하지 않을 수 없었다는 견해이다. 그러나 필자의 생각으로는 그러한 논의는 한갖 선입견에서 오는 피상적인 관찰이고 아직은 국문학의 핵심을 터치하지 못한 것으로 규정짓는 것이 그리 망발은 아니라고 믿는 바이다. 이에 필자의 보는 바에 의하여 국문학이 지녀온 바 그 주체적인 발전과정을 밝혀보는 것도 애오라지 부질없는 일은 아니라고 믿는다.

샤머니즘

아오라한 옛적 문학이 아직은 시(詩)·가(歌)·무(舞)의 원시적인 종합예술체에서 분화하기 이전 즉 원시문학 시대에는 우리 겨레의 고유한 민족신앙인 샤머니즘이 그 사상적인 배경으로 되어 있었던 것이다. 따라서 당시의 문학적 내용은 자연히 이 샤머니즘의 지배 하에 들지 않을 수 없었기 때문에 주력적(呪力的) 능력을 인정하였으며 문학적 활동도 필연적으로 종교적 제례를 통하여서만 영위되었던 것이다. 오늘날 전하는 문헌에서 그 주체적인 예를 들어본다면 저 가락국의 건국신화 속에 나오는 「영신가」(迎神歌)를 비롯하여 수로부인(水路夫人)이 동해가에서 용왕에게 납치되었을 때에 불렀던 「해가사」(海歌詞), 주명노인(朱名老人)의 「헌화가」(獻花歌), 융천사(融天師)의 「혜성가」(慧星歌), 월명사(月明師)의 「만솔가」(晩率歌) 등에서 우리는 주력적인 문학의 기능을 찾을 수 있으며 또한 그들의 사고방식의 근원이 되어있던 샤머니즘의 구상적인 표현을 역력히 읽을 수 있는 것이다.

토테미즘

그리고 우리 겨레의 또 하나의 원시종교인 토테미즘이 우리의 원시문학의 정신적 지주가 되어 있었던 것을 잊지 말아야 할 것이니 이를테면 우리 겨레의 건국신화로 전하는 단군신화(檀君神話)가 곧 그 대표적인 예일 것이다. 즉 이 신화 속에 등장하는 '범'과 '곰'은 다 우리 한반도의 산악지대에 널리 흩어져 살고 있는 맹수들로서 이 땅의 역사와 더불어 이 겨레의 생명을 오래도록 괴롭히고 위협하여 온 맹수들이었음을 생각할 때에 이들 맹수를 '토템'으로 숭앙하지 않으면 안되었을 것은 능히 짐작이 가는 바이다. 따라서 이 단군신화는 '곰'을 조상신으로 삼는 '토템'족의 정치적인 승리를 뜻하는 것으로 해석할 수 있으니 여기서 우리는 원시문학의 내용에 이 토테미즘이 얼마만큼 큰 지배력을 가졌던가를 가히 짐작할 수 있을 것으로 안다. 이 밖에도 신라의 건국신화에 나오는 '말' '닭', 그리고 고구려의 '개구리'(金蛙) 등은 다 이 토테미즘을 기초로 한 원시문학의 내용이었음은 쉬이 이해할 수 있을 것으로 안다.

유교와 불교

이 같이 우리 문학은 겨레의 고유 신앙인 샤머니즘과 원시종교인 토테미즘을 정신적인 지주로 삼으면서 그 내용이 형성되었고 그 형성적 계기와 역사적 기능은 종교적인 제례를 통하여 이루어짐으로써 그 첫걸음을 내딛었던 것이다. 그러다가 다음 시대인 삼국분립시대에 들어서자 외래문화인 유교와 불교가 이 시대의 정신적인 지주로 등단하게 됨을 본다. 때에 이 유교와 불교가 이 땅의 문화면에 군림하게 된 것은 결코 우발적인 외래문화의 유입이 아니라 거기 필연적인 이유가 있었음을 우리는 잊지 말아야 할 것이다. 오늘날 우리가 아는 바로는 삼국분립 시대에 이 유교와 불교는 꼭 같은 조건 아래 이 땅에서 육성 발전되었으니 곧 지배층과 피지배층의 분화 대립이 더욱 심화되어가고 있는 역사적인 단계 위에서 이 두 가지의 외래문화가 들어왔다는 사실이다.

첫째로 유교는 '인의'(仁義)라는 교리를 기초로 하여 상부 지배층 즉 왕권을 중심으로 하는 귀족 관료들의 여건을 합리화시키는데 영합될 수 있었고 하부 피지배층 즉 일반 농민들에게는 '충효'(忠孝)로써 얽어매는 데에 적합한 교리였음을 우리는 쉬 이해할 수 있을 것으로 안다. 바꾸어 말하면 강자는 약자에게 충성을 강요함으로써 자기네의 지반을 확고히 유지할 수 있었기 때문에 '인의'로써 '충효'를 바꾸어 얻을 수 있었고 반대로 약자는 강자에게 절대적으로 복종함으로써 '충효'를 팔아 '인의'를 살 수 있었던 것이다. 이리하여 유교는 상하 양층에 무난히 침투할 수 있는 길을 얻어 실로 파죽지세(破竹之勢)로 이 겨레의 문화생활을 지배하기에 이르렀다 하겠다. 둘째로 불교는 극락정토(極樂淨土)라는 내세를 강조함으로써 상층 귀족들에게는 영화를 극한 현실의 사치를 내세에까지 누릴 수 있는 보장을 불전에 귀의하는 것으로 받을 수 있었고 반대로 일반 민중들은 불타(佛陀)의 대자대비한 은총을 무조건 믿음으로써 그들이 현세에서 누리지 못한 영화를 내세에서나 보장 받고자 하는데에 그들의 신앙은 짙어갔으니 이리하여 불교는 또한 이 시대의 모든 국민의 정신생활을 지배적으로 이끌어 나아가는 원동력으로 등단하게 된 것이었다.

이 같이 유교와 불교는 우발적으로 이 땅에 흘러들어온 것이 아니라 어디까지나 당시의 시대적인 요구에 응하여 들어왔고 또한 앞서 든 그러한 역사적인 여건 밑에서 육성 발전된 것이었다. 따라서 이러한 역사적인 여건 아래 자라나서 우리 선민들의 문화적인 뼈가 되고 살이 된 유교와 불교는 응당 우리의 문학에도 지배적인 영향력을 갖게 되었으니 신라 고구려 백제 등 삼국문학의 어느 장르에 있어서나 우리는 광범위한 유교와 불교의 내용으로 된 작품들을 찾아낼 수 있는 터이다.

여기에 우리가 한 가지 기억하여할 것은 앞서 본 바와 같이 비록 유교와 불교가 강렬한 시대적 요구에 응하여 의욕적으로 받아들여지기는 하였으나 결코 중국의 유교 또는 인도의 불교가 조금도 변질됨이 없이 오롯한대로 이 땅에서 발전하지 않았다는 사실이다. 여기 우리는 국문학의 주체성을 인정하지 않을 수 없는 근거가 있다고 본다. 이를테면 신라에서 처음 불교를 받아들일 때에 이차돈(李次頓)이라는 순교자의 피를 징험(徵驗)한 연후에야 신교의 자유가 허락되었다는 사실은 곧 외래문화를 받아들이는 태도에 있어서 우선 비판하고 반발하는 능력을 잃지 않았다는 것을 증명하여 주는 것이라 하겠다. 그리고 이 같이 일단 격렬한 시련을 겪은 뒤에야 마음놓고 그 발전이 허용된 외래문화는 그 발상지의 모습을 그대로 지닌 채 발전하는 것이 또한 허용되지 않았다. 이를테면 유교의 발상지인 중국에서는 종교적인 요소보다는 오히려 일종의 실천적인 정치사상이었던 유교가 우리 땅에 들어와서는 종교적인 요소를 띤 문화형태로 변질되어 역대로 공자묘가 서고 공자의 위패가 하나의 우상으로 화하였으며 효자충신이라는 정치적인 윤리관이 변하여 절대적인 교리처럼 되었으며 그러기 때문에 문학상에 있어서도 그러한 덕목들이 종교적인 면모를 띠어 천편일률적으로 반복되었다는 사실들은 저간의 사정을 잘 알려주는 것이라 하겠다.

다음 불교의 경우에 있어서도 이를테면 신라의 유명한 「처용가」(處容歌)의 설화적 배경은 불교사상에서 그 근원을 찾을 수 있을 것이나 그 노래의 내용이나 그 전승되는 방법은 어디까지나 우리의 고유신앙인 '샤머니즘'의 테두리에서 벗어나지 않았다는 사실이나 또는 유명한 월명사(月明師)의 「제망매가」(祭亡妹歌)에 주력적인 능력을 인증하였다는 사실 등은 요컨대 우리의 고유신앙을 토대로 하여 그 위에 외래문화가 융화되었다는 사실을 설명하여 주는 것으로 이해할 수 있을 것이다.

주자학

이와 같이 삼국시대의 문학은 우리의 고유신앙인 샤머니즘을 기초로 하여 그 위에 외래문화인 유교와 불교를 정교하게 발전시킴으로써 우리 문학의 주체성을 견지하는데에 성공하였던 것이다. 이리하여 통일신라기를 거쳐 고려시대에 들어서자 유교와 불교는 점점 그 발상지로부터의 본연의 자태에서 거리가 멀어지고 변질된 형태로 바꿔지게 됨에 필연적으로 이들 변모한 유교와 불교에 대한 냉철한 반성과 비판이 기도되어 여기 새로운 지도이념으로 주자학이 등단하게 된다. 일천여년의 역사와 권위를 자랑하던 불교문화는 새로운 지도이념인 이 주자학의 냉철한 비판 앞에 그 타락된 모습이 여지없이 폭로되고 정치 경제 문화 종교의 모든 분야에서 그 세력이 구축됨으로써 권위있는 전통은 일조에 타락된 인습으로 규정받고, 주자학을 새로운 정신적 지주로 삼는 새로운 질서와 새로운 권위가 형성되기에 이르러 문학도 어느덧 이 주자학의 지배 하에 들지 않을 수 없게 되었다. 한편 이 불교의 몰락에 발맞추어 유학도 지난 날의 사장(詞章)위주의 경박한 폐습을 극복 지양하여 견실하고 근엄한 주자학의 학풍이 확립됨에 문학도 자연히 이 주자학 선전도구처럼 관념화하는 길을 택하게 되었음을 본다.

여기서 우리가 한 가지 생각하여야 할 것은 주자학이 비록 새로운 지도이념으로 새 시대의 각광을 받으면서 찬연히 등단하기는 하였으나 우리의 문학이 전적으로 이 주자학의 테두리 속으로 용해하여 들어가지 않았다는 사실이다. 즉 천 여년의 역사와 전통을 쌓아온 불교와 유교의 터전 위에 주자학의 새로운 씨를 뿌리고 가꾸어 새로운 전통을 확립하는 데에 성공하였다는 것이다. 이를테면 소설문학에서 위으로 매월당(梅月堂) 김시습(金時習)으로부터 가까이는 서포(西浦) 김만중(金萬重)에 이르기까지 그들의 정신적인 지주인 이념은 주자학을 고집하면서 그들의 생활방편 내지는 생활의 이면은 언제까지나 불교적인 요소를 끝끝내 버리지 못하였다는 사실을 들 수 있을 것이다. 그리고 시가 방면에 있어서도 고려말 이조초의 회고가(懷古歌) 송축가(頌祝歌)를 비롯하여 그 위의 전원시(田園詩)에 이르기까지 그 이념은 어디까지나 충의(忠義)를 내세우면서 생활태도는 언제나 현실도피 또는 현실부정의 불교적인 테두리에서 벗어나지 않았던 것을 우리는 간과하여서는 안될 것으로 안다. 여기서 우리는 다시 주자학이 들어온 이후의 우리 문학의 주체성을 인증하게 된다. 즉 지난 날의 유교와 불교가 닦아놓은 문화적인 터전 위에 주자학에 입각한 새로운 전통을 모색하여 확립한 이씨 왕조 전반기의 문학에서 우리는 국문학의 주체적인 발전과정을 뚜렷이 찾아볼 수 있다는 말이다.

실사구시학

이 같이 고려말기로부터 이조중엽에 이르는 근 2세기 동안 이 땅의 사상계를 풍미하던 주자학은 임진왜란이라는 전고 미증유의 민족적 수난을 겪은 뒤로 다시 냉철한 비판과 준절한 반성을 치르게 되었다. 독민해방(毒民害邦)하는 불교의 적폐를 극복 지양하여 새로운 지도이념으로 등단한 주자학은 이제는 그 권위가 땅에 떨어지고 구세제민(救世濟民)하는 새로운 지도이념을 모색하던 역사의 지상명령으로 당시에 청조에서 팽배하게 일어나던 고증학의 학풍이 이 땅에 밀물처럼 덮쳐 들어왔다. 이는 오로지 타락한 주자학이 그 지역적인 명분론(名分論)에 얽매어 주자학 본연의 과제였던 실사구시(實事求是), 즉 구세제민의 목적에서 멀어가는 학풍이 굳어져서 하나의 인습이 자라난데 대한 비판이었고 반성이었던 것이다. 따라서 이 고증학의 발전은 곧 과거 불교이념의 부흥운동이었다

고 규정지을 수 있으니 여기서 우리는 다시 국문학의 주체적 발전의 새로
운 단계를 찾아볼 수 있을 것으로 안다. 그러기에 이 시기에 들어와서는
추상적이고 관념적인 명분론을 헌신짝처럼 버리고 오직 실사구시하는 구
세제민의 실증적인 기풍이 모든 분야에 그 주동적인 구실을 하게 되는 것
이다. 이 같이 임진왜란 이후의 약 3세기 동안은 청조 고증학의 방법 아
래 실사구시의 학풍이 우리의 모든 문화계를 지배하는 동안 우리의 문학
도 그 영향에서 예외일 수는 없었으니 곧 과거에는 문학의 왕좌를 오로지
시가문학에게만 돌려주었던 것을 이 시기에 와서는 산문문학이 그를 대
신하게 되었다는 사실로써 그 사정을 이해할 수 있을 것이다. 어느 민족
을 막론하고 문학이 산문화된다는 것은 곧 그 문학의 근대화의 과정을 뜻
하는 것이며 이 실사구시의 학풍은 우리 문학의 근대화 과정의 원동력이
었다고도 볼 수 있는 것이다.

　이제 여기 구체적으로 이씨 왕조 후반기의 우리 문학의 산문화하는 현
상을 들어보면 첫째로 지난 날의 우리 문학의 왕좌를 차지하고 있던 시조
나 가사에 대체하여 수 많은 산문으로 소설 작품이 쏟아져 나왔다는 사실
과 둘째로는 시조가 과거의 평시조형(平時調形)을 지향 개변하여 사설시
조(辭說時調)로 전변하였다는 사실을 들 수 있다. 이 같이 문학이 산문화
하였다는 것은 곧 사상적인 근저나 방법적인 기초가 실리 실증을 추궁하
는 실사구시의 영향을 농후하게 입었다는 것을 말함이요, 따라서 그만큼
우리의 문학은 근대적인 면모를 띠면서 그 주체적인 발전을 이룩하였다
는 사실을 뜻하는 것으로 해석이 되는 것이다.

　이상으로 우리는 원시시대로부터 서구문명의 지배적인 영향을 받기 시
작한 직전까지의 우리 문학의 발전과정에 있어서의 그 주체적인 성격을
대충 훑어본 셈이 된다 하겠다. 이에 의하면 우리의 문학은 비록 역사가
바뀌고 시대가 갈릴적마다 외래문화의 지배적인 영향 하에 발전하여 왔
지마는 항상 새로운 사상을 받아들일 때에는 우리의 주동적인 요구를 전
제로 하여 받아들였고 절실한 시대적 필연성에 의하여 우리의 생리와 체
질에 적응할 수 있도록 외래문화를 변전시켜 가면서 그것을 육성하고 발

전시켜 왔던 것을 알 수 있다. 따라서 이러한 사실은 곧 우리 문학의 주
체성을 입증하는데에 충분하며 또한 움직이지 못할 하나의 전통으로 정
립시키는데 조금도 군색하지 않으리라고 믿는다. 무릇 문화란 전통없이
는 성립할 수 없는 것이며 우리 겨레가 오랜 역사를 지닌 문화민족임은
자타가 공인하는 터이요 적어도 어떠한 형태의 문화를 누려왔다면 우리
로서의 전통을 지녀왔음은 의심할 바가 못될 것이며 전통을 지녀왔다고
친다면 주체성 없는 전통이란 생각할 수 없는 것이며 우리는 국문학에 있
어서 구체적 발전과정을 부인할 아무런 근거도 발견하지 못할 것은 명백
한 사실이요 따라서 남은 문제는 오직 이 전통을 앞으로 어떻게 더욱 빛
내면서 이어나가야 하느냐에 있을 것으로 믿는다.(여기 한 가지 부기하여
둘 것은 이 국문학의 주체성을 논함에 있어서 이병기(李秉崎) 백철(白
鐵) 공저 「국문학전사」, 「고전문학사」, 제2편, 제2장. 8. '고전문학의 사
상적 변천'을 주로 참고하였음을 이에 밝혀두는 바이다.)

2. '데포르마시옹'으로서의 멋

전 항에서 본 바와 같이 우리 문학은 원시적인 '샤머니즘'과 '토템미즘'
의 내용으로 시작하여 유교 불교를 받아들이고 그 터전을 기초로 다시 주
자학과 실사구시학을 받아들이면서 우리 문학의 구체적인 전통을 확립하
고 계승하여 오늘에 이르렀음을 보았다. 그러면 도대체 이 주체성이란 구
체적으로 어떻게 표현되었는가가 응당 문제될 것이다. 이에 필자는 이 주
체성의 구체적인 표현결과를 한마디로 '멋'이라는 말로서 대신할 수 있으
리라고 본다. 그리고 이 '멋'은 '데포르마시옹'의 미의식에서 그 본질이 설
명될 수 있으리라고 본다. 무릇 이 '멋'이란 개념은 대개 다음에 드는 두
가지의 경우에서 파악된다. 즉 하나는 여러 가지의 이질적인 요소들이 한
데 엉키어 새로운 조화를 이루었을 때에 우리는 그것을 '멋있다'고 한다.
그리고 다른 하나의 정상적인 상태에서 벗어져나가 약간의 왜곡이 형성

되어 전체적인 조화를 손상시키지 않을 때에 우리는 또한 '멋지다'고 감탄한다. 이 같이 '멋'은 조화를 기저로 하면서 원상이 약간 '데포름'되었을 때에 느껴지는 일종의 미의식을 뜻함이다. 바꾸어 말하면 '멋'이란 결코 평범하고 정상적인 상태에서 느껴지는 것이 아니라 정상적인 상태에서 약간 벗어나되 그것이 전체적인 조화를 해하지 않을 때에 느껴지는 것이고 그것이 극치의 경지에 이르렀을 때에 우리는 그런 상태를 일컬어 '깜찍하다'고 한다. 따라서 이 '깜찍함'은 곧 '멋'의 극치를 이른다 할 것이다. 그런데 이 '깜찍하다'는 뜻은 소규모의 것이 대규모의 것을 교묘하게 재현시켰을 때에 이루어지는 개념이다.

이 같이 소규모의 것이 대규모의 것을 교묘하게 재현하기 위하여는 결코 정상적인 방법으로는 불가능하다. 그것을 가능하게 하기 위하여 우리의 선민들은 '데포르마시옹'으로서의 '멋'을 발견하였다. 바꾸어 말하면 끊임없이 흘러들어오는 외래문화를 받아들이면서 주체성을 잃지 않고 그 외래문화를 우리의 전통 속에 조화시키기 위하여 '멋'을 부리지 않을 수 없었다. 그 '멋'으로 하여 우리는 외래문화를 '깜찍하게' 새겨낼 수 있었던 것이다. 이 같이 '데포르마시옹'으로서의 '멋'의 형성은 곧 우리 문화의 후진성의 축적이 낳은 하나의 방법상의 특징이라는 각도에서 이해할 수 있다고 본다. 즉 고도한 외래문화를 재빠르게 받아들이고 그것을 소화시켜내기 위하여는 우리 문화의 바탕이 아직은 충분하지 못하였고 또한 계속적으로 흘러들어오는 외래문화를 신속하게 받아들이기 위하여 우리는 그 외래문화를 그 발상지의 정상적인 형태 그대로 받아들일 시간적인 여유가 없었기 때문에 '데포르마시옹'의 방법을 빌어서 정상적인 것으로 육박하여 가지 않을 수 없었던 것이다. 그러기 때문에 전 항에서 본 바와 같이 우리는 유교나 불교, 또는 주자학이나 실사구시학을 그 발상지의 형태대로 받아들여서 육성 발전시키지 않고 우리의 주체성 아래 '데포름'시켜 발전시켰던 것이다. 따라서 '멋'은 우리 문학의 주체적 성격의 구체적인 표시 방식이었고 그 본질적인 특성은 '데포르마시옹', 즉 정상적인 것에 약간의 변화를 부여함으로써 정상적인 것으로 다시 육박하여가는 곳에서 찾을 수 있다 할 것이다.

이 같이 형성된 '멋'은 그 발생학적인 단계를 거쳐서 하나의 미의식으로 고정되자 우리의 모든 예술형태에 광범위하게 적용되었음을 본다. 여기 한둘 그 예를 들어보면 첫째로 음악에 있어서 소위 '흥청거린다'는 것이 곧 그것이다. 만약에 우리 음악의 연주가가 그 악기를 연주할 때에 피아노의 건반을 누르듯 뻣뻣하게 연주한다면 우리는 거기서 아무런 감흥도 느낄 수 없는 대신에 그런 연주를 '싱겁다' 또는 '멋쩍다'고 평가할 것이다. 역시 우리 음악의 묘미는 '흥청거리는' 곳에 있으니 소리를 '엮고' '휘어서' 낼 줄 알아야 한다. 이 '엮고' '휘인다'는 것이 곧 '멋'이고 그 '멋'은 또한 '데포름'이다. 이러한 특성은 우리의 무용에 있어서도 마찬가지다. 즉 우리 무용의 특성은 동작의 곡선적인데 있다. 따라서 직선적인 기본동작을 훈련한 '발레리나'가 우리 춤을 추면 아무래도 '싱겁고' '멋쩍어' 보인다. 이 같이 음악이나 무용이 직선적이 아니고 곡선적인데에서 '멋'을 느낄 수 있다는 것은 곧 '데포름'의 미의식이 빚어낸 하나의 표현형태이다. 이 같은 곡선적인 미의식은 우리의 공예품이나 회화에서도 농후하게 나타나 있음은 주지의 사실이다. 뿐만 아니라 우리의 건축 가구 일상도구 의상들에서도 우리는 얼마라도 이 곡선미를 찾을 수 있다. 이를테면 남대문을 비롯하여 많은 궁전들의 지붕과 추녀가 보여주는 선의 미, 장농다리, 소반다리, 기명, 즙기, 주걱, 숟갈, 이런 것들에서 느끼는 곡선미, 발걸음을 옮길 적마다 천태만상으로 변화하는 부인네들의 치맛자락에서 느끼는 '멋'. 그리고 이러한 '멋'이 극치의 경지에 이르러 잘 조화되었을 때에 우리는 그것을 '깜찍하다'고 일컫는다. 따라서 '멋'의 극치는 조화에 있고 이 조화란 곧 이질적인 것이 아무런 부자연스런 곳이 없이 잘 어울림을 이름이니 조화는 곧 '멋'의 궁극의 목적이요, 또한 '데포르마시옹'의 극치이다. 우리 가옥의 재료인 기둥이나 들보 서까래에 별로 곧은 것이 없이 휘이고 구부러지고 버드러졌지만 그것들이 모여서 집으로 완성되었을 때에는 '깜찍스레' 잘 조화되어 있음을 우리는 얼마라도 본다. 우리의 남대문이나 권정전은 결코 북경의 성문이나 궁전들처럼 웅장하지는 못하다. 그러나 짜임새 있고 단단하기로는 저쪽이 따르지 못할 것이다. 이것이 곧 우리 문화의 조화성의 소지일 것이다. 이 조화의 미는 우리의 음식물에서도 찾을 수 있으니 '김치 깍두기'나 '된장찌개'의 '간이 맞는다'는 맛, '막걸리'나 '간장'의 '감치는' 맛, 이런 조화된 맛으로 우리의 생리와 체질은 자라났고 우리는 그것없이는 살 수 없다고까지 생각하는 사람들도 있을 것이다.

3. 국문학에 있어서의 '멋'

이와 같이 우리의 음악 무용 회화 공예 건축 등으로 부터 일상생활도구 의상 음식물에 이르기까지 깃들여 있는 이 '멋'과 조화는 우리의 생리와 체질까지 제약하면서 발전하여 나왔기로 우리의 문학에서도 이 미의식이 반영되고 있음은 말할 나위도 없는 것이다. 누구나 잘 아는 「춘향전」에서 이 도령(李道令)이 놀아난 것은 춘향(春香)이 기생의 딸이라는 사실을 알기 전에 그네뛰는 춘향의 멋들어진 자태를 보는 그 순간에 반해버렸고 춘향이 이 도령에서 반한 것도 이 도령이 남원부사의 아들이라는 사실보다 멋쟁이 이 도령에게 반한 것이었다. 방자는 방자대로 '신멋'이 들었고 변학도(卞學徒)는 변학도대로 '텁텁한 멋'이 있다. 이 같이 우리의 고적작품에 나오는 인물들은 다 제가끔 독특한 '멋'을 지니고 나타나서 울고 웃는다. 가끔 '멋없고' '싱거운' 친구가 나타나서는 다른 모든 '멋쟁이'들의 '멋'을 더욱 빛나게도 하여 준다. 뿐만 아니라 작품구성에서도 '멋'을 부린다. 「춘향전」의 이 도령이 '어사출도'하는 대문은 과연 '멋들어진' 광경이다. 멋있게 해치우는 것을 흔히 '신난다' 한다. 이 도령의 어사출도는 그야말로 신나게 멋있다. 마찬가지로 우리는 송강(松江)의 「관동별곡」(關東別曲)에서도 송강의 '멋'을 흠뻑 맛볼 수 있다. 시조에서도 고려가요에서도 향가에서도 우리는 그 독특한 '멋'을 얼마라도 찾아낼 수 있다.
  이 같이 우리의 생리 속에 줄기차게 흐르는 '멋'은 과연 어느 때부터 우리의 생활과 예술을 지배하기 시작하였다. 고려 고종조의 고승 각훈(覺訓)의 「해동고승전」(海東高僧傳)에 보면,

崔致遠鸞郞碑序曰 國有玄妙之道 曰風流 實乃包含三教 接化群生 且如入則孝於家 出則忠於國 魯司寇之旨也 處無爲之事 行不言之敎 周柱史之宗也 諸惡莫作衆美奉行 竺乾太子之化也

최치원의 「난랑비서」(鸞郞碑序)에 말하기를 나라에 현묘(玄妙)한 도(道)가 있으니 이르되 풍류(風流)라. 실은 삼교(三教)를 포함하여 군생(群生)을 접화(接化)하였으니 말하자면 들어서는 집에서 효성(孝誠)을 다하고, 나가서는 나라에 충성(忠誠)되라 함은 노사구(魯司寇, 孔子)의 뜻이요, 하염이 없는 일에 처하여 말이 없는 교(敎)를 행함은 주주사(周柱史, 老子)의 종(宗)이요, 모든 악을 짓지 말고 모든 선(善)을 받들어 행함은 축건태자(竺乾太子, 釋迦)의 교화(敎化)이다.

함이 있으니 우리의 '멋'은 곧 신라화랑들의 이른 바 현묘의 도인 '풍류'로부터라 할 수 있을 것이다. 과연 우리는 아직도 '멋없는' 친구를 가리켜 '풍류를 모르는 친구'라고도 하고 '멋쟁이'를 '풍류를 안다'고도 한다. 그리고 이 '풍류'(멋)는 유불선(儒佛仙) 삼교를 포함하고 있다 함은 곧 앞서 말한 '조화'의 미와 합치되는 바이며 실로 우리의 '멋'은 멀리 신라화랑에서부터 시작된 오랜 전통이라 할 것이다.

이후 이 '풍류' 즉 '멋'은 우리 문학의 오랜 역사를 통하여 다채로운 형태와 방법을 빌려서 나타났으며 이제 그 내용을 크게 갈라보면 대략 다음과 같은 것들을 들 수 있을 것이다. 첫째로 인물(작중인물이나 작자자신)이 보여주는 멋, 둘째로 작품구성이 보여주는 멋, 셋째로 표현기교상의 멋 등이 그것이다. 그리고 이러한 세 가지의 요소적인 멋이 한데 엉기어 잘 조화된 작품이 이루어졌을 때에 우리는 그런 작품을 가리켜 '깜찍한' 작품이라 할 것이다. 이 세 가지 '멋' 중에서 첫째 번의 인물을 통하여 나타나는 멋은 작자의 교양이나 지식 또는 생활환경 체험 등에 따라서 생리적으로 자연히 이루어질 수 있는 것이고 두 번째의 작품구성상의 멋도 또

한 작가의 역량 여하에 달려있기 때문에 이런 전통을 현대적인 입장에서 계승하기는 그리 어렵지 않을 것이다. 그러나 셋째 번의 표현기교상의 '멋'은 그야말로 우리말의 '멋'을 모르고서는 좀체 체득하기 힘드는 난관이 가로놓여 있음을 알아야 할 것이다. 이를테면 우리의 옛 시조에

> 재넘어 성권농(成勸農)집에 술익단말 반겨듣고 누은소 발로박차 언치놓아 지즐타고 아희야 네 권농(勸農)계시냐 정좌수(鄭座首)왔다 하여라.

라는 정 송강(鄭松江)의 작품이 있다. 누구나 다 아는 바와 같이 시조라면 우리의 시가 중에서 그 정형성이 가장 엄격한 형태이다. 그럼에도 누구나 이 송강의 시조를 읽을 때에 정형성에 얽매어 고음(苦吟)하는 흔적을 어느 곳에서도 찾지 못하며 또한 그 호흡이 현대시인의 어느 누구의 그 무슨 작품보다도 숨가쁜 것에 놀라지 않을 수 없게 되어있다. 또

> 논밭갈아 기음매고 뵈잠방이 다님쳐 신들메고 낫갈아 허리에 차고 도끼 버려 두러메고 무림산중(茂林山中) 들어가서 삭다리 말은섶을 뷔거니 버히거니 지게에 질머 지팡이 받혀놓고 새음을 찾아가서 점심(點心)도 늛부시이고 곰방대 툭툭떨어 담배피여물고 코노래 조오다가
> 석양이 재넘어갈제 어깨를 추이즈고 긴소래 저른 소래하며 어이갈고 하더라.

라는 사설시조에서 우리는 또한 그 리듬의 템포가 읽는 이로 하여금 거의 마술적으로 숨가쁘게 몰고 가는데에 놀라지 않을 수 없다. 앞서 본 송강의 시조나 이 사설시조가 꼭 같이 이렇게 엄격한 리듬의 제약을 받으면서 숨가쁘게 독자를 몰고 나갈 수 있는 것은 곧 우리말이 가지는 '멋'을 교묘하게 살렸다는데 그 비결이 숨어있음을 알아야 할 것이다.

4. 국문학의 인습 - 결론에 대신하여

우리는 오랜 역사를 거쳐 오면서 실로 다채로운 외래문화의 영향 아래 우리의 문학은 그 주체성을 잃지 않고 오늘에 이르렀다. 그리고 그 주체성의 표현형태로서 한국적인 '멋'이 하나의 미의식으로 형성되어 전통적인 권위를 견지하면서 발전하여 왔음을 본다. 이에 새로운 민족문학의 건전한 발전을 도모하기 위하여 지난 날의 우리 문학이 지켜온 권위있는 전통, 즉 국문학의 주체성과 그 표현형태로서의 '멋'을 어떻게 계승 발전시킬 것인가가 앞으로의 과제임을 명기해야 할 것으로 안다. 앞서 보아온 그러한 전통이 혹시 새 시대를 위하여 해독적인 요소를 내포하고 있지 않는가를 상세히 검토할 필요가 있다. 이에 전통과 상반되는 개념으로서의 국문학자의 인습적인 면을 살펴 보기로 하겠다.

우리 문학의 전통의 줄거리는 주체성의 견지에 있었고 그 표현형태는 '멋'에 있었다. 그런데 이 주체성의 견지란 곧 외래문화를 신속하고 다각적으로 받아들이기는 하였으되 언제나 우리의 생리와 체질에 맞도록 그 원형을 '데포름'하여 받아들였다는 우리의 태도를 말함이었다. 그리고 그 '데포름'은 이른바 '멋'이라는 미의식에 의하여 이루어졌던 것임을 앞서 누누이 지적한 바와 같다. 이러한 사정을 다른 말로 바꾸어 표현한다면 우리 문학의 후진성을 지양 극복하기 위하여 선진 외래문학을 받아 들이고 발전시켜나갈 때에 그 발상지의 원상 그대로를 건전하게 받아들이거나 발전시켜나가지 못하고 항상 '데포름'하였기 때문에 우리의 문학은 언제나 건전할 수 없다는 결과를 가져다 주었다 할 것이다. 특히 그 '데포름'의 농도가 희박하거나 또는 그 열도가 미온적이었을 때에는 필연적으로 '모방'의 테두리에서 맴돌지 않을 수 없게 되어 있다. 따라서 우리 문학의 앞서 든 두 가지의 전통성은 자연히 '모방성'이라는 인습을 부작용적으로 빚어낼 위험성을 다분히 내포하고 있었다 할 것이다. 그러기 때문에 논자에 의하여는 우리 문학을 중국 문학의 식민문학으로 보지 않을 수 없다는 비관적인 결론을 내리는 사람까지도 있게 마련이다. 과연 우리 문학은 일견 중국문학의 아류같은 인상을 미상불 풍기는 바 없지 않으며 또한 그런 예를 구체적으로 얼마라도 들 수도 있다. 요컨대 우리 문학의 인습은 '불건전성'과 '모방성'이라는 두 가지의 성격에서 찾을 수 있다 할 것이다.

　앞으로 좀더 건전하고 본격적인 새로운 민족문학을 지향, 건설하기 위해 이른바 '깜찍하다'는 소규모성에서 벗어져나가 좀더 스케일이 큰 건전한 문학을 구상하는 훈련을 쌓아야 할 것이다. 그리고 덮어놓고 외국문학을 '수박겉핥기'로 추종할 것이 아니라 우리의 필요에 응하는 냉철한 비판과 반성을 거쳐서 단순한 '모방'이나 '번안'의 경지를 넘어서 새로운 것을 창조해내는 훈련을 또한 쌓지 않으면 안된다. 그리하여 우리는 '현대'의 특성인 '세계성'에 참획하여 어디까지나 '한국적'인 전통, 즉 우리의 주체의식과 '멋'을 알림으로써 세계문학의 대열 속으로 뛰어들어야 한다. 그런 의미에서 우리의 인접문학인 일본문학의 최근의 동태를 하나의 거울로 삼는 것도 무의미한 일은 아닐 것이다. 즉 일본문단에서 가장 권위있는 문학상으로 오랜 역사를 자랑하는 아꾸타가와상(芥川賞)의 수상작이 수년간만 하더라도 소위 전후파(戰後派)의 문학, 이를테면「태양의 계절」같은 것을 중요시하다가 작금 양년에 이르서는「유산절고」(楢山節考) 또는「발가벗은 태자」와 같은 이른바 일본적인 것에의 추구로 기울어져가고 있다는 사실을 우리는 주목해야 할 것이다. 그런 뜻에서 우리는 수 년 전에 발표된 정한숙(鄭漢淑)씨의「전황당인보기」(田黃堂印譜記) 같은 작품은 하나의 역사적인 의의를 갖는데 충분할 것이며 앞으로 우리의 더 많은 작가들을 그러한 방향으로 좀더 집요한 추궁을 기울이는데 노력을 아끼지 말아야 할 것으로 본다.

[『사상계』, 1958. 10]

29

뉴크리티시즘의 제문제

- 그 현대성에 대한 평가와 섭취를 중심으로 -

백 철

여기서 내가 논하고자 하는 것은 내가 근 1년간 미국에 가 있는 동안에 주요한 문학비평가들을 만나서 회담할 기회를 가졌던 일과 또 거기서 비평서적 등을 통하여 현대미국비평계를 개관한 얼마 되지 않는 지식에 의하여 행해지는 것이다. 이 번 회의와 같이 미국의 문학교수들, 나보다도 현대미국문학비평을 익히 알고 있을 학자들과의 합석한 장소에서 몇 달 동안의 개관한 지식을 갖고 미국현대비평에 대한 강연을 하는 것은 무모한 일일지 모르지만 그러나 여기서 내가 자신(自信) 비슷한 것을 느끼는 것은 한국의 문학비평가로서 미국의 비평계를 본 소감이라는 것, 그 점은 동시에 미국에서 온 학자들에게도 흥미가 있을 면이 아닌가 생각하는 것이다. 다시 말하자면 내가 미국의 비평계를 본 것은 어디까지나 한국의 비평가로서 한국의 현대비평의 입장과 대조해서 봤다는 것, 따라서 옳든 그르든 간에 거기서 어느 정도의 비판적인 입장을 취했다는 것 이것이 내게는 중요한 사실이며 또 이 강연에서 내가 강조한 것이 있다면 결국 그런 면이 될 것이다.

내 이야길 시작하는데 있어서 나는 방법상 한국의 현 비평적인 입장을 몇 마디로 설명하려고 한다. 그렇게 하는 것이 여기 참석한 미국학자들에게 한 참고로 될 뿐 아니라 국내의 학자들에게도 저쪽 비평을 파악하는데 하나의 대조적인 특색이 서로 비교되어 그 장단 흑백이 분명하게 눈에 뜨일 것이다.

이제 먼저 한국의 현 비평의 특질이 무엇인가를 말하기 위하여 먼저 그것이 생성된 경로의 특징적인 면의 몇 가지를 지시하려고 한다. 현 세기 처음에 한국의 현대문학이 '신문학'의 이름으로서 시작된 뒤 60년간의 '신문학' 운동과정에 있어서 문학비평은 발전적으로 주요한 몇 가지의 외국문학비평의 영향을 받아서 오늘의 현 상황에 이르렀던 것이다. 그 첫째는 1914년 전후해서 신문학 초창기의 문학자 이광수(李光洙)의 의하여 톨스토이의 문학비평적인 설이 도입되었다. 톨스토이의 도덕론적인 비평은 처음엔 이광수의 민족주의적인 정의론(正義論)에 의하여 변장되었다. 문학을 하는 목적 문학작품의 가치는 모두 거기서 민족운동의 효과를 내기 위한 것이요 민족계몽의 뜻이 충분토록 담겨져 있기 때문이라고 보았다. 그것이 이광수의 문학관인 동시에 우리나라 최초의 문학비평기준이기도 했던 것이다. 이광수의 정의론은 나가면서 차츰 더 도덕적인 면으로 정체(正體)를 내놓았다. 1920년 무렵해서 한국의 신문학사상에 퇴폐적인 경향이 등장할 때에 이광수는 '일국정조의 풍미'라고 과격하게 그것을 배척하였다. 그는 "오늘날 우리 문단의 젊은 문사 제 씨는 무서운 도덕적 악성병에 걸려 있습니다. 의지력 극기 분투역행(奮鬪力行) 고상한 인격신의 등의 덕목은 문사에게도 아무 상관도 없는 것 같이 생각하는 모양이외다." 하고 문학에 대한 도덕적 입장을 강조했는데 이것은 톨스토이가 그의 「예술이란 무엇인가」 속에서 전세기말의 불문학을 인정하지 않으려는 도덕설 이상으로 칠 수 있는 것이다. 이광수는 다시 1926년 「동아일보」 지상에 「중용과 저조」라는 논문을 발표했는데 이것은 당시에 불일듯이 일어나고 있던 프롤레타리아 문학에 대하여 혁명문학이 정도의 문학이 아닌 점을 지적하고 유교의 '중용지도'(中庸之道)라는 자사설(子思說)에 찬동하여 중용의 문학에 높은 가치를 두었으니 이것도 도덕적인 비평론이었으며 다시 1932년의 작 「흙」은 철저하게 톨스토이적인 인도주의 도덕관의 표시임을 반증한 것이었다. 이광수는 신문학의 창시자로서 그의 영향이 컸으리만큼 그 문학관 그 작품가치 판단론은 한국 비평의 초기

형성에 큰 영향을 주었던 것이다. 그 점에서 한국비평의 제일계단은 도덕론적인 것이라고 지적할 수 있다. 둘째는 1920년대부터 근대적인 자연주의문학이 한국의 신문학을 차지하게 되었는데 전후 우리 신문학에 끼친 자연주의문학의 영향이 가장 컸으니만치 이 방면에서 온 문학비평의 영향도 지대했던 것으로 본다. 생트 뵈브나 텐느의 비평이론을 전문적으로 연구하고 적용한 사람을 단적으로 가리키기는 어려우나 자연주의 작가인 염상섭(廉相涉)에 의하여 또는 뒤에 양주동(梁柱東) 정로풍(鄭盧風) 같은 이론가들에 의하여 텐느 등의 이론은 상당히 광범위하게 적용된 것으로 보아야겠다. 대체로 오늘까지도 한국의 문학비평의 주특징은 작품을 그 뒤의 시대 민족 제도 또는 작가의 전기 등의 환경적인 조건에서 평가하려고 하는 것은 그 주영향을 텐느를 비롯한 19세기적인 문학비평계에서 받아들인 반증일 것이다. 그 때만 하더라도 1928년을 전후하여 프로문학과 대립해서 민족문학론 국민문학론이 일어나고 있을 때에 양주동의 민족의식의 규정에 있어서 "조선심…이란 결코 관념혼적으로 공중에 매달린 유영적 현상이 아니오.……조선이란 땅과 민족의 생활관념 중에서 그야말로 제 씨가 흔히 말하는 유물론적 사회적 관계로 필연적으로 생산된 의식이다."고 하고 또 정로풍의 그 민족의식을 말하는데 있어서 한국민족의 종족부락시대부터 따지고 나선 그 이론적인 근거란 모두 그 텐느적인 환경론에서 근원적으로 볼 수 밖에 없는 것이다.

　뒤이어서 1925년부터 약 10년간 소위 프로문학이란 것이 문학운동의 패권을 잡는 동안 프로문학의 비평활동은 예의 없이 활발했는데 그들의 문학비평이란 알다시피 경제적 구조를 대부분으로 하고 정치성을 정면으로 내세워서 정치투쟁의 방편 수단으로 문학을 보고 그 정치성의 반영여하에 의해서 기계적으로 작품의 가치를 결정했다. 이런 정치성에 의한 작품비평 이것이 또한 한국비평이 적지 않은 외부적인 성격을 부여한 것이 된다.

　1934년을 전후해서 신문학사적으로 프로문학에 대한 반동이 옴과 함께 비평분야에서도 프로문학의 정치성에 대한 맹렬한 비판이 왔는데 예를 들면 김환태(金煥泰)의 비평론이다. 1935년에 그는 주장하여 "문학비평의 대상은 언제나 문학이다."라고 하고 "문학비평의 대상이 문학이므로 문학비평은 언제나 작품에 즉하지 않으면 안된다." 또는 "이는 결코 문학 그것을 정치나 사회나 철학이나 윤리나 그 외의 모든 문화영역의 우위에 두려는 소위 예술지상주의자의 주장은 아니다. 다만 나는 인류의 각 문화영역이 각각 그 특유한 법칙과 가치를 가지고 있어 어떤 영역의 친범도 허락하지 않는 것과 그리고 그러함으로써 그 독자의 가치를 가장 잘 발휘할 수 있다는 것을 역설하는 것뿐이다."고 하여 말하자면 문학의 독립성을 지적한 것인데 이것은 뒤에 내가 이야기하고자 하는 미국의 현대비평의 문학관과 상당히 접근한 말이었다. 여기에 한국의 문학비평이 20세기적인 입장으로 나서려는 하나의 노력이 엿보인 것이다. 이 김환태설이 등장한 것과 거의 동시지만 그러나 전혀 별개로서 직접 구미의 20세기 비평의 영향으로서 등장된 또 하나의 비평론은 최재서(崔載瑞)의 문학비평이다. 그는 1934년에 주로 영국의 20세기 비평가들, I. A. 리챠즈, 허버트 리드, 올더스 헉슬리 등의 비평론을 소개하면서 스스로 주지파적인 문학비평을 내세웠다. 즉 그는 「비평과 과학」(1934년) 「비평의 형태와 기능」(1935년)을 논하여 문학비평이 하나의 과학적인 분석과 주지적인 기능의 것임을 설명하였다. 또한 시인 김기림(金起林)이 '모더니즘'의 이름으로 에즈라 파운드 등의 시론을 소개하고 시에 있어서 언어의 마술성을 이야기한 것도 이 때인 때문에 이 시기는 문학사적으로 보나 비평사적으로 보아서 하나의 현대문학적인 특징이 현저해진 것이 사실이었다. 하지만 그것이 현대문학적으로 참된 결실을 보았느냐 하면 그렇지도 못하였다. 그 이유는 우리 문단의 아카데믹한 수준의 미달에 있고 또 하나는 뒤이어서 곧 중일전쟁 제2차대전이 오게 되어 일제정치하에서 우리 문학사상 하나의 암흑기가 온 원인도 있는 것이다.

1945년 민족해방이 되면서 한국문학이 민족문학으로서 새로 출발할 때에 문학비평도 그 기준과 전제가 바뀌었으니 한 마디로 하면 다시 정치성이 문학비평의 기준적인 것으로 돌아왔다고 봐야겠다. 물론 근년으로

오면서 한 두 사람의 신인 비평가들에 의하여 시와 언어의 문제가 제출되고 시평방법으로서 분석적인 것이 의식되고 있는 것이 주목되지만 아직 충분한 영향력을 문단에 가지기엔 이르지 못하고 있다.

이상에서 보아온 바 '신문학' 이후 반세기의 신문학 운동에 있어서 한국의 문학비평이 받아서 성장한 몇 가지의 주요한 영향과 그 결과 오늘의 한국비평이 가지게 된 주요한 경향을 살펴보면 그 특색은 문학작품의 평가에 있어서 그 기준을 외부적인 조건, 가령 도덕성이라든가 사회성 정치성 민족 자연환경 그 시대의 문명조건 또는 작가의 전기 등의 문학작품의 배후적인 조건에 두고 있다는 점이다. 이것은 구미의 현대문학비평의 입장으로 보면 차라리 전 세기적인 문학비평에 속하는 것이며 또 그 점에서 우리 문학비평은 저쪽의 현대비평에 비교하여 한 걸음 후진된 상태라고 타진해 놓아야 할 것 같다.

그러면 우리 한국의 현대비평과 대조하여 저쪽 주로 미국의 현대비평이란 어떤 특질의 것으로 되어 있는가. 여기가 오늘 내 이야기의 주요한 내용이다.

먼저 나는 비평계에 대한 전제로서 미국의 현대문단의 분포도에 대하여 한 마디만 언급해 놓으려고 한다. 미국의 문학계는 내가 보는데 의하면 외양으로 두 개의 분야에 나누어져 있었다. 하나는 전적으로 저널리즘 분야에서 직업적으로 작품과 비평을 쓰고 있는 사람들 또 하나는 주로 대학 같은 데서 교수이면서 즉 아카데믹한 일을 하면서 동시에 작품과 비평 활동을 하고 있는 이를테면 반직업적인 문학들 이렇게 두 개의 분야로서 문학계가 구성되어 있다. 이것이 우선 한국의 문단 구성과 그 내용이 틀리는 면이나 우리 문단에는 뒤의 것, 즉 아카데믹한 문학분야가 거의 준비되어 있지 않기 때문이다. 여기 참고삼아 한 마디 언급하고 싶은 것은 나의 판단이 틀리지 않는다면 현재까지 그 두 개의 분야는 서로 좋은 사이가 아니라는 점이다. 이것은 아카데믹한 분야에서 취해지는 것보다, 직업적인 작가들 측에서 아카데믹한 파(派)를 적대시하는 편인 것 같다. 일례를 들면 헤밍웨이 같은 작가는 아카데믹한 파의 비평활동에 대하여 '홍진'(dasty storm)을 일으킨다…고 악담에 가까운 말을 하였다. 포크너 같은 작가도 이 파를 좋아하지 않는다. 저널리즘 작가측에서 흔히 'Ph. D.'의 출신의 야유하는 것도 모두 그 근거가 일치되어 있는 것이다.

그러나 내가 보기엔 아카데믹한 학파가 비록 직업적인 작가들한테 공격을 받고 있다 하더라도 의연히 그들은 미국문학계의 커다란 세력이며 그것은 단순히 대학이나 학생 등에게서만 세력을 갖고 있을 뿐 아니라 저널리즘 측도 비교적 고도한 면은 이 아카데믹파가 차지하고 있는 사실을 지적할 수 있다. 특히 문학비평계에 있어서는 이 방면의 세력이 더 크기도 하고 또 그것이 현대미국비평의 대표적인 특징이기도 하다. 이제 내가 미국의 현대비평의 동태로서 주요한 것을 말하고자 하는 것도 그 아카데믹한 파의 비평가들, 소위 뉴크리틱(New Critic)을 중심으로 하는 것이다. 내게는 그 파의 비평이 더 흥미도 있고 현대비평으로서 중요한 특색도 있고 다른 어느 나라에서도 이와 꼭 같은 현대비평이 없는 점과 특히 우리 한국의 현대비평과 대조해 볼 때에 결정적으로 차이가 지는 대질적인 의미도 있어서 그 면을 주로 해서 현대비평 이야기를 하는 것이다.

그러면 현재 미국에서 '뉴크리티시즘'이라고 불리워지고 있는 아카데믹한 유파의 문학비평이란 그 특질이 뭣인가. 특히 한국의 현대비평의 특질과 비겨서 뭣이 더 현대적인 특질일까. 그 점이 가장 이 이야기의 요령이다.

여기서 우선 그 파의 비평의 참고자로서 뉴크리틱으로 불리워지고 있는 사람들을 광범위에서 열명(列名)을 해보면 먼저 I. A. 리챠즈나 T. S. 엘리어트에서 시작하여 윌리엄 엠프슨, 이볼 윈터즈, 존 크로우 랜섬, 앨런 테이트, 클리언스 브룩스, R. T. 블래크머, 케니스 버어크, A. 마이즈너, L. 트릴링 등이고 그리고 좀 경우가 달라지지만 르네 웰럭, 윌리엄 윔세트 주니어, 오스틴 웨렌 등을 추가할 수 있다. 다시 한 마디 더 하고 싶은 것은 일차 이 뉴크리틱을 두 개의 종류로 나누어 봐야겠다는 것인데 즉 '뉴크리틱'에는 주로 이론방면을 담당하는 사람들과 주로 실제가로서 작품을 다루는데 치중하는 사람들이 있다. 이상 든 가운데서 다시 분별을 하면 뒤에 든 사람들 '웰렉' '웨렌' '윔세트' 등 그리고 좀 경향이 다르지만 '시카고 스쿨'에 속하는 'R. S. 크레인' '리챠즈 매큔' '엘더 올슨' 등을 이 이론가에 들어야 할 것이다.

여기 이론가들에 대해서도 구체적으로서도 이론이 틀리지만 그러나 그들에게 공존된 하나의 문학론적인 견해는 문학이란 것을 현대면 현대것으로만 보지 말고 그것을 고대문학부터 지금까지의 연속(Continuity)으로서 인식하자는 점이다. 그들은 생각하고 있는 듯 했다. 문학이란 본질적으로 옛날이나 지금이나 변해진 것이 아니다. 이것을 호의적으로 보면 문학의 생장과 발전을 전통에 즉해서 고찰하고 있는 입장일지 모른다. 또 그렇게 보면 이 이론가들의 연속성의 문학관에 대해선 가깝게는 T. S. 엘리어트의 「전통과 개인의 재능」(Tradition and the Individual Talent)이 선구적인 논문인지 모른다.(물론 엘리어트의 동 논문은 문학관으로서 그 형이상학적인 유니티를 공격한 것은 여기에 염두에 두고서 말이다.) 좀더 근대로 올라가면 이 연속의 이론은 S. T. 코올리지의 문학론 그것과 전후의 관련을 가진 독일의 로맨티시즘의 문학론 등과 인연을 갖고 있으며 다시 더 소급을 하면 희랍 고대의 문학론, 특히 플라톤 등의 형이상학론과도 맥을 통하고 있다는 것을 지적하고 싶다. 여기 그 이론가들의 문학사적인 입장을 보면 그들은 연속성으로서의 문학을 본다는 것의 입장은 어디까지나 20세기적인 현대문학성의 것이란 점이다. 요컨대 이들은 현대문학을 보는 입장과 방법이 하나의 문학사적인 결산이라는 것, 현대문학을 일체의 과거에 대한 합산(Assessment)에서 인식 파악한다는 것 여기서 그 합산적인 방법은 나가서 다른 실제가인 '뉴크리틱'의 비평방법에서도 종합적으로 작품의 가치를 계산하는 면과 상통하고 있는 것으로 보아서 틀리지 않는다. 윔셋는 그의 논문집 「버벌 아이콘」에서 평론가는 결국 과거를 통산하여 그 좋은 점들을 통합해 놓는 일을 해야 한다. 즉 "비평가는 과거의 여기 저기의 중요한 이론을 융합해서 자기 자신의 이론을 만드는 일이다."

문학을 '연속'으로 보는 그들에게 있어서 도 하나의 뜻은 문학을 특수성에서가 아니고 일반 특질로서 찾고 있는 면의 주장이 아닌가 보여졌다. 예를 들면 르네 웰렉은 비교문학은 즉 세계문학이라 할 수 있는 것 즉 비교문학은 각 민족, 각 지방의 문학을 비교 대조하여 거기 공통으로 내재되고 있는 일반 특질이 뭣인가고 발견하는데 있다고 그의 「문학의 이론」(Theory of Literature)과 「비교문학이란 뭣인가」(What's the Comparative Literature)라는 소론에서 중언(重言)하고 있다. 이런 일반 특질의 발견에 중점을 두는 것은 이론가들만이 아니고 실제가들도 공통되는 문학관인 상 싶다. 가령 '뉴크리틱'의 대표자격인 랜섬의 논문 「비평가의 의도」(The Intend of the Critic)이란 글에서 "비평가란 하나의 미학자로서 시에 대하여 그것이 일반적으로 뭣인가를 이해하는 사람"이라고 하고 그가 문학에 대하여 도덕성 등의 특수 조건으로서 평가하는 일을 배격하는 것은 "가령 어떤 시가 도덕적인 가치를 갖고 있다 치더라도 그것은 모든 시에 있을 수 있는 보편성은 아니다."고 생각하기 때문이다. 그리하여 우리는 뉴크리틱으로서 그 이론가들의 문학관적인 이론을 먼저 엿볼 수 있는 것이다.

이 이론가들에 대하여 한편 실제가들은 그 이론을 기반으로 하고 동서에 과학자적인 방법을 설정하면서 직접 작품을 만지는 사람들이다. 뉴크리틱이란 실은 이론가가 아니고 주로 이 실제가들을 가리키고 있으며 먼저 열명(列名)한 그 비평가들도 태반이 실제가들로서 현대비평의 신영역을 개척한 사람들이다. 또한 여기 한국의 현대비평과 대조해서 그 특징이 주목되는 것도 이 실제가들을 더 대상으로 하는 뜻이 된다. 왜 그러냐 하면 한국문단에서 비평가라고 하면 이론가보다도 곧 작품시평가(作品時評家)들을 주로 하는 것으로 되어 있기 때문이다. 그리고 같이 작품을 다루고 있는데 있어서 그 작품을 비(比)하는 데도 그 비평방법 등이 한국과 뉴크리티시즘 간에 커다란 대질적인 차이가 있는 점인데 즉 먼저 반문해 놓았던 특질이란 뭣일까!가 여기 설명되어야 하겠다.

뉴크리티시즘이 명백히 한국의 문학비평과 다르다고 느껴진 것도 작품비평의 기준이라 할까 혹은 문학관이라 할까 한국의 비평은 먼저 말한 바와 같이 작품을 평가하는데 있어서 어떤 외부적인 조건에 의해서 결정을 하는 경향인데 대하여 '뉴크리티시즘'은 외부가 아니고 문학자체의 조건 그 내부적인 조건에 의해서만 작품을 보고 판단하고 하는 점이다. 우선 이 점이 우리 것과 결정적으로 다른 특질이다. 말하자면 뉴크리틱은 작품을 보는데 있어서 오직 문학의 내부조건에 의하여 그 이외의 어느 것에도 의하지 않는다는 것 여기에 중점을 두고 뉴크리티시즘 비평적인 특징을 보기 시작하자는 것이다. 그럼 내쳐서 그들이 말하는 문학의 내부조건이란 뭣인가. 단적으로 말하면 우선 그것은 작품에 사용되는 언어의 조건이다. 문학작품이란 뭣이냐. 그것을 대할 때에 결과로 나타나서 비평가의 눈 앞에 닥치는 것은 언어밖에 없다. 더 구체적으론 일정한 문자로써 적힌 언어밖에 남을 것이 없다고 말하고 있는 듯하다. '웰렉'이 그의 「문학의 이론」에서 문학은 "언어의 조직체"라고 말한 것은 단순한 이야기가 아니다. 언어는 그들에게 제1의 조건일 뿐 아니라 유일한 조건인 것이다. 사실 뉴크리틱이라 하지만 그들의 비평개념이 하나하나에서 일치된 것이 아니고 그들의 작품관의 상호견해에 있어서도 여러 가지 차이가 있다. 예를 들면 리챠즈 등이 심리학적인 견지에서 그의 새 비평을 출발시켰고 원터즈 등과 같이 색다른 도덕성에서 작품판단을 하려는 경향도 엿보이지만 그러나 그들이 모두 언어를 문학의 제1조건으로 의식하고 그 언어조건에서 작품의 평가를 이야기 하려고 하는 사실은 랜섬 등의 순 '뉴크리틱'과 견해가 공통된 점이다. 사실 리챠즈의 「의미의 의미」(Meaning of Meaning, 1923)는 문학해석에 있어서 새로운 언어학적인 학설의 출발이었다. 그에 의하면 일상적인 언어도 복수적인 의미를 갖고 있는 것이며 언어에는 '센스'의 의미 '감정'의 의미 그리고 '어조' '의도' 등의 네 가지 종류의 뜻이 있는데 이것들은 개별로 나타나는 것이 아니고 서로 결합되어 전달된다…고 했고 '윈터즈'도 언어는 이중의 성질을 갖고 있어서 하나하나의 단어는 개념적인 동시에 '불러 일으키는'(evocative) 것이라고 주장한다. 여기서 나는 발레리가 그의 「순수시론」에서 언어는 의미를 전달하는 것과 감정을 전달하는 것의 두 가지 작용을 갖고 있다고 한 것을 생각하여 언어의 복잡한 의미와 그 기능을 중심하고 20세기의 주지적인 시와 비평이 현대성을 파악 주장한 자취를 찾으려고 하는 것이다.

그러나 현대문학과 그 비평에 있어서 언어가 유일한 내적 조건이라 하더라도 그것은 무조건적이 아니다. 먼저 리챠즈의 말과 같이 의미적인 결합에서 오는 그 복합적인 기능을 내용으로 한 것이다. 윔세트는 전저(前著)에서 언급했다. "시는 오로지 그의 의미에서만 이해되는데 그 의미는 언어를 매개로 해서 온다. 시는 사실 또는 스타일에 의하여 의미의 복잡성을 전달한다. 시가 성공한다는 것은 그것이 말하고 또는 함축하고 있는 전부 혹은 그 태반이 적절하다…는 것과 적절하지 않은 것은 제외된 것을 뜻한다."

그렇기 때문에 그들이 흔히 말하다시피 시는 "언어의 상징적인 스트럭쳐(Structure)"인 것이다. 언어가 정확하게 쓰여질 뿐 아니라 상징적으로 쓰여지고 그 밖에 그것이 의미의 복잡한 것을 나타내는데 적당하도록 여러 가지의 간접적이고 함축적인 것을 동원토록 쓰여지는 것이다. 현대시의 언어에 있어서 소위 '메타포'가 중요시되고 역설이 자주 나오고 또 아이러니로써 혹은 우유(寓喩)적인 시퀜스에서 사용되고 있는 것이다. 다시 말하면 현대문학에 있어서의 언어의 중요성은 그것이 모래알들과 같은 위치와 누적이 아니고 시인의 의식적인 선택과 결합의 복잡 미묘한 조직체를 가리키는 것이다. 뉴크리틱에 의하면 비평가의 가장 어려운 일과 동시에 중요한 일은 그 시적 구조의 '스트럭쳐'와 텍스쳐(texture)의 얽힌 전후 좌우의 복잡한 관련을 명백히 골라내고 해설할 수 있는 일이라 한다. 그 '스트럭쳐'와 '텍스쳐'는 비겨서 말하면 최상의 비단을 짜는데 씨와 날과 같은 성질에 속한다고 볼 수 있다. 그리고 이 씨와 날은 모두가 언어의 사용의 전후 좌우에 오고 가고 얽히고 뭉키고 한 조직성의 두 개의 패턴을 지적한 말이다. 그러니까 비평가의 임무와 기능이란 그 언어의 복잡한 결구에 대하여 날과 씨의 '패턴'을 찾아내고 쓰여진 하나하나의 언어의 기능을 파악하는데서 그 예술적인 조직이 의미를 어떤 특수한 유니티로서 통일하고 있는가, 또 그것이 어떻게 저와 같은 모순된 이념을 동시화할 수 있었나, 어떻게 반대되는 것 중복된 의미를 잘 분명히 표현해 놓고 있는가 하는 것을 구명하는 일이다. 그래서 현대비평의 임무는 문학작품의 내적인 조건과 그 조직과 또 그 조직의 성질을 찾아내는 일이다. 그들에게 있어서는 그 문학작품의 대상이 뭣인가가 문제가 아니라 문학의 내적 조건 그것에 온 중점을 두고 비평의 일을 시작하고 완결하는 것이다.

이것이 '뉴크리틱'의 한국 비평가와 대조되고 큰 질의 차이가 지는 문학관이며 작품에 대한 이해성인 것이다. 따라서 여기 둘째로 '뉴크리티시즘'의 특징인 그들의 비평방법이다. 필연적으로 그 비평방법도 한국비평의 것과 달라서 무엇보다도 그 작품의 내적인 언어인 내적인 조건을 대상으로 하기 때문에 그 방법은 해석적이요 그들의 말로 하면 분석적인 것으로 되어 있는 것이다. 비겨 말하면 현대시란 아니 본시는 문학작품이란 그것이 성공하고 있는 한에신 마치 복잡을 극한 고도한 기계와 같다. 아니 아무리 현대의 과학 기계문명이 발달되어 고도한 기계들이 발명되었다 해도 그 복잡성, 그 미묘성, 그 유기성이 문학작품의 것을 당해낼 수는 없는 것이다. 그런데 현대비평가는 그렇게 복잡한 하나의 전문적인 기사로서 각 부분으로 분해해서 하나 하나 부분을 뜯어내어 독자와 학생들 앞에 개시하는 일이다. 그 점에서 '뉴크리티시즘'은 비평의 결과나 목적에 뜻이 있는 것이 아니고 그 작품을 뜯어내는 과정(프로세스)에 태반의 의미가 놓여져 있다. 그 시에 어떤 말이 쓰여져 있나. 그것이 1행 1행, 1절 1절에서 또는 그 행, 절과의 관계, 또는 일정한 시컨스의 조건에서, 그 시의 복잡한 의미가 어떻게 작용하고 있는가를 분석해내는 것이다. 일례를 들면 하나의 단어, 가령 그것이 '바다'(Sea)라고 할 때에 그들에 의하면 그 '바다'란 말의 풍기고 있는 여러 가지 이미지와 뜻을 상세히 파내야 한다. 즉 '바다'와 함께 연상될 수 있는 것들, 가령 '물고기' '바람' '추위' '밀물' '회색의 하늘' '부르짖는 바다새' 그리고 '빠질 위험성'과 또는 '그리운 항구' '가정의 광경' 등의 여러 가지 이미지와 내용을 끄집어 낼 수 있는 것 이것들을 철저히 실행하는 것이 '뉴크리틱'의 비평적인 기능인 것이다. 이런 예로서 우리는 '뉴크리티시즘'의 실제적인 일이 뭣인가를 짐작할 수 있다. 이런 일에 대하여 '랜섬'은 "시는 일정한 사태의 여러 가지 면상(面相)과 관련되어 있다."고 하면서 'T. S. 엘리어트'의 「황무지」에 대하여 시인의 테크닉은 아이디어에 대한 음악적인 수법이라 할 수 있다고 하는 이유로서 그 아이디어들이 모든 종류의 것, 추상적인 것, 구체적인 것, 일반적인 것, 특수한 것을 음악가처럼 정리했는데 그것은 단지 독자에게 여러 가지를 말하고 있다는 것이 아니라 그 여러 가지를 한데 뭉쳐서 어떤 불가분리의 전제적인 감정의 효과를 나타내는 것을 의미한다…는 것, 그래서 신비평은 그 음악적인 구조에 대한 전문적인 분석이 필요하다…는 것이다. 이러한 분석 비평은 문학사적으론 18세기의 고전주의적 주지의 비평, 예를 들면 '포우프'나 '드라이든'의 비평과 연락이 되는 것으로 되어 있다. 사실 '포우프'같은 사람은 작품을 비평하는데 있어서 1행 1어에 대하여 자세하고 정밀한 관찰로서 조사를 했다. 그리고 불굴의 충실성을 가지고 하나 하나의 부분을 재조사하여 정확치 않은 것은 하나도 용서하지 않은 것이다. '드라이든'의 학자적인 문학비평에도 그와 유사한 면이 나타나 있었다고 볼 수 있다. 그와 같이 고전파 비평과 실제비평가의 방법이 관련이 있다면 이것은 그들 이론가들의 학설이 19세기초의 로맨티시즘과 관련된 것과 서로 모순이 있는 듯 하지만 그러나 그 이론가들의 말과 같이 현대비평이란 과거의 모든 것의 중요한 면을 합산한 것이라 보면 여기서 '뉴크리티시즘'이 그 방법에 있어서 고전파의 것을 섭취하고 있는 것은 결코 부자연한 일이 아닌 것이다. 또 그 고전파의 분석방법의 관련인 것을 볼 때에 '뉴크리티시즘'의 분석방법이 일조일석(一朝一夕)에 생겨지지 않은 것을 현재의 '뉴크리틱'들의 정확 정밀한 학문성에서 이해할 수 있는 것이다. 그들이 하는 분석은 그처럼 학문적인 전통의 계승에서만 도달할 수 있는 하나의 학문적인 체계에서 이루어진 것이다. 하여튼 먼저 든 몇 가지의 사례의 설명으로서도 '뉴크리틱'의 현대비평적인 일이 얼마나 복잡하고 전문적이고 또 대단히 힘든 일이라는 것을 알 수가 있다. 또 그 문학관과 방법의 특징을 우리 한국의 현대비평과 비교해 볼

때나 이쪽의 것이 얼마나 딜레탕트의 것인가 크게 반성도 되는 면이 있으
며 내가 전에 일차 국내신문에 쓴 바와 같이 한국비평이 하나의 비평과정
으로선 기어이 이 분석비평을 받아들일 필요가 있다고 주장한 바와 같은
것이다. 우선 '뉴크리티시즘'의 주요한 특질이란 이상과 같다…고 하고 그
밖에도 추가해서 한 두 가지 그 비평의 현대성적인 점을 지적할 것이 있
다. 그것은 '뉴크리틱'들이 먼저도 이야기한, 하나의 전문적인 기사(技師)
와 같기 때문에 그들은 비평을 하나의 과학이라 자처하는 것과 문학작품
을 하나의 특수한 지식으로 생각하지 그 이상의 아무 것도 아니라는 점이
다. 그 뜻을 '클리언스 브룩스'는 분명히 내게 이야기한 일이 있다. 동시
에 그는 비평가의 용어에 있어서 다른 일체의 수식적인 것이 필요치 않고
오직 정확을 기하는 과학적인 것을 쓰는데 일심 노력을 한다는 것이다.
이런 면이 분석 비평으로서 '뉴크리티시즘'이 필연히 가지게 되는 또 하나
의 특질의 면이다.

　다음에 다시 하나는 현대비평으로서 '뉴크리티시즘'의 문학사적인 위치
인데 그 비평의 현대성이란 문학사적으로 19세기적인 근대비평에 대한
'안티테제'로서의 특질을 가지고 있기 때문이다. 근대적인 비평이란 무엇
이냐. 그 특질이 무엇이냐, 하면 그것은 우리 한국의 현대비평의 특질과
유사한 것이라고도 볼 수 있어서 문학작품의 평가를 주로 작가의 전기라
든가 그 시대의 문명조건 등의 외부배경적인 조건에 의하여 결정을 내리
는 경향인데 '뉴크리티시즘'이 1차대전 이후 등장할 때에 먼저 그 외부조
건에 의한 비평의 반대로써 나온 것이 사실이다. 그들은 강경히 반대했던
것이다. "우리들은 문학비평을 작가의 전기나 사회적 배경이나 그 작가가
살고 있는 그 사회의 상황이라든가와 혼동해서는 안 되는 것이다. 또한
그 작품 속에 들어 있는 그 시대에 사조와 같이 봐도 안 되는 것이다."

　그리하여 뉴크리티시즘은 대전 후 등장하여 그 뒤 꾸준히 세력을 확대
해서 특히 30년 이후 수 10년간을 통하여 20세기적인 신비평으로서 미
국에서 확고한 지위를 차지했고 또 유럽에도 상당한 자극과 영향을 준 것
으로 고찰한다. 어떻든 '뉴크리티시즘'이 20세기에 있어서 현대비평으로

서 비평의 현대성의 특질을 가지고 있는 사실을 현대비평사는 일차 인정
해야 할 것이다.

여기까지 나는 뉴크리티시즘의 몇 가지 특질과 그것이 현대성인 면을
지시해 보았다. 그러면 이 현대성에 대하여 그것이 얼마나 한 가치를 갖
고 있는 것일까? 이것은 동시에 20세기적인 학문 내지 문명 전체에 대한
반문의 의미가 되겠지만 하여튼 그것에 대한 일차 진실한 비판과 평가가
요구되지 않을까 생각한다. 특히 한국의 문학계와 같이 현대성에 있어서
뒤지고 있는 나라 여기서 일차 그것을 받아들일 입장이고 보면 그것에 대
하여 맹목적인 접수를 삼가기 위해서도 필요한 전제적인 조건이다.

이미 나는 미국의 현대문학계에 있어서도 직업적인 작가 비평가한테서
비난을 당하고 있다는 사실을 말한 일이 있다. 여기 또 하나 요즈음 미국
에서 '샌프란시스코'를 중심해서 일어나고 있는 젊은 세대의 문학운동에
있어서 특히 공격을 당하고 있는 사실을 추가해야 되겠다. 그 공격의 뜻
은 주로 '뉴크리티시즘'의 아카데믹한 너무 과도한 학문성, 고답성, 일종
의 귀족성에 대한 것으로 보였다. 나는 그 공격 비판이 옳다고 생각한다.
이것은 뉴크리티시즘만이 아니고 구미의 모든 기성적인 학문이 전체로
가지고 있는 성질이며 여기 대해선 구미의 진취적인 문학인들이 이미 반
성하고 있는 것으로서 그 반증이 1956년도 런던에서 열린 팬 대회 때의
제목인 작가와 독자대중으로 나타났던 것이다. 그 때 부분적으로 '뉴크리
티시즘'에 대하여 그것은 현대적인 하나의 퇴폐성의 소산이라고 비판을
받은 것으로 기억하고 있다. 또 하나 근래 영국을 중심으로 일어나고 있
는 젊은 세대의 문학 소위 '앵그리 제너레이션'의 문학도 맹렬하게 아카데
믹한 기성에 대한 반동의 적례(適例)로 봐야 할 것이다. 이렇게 보면 현
재 뉴크리티시즘은 미국 국내의 문학동태로 보나 세계문학의 견지에서
보나 이미 비판 공격을 당하고 있는 것이며 이것은 결코 우연한 것이 아
니고 구미 문명성의 고도화한 한 반영으로서 시대의 방향과 격리된 너무
학문성의 것인데서 필연적으로 받게된 시대적인 문학사적인 비판을 의미
한 것이라고 보아야 할 것이다. 먼저도 지적한 일이 있지만 'Ph. D.'의

문학, 비평이라고 하면 어딘지 거기엔 절반 야유 백안시(白眼視)의 뜻이 많이 들어 있는 것이다. 이러한 것이 우선 뉴크리티시즘에 대한 전체적인 어떤 비판의 뜻으로 나타나고 있다.

다음은 다시 뉴크리티시즘에 대한 좀더 구체적인 비판이 나오고 있는 한 두 가지의 예를 추가할 수 있다.

하나는 뉴크리틱이 전적으로 중시하는 그 문학조건, 그 언어의 조건에 대하여 시비가 있다. 단적으로 말하면 문학작품의 제작은 언어 이전에 더 중요한 뭣이 있다는 사실이다. 일례를 들면 '베일리'(Bayley)의 최근 논문(금년 4월) 「현대비평가에게」(To Contemporary Critics)에서 "우리들은 시를 기계로서 취급해서 그것을 각 부분으로 분해해 낸다. 그러나 우리는 그 기계에는 유령이 있고 마음이 있고 정신이 있는 사실을 잊어버리고 있는 것이다." 다시 한 시인은 역설한다. "시인은 시 이상으로 어떤 관심을 갖고 있다. 그것이 없으면 시는 공허한 것이 될 것이다 …… 운운"

이런 면에 대해서는 같은 아카데믹한 파에서도 비판을 하고 있는 경향이 있다. 그 중의 특례(特例)는 '시카고 스쿨'의 비평가들이다. 그들은 '뉴크리틱'의 문학관과 그 방법에 대하여 문학작품에 대한 한층 더 근원적이고 철학적인 것을 중시하는 것이다. 내가 미국여행 중 시카고 대학을 찾아갔을 때에 시카고 스쿨의 대표적인 비평가인 '올슨'의 문학강의를 동대학에 체류하던 송욱씨와 같이 구경했는데 그 때 '올슨'은 'D. 흄'의 철학을 1년 간 계속해서 강의하고 있다는 것이었다. 그의 강의의도가 어디 있는가 짐작되는 바 있다. '시카고 스쿨'의 또 한 사람의 대표적인 학자 '매큔'의 「예술과 비평의 철학적인 근거」(The Philosophie Bases of Art and Criticism)는 이 방면의 이유를 밝히고 있는 대표적인 논문이라 할 수 있다. 여기서 시카고 스쿨의 문학론 소위 '플루럴리즘'(Pluralism)에 의한 증명 등을 일일이 밝힐 수는 없지만 하여튼 그 '풀루럴리즘'에서도 특히 철학적이고 이론적인 근거를 크게 중요시한다는 점에서 정통의 뉴크리티시즘과는 대립적인 입장이 분명한 것이다. 그들은 역시 말하고 있다. "현대의 비평가는 시에 있어서의 언어의 문전을 시작하기 전에 그 언어의 배후에 있으면서 그것을 결정하는 커다란 부분을 태만히 하고 있는데, 그것은 무엇인가 하면 이지(理知)요 성격이요 사상이요 정열이요 …… 등 등의 것이다."

이런 점에서 시카고 스쿨이 나오면서부터 뉴크리틱에 대립해서 나왔고 또 현재까지에 있어서도 서로 학파로 나누어져 있고 항상 그 이론과 방법 의 문제에서 맹렬한 논쟁을 해오고 있는 것이 사실이다. 여기 '뉴크리티 시즘'이 비판을 받고 있는 또 하나의 강력한 파의 예가 지적되는 것이다.

이 문학의 내적 조건, 언어의 조건 등에 대한 비판과 곧 관계가 되는 것이지만 뉴크리틱의 비평방법 즉 분석, 분해 방법에 대해서도 상당한 비 평들이 나오고 있는 것이 주목되었다. 사실 내가 잠시 있으면서 보아도 그들의 분석방법은 정도에 있어서 지나친 일종의 과잉성이 눈에 띠었다. 시에 대한 대주(大註), 소주(小註), 또 분석이 필요 이상으로 넘치고 있 는 것이다. 나는 여기 참석한 분들, 특히 한국의 학자들에게 그 분석비평 이 어떤 성질의 것인가를 설명하는 대신에 우리들이 함께 이조시대의 '이 학파'(理學派)를 연상해 보면 좋겠다. 그 이학파들은 공자(孔子)나 맹자 (孟子)의 어록(語錄) 등을 주역(註譯)하는데 있어서 본인들이 이야기하 고 생각한 이상의, 가끔은 아주 관련도 없는 엉뚱한데까지 가서 글자와 글귀를 파고들었는데 내가 뉴크리틱의 분석비평과 분석강의를 보면서 흡 사히 그 이학파적인 인상을 받았다는 사실이다. 가령 '워즈워드'의 시를 해석한다면 그것이 시인이 생각치도 않는 것까지 가서 사회적인 해설과 설명을 하고 있다는 것이다. 자연히 여기 대한 비판이 각 방면에서 나올 수 밖에 없다. 그 중에서도 흥미있는 것은 뉴크리티시즘의 선구하고 생각 되고 있는 'T. S. 엘리어트' 같은 사람도 분석비평에 대하여 심각한 비판과 야유를 가하고 있다. 예를 들면 1956년에 발표된 엘리어트의 논문 「비평 의 한계성」(The Frontiers of Criticism)에서 뉴크리티시즘을 다음과 같이 비판하고 있다. "그 방법은 이미 알려진 시편을 대상으로 하되 (揷 句略) 그 작자, 혹은 그 작자의 딴 작품을 참고하지 않고 그것을 절의 하 나 하나, 행의 하나 하나를 파내고 짜내고 음미하고 또 한 방울도 남기지 않고 짜내고 있다. 그것은 기름틀(글자대로 레몬 쥬스를 짜내는 기계 -Lemon squeezer) 파(派)의 비평이라고 말할 수 있는 것이다. …… 운운."

내가 코넬 대학에서 마이즈너 교수를 만났을 때에 그는 내게 말하기를 시인, 작가는 문제를 해결은 하지 못하지만 문제를 일으킬 수는 있다고 하며 "알다시피 이 세상에 정말 순수한 문학이란 없는 것이다."고 역시 순문학적인 뉴크리티시즘에 대한 반대의사를 표시하였다.

여기서 더한층 주목할 것은 요즈음에 와서 정통적인 뉴크리틱에 속하는 사람들 자신이 어느정도 자기의 과거에 대한 반성 비판을 하고 있다는 사실이다. 가령 '클라언스 브룩스'는 그의 「걸작론」(The Well Wrought Urn)의 대중판의 서문에서 다음과 같은 자기 비판을 하고 있다. 종래에 내가 시를 논한 것에서는 그 시의 역사적인 배경에 대하여 너무 등한시해 왔다고 하고 그는 마치 모든 시는 그 시대의 표현이라는 것처럼 이야기하고 있다. 물론 여기서도 그는 문학자체의 조건과 역사적인 배경의 조건을 확연히 구별해서 보는 것, 즉 그 역사적인 배경의 조건을 문학작품이 생겨나는 문화적인 모체(Cultural matrix)로서만 중시하고는 있다. 뉴크리틱의 정통적인 입장이라는데서 보면 이 사실이 커다란 변경으로 보여지는 것이다. 여기 다시 하나의 삽화를 가하면 내가 지난 6월 하순에 인디아나 대학의 「아세아와 휴머니티」를 주제로 한 회의에 참석했을 때에 거기서 '랜섬'을 만났는데 그때 내가 "왜 당신은 「뉴크리티시즘」이란 저서가 재판이 되는 것을 허락지 않았는가" 하고 질문을 했을 때에 그는 다만 거기 든 논문들에 불만이 있어서 그런다고만 대답을 하였는데 내가 추측컨대 랜섬 자신까지도 과거의 정통적인 자기비판을 차츰 수정하고 있는 것이 사실이란 반증은 그의 최근 논문에서 작가의 개인적인 전기 등을 내세우는 면이 눈에 띠는 것으로써 알 수 있다. 또 하나 내가 직접 느낀 것은 그가 인디아나 대학의 하기 강좌에서 영시의 고대, 근대, 현대 것을 합편한 시집을 가지고 강의하면서 과거의 시와 근대 현대시가 그 사회에 끼친 일반적인 영향이 무엇인가를 가르친다고 한 말로써 그의 시평관이 변해가고 있는 것을 느낄 수 있었다.

그리하여 현재 뉴크리티시즘은 외부적인 비판과 내부적인 자기반성으로써 그 성격이 재검토되며 수정되고 있는 것이라고 판단하고 싶은 것이다.

나중에 결론적으로 그 뉴크리티시즘을 우리가 어느 정도로 평가하고 어느 정도로 받아들이느냐 하는 문제인데 여기 대해선 벌써 이상의 몇 가지의 설명으로서 그 조건이 명시된 것으로 생각한다.

즉 우리 한국의 문학비평의 입장에서 뉴크리티시즘을 일차 현대비평으로 평가해서 받아들일 것은 필요한 일이면서 동시에 그것을 받아들이는 조건이란 전게한 세 가지의 조건 즉 문학을 일차 그 자체의 내적 조건에서 파악하는 일, 둘째 언어의 조건에서 한국 비평가는 일차 특별한 의의를 갖고 임해야 되는 일,(여기는 우리가 신문학사상 한 번도 이 언어의 문제에 대하여 진실한 검토를 한 일이 없으니만치 하나의 중요한 문학사적인 의미를 띤 것이라고 보고 싶은 면이다.) 셋째, 그 분석의 비평방법인데 여기도 한국의 비평이 일차 받아들여서 크게 참고해야 할 면이다. 지금까지의 한국비평이 작품 그것에 대하여 해석과정을 가졌다면 그것은 그저 추상적으로 예술적이라든가 아름답다든가 로맨틱 리얼리스틱 등의 막연한 말로써 대치한 것이지 작품 그 자체의 조건에 즉해서 구체적인 분석적인 해석을 해오지 못한 때문에 그것은 일종의 '딜레탕트'로서 비평에 지나지 못했던 것이며 여기서 그 분석방법을 받아들여서 실제적인 적용은 해보는 일이 요구되는 것이다.

그러나 먼저 본 바와 같이 그 뉴크리티시즘의 비평이론과 방법에는 한계가 있는 것으로서 그 점을 참작하여 그들이 범한 지나친 과오의 전철을 밟지 않도록 경계할 일이다. 가령 그 문학론에 있어서는 그 문학의 내적 조건에서 보면서 항상 그것을 배경적이고 근원적인 조건과 유리시키지 않도록 관련적인 문학관을 준비해 가지고 나갈 것이며 그 분석방법에 대해서는 엘리어트의 비판과 같이 지나친 분석을 하지 말 것과 동시에 내가 일찍이 딴 논문에서 언급한 바와 같이 그것을 우리 비평의 중간 과정으로 받아들일 것이다. 진정한 비평은 단지 분석분해의 과정에 그치지 말고 나가서 다시 종합평가하는 통일적인 과정을 가져야 한다는 것이다. 가령 여기 윔셋의 말을 참고로 내놓으면 "비평가는 의미에 대한 교사와 설명가이다. …… 오직 교사로서 그것을 핍진토록 설명할 일이다."고 한 것에 대하여, 우리는 비평가란 단순히 그 작품을 해석하고 개시하는데 그칠 것이 아니라 그 가치를 결정해서 작가와 독자에게 진정한 인식을 시키고 나아가서 문학적인 방향과의 관련에서 그 위치를 지시할 지도적인 일이 더 요구되는 것이라고 말하고 있다.

[『사상계』, 1958. 11]

신세대적인 문학

- 근대의 고대론을 읽고 -

백 철

1930년(1830년 - 엮은이) 25일에 '위고'의 「에르나니」가 극장 '프란세'에서 상연되었을 때에 '위고'를 따르는 '윳세' 등의 젊은 시인 일대(一隊)는 각기 붉은 장미꽃을 가슴에 달고 고전파 연극에 대항하여 새연극의 깃발을 내걸고 시위운동을 전개하였다. 그 때 '위고'의 나이가 29세 윳세가 거우 21세 그들 20대의 젊은 시인 작가들은 고전파의 낡은 운동에 대하여 새로운 연극운동을 전개한 것이다. 「에르나니」의 상연으로써 프랑스의 연극이 과거의 극운동과의 결별을 한 것이 '에르나니의 항쟁'으로 불리어진 이유다. 고전파극의 소위 '삼통일'의 법칙을 깨뜨리고 자유스러운 신극운동을 내세우는데 있어서 그 주제에서나 플롯이나 새로운 대사 '스타일'이 '바라에티' 무대의 조건 등 모든 연극 조건이 일신(一新)되어 종래의 연극과는 전혀 인상이 다른 획기적인 성과를 거두었다. 예를 들면 그 무대의 배경이다. 지금까지의 고풍의 '스페인'풍의 궁전은 일변(一變)하여 침침한 토굴로 되고 또는 멀리서 비치어 오는 불빛의 반사를 받아서 휘황한 시가의 경치, 그리고 화려한 무도장 장면으로 되었다. 이러한 젊은 군소신인에 의한 새로운 연극의 상연은 고전파의 신인 사이의 격렬한 논쟁이 토픽으로 되었으며 나아가서는 일반 관중 연극의 팬들도 「에르나니」을 둘러싸고 두 패로 갈리고, 대립해서 큰 화제가 생겨지고 있었다고 한다. 말하자면, 이 「에르나니」의 상연으로써 연극계 문학계가 전체로 커다란 동요가 생기고 이것으로써 '프랑스'에 낭만주의의 근대적인 신문학 운동이 오게 된 것은 우리들이 잘 아는 사실이다. 여기서 우리는 겸하여 '입센'의 「인형의 집」이 상연되었을 때에 민중들이 흥분해서 서로 논쟁의 열을 토한 사실을 생각해 봐도 좋을 것이다.

우리 신문학사 상에도 그와 유사한 예가 있다. 춘원(春園)의 「젊은이의 꿈」·「무정」 등을 발표한 때의 거기 대한 커다란 사회적인 반향이었다. 특히 그 주제인 '자유연애'를 중심해서 봉건적 유교 도덕에 젖어 있는 늙은 사람들은 춘원의 문학을 공격했고, 그 대신 20대의 젊은 사람들은 물끓듯이 춘원을 지지하고 나선 사실이다. 여기 대하여 김동인(金東仁)은 「근대소설고」에서 다음처럼 전해 주고 있다.

"그가 처음에 사회에 던진 문학은 반역적 선언이었다. 그는 …… 부로(夫老)들에게 선전을 포고하였다. 결혼에 선전을 포고하였다. 도덕 온갖 법칙, 온갖 예의" 이 용감한 '돈키호테'는 재래에 옳다고 생각해 온 온갖 것에게 반역하였다. 그리고 이 모든 반역적 사상은 당시의 온 조선 청년의 일치되는 감정으로서 다만 중인(衆人)은 차마 이를 발설치 못하여 침묵을 지키던 것이었다. …… 춘원의 반역적인 기치는 높이 들이어 졌다. 청년들은 모두 그 기치 아래 모여들지 않을 수 없었다.

이 가운데 춘원의 경우는 문학적 성질보다 사회적 의미가 승한 면이 있지만 하여튼 이상에 든 몇 가지의 문학사적 실례들은, 우리가 오늘 한국 문단의 근대적 의미를 생각하는데 있어서 과거에 선행된 유익한 참고 자료들이 아닌가 생각한다. 내가 이해하기에는 문학운동에는 문학사상의 실례로 봐서 두 가지의 중요한 경우가 있다. 하나는 시대적인 문학운동이요, 또 하나는 세대적인 문학운동이다. 첫째 경우는 시대가 하나의 전체적인 문학분위기 속에 신음하는 문학시대의 것이요, 나중 것은 시대 전체가 아니고, 낡은 문학과 새로운 문학이 서로 대립되어 과거에 대한 비판 무시 반영의 젊은이의 문학운동으로 전개되는 경우, 이것이 세대적인 문학운동이 아닌가 생각한다. 그 실례로서 먼저 경우는 '르네상스'와 같은 경우, 이것은 예가 드물고 대체로 문학운동이 신구의 대립, 과거에 대한 반동의 형태로서 나타나는 세대적인 문학운동이 아닌가 생각하는 것이다. 그런 의미에서 세대적인 문학운동은 문학사적으로 하나의 과도기에 나타나는 것이 그 특징일 수 밖에 없다. 말하자면 시대와 시대, 문학과 문학이 서로 바뀔 때에 새 것이 시작은 되었으나 아직 낡은 것이 물러서지 않아서 서로 알력하는 모순적인 표현으로써 근대적인 문학운동이 나타나는 것이다. 여기 대하여 이어령(李御寧) 군이 최근의 논문 「한국 소설의 현재와 장래」(「지성」, 창간호)에서 신세대적인 젊은 작가들을 낡은 한국과 환경의 사이의 '교량'적인 존재로 본 것은 타당한 견해인 줄 안다. 한국은 2차 대전 뒤를 한계선으로 해서 사회적으로나 문단적으로 확실히 하나의 전환기, 과도기 그 때문에 여러 가지의 혼란 모순적인 표현을 나타내고 있는 가운데서 새로운 세대의 기운이 움직일 수 있는 시기이다. 그리고 오늘 등장해야 할 시기이다. 그러나 오늘 등장하고 있는 신인들의 문학은 곧 신세대 문학이라고 지칭할 수 있는가 없는가는 아직 검토를 기다릴 문제가 아닌가 생각된다.

　신세대적인 문학으로 되는 주특징이 무엇이냐 반문할 때에, 나는 위에 든 실례에 비춰서 어떤 구체적인 작품이 실재의 계기가 되지 않는가 생각한다. 먼저 든 바와 같이 「에르나니」·「노틀담의 곱추」·「인형의 집」·「젊은이의 꿈」·「무정」 등.

　다음은 적어도 하나의 젊은 세대……라는 의미에서 하나의 '군'(群)으로서 나타나되 거기엔 중심이 되고 큰 영향력을 가진 중심적인 작가가 개입되지 않는가 보는데 그 중심 인물이란 반드시 일인(一人)이 아니더라도 어떤 중심적인 존재, 일인(一人) 혹은 수인(數人)이 중축(中軸)이 되어 신세대적인 바퀴가 움직이고 전진하지 않는가 보는 것이다. 여기에 대해서 최근의 실례를 찾아 보더라도 '제너레이션' 명칭을 띠고 안띠고 간에 영국의 '뉴 컨트리'의 신시운동, '로스트 제너레이션', 또는 영국의 젊은 세대의 '앵그리 제너레이션' 등의 문학 과정이 모두 그런 성격을 띠고 나타낸 것인 줄 알고 있다.

　그 중에서 '로스트 제너레이션' 같은 것은 유기성 집단성이 약해서 내가 보는 세대적 성격이 산만한 편이다. 그들에겐 문학 운동으로서 공통된 적극성이 결여되어 있고, 다만 소극적 부정적인 면에서만 서로 공통된 아메리카관이 반영되어 있었다. 그것은 아메리카적인 속된 생활 문명의 사회와 그 생활에 대하여 즉 아메리카의 생활은 아니하고, 천박하고 퇴색한 것, 그리고 돈과 기계만을 숭배해 버리는 것에 대하여 그들이 예술적인 창작을 하는데는 오직 '아메리카'를 떠나 버리는 길이라고 보고, 그 대신에 '유럽' 특히 '파리' 등은 아직 창작생활을 할 수 있다……고 생각해서 소위 '엑자일'을 한 것이다. 그들은 세대적으로 전연 중단된 어떤 두세 틈에 놓여 있는 사람을 모든 전통에서 분리하였고, 오직 전쟁에서 체험한 쓰라림과 불신의 전통이 있었을 뿐이며 그들이 숭배한 것이 있다면, 폭음과 성과 과격성과 예술이 있을 뿐이었다. "뿌리 없이 서 있는 사람들" 'A 카즌'의 말과 같이 "전쟁은 그들을 가정으로부터 낡은 제약으로부터 해방시키고, 그들에게 예상 못했던 환멸, 그리고, 완전한 무전제로 남겨 놓았다. 그들 'G 스타인'이 '헤밍웨이'에게 주어진 이름 '로스트 제너레이션'은 낙인을 찍힌 희생자들이며 그들 중의 한 사람이 말하듯이 난폭의 어두운 심연에 빠져 버린 사람들이었다. 생활은 전쟁과 함께 시작되었으며 그것이 영원히 그 난폭과 죽음에 의하여 그림자가 지워질 것이다."

이와 같이 뿌리가 떠버린 세대, 하나의 공백 위에 선 사람들, 이것이 또 하나 '로스트 제너레이션'의 입지의 조건이었다. 그렇다면 '로스트 제너레이션'은 다른 경우의 신세대와 같이 낡은 것에 대한 적극적인 반동의 입장이 아니고, 자연 발생적인 환경의 '제너레이션'이지만, 그만치 필연적으로 '아메리카'가 기성 현실에 반발하고, 또 예술에 있어서도 19세기의 낡은 문학 전통을 전체로 무시하고 전후에 일어난 '유럽'의 모든 신세대적 문학운동에 뛰어들 수 있었던 것이다. '스타인'이 앞을 서고 '헤밍웨이' 등이 분대장이 된 이 '로스트 제너레이션'은 그 점 하나의 대군(隊群)이었으며 동시에 '헤밍웨이'의 「무기의 전별」·「누구를 위하여 종은 울리나」 등은 이 세대의 문학의 시위(示威)였던 것이다.

'뉴 컨트리'의 경우엔 강렬한 정치적인 공동 의식에서 움직인만치 그것이 곧 예술운동의 순수한 적극성이 아니지만 하나의 세대적인 공동 보조를 나타낸 점은 또 하나 신세대적 일례이던 것이다. 요즈음에 와서 영국의 '앵그리 제너레이션' 미국의 서부를 중심한 '비트 제너레이션' 등에도 기성문학에 대한, 나가선 기성사회의 모든 면에 대하여 사면팔방으로 반발 반항을 하는 원기 왕성한 젊은이들의 기세를 울리고 있는 점, 본질적으로 그것이 새로운 사회관 문학관의 확고한 신념과 전망에서 오는 것인지 아직 의문이지만, 그러나 그들에게도 반항운동에 있어서 공동된 의식 군단(群團)적 움직임의 세대적인 일치한 적극성이 충분히 나타나고 있으며, 또 「노염속에 뒤를 본다」 등은 그 방면의 실험적 작품의 신례(新例)를 보이고 있는 것이다. 말하자면 그 젊은 세대인들이 군단적으로 행동과 생각을 일치시키는데 있어서, 즉 기성에 대하여 반발 반항하는데서만 일치해 있을 뿐 아니라 새로운 문학운동으로서도 일치한 공동 의식이 움직이고 있는 것이 분명히 눈에 뜨이는 사실이다.

이제 위의 몇 가지 옛날과 근래의 실례를 들고 볼 때, 여기서 나는 다시금 세대적인 문학의 여러 가지 주요 특징을 부연 통일해서 열거할 수 있다. 즉 세대적인 배경은 과도기적인 것, 젊은 세대의 군단적인 문학운동이라는 것, 따라서 거기엔 젊은 세대로서 체질 생리의 차이가 토대로 놓여진다는 것, 그리고 낡은 세대문학에 대한 맹렬한 비판과 부정으로써 그 운동이 반동(리액션)적 전개를 한다는 것, 그러나 이미 말한 바와 같이 어떤 유력한 작품의 신세대 문학의 구체적 계기로 된다는 것 등인데, 여기서 당연히 추가될 중요 항목은 그 세대적인 것이 정치운동도 사회운동도 아니고 어디까지나 문학운동이기 때문에 그 신세대의 구체적이고 질적인 결과는 그 문학의 방법, 테크닉의 면에서 규명되어야 한다는 것이다. 이런 것과 관련하여 'T. S. 엘리어트'는 세대의 뜻을 다음처럼 설명하고 있다.

"각 제너레이션은 각 개인과 마찬가지로 예술을 그것 자체의 감상의 카테고리에서 인식하며 예술에 대하여 그 자체의 요구를 하며 그리고 예술은 그 자체의 효용을 한다.

각 시대 각 예술가에 있어서 예술의 쇠를 부어 넣는데 요구되는 특별한 합금술을 갖고 있다. 그래서 각 제너레이션은 어느 다른 것과도 다른 그 자체의 합금을 선택한다.''(「시의 효용과 비평의 효용」)

'엘리어트'의 말은 문학 세대론의 하나의 결론적인 요청이 아닌가 생각한다.

이상과 같이 이해된 신세대적인 주요한 특징을 생각하여 거기에 근래의 우리 문학계의 신세대론을 적용해 보면 어떻게 될 것인가.

첫째로 오늘날 우리 문학계에 있어서 신인들이 서 있는 시츄에이션인데 이 점에 있어선 제1차대전에 의하여 '뉴 컨트리'와 '로스트 제너레이션' 등이 전전의 구세대와 구별되어진 것과 같이 또 2차대전에 의하여 '앵그리 제너레이션' '비트 제너레이션'이 구별되어 졌다고 보는 것과 같은 하나의 현실적인 문학사적 환경이 해방시대를 경계선으로 하여 우리 문단에 설정된 것이 사실이다. 근래에 등장한 우리 문단의 유망한 신인들은 우선 연령으로 봐서도 전전에 문학활동을 하던 문학인들과 비하여 적어도 10년에서 25년까지 차이가 지는 사람들이며 따라서 그들의 생리 체험 등이 전혀 별개의 것으로 되어 있다고 볼 수 있으며 최일수(崔一秀)씨의 말과 같이 낡은 세대와 젊은 세대라는 서로 독립된 이질적인 상대와 가지각색의 유파를 마련하여 제각기 '기성'과 '신인'이라는 헌법을 공공연히 선포하면서 대규모적으로 대립하기에 이르렀다(「지성」 제2호, 추계호, p. 48)는 것이 어느 정도의 사실을 가리킨 것인지 모른다. 과연 해방 뒤 10여년의 우리 문학계에 여러 차례 기성 신인들의 신세대론이 나왔으며 또 그 수가 많지 않지만 확실히 구세대와 다른 경향과 특징의 작품들을 갖고 나온 사람들이 있는 것이다. 여기서 최씨 등은 '유파'란 말을 썼는데 '유파'라는 것이 반드시 신세대의 문학이 아닌 대신에 신세대의 문학이 '유파' 운동의 성질을 띠는 것은 필연한 확증일지 모른다. 왜 그러냐 하면 그들의 사회관 문학관 그 창작법의 특징 등에서 젊은 같은 세대로서의 공동 의식과 공동의 문학 행동이 되어지는 것이 당연하기 때문이다.

그러나 실제에 있어서 우리 문학이 최씨의 말과 같이 '유파'적으로 전개되고 있는가 하면 그것은 의심되는 일이다. 해방 뒤 얼마 안돼서 우리 문단엔 '청년문학가협회'라는 것이 결성된 일이 있다. 하지만 내가 알기에는 그것이 '유파'적으로 되어진 것은 아니었다. 또 그 뒤에 소위 모더니즘이란 세칭으로 젊은 시인들이 동인지를 내고 「도시의 합창」 등의 시집을 내는 일이 있었다. 하지만 이들도 그 수가 적고 문단에 대한 아무런 큰 영향력은 나타내지 못했을 뿐더러 문학적인 특질이 진실로 반구세대의 것, 진실로 신세대의 것이 아니었고 일종의 모방 유행성의 정도를 넘어서지 못한 인상을 남기고 말았다. 가령 근래에 가장 주목되는 신인 작가로서 김성한·손창섭·유주현·장용학·선우휘·오상원 등 몇 사람들을 대상으로 할 때에 이들 사이에는 비교적 공동된 우의(友誼) 작품에 대한 상호 이해와 지지 등의 어떤 공동 의식이 움직여지고 있는 것이 보이지만, 그러나 그것은 너무 막연한 우의(友誼)적인데 그친 것이요, 무슨 유파적 문학운동적 성격에서 서로 공동 협조와 행동을 하고 있는 것이 아니다. 근래에 이어령(李御寧)·이철범(李哲範)군 등의 젊은 비평인들이 '현대평협'을 만들고 그 비평과 연구회 등의 활동에서 하나의 공동 보조를 보이고 있으나 이것이 신세대 문학의 한 토대의 준비회는 될는지 모르나 작가와의 공동 활동이 없이 평론만으로 신세대의 문학을 형성하기는 어렵다고 본다.

이렇게 보면 내가 판단하기엔 먼저 제시한 세 가지 전체 조건과 비교하여 근래의 우리 신인문학은 어디까지 신인들의 문학이요, 신세대 문학은 아니라는 판단이 내려지는 것 같다. 그 이유는 지금 말한 바와 같이 그들의 문학 행위가 분산적이요 집단적이 못된다는 것, 따라서 이들은 젊은 세대로서 그 생리 체질이 다를 뿐 구세대의 문학을 근본적으로 비판 반발하는 본격적인 문학의식의 공통성이 결여된 점 또한 작품으로서 그 공동의 계기로 될만한 유력한 영향성의 것이 나오지 못한 점 등을 지적할 때에 나는 해방 뒤 또는 근래에 등장한 젊은 작가·시인들의 문학을 신세대문학이라 부를 수는 없다고 보는 것이다.

우리의 젊은 작가들이 세대적으로 공동 의식은 갖지 못하고 그 행동이 분산적으로 되어 있는데서 진실로 세대적이 되지 못할 뿐더러 그 이상으로 불순한 것은 신인들이 문단적 출세 등을 위한 동기에서 자기에의 젊은 세대적 권리와 의무를 배신하고 낡은 문단 세력과 결탁하고 그 사졸(士卒)로서 움직이는 현상이 빈번히 눈에 뜨인다면 이만치 비신세대적 봉건적 현상은 다시 없다.

예를 들면 문학잡지의 추천제 등을 통하여 등장하는 태반의 신인들이 그런 비굴한 구세대와의 타협을 하고 있는 것이다. 대단히 이상하고 모순된 일을 그 신인의 작품 이론의 경향이 확연히 한 기성작가의 것과 대체로 반대의 것인데도 불구하고 인간적으로 그 구세력과 타협하고 처세적으로 기성작가의 앞장을 서고 하는 일인데, 이것은 우리 신인들의 태반이 그 대오에 있어서 얼마나 세대적으로 지리멸렬한가 하는 현상을 나타내고 있는가 하는 풍경인 것이다. 또 하나 여기 지적되어야할 것은 근래에 나타나고 있는 세대론들인데 그 세대론은 두 세대의 타협 계승론으로 되어가고 있다는 사실이다.

「사조」 10월호의 이무영(李無影)씨의 「세대론」 그리고 전게(前揭)한 최씨의 글들이 다 그런 견해를 제시하고 있다. 이씨는 동론에서 다음과 같이 젊은 세대에의 애정을 피력하고 있는데 즉,

"어느 시대, 어느 나라를 막론하고 청년은 그 나라 그 민족의 희망이요 기쁨이다. …… 청년이란 젊음의 상징이요, 새 것의 표상이며 미와 건강의 대명사다. 승어부(勝於父)란 말이 있다. 아비는 자식이 자기보다 잘났다 해야 좋아한다고 한다. 이는 곧 자기 가자(家子)의 승리요 빛이기 때문이다.

그렇기에 못난 아비도 아들에게는 잘 나기를 바라고, 잘 하기를 강요할 권리를 갖는다. 이것은 친권이 아니라 애정이다. 신세대는 이것을 알아야 한다."

이것은 혹 '이씨'의 솔직한 심정인지 모른다. 그러나 불행하게도 '신세대'란 그런 어버이다운 낡은 논리적인 애정에 전면적으로 반발하고 증오까지 느끼는 불효반역이라는 것을 잊어서는 안될 것이다. 가령 '존 오스

본'의 작품들에 나오는 젊은이와 아들들 그리고 가까운 예로선 일본의 '태양족'들이 반증을 보이지 않았던가. 어버이다운 애정, 그것으로서의 구신세대의 타협 협조론은 결국 낡은 세대의 무력한 화전론(和戰論)이요 신세대 측으로 보면 일고의 가치가 없을 뿐더러 이런 이론은 원칙적으로 신세대론에 벗어나는 이야기다. 또한 최일수씨는 세대의 관계를 하나의 전후 계승의 것으로 보아서 "특정한 역사적 정신으로서 세대적 고유성을 인정하면서 기성 세대들은 젊은 세대에게보다 앞서 나아가야 하는 문호와 계기를 마련해 부어야 한다는 것이다." 라고 말하고 있는데, 이것도 신세대론을 착각하고 있는 일반론이다. 신세대론은 구세대의 입장에서 제기되고 있는 것이 아니라 어디까지나 젊은 세대 측에서 구세대에 반발하는 위기적 문학론이며, 그것은 구세대와의 어느 의미에서나 타협 계승의 입장의 시츄에이션이 아닐 것이다. 따라서 이것은 횡보(橫步)의 말과 같이 문학은 늙지 않는다는 말을 해봤댔자 해결되는 것이 아니고 무영과 같이 두 세대는 마땅히 협조할 것이라고 타일러 봐도 통하는 일이 아니며 최일수씨의 계승론으로써 해결될 것도 아니다. 신세대의 문학은 모든 것이 정상적으로서 계승되고 발전되는 천하태평 시절에 등장되는 것이 아니고 하나의 특수한 과도기에 먼저 말한 바 1차대전 2차대전 등의 커다란 역사적인 변천이 가로 놓인 저쪽 이쪽에 선 두 세대의 모든 특질이 대치되는 가운데서 일어나게 되기 때문에 그 신세대론의 특질을 우선 외면상으로 봐서 하나에서 몇까지 구세대를 부정하고 나오는 것이 될 것이다.

그러면 여기서 남는 문제는 정병욱(鄭炳昱)씨 등이 제기하고 있는 신세대의 문학과 전통의 문제는 어떻게 귀결되는가 하는 이야기인데, 이것은 먼저 일반론으로선 어떤 새로운 문학도 그것이 전통과 공중 떨어져서 생성되는 것이 아니며, 그 점에서 신세대 문학도 그 전통에 대한 하나의 무의식적인 연락의 면이 있을지 모른다. 즉 외면으로 기성을 전적으로 부정하는 태도를 취하는 가운데 그들은 어느 일면에서 과거의 전통 위에서 문학을 하고 있다는 것이다.

둘째로 더 구체적인 뜻에서 신세대의 문학과 우리 전통의 문제를 이야기하게 된다면 나는 우리의 신세대 사람들이 과격하게 구세대에 반발하는 대신에 그 반항이 더 본질적이기 위하여 더 분별의 것이기를 희망하고 싶다. 다시 말하면 신세대가 구세대의 문학에 반동적 대립을 하되 어디다가 방향을 두고 정면 공격을 하느냐 하면, 우리 기성 문학의 지난 50년간의 모방사적 무력한 기성성(既成性)에 대한 부정 타파인 줄로 안다. 진실로 그 모방 외면적 기성성을 공격·타파하려면 신세대 문학을 필연적으로 일차 우리 고전을 향작하는 방면과 연결되지 않을 수 없는 입장이 되리라고 믿는다. 가령 신세대 문학이 구미의 20세기적인 현대문학 혹은 직접 그들의 신세대 문학과 교류하는데 있어서도 기성을 배제하는 동시에 그저 외국의 문학을 기계적으로 받아 들여서 모방이나 한다면(그런 위험성은 우리 문단의 신인 현상에 다분히 반영되어 있다.) 이것은 그저 기성을 반발하기 위한 반발이며 진실한 신문학 운동이 아니기 때문에 다시 한번 모방사의 되풀이가 되고 말 것이다. 끝으로 나는 우리 신인과 기성문학에 대하여 다시 한 마디씩 이야기하고 싶은 것이 있다. 먼저 우리 신인들이 정말 신문학 운동을 효과적으로 전개하기 위하여서는 따라서 좀 더 신세대 문학다운 것을 만들기 위하여는 먼저 말한 바 그 기성성에 대한 공격을 더 격화하는 반면에 기성세력과의 모든 불순한 관계를 청산하고 신인들의 공동의 공동 보조의 대오를 정비할 일이다. 거기서만 참된 신세대적인 문학 성과가 나타나게 될 것이다. 둘째로 그 신세대 문학에 대한 기성인들의 태도도 어떤 결정적인 입장이 요구되는 것인 줄 아는데 부질없이 그 반항아들을 어버이다운 애정 그늘에 안아 들이려고 노력을 하지 말고 담담한 심정 더 객관적 시야에서 그들의 행동을 정시 용인하여 자기의 낡은 문학을 혁신 수정하는데 새로운 재료로 하도록 가급적인 노력을 다하는 일이다. 사람에 따라서는 자기의 연령을 잊어버리고 낡은 지역을 뛰어 넘어서 대담하게 그 젊은 신세대문학 속에 뛰어 들 수도 있을지 모른다. 진실로 자기 발전을 꾀하는 시인 작가는 그 일대에 몇 번이고 자기 혁신을 하고 문학적인 신출발을 하는 경우가 나타날 수 있다. 가령 'W. 예이츠'와 같은 예, 그 대신 그 시인 작가가 자기 문학을 다시 새롭게

하고 더 풍부하게 할 수 있는 동시에 그 때의 신세대 문학에 대해서 하나
의 지도권을 장악함으로써 그 운동에 더 올바른 신시대적 방향을 가게 하
는데 분별 있는 공적을 남길 수 있게도 될 것이다. 만일 근래의 우리 세
대론에 나타나는 협조론이 무슨 뜻이 있다면 지금 말한 바와 같이 그 작
가의 개별적 경우와 행동에서 신세대 문학 전선에 참여하는 예와 같은 특
수한 작가적인 경우가 있을 뿐 그것이 기존의 신세대에 대한 유일한 협조
의 길이 될 것이다.

[『문학의 개조』, 신구문화사, 1959]

31

분석비평의 의의

백 철

우리 비평에 추가할 부분 (미국)에서 내가 여기와서 만나 본 학자나 비평가란 주로 '예일' 대학의 교수들이다. 그러나 '예일'의 영문학이나, 비교문학은 미국에서 대표적인 평판과 권위를 가지고 있는만치, 잠깐 보기에도 대단히 강력한 '팀웍'으로 보여진다. 그리고 미국의 평단에서 특히 주목되는 것은 대개 저명한 비평가들이 대학교수로 있다는 사실이다. 그보다도 저명한 문학교수가 많이 문단에의 위치를 차지하고 있다고 보는 것이 옳겠다. 다시 말하면 현재 미국의 비평경향과 그 방법 등은 대학교수가 비평가를 겸하고 있다는 이유에서 이루어진 주요한 원인으로 되어 있는 것 같다. 내가 말하고자 하는 것은 현재 미국의 문학비평의 특질이란 실제 실용적(프랙티컬)인 것, 그 방법이란 소위 분석적인 것인데, 이것은 유독 미국의 '뉴크리티시즘'의 일파만을 가리킬 것이 아니고 하나의 전체적인 경향으로 나타나 있을 것 같다. 어느 정도 모랄리시틱한 입장에 선 비평가, 그 때문에 '뉴크리티시즘'의 대표의 한 사람인 '랜섬'(J. C. Ransum)에 비난을 당하는 '윈터즈'(Y. Winters)나, 그리고 심리학의 입장에 선 때문에 역시 비난되는 '리챠즈'나 '엠프슨'(W. Empson)같은 사람들이니까 그 비평방법들이 역시 현대의 '뉴크리티시즘'의 분석방법과 일치되는 면이 많을 수 밖에 없다치고 그 밖에 도덕적, 사회학적, 역사적인 전기 연구의 입장들을 일차 강조해 보는 비평가들 예를 들면 '엘리어트'라든가 그 밖에 '포스터'라는 '우드하우스'(A. S. Pwoodhouse)같은 사람 '에드먼드 윌슨'(정신병 분석의 입장) '새크'(DR. Shachs)와 같이 심리학적인 분석의 사람, 또는 '하우스'(H. House)와 같이 사회학적 입장에서 '디킨스'의 작품을 완전 연구하는 사람 등의 여러 가지 종류의 비평가들이 여기저기 널려 있는데, 그러나 이들이 다 문학작품에 대한 분석 방법을 적용하고 있다는 것은 공통된 일로 되어 있다.

내가 '예일'에서 가깝게 접해 본 비평가란 '웰렉'(R. Wellek) '브룩스'(C. Brooks) '윔셋'(Wimsatt) 등인데 이들은 모두가 미국 평단에 대표적인 인물들로 중요시되는 사람들이다. 그 중에서 '웰렉'과 '윔셋'은 이론가에 가까운 대신에 '브룩스'는 완전한 실용 비평가 '프랙티션너'에 속하여 그는 역시 현재까지 아직 미국비평의 주류격인 '뉴크리티시즘'에 퍽 가까운 위치에 서는 사람이다. 말하자면 하나의 실제가요, 사무가인 모습이 그에 대한 주요한 인상이다. 그는 일찍이 '우드하우스'와 논쟁한 특징에서 보면 '우드하우스'는 문학작품이란 과거의 전통에 대한 깊고 치밀한 주의 하에서 작품의 쓰여진 조건을 따져 보아야 한다고 한데 대하여 '브룩스'는 그런 과거에 대한 조건은 제외하고, 우선 그 문학작품이 실지로 주어진 조건 아래서 또는 그 작품은 오직 문학작품이라는 조건 아래서 평가될 것이라고 강조한 것으로 보아 그의 특징을 살필 수가 있다.

내가 '예일'에서 약 3·4개월 동안에 그들이 얼마나 실제적인 전문가로서 마치 세밀한 기계를 다루는 기사와 같이 작품을 분해하는 장면을 보면서 그 치밀능숙한 분석 솜씨에 놀라지 않을 수 없었다.

나는 여기서 우리 문단의 비평과 대조해 보면서 다시금 생각하여 본다. 정말 이런 비평방법이 정당한 방법인가 그것을 그대로 받아 들일 것인가 또 나같은 기질의 비평가가 이것을 많이 받아 들여서 실제적인 활용을 할 수가 있는가 하는 반문과 회의가 자꾸만 와지는 것이었다. 어떤 때는 이런 생각도 하여 보았다. 그것은 교수 비평가로서의 특질이지 결코 일반 문학비평가의 특질은 아니다. 또 그들은 너무 필요 이상의 분석과 주역을 한다 하는 인상도 받을 때가 많았다. 이것은 나만의 인상이 아니고 구미에서도 특별히 '뉴크리티시즘'에 호의를 갖지 않는 한 비판의 입장을 취하고 있는 사실도 알 수 있다. 일례를 들면 재작년의 '런던' 팬 회의에서 '뉴크리티시즘'을 하나의 퇴폐기의 비평이라고 지적된 일 같은 것이다.

그러나 더 흥미있는 것은 '뉴크리티시즘'의 선구자로서 알려져 있는 'T. S. 엘리어트'도 근래의 미국 '뉴크리티시즘'에 대하여서는 전적으로 찬성을 하고 있지 않다는 사실인데, 예를 들면, 그의 최근의 저서 「시와 시인론」(1957년, 뉴욕)에 수록되어 있는 1956년의 논문 「문학 비평의 한계」(The Frontiers of Criticism)에 '뉴크리틱'을 가리켜서 '레몬스퀴이저'(Lemonsqueezer)파(派)라고 말하고 있다. 우리나라 말로 하면 기름을 짜고 째내는 기름틀과 같다는 말이다. "… 시를 절과 절에서 행과 행에서 분석하고 짜내고, 비틀고, 볶고 그리고 할 수 있는 데까지는 그 뜻의 최후의 한 방울까지 압착해 놓는 것 …… 내가 상상키에는 시인들 자신이 (그 비평을 읽을 때……) 자기 시가 (그렇게 풍부한) 의미를 가지고 있다는 것을 알게 될 때에 (미상불) 놀랄 것이다."(동저, p. 125 '괄호' 속의 것은 필자가 추가한 깃.)라고 '엘리어트'는 말하고 있거니와 사실은 들어 맞는 말이다.

그것은 특히 '뉴크리틱'이 현대의 시가 아니고 중세기의 서정시나 19세기의 서정시나 19세기초의 로맨티시즘의 시, 가령 '워즈워드' 같은 사람들의 서정시를 비평하는데 같은 분석방법을 적용할 때에 그 분석의 과잉성이 눈에 띠는 것이다. 그 점에서는 나도 다만 그들의 비상한 분석수완에 경탄만 할 것이 아니라, 충분히 비판적으로 그것을 보고 받아 들여야겠다고 생각을 하고 있다. 더 솔직히 말하라면 우리들로서는 그렇게 전문적인 분석방법을 도저히 따를 수도 없거니와 동시에 그렇게까지 갈 필요도 없다는 점이다.

그러나 우리 비평의 기성사실과 대조해 볼 때에 이 실제적인 분석의 비평방법이 우리에게 큰 반성을 주는 것은 사실이다. 지금까지 우리가 해온 비평이란 사실 '딜레탕트' 이상을 가지 못한 혐이 있다. 그런 막연한 이야기란 유독 비평가라는 전문가가 아니고, 보통 독자들로서 말할 수 있는 것이다. 비평가가 작품을 감정하는 전문가라면 우리는 좀 더 전문가다운 교양과 동시에 그 감정 분석의 전문적인 수법을 활용해야 할 것이다. 이 점에서 우리 한국의 문학비평은 일차 종래의 것에 그 분석과정을 추가해서 개편할 필요를 부득이 느끼게 된다. 그것이 비록 '뉴크리티시즘'과 같은 것이 아니라도 내가 먼저 말한 바, 현대비평의 특질로서 그 분석비평의 과정을 중요하게 채용해야 할 것을 느낀 것이다.

우리 문단의 비평에 대한 하나의 구체적인 현상에서 재출발을 해보자. 우리가 지금까지 흔히 작품평을 하는데 있어서, 이 작품은 대단히 아름답다든가 소월(素月)의 시는 서정적이라든가, 횡보(橫步)의 소설은 리얼리스틱하다든가, 이상(李箱)의 작품이 심리적이라든가, 잠재의식을 그렸다든가, 누구의 소설은 병적인 심리를 그렸다든가 하는 막연한 이야기는 현대비평으로선 이 낡아빠진, 아무런 비평적 효과를 내지 못하는 19세기적인 비평 형태이다. 특히 내가 취해 온 비평 방법이란 전연 19세기적인 비평 방법이요 현대적인 것이 아니다. 우선 이 낡은 비평태도와 방법을 수정 개편할 급무가 필요하며, 그것을 위해서는, 분석적인 것을 중요한 과정으로서, 받아들이는 것이 그 방법론으로 되어진다고 생각한다.

말하자면 작품을 막연한 감상에서 평가해 버리는 것이 아니라, 하나의 작용적(Functional) 입장에서 작품을 일일이 따져보는 과정을 갖자는 것이다. 서정적이라면 어떤 언어적인 의미와 어떤 구조와 경위와 테크닉의 조건 위에서 그러하냐, 하나의 소설이 리얼리스틱하다면 어떤 문학적 조건 위에서 그러하냐 하는 것을 따져 보지 않으면 우리는 항상 오산을 하게 될 것이다.

여기서 또 한 가지 주요한 방법론적 목표가 되는 것은(이것도 전적으로 그 태도가 옳다는 것이 아니지만) 비평가가 비평의 대상으로서 무엇을 주로 보느냐 그것을 사회적 배경도 아니며, 나아가서는 그 작가의 전임적(全任的) 작품 사례도 아니며 오직 그 단순한 작품 하나가 정확한 대상이라는 점이다. 이렇게 작품 하나를 정확한 중점 주의로 한 것은 아마 '엘리어트'의 '쉬인번'의 시에 대한 비평같은데서 시작된 것 같다. 즉 '엘리어트' 등은 아무리 작품 경향에 대한 일반적인 결론을 내릴 때에도 여러 작품을 대상하는 것보다 어떤 한 작품이 중점으로 대상되어 있는 점이다. 이런 비평 태도에 대해서는 '레스'(F. R. Leavis)의 「문학 비평과 그 이론에 대한 답변」 중에서 이야기한 다음과 같은 설명이 인증(引證)될 수 있다.

문학 비평가의 할 일은 감응(작품에 대한)의 특수한 것을 완전하게 명득(銘得)하고 그 감응을 발전시켜서 주해(註解)까지 끌고 나가는데 있어서 특수하고 엄밀한 정확성의 조사를 하는 일이다. 그는 자기 앞에 놓여 있는 것에 대하여 그것을 아무렇게나 추상을 한다든가 또는 다른 어떤 전제나 부적당한 일반화가 없도록 경계해야 된다. 그의 첫째 주의는 주어진 시의 영토 속에 진입하는 일, 완전히 자기 것으로 점유하는 일, 그리고 다음의 주의는 그 완전한 영유(領有)를 놓치지 않을 뿐 아니라 그 정도를 증가시킬 것이다. 작품을 평가, 판정하는네 있어서 비평가는 그 완전한 점유의 성질에서 그 감응의 충분한 의미에서 하여야 한다. 비평가는 묻지 않는다.

어찌하여 이 시가 그렇게 여러 가지 선한 것과 조정되어 있느냐. 그의 목적은 놓여진 시에 대하여 그 직접의 가치 평가를 의식하고 명백히 하는 데 있다.

시가 선한 것을 썼느냐, 악한 것을 썼느냐 하는 것이 문제가 아니고, 어떤 조건에 의하여 얼마나 그 수단을 잘 다루는데서 그 시가 되어졌느냐 하는 작품 조건에다가 주력을 가하는, 이 신비평의 특징은 1920년 직후에서 시작되어 차츰 그것이 실험·실제화하여 1950년 전후가 절정이 아닌가 보여진다. 지금은 '뉴크리티시즘'이란 어느 정도 그 세력이 약화되어 가는 경향이지만 내가 먼저 말한 바 작품 비평에서 엄밀한 분석과정을 취한다는 것은 현대 비평의 공통적인 특질이요 하나의 비평상식으로 되어 있다. 그리고 여기서 또 하나 주의할 것은 이들 '뉴크리틱'이 대상하는 문학 작품은 먼저 말한 것과 같이 유독 현대의 그 '인텔렉츄얼'한 작품들만이 아니고 과거의 모든 가치있는 작품에다가 이 방법을 적용하고 있는 사실이다. 재미 있는 것은 그들의 문학관인데 그들은 문학이란 본질적으로 옛날 것이나 지금 것이나 변한 것이 없다고 보고 있다.

여기서 실용 비평에 대하여 더 긴 설명을 피하지만 하여튼 그 실용 비평의 정밀한 분석과정이 우리 문단의 비평에도 큰 참고 보조 조건으로 일단 받아 들여야 할 것은 필요한 일로 다시 강조되어야겠다. 물론 우리 문단에서도 주로 젊은 비평가, 가령 이어령(李御寧)군 등의 작품평에는 그 분석을 시용(試用)하고 있는 경향도 나타나 있기도 하지만 그러나 기성적인 태반의 비평은 모두가 19세기적인 낡은 비평 형태에 속하여 있음을 사실이며, 그 점에서 실용 비평의 비평과정은 우리에게 새로운 자료라고 느껴진다. 그러나 이 새 비평의 채용은 다시 조건을 따져야 할 것이라 보는데, 먼저 말한 것과 같이 그것은 하나의 추가적 과정일 뿐이지 전적으로 그것을 모방하여 들이자는 것이 아니라는 사실이다. 말하자면 문학 비평의 한 부분 과정으로 받아들여서 작품 가치의 평가에 대한 재인식의 과정으로 삼는 정도라고 보는 것이다. 그리하여 나는 여기서 자기의 종래의 비평 방법을 주체로 하면서 문학 비평의 세 가지 과정을 설정해 보고 싶다. 그 첫째 과정은 우선 작품을 전체로서 일차 인식 파악하여 보는 일이다. 이것은 작품에 대한 하나의 감정 감각적인 인식인데 이쪽의 문학에서 보면 소위 감상(鑑賞) 비평에 속하는 것, 우리 문학에서 보면 여기서 그 직감(直感) 직각(直覺)의 침투력을 충분히 활용할 기회도 된다고 생각한다. 그러나 이 직감의 감상과 직각의 파악은 반드시 정확하다고 보기가 어렵다. 자칫하면 거기엔 잘못 느낀 것도 있고 착각도 생기고 비평가의 선입관 편견 등이 대상을 일그러지게 보는 결과가 많이 생겨질 염려가 있다. 이것을 재검토하자는 것이 내가 말하는 그 분석의 과정이다.

말하자면, 그 시와 소설이 주어진 여러 가지 자료적인 조건에 의해서, 그 아름다운 것이 정말 어느 자료와 수단과 혹은 그 이상한 합성에 의하여 나타났느냐 그런 테크닉의 어떤 작용에서 그 작품효과가 오느냐 하는 것을 일차 정밀하게 따져보고야 처음에 한 암산(暗算)의 답안이 정말 옳은가 그른가를 단정할 수 있을 것 같다. 또 한 가지 이 분석과정이 필요하다고 느껴지는 이유는 결국 비평가의 위치는 일면 시인·작가와 독자 대중의 중간에 서는 것이요, 또 거기에 비평가의 기능도 있다고 보아야 할 것인데 여기 대해서는 벌써 1956년도 '런던' 펜회의에서, 주제로 된 것이요, 또 '뉴크리틱'도 비평가는 독자에 대하여 하나의 '교사!'('윔셋' 등의 말)라고 말하고 있다. 그것이 직감이나 감상만을 가지고는 독자에 대한 책임 기능을 다 해낼 수가 없다.

대체로 우리 고전 문학이나, 중국 고전에 나타난 문학 비평이란, 직접 작품에 대한 평가보다 그 작품 인상을 계기로 한 자기 수상을 적은 정도인데, 이것으로서는 하나의 개인적인 자기 만족은 될지 모르나 비평가에게 지워진 객관적 사명은 전혀 무시되기가 쉬운 것이다. 그것과 반면해서, 역시 일차 분석을 하는 과정을 가짐으로써 비평가는 작가와 독자의 중간 위치에선 '연락장교'나 '교사'의 사명을 다할 수 있을 것이다. 그 때문에 제이의 비평 과정으로서, 분석의 과성이 와야 할 것이라고 보는 것이다.

그러나 우리가 흔히 만나다시피, "문학은 어디까지 설명이 아니다." 라고 하면, 그것은 동시에 분석이 아니다. 이것은 문학 비평의 조건에도 적용되어야 한다. '뉴크리티시즘'에선 문학을 수학과 같은 하나의 지식으로 ('랜섬'·'브룩스' 등의 견해) 보지만, 그러나 그것이 예술적인 작품인 한, 단순한 지식보다는 차라리 하나의 인간행동일 것이다. 참된 의미에서는 작가도 비평가도 독자도 같이 그 작중인물과 행동을 같이 하기 때문이다. 그렇다면 비평가가 단순히 그 작품을 하나의 정확한 지식으로써, 즉 정밀한 분석의 파악을 하는 것만을 가지고는 도저히 그 작품의 정말 본질에 참석할 수가 없는 것이다. 여기서 비평가는 일차 다시 제삼의 과정으로 나가면서, 그 작품에 대한 문학적 통합에 의한 가치 평가의 결론적 과정을 가져야 할 것으로 본다. 이것은 당연히 제일의 직감 감상의 과정과 서로 연락된 것이어야 할 것이다. 여기서 비평가는 독자에게 그 작품의 전문적 지식을 알리는 것으로 멎지 않고 직접 그들을 이끌고 작품 속의 인물과 행동에 함께 참석을 하는 것이다. 이것은 차라리 19세기의 '로맨티

시즘' 비평의 관할이요 직접 우리들이 종래 하여 온 일과도 관련된 일이
다. 또는 인상파의 비평가가 말하는 바, 시에 대한 "감상과 이해를 더 잘
하게 하며 독자를 이끌고 그 작품이 정말 무엇인가 보게 하고 느끼게 하
는 것"이라는 말도 여기 참고로 될 것이다. 그리고 더 좋은 참고가 될 것
은 '엘리어트'가 규정한 세계의 비평 과정, 첫 번은 그것을 분해하고 둘째
번은 그것을 종합하고 셋째 번은 그 작품의 새 것을 발견하는 것이, 비평
가의 기능이라고 한 것 중에서 둘째와 셋째 것을 내가 말하는 제삼과정에
서 같이 실행될 수 있을 것으로 생각하는 것이다.

그러나 비평에 대한 이 단상에서 내가 중점을 둔 것은 그 제일의 과정
도 제삼의 과정도 아니며 결국 그 분석방법을 강조하기 위한 제이의 과정
이다.

즉 여기 와서 본 것과 있는 것을 국내의 문단 비평과 대조하여 볼 때에
우리 문단비평에 이 분석과정을 필수로 추가하는 것이 하나의 현대 비평
의 '리파이어센트'라고 생각되는 것이다.

이 글을 보충하는 것으로서는 다음에 '브룩스'같은 사람과의 직접 회견
기를 쓰는데서 구체적인 이야기가 나올 것으로 생각한다.

[『문학의 개조』, 신구문화사, 1959]

작품평가의 기준

김 용 권

1

얼마 전에 김우종씨가 「비평의 공백지대는 허용될 수 없다」 — 부제 「순수문학과 대중문학을 위요한 제문제」 — 는 제목하에 순수문학과 대중문학에 관해서 말한 적이 있었다.(『한국일보』 10월 5일?부)1) 거기서 김씨는 순수문학과 대중문학을 구별 비교하였는데, 이 두 문학은 "제작동기의 차이로써 구별된다"고 하면서 계속 이렇게 말하고 있다.

"순수문학은 작품제작과정에서 작가의 전 인격이 참여하며 개성을 최대한도로 발휘하고 그것에 대한 독자의 소화력을 고려하지 않는다. 그것은 모든 독자의 존재를 무시하고 예술을 형성할 수 있는 최대의 수준을 지향한다." 그러나 대중문학에서는 "작가 자신의 개성보다 대중이라는 집합적 개성이 더욱 중요시된다. 즉 독자의 일반적인 취미와 일반적인 이해력 정도를 고려하여 그러한 추상화된 개성에 맞는 작품을 생산하게 된다." 이것이 순수문학과 대중문학의 차이에 대한 씨의 일반적 견해라고 보겠는데 이 둘은 실제로는 용이하게 구별될 수 없는 것이 "누구나 심중에 있는 작가의 제작동기를 자신있게 알아 맞추기는 불가능하기 때문이

---

1) 金宇鍾, 「批評의 空白地帶는 許容될 수 없다 - 純粹文學과 大衆文學을 圍繞한 諸問題」, 『한국일보』, 1958. 10. 6. - 엮은이

다"라고 말한다.

씨의 글은 주로 현 문단에 있어서의 순수문학과 대중문학에 대한 현실적인 문제를 시비하기 위해서 쓰여진 것으로 보이는데, 여기서 내가 관심을 갖는 것은 '제작동기'라는 말의 의미와, 씨의 문학관에서 이 말이 차지하는 위치이다.

김씨의 글을 앞서서 「어려운 작품과 쉬운 작품」이라는 제목으로 안수길씨가 단문을 쓴 일이 있다.(『동아일보』 8월 ?일)2) 한 작가의 입장에서서 소설과 현재의 그 위치를 말한 것인데, 소설작품을 작가의 의도와 독자의 반응과의 관련하에서 논한 것이다. '어려운 작품과 쉬운 작품'이라는 말로서 어느 정도까지 작품의 가치평가의 기준을 암시하고 있는 씨의 글에서 흥미를 느꼈던 것은, 작가란 자기가 의도한 바를 표현하는 사람이며, 작품은 작가의 의도가 명료히 나타날 때 친근감을 준다고 하는, 대략 그러한 뜻의 주장이었다. 또한 독자가 작가의 의도를 명확히 이해할 수 있을 때, 작가와 독자 사이에 교통이 생겨난다고 하는 말도 중요한 문구라고 여겨졌다. 주지성, 주제의식, 표현(스타일)과 같은 문제는 여기에 준해서 생각될 수 있는 것이라고 보이는데, 이 모든 것의 성패를 결정하는 것이 바로 작가의 의도의 명료성이라고 규정하고 있는 점은 — 만일 이상의 요약에 잘못이 없다 한다면 — 가장 관심을 일으키는 대목이라고 생각되었다. 다분히 일반적인 씨의 글 안에서 설명되지 않은 것은, 소설작품 — 부연해선 다른 장르의 문학작품, 내지 다른 예술작품까지도 포함할 수 있겠는데 — 은 작가와 독자(청중, 관중)을 떠나면, 어떠한 위치에 있게 되는 것이며, 작품의 평가기준은 엄격히 말해서 어디에 근거한 것인가 하는 점이었다. 실인 즉 '의도'라는 말로 표시된 작가심리와 '반응'이라는 말로 표현된 독자심리에 대한 씨의 관심에서 바로 씨의 소설관을 짐작하고도 남음이 있다.

작가와 독자가 교통을 갖게 되는 것은, 혹은 의사소통을 갖게 되는 것

---

2) 安壽吉, 「어려운 作品과 쉬운 作品 – 明瞭性이 주는 親近感」, 『束亞日報』, 1958. 7. 29. – 엮은이

은 작품을 통해서 일어나는 것임은 말할 나위가 없다. 적어도 그것은 예술의 세계에서는 창조된 시, 소설, 회화, 음악작품을 통해서만 일어나는 것임을 부정할 수 없다. 그런데 여기서 작품을 감상하고 이해하려면, 그런 행위가 어떤 종류의, 어떤 수준의 것이던 간에 거기에는 비평적 활동이 수반하지 않을 수 없다. 감상, 이해부터가 벌써 비평행위라고 말할 수 있다. 작품을 분석하고 해석하는 동안에 우리가 당면하는 문제는 작가의 의도가 어떠한 것이고, 또 그것이 작품 속에 어떠한 식으로 드러나 있는가를 밝히는 일이다. 그리고 비평가의 입장에서라면 한 걸음 더 나아가서 작가의 의도에 관한 판단이 어떠한 의미를 갖는 것이며, 비평에 있어서의 그 소임은 무엇이고, 그런 의도의 소재를 어떠한 방법으로 발견하고 증명할 수 있는가 하는 문제를 생각하지 않을 수 없다. 적어도 안씨의 입장에서는 이와 같이 말할 수 있겠다. 그리고 다른 관점에선 비평가라면 작가가 작품 속에 담아둔 의도의 존재 여부는 어떠하던 간에 한 작품이 독자에게 주는 영향과 작품에 대한 독자의 감동과 반응의 내용과 특질을 규명하고 규정해보지 않을 수 없을 것이다. 이 양지의 어느 경우에 있어서도 만일 작품의 의도 또는 작품이 주는 영향을 중요시하고 그것만을 작품평가나 대상으로 삼게 된다면 — 사실상 과거의 비평사는 그러한 경우가 허다하였음을 보여 주고 있다 — 작품이 갖는 작품으로서의 존립이유나 가치가 자칫하면 간과되는 수가 많음을 예견할 수 있겠고, 그와 동시에 비평행위는 본연의 기능을 상실하게 된다는 것도 아울러 생각할 수 있다. 그러나 이러한 결과를 고려하기 앞서 필요되는 것은 비평행위가 어떠한 관점에서 출발하든지 간에, 작품비평에 사용되는 언어가 객관성을 지녀야 한다는 점이다. 이것은 예술을 일종의 지식으로 보고, 또한 비평도 지식이라고 보는 입장을 전제하고 말하는 것이다. 필경 비평가의 직능은 작품을 분석하고 이해하고 평가하는 것이라고 말하겠는데, 이 행위는 비단 비평가 자신에서 그치는 것이 아니고 독자들이 작품의 복잡한 부분을 규명하고 그것의 성격이나 가치를 평가하는데 도움을 주는데 있다고 할 것이다. 그러기 위해서 제각기 특수한 접근방법을 따르고 있어도 거기서 구사되는 용어나 기교는 객관적인 체계를 지닐 수 있어야 한다. 바꾸어 말하면 비평의 언어는, 작품에 대한 감동이나 반응을 표현하는 경우에 있어서라도 감정적, 심리적 생리적인 용어라기보다는 인식적인 용어를 사용해야만 한다. 이 말은, 비평의 언어는 다른 인식적인 언어로 번역될 수 있을 정도로 객관성을 지녀야 한다는 것과 같은 말이다. 감정적인 말은 심리상태나 생리적 반발을 적확(適確)히 표현하기에는 너무나 모호한 말이기 때문이다. 그만큼 비평가는 개개의 용어의 개념을 비롯하여 비평의 전체의 언어와 체계가 명확한 정의를 가능케 하는 기준의 확립을 시도해야만 한다.

대체로 이상의 관점에 서서 '의도'와 '영향'의 의미와 작품 속에서의 그 위치를 생각하고자 한다. 문제를 전개하는데 있어 그 기초를 이른바 뉴크리티시즘 계열의 평가(評家)들에 두고 있기 때문에 주로 주석과 해설에 그치려고 한다.(주) 그리고, 규범적이라기보다는 설명적인 것이 되겠지만, 그런 대로 그들의 입장과 우리의 현황을 비교해 보고자 한다.

(주) 주로 다음의 글에 힘입은 바 많다.

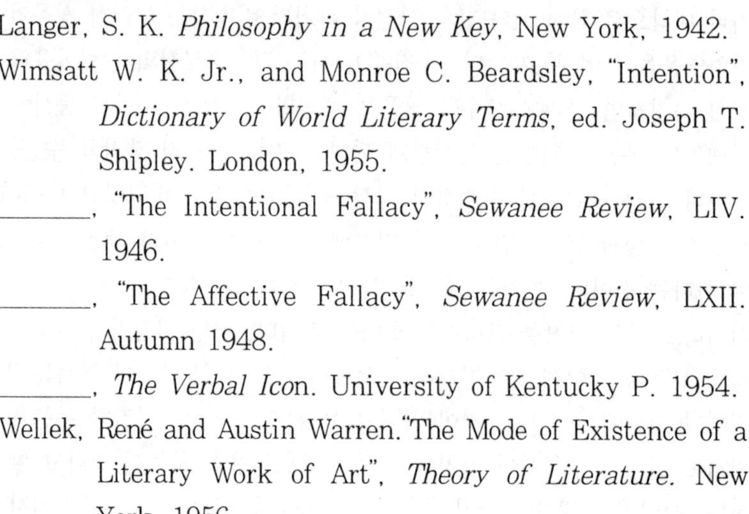

Langer, S. K. *Philosophy in a New Key*, New York, 1942.

Wimsatt W. K. Jr., and Monroe C. Beardsley, "Intention", *Dictionary of World Literary Terms*, ed. Joseph T. Shipley. London, 1955.

________, "The Intentional Fallacy", *Sewanee Review*, LIV. 1946.

________, "The Affective Fallacy", *Sewanee Review*, LXII. Autumn 1948.

________, *The Verbal Icon*. University of Kentucky P. 1954.

Wellek, René and Austin Warren. "The Mode of Existence of a Literary Work of Art", *Theory of Literature*. New York, 1956.

2

　주지하다시피, 뉴크리티시즘은 비평의 대상으로 주로 시를 삼았던 관계로, '의도'의 문제도 주로 시와 관련되서 제기되었던 것이다. 그러나 여기서는 시뿐만 아니고 다른 예술작품도 다같이 고려 속에 넣을 수 있음을 말하고자 한다. W. K. 윔셋과 M. C. 비어즐리는 '의도의 오류'에서 어떤 시의 의미의 비평적 추구는 작자의 의도에 따라서 결정되서는 안 된다고 주장하였는데 '의도'의 뜻을 이렇게 생각하고 있다. 일반적으로 말해서 "의도라는 것은 정도의 다소를 막론하고 널리 허용되고 있는 형식 속에서 작가가 의도하였던 것이라고 말하는 것과 똑같은 것이다. 시인이 성취한 것을 판단하려면 그가 의도한 바를 알지 않으면 안 된다. 의도는 작가의 마음속에 들어있는 의장(意匠)design 혹은 계획이다. 의도는 작품에 대한 작가의 태도, 그가 느낀 방향, 그로 하여금 쓰게 한 것과 분명한 유사점을 가진다"고 말하고 있다. 이러한 일반적인 입장에 서서 그들은 몇 가지 명제에 가까운 논점을 전개하고 있는데, 몇 가지 점을 자유롭게 소개하면 대략 다음과 같다.

　첫째, 시는 우연한 산물이 아니다. 시의 낱말들은 모자에서 나온 것이 아니고, 머리에서 나온 것이다. 그렇다고 해서 계획하는 지성이 시의 원인이라고 주장하는 것은 디자인이나 의도가 기준이 된다는 것을 인정하는 것이 아니다.

　둘째, 비평가는 의도에 관한 문제에 대해서 어떻게 해답할 수 있으며, 시인이 무엇을 행하려고 한 것을 어떻게 찾아낼 수 있을까. 만일 시인이 성공하지 않았다면 시는 적절한 증거가 되지 않는다. 그러므로 비평가는 시속에 결과하지 않은 의도의 증거를 찾아내기 위해서 시의 밖으로 나가야 한다. 그러나 어떤 의도론자도 말하였듯이 시인의 목적은 창조적 행위 즉 시작의 그 순간에 따라서 판단되어야만 한다.

　셋째, 시를 판단하는 것은 어떤 기계를 판단하는 것과 꼭 같다. 우리는 시가 작용할 것을 요구한다. 우리가 기공(技工)의 의도를 추정하는 것은 오직 그 도구가 작동하기 때문이다. 시는 그것의 의미를 통해서만 존재하는데, 딴은 시의 수단은 언어이기 때문이다. 그러나 우리에게는 시의 어느 부분이 계획되었는가를 규명해 볼 구실이 없다는 의미에서, 시는 단순히 존재하는 것이라고 말할 수 있다. 시가 성공하는 까닭은 그 속에 말해진 것, 혹은 함의된 것의 거개가 타당한 것이기 때문이다. 타당하지 않은 것은 시에서 제거된다.

넷째, 시의 의미는 분명히 개인적인 것인지도 모른다. 그것은 시가 사과 등의 물체를 표현하는 것이 아니고, 개성 혹은 정신상태를 표현하는 까닭이다. 그러나 짧은 서정시만 하더라도 극적인 것이라고 말하겠는데, 그것이 어떤 상황에 대한 화자의 반응이기 때문이다. 이 경우 화자가 아무리 추상적인 존재이고, 상황이 아무리 보편적인 것이라 하더라도 하등 관계없다. 시속의 사상이나 태도는 모두 극적인 화자에게 돌려야 하며, 만일 이것을 작가(시인)의 것이라고 본다면, 전기를 통해서 추정할 수밖에 없다.

다섯째, 한 작가가 수정 가필을 통해서 작가의 원래의 의도를 더 잘 성취시켰다고 하는 말이 어떤 뜻을 가진다고 한다면, 작가가 더 좋은 작품을 쓰려고 의도했었는데, 이제(수정된 시에서) 이를 달성했다고 말하는 것은 지극히 추상적이고 동어반복적인 뜻을 가질 뿐이다. 이 경우 작가가 전에 품었던 특정한 의도는 실은 의도가 아니다.

이상의 말은 여러 가지 말로 번역할 수 있다. 첫째 작품의 의미이다. 한 작품의 의미는, 작품 자체의 의미와 작가가 작품 속에 표현하려고 의도한 의미의 둘로 구별해야만 한다. 앞에서 시의 수단은 언어라고 하였는데, 시 또는 다른 문학작품의 의미는, 작품 속에 들어 있는, 그리고 작품을 이룬 단어와 문장을 연구함으로써 얻을 수 있다.

이런 단어의 의미 안에는 결정할 수 있는 범위에 속하는 그 단어의 역사적 의미의 전부가 들어 있는 것이며, 그 작품이 만들어 졌을 때, 여러 단어의 가치를 형성해둔 단어의 모든 사용법과 연상이 아울러 포함되어 있다. 다시 말하면 시의 시멘틱스(의미론)와 문법과 문장통어법(文章統語法)과, 소위 언어의 역사적 사전의 기초가 되는 온갖 문헌을 통해서 그리고 일반적으로 언어와 문화를 형성하는 모든 것에 대한 우리의 지식과 이해를 통해서 얻어지는 것이 바로 시 자체의 직접적인 의미가 된다. 따라서 이상의 모든 것은 한 작품의 의미의 내적 증거가 되는 동시에 또한 대중적 혹은 공적인 증거가 된다. 왜냐하면, 한 시 작품의 시어는 물론 개개의 시인의 언어이지만, 이 언어는 사회내에서 일반적으로 통용되고 용인받은 언어로 먼저 있은 후에 비로소 존재하기 때문이다. 다시 말하면 사회의 언어가 제일의성을 차지하는 것이며 개인으로서의 시인의 언어는 어디까지나 제이의적인 존재에 지나지 않는 것이다. 따라서 한 작품은 일단 발표되면 시인, 작가와는 독립해서 존재하게 된다. 즉 그것은 사회적인 존재가 된다. 바로 작품의 이 같은 사회석 특성과의 관련하에서 작가의 의도가 즉각적으로 문제시되게 된다. 어떤 작품을 쓴 사람으로서의 시인은 그 특정한 작품이 갖는 의미에 대해서 증인의 입장에 설 수 있을 것이다. 그리고 그 작품에 관한 한, 언어에 대한 작가의 특수한 연상 범위라든가 사용법은, 어떤 특정한 타당성을 가질 수도 있을 것이다. 적어도 이런 것들은 작품의 전체적인 디자인 혹은 계획에 관련을 가지고 있을 것이다. 이 점에서 작가에 관한 전기적 연구가 유익할 수 있다는 말의 뜻이 어느 정도 타당성을 갖게 된다. 그러나 앞에서 말한, 언어의 제일의성과 제이의성의 구분을 생각한다면, 한 작가의 전기, 그의 단어사용(법)이라든가, 그의 연상범위는 결국 언어의 역사와 의미의 일부에 불과하다는 것이 명백해진다. 따라서 작품을 작가의 사상 내지 감정의 표현이라고 말한다 하더라도, 작품 속에 사용된 단어의 용법은 사회적인 관용과 결코 상치(相馳)할 수 없는 일이다. 이를테면 '민족'이라는 말에 '비극'이라는 뜻을 갖게 하려고 작가가 의도하였다 하더라도, 작품 속에서의 이 말(민족)의 그러한 뜻은 어느 모로 보아도 독자에게 혹은 작품 자체에 대해서 타당성을 가진다고 말할 수 없다.

한편 시 자체의 내용 의미 이외에 시 외부에 존재하는 시인의 의도, 다시 말하면 시의 외적 의미에 대한 증거로는 다음과 같은 것을 생각할 수 있다. 시작을 전후해서, 시인이 적은 일기, 비망록 같은 것, 혹은 서간 (누구를 위해서, 누구에게 바치려고, 누구에게 썼다는 등)과 기록된 회화 등이 외적 증거의 첫 번째 것이다. 그런데 이 외적인 것은 언어적 사실로서의 시작품의 일부를 이루지 않는다. 둘째로는 시인·작가에 대한 연구가 있다. 그들이 어떠한 말을 가장 즐겨 썼으며, 또 어떠한 뜻을 거기에 부여하였는가, 그리고 그들은 누구의 어떤 작품을 읽었으며, 어디서 힌트를 얻었는가에 관한 연구 등이 그것이다. 문학작품 특히 현대시의 함축성에 대한 일반의 관심이 바로 이러한 것이다. 작가나 시인이 생존하고 있고, 그들이 물음에 기꺼이 대답해 준다면, 이러한 정보를 모으기는 어렵지 않을 것이다. 그런데 자서전과 전기적인 이 두 요소는 때때로 분간할 수 없을 정도로 섬세히 혼합되어 있는 경우가 많다, 그러나 시를 연구하는데 있어 이 둘 중의 어느 한쪽에 치중하게 되는 경우에는 마침내 커다란 간격을 초래할 것이며 결국은 작품과는 관계가 없는 전기의 연구에 빠지고 상대주의적 입장에서 벗어날 수 없게 된다. 증거의 추정에 있어서도, 내적 증거에서부터 작자의 의도를 끌어내려면 작품의 실제적 의미와 작자가 의도한 의미가 부합한다는 것을 전제하는 것이다. 그런데 외적 증거가 없는 경우에는 양자의 부합 여부를 결정할 수 없다. 또 외적 증거에 따라서 작자의 의도를 추정하려면, 외적 증거가 내적 증거와 부합하던가, 또는 상치되는 바가 있으면 외적 증거가 작품 자체보다도 한결 신빙성있게 작자의 의도를 표시해야 한다는 것을 전제로 하는 것이다. 그러나 작품을 쓰기 전, 혹은 쓴 후에, 작자가 적은 기록, 혹은 남에게 말한 담화의 내용은 작품을 제작한, 혹은 제작할 당시의 작자의 심적 상태와 똑같을 수 없으며, 그 상태를 명확하게, 구체적으로 표시한 것도 아니다. 그리고 작가가 기록한 글 속에 나타난 것이 작가의 참된 의도를 적은 것이 아니라면 오해의 가능성은 더욱 더 커진다. 그만큼 여기서는 작가의 성실성이 큰 문제가 될 것이다. 작가가 의도하지 않았던 작품이 생겨났다면 작가는 그것을 그대로 발표하지는 않았으리라고 말할 수 있을 것이다. 그러나 작가의 의도는 작품 자체에 의해서 논증되지 않는 한 타당성을 가질 수 없는 것이다. 따라서 한 작품을, 작가의 의도를 표현하는데 성공하였는가에 따라서 판단한다는 것은 순환논리에 다름없고, 오해를 조장할 따름이다. 더욱이 저자의 의도의 내적 및 외적 증거를 구별하는 것은 지난한 것인 만큼, 의도의 구명은 하등 비평의 기준을 이룰 수 없는 일이다. 넓은 의미에서의 발생학적 연구의 한계와 그 오류의 원인을 여기서 짐작할 수 있을 것이다.

문학사상에서 본다면, 의도의 오류는 주로 낭만주의와 그 미학의 특징을 이룬 것으로 알려져 있다. 특히 영국 낭만파 시인들이 이에 대해서 매우 강한 발언을 하였다. 문학은 저자의 의도를 성공리에 표현하는 것이라는, 널리 수용된 견해 및 이론을, 미국의 비평가인 H. L. 멘컨은 스핀건＝크로체＝칼라일＝괴테 이론이라고 부르고 있다. 근자에 들어와서 I. A. 리챠즈는 의미를 '센스(뜻), 감정, 어조, 의도'의 넷으로 나누어 생각하고 있는데, 의도를 강조한 점에서 커다란 영향을 끼쳤던 것으로 알려져 있다.

3

'의도의 오류'가 작품 비평의 기준을 작가의 심리 혹은 작품 이전의 어떤 상황 속에서 끌어내려는 것이라고 한다면, '감동적 오류'는 작품에 대한 독자의 심리적 반응에서 작품 비평의 기준을 찾아내려고 하는 것을 말한다.

이 둘은 다같이 작품을 작품 외부에 있는 것과 혼동함으로써 대상(작품)에 대한 정당한 비평을 소홀히 여기게 되는 것이다. 감동적 오류 혹은 심리적 반응을 중시하는 견해나 이론도 다양다색하다. 예술은 사람의 열정을 북돋우는 것이라는 플라톤을 위시하여, 아리스토텔레스의 '카타르시스'설, 립스의 감정이입설, 산타야나의 객관화설, 또는 리챠즈의 '공감각'설이 그것이다. 비극의 성공 여부를 관중이 흘리는 눈물의 양으로 판단하려던 18세기 사람들의 견해라든가, 관중의 웃음의 도수(度數)로 희극영화의 성공을 판단하기 일수인 극장 경영주의 관점 등은 지극히 소박하고 유치한 것이지만 모두 이 계열에 속한다. 독자·청중·관중의 심리적 반응을 측정하기 위해서 생리학, 심리학에 대한 연구를 게을리 하지 않은, 다분히 실험적 성격을 띤 이론도 많이 생겨났다. 페히너(Fechner)의 실험미학의 경우처럼, 삼각형 혹은 삼각형을 보고 느끼는 감정, 색에 대한 반응을 검토한다던가, 여러 가지 소리를 들을 때의 감정의 기복을 측정한다던가 영화를 보고 있을 때의 심리적 유전기의 반사를 측정한다던가, 여러 방식으로 과학적인 연구를 할 수 있을 것이다. 그러나 감정과 유전기와의 상관 관계, 또는 '각층의 생리학적 경험과 가치 인식'은 어디에서를 막론하고 현격한 거리가 있다는 사실이 드러나 있다.

　여기서 문제가 되는 것은, 리챠즈가 말하듯이, 시작품의 특성을 이루는 것은 감동의 강도가 아니고 성향이나 태도의 완화된 평면에 작용하는 통일된 감정의 미묘한 성격이다. 이 점을 중시한 심리학적 이론으로서는 '미적 거리', '초월', '무관심'과 같은 이론이 이미 있으며, 객관성의 정도도 상당히 높은 것이 있다. 그리고 리챠즈의『실제비평』, 엠프슨의『의미의 다양성의 7형』이 나온 이후로 같은 계열에 속하는 비평가들은 작품을 하나의 독립된 존재로 보고, 작품 자체의 구조적 요소를 세밀히 분석해 놓음으로써 작품의 인식적 분석의 가능성을 한층 발전시켜 나갔던 것이다. 특히 리챠즈는 의미론의 다면적 분석방법을 통해서 시를 읽는 법과, 이해를 위하여, 귀중한 공헌을 이룩하였던 것이다. 그가 학생들에게 시를 읽히고, 작문으로 의견을 써내도록 한 글 가운데서, 그가 발견한 것은, 독자가 시를 읽는 동안에 여러 가지 교육적, 문화적 배경, 선입관념, 세계관, 혹은 개별적인 감정방식의 차이로 해서 시적 경험에 얼마나 커다란 차이를 초래하는 것이며, 그들의 시의 이해가 얼마나 불완전한 것인가라는 놀라운 사실이었다.

실인즉 일반적 수준에 있어서의 예술의 감상 혹은 이해 행위는, 예술작품 배후에 숨어 있을 예술가의 의도를 추구하는 것이 아니라면, 대개는 예술작품에 대한 그들의 인상에 근거를 두는 경우가 허다하다. 말하자면 그것은 고전의, 위대한 음악의, 명화의 바다를 역방(歷訪)하는 '영혼의 순례'와 같은 것이다. 그리하여 예술작품이란, 다름아닌 독자의, 청중의, 관중의 정신적 체험이라는 견해를 낳게 되며, 예술작품은 다만 독자의 체험세계에 존재하는 것이며 또한 체험을 통해서 다시 형성된다는 이론도 생겨나기도 한다. 그리하여 셰익스피어의 『리어왕』이라는 작품은 하나만 있는 것이 아니고, 현재, 과거, 미래의 독자의 수만큼의 『리어왕』이 있게 된다. 『제5교향곡』, 「모나리자」도 현재, 과거, 미래의 청중, 관중의 수만큼 존재한다는 결론을 끌어내게 된다. 특히 "독자적인 새로운 해석에 의한 『운명』의 연주"라는 등등의 말을 들으면, 이런 견해가 얼마나 지배적인가를 새삼 느낄 수 있다. 그리고 이와 반대로 본 사람이나 들은 사람이 없다면 작품은 존재하지 않는다는 결론이 나온다. 그러나 이러한 상대주의의 입장에 서게 되면, 어떤 예술작품에 대한 한 사람의 체험이 다른 누구의 체험보다도 낫다는 이유라든가, 다른 사람의 해석을 수정하는 것이 가능하다는 이유를 설명할 수 없게 된다. 작품에 대한 개개인의 감정적 반응과 감정이 언어와 작품과는 얼마나 무관한 거리에 있으며, 그것이 작품을 설명하는데 얼마나 무력한가를 단적으로 말해주고 있기도 하다. 또한 이것은, 독자심리라는 정신상태라는 것이 작품의 구조나 가치의 문제를 처리하는데 다분히 비본질적이고 소극적인 조건임을 의미한다.

결국 작품의 이해는 어디까지나 작품 자체를 대상으로 삼고, 이루어지며, 거기서 우리의 체험의 객관적 상관물을 찾아내야만 한다. 시의 경우를 예로 든다면, 언어가 그 소재로 되어 있는 만큼 독자의 언어에 대한 지식이라든지, 지각은, 개인적 편견과 성벽(性癖)에서 오는 오차를 극소한으로 줄여 놓는 것이 이상적이다. 그러나 이상적인 독자는 이상적인 작가와 마찬가지로 그 정의가 말하는 것같이 존재하지 않는다.

여기서 문학작품의 분석은, 의미의 여러 단위 속에 병행하는 제 문제와 제 단위가 미적 목적을 위해서 갖는 특유한 조직과 부딪치게 된다. 시의 의미론, 어법, 심상과 같은 문제가 다시 신중하게 다루어진다. 이러한 의미의 제 단위와 문장과 문장의 구조는 다같이 작품의 대상에 관계를 가지는 것이며, 이 관계를 통해서 작품 속에 상상적인 현실 세계가 전개된다고 보고 있다.

웰렉은 시가 개인의 체험이나 제 체험의 총화라 하기보다는, 체험이 갖는 잠재적 원인에 불과하다고 말하고, 우리는 제각기의 방식에 따라, 시의 일부분을 경험하는데 지나지 않는다고 말하고 있다. 여기서 시는 제 규범이 만드는 구조라고 본다. 규범(norm)은, 물론, 고전적, 낭만적, 윤리적, 정치적인, 어떠한 규범과도 혼동되는 것이 아니고, 암암리에 이해될 수 있는 규범이고, 이것은 예술작품에 대한 모든 개인적 체험에서부터 형성되어야만 한다고 말한다. 그런데 이 규범의 구조로서의 시와 개인적 체험과의 관계는 언어학자가 말하는, 언어체계로서의 언어와 개인의 언어적 행위로서의 언(言)과의 관계와 같다고 하는데, 체험이 갖는 잠재적 원인은 언어에서 잠재적 음(音)으로서의 음소(phoneme)와 같은 관계에 있다고도 말한다. 곧 언어의 체계는 관습과 규범과의 집적이다. 그리고 이런 것들의 움직임을 우리는 개개의 화자가 극히 상이하고, 불완전하게 발음하는데도 불구하고, 기본적인 점에서는 모순이 없는 것으로 관찰하고 기술하는 것이다.

즉 여기에는 우리의 자각적 인식의 여부를 막론하고, 구조의 결정적 요소가 내재하고 있는 것이다. 예술작품에 대해서도 이와 똑같은 말을 할 수 있다. 그리고 우리가 예술작품을 비교해보면 규범의 유사점과 상이점을 발견할 수 있으며, 여기에 따라서 예술작품을 분류할 수 있고, 나아가선 장르 및 문학일반, 예술일반의 이론을 발전시킬 수 있다는 것이다. 그리고 이 '구조'는, 역사적 산물로서 역사와 함께 수정되고, 특이한 평가를 받기 마련인 예술작품에 각 시대를 통해서 변함없는 '실질적인 동일성'을 부여하는 것이라고도 생각한다. 시대를 통해서, 또 각 개인에 의해서, 예술작품의 이 규범의 구조에 던져지는 견해의 모든 것이 반드시 한결같이 옳은 것은 아니다. 어떤 견해가 주제를 가장 투철하게 파악하였는가를 결정하는 것은 언제나 여러 가지 관점에서 본 규범의 구조와 계통을 충분히 해석, 비평함으로써 가능해진다. 즉 인상주의와 전기의 온갖 상대주의는 '해석의 타당성'에 의해서 마침내 해소된다고 여겨진다.

예술작품은 여기서 어떤 특수한 존재론적인 층을 가지고 있는, 독특한 지식의 대상이라고 생각할 수 있다고 웰렉은 말한다. 이런 견해는 뉴크리티시즘 비평가, 시인들에 공통된 견해이다. '시의 존재론', 시 세계는 곧 "구체적 보편"이라는 랜섬의 말이 그것이다. "시는 의미하는 것이 아니고 있는 것이다" 라는 맥리쉬의 말도 작품의 궁극적인 객관성을 가리키는 말일 것이다. 이 문제에 관해서는 다음 기회에 논하고자 한다.

4

이상에서 뉴크리티시즘에서 중시받고 있는 몇 가지 점을 지극히 복잡하게 소개해 보았다. 요약에 잘못이 있으면 물론 그 책임은 필자에게 있다. 그러나 위에서 보았듯이 그들의 비평의 접근방법이 어디까지나 작품 자체에 밀착한 분석이며, 그것이 얼마나 인식적인 내용을 가지고 있는가를 알 수 있을 것이다. 작품 창작 이전의 외적 원인과 작품이 일으키는 효과는, 그것으로서 제각기 독특한 연구분야를 형성하며, 어느 의미에서는 상당한 무게를 가지고 있는 것이지만, 이 둘은 결코 작품과 혼동해서 생각될 수 없다고 하는 그들의 주장은 우리의 관심을 끌만 하다. 간단한 작품의 경우에는 구별이 가능할 수 있지만, 시공적으로 거리가 있는 작품이라든가, 고전을 해석하는 경우에도 이 구별이 어김없이 가능할 것인가 하는 물음에 대해서는, 우리의 접근방법이 너무나 안이한 성격을 띠고 있다. 인상주의나 전기적 접근방법은 그 자체가 관점의 차이를 표명하는 입장이라고 보겠으나, 그 어느 경우를 막론하고 비평의 용어가 명확하고 객관적인 것이 바람직한 이유는 충분히 있다 할 것이다.

'의도'라는 말을 이상에서 본 정의와 다른 의미로 사용할 수 있다고 말할런지 모른다. 혹은 목적으로서의 작가의 의도와, 수단으로서 실현된 작품과의 관계에서, 혹은 주요한 사상 또는 감정을 담은 어떤 구절에 대해서 그 수단적 역할을 맡아 하는 어떤 구절과의 관계의 뜻으로 말할 수 있을런지도 모른다. 또는 작품의 총체적 의미를 위한 전체와 부분과의 관계의 면에서, '의도'라는 말을 썼다고 말할런지도 모른다. 그러나 이 말에 그러한 뜻을 주는 것은 애매성을 더하는데 불과한 것이다.

서론으로 되돌아가서 김씨가 말한 '제작동기'라는 말은 '의도'와 같은 뜻으로 볼 수 있을까. 안씨는 작가의 입장에서 '의도'가 작품 속에 차지하는 정의와 무게를 적었던 것이다. 그러나 놀라운 일은 안씨가 쓴 소설월평은 '인상'이라는 제목 아래, 주로 그의 심리적 반응(인상)을 적고 있다. 이것을 작품평가의 기준으로 삼기에는 '의도'에 대한 그의 강조와는 너무나 거리가 먼 것이 있다.

이 밖에 몇몇 비평가가 쓴 평론 또는 작가론을 들을 수 있을 것이다. 대다수가 전기 아니면, 인상에 의한 접근방식을 나타내고 있으며, 혹은 양자의 비논리적인 결합에 의해서 만들어진 것이다. 평가의 독서에서 온, 연관성 없는 지식이 원용되거나 작가 내지 시인 '송(頌)'을 쓰고 있는 것 같은 감을 주는 것이 대부분이다. 기회가 있는 대로 이들의 평론을 다시 이야기하고자 한다.

[『문학평론』, 1959. 1]

33
전통과 현실

문 덕 수

1

아무리 벼르고 별러서 나가도 기껏 살아야 삼 년, 그렇지 않으면 이 년 혹은 일 년도, 채 못살다가 실물수가 아니면 관재수, 관재수가 아니면 필경 우환으로 해 망하고 돌아 오든가 그렇지 않으면 아주 소식이 없어진다는 것이다. 그것은 이 마을의 지형이 본래 빌떼의 형국을 이룬 때문이라고 하였다.
　　　　　　　　　　　　　　　　　　　　　　　　 - 오유권 「가을에」에서

"누구나 다 제 별을 가지고 있다죠?"
초희도 별을 보고 있었던 듯 내 팔에 낀 제 팔을 닦아 몸을 붙이며 말을 하였다.
"흐르는 별은 그 임자의 숨거둠이라죠?"
　　　　　　　　　　　　　　　　　　　　　　　　 - 이채우 「마지막 별」에서

전자는 지리풍수소설(地理風水小說)에 관련되는 토속적 설화요, 후자는 점성술(占星術)에 관련이 있는 소설의 한 대목이다. 이미 20세기 후반기에 들어선 현대소설 속에서 이러한 비현대적이며 비과학적 요소를 발견하였다고 하여 그것이 기이하고 이상하여서 여기에 인용하는 것도 아니요, 이것을 비난하기 위해서 인용해 놓은 것도 아니다. 이러한 소설이 비현대적이며, 이러한 대목이 낡은 관념의 반영이라고 비난하기 전에,

현대인의 혈관 속에 아직도 줄기차게 흐르고 있는 전통적 정신을 간과해서는 안될 줄 생각한다. 하기야 풍수지리설같은 케케묵은 얘기는 후진적인 우리나라에서도 이미 과학적 근거가 없는 한갓 미신에 불과하다는 것쯤이야 누구나 다 아는 터이요, 또 별이 인간의 운명에 영향을 준다는 점성설을 신임하는 사람은 아무도 없을 것이다. 점성술 같은 것은 서구에서는 이미 17세기경부터 사실상 전복되었다고 볼 수 있다.

> 그리고 새 철학은 만물을 의심하고
> 불의 원소는 전혀 소멸하였다.
> 태양도 지구도 상실하고 인간의 어떤 지혜도
> 그것을 찾을 곳으로 인도할 수 없다.

> And new Philosophy Calls All in doubt,
> The Element of fire is quite put out
> The sun is lost and the earth and no mans wit
> Can well direct Him where to Looke for it

이것은 영국의 17세기 '존 단'의 시다. '아이 작스'씨가 그의 「현대영국시의 배경」에서 인용하고 있는 바와 같이 최초의 '과학의 충격'을 받은 시로써 이미 1610년에 발표되었다. 그 당시에 이미 새 철학이 우주를 의심하고 태양과 지구까지의 상실을 시로써 노래할 정도가 되었다는 것은 몇천 년 동안 고정불변이라고 신앙해 왔던 우주의 상실을 의미하는 것이다. '존 단'이 "갈릴레오는 첫째 그 이전의 천문학을 전복시켜 버렸고, 둘째는 모든 점성술까지도 전복시켜 버렸다."고 말했다니까, 시인들이 과학으로 인하여 세계의 상실감을 이미 17세기 초엽부터 직감한 셈이 된다. 참으로 놀라운 일이 아닐 수 없다.

　"서구에서는 시인의 촉각이 이와 같이 그들의 과학의 발달과 거의 병행해 나가는데 지금이 어느 때라고 잠꼬대 같은 풍수지리설이나 점성술의 신앙에 관련이 있는 글을 쓰느냐 말이다." 라고 혹자는 비난도 하리라.

우리는 또 이 소설 작자들에게 "당신은 정말 풍수지리설과 점성술을 믿고 있소?" 하고 질문한다면 오늘날에 누가 그걸 믿겠느냐고 펄펄 뛰면서 부정할는지도 모른다. 하여간 우리는 이제 이와 같은 과거의 전설적 세계와는 아무런 인연도 없는 새 세계에 살고 있고, 현대의 신화를 만들어 주는 과학의 세례를 받고 있다는 사실은 누구도 부정하지 않는다. 오늘날 우리는 풍수지리설같은 토속적 설화나 점성술같은 미신적인 얘기보다 오히려 원수폭탄(原水爆彈)과 인공위성을 얘기하고 월세계 여행(月世界旅行)을 꿈꾸고 있는 것이 사실이다. 산수지리에서 길흉화(吉凶禍)를 점치고, 별에서 신비성과 운명적 예언을 들었던 그러한 과거의 신화는 이제 완전히 허망한 환상에 불과하게 되었다. 월세계 여행을 목전에 두고 인공위성을 만들어 띄우는 이 시대에 별이나 산수에서 무슨 신비성이나 인간운명의 관련성을 빌겠는가 말이다. 인간의 길흉에 지대한 관련이 있었던 신령적인 산수는 이제 우리의 주변에서 완전히 제거되있고 인간의 운명에 영향을 끼치는 그러한 별들도 저 하늘에서 완전히 자취를 감추고 말았다. 과거에 우리들의 소원을 호소하고 또 그 소원을 응답해 주고 우리들에게 적응될 수 있는 정서의 표상을 입혀 주었던 그 자연은 우리의 생활주변에서 그 모습을 감췄고 따라서 영통할 수 있었던 우리의 마술적인 세계는 완전히 붕괴되어 버렸다. 우리와 더불어 같이 울어 주고 우리를 포근히 안아 주던 그러한 자연은 아무데도 없다. 우리는 이제 친밀하였던 전통적 세계를 상실하였고 우리들은 고독하고 불안하게 되었다. 우리 뒤에 다가서는 산악이나, 우리 앞에 막아서는 저 바다는 우리와 아무런 인연이 없고 인간과는 상통할 수 없는 비정적 물체로 수락(隨落)하고 말았다. 저 들꽃과 흐르는 냇물과 지저귀는 산새들과는 이제 대화의 상통도 바랄 수 없고, 과거의 선인들처럼 현실을 버리고 표표(飄飄)히 나서서 의지하였던 은둔처도 없다. 우리는 마치 목욕하려 내려 온 선녀가 의상을 잃어버린 것과 같이, 우리를 안정하게 해 주고 행복하게 해 주고, 무한한 충족을 주던 세계를 송두리채 상실하고 말았다.

  몇 천년 동안 아무 의혹도 없이 살고 있었던 세계를 상실하고, 이제 우리는 새 세계를 찾기 위하여 고뇌하고 방황하고 있다. 우리는 귀환할 고향을 잃어버렸으니 새 고향을 마련하지 않으면 안된다. 과학은 조상대대로 정들었던 고향을 산산이 파괴해 버리고, 과학법칙으로서 이 우주를 완전히 정복할 수 있을 듯이 인간의 오만한 지적 욕구를 무한히 신장시켰다. 과학에 의존하여 월세계나 별의 세계를 우리의 새 고향으로 삼을 것인가? 과학은 과연 인간의 무한한 욕망을 충족시켜 주고 상실한 세계 대신에 새로운 세계를 마련해 줄 수 있을까? 그러나 한편 과학에 대한 불신과 공포의 음악을 무시할 수 없다. '보안카레'는 이미 "과학은 결코 본질에 도달할 수 없다"고 말했지만, 도처에서 과학문명의 피해로부터 '휴머니티'를 옹호하려는 노력과 과학에 대한 신랄한 비난을 간과할 수 없다. 오늘날 우리는 과학에 대한 신뢰보다 불신의 여론이 더 크다는 것을 인식하지 않을 수 없다.

2

우리는 철저히 과학문명의 세례를 받고 현대에 적응할 수 있는 정신적 혁명을 완수했다고 자처하고 있지만 마치 불치의 병균처럼 우리의 혈관 속에 잠잠(潛潛)히 흐르고 있는 정신적 전통을 부정할 수 없다. 전기 두 작가의 소설 속에 드러난 풍수지리설에 관계있는 토속적 설화나 점성술에 관련이 있는 얘기나 모든 그 작가들의 고루하고도 미자각적인 관념의 소산이라고 규정해 버릴 수 없는 이유는 바로 우리 혈관 속에 잠복하고 있는 전통적 정신 때문이다. 오늘날 도시인이거나, 농촌인이거나를 막론하고 아직도 묘지 선정에 있어서는 풍수지리설을 고려하는 것이 확실하고 과학문명이 극도로 난열(爛熱)한 도시 한복판에서 사주관상장이가 행인을 모으고 톡톡히 한 몫을 보고 있으며 무당의 주언(呪言)과 북소리가 토속적 율격을 울리고 있음이 또한 우리의 현상이다. 우리는 이것을 우매하고도 몰지각한 미신적 습속의 잔재라고만 할 것인가? 오늘날 풍수장이나 사주관상장이나 무당들이 그들의 직업을 유지하고 있는 것을 보고 우매한 미신의 마지막 슬픈 보첩자(保疊者)라고만 여기고 이들에게 가혹한 멸시의 눈초리만 보낼 것인가? 오늘날 이념을 잃어버린 현실은 이와 같은 습속이나 이 습속의 가련한 수호자들을 단순히 과학적 견지에서 부정적으로만 볼 것을 허락하지 않는다. 이것이 비록 어리석고 비과학적이라 하더라도 역시 그들에게는 버릴 수 없는 하나의 신앙이요 그들의 생의 불가피한 몸짓이기 때문이다. 오늘날 문명의 그늘 밑에 숨어서 명맥을 보존하고 있는 이 낡은 습속은 마치 유교정신으로서 국시를 삼았던 이조에서 불교가 그대로 유지되어 왔다는 사실과 흡사하다.

물론 나는 이러한 풍수지리설이나 무속이나 점성을 미신이 아니라고 우기는 것도 아니요, 또 이러한 습속을 우리 생활 가운데 회복하자는 것도 아니다. 이러한 습속을 세산스럽게 옹호하고 주장한다는 사실 그 자체가 수치스럽다는 것도 잘 알고 있다. 이러한 습속을 우리 생활의 중심에다 가져다 올 것을 주장한다면 그것은 마치 거추장스럽고 불편한 갓을 다시 쓰고, 도포를 다시 입자고 주장하는 것이나 서의 다름이 없다. 이러한 습속의 회복이 바로 전통을 찾는 것도 아니요 이 습속 자체가 또 무슨 전통인 것도 아니다. 오히려 이러한 습속들은 인습으로써 하루 빨리 청산해 버려야 할 일인지도 모른다.

그러나 문제는 이런 표면적인 습속이나 의관에 있는 것이 아니고, 그러한 것들의 밑바닥에 흐르고 있는 정신적 유산이다. 바로 문제는 이것이다. 오늘날 이 현실에 풍수지리설을 강요하고 무속을 옹호한다면 그야말로 광인의 잠꼬대만치도 곧이 들어 주질 않을 것이다. 이것을 모르는 사람이 누가 있겠는가? 그렇지만 풍수지리설이나 무속이나 점성 등의 밑바닥을 뚫고 흐르는 그 근본적 정신까지도 일고의 가치가 없다고 해버린다면, 이것이야말로 망언 중의 망언이 아닐 수 없다. 우리는 새로운 각도에서 이 근원적 정신을 재인식할 필요가 있다. 이 정신은 단순히 미신적이며 비과학적인 습속을 만들어 내는 근원이라 하여 일축해 버린다면 나는 우리의 전통이 어디에 있는지 알지를 못하겠다. 물론 나는 이러한 토속적인 습속의 밑바닥에 흐르고 있는 정신만이 우리 민족의 전통이라고 주장하는 것이 아니다.

이 이외 불교도 있고 유교도 있다. 내가 지금 말하고자 하는 것은 전통의 구체적 내용을 하나 하나 끄집어내어 고찰하는 것이 아니라, 이런 것을 예거하여 추상적이긴 하지만 전통의 핵심적 요소를 추출해 내기 위한 원론적 논의인 것이다.

내가 새삼스럽게 미신적인 습속을 들어내어 논란하는 것은 이러한 습속은 이미 가치가 없는 것이지만 이 습속을 형성하게 한 근원적 정신이 우리 전통의 핵심적 요소의 일부를 이룰 것이 분명하고 이 정신 속에서 우리 민족의 세계관이 단적으로 잘 드러날 것이라고 생각하기 때문이다. 우리 민족의 고대 종교적 습속은 세계에 대한 우리 민족의 삶의 몸짓의 공통적 표현이 아닌가 생각된다. '샤머니즘'이니 미신이니 해서 단순히 처리해버릴 수 없는 이유가 바로 여기에 있다. 우리가 오늘날 무엇보다도 먼저 절실히 인식하여야 할 일은 세계에 대한 우리 민족의 '삶의 공통적인 몸짓'이 무엇이냐에 있다고 생각한다. 삶의 공통적인 몸짓이야말로 우리 전통의 근간이요, 우리 민족의 세계관이요, 우리가 맨 먼저 파악하지 않으면 안될 과제가 이것이라고 본다. 전통 문제에 있어서 이것보다 더 중요한 것이 무엇인지 나는 모르겠다.

그러나 오해해서는 안될 것은 우리 민족의 세계관이 반드시 우리 민족의 고대종교적 습속에만 있는 것이 아니요, 우리 민족 고유의 습속이 불교와 도교의 영향을 받고 거기서 공통적인 관념이 형성되어 융합된 것이 아닌가 생각한다. 이 여러 이질적인 외래적 요소가 우리의 토속적인 고유의 종교와 어떻게 융합되고, 어떤 점에서 공통된 관념을 형성하게 되었는가 하는 문제는 정말 문학상에 국한해서는 도저히 해결될 수 없는 성질을 내포하고 있다. 이 문제의 해결은 시급하고 중요하지만 단순히 문학에만 의존할 수 없고 적어도 철학과 종교학 등의 보조과학의 집중적 연구에서만 비로소 가능한 것이라고 생각한다. 전통이라는 것이 그저 어떤 미적 의식에만 한한다든지 어떤 특정의 습속만을 의미하는 것이 아니라, 전통 그 자체가 민족의 종교요 문학이요 윤리 즉 세계관이 아니어서는 안 된다. 전통이란 적어도 민족의 생활의 전 범위를 포괄하지 못한다면 완전한 의미에 있어서 전통이라고 할 수 없다. 나는 생각하건대, 전통이란 바로 세계관의 문제라고 생각한다. 그러므로 우리가 전통을 찾는다는 것은 우리의 공통적 이념인 세계관을 찾는다는 것이다. 우리가 고려자기를 한 번 더 보고 다시 감탄한다든지, 향가(鄕歌)나 가사(歌辭)나 그렇잖으면 「홍길동전」이나 「춘향전」을 재독 재음미하는 것만이 전통을 모색하는 것이 아니다. 이러한 일은 필요한 일이긴 하지만, 전통에 대한 아주 지엽적 사항에 불과하고, 오늘날 우리 현실이 요구하는 전통은 현실을 구제할만한 우리 민족의 세계관이라고 생각한다. 거듭 말하자면 전통 문제에 있어서 이보다 더 시급하고 중요한 과제가 무엇인지 나는 모르겠다. '샤머니즘'이니 유교니 불교니 실학이니 하면서 우리 전통의 구체적 내용을 운위하고, 우리 문학의 특징으로서 '멋', '은근'과 '끈기', '애처럼'과 '가냘픔' 등을 말하데 이런 것들이 문학상의 미적 의식만을 의미할 것이 아니라 생활태도 내지 인간태도로서 논의되어야 할 것이다. 그렇다면, 우리 민족의 세계관이 뚜렷이 드러나야만, 이러한 문제도 그 성격이 저절로 부각될 것이다.

3

우리가 무엇 때문에 전통을 말하고 전통을 논란하는가? 정력의 과잉을 견디지 못해 논의하는 것도 아니요, 논의의 소재가 없어서 전통을 논하는 것도 아니다. 되도록이면 쓸데없는데 정력을 소비하지 않고 아껴야 할 귀중한 일이 산적해 있고 다행히도 우리는 소재가 결핍한 시대에 태어나지 않았다. 과거에 대한 향수나 기호심에서 전통을 말하는 경우도 없지 않을 것이다. 현재까지의 전통에 대한 여러 논의가 향수나 기호심에서 논의되었는지도 모른다. 또 남이 장에 가니까 따라 장가는 격으로 남들이 전통 전통하니까 덩달아 맞장구를 치는 경우도 없지 않을 것이다. 과거에 대한

향수나 기호심에서 전통을 관심한다면 차라리 국립박물관에 진열되어 있
는 역사적 유물이나 매만지고 유적이나 심방하는 것이 좋을 것이다. 전통
은 결코 유물이나 유적 그 자체가 아니다.

'엘리어트'는 「전통과 개인의 재능」에서 전통은 '역사적 의식'(historical
sense)을 내포한다고 하고 이 역사적 의식은 과거의 과거성에 대한 인식뿐
아니라 그 '현재성'에 인식도 내포된다고 말했다. 전통에 있어서 현재성이
라는 것이 전통과 현재와의 어떤 구체적인 관계의 내용을 의미하는 것인
지 '엘리어트'는 그것을 밝혀 주지 않는다.

도대체 전통이 시간적으로나 현재와 아무런 관계가 없고, 현재와 아무
런 관련을 맺지 못한다면 그것은 전통이 될 수 없다고 생각한다.

우리가 전통을 찾는다는 것은 과거를 찾는다기보다 오히려 현재를 찾
는다는 것이다. 현재를 무시하고 현재와 절단된 전통이라는 것은 가상조
차도 할 수 없다고 생각한다.

현재와는 아무런 관련이 없는 전통의 모색에 공연히 무의미한 도로(徒
勞)를 할 필요도 없고, 또 그러한 전통 속에 탐닉한다면 그것은 현실에서
의 도피이외 아무 것도 아니다. 전통을 찾는다는 엄숙하고 고귀한 작업이
'현실도피'나 '과거에의 낭만적 향수'라는 불명예스런 낙인이 찍혀서야 되
겠는가! 전통이 현재에 작용할 정신적 압력을 상실하고, 현재에서 멀리
은퇴하여 과거에만 체류하고 있다면 그것은 전통의 '환상적 허구'거나, 실
체없는 '전통의 망령'에 불과할 것이다.

우리는 우리의 고향인 세계를 상실하였다. 우리는 귀환할 고향도 없이
그저 이리저리 방황하고 있다. 낯익고 친근하고 호소할 수 있었던 자연은
아무데도 그 흔적을 발견할 수 없다. 텅텅 빈 껍데기와 같은 시간 속에서
새로운 세계를 찾고 있다. 새 세계에 대한 욕구, 이것은 단순히 감정적
향수가 아니라 생명의 불가피한 근원적 향수이다. 우리가 세계를 갈구한
다는 것은 삶을 위한 생명의 근원적인 몸부림이다.

전통은 세계관을 근간으로 한다. 전통은 이러한 생명의 근원적 향수에
응답할 수 있는 세계관을 가지지 않으면 안 된다. 일체가 폐허로 돌아간

거치른 광야만이 퍼덕이고 있는 절망적인 우리의 주변에 새 자연을 창조하지 않으면 안 된다. 우리의 앞뒤에는 새 냇물이 흐르고 산이 서고 풍요한 평야가 구책되지 않으면 안 된다. 전통은 세계의 모체요 전통은 자연의 모체이다.

　현실은 현재 속에서 구제되지 않으면 안 된다. 완전한 구제라는 것은 불가능한 것이겠지만, 현실보다는 더 가치있는 질서에 인도되지 않는다면 현실은 끝내 혼란과 황폐를 면치 못할 것이다. 현실은 가정에서나 사회에서 나를 막론하고 윤리적 질서와 인간적 태도를 요구하고 있다.

　전통은 현실의 이러한 욕망을 가능한 한 충족시켜줄 수 있는 이념을 가지지 않으면 안 된다. 전통이 현실에서 멀리 물러서서 그저 현실에서 도피해 오는 자나 현실의 낙오자나 패배자들만을 최후로 허용하는 가상적 수용소가 되어서는 안 된다. 전통이 오늘날 사후약문격(死後藥文格)의 구실밖에 못한다면 그러한 전통은 차라리 없는 깃보다 더 안타까울 노릇이다. 적어도 전통은 현실을 구속하고 현실을 인도할만한 질서를 갖추지 않으면 안 된다. 우리가 전통을 찾는다는 것은 현재를 찾는다는 의미요 상실된 세계를 발견한다는 것이다. 나는 전통 문제에 있어서 이보다 더 중요한 과제를 알지 못하겠다.

[『현대문학』, 1959. 4]

실존주의의 정체
- 이효상 역 「두 가지 실존주의」에 붙여서 -

김 태 관

지난 주간 몇 가지 일간신문은 실존주의에 관련된 글과 말이 자주 보였다. 이런 문장이나 혹은 주장을 쓴 필자들은 실존주의가 무엇인가라는 문제를 해명할 임무는 가지지 않았다 하더라도 적어도 어떤 것인 줄은 이해하고 있었으리라 생각한다. 그러나 이제 그들에게 실존주의를 물으면 신통한 대답이 나올지 의문이며 대답을 듣더라도 도리어 그 개념이 더 모호하게 되어지나 않을까 염려된다.

어떤 사람은 실존주의라는 것은 암흑과 같은 부정적인 것으로 정녕 무엇인가 하고 해명해서 광명에 비추어 보면 그만 없어진다는 것이라고까지 극언한다. 좌우간 실존주의라는 것은 정체가 뚜렷하지 못한 것 같다. 이것은 아마도 사르트르주의를 문제 삼고 있는 듯하다. 실존철학은 이미 역사적 짐을 지고 있는 사조며 이 세대와 함께 유행은 했으나 이 세대에게 새로운 것은 아니다.

그러고 보면 우리는 사르트르의 무신론적 허무주의적 계보를 '헤겔' '후설' '하이데거'에 찾을 수 있다. 그러나 우리는 이 실존주의의 유행에 휩쓸려 주목받지 않는 또 하나의 다른 실존철학이 그들의 본토에서는 보다 특속적(特續的)이며 진지한 관심을 끌어오는 것을 주의해야 한다.

'가브리엘 마르셀'은 '사르트르' 이전에 그리고 현대실존주의의 종가(宗家)인 '키에르케고르'와는 관계없이 또 '도이체' '이데 아리스무스'에도 의

존하지 않고 그의 고유의 실존철학을 전개해 나오는 철학자이다. 그의 사상은 '키에르케고르' '야스퍼스'에 가까운 형이상학적 유신론적 방향을 취하고 있다. '사르트르'와 '마르셀'은 어떤 의미로 양극에서 대립되고 있다.

도대체 실존주의는 무엇인가 라는 질문을 자주 듣지만 대답은 간단하지 않다. 그 이유는 이 주의는 반동이기 때문이다. 문제의 근거는 존재 안에 그 존재를 형성시키는 핵심이 되는 본질과 본질의 발로인 실존을 구별하는데 있다. 실존은 그 때문에 어떤 존재의 현상을 취급하는 것이며 이것이 너무 문제화되면 본질을 등한히 하는 주객전도를 일으키게 된다. 실존주의를 일반적으로 정의해 보면 이런 것이라고 할 수 있다. 인간의 운명의 방향을 심정의 욕구와 이성의 요청에 따르게 하려는 '배려'가 세계에 관한 합리적 해명에 대해서 우선하는 이상이다.

'E. 무니에'는 더 일반적으로 이것을 "사물에 관한 철학의 관념론 철학의 과잉에 대립하는 인간개인에 관한 철학의 반동"이라고 한다.

반동의 원동이 되는 것은 '사르트리즘'에 있어서는 전통적 철학이 존재에서 인정하는 세 개의 가치 진·선·미이다. 전통적 철학 — 인류의 보편적 사색이 쌓은 공통재(共通財) — 에 의하면 존재는 진이다. 즉 존재는 우리의 이성에 대해서 가지적((可知的) 논리적)이며 따라서 존재는 우리를 사유하며 자유로운 인격으로 성립시키는 것이다. 존재는 또 미이며 미인 존재는 우리를 고매하게 만든다. 끝으로 존재는 선이다. 존재는 즉 우리의 행복을 위해서 관대하게 자기를 바친다. '사르트리즘'은 이 보편가치를 부정하는 주의이다. 인간의 인식과 사고의 논리성의 진리를 부정하는 것이 그의 부조리이며, 미의 부정이 구토이며, 선의 부정이 불안인 것이다.

이미 2500년 전에 '헤라클레이토스'는 존재를 부조리라고 정의했고 또 일찍이 많은 사람들이 불안을 분석하였다. 다만 '사르트르'의 독창적인 것은 그의 소설의 제목으로써 주목을 끌게 한 구토의 감에 너무 중점을 둔 데 있다.

나의 생존은 무의미하고 소용없는 덧붙은 것으로써 부조리뿐이다. 모든 존재, 자신의 존재까지도 이렇게 보면 괴상하고 흉측한 물렁물렁하고 얽혀진 괴물 덩어리로서 구역질밖에 나오지 않는 것이다. 여기에는 '사르트르'의 주장 자체도 포함되어서 그의 주의는 부조리인 것이며 이것을 그는 부정하지 않는다. 그러니 논리적 체계나 조리에 맞게 이해하려는 생각은 아예 여기서 하지 말아야 한다.

구역질 나는 배리모순(背理矛盾)의 이 실존에는 우리가 희망을 걸고 살 수 있는 가치는 절무(絶無)이며 허무하다. 그 때문에 무에로 전락(轉落)해 버린다. 우리의 불안의 깊은 원인인 것이다. 아무 가치도 우리에게 생의 의의를 주지 못하면 우리는 거리낄 것 없고 구속될 것도 없으므로 이 불안은 자유의 의식을 준다. 이 절대적 무제한의 자유는 신에 반항하며 또는 도덕률을 부정하고 자신을 신으로 만든다. 이에 따르는 귀결은 명백하다. '사르드리즘'은 범죄에로 다시 자살에로 이끌며 재촉한다.

그러나 '사르트르'의 자유는 고유의 책임을 맡긴다. 이 책임이란 끝까지 자유와 무속박을 보전하는 것이다. 인간은 본성적으로 남을 미워하여야 하며 없애야 되는 것이다. 그러나 자아를 의식하기 위해 필요한 남없이는 살 수 없다는 부조리를 이 자유를 영웅적으로 살아나가야 하는 것에 연계(engager)되어 있다고 한다. 이 억지는 '니체'의 '초인'의 방만(倣慢)에 통한다.

그러나 '사르트르'는 자기의 주장을 후에 발표한 소설과 「실존주의는 휴머니즘이다」론에서 완화하여 모순에 이르기까지 변명하고 있다. 우리는 지금까지 '사르트리즘'의 정체를 붙잡아 보려고 하였던 것인데 부조리를 이성의 정상적 이해성으로 측량한다는 것이 하나의 무리라면 어떻게 딴 도리는 없을까.

'사르트리즘'의 구역질나는 질식에서 신선한 공기를 찾으려고 몸부림치는 현대인은 '마르셀'이 거기에 서있는 것을 재발견한다. '가브리엘 마르셀'도 역시 사람의 인격과 자유의 신비를 느낀다. 인간은 그의 구체적 상황을 밝혀보면 처음에는 고유의 생에서 절단되어 있다는 것과 인간존재의 우유성을 뼈저리게 의식한다. 그러나 그는 인간이 자유로운 선택에 의

하여 기원과 충실성으로써 연계해서 초절적(超絶的) 현존인 신적 '너'에 참여함으로 나의 존재에 이르게 되고 또 자기자신을 재획득하게 된다고 한다. 마르셀의 철학은 그러므로 절망적인 '사르트리즘'에 대해서 상승과 희망의 실존철학이며 성아우구스틴의 "우리의 마음은 당신(신) 안에 쉴 때까지 불안합니다."의 실존의식에 직결되는 것이다.

이제 이 양극에 놓인 두 사상을 대결시킨 '트롸퐁테엔' 교수의 저서가 경북대학교 문리대학장 한솔 이효상 교수의 명쾌한 국필(國筆)로 소개되었음을 나는 한국의 지성인들을 위해서 매우 경하하는 바이다. 또 이로써 나의 우인이며 동창인 저자가 지난날 본인에게 얘기하던 소원의 하나가 성취되었음을 기뻐하여 마지 않는다.

『경향신문』, 1959. 3. 14~15]

35

생활과 문학

김 우 종

예술은 그것 자체로서 완성된 신성불가침의 무엇이라고 한다. 그것은 어떠한 목적을 위하여 존재하는 것도 아니며 다만 인간은 그것에 겸손히 무릎을 꿇고 종사해야 되는 신비한 존재라고도 생각되어 왔다. 예술에 대하여 순교자적인 태도로 임하는 모든 예술가들은 그러한 예술관을 지니고 있다. 그리하여 주변인들이 기아에 허덕이는 일이 있더라도 그들의 생활에 대한 책임을 포기하고 예술 창조적인 작업에만 온갖 정력과 물질을 투입시키어 그 대가로 위대한 예술을 창조하려는 경향도 나타나게 된다. 그것은 마치 인간들이 신의 은총을 받기 위하여 자기의 사랑하는 자식마저도 산 제물로 바치기를 감행하는 미개한 원시적인 신앙의 형태와 흡사한 것이다. 그리고 그러한 신앙은 원시적인 사회에서는 허용되기도 하였겠지만 현대의 지성은 그런 형태의 예술신봉은 일종의 변태적인 광신이라고 밖엔 말할 수 없다. 왜냐면 건전한 신앙이 어디까지나 인간의 행복을 약속하는 의미에서 존재하고 있는 것처럼 참된 예술도 언제나 인간을 위하여 존재해 왔기 때문이다. 그런 의미에서 위대한 종교와 위대한 예술은 언제나 서로가 거의 비슷한 형태로 인간들의 정신영역에 작용해온 것이다. 크리스트―천 여 년간 인류의 정신생활을 지배해 왔고, 또 지금 몰락의 위기에 직면하고 있는 서구사회가 그것을 모면할 수 있는 유일한 희망은 오직 종교에만 달려 있다고 토인비가 말한 그 종교의 교주―크리스트는 그와 동시에 또한 위대한 예술가―시인이었음은 아무도 부정하지 못할 사실이다. 그리하여 그의 말은 신앙인에게는 유일한 복음인 동시에 예술가에겐 불멸의 위대한 앤솔로지로서의 가치를 지녀온 것이다.

니체가 신은 죽었다고 선언할 무렵부터 신을 부정하여 신앙을 상실하기 시작한 인간들은 그 대신에 예술에서 그 구원의 힘을 찾기 시작하였다. 그리고 니체 자신도 "인간은 예술을 버릴 수는 있을지 모른다. 그러나 그렇다고 해서 예술에서 배운 힘을 잃어버릴 수는 없는 것이다."(「인간적 너무나도 인간적」)라고 말했다. 이것은 그가 예술을 얼마나 사랑하고 그 힘을 인식하고 있었는지를 고백해준 말이다.

그런데 그가 이처럼도 예술을 사랑한 까닭은 신을 부정해버린 뒤에 온 절망적인 니힐리즘을 어떻게 극복할 것인가 하는 단애(斷崖)에서 발견한 것이 바로 이 예술이었기 때문이다. 그는 물론 '권력에의 의지'를 추진시키는 수단으로서 이 예술을 택하였지만 그가 예술을 택했다는 것은 어떤 딴 사람이 종교를 택했다는 것과 거의 비슷한 심리적인 동기에서 이루어진 것이다. 신의 존재를 믿을 수 없는 인간이 다만 그 니힐리즘의 영토에서 안주해 버리지 못하고 이제는 영원한 힘의 근원으로서의 예술을 사랑하기 시작하였다는 것은 그 신앙과 예술과의 사이에 본질적으로 동일한 어떤 혈맥이 내재되어 있기 때문이다. 다시 말하면 신을 부정함으로서 상실해버린 어떤 '영원한 가치'라는 것을 인간들은 바로 예술 속에서 다시 찾을 수 있었다는 것이다. 그러므로 니체가 신을 부정하고 예술을 사랑하게 되었다는 것은 그가 예술가로서의 천성을 지니고 있었음과 동시에 신앙인이 될 인간일 수도 있었다는 것이다. 그런데 종교와 예술이 그처럼 동질적인 것인데도 불구하고 종교 대신에 예술을 택한 이유는 무엇일까? 그 이유는 그가 인간보다 우월한 어떤 권위자로서의 신을 인정할 수 없었기 때문이며 그처럼 그가 인간보다 우월한 권위를 부정하였다는 것은 그가 무엇보다도 인간을 사랑한 휴머니스트였다는 것이다. 그런 의미에서 신을 위한 종교의 위치로 타락해 버린 것을 인간을 위한 종교로 개혁해 놓은 '마르틴 루터'와 함께 '니체'는 인류의 정신문화사상에 찬란한 흔적을 남긴 최후의 혁명가로서 남아 있게 된 것이다. 이러한 혁명이 종교에서 뿐만 아니라 이제는 예술에서도 어서 하루바삐 일어나야 하지 않을까? 즉 우리가 신을 위한 종교대신에 인간을 위한 종교를 수립한 것처럼 이제는 예술을 위한 예술 대신에 진정으로 인간을 위하는 예술을 형성해야 될 때가 오지 않았는가 하는 것이다.

그런데 이처럼 인간을 위한 예술이란 논의는 새로운 얘기는 아니다. 그것은 이미 오래 전부터 실현되어 온 바이다. 톨스토이 같이 도덕적인 관념을 내세운 작가는 그만 두고라도 지금 서구예술사상의 중요한 위치에 놓여 있는 실존주의도 휴머니즘으로서 어떻게 인간을 구원할 수 있을 것인가 하는 것이 그 활동의 기준이 되어 있음은 두말할 나위도 없다. 다만 예술이 인간을 위하여 존재해야 한다는 기준—말하자면 예술가의 일종의 윤리관이 한국처럼 무시되고 등한시된 일은 없기 때문에 이러한 논의가 이 시간에라도 적극적으로 전개되어야 할 필요성이 있게 된다.

한국의 예술이 이러한 면에서 등한시된 까닭은 적어도 예술이 사회적으로 귀중한 위치에 나서게 된 역사가 한국에서는 극히 짧기 때문에 그에 대한 건전한 인식이 성숙될 시간이 부족하였다는 것이다. 즉 미술가나 음악가나 건축가나 소설가를 너무나 천시하던 시대가 지나간 것도 지금까지 불과 50여 년밖에 안 되며 그처럼 천시하던 태도에 대한 일종의 혁명적인 반항은 그 기세로 예술을 너무나도 신성한 위치로 올려놓음으로써 예술에 대한 건전한 인식을 또다시 상실케 하고 말았다. 그리고 또 한가지의 원인은 해방직후에 좌익진영에서 "모든 예술은 사회혁명을 위한 작업에 종사해야 한다."하여 모든 예술 속에 정치적 이데올로기의 반영을 강요하여 그것이 예술의 본령을 무시하는 결과가 되자 우익진영에서는 예술이 어떠한 목적에도 종속될 수 없다는 순수성을 주장함으로써 이에 반항하였기 때문이다. 즉 예술은 예술로서의 독자적인 영역을 차지하고 있는 것은 결코 어떤 도구로서의 문학이 되어서는 안 된다고 하는 이론은 좋았으나 그것은 그후 몇 년 동안에 예술가들로 하여금 현실의 비극적인 상황에 대하여 예술가들은 무관심해도 좋으며 예술가는 순수한 예술만 창조하면 고만이다, 하는 경향을 낳은 것이다. 6·25의 전쟁을 겪고 또는 그 이전에도 국토의 양단으로 인한 수많은 비애를 겪어오면서도 그 동안 한국의 예술 특히 문학분야에선 너무나도 평화롭고 아늑한 보금자리에 도사려온 것은 부정할 수 없는 사실이다. 해방 이전, 또는 그 처참한 민족의 수난—6·25 이후의 문학을 들쳐보면 알 것이다. 그 비애를 진정으로 비애로 알고 뼈저린 몸부림과 절규와 반항과 위로를 했다는 이야기를 우리가 우리 문학에서 그 몇 분의 일을 찾아볼 수 있단 말인가?

필자는 이런 신음하는 민족의 목소리를 예술가들에게 강요하는 것은 아니다. 자기가 그런 소릴 하기 싫으면 그만이다. 마음에서 내키지 않는 비명을 지름은 오히려 더 추한 위선적인 제스츄어에 지나지 않는다.

그런데 자기 이웃의 죽음에, 상처에, 진정으로 참지 못할 비애를 느끼는 예술가는 그 목메인 신음소리와 눈물을 금할 수도 없다. 그렇지만 한국의 문학은 전쟁이야기가 나온 문학이라도 때때로 어렸을 때 누나의 무릎에서 듣던 전쟁동화같은 인상만을 준다. 그리고 성기를 잃은 상이군인, 먹고살기 위해 몸을 팔며 패륜한 아내, 그들의 반항, 그들의 절망적인 목소리, 그리고 그들이 말하는 새로운 모랄—이런 애처러운 일들이 별로 독자들에게 감동을 줄 것 같지 않다. 한번 걸작을 써보겠다는 작자의 과장적인 제스츄어만이 느껴지는 것 같다. 사건을 시간적으로 그려나가는 예술에는 문학이외에 영화가 있지만 국산영화는 지금 이 자리에서 언급할 대상으로서의 예술적인 수준에도 이르지 못했으니까 딴 기회로 돌려야겠다.

그러면 이처럼 작품 속에서 작자의 허세만이 느껴지는 이유는 무엇일까? 무엇인가 한가지가 부족하여 텅빈 공허감을 주는 것 같다. 문장도 세련되고 작가의 시찰력(視察力)도 날카롭고 구성도 잘 돼 있어서 무척 재미있는데 독후(讀後)에 두고두고 남는 여운이 부족한 이유—그것은 그 작품 속에 작자의 진실한 인간성이 명확히 반영되지 않았기 때문이다. 그 작품에는 다 년간의 작가생활에서 얻은 기술만이 있기 때문이다. 마치 기술적인 역량만이 모든 것을 형성할 수 있는 근원이라고 간주되고 있는 듯하다. 그러나 기술만이 중요하다면 우리는 지금까지 문학을 그처럼도 소중히 여겨오지는 않았을 것이다. 물론 미국의 비평가들 가운데에는 문학 작품의 가치를 제작과정의 기술만으로 따지는 경향이 있지만 그것은 문학을 모르는 학자들이 문학을 해보겠다는 외도로 저지르는 과오일 뿐이고 적어도 그 밖의 모든 사회에서는 언제나 문학은 작가의 진실한 목소리로 말미암아 환영받아온 것이다.

그 진실성은 다름 아닌 이웃에 대한 사랑이다. '베르그송'도 "인간의 도덕은 '사랑의 충동'에 의하여 생기는 신비적인 의무감이다. 그것은 감정의 제스츄어이며 인간 전체를 싸고 있다. 그것 자체가 인간의 발전적인 창조력의 최고의 표현이다."라고 말했다고 한다. 필자가 요구하는 것도 예술은 '창조력의 최고의 표현'이며 '인간 전체를 둘러싸고 있는' '사랑의 충동'에 의하여 이루어져야 한다는 것이다. '베르그송'이 그것을 인간의 도덕이라고 해석하고 있는 것처럼 예술가는 대인관계에서의 윤리적인 가치판단의 규준으로 인간애 즉 휴머니즘에 언세나 발을 굳게 붙이고 있어야 한다. 좀더 진실성에 대하여 설명한다면 인간이 그가 소속되어 있는 사회에서 어떻게 행위하고 있느냐? 다시 말하면 그가 소속되어 있는 공동운명체 속에서 그가 그 일 분자로서의 인식을 가지고 자발적으로 자기의 대외적인 책임을 다하느냐 하는 것에 의한 가치판단이 곧 그것이다. 그리고 그 책임이란 것은 어느 누구의 강요에 의해서가 아니라 자발적인 의사로서 수행되는 것이며 동시에 그 결과로부터 어떠한 보상을 받음도 기대하지 않는다는 것이다. 그것은 소위 '앙드레 지드'가 말하는 무상행위이며, 그것은 바꿔 말하면 어머니의 자식에 대한 사랑처럼 무조건적인 사랑이고 크리스트가 인류에게 무상으로 내어준 십자가의 피와 같은 사랑이다.

이러한 인간애, 휴머니즘, 작자의 진실성이란 것을 우리는 우리 예술작품 속에서 지금까지 얼마 정도나 찾아볼 수 있는지 생각해 볼 필요가 있다.

우리는 갑오경장 이후로부터 각 분야의 예술이 여러 가지 면모로 바뀌어져 왔음을 알고 있다. 그것은 예술사상의 변천 또는 그 기술적인 수법의 변천이었다. 그것을 우리는 일종의 진화라고 부를 수 있을지도 모른다. 그러나 엄격히 말한다면 지금까지 예술의 기술적인 발전과 형태의 변화는 있어 왔어도 그 예술의 존재가치의 면에서 발전해온 일은 드물다. 최근에 어느 정도의 기술적인 역량을 갖추게 된 한국의 예술계는 예술가와 대중과의 위치를 서로 격리시키는 결과를 초래했으며 그러한 예술도 한갓 제자리에서의 답보만을 한다는 느낌을 주게 되었다. 이와 같이 예술이 대중과 격리되고 혼자 고독한 자리로 물러가 버린 것, 그리고 한편으로는 조금도 진전이 없는 것 같은 것의 반복을 느끼게 한 원인은 예술이 언제나 인간을 위하여 존재해야 한다는 예술가로서의 올바른 가치관—진실성이 망각되어 왔기 때문이다. 얼핏하면 예술가들은 이러한 일종의 책임감에서 도피하고 예술을 마치 자기신변을 보호하는 소라껍질처럼 뒤집어쓰고 있다. 물론 그것은 예술의 한 존재이유일 것이다. 그러나 금일의 사회적인 불안과 위기의식 때문에 그것을 피하여 예술을 소라껍질처럼 뒤집어쓰고 시간만 먹고사는 예술가는 그 예술을 일종의 주술로 신봉하고 있다는 증거가 된다. 그것은 마치 예술의 초기 발생기에는 그것이 생존의 불안감에서 원시인을 도피시켜주는 주술로서 존재했던 것이나 다름없다.(우리 나라의 월명(月明)의 「제망매가(祭亡妹歌)」 또는 신라 헌강왕(憲康王)때의 ‘처용(處容)’에 관한 설화에도 예술이 주술의 수단으로 존재했다는 증거를 찾아볼 수 있다.)

이러한 예술은 그가 현실적으로 생을 의탁하고 있는 공동사회에 대한 무책임한 도피적 행위에 지나지 않으며 그것은 결국 인간들에 대한 애정의 상실에서 오는 예술의 종착점을 의미하는 것이다.

이와 반면에 서구의 사르트르, 까뮤, 게오르규는 언제나 대외적으로 보는 인간의 생존의 위협에 대하여 더욱 적극적인 관심을 기울이며 사회악의 철저한 척결과 고발을 감행하고 있다. 미술가 ‘피카소’도 그의 작품 「게르니카」에 대하여서는 “스페인을 고통과 사멸의 바다에 쳐 넣은 군벌에 대한 증오의 표현”이라고 기록했다. 서기 1944년 이후에 그가 발표한 정치적인 이념에 대하여서는 우리가 동의할 수 없겠으나 그 이전 서기 1937년에 그가 「게르니카」를 제작할 때의 그의 예술관에 대해서는 우리가 적극적으로 호응해야 될 것 같다. 즉 예술가라고 해서 혼자만 고고한 위치에 머물러 있는 것이 아니라 '피카소'처럼 또는 작곡가 '쇼팽'처럼 자기의 이웃들에 위기가 절박했을 때는 분연히 일어나서 그들에 대한 애정을 표시해야만 될 것이다. 물론 '피카소'의 경우에 있어서는 미술같은 예술에 마저 그같은 설명을 붙이는 것이 미술로서의 본질적인 영역에서 이탈될 위험성이 있어서 그것은 좀더 생각해 볼 여유를 남기고 있다고 하겠으나, 그처럼 고통하는 타인의 신음소리에 대하여 진정으로 마음 아파하고 가해자에 대한 의분을 터뜨리고야 마는 그런 정신은 결국 '피카소'의 많은 작품들이 그처럼 위대한 작품임을 부정할 수 없게 만든 그 작품제작의 원동력이 되었다는 사실을 부정할 수 없다.

　이러한 인간애—휴머니즘을 예술에서 살려나가는 의욕을 예술가들은 지녀야겠다. 그것만이 우리의 예술이 현재의 답보적인 상태를 벗어나고 누구에게나 감동을 주는 예술을 형성할 유일한 조건이다. 그러기 위해서는 예술가들은 소질을 타고난 기술자이기 전에 우선 참된 인격자이여야겠다. 나는 저열한 인간들이면서도 그가 타고난 예술분야에 있어서의 기술적인 역량 때문에 한국 예술계에서 떳떳이 예술가로서 행세하는 자들의 작품을 보면 언제나 아무런 감동도 받지 못할 뿐만 아니라 증오감이 앞선다. 우리는 이러한 기술만으로서의 예술이 진정한 인격적 표현으로서의 예술을 지향하게 하기 위하여서는 모든 예술가들이 다시 한번 예술에 대한 올바른 가치관을 세우고 출발해야 되며 그러한 예술들이 사회적으로 어떠한 영향을 끼칠 것인가 하는 심리적인 연구와 끼친 결과에 대한 사회학적인 통계도 긴급히 필요할 것이다.

［『현대문학』, 1959. 11]

■ 엮은이 소개

남원진(南元鎭)

건국대 국어국문학과 박사과정
【저서】 : 『한국현대작가연구』(도서출판 박이정, 1997)
【논문】 : 「이기영 문학사상 연구 – '유토피아' 의식을 중심으로」,
        「이상 연구 – 「종생기」와 일본문학」,
        「고원 연구 – 모더니티 지향성과 현실 지향성을 중심으로」,
        「1950년대 문학 연구 – 실존주의의 관련 양상을 중심으로」 등.

1950년대 비평의 이해 I

인쇄 2001년 8월 21일
발행 2001년 8월 28일

엮은이 남 원 진
펴낸이 이 대 현
편 집 이은희 · 김민영
영 업 정봉구
표지디자인 장재호
펴낸곳 도서출판 역락 / 서울 성동구 성수2가 3동 277-17
        성수 아카데미타워 319호(우133-123)
Tel 대표 · 영업 3409-2058 편집부 3409-3060 FAX 3409-2059
전자우편 yk3888@kornet.net / youkrack@hanmail.net

등록 1999년 4월 19일 제2-2803호
ISBN 89-5556-113-X-93810
ISBN 89-5556-112-1(세트)

정가 18.000

* 잘못된 책은 교환해 드립니다.